TEMERAIRE
7

Crucible of Gold

by Naomi Novik

Copyright © 2012 by Temeraire LLC
This translation published by arrangement with Ballantine Books, an imprint of
Random House Publishing Group, a division of Random House, Inc.
All rights reserved.

Korean translation copyright © 2013 by Woongjin Thinkbig Co., Ltd.
Korean translation rights arranged with Ballantine Books through EYA(Eric Yang Agency).

# TEMERAIRE
테메레르 7

Crucible of Gold

황금의 도시

나오미 노빅 장편소설 | 공보경 옮김

노블마인

테메레르에게 날개를 달아준
뛰어난 편집자 벳시 미첼에게

✤ 등장인물과 용

영국

용 테메레르 셀레스티얼 품종의 수컷. 온몸이 검은색으로 신의 바람이라는 강력한 무기를 쓸 수 있으며 외국어 습득 능력이 탁월하다. 로렌스와 모험을 다니면서 세상을 배우고 용권에 대해 고민한다.
룽셴리 중국에서 교배로 만들어진 용으로 암컷. 거대한 연청색 날개를 갖고 있어 장기간 착륙 없이도 비행이 가능하다.
이스키에르카 카지리크 품종의 암컷. 온몸에 가시돌기가 돋아 있고 종일 수증기를 뿜어내며 불을 뿜는 능력을 갖고 있다. 비행사인 그랜비를 화려하게 치장하는데 공을 들인다.
쿠링길레 체커드 네틀 품종과 파르나소스 품종의 교배로 만들어진 용. 태어날 당시에는 몹시 작았는데 엄청난 식욕을 보이며 체중이 30톤이나 나가는 거대한 용으로 성장한다. 쿠링길레는 '만사형통'이라는 뜻이다.
테메레르의 이전 편대원들 릴리, 막시무스, 메소리아, 임모르탈리스, 둘시아, 니티두스.

인물 윌리엄 로렌스 영국 공군 대령. 노예제도에 반대하는 앨런데일 경의 아들. 노예제도에 관한 한 아버지와 입장을 같이 한다. 오스트레일리아의 골짜기에서 테메레르와 함께 유유자적하다가 본국의 명령을 받고 남미로 향한다.
아서 해먼드 영국에서 중국으로 파견된 외교전권대사. 둔감한 성격이지만 손익계산은 빠르다.
포싱 대위 현재 로렌스의 직속 부하. 뛰어나지는 않지만 맡은 일을 성실히 수행하는 편이다.
페리스 대위 계급을 박탈당하고 방황하다가 민간인 신분으로 테메레르 팀에 합류한다.
에밀리 롤랜드 제인 롤랜드 대장의 딸. 현재는 테메레르 팀에서 훈련을 받고 있지만 장차 엑시디움을 물려받기로 되어 있다.
디마니 아프리카 출신으로 쿠링길레의 비행사. 사냥에 능하고 싸움을 잘한다.
시포 디마니의 남동생. 공부에 소질이 있고 독서를 좋아한다.
매카서 총독 영국 식민지 뉴사우스웨일스의 총독.
펨버튼 부인 오스트레일리아로 오는 도중 남편을 잃은 미망인. 에밀리 롤랜드의 샤프롱 자격으로 남미 원정에 함께 하게 된다.
기타 테메레르의 승무원들 캐번디시 중위, 벨로우 중위, 에이버리 중위, 오데이, 리처드 쉬플리.

츠와나

용 펜체 적갈색 몸통의 거대한 용. 수컷. 남미로 납치당한 자손들을 구하기 위해 부족을 이끌고 바다를 건넌다.

인물 리타보 에라스무스 목사의 미망인. 한때 한나라는 이름으로 살았으나 케펜체를 만난 후 어린 시절 이름인 리타보로 불리고 있다.

프랑스

용 주느비에브 플레르 드 뉘 품종. 암컷
아르동투즈 샹송 드 게르 품종. 암컷
피콜로 그랑 슈발리에 품종.
리엔 원래 중국의 셀레스티얼 품종 용이지만 나폴레옹을 지지하면서 프랑스에 합류..

인물 루이 조셉 드 기네 예전에 중국 베이징에 파견되었던 프랑스 대사. 현재 잉카 제국에서 프랑스를 위해 활동 중.
나폴레옹 보나파르트 프랑스 혁명기의 군인이자 정치가로 프랑스 제1제정의 황제 나폴레옹 1세로 즉위한 인물. 잉카 제국과의 동맹을 원하고 있다.
무슈 티보 프랑스의 용수송선 트리엉프 호의 함장.

잉카

용 마일라 유팡키 잉카 제국의 고위급 관리이며 외교대사를 겸하고 있다. 수컷
팔타 초록색과 노란색 깃털이 나 있는 소형 용. 수컷
우알파 우투룽쿠 진보라색 비늘을 가진 수컷 치리수유 행정구에 속한 탈카우아노 시의 용 행정관.
쿠알라 타루카 노인의 주인. 수컷
만카 코파카티 몸 전체가 은색 비늘로 뒤덮여 있으며, 입에서 독을 뿜어내는 능력이 있다.
쿠리퀴요르 나이 많은 암컷 용. 티티카카 호수의 쿠라카(족장)이며 타루카 노인의 원 주인.

인물 아나우알케 잉카 잉카 제국의 여황.
타루카 노인 잔선누를 넣다가 눈이 먼 노인 뭘래는 티티카카에서 살다가 납치당해 먼 곳까지 끌려왔다.

포르투갈

인물 후앙 섭정 왕자 나폴레옹이 포르투갈을 침공하자 행정부와 왕실을 브라질의 리오로 옮긴다.

작품의 내용이 1809년 이후 실제 역사의 틀에서 크게 벗어나기 때문에 7권에서는 별도의 연대표를 넣지 않았습니다.

✤ 1809~1810년 경의 남미 지도

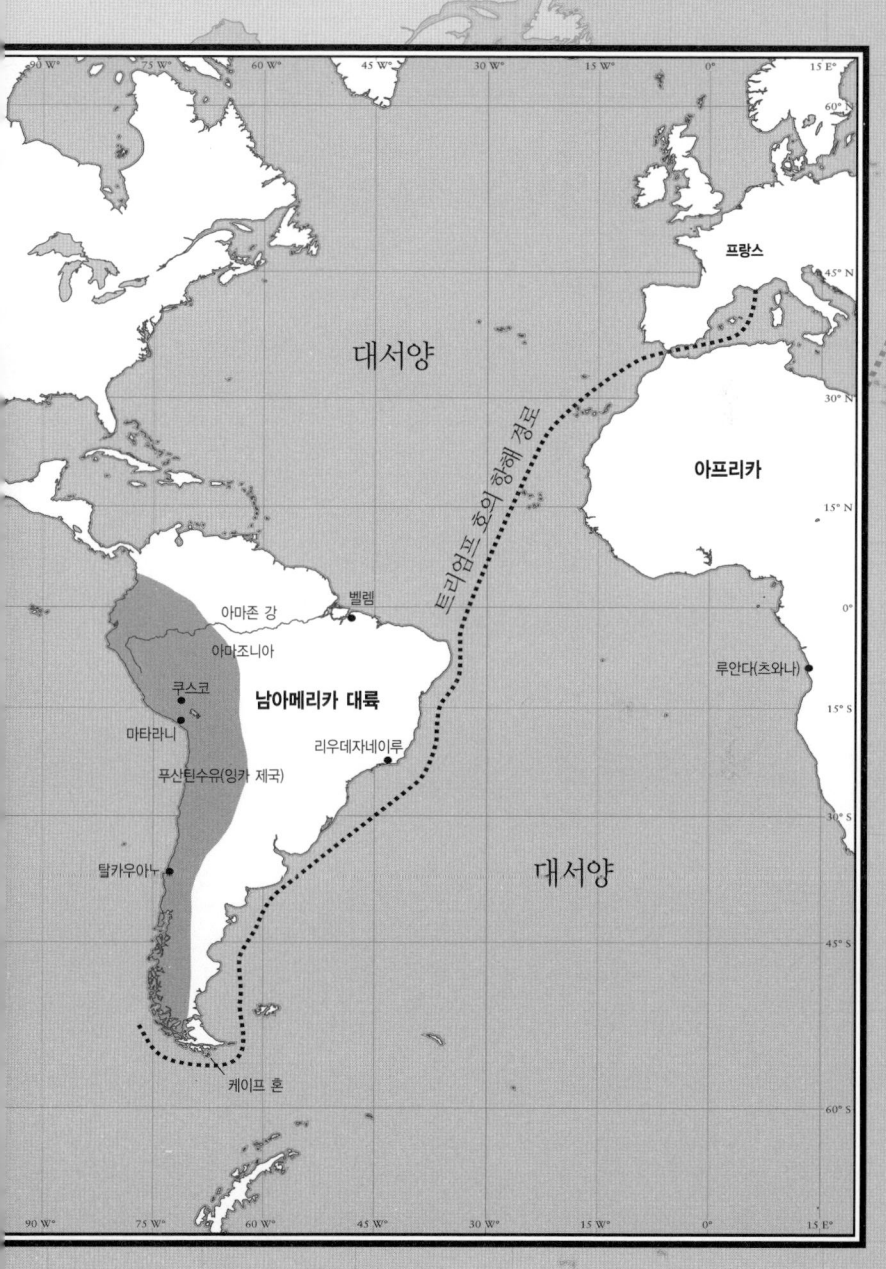

등장인물과 용 · 6
1809~1810년 경의 남미 지도 · 8

프롤로그 · 13
제1부 · 23
세2부 · 219
제3부 · 407

지은이의 말 · 523
옮긴이의 말 · 525

프롤로그

아서 해먼드는 약간은 둔감한 성격이지만 자신의 직업과 관련해서는 그런 성품이 꽤나 유용하다는 자부심을 갖고 있었다. 그는 외교적 임무를 진행하면서 설령 몸이 편안하지 않고 인간관계가 어색하며 자연히 혐오감이 치미는 상황에 처하더라도 둔감하게 처신함으로써 차질을 빚지 않고 넘길 수 있었다. 대단한 교양을 갖춘 사람들이 섬세하고 사려 깊게 처신하는 데 일가견이 있다면 해먼드는 무심하게 구는 쪽으로 일가견이 있었다. 남들에 대해서뿐만 아니라 자기 자신에 대해서도 무심한 편이었다. 그래서 사람들은 해먼드에 대해 마지못해 이렇게 말하곤 했다. "아, 해먼드. 참기 힘든 작자지만 일을 맡기면 확실히 해내기는 하지."

해먼드는 타고난 기질이 이끄는 대로 경력을 키워나갔다. 아무런 거리낌 없이, 격식 따윈 따지지 않고 주어진 기회를 모두 잡아서 서른 살도 안 되는 나이에 영국 대사 자격으로 중국에 상주하는 외교전권대사가 되었다. 외교

전권대사라는 것은 원래 없던 직책이지만 그가 수완을 발휘해서 만들고 차지한 것이었다.

덕분에 지금 그는 자기의 둔감함의 한계가 어디인지를 시험하는 비참한 처지가 되고 말았다. 거대한 연청색 날개를 가진 용을 타고 비행을 하느라 겹겹이 머리까지 덮어쓴 담요에는 서리가 잔뜩 꼈고, 용이 먹이를 먹으려고 급강하했다가 상승할 때마다 괴로웠다. 급강하와 상승의 간격이 익숙해지기에는 너무 길고 적응하기에는 너무 짧았던 것이다. 매 순간마다 허기와 메스꺼움이 번갈아 찾아왔다. 여행 가방에 고기와 쌀을 챙겨두었지만 막상 꺼내려고 하면 절반이 바람에 날아가 버려서 하루에 한 번 제대로 끼니를 챙겨먹기도 어려웠다. 그는 휴대용 술병에 담긴, 쌀로 만든 독한 술을 조금씩 마셔가며 겨우 하루하루를 버티고 있었다. 정신이 멍하고 눈앞이 흐린 데다 몸도 좋지 않았다. 안경은 망가질까 봐 미리 조심스럽게 코트 안에 넣어두었다.

비행이 3주째에 접어들자 비유적인 의미에서의 둔감함은 글자 그대로의 둔감함이 되었다. 마지막으로 하강했던 게 언제인지 기억도 나지 않았다. 그러다 마침내 그를 태운 우편배달 용 룽선리가 날개를 접고 착륙하여 주변을 둘러본 후 "즐거운 비행이었습니다."라고 말했다. 하지만 해먼드는 손이 떨리고 감각이 없어서 그 후 30분 동안 하네스에서 몸을 분리시키지도 못했다.

룽선리는 고생한 해먼드의 입장을 헤아려 점잖게 아무 말도 하지 않고 목을 뻗어 한참 동안 물웅덩이의 물을 깊게 들이마셨다. 그러고는 머리를 들고 주둥이에 묻은 물기를 털어내며 말했다.

"고결하신 룽티엔샹 님이 보이질 않네요. 하지만 산 저쪽에 룽티엔샹 님께서 건축을 명하신 누각은 보이는군요……."

룽션리가 이 말을 하는 동안에도 해먼드는 떨리는 손으로 하네스에 연결된 걸쇠를 풀려고 안간힘을 쓰고 있었다.

처음에 해먼드의 시야에는 아무것도 들어오지 않다가 코트에서 안경을 꺼내 렌즈를 문질러 닦고 착용하자 비로소 룽션리가 착륙한 골짜기 끄트머리의 절벽 사면에 있는 누각이 보였다. 건축 중인 누각은 노란 돌기둥들의 크기만 봐도 파르테논 신전에 버금가는 어마어마한 규모일 듯했다. 아직은 기둥만 세워져 있고 지붕은 없었다. 그 주변에는 임시 막사들이 있었다.

해먼드가 "그래, 보이기는 하는구나. 거리가 심하게 멀지는 않겠지?"라고 말하려는데 바짝 마른 목구멍에서 꺽꺽대는 소리만 나왔다. 대화를 포기하고 차라리 그 시간에 걸쇠를 빨리 풀고 바닥에 내려서는 편이 나을 것 같았다. 다시 또 룽션리를 타고 이륙하느니 가시 덤불 사이를 헤치고 가더라도 걸어서 가고 싶었다.

해먼드는 보기 민망할 정도로 한 번에 손 하나 발 하나씩 느릿느릿하게 룽션리의 등에서 기어 내려왔다. 중국에서 유아나 병약자가 용에서 내릴 때와 비슷한 자세였다. 그는 발이 바닥에 닿자마자 물가의 널찍하고 매끈한 바위에 털썩 주저앉았다.

해먼드가 남은 거리마저 태워달라는 요청을 하지 않자 룽션리가 눈치껏 말했다.

"여기서 잠시 쉬고 계시면 저는 누각까지 가기에 앞서 사냥을 좀 하고 오겠습니다."

그러고는 거대한 날개를 펼치고 날아올랐다. 날갯짓에 나뭇잎과 돌멩이가 사방으로 흩어졌다. 홀로 남은 해먼드는 멍하니 앉아서 부옇게 흐려진 수면을 바라보았다. 물을 마시고 싶었지만 다리를 마음대로 움직일 수가 없으니 2미터쯤 걸어가 그 물을 마시려면 30분은 더 있어야 했다.

비행 중에는 오한이 나서 몰랐는데 점점 날씨가 덥게 느껴졌다. 베이징을 떠날 당시는 겨울이었다. 그런데 3주 만에 계절이 완전히 달라지니 3주가 아닌 3개월을 비행한 것 같기도 하고, 동화에 나오는 어떤 신비로운 장치를 통해 다른 계절로 이동해온 것 같기도 했다. 그는 몸에 감고 있던 담요를 한 장씩 풀어냈다. 땀이 등으로 줄줄 흐르고 있어서 결국에는 체면이고 뭐고 포기하고 허리를 굽힌 채 담요에서 꿈틀거리며 몸을 빼냈다. 고치와 체면을 벗어던진 그는 물웅덩이를 향해 바위를 엉금엉금 기어가 시원한 물에 얼굴을 담갔다.

잠시 후 그는 얼굴을 들어 올리고 바위에 드러누워 숨을 헐떡였다. 그제야 몸의 감각이 제대로 돌아온 것 같았다. 그는 따뜻한 공기에 감사하면서 갈증을 풀었다. 그런데 피부가 비늘로 덮이고 갈고리 모양의 손톱이 달린 팔 같은 것이 덤불에서 불쑥 튀어나왔다. 그 팔은 해먼드가 벗어놓은 담요 뭉치를 잡아 덤불 안으로 끌고 들어갔다. 톱날처럼 뾰족한 이빨과 반들거리는 까만 눈알을 가진 그것은 곧 해먼드의 시야에서 사라졌다.

멍하니 보고 있던 해먼드는 벌떡 일어섰다. 다리가 와들와들 떨렸다. 그는 바람에 살랑거리는 나뭇가지와 나뭇잎에도 몸서리를 치며 어기적어기적 도망쳤다. 공포에 사로잡히니 없던 힘도 생겨나 달릴 수가 있었다. 자신들의 위치가 발각되고 먹이인 해먼드가 달아나자 실망을 했는지 뒤에서 한숨 비슷하게 쉭쉭거리는 소리가 들렸다. 해먼드는 도저히 이 상황을 감당할 수 없었다. 갑자기 발밑이 괴상하게 들썩이자 그는 그 자리에 멈춰 섰다. 전방의 덤불 사이에서 머리 하나가 불쑥 올라왔다. 굶주리고 사나운 눈빛이었다. 주변을 둘러봐도 도망칠 곳이 없었다. 도와줄 이도 없었다.

해먼드를 쫓아온 생물은 매복보다는 사냥을 선호하는지 곧바로 모습을 드러냈다. 놈은 덤불에서 두 다리를 차례로 내놓으며 일부러 천천히 그에게 접근했다. 앞다리에 여러 개의 마디로 된 긴 발톱이 달렸고 진한 녹갈색 비늘이 붙어 있었다. 그곳에서 약간 떨어진 비탈의 구멍에서 또 한 마리가 몸을 반쯤 내놓고 해먼드를 바라보면서 입을 벌리고 섬뜩한 미소를 지었다. 잠시 후 두 마리가 더 구멍 밖으로 머리를 내밀고 해먼드를 쳐다보았다.

해먼드의 귀에 자신의 숨소리가 요란하게 들려왔다. 공포에 질려 잠시 꼼짝도 못하던 그는 달아나면서 다급히 소리쳤다.

"션리! 션리!"

너무 놀라 딸꾹질이 터져 나왔다. 그는 식물 한 포기 없이 온통 바위로 뒤덮인 좁은 비탈을 기어올라 달아났고, 뒤에서 날씬한 체구의 추격자들이 느긋하게 그를 쫓았다.

추격자들이 기침 소리 비슷한 소리를 냈는데 재미있어하며 웃는 소리인 듯했다. 비탈 위로 달아나던 해먼드는 발을 헛디뎌 밑으로 굴러떨어지다가 어떤 남자의 발치에서 멈추었다. 남루한 차림의 두메산골 사냥꾼이었다. 헐렁한 셔츠와 바지를 입고 챙 넓은 모자를 쓴 사냥꾼은 턱수염을 길렀고 먼지투성이였다. 사냥꾼은 고맙게도 라이플총을 든 채 혼자였는데, 비늘로 뒤덮인 다섯 개의 머리가 튀어나온 바위 너머를 내려다보고 있던 참이었다.

사냥꾼은 망설임 없이 라이플총을 들어 쏘았다. 하지만 놈들에게 명중시키지 않고 머리 위로 쏜 후 총을 내리며 말했다.

"꺼져, 이놈들아. 안 그러면 네놈들 둥지의 알을 모조리 꺼내 바위로 떨어뜨려버릴 테다."

쌕쌕거리던 놈들은 머리 위로 거대한 그림자가 지고 땅이 우르르 흔들리자 부리나케 사라졌다. 해먼드는 너무 놀라 비명도 내지르지 못하고 목 안으로 삼켰다. 끝이 없어 보이는 거대한 빨간 입 속에 이빨들이 번득이고 있었다. 갑자기 나타난 그 거대한 존재가 인간의 것이 아닌 목소리로 말했다.

"아! 저 버닙 놈들, 진짜 둥지 한 번 털어줘야 돼. 이 구역에서는 내가 인간 사냥을 허락하지 않는다는 걸 알면서도 건방지게 얼씬거린다니까."

해먼드가 숨을 헐떡이며 말했다.

"테메레르, 테메레르구나. 어휴, 이제 살았다."

조금 전까지 쫓기느라 신경이 있는 대로 곤두섰던 해먼드의 마음에 안도감이 밀려들었다.

샤냥꾼이 물었다.

"해먼드 대사님?"

사냥꾼이 내민 손을 잡고 일어서던 해먼드는 사냥꾼을 올려다보았다. 굳은살이 박인 큼직한 손, 햇볕에 잔뜩 그을린 피부에 텁수룩하게 자란 노란 턱수염, 파란 눈동자. 해먼드가 더듬더듬 말했다.

"로렌스 대령님 아닙니까?"

1

"물질적인 것에 지나치게 관심을 두고 계신 듯해서 걱정입니다. 물론 누각을 짓는 건 멋진 일이긴 합니다만, 굳이 수고스럽게 저런 장식까지 넣을 필요가 있을까 싶군요."

화려한 조각이 새겨진 석판을 힘겹게 들어 올리는 테메레르를 바라보며 룽션리가 완곡하게 말했다. 그 석판은 누각 한가운데 깔릴 것이다. 용들 대부분이 물질적인 것에 극도로 애착을 갖고 있기에 룽션리의 견해는 흥미로웠다. 거대한 날개를 펼치고 오스트레일리아의 황량한 사막과 드넓은 남태평양을 가로지르며 장거리 비행을 하는 중국 용이기에 남다른 삶의 철학을 갖게 된 것일 수도 있었다.

로렌스는 룽션리의 말을 듣는 둥 마는 둥 대충 대답했다. 테메레르가 석판을 들어 올리자마자 로렌스는 인부들에게 최종 위치를 표시해놓은 받침대를 위로 올리라고 지시했다. 하지만 그 작업을 하면서도 생각은 다른 곳에 가 있었다. 바로 9미터쯤 떨어진 누추한 야영지 한쪽, 늘어선 나무들 덕분에 시원한 그늘이 드리워진 야트막한 오두막이었다. 그 오두막에서 해먼드가 휴식을 취하며 기운을 회복하고 있었다. 해먼드의 등장과 함께 그동안 잊고 살았던 바깥세상의 일들이 다시 로렌스에게 밀어닥쳤다.

테메레르가 붙잡은 석판이 공중에서 불안하게 흔들리다가 마침내 기다란 버팀대를 향해 내려왔다. 테메레르는 천천히 숨을 내쉬며 조심스럽게 석판을 내렸다. 부우욱 긁히는 소리와 함께 석판이 자리를 잡으면서 나무 버팀대의 파편이 이리저리 튀자 인부들은 말뚝을 들고 얼른 뒤로 물러섰다.

그러자 오데이가 인부들에게 럼주 몇 잔과 은화 몇 닢을 나눠주면서 약간 실망한 투로 말했다.

"뭐, 짓뭉개지거나 손 잘린 사람이 없으니 기적이라고 해야겠구먼."

테메레르는 아름답게 조각한 거대한 대리석 석판을 누각 한가운데 깔아야 한다고 줄곧 고집을 부렸고, 오데이는 그러다간 큰 사고가 날 거라며 온갖 불길한 예측을 내놓았었다.

테메레르가 대꾸했다.

"이렇게 크고 멋지게 깔 수 있는 걸 조그맣게 잘라서 깔면 무늬를 망치지. 그거야말로 범죄야. 모자이크의 아름다움을, 특히 보석 박힌 모자이크의 아름다움을 내가 모르는 건 아니지만, 이렇게 깔아놓으니까 정말 특별해 보이잖아. 보는 눈이 없는 자들이야 평범한 석판일 뿐이라고 지껄이겠지만."

테메레르는 새로 칠한 회반죽에 코를 가까이 대고 걱정스러운 표정으로 킁킁 냄새를 맡는 등 보조 작업을 모두 점검한 후에야 로렌스와 룽셴리 옆에 앉아 흐르는 개울물을 마셨다.

"너도 그렇게 생각하지 않아?"

테메레르의 물음에 룽셴리가 대답했다.

"아주 멋집니다. 골짜기 안에 지어진 건물이니 마음껏 찬사를 보낸다고 해도 해악이 될 건 없겠지요."

룽셴리가 다른 곳으로 관심을 돌리자 테메레르가 목소리를 낮춰 로렌스에게 말했다.

"무례하게 굴 생각은 없지만, 로렌스. 셴리는 남의 기분을 우울하게 하는 데 소질이 있는 거 같아. 편지와 손님을 싣고 여기까지 날아와준 건 물론 고맙지만. 우리를 보러 먼 길을 와준 해먼드 씨도 참 상냥한 사람이기는 하지."

"그래."

로렌스는 차분히 대답하고는 행낭을 열고 꾸러미를 하나 꺼냈다. 포장을 풀어보니 비취로 만든 롤러에 크고 묵직한 종이를 감은 편지였다. 테메레르의 모친 룽티엔치엔이 아들에게 보낸 편지로, 시집 한 권이 동봉되어 있었다. 또 다른 두툼한 꾸러미는 이리저리 돌려봐도 수신인 이름이 없어서 하는 수 없이 겉포장을 뜯었는데, 포장 안쪽에 다른 글은 없이 '꿍쑤'라는 이름만 적혀 있었다.

로렌스가 꾸러미를 건네자 꿍쑤는 그것을 받아들고 "감사합니다."라고 말하고는 숙소인 작은 별채로 갔다. 잠시 후 로렌스는 꿍쑤가 그 꾸러미를 앞에 놓고 중국식으로 절을 하는 모습을 볼 수 있었다. 부친이 보낸 꾸러미인 듯했다.

십자가 모양으로 두툼하게 접은 편지도 있었다. 뜻밖에도 리처드 쉬플리가 수신인이었다.

"정말 자네 것이 맞나, 쉬플리?"

로렌스는 그 편지를 내주며 물었다. 이 땅에 유형수로 온 젊은 이에게 중국에서 편지를 보냈다는 게 쉽게 이해되지 않았다.

"예, 맞습니다. 형이 월로트리 사에 근무하면서 광둥 무역로에서 활동을 하고 있거든요. 형이 감사하다는 말씀을 전해달라고 했습니다."

이 골짜기에 머무는 이들에게 온 우편물은 이게 전부였다. 행낭에 담긴 나머지 우편물은 시드니로 갈 것이었다. 로렌스는 행낭을 도로 닫았다. 내일 오데이가 그 행낭을 포트잭슨으로 가져갈 것이고 해먼드도 동행할 것이다. 해먼드는 이 땅에 영국 공군 소속 선임장교로 주둔하고 있는 랜킨 대령에게 볼일이 있을 테니까.

하지만 그게 다는 아닐 것이다. 꼬챙이에 꿴 소들이 불 위에서 익어가는 동안 로렌스는 새로 바닥을 간 누각으로 들어가 가장자리에 서서 넓은 골짜기를 내려다보았다. 처음 심은 씨앗용 작물들이 벌써 싹을 틔웠고 양 떼와 소 떼가 늦은 오후의 햇살 속에서 부드럽게 서로를 부르며 풀을 뜯고 있었다. 전쟁은 산 너머 먼 세상 얘기였다. 평화로운 이곳에는 정직한 노동이 있을 뿐이었다. 평생 문어의 빨판처럼 그에게 들러붙어 있던 살인과 배반의 악취 따윈 없었다. 로렌스는 세상을 잊고 사는 지금이, 세상에 잊힌 지금이 만족스러웠다.

"어이쿠, 고맙네."

해먼드의 목소리가 들려 로렌스가 뒤를 돌아보았다. 드디어 오두막에서 나온 해먼드가 불가로 걸어가면서 오데이에게 럼주 한 잔을 받아들고는 접의자에 털썩 앉았다. 로렌스는 턱에 까칠까칠하게 자란 턱수염을 손으로 익숙하게 문질렀다. 아무리 생각해도 해먼드가 우편물을 전하고 얘기나 나누자고 베이징에서 여기까지 먼 길을 왔을 리가 없었다.

로렌스가 불가로 다가가자 해먼드는 후들거리는 다리로 의자에서 겨우 일어서며 로렌스에게 말했다.

"다시 한 번 감사 인사를 드려야겠습니다. 덕분에 종일 푹 잤습니다. 누각 공사가 꽤 잘 진행이 된 걸 보고 놀랐습니다."

칭찬을 들은 테메레르는 기분이 좋아 머리를 흔들며 말했다.

"그럼요. 아주 멋지게 진행되고 있어요. 평범한 디자인을 탈피하려고 몇 가지 소소한 변화를 줬죠. 여기로 오는 동안 편안한 여행이 아니었던 것 같으니까 몸 상태가 나아지면 누각 안에 꼭 들어가 보세요."

그러자 해먼드가 단호하게 말했다.

"물론 편안하진 않았지만 불평할 생각은 없어, 테메레르. 그나저나 로렌스 대령님, 여기까지 오는 데 3주나 걸렸습니다! 3주일 전 일요일에 내가 베이징에서 차를 마시고 있었다는 게 믿기질 않아요. 그 모진 여행에서 정말 살아남은 게 맞나 싶기도 하고. 아, 그래, 고마워 오데이. 한 잔 더 받도록 하지."

해먼드는 몸집이 크지도 않았고 술을 과하게 즐기는 편도 아니었다. 물을 타지 않은 독한 럼주를 연거푸 세 잔 마시고 나자 해먼드는 경계심을 늦추었는데, 안 그랬으면 로렌스의 말에 곧장 대답하는 일은 없었을 것이다.

"와주신 건 물론 환영입니다만, 무슨 일로 오신 건지 짐작이 안 되는군요. 사소한 일로 먼 길을 오셨을 리도 없고."

해먼드는 잔을 내려놓을 탁자를 찾다가 둘러봐도 없자 땅바닥에 잔을 내려놓고 밝은 표정으로 허리를 폈다.

"아! 바로 말씀을 드리지요. 대령으로 복귀시켜드리려고 왔습니다. 그리고……"

로렌스가 가만히 쳐다보는 동안 해먼드는 외투 안주머니에 손을 넣어 뒤적거리다가 영국 공군 대령 계급을 나타내는 가느다란 금 막대기 두 개를 꺼내며 말을 이었다.

"이것도 가져왔습니다."

로렌스는 충동적인 행동을 자제하며 잠시 그대로 서 있었다. 해먼드의 손바닥에 금 막대기가 놓여 있지 않았다면, 로렌스는 그 말을 여행의 고단함과 술기운에서 비롯된 고약하고 불쾌한 농담으로 여겼을 것이다. 그러나 이 정도면 농담일 리 없었다. 얼토당토않은 상황이긴 했지만. 로렌스는 반역죄를 저지른 죄인이었다. 프랑스가 영국을 침공할 당시 로렌스가 혁혁한 공을 세웠다고는 하나 그는 이미 사형을 면했고 유배형 정도로 관대한 처분을 받았다. 그 후로 화이트홀의 호의적인 관심을 받을 만한 일은 전혀 하지 않았다. 어느 해군 장교의 명령을 단호하게 거절한 적이 있기는 했다.

테메레르가 나서서 머리를 낮추고 고개를 옆으로 돌려 커다란 눈으로 금 막대기를 바라보며 말했다.

"우아! 해먼드 씨. 그런 중요한 얘길 왜 지금에야 해요? 하지만 이렇게 멋진 소식을 가져왔으니 비난하진 않을게요. 로렌스, 당장 녹색 외투를 가져와서 입어. 쉬플리! 쉬플리! 로렌스의 사물함을 당장 여기로 가져……."

로렌스가 말을 잘랐다.

"아니, 아닙니다. 받아들일 수 없습니다, 대사님. 그 소식을 전해주려고 고생스럽게 먼 길을 와주신 것은 감사합니다만, 거절하겠습니다."

로렌스는 거절하는 입장이라 더욱 정중하게 말했다. 그가 할 수 있는 대답은 그뿐이었으나 입 밖으로 내기가 쉽지 않았다. 해먼드의 손바닥에 놓인 금 막대기에는 그의 성과 이름이 돋을새김되어 있고 다른 장식은 없었다. 그동안 로렌스는 가문의 명예에 먹칠한 것에 대해 애써 생각하지 않고 살아왔다. 달리 보상할 방법도 없었기 때문이다.

해먼드는 여전히 손을 내민 채 로렌스를 바라보았다. 테메레르가 금 막대기를 내려다보며 물었다.

"로렌스, 설마 진심은 아니지?"

로렌스는 단호하게 말했다.

"현재 상황에서 이런 식으로 나에게 복귀를 명하는 이유는 하나뿐이야. 이곳 시드니의 반란을 진압하게 하려는 거. 유감입니다만 대사님, 나는 더 이상 영국 정부를 위해 도살자 노릇을 할 생각이 없습니다. 매카서 씨에 대해서도 그렇고요. 독립에 대한 매카서 씨의 생각에 동조하는 건 아니지만, 그가 대의명분이나 사리분별 없이 멋대로 행동하는 사람이 아니라는 것 정도는 압니다. 나는 매카서 씨를 따르는 영국 군인들을 도살하고 매카서 씨를 교수대로 보내는 일 따윈 하지 않을 겁니다."

해먼드는 말을 더듬었다.

"어…… 그런 게 아니라…… 아뇨, 로렌스 대령님. 그게 아니라, 음, 로렌스 씨. 그런 쪽으로 생각을 하실 줄은…… 오해하신 겁니다. 물론 매카서 총독하고도 볼일이 있기는 합니다. 이곳을 독립시키니 어쩌니 하는 건 있을 수도 없는 헛된 망상일 뿐이니, 만약 그 문제에 있어서 로렌스 씨가 협조를 해주신다면 우리로서는 물론 편리하겠습니다만……."

해먼드가 잠시 입을 다물고 생각을 정리하는 동안 로렌스는 대령으로 복귀할 수 있을 거라는 희망을 받아들이지 않으려고, 그런 희망에 탐닉하지 않으려고 스스로를 다잡았다. 명예로운 영국 군인이 할 수 있는 임무였으면 해먼드는 로렌스가 아닌 다른 이에게 임무를 맡기려 했을 것이다. 그러나 해먼드는 정식으로 계급 복귀를 제안하며 이곳까지 찾아왔다. 이제부터 해먼드는 더욱 구미가 당길 말을 할 테니 로렌스의 입장에서는 거절하기가 한층 더 어려워질 듯했다.

해먼드가 말했다.

"첫째, 대령님의 감정이 어떤지 전적으로 이해합니다. 좀 더 분별 있게 이 얘기를 꺼냈어야 했는데 그러지 못한 것을 용서해 주시기 바랍니다. 우선 매카서 씨의 다른 행위들에 대해 영국 정부가 신중하게 평가를 했다는 얘기를 전해드려야겠군요. 그리고 중국과의 전면전 가능성에 대해서도 보다 차분하게 논의가 되었는데, 전면전을 해야 한다는 윌러비 함장의 주장은 순전히 광기에서 비롯된 것으로 취급되었습니다. 참고로, 그를 함장이라고 호칭한 것은 예의상 그런 것일 뿐, 내 어리석음의 소치가 아님을 알아주시기 바랍니다."

로렌스는 엄숙하게 고개를 끄덕였다. 일전에 제인 롤랜드에게 보낸 보고서에서 로렌스는 이미 윌러비 함장의 주장을 얼토당토않은 헛소리로 일축한 바 있었다. 그 보고서가 공식적으로 고려되지는 않았더라도 참고는 되었을 것이다. 그러나 해먼드는 로렌스가 제인에게 그런 보고서를 보낸 것을 알지 못할 테니 그 문제에 관해 로렌스의 감정이 어떨지에 대해서도 알 리가 없었.

해먼드가 계속해서 말했다.

"매카서 씨는 이곳 식민지의 반란 문제에 관해 전보다 나은 판단력을 보여주고 있으니 본인의 실수를 인정하고 과거의 잘못된 진술을 철회한다면 예전에 저지른 극단적인 행위를 용서받을 수 있을 겁니다. 가까이에서 지내고 계시니 매카서 씨의 생각이 또 다시 바뀔지 안 바뀔지 나보다 더 잘 아시겠지요. 분명한 것은 내가 여기 온 이유가 매카서 씨를 힘으로 짓누르기 위해서도 아니고 중죄인으로 다루기 위해서도 아니라는 겁니다."

테메레르가 날개를 납작하게 접어 내리고 얼굴 주변의 막도 늘어뜨린 채 걱정스러운 눈빛으로 슬그머니 끼어들었다.

"내가 알기로 매카서 씨는 사리분별이 있는 사람이에요."

테메레르는 로렌스가 대령 직위뿐 아니라 꽤 많은 재산까지 잃은 이유를 자기 탓으로 여기는 만큼, 대령으로의 복귀를 대단히 가치 있게 여기고 있었다. 로렌스는 명예를 잃은 것을 더 애통하게 여겼기에 명예 회복을 더 중시하고 있었으나 테메레르는 일단 대령으로 복귀하면 잃었던 명예도 자연히 되찾으리라 예상했다.

로렌스가 알기로 매카서는 야심이 능력을 훨씬 웃도는 자로 나폴레옹의 아류라 할 만한 인물이었다. 해먼드가 매카서에 대해 묻는다면 로렌스 입장에서는 매카서를 덕망 높은 인물로 띄워줄 수도, 위험한 인물이라 경고할 수도 있었다. 어느 쪽으로 얘기하든 해먼드는 그 평가를 받아들일 것이다. 매카서는 자신이 반란을 일으킨 것은 사리사욕을 위해서가 아니라 식민지를 보호하기 위해서였다고 종종 떠벌리곤 했다. 그 말이 전적으로 사실은 아닐지라도 교수대로 끌려가지 않기 위해 나름의 방어 장치를 구축해놓은 셈이었다. 매카서가 테메레르의 바람대로 사리분별이 확실한 사람은 아닐지 모르지만, 그의 아내가 현명하니 남편을 대신해 이곳 식민지의 사안에 대해 합리적인 판단을 해줄 수 있을 것이다.

"그럼 영국 정부가 농부가 아닌 대령으로서 날 필요로 하는 이유가 뭡니까?"

로렌스의 물음에 해먼드는 평소의 그답게 말을 빙빙 돌렸다.

"이곳에서 일어난 반란과는 무관합니다. 완전히는 아니지만 거의 그렇다고 볼 수 있지요. 나중에라도 로렌스 씨를 속였다는 비난은 듣고 싶지 않으니 솔직하게 말하겠습니다. 로렌스 씨를 대령으로 복귀시키는 문제에 대해 향후 매카서 씨와 논의하면서 이곳 식민지의 반란에 대해서도 약간은 언급할 겁니다……. 그래야 내 말이 제대로 먹힐 테니…….."

로렌스는 무미건조하게 대꾸했다.

"그렇겠죠."

"하지만 지금 중요한 건 식민지 문제가 아닙니다. 어떻게든 1급 용이 이곳에 배치되어야 하는 건 맞지만, 로렌스 씨와 테메레르가 굳이 그 일을 맡아야 할 필요는 없지요. 지금처럼 매카서 씨가 본국에서 보내오는 죄수들을 계속 받아주는 한, 식민지의 상황을 긴급하게 바로잡아야 할 필요도 없습니다. 내가 여기까지 찾아온 이유는 브라질 문제 때문입니다. 소문은 들으셨겠지요?"

로렌스는 잠시 생각에 잠겼다. 미국 선장의 입을 통해 근래에 떠도는 소문만 들었을 뿐이었다.

"헛소문인지 어떤지는 모르겠지만 나폴레옹이 츠와나 용 몇 마리를 리오로 보내서 그곳 식민지를 공격케 했단 얘기는 들었습니다."

고립된 골짜기에 살고 있기에 로렌스는 바깥세상의 소식을 조금씩밖에 듣지 못했다. 우연히 귀에 들어오면 몰라도 굳이 찾아다니며 들으려 하지도 않았다.

"아뇨, 헛소문이 아닙니다. 최근 보고서에 따르면 나폴레옹은 가장 무시무시한 용들을 열두 마리 이상 리오로 보내서 그곳을 초토화시켰다고 합니다. 용 수송선들을 아프리카로 다시 보내서 그곳 용들을 더 많이 실어올 거라고 하더군요."

그제야 로렌스는 해먼드가 이곳까지 날아온 이유를 납득할 수 있었다. 해먼드는 걱정이 가득한 표정이었다.

"하지만 나는 아프리카에서 츠와나 족에게 붙잡혀 포로 생활을 했을 뿐이지 그들에 대해 별다른 정보를 갖고 있진 않습니다."

이 말을 하는 로렌스의 머릿속에는 예전에 아프리카에서 납치당해 감금되었던 끔찍한 기억이 천천히 떠올랐다. 당시 그는 아무런 예고도 없이 테메레르와 떨어져 아프리카 내륙으로 1600킬로미터 가량 끌려갔다. 왜 납치를 당해야 하는지 이유조차 듣지 못했다.

"아무래도 츠와나 용들에 대해 제일 잘 아실 테니까. 그들의 언어라든가…… 풍습도 익숙하실 테고……."

해먼드는 더듬거리며 말을 이었고 로렌스는 회의적인 얼굴로 그저 듣기만 했다. 납치당해 포로 생활을 한 몇 달 동안 로렌스는 주로 동굴 감옥에서 생활했고, 그곳에서 알아낸 정보는 나중에 모두 상부에 보고했다. 아프리카에서 그런 변변찮은 경험을 했다고 해서 츠와나 용들을 설득할 수 있는 외교 대사 자격이 된다고는 생각하지 않았다. 귀족 각하들의 생각도 마찬가지일 것이다.

그 부분에 대해 해먼드가 말했다.

"내 생각에는…… 그러니까 내가 듣기로는…… 로렌스 씨와 테메레르를 브라질로 보내는 것에 대해 웰링턴 공작께서 현명하지 못한 판단은 아니라고 말씀을 하셨다고…….”

"웰링턴 공작께서 평소에 나나 테메레르를 못마땅하게 여기셨던 걸 생각하면 무척 놀라운 얘기가 아닐 수 없군요."

"글쎄요, 그게, 내가 알기로는 웰링턴 공작께서 직접 이번 일을 제안하신 것으로…….”

해먼드는 어떻게든 듣기 좋게 꾸며보려고 머리를 굴리며 말끝을 흐렸다. 최대한 로렌스가 받아들일 수 있도록 미사여구로 치장해 꺼내놓은 말은 이러했다. 통제 불능인 데다 난폭한 츠와나 용들에게 알아듣게끔 말을 할 수 있는 이가 있다면 그게 바로 로렌스와 테메레르라고, 츠와나 용들이 브라질 식민지의 4분의 3을 폐허로 만들지 않게 하려면 그 둘을 브라질로 보내야 한다고 웰링턴 공작이 말했다는 것이다.

테메레르가 기대에 찬 눈으로 로렌스를 내려다보며 말했다.

"우린 대사 노릇을 아주 잘할 수 있을 거야. 웰링턴 공작이 실제로는 우리에 대해 훨씬 무례하게 말을 했겠지만 상관없어. 예전에 츠와나 용들이 당신에 대한 권리도 없으면서 당신을 잡아갔을 때 나는 무척 화가 났었는데, 그들이 후손들을 노예로 빼앗긴 상황이었단 점을 감안해야겠지. 츠와나 용들은 말로 설득해도 통할 만한 용들이야. 빼앗긴 후손들을 돌려받기만 하면 그 용들이 기분을 풀지 않을 이유가 없어."

그러자 해먼드가 거북해하며 말했다.

"아, 그게 말이지. 음, 우리 영국과 동맹을 맺고 있는 국가들의 이해관계도 물론 고려해야 하지만, 무엇보다 노예로 잡혀간 사람들의 위치를 전부 파악하는 게 쉽지가 않아. 게다가 우리 정부의 입장이라는 것도 있고, 노예 주인들의 재산권 문제도 얽혀 있어서……."

"무슨 소리예요! 재산권이라니! 말도 안 되는 소리죠. 내가 소를 먹으려고 아무도 보지 않을 때 한 마리 잡아간다고 쳐요. 사람들은 그걸 도둑질이라고 하겠죠. 그런데 내가 쿠링길레에게 오팔을 받고 대신 그 소를 내준단 말이에요. 그럴 경우 쿠링길레가 그 소에 대해 소유권이 있다고 말할 수는 없는 거잖아요. 특히 그 소가 내 소가 아니라는 걸 쿠링길레가 잘 알고 있는 상황이라면 더더욱 그렇겠죠."

해먼드는 예전에도 테메레르와 함께 처음 중국으로 가면서 이런 식으로 토론을 했었는데, 그때처럼 지금도 무척 곤란해하는 표정이었다. 로렌스는 해먼드의 그런 표정을 보면서 약간 재미를 느꼈고, 해먼드가 무슨 생각으로 이 임무에 자원해서 여기까지 왔는지 짐작이 되었다. 해먼드는 로렌스와 테메레르 문제로 곤란을 겪었던 과거를 장밋빛으로 개칠하고는, 그때처럼 이번에도 자신의 뜻대로 일이 진행될 것이라 예상한 듯했다. 어느 정도 좋은 말로 설득하면 로렌스와 테메레르를 원하는 대로 조종할 수 있다고 여긴 것이다.

로렌스가 생각하기에는 테메레르의 말대로 노예들을 츠와나 용들에게 돌려준다고 해도 츠와나 용들은 만족하지 못할 게 분명했다. 포르투갈인들이 정직하게 노예들을 내놓는다고 해도 광산과 농장에서 가혹한 노동으로 죽은 이들, 감금된 생활 속에서 절망으로 죽어간 이들까지 되살려내지는 못할 테니까. 또한 로렌스는 노예 소유주들의 이익을 대변하는 역할을 맡고 싶지 않았다. 해먼드가 예전에 로렌스와 함께 다니는 동안 노예제도에 반대하는 그의 성향을 미처 파악하지 못했다고 해도 그 부친의 명성은 익히 알고 있을 것이다. 로렌스의 부친 앨런데일 경은 오래전부터 노예제도 폐지론자로서 열정적으로 활동을 해왔다.

"우리가 달리 대책을 마련해둔 것은 아니지만 포르투갈인들도 지금 같은 상황에서는…… 기꺼이 협상에 응할 수밖에 없을 것이고……."

해먼드는 명확하게 약속은 못하고 머뭇거리다가 덧붙였다.

"어쨌든 대령님이 거기 가서 노예 주인들의 대변인 노릇을 할 일은 없습니다."

"영국은 무슨 이익을 보게 됩니까?"

"브라질에 평화를 정착시키는 것이지요. 평화 정착이 바람직한 현상이라는 점은 부정하지 못하실 겁니다."

그러자 테메레르가 끼어들었다.

"평화가 기분 나쁜 현상은 아니죠. 흔히 생각하는 것처럼 그렇게 지루하지도 않을 테고요."

테메레르는 아쉬움이 살짝 묻어나는 말투로 이렇게 속에 없는 말을 하고는 덧붙였다.

"영국이 브라질의 평화에 왜 그리 관심을 갖는지 모르겠어요. 평화가 그렇게 좋으면 유럽에 있는 나폴레옹이랑 먼저 화해를 하면 되잖아요. 물론 지금 상황에서 화해를 하는 게 좋다는 뜻은 아니에요. 리엔이 프랑스에서 거들먹거리며 살고 있는 한은 프랑스와 화해하는 일 따윈 없었으면 하니까요."

해먼드는 눈에 띄게 우물쭈물하다가 입을 열었다.

"음, 이 문제는 신중해야 합니다. 극비라서……."

그러자 테메레르가 머리를 앞으로 더 들이밀고 얼굴 주변의 막을 앞으로 뻗으며 소곤거렸다.

"말 새어나가지 않게 할게요."

해먼드는 영 믿지 못하겠다는 얼굴이었다. 거대한 용이 은밀히 속삭여봤자 9미터 떨어진 곳에 있는 사람에게 그 소리가 들릴 정도니 못 믿을 만도 했다.

로렌스가 말했다.

"최대한 비밀을 지키도록 하겠습니다. 만약 말이 새어나간다고 해도 우리한테 하신 말씀은 여기 사는 다른 이들에게는 별로 흥미로운 소식이 아니라서 이리저리 퍼져나가 적들에게까지 넘어갈 일은 없을 겁니다."

그 말은 사실이었다. 상선들이 포트잭슨 항구를 드나들고 있기는 하지만 이 골짜기에서 일하는 인부들 중 이 땅을 떠날 수 있으리라 기대하는 이는 없었다. 인부들은 가난과 술에 발목이 잡혀 있었고, 무엇보다 이곳에 유배 온 죄수들이기에 이 땅을 떠날 수 없도록 법으로 정해져 있었다. 로렌스나 테메레르와 다를 바 없이 모두들 이 땅에 갇힌 신세라 영국은 머나먼 딴 세상이고 전쟁은 현실감 없는 동화였다. 인부들이 지나가다가 이 얘기를 듣는다고 해도 관심을 보일 이유가 없었다.

해먼드가 말했다.

"그럼 조금 더 말씀을 드려도 되겠군요. 영국 침략에 실패한 후로 나폴레옹은 도를 넘어 미쳐 날뛰고 있습니다. 결국 그를 잡기 위한 덫을 놓을 수밖에 없었지요. 조만간 우리 영국 군대가 포르투갈에 상륙할 겁니다. 우리가 남쪽에서부터 치고 올라가는 동안 동쪽에서 러시아군과 프러시아군이 프랑스군을 치기로 했습니다. 웰링턴 공작은 우리의 승리를 자신하고 있는 상황입니다."

매우 극단적이고 대담한 전략이었다. 그러나 포르투갈에서 스페인을 거쳐 피레네 산맥을 지나 프랑스에 다다를 때까지 장기간 힘겹게 이베리아 반도를 가로질러야 한다는 점을 생각하면 결코 쉽지 않을 것이다. 나폴레옹은 영국으로 쳐들어왔다가 큰 손실을 봤고 수많은 프랑스군을 포로로 남겨둔 채 물러났다. 그러나 그 정도 손실을 입었다고 해서 나폴레옹이 영국군 및 그 동맹국들의 공격으로 크게 취약해질 것 같지는 않았다.

로렌스가 말했다.

"거점으로 삼을 만한 곳도 없이 무작정 쳐들어갔다가는 승리를 장담할 수 없을 텐데요."

"바로 그겁니다. 그래서 포르투갈을 우리 편에 둬야 하는 겁니다. 나폴레옹이 이미 스페인을 차지한 상황에서 포르투갈의 섭정 왕자가 브라질을 탈출해 포르투갈로 돌아올 경우 나폴레옹과 손을 잡을 수도 있으니……."

"나폴레옹을 잡으려면 영국 군대가 포르투갈을 통과해야 하는데, 포르투갈이 우리의 통행을 계속 허가해줄지 자신이 없는 거군요."

해먼드가 고개를 끄덕였다.

"그래서 포르투갈을 반드시 우리 편에 둬야 한다는 겁니다."

테메레르는 해먼드가 하는 짓이 이해되지 않았다. 대령 복귀 같은 중대한 행사를 제대로 된 의식이나 공지도 없이 진행하다니. 하지만 생각해보니 로렌스가 대령 직위를 잃을 때도 마찬가지였다. 테메레르는 전혀 눈치도 못 채고 있다가 어느 날 오후 누가 로렌스를 '로렌스 대령님'이 아닌 '로렌스 씨'라고 부르자 그제야 그의 제복에 붙어 있던 금 막대기가 사라졌음을 알아챘었다. 그리고 지금 그 금 막대기는 해먼드의 손바닥에서 곱게 빛나고 있었다.

해먼드가 임무에 대한 설명을 마친 후에도 로렌스는 말이 없었다. 테메레르는 걱정스러운 눈으로 로렌스를 바라보며 조심스럽게 운을 뗐다.

"해먼드 씨가 우리한테 요청한 내용이 심하게 불쾌한 것 같지는 않아."

끔찍한 짓을 하라는 명령이라면 거절해야 마땅했다. 그런 식으로 로렌스가 복직하는 건 테메레르도 원치 않았다. 차라리 배신자라는 기분 나쁜 소릴 한 번 더 듣는 편이 나았다. 하지만 이렇게 좋은 기회가 왔는데 그냥 날려버리는 것은 너무 아까웠다.

로렌스가 해먼드에게 말했다.

"장거리 여행으로 많이 피곤해 보이십니다. 쉬면서 기운을 회복하시고 내 오두막을 편하게 쓰도록 하세요. 폭포 위쪽에 가면 깨끗한 물이 있습니다. 쉬플리가 그리로 가는 길을 안내해드릴 겁니다."

그러고는 쉬플리를 손짓해 불렀다.

"아…… 예, 그러지요."

해먼드는 이렇게 말하며 쉬플리를 따라 걸어갔다. 바닥이 울퉁불퉁한데도 몇 번이나 고개를 돌려 로렌스를 쳐다보면서 표정에 담긴 생각을 읽어내려 애쓰는 모습이었다.

해먼드가 멀찌감치 가고 둘만 남게 되자 테메레르가 말했다.

"내키지 않으면 하지 마, 로렌스. 그런데 생각해보면, 브라질행을 굳이 거절할 이유는 없겠다 싶어. 당신 직위와 직책도 돌려받을 수 있고."

"그건, 테메레르. 명목상의 복귀일 뿐이야. 부도덕한 일이라 판단되는 명령에는 복종하지 않기로 결심한 이상 나는 어느 부대에서도 제대로 된 장교로 복무할 수가 없어."

그래도 테메레르의 생각에는 금 막대기를 돌려받고 사람들이 로렌스에게 붙이는 호칭이 달라진다면 그것만으로도 충분할 것 같았다.

"우리한테 끔찍한 명령을 내린 것도 아니잖아. 게다가 영국 정부도 그동안 봐왔으니 우리가 어떤 식으로 움직이는지 알고 있을 거야."

테메레르는 희망에 부풀었다. 정부가 지혜롭게 굴 것이라는 기대는 애초에 하지도 않았다. 하지만 정부 인사들도 그간의 숱한 사건들을 보았을 테니 테메레르와 로렌스가 정당하지 않은 임무와 명령에 무작정 소처럼 멍청하게 따르지는 않는다는 점을 인지하고 있을 것이다.

"그러니 그들도 필요 이상으로 우릴 신뢰하지는 않겠지."

로렌스는 이렇게 말한 후 다시 입을 다물었다. 뒷짐을 지고 서서 광대한 골짜기를 바라보았다. 그는 남루한 옷을 입고 있었지만 여전히 금 견장을 부착하고 있는 것처럼 어깨가 곧고 당당했다. 테메레르가 처음 로렌스를 보았을 때 그의 어깨에는 금 견장이 붙어 있었다. 그래서 지금도 제복을 차려입고 녹색 외투에 가죽 하네스를 차고 금 막대기를 부착한 로렌스의 모습을 상상하는 건 어렵지 않았다. 로렌스는 한동안 말이 없다가 물었다.

"떠나고 싶은 거냐?"

그 순간 테메레르는 그 임무를 맡는다는 것이 이 골짜기를 떠나야 한다는 뜻임을 깨달았다. 고개를 돌려 누각 쪽을 바라보았다. 풀숲 사이에서 한가로이 풀을 뜯고 있는 소 떼들, 누런 황토색 바위 사이로 날카롭게 팬 협곡과 그 협곡에 자라나게 될 나무들이 보였다. 초조해진 테메레르는 꼬리 끝을 세우고 흔들고 싶었지만 안으로 말아 넣었다. 여기 와서 이곳을 가꾼 지 얼마 되지도 않은 것 같은데 벌써 떠나야 하다니 아쉬웠다.

골짜기 생활은 전투만큼 흥미진진하지는 않았다. 그래도 밭에 씨 뿌리는 일을 돕고 나서 작물이 자라는 모습을 보고 있으면 기분이 무척 좋았다. 막상 여길 떠날 생각을 하니, 반밖에 완성이 안 된 누각이 이미 버려진 것처럼 쓸쓸해 보였다.

"우리 여기서 참 행복했지? 나도 작업을 하다 말고 떠나는 건 싫지만……."

테메레르는 로렌스를 바라보며 말을 이었다.

"당신은 여기 계속 머물고 싶어?"

몇 시간 후 테메레르는 불 옆에서 꾸벅꾸벅 졸고 있었다. 야영지 근처에 피워놓은 작은 모닥불들이 점차 꺼지면서 크림처럼 부드럽고 노란 잉걸불이 되었다. 남반구의 별들이 머리 위에 넓게 퍼져 있었다. 골짜기 저 너머에서 높낮이가 있는 노랫소리가 로렌스의 귀에 희미하게 들려왔다. 거리가 너무 멀어 가사는 알아들을 수 없지만 여름을 맞아 강가에서 야영하는 위라주리 족의 노래인 듯했다.

내일은 화요일. 평소대로라면 그는 저 아래로 내려가 위라주리 족을 만나 물건들을 교환할 것이다. 북쪽에 있는 큼직하고 오래된 나무들을 베어 목재를 확보하려면 위라주리 족에게 테메레르가 구상 중인 누각 건축의 다음 단계를 설명하고 허락을 구해야 했다. 벽판 작업을 하고 로렌스가 거주할 방과 인간 방문객들을 위한 손님방들을 추가로 지으려면 위라주리 족의 허락이 필요했다.

오데이는 우편물을 가지고 시드니로 갔다가 일주일 후 새 책을 들고 돌아올 것이다. 그동안 누각에 바닥을 마저 깔아야 했다. 인부 두 명이 지붕에 얹을 지붕널을 만드는 일에 이미 착수했다. 며칠 내로 소 떼를 새로운 초원에 옮겨다놓아야 했다. 저녁이면 테메레르의 지도 아래 새로 받은 중국 시집을 펼쳐놓고 그 뜻을 헤아려야 했다. 그들의 새로운 삶은 이런 자질구레한 일상으로 채워져 있었다.

아니면 포트잭슨으로 날아가 용 수송선을 타고 브라질로 떠날 수도 있었다. 훌쩍 날아와 오스트레일리아 해안에 잠시 내려앉았다가 다시 썰물에 대양으로 쓸려나가는 돌멩이 두 개처럼.

로렌스는 이미 결심을 했다. 해먼드가 입을 열기도 전에 이미 마음의 결정을 내린 것일 수도 있었다. 로렌스는 자신의 선택이 알량한 자존심에서, 아직까지 마음에 남아 있는 부끄러움에서 비롯된 것은 아니길 바랐다. 그는 자신의 반역 행위가 필요악이었다고 여기며, 그것을 인정하고 받아들이기 위해 최선을 다해 왔다. 그러나 해먼드의 제안은 너무나 강력한 유혹이었다. 다시 넓은 세상으로 나아가 악이 아닌 선을 행해야 한다는 희망을 품고 계획을 세우는 것은 어려운 일이 아니었으나 그 희망이 결국 헛된 꿈이 되고 말리라는 생각에 망설여졌다.

끝없이 펼쳐진 대양을 건너가기보다는 두려움에 함몰되어 이 땅에 스스로를 가두는 편이 더 쉬울 수도 있었다. 로렌스는 비늘로 덮인 따뜻한 테메레르의 앞다리에 손을 얹었다. 그가 알기로, 테메레르는 세상의 끄트머리에 위치한 이 평화로운 골짜기에서 한가롭게 살아갈 수 있는 성격이 아니었다.

테메레르가 파란 눈을 살짝 뜨고는 왜 잠을 안 자느냐는 뜻으로 꾸웅— 소리를 냈다.

"아니, 어서 자. 모든 게 다 잘될 거야."

로렌스의 말에 테메레르의 묵직한 눈꺼풀이 다시 스르르 감겼다. 로렌스는 면도를 하기 위해 자리에서 일어나 강가로 내려갔다.

2

"지붕도 없는 누각에 대해서는 별로 할 말이 없네. 완성이 된다고 해도 싸 짊어지고 갈 수도 없으니 아무짝에 쓸모가 없지. 너보다는 내가 시간을 더 알차게 활용했다는 사실을 아무도 부정할 수 없을걸."

이스키에르카가 견딜 수 없을 만큼 거만한 투로 지껄였다.

테메레르가 격하게 반박을 하려고 하는데, 이스키에르카가 마드라스에서 새로 데려온 승무원 몇 명을 재촉해서 얼리전스 호의 화물칸에 실려 있던 사물함들을 가져오게 했다. 뚜껑을 열어젖히자 사물함마다 수북하게 쌓인 황금 그릇들이 햇빛을 받아 반짝거렸다. 작은 장식함 안에는 아름답게 자른 준보석들이 들어 있었다. 이런 분위기에서 반박을 해봤자 설득력 없는 공허한 소리일 것 같아 테메레르는 입을 다물었다.

얼리전스 호가 마드라스를 향해 느긋하게 이동하는 동안 이스키에르카는 비행 거리 내에 있는 적국의 배를 한 척도 아니고 세 척이나 포획했다고 했다. 그리고 테메레르를 브라질의 리오로 태우고 가라는 해먼드의 긴급한 요청을 받고 뱃머리를 돌린 얼리전스 호가 이곳으로 되돌아오는 길에도 추가로 또 한 척을 포획했다.

나중에 테메레르는 로렌스에게 말했다.

"이건 너무 불공평해. 우리도 그동안 항해를 줄기차게 다녔지만 근처를 지나가는 프랑스 상선은 한 척도 없었어. 그러니 라일리 함장도 이번에 브라질로 가는 동안 우리가 새삼 프랑스 배를 만나리라곤 생각도 안 할 거야."

"그래도 포경선 한두 척쯤은 걸려들 수도 있어."

로렌스가 무심히 대답했다. 테메레르는 화가 누그러지지 않았다. 고래가 물론 꽤 괜찮은 동물이기는 했다. 지나치게 크지만 않으면 맛도 좋으니까. 하지만 한 수레 분량의 금과 보석하고는 비교가 안 되었다. 향유고래에게서 얻는 고급 향료인 용연향이라는 게 있긴 하지만 테메레르는 그 냄새를 그다지 좋아하지 않았다.

로렌스는 새로운 팀을 꾸리기 위해 기지에서 공군들을 앞에 누고 면접을 보았다. 마드라스의 기지에 전염병이 돌아 그곳 용들의 수가 절반 정도로 줄어버리는 바람에 그랜비가 남아도는 인력을 이곳으로 데려오기는 했는데, 수는 많지 않았다. 그나마 이스키에르카가 쓸 만한 이들을 먼저 다 뽑아가 버려서 테메레르와 로렌스는 나머지 중에서 골라야 했다. 테메레르는 자신이 더 연배도 높고 더 많은 승무원이 필요한 용임에도 이스키에르카가 멋대로 선수를 친 것이 마음에 들지 않았다. 이스키에르카는 가시돌기에서 끝없이 수증기가 뿜어져 나오기 때문에 많은 승무원들을 편하게 싣지도 못하면서 그리한 것이다.

테메레르는 마음이 편치 않았지만 그나마 펠로우스를 다시 지상 지휘관으로 삼았다는 것을 위안으로 삼기로 했다. 에밀리 롤랜드도 다시 공식적으로 로렌스 휘하의 소위가 되었다. 그 외에는 별로 쓸 만한 자들이 없었다. 일관되게 충실한 승무원으로는 줄곧 그들과 함께 하고 있는 꿍쑤뿐이었다. 도싯은 합당한 이유도 대지 않고 테메레르의 팀에 합류하지 않았다. 현재 이 기지에 따로 용 의사가 없으니 자기가 남아 있어야 한다고 했다. 이스키에르카가 새로 데려온 용 의사가 남으면 되지 굳이 도싯이 여기 남아야 할 필요가 있는 건지 테메레르는 이해가 되지 않았다.

로렌스가 공터 바깥에 책상을 놓고 앉아 있는데 블링컨 대위가 쭈뼛거리며 다가와 그 앞에 섰다.

"저기, 드릴 말씀이 있습니다."

공책을 내려다보고 있던 로렌스가 고개를 들자 블링컨이 더듬거리며 죄송하다는 말을 주절거렸다. 그간 예의를 제대로 차리지 못한 것에 대해 대단히 죄송스럽다, 언제나 그렇듯이 나름대로 최선을 다해 의무를 수행해왔으니 부디 잘못을 용서해주기 바란다, 로렌스 대령의 부하로 일을 해보고 싶다, 라는 말이었다.

로렌스는 그의 말을 잘랐다.

"블링컨 군. 예전에 나에 대한 태도가 어떠했든 상관없네. 그런 것에 대해 사과하는 것이라면 받아들일 수 있어. 다만 어린 장교에게 난폭하고 불공정한 태도로 일관하고 전우애도 없으며 상급자에게 인정도 받지 못하고 오로지 이기적인 목적으로 타인의 용을 가로채려는 사람은 용납이 안 돼. 내가 알기로도 그렇고 믿을 만한 이에게 보고받은 바로도 자네는 그런 식으로 행동해 왔어. 그런 사람을 뽑느니 차라리 정당한 사유로 내 면전에 대고 욕하는 사람을 뽑겠네."

디마니와 쿠링길레의 일을 두고 한 말이었다. 시드니의 공군들은 디마니에게서 쿠링길레를 빼앗으려는 시도를 멈추지 않았다. 랭킨은 그런 시도를 저지하지 않았는데 랭킨이라면 그러고도 남을 인간이라 테메레르는 놀라지도 않았다. 만약 공군들 중 한 명이 결국 쿠링길레를 빼앗는다고 해도 테메레르로서는 크게 괴로워할 일은 아니었다. 그렇게 되면 쿠링길레가 비행사에게 충실하지 못한 용이라는 것이 증명될 테고 디마니가 테메레르의 팀으로 복귀할 테니 오히려 환영할 만한 일이었다. 물론 그리 되는 걸 굳이 바라는 건 아니었다. 혹시 그렇게 된다고 해도 나쁜 것만은 아니라는 뜻이었다. 아쉽게도 그런 일은 아직까지 일어나지 않았지만. 테메레르는 로렌스가 공책에 적어놓은 몇 안 되는 장교들의 이름을 서글픈 눈으로 내려다보며 한숨지었다.

블링컨이 변명을 더 늘어놓으려 하자 로렌스가 단박에 말을 잘랐다.

"아니, 자네 입에서 나오는 변명은 더 이상 듣고 싶지 않아. 자네 상관은 쿠링길레를 꾀어내려는 자네의 행동을 용납했고 자네의 동료들은 그걸 흉내냈어. 변명의 여지가 없는, 결코 명예롭지 못한 행동이야. 얼마나 잘못된 행동인지는 자네도 잘 알고 있겠지. 자네는 물론이고 자네와 비슷한 행동을 한 공군들은 내게서 비난밖에 들을 말이 없을 걸세."

블링컨이 서둘러 물러가자 로렌스는 펜을 내려놓으며 씁쓸하게 말했다.

"요즘 들어 내가 경솔하게 구는 건 아닌가 싶기도 해. 내 입맛에 맞는 이들하고만 지내는 것에 너무 익숙해졌나 봐."

그러자 테메레르가 위로해주었다.

"저 녀석은 비난을 들어도 싸. 우리 팀에 넣는 건 상상만 해도 싫어. 저 녀석이 당신한테 무례하게 굴었던 거, 나 하나도 안 잊었거든."

"차라리 반역자라고 욕하는 건 용납할 수 있어."

그러나 테메레르의 생각엔 그와 로렌스가 진정으로 반역 행위를 한 것도 아니니 반역자라는 욕을 듣고도 참는다는 건 지나친 일이었다. 게다가 지금은 영국 정부도 그들이 반역자가 아니라는 걸 인정한 모양새가 아닌가.

로렌스가 계속 말했다.

"하지만 남의 용을 빼앗으려는 이기적이고 음흉한 짓거리는 용납이 안 돼. 그래서 말인데, 쿠링길레와 디마니를 랭킨 밑에 두고 갈 수가 없겠어. 우선 해먼드 대사랑 얘기를 해봐야겠지만, 쿠링길레가 알에서 나온 후 정식 명령을 받은 적이 없으니, 우리가 그랜비랑 얘기를 잘해보면 헤비급 용 쿠링길레를 같이 데리고 떠날 수 있을 거야. 여기 두고 갔다가는 이곳 공군들이 그 둘을 그냥 둘 리가 없어. 내가 대령으로 복귀해서 자기네들에 대해 부정적인 보고서를 상부에 올릴 가능성이 생겼으니, 내가 브라질에서 이곳으로 돌아오기 전에 쿠링길레를 차지하려고 더 지독하게들 굴겠지."

테메레르는 표정이 밝아졌다.

"디마니야 당연히 우리랑 같이 가는 거고, 쿠링길레가 따라오겠다고 하면 난 반대할 생각 없어. 쿠링길레가 이스키에르카 대신 우리랑 같이 가면 안 될까?"

테메레르가 넌지시 제안했다. 그러나 안타깝게도 해먼드가 이스키에르카의 동행을 강력하게 원하고 있었다. 불을 뿜는 용에 대한 가당찮은 편애 때문이었다.

그래도 쿠링길레가 함께 간다면 테메레르는 디마니는 물론이고 시포하고도 헤어지지 않아도 되니 좋았다. 시포는 디마니의 동생이니 아무래도 쿠링길레 쪽으로 배치되겠지만 테메레르는 디마니에 이어서 시포까지 쿠링길레 쪽으로 넘겨줄 마음의 준비가 아직은 되어 있지 않았다.

"중국에 있는 내 여자 친구랑 내가 늘 함께 있지는 않아도 서로 교미 짝인 건 변함없는 사실이잖아. 그러니까 나중에라도 시포가 굳이 디마니 쪽으로 옮길 필요는 없다고 봐."

테메레르는 더는 이 문제로 왈가왈부하고 싶지 않다는 듯 단호하게 말을 맺었다.

로렌스가 말했다.

"오데이도 데려가자. 벌써 몇 달째 건실하게 일을 잘해오고 있으니 비행일지를 깔끔하게 정리하는 일을 맡기면 되겠지. 쉬플리도 데려가도록 하고. 그래, 롤랜드, 무슨 일이지?"

에밀리 롤랜드가 공터로 들어와 나지막한 목소리로 말했다.

"저기, 바쁘신데 죄송합니다. 저기서 공군들이 그를 못 들어오게 막고 있는데, 제 생각에는 그를 만나보고 싶어 하실 것 같아서……."

테메레르는 언덕 아래를 내려다보았다. 기지 입구를 쓸데없이 지키고 있는 공군들이 보였다. 마을에서 갑자기 들이닥치는 이들을 막기 위해서라기보다는 공군들이 나태해지지 않도록 맡겨놓은 일이었다. 공군들은 평상복을 입은 어떤 남자를 막아서고 있었다.

남자의 적갈색 머리카락이 익숙했지만 테메레르는 눈을 가늘게 뜨고 확인한 후 반가워하며 말했다.

"엇, 페리스 대위잖아. 왜 안으로 못 들어오게 막고 있는 거지?"

로렌스는 낯빛이 창백해지며 조용히 지시했다.

"롤랜드, 얼른 가서 다른 공군들에게 옆으로 물러나라고 해. 페리스는 내 손님이니 막지 말라고 하고."

에밀리는 고개를 끄덕이고는 재빨리 달려갔다. 얼마 지나지 않아 페리스가 공터로 올라왔다. 테메레르는 가까이서 그를 보고 많이 변했음을 알 수 있었다. 몸집이 더 커졌고 특히 어깨가 떡 벌어졌다. 햇볕에 자주 노출되었는지 피부가 잔뜩 그을렸고 볼이 불그레해서 나이가 더 들어보였다. 그래도 테메레르는 기쁘고 반가웠다. 예전에 페리스는 그랜비만큼 유능한 장교는 아니었지만 이제 나이도 들었으니 이곳 기지에 있는 다른 장교들은 물론 이스키에르카의 승무원들보다 훨씬 나을 것이다.

로렌스는 의자에서 일어나 페리스를 맞이했다. 페리스는 무척 아파 보이는 모습이었다. 겨우 스물셋밖에 안 되었는데 나이에 비해 훨씬 늙어 보였고 그동안 폭음을 한 흔적이 얼굴에 고스란히 남아 있었다. 로렌스는 마음이 아팠다.

테메레르는 머리를 숙여 페리스를 바라보며 말했다.

"다시 만나니까 정말 좋다, 페리스. 어떻게 여기까지 찾아왔네. 온 지 얼마 안 된 거야?"

페리스는 얼마 전에 이곳 식민지로 오는 배를 타고 왔다고 더듬거리다가 말끝을 흐렸다.

로렌스가 말했다.

"테메레르, 잠깐 여기 있어. 페리스, 잠시 나랑 같이 좀 걷지."

로렌스는 휴식처로 쓰고 있는 작은 천막으로 페리스를 데려갔다. 로렌스는 랜킨과 자주 부딪치지 않으려고 다른 공군들의 막사와 한참 떨어진 곳에 천막을 쳐놓았다. 덕분에 지금 페리스와 편하게 얘기할 수 있었다. 그는 페리스에게 작은 접의자에 앉으라고 손짓하고 자신도 접의자에 앉으며 조용히 입을 열었다.

"이렇게 다시 보게 돼서 정말 반갑네. 덕분에 자네한테 제대로 사과할 기회를 얻게 됐어. 자네가 내 사과를 너그러이 받아줄지 모르겠군. 내가 자네한테 누구보다도 깊은 상처를 줬으니 말이야."

페리스는 얼굴색이 더 어두워졌다. 그는 로렌스가 내민 손을 잡고는 뜻을 알 수 없는 말을 나지막하게 중얼거렸다.

로렌스가 가만히 듣고 있는데, 페리스는 그만 입을 닫고 눈을 내리깔았다. 로렌스는 어떻게 얘기를 꺼내면 좋을지 가늠이 되지 않았다. 지난날은 보상해줄 수도 없고, 섣부른 제안을 했다가는 오히려 페리스를 모욕하는 것이 될 수 있었다. 예전에 테메레르와 반역을 모의하면서 로렌스는 페리스를 비롯한 부하 장교들을 보호하기 위해 그들에게는 아무런 언질도 주지 않았다. 그러나 처벌 대상을 찾으려 혈안이 되어 있던 군법회의는 상관의 반역 행위를 알지 못했던 것도 죄가 된다며 페리스를 해직시켰다. 전도유망하던 페리스의 앞날은 엉망이 되었고 가문의 이름에는 먹칠이 되었다. 그나마 영국 정부가 페리스를 교수형에 처하지 않기에 로렌스는 자책감을 조금이나마 덜 수 있었다.

"자네 소식을 여기저기 알아보기는 했지만……. 차마 자네 집안에는 서신을 보낼 수가 없었어……."

페리스가 낮은 목소리로 로렌스의 말을 막았다.

"물론 그러셨을 겁니다. 그때는 감옥에 계셨으니 더더욱……."

부질없는 제안이 될 수도 있지만 말이라도 꺼내보기로 로렌스는 마음먹었다.

"어떤 제안을 해도 자네의 지난날을 보상할 수 없으리라는 건 알고 있어. 혹시 이곳에서 사유지를 얻어 살 생각이 있다면 힘닿는 데까지 도와주겠네. 매카서 총독하고도 아는 사이니까 자네만 괜찮다면……."

이 말을 하면서 로렌스는 스스로에 대한 혐오감이 치밀었으나 꾹 눌러 삼켰다. 그런데 페리스가 말을 잘랐다.

"아뇨, 그런 게 아니라 저는…… 테메레르하고 이곳에서 사육장을 시작하신다는 얘기를 들었습니다. 더는 공군 장교가 아니시니까, 제가 도움을 드릴 수 있을 것 같기도 해서 온 것……."

구구절절 설명을 듣지 않아도 페리스가 무슨 생각으로 유배지행 배를 타고 이곳까지 왔는지 짐작할 수 있었다. 페리스는 아주 작은 희망을 부여잡고 이 좁고 조악한 감옥 겸 식민지로 온 것이었다. 버림받은 자로서 불명예와 치욕을 안고 살아가야만 하는 이곳으로.

"그런데 대령으로 복직되셨다는 얘기를 얼마 전에 들었습니다."

로렌스는 미세하게 움찔했다. 반역자인 자신도 복직이 되었는데 정작 죄 없는 페리스는 복직되지 않았다. 이 불공정한 상황에 로렌스는 할 말을 잃었다. 공군 대령으로 복귀했으니 그는 이제 오직 공군만 테메레르의 정식 승무원으로 들일 수 있었다. 페리스에게 비공식적인 자리를 하나 내주고 군식구처럼 데리고 다닐 수는 있겠지만 페리스보다 능력도 없는 다른 공군들이 그를 멸시하는 모습을 보는 것도 고통스러울 것 같았다. 사실상 그런 멸시는 로렌스 자신이 받아야 마땅한 것인데 말이다.

그래도 제안을 하지 않을 수 없어서 자세한 설명은 배제하고 애매하게 말을 꺼냈다.

"이런 얘길 해도 될지 모르겠지만 장거리 여행이 싫지 않다면 자네와……."

로렌스는 머뭇거리다가 어색하게 덧붙였다. 난감했지만 그나마 최선의 선택을 한 셈이었다.

"같이 떠나고 싶은데."

페리스도 어색하게 대답했다.

"기회를 주신다면…… 저야 당연히 좋습니다."

이 팀에 들어오면 겪어야 할 불합리한 상황을 모두 알면서도 받아들이기로 한 것 같았다. 로렌스는 더 나은 제안을 할 수 없는 현실이 안타까웠다. 페리스가 거절할 수 없으리라는 것을 알면서 좋지도 않은 분위기 속에 그를 끼워 넣게 되었으니.

"얼리전스 호에 말을 전해둘 테니 그리로 자네 짐을 옮겨놓게. 최대한 빨리 출항할 생각이야."

해먼드가 말했다.

"곧바로 도움을 드릴 수 없어 미안합니다, 로렌스 대령님. 아시다시피 페리스를 구제하려면 상부의 허가가 있어야 합니다. 이 문제에 관해 기꺼이 편지를 써 보내도록……"

편지라면 로렌스도 이미 여러 차례 보낸 적이 있었다. 제인이 할 수 있는 일이었으면 진작에 페리스를 복직시켰을 것인데, 쉽지 않은 일인 듯했다. 로렌스가 말했다.

"대사님, 실례를 무릅쓰고 말씀드리겠습니다. 내가 지금까지 특별한 부탁을 드린 적이 없다는 건 잘 아실 겁니다. 나 자신을 위해서나 테메레르를 위해서 어떤 부탁도 드린 적이 없습니다. 앞으로 또 이런 부탁을 드릴 일은 없을 것 같으니 이번만큼은 꼭 들어주셨으면 합니다. 나는 대령으로 복직되었는데 페리스 군은 복직이 안 된다는 건 공정하지 않습니다."

그러나 해먼드는 단호했다.

"페리스는 용을 보유하고 있지 않으니까요. 대령님 심정은 이해합니다만 어렵습니다. 최선책을 말씀드리자면 이번 임무를 성공적으로 완수할 경우 페리스에게도 여러 가지 실질적인 혜택이 갈 것입니다. 그런데 그 페리스라는 젊은이도 우리와 함께 브라질로 간다는 말씀이죠? 그렇다면 그 젊은이가 원정 중에 팀에 상당한 공헌을 할 경우 확실히 혜택을 받게 될 겁니다."

확약을 받지 못했으니 페리스에게 딱히 전할 말이 없었지만 로렌스는 그 정도에서 물러나기로 했다. 승무원들을 뽑기 위한 면접을 마친 후에는 공군들의 자질 부족에 한탄했다. 겨우 몇 명을 모으기는 했지만 이런 자들을 데리고 임무를 완수할 수 있을지 자신이 서지 않았다. 우선 오스트레일리아 대륙에서 뛰어나지는 않지만 그럭저럭 능력 있는 장교임을 증명해낸 포싱 대위를 선택했다. 중위 급으로는 캐번디시, 벨로우, 에이버리를 뽑았는데 그들은 그동안 임무에 나선 적이 별로 없어서 결단력 등의 자질이 얼마나 부족한지를 증명할 기회가 적었던 것뿐이지 딱히 뛰어나다고는 할 수 없는 자들이었다. 그래도 로렌스는 그들에게서 숨겨진 재능을 발견할 수 있을지 모른다는 희망을 품어보았다.

매카서 부인이 작별 만찬을 열었다. 구할 수 있는 식재료가 한

정되어 있었을 텐데도 훌륭하게 차려낸 만찬이었다. 그녀의 남편 매카서는 분별 있는 사람이었고 최소한 해먼드를 설득해 이 만찬에 참석시킬 정도의 판단력은 갖추고 있었다.

해먼드를 만난 매카서는 그동안 옆에 사람만 있으면 말끝만 조금씩 바꿔서 수차례 되풀이해왔던 얘기를 또 늘어놓았다.

"아시겠지만 해먼드 대사님, 외부의 간섭 없이 우리가 알아서 일을 처리할 수만 있게 해준다면 누가 저를 수상이라고 부르든 총독이라고 부르든 캥거루 단장이라고 부르든 상관이 없습니다. 지금처럼 웨스트민스터 정치인들의 소식을 8개월째 기다리고 있다거나, 지혜는 없고 의욕만 앞서는 해군 장교 나부랭이가 온 통 여길 휘젓고 다니면서 우리 이웃들과 마찰을 빚는 꼴을 가만히 지켜볼 수는 없는 노릇이죠. 우리 이웃들은 뜻이 맞는 무역 파트너를 찾아 함께 일을 진행하려고 하는데, 본국에서 가만히 내버려두면 우리가 알아서 그런 파트너 노릇을 하고도 남습니다."

현재 식민지 상태가 본국에서 독립한 것과 크게 다르지 않으니, 로렌스가 보기에 이는 의미론적인 논쟁에 불과했다. 그래도 해먼드가 매카서를 '총독'이라 부르고 있고 총독 관저에 영국 국기가 나부끼고 있음을 보았으며 매카서의 만찬에 참석했으니 이만하면 꽤 만족스러운 상황이기는 했다.

식탁에는 여자보다 남자의 비율이 높았으나 매카서 부인이 자리 배치를 요령 있게 잘해서 대위급 이상의 남자들 사이에 여자들을 고루 앉혀놓았다. 그 아래 계급은 남자들끼리 앉아 있었지만 식탁의 중간에서 위쪽으로는 얼추 성비가 맞았다. 이곳 식민지에서 워낙 사교 활동을 하지 않았던 로렌스는 그 위쪽 식탁에 앉은 덕분에 옆자리에 여자를 앉혀두게 되었다. 그녀는 뉴사우스웨일스 군대 소속의 육군 대령이자 매카서의 부하인 티머시 제럴드의 부인으로 미모가 대단히 빼어났다. 그런데 잠시 대화를 나눠보니 그녀는 본국에서 소매치기를 하다가 붙잡혀서 유죄 판결을 받고 죄수 수송선을 타고 이곳에 온 사람이었다.

결혼 약정서에는 '제럴드 부인'이라고 기재되어 있지만 실생활에서는 그렇게 점잖게 불릴 일이 별로 없을 듯했다. 그녀는 술을 세 잔째 입에 털어 넣으며 거침없이 수다를 떨었다.

"진짜 웃긴 게 뭐냐면, 제 남편 티머시는 영국으로 돌아가면 돈 많은 여자를 만날 거라고 허구한 날 떠들었거든요. 듣고 있기가 지긋지긋할 정도로요. 그래서 제가 머릴 좀 굴렸어요. 직접 편지를 길게 써서 옛날에 사귀던 남자친구 이름으로 저한테 보냈죠. 이곳으로 와서 반지와 함께 청혼하고 싶다는 내용으로요. 저는 그걸 티머시가 볼 만한 곳에 놓아뒀어요. 나도 달리 생각하고 있는 남자가 있으니 더 이상 내 앞에서 돈 많은 여자 타령은 하지 말라는 뜻이었어요. 그런데 티머시가 그걸 보더니 분노해서 난리를 치더라고요. 저도 화가 나서 나랑 결혼하든지 아니면 다른 여잘 알아보라고 했죠. 그래서 결국 이렇게 결혼을 하게 되었답니다! 티머시도 이 결혼으로 손해를 본 건 없죠, 뭐. 돈 많은 여자가 미쳤다고 이런 식민지에서 살겠어요."

제럴드 부인은 감수성은 부족하지만 쾌활한 사람이라 함께 만찬을 즐기기에 좋았다. 다른 쪽 옆자리에 앉은 가여운 허섬 양보

다는 훨씬 나았다. 열다섯 살을 겨우 채운 것 같은 허섬 양은 학교 수업이 끝나자마자 이 만찬에 참석한 것 같은 분위기였다. 제럴드 부인보다는 태생적으로 고상하고 교양도 있었으나 워낙 숫기가 없어서 로렌스가 이런저런 말을 건네도 한 음절 이상의 대답을 하지 않았다. 심지어는 접시에서 시선을 들지도 않았다.

식탁 아래쪽에서 젊은 남자들이 동석한 사람들에 대해서는 잊고 저희끼리 시끌벅적하게 떠들기 시작했다. 로렌스가 보기에는 허섬 양 같은 어린애가 앉아 있어도 되는 자리가 아니었다. 매카서 부인이 식탁을 둘러보고는 집사를 불러 간단히 지시했다. 곧 치즈와 사탕이 담긴 디저트 접시가 푸딩과 함께 식탁에 차려졌다. 두 코스 정도의 요리가 더 나와야 일반적인데 벌써 디저트가 나오다니 의외였다. 추가로 요리를 더 내오려다가 분위기상 포기한 것일 수도 있었다. 그래도 요리에 대해 불평하는 이는 없었다. 갓 잡아 올린 바다 생선에 레몬과 오렌지로 양념하고 신선한 완두콩을 곁들인 요리, 새끼 양의 갈비로 만든 크라운 로스트에 체리로 멋지게 장식한 요리, 껍질을 벗기지 않은 통감자와 송아지고기를 갈색 버터로 양념한 요리, 소금을 잔뜩 끼얹어 통째로 구운 다랑어 요리 등이 식탁의 절반을 채웠으니까.

푸딩 접시가 얼추 비고 나자 매카서 부인이 의자에서 차분하게 일어섰다. 매카서도 신중을 기하느라 식사가 끝난 후 얼마 지나지 않아 포트와인을 돌리며 응접실로 자리를 옮겨 숙녀들과 얘기를 나누자고 제안했다.

응접실로 자리를 옮기는 동안 허섬 양을 비롯한 여자들 몇 명은 다른 곳으로 이동했다. 그제야 로렌스는 마음을 놓았다. 그런데 제럴드 부인은 로렌스의 팔짱을 끼더니 신붓감으로 괜찮은 숙녀들을 소개해주겠다며 응접실로 따라왔다.

"좋은 여잘 사귀셔야 되는데 혼자 계시니 이렇게 안타까운 일이 어디 또 있겠어요. 제 마음이 다 아프네요. 소개시켜드릴 테니까 잘 만나 보세요. 용을 싫어하는 형편없는 여자들하고는 연결을 안 시켜드릴 테니 안심하시고요. 저기, 오클리 양. 로렌스 대령과 인사 나눴어요?"

결국 로렌스는 당장 결혼을 할 수 없는 처지이며 조만간 이곳을 떠나기로 되어 있다는 이유를 대고서야 제럴드 부인을 떼어낼 수 있었다. 응접실에서 발코니로 나갔더니 해먼드가 펨버튼 부인과 얘기를 나누고 있었다. 펨버튼 부인은 식민지로 배를 타고 오는 동안 남편을 잃고 미망인이 되었는데 상복을 벗은 지 얼마 안 되었다고 했다.

어떻게 그 먼 거리를 여행해서 이곳까지 왔느냐며 해먼드가 감탄하자 펨버튼 부인이 말했다.

"엘리자베스가 아니었으면 이곳으로 오는 건 생각도 못했을 거예요. 엘리자베스는 매카서 부인의 이름인데, 예전에 저와 같은 반 친구였어요. 하지만 해먼드 대사님은 그 먼 중국에 사시는 분이니, 더 넓은 세상을 보겠다고 데번셔를 벗어나 런던에서 6주 정도 지내고 싶어 하는 저 같은 사람들을 이해하기 힘드시겠죠? 엘리자베스가 이곳에 와서 사유지를 받아 경영해보라고 했을 때 저는 정말 기뻤어요. 엘리자베스의 남편은 여기서 광산 일도 하고 있으니 제 남편이 그 일을 거들어도 되는 거였고요. 여자 혼자서는 할 일이 없는 곳이긴 하지만요."

이제 자신이 할 일은 재혼뿐이라는 뜻이었다. 그녀가 얘기를 하는 동안 응접실 쪽을 돌아보니 대화의 질이 떨어지고 점점 더 시끌벅적해지는 듯했다. 그녀가 이곳에서 생활하면서 딱히 감탄하고 즐길 만한 일은 없겠구나 싶었다.

"영국으로 돌아가시는 것도 좋을 텐데요."

해먼드의 말에 펨버튼 부인은 담담하게 대답했다.

"데번셔로 돌아가면 시어머니와 레이스나 뜨면서 살겠죠. 시어머니가 기르는 퍼그가 우리 발치에서 코를 골며 잠을 잘 테고요."

남편을 따라 기꺼이 세상을 가로질러 이 미완의 식민지로 온 여자가 원할 만한 삶 같지는 않았다.

펨버튼 부인이 물었다.

"두 분 모두 조만간 이곳을 떠나신다죠?"

"조수가 바뀌고 서풍이 불면 바로 떠납니다."

해먼드의 대답은 시적이었지만 정확하지는 않았다. 현재 얼리전스 호가 정박한 위치에서 서풍이 불 때 돛을 올렸다가는 배가 대양으로 나가지 못하고 항구의 암석에 부딪히기 십상이었다. 해먼드가 말했다.

"언젠가는 영국으로 돌아가야겠지요. 조국에 돌아가 봉사하고 싶은 마음도 있지만 아직은 그럴 때가 아니라는 생각입니다. 고향을 그리워하는 마음은 아무래도 여자들이 더 강한 것 같더군요."

"로렌스 대령님은요? 나중에 퇴역하면 영국에서 조용히 살고 싶다는 생각 안 드세요?"

약간은 놀리는 것 같은 말투였다.

"용이 머물 공간만 있으면 그렇게 못 살 것도 없죠."

로렌스는 이렇게 대답하고는 산책을 하겠다며 그 자리를 떠났다. 야자나무와 과일박쥐로 가득한 정원은 어둠에 가려지고 집 안의 조명이 빛나고 있었다. 6년 전이라면 이런 저택에 사는 자신의 모습을 그려보았을지도 모른다. 하지만 뜻밖의 선물로 받은 테메레르에게 온 신경이 쏠려서 그 후로는 그런 상상을 해본 적이 별로 없었다. 그리고 지금은 세상과 격리된 골짜기에서 밭을 일구고 가축을 키우는 힘겹고 불편한 삶을 저택에서의 삶보다 더 좋아하게 되었다.

그러나 그 골짜기마저 이제는 두고 떠나야 했다. 키우던 소들은 팔거나 아니면 항해 중에 용들에게 먹일 수 있도록 얼리전스호에 실을 생각이었다. 밤이면 별빛 아래 반쯤 자라난 밀밭에서 지붕 없는 용 누각의 기둥들이 보초를 서는 이곳. 외로이 고립된 곳이라 관리인을 따로 사서 둘 수도 없으니, 나중에 돌아오면 덩굴식물들이 누각을 온통 휘감고 있을 테고 그들이 힘겹게 일궈 놓은 밭에는 잡초와 묘목이 있는 대로 굵게 자라나 있을 것이다.

과연 돌아올 수 있을까? 로렌스는 돌아서서 집 안으로 들어갔다.

총독 관저는 공군 기지가 들어선 곳을 마주 보고 있었다. 만(灣) 주변이기도 해서 장교들과 병사들은 숙소로 돌아가는 동안 밤공기를 마시며 천천히 술에서 깰 수 있었다. 그런데 나이 어린 장교 몇 명이 부듯가 술집의 불빛을 보더니, 조용한 막사로 돌아가는 대신 둘셋씩 무리에서 빠져나가 술집으로 향했다. 결국 로렌스 주변에는 그랜비만 남았고 랜킨은 저 앞쪽에서 블링컨 대위, 드루모어 대위와 걸어가고 있었다. 누가 먼저랄 것도 없이 로렌스와 그랜비는 걸음을 늦추고는 좀 더 걷기 위해 빙 돌아가는 길을 택했다.

그랜비가 입을 열었다.

"우릴 배웅하는 만찬치고는 꽤 훌륭한 편이었습니다. 매카서 총독 입장에선 속이 후련하진 않았겠지만 말입니다. 제가 만약 우리가 여길 완전히 뜰 예정이고 다시는 돌아오지 않을 거라고 말했으면 매카서 총독은 좋아서 제 손을 잡고 마구 흔들었을 텐데 말이죠."

"우리가 이곳으로 다시 돌아올지 말지는 해먼드 대사한테 달렸으니 그를 믿는 수밖에 없지."

"그 사람을 믿느니 차라리 츠와나 족을 믿겠습니다. 우리더러 브라질로 가서 잔뜩 분노한 츠와나 용들에게 무슨 소릴 하라는 건지. 츠와나 용들이 오죽 무시무시해야죠. 불 뿜는 용도 있고 알려진 헤비급 품종만 네 종류나 됩니다. 그 외에는 그들에 대해 아는 것도 없어요. 차라리 좀 더 북쪽으로 진입해서 북아메리카의 식민지 주민들에게 용들을 빌려달라고 해서 전투에 동원해보는 건 어떨까 싶기도 합니다. 그쪽에는 요즘 용이 남아돌아 화물 운반에 쓴다던데요."

북아메리카에서는 사람들이 본격적으로 용을 길러내기 시작하여 영국에 거주하는 용의 숫자에 버금갈 정도로 개체수를 늘려놓았지만 비행사 수가 많지 않아서 용들이 남아돈다고 했다. 그런데 영국 공군은 장기간 복무하면서도 용 비행사가 될 기회는 평생에 몇 번 올까 말거니, 북아메리카의 상황과 비교되어 마음들이 더 편치 않은 것이다. 그런 면에서 공군과 공감대를 형성하고 있는 그랜비는 북아메리카에 남아도는 용 얘기를 하며 투덜거렸다.
 로렌스가 말했다.
 "그쪽 용들은 몸집도 작고 군사 훈련도 받지 않은 상태라 우리 용들과 비교하는 건 무리지. 게다가 나폴레옹은 츠와나 용들 중에 제일 지독하고 잔인한 용들만 수송선에 잔뜩 태워 브라질로 보냈을 텐데."

 그랜비가 비관적으로 대꾸했다.
 "우리 셋이 가서 얘길 해봤자 츠와나 용들은 귓등으로도 안 듣겠군요."
 "해먼드의 주장대로라면 핼리팩스나 영국 해협에서 우리 쪽으로 병력을 추가 파견할 거라니까, 우리가 브라질에서 배고파 죽을 지경이 되기 전까지는 와주겠지. 그전까지는 어림도 없을 테지만."
 "어쨌든 외무성의 최근 결정에 대해서는 불만 없습니다. 결과만 보면 차라리 잘 됐다 싶어요. 대령님과 테메레르를 이 형편없고 초라한 항구에 처박아놓은 걸로도 모자라 랜킨 대령까지 이리로 보내 성가시게 만들었으니 말입니다. 게다가 기지에는 쓸모없는 게으름뱅이 녀석들만 잔뜩 있고요. 대령님이 그 녀석들을 대부분 포기하고 몇 명만 데리고 브라질로 가신다고 해도 이해합니다. 어, 그런데 저기 무슨 일이 터졌나 본데요?"

기지 입구가 보이는 곳까지 걸어가 보니, 저 앞 언덕 중턱이 시끌벅적했다.

사람들이 모여 선 그곳에서 뭔가 소동이 일어났는지 네 마리의 용들이 그 광경을 흥미롭게 내려다보고 있었다. 소동의 한가운데에는 디마니가 있었다. 로렌스는 어느 정도 포기한 심정으로 상황을 지켜보았다. 뉴사우스웨일스 군대 소속 장교 한 명이 입술이 터진 채 디마니 앞에 무릎을 꿇고 있었다. 그 장교는 자신을 내려다보는 쿠링길레를 보고 눈이 휘둥그레진 상태였다.

랜킨이 열을 올리며 디마니에게 지껄였다.

"……이런 정신 나간 놈을 봤나. 내일 아침에 네 상관을 이곳으로 데려와서 어찌된 상황인지 설명을 요구해야겠……."

디마니가 말을 끊고 나섰다.

"아니거든요! 정신 나간 짓을 한 건 바로 저 사람이에요. 랜킨 대령님은 원래 이런 싸움에 별로 관심이 없으시잖아요. 로렌스 대령님이 돌아오실 때까지 이 사람은 여기 있어야 돼요. 그전에 일어나서 이 자리를 뜨려고 하면 쿠링길레더러 거꾸로 잡고 절벽 너머에 내밀고 있으라고 할 거예요."

이런 일일수록 더 제 사람을 챙기는 테메레르가 디마니의 역성을 들며 에밀리에게 말했다.

"롤랜드, 디마니가 저렇게 화를 낼 정도면 저 남자가 그만한 잘못을 했을 거야. 로렌스가 돌아올 때까지 기다려보자. 로렌스라면 어떻게 하는 게 최선인지 알 거야."

그러고는 쿠링길레에게 덧붙여 말했다.

"쿠링길레, 너는 저 남자를 절벽 너머에 붙잡고 있는 행동은 안 하는 게 좋아. 저 남자가 움찔거리면 떨어뜨리고 말 테니까. 도망치려고 하면 그냥 잡아서 누르도록 해. 너무 세게 눌러서 터뜨리지 않게 조심하고."

이 상황에서 테메레르가 한 말 중 처음으로 분별력 있는 말이었다.

에밀리가 몹시 화가 난 목소리로 말했다. 로렌스는 에밀리가 그토록 화를 내는 모습을 처음 보았다.

"너희는 전부 멍청이들이야. 저 사람이 겁쟁이가 아닌 이상 여기서 벌벌 떨 게 아니라 도망을 치겠지. 그래도 아무 짓도 하지 마. 그리고 로렌스 대령님은 이런 시답잖은 싸움에 대해 들으실 필요도 없어."

이스키에르카가 끼어들었다.

"음, 나 잠이 완전히 깼으니까 누가 무슨 일인지 얘기해줘. 싸움이라도 난 거야?"

그러자 그랜비가 한숨을 쉬며 "아이구, 맙소사."라고 내뱉었다.

결국 로렌스가 그들 앞으로 다가가며 엄숙하게 말했다.

"그래, 내가 왔으니까 말해. 도대체 무슨 일이지? 디마니, 괜한 소란 피우지 말라고 오늘 오후에도 얘기했을 텐데."

"괜히 그런 거 아니에요!"

디마니는 소리쳤지만 그에게 붙잡힌 장교의 얼굴이 피투성이라서 거짓말을 하는 것 같은 상황이 되자 이렇게 덧붙였다.

"제가 아니라 롤랜드가 때린 거예요. 이 정도면 롤랜드가 많이 봐준 거……."

에밀리가 그의 말을 끊고 나섰다.

"술 취한 얼간이 하나 때려눕힌 걸로 간단히 끝날 일이었는데 네가 쓸데없이 끼어들었잖아. 네가 무슨 권리로 내 일에 끼어들어? 대령님, 디마니 말에는 신경 쓰지 마시고……."

그러자 무릎을 꿇고 있던 장교가 불쑥 내뱉었다.

"내가 어떻게 알았겠냐고? 이 계집애가 바지를 입고 돌아다니니 사내애인 줄 알고 장난삼아 한 번 붙잡아본 건데."

"내가 옷을 어떻게 입든 말든 당신이 마음대로 날 붙잡을 이유는 없어. 몰랐으면 똑바로 알아둬. 나한테 맞은 게 억울하면 앞으로는 내 몸에 손대기 전에 먼저 물어보는 게 좋을 거야."

랜킨이 코웃음을 치며 말했다.

"아, 이 지저분한 싸움이 그래서 일어났다 이거로군. 어서 그 장교 놓아줘라, 디마니. 공군에 소속된 여자들이 상류층 아가씨들처럼 순결하게 굴 거라고 생각하는 사람은 아무도 없어. 좀 만졌다고 이런 소동이 일어나다니 우스꽝스럽구나. 네가 질투가 난다고 해서 그 장교를 교수형에 처할 수 있으리라 생각하는 건 아니겠지?"

로렌스가 날카롭게 랜킨의 말을 가로막았다.

"그만하면 됐습니다, 랜킨 대령. 충분합니다."
그러고는 무릎을 꿇고 있는 장교에게 물었다.
"자네 이름과 계급은 뭔가? 상관의 이름은?"
장교는 자신의 이름이 패스터이며 계급은 대위라고 공격적인 말투로 대답했다.
"자네 상관하고는 아침에 얘기할 테니 그리 알아. 자네 상관도 동료인 여성 장교에게 점잖지 못한 행동을 하는 부하에 대해 나와 같은 의견일 거라 생각하네."
로렌스가 이렇게 말하며 그만 가보라고 손을 휘젓자 패스터 대위는 항변할 생각도 못하고 부리나케 언덕 아래로 달아났다. 디마니는 패스터 대위의 뒤통수를 노려보았고 주변에 모여들었던 이들은 흥미를 잃고 흩어졌다.

에밀리가 로렌스에게 다가와 말했다.
"대령님, 소란을 피울 생각은 없었습니다. 그럴 만한 일도 아니었고……."
"따라와."
로렌스는 손을 들어 말을 막으며 에밀리를 그의 천막으로 데려갔다. 디마니도 뒤따라오며 에밀리에게 말을 걸었지만 에밀리는 쳐다보지도 않고 차갑게 외면했다. 그런데도 디마니는 자기는 당연히 해야 할 일을 한 거라고 줄기차게 주장했다.
책상 앞에 앉은 로렌스는 디마니를 꾸짖었다.
"기가 막혀서 말이 안 나오는구나. 숙녀인 에밀리의 평판을 지키고 에밀리의 바람대로 처신했어야지. 화가 난다고 해서 남들

다 보는 앞에서 소란을 피우면 에밀리의 평판도 못 지키고 에밀리를 만족시키지도 못하는 거다."

그러자 롤랜드는 "감사합니다, 대령님." 하고 말하며 흡족한 표정으로 디마니를 쏘아보았다.

로렌스가 계속 말했다.

"내가 롤랜드의 샤프롱(사교 행사 때 젊은 미혼 여성을 보살펴주던 나이 든 여인—옮긴이) 역할을 못할 때에만 다른 이가 대신 나설 수 있는 거다. 어쩌면 애초에 내가 샤프롱으로서의 의무를 제대로 못해서 이번에 롤랜드가 그런 모욕을 받았을 수도 있다는 생각이 드는구나."

에밀리가 부정하려 했으나 로렌스는 기회를 주지 않고 말을 이었다.

"아니, 롤랜드. 군인으로서의 의무가 제일 우선이긴 하지만 넌 숙녀이기도 해. 교양과 품격을 갖춘 숙녀의 딸이니까……."

에밀리는 분노하여 소리쳤다.

"아닙니다! 저는 장교이고 제 어머니도……."

그러나 로렌스가 확고하게 못을 박았다.

"남자가 장교이자 동시에 신사로서 처신해야 하듯이 너도 사정이 허락하는 한, 장교이자 숙녀로서 처신을 해야 돼. 어느 쪽 의무도 소홀히 할 수 없는 거다. 나도 네가 성년이 될 때까지 샤프롱으로서의 역할을 소홀히 하지 않으마. 이 문제에 대해서는 아침에 조치를 취할 테니 그리 알아."

롤랜드는 디마니에게 "너 때문이야."라고 내뱉고는 씩씩대며 천막을 나갔다.

디마니가 변명을 늘어놓았다.

"대령님, 저는 그럴 의도가 아니었어요. 누구든 에밀리를 괴롭히는 걸 두고 볼 수가 없어서……."

"그래도 네가 끼어들 일은 아니었어. 에밀리가 가문의 동의를 얻어 널 샤프롱으로 지정하지 않은 이상은 주제넘게 나서면 안 되는 거다. 그때까지는 어느 정도 선을 긋고 신사답게 처신해. 에밀리에게 구애를 할 작정이면 더더욱 이렇게 멋대로 구는 모습을 보여주면 안 되지. 정도를 지켜라."

"그건 아니고요. 저랑 에밀리는……."

"에밀리가 너와 사귀겠다거나 너와 함께하겠다는 약속을 한 적이 있나?"

디마니는 부루퉁하게 중얼거렸다.

"…… 아뇨. 그래도……."

로렌스가 단호하게 말을 맺었다.

"앞으로는 이런 일이 내 귀에 들어오지 않게 해."

디마니는 잔뜩 화가 난 채로 롤랜드처럼 씩씩대며 천막을 나갔다. 로렌스는 번거로운 의무를 수행해야 할 것 같아 마음이 편치 않았다. 불안정한 식민지에서 에밀리를 돌봐줄 샤프롱을 찾는 것도 쉬운 일이 아닌데, 장거리 바다 여행과 위험천만한 임무를 꺼려하지 않는 사람들을 사흘 내에 구해서 얼리전스 호에 탑승시켜야 하니 보통 일이 아니었다.

그렇다고 에밀리를 시드니에 두고 떠날 수도 없었다. 에밀리를 대단히 귀중한 용 엑시디움의 비행사로 손색없이 키워내는 것이 그의 의무였다. 그러려면 위험이 따르더라도 에밀리가 유익한 경험을 많이 하도록 해줘야 하는데 이 게을러터진 항구에서는 그럴 기회 따윈 없고 랜킨의 휘하에서는 더더욱 기회가 없을 터였다. 랜킨이 에밀리를 훈련시킨다거나 보호해줄 가능성도 없었다.

로렌스는 나이 지긋한 퇴역 군인을 에밀리의 샤프롱으로 삼는 것에 대해 생각해보았지만 회의적이었다. 그런 조치를 적절하다고 할 수도 없고, 딸을 여럿 길러보지 않은 사람이라면 로렌스의 기대만큼 샤프롱의 역할을 제대로 해줄 수 있을 것 같지도 않았다. 하지만 더 나은 대안이 없는 이상 그런 사람이라도 구해봐야 했다. 일단 작은 배를 타고 얼리전스 호로 간 로렌스는 라일리 함장과 에밀리의 숙소에 대해 의논했다.

"유난스럽게 굴려는 것은 아니고 에밀리 롤랜드에게 따로 숙소를 마련해줬으면 해서. 샤프롱의 숙소도 따로 좀 마련해주고."

라일리는 미심쩍어하는 투로 물었다.

"샤프롱이라면 숙녀 분을 배에 탑승시키시려고요? 물론 가능은 합니다만 로렌스 대령님, 설마 전쟁 중인 브라질로 숙녀를 태우고 가자는 말씀은 아니시죠? 아시다시피 배에 여성을 세 명 이상은 태우지 않는 게 불문율인데 요리실의 몰리 할멈, 포병의 부인과 딸까지 하면 이미 세 명입니다. 물론 포병의 딸은 아직 아기니까 여자에 포함시키지 않아도 될 것 같긴 합니다만."

로렌스가 에밀리의 샤프롱 격으로 숙녀 대신에 퇴역 군인을 들이는 안에 대해 얘기하자 라일리는 더 회의적인 표정이었다.

그나마 다행인 것은 라일리가 이미 공군에 여자들이 복무하고 있음을 알고 있어서 따로 길게 설명할 필요가 없다는 것이었다. 에밀리가 평범하게 결혼해서 가정을 꾸리는 삶을 원할 것 같지 않으니, 일반적인 젊은 여자를 양육하는 방법을 쓰는 것은 애초에 무리였다. 휘하의 어린 해군 소위들을 제대로 교육시키지 않아 도박 빚에 시달리게 하거나 술과 여자에 탐닉하게 하는 함장들을 로렌스는 숱하게 보아왔다. 그런 함장들은 분별력 있고 성품 바른 여자를 얻을 자격이 없는 한심한 부류였다. 로렌스는 그런 함장들처럼 어린 부하를 제대로 돌보지 못하는 죄를 짓고 싶지 않았고, 이번에 에밀리가 동료 장교에게 성적인 모욕을 당한 만큼 또 그런 상황이 닥치도록 방치할 생각도 없었다.

"정 안 되면 하녀라도 고용해서 에밀리 옆에 두려고 하는데 그것도 쉬운 일은 아니겠지."

"매카서 부인에게 얘기해보시는 게 좋지 않을까요. 촉박하게 사람을 구해야 하니 그분이라면 좋은 방법을 알려줄 겁니다. 그래야 대령님도 마음 놓고 항해하실 수 있을 테고요. 내일이면 바람의 방향이 바뀔 것 같으니 조수의 흐름에 맞춰 정오쯤에 출항할 생각입니다."

그들은 갑판으로 나갔다. 선원들이 갑판을 닦음돌로 닦고 있어 시끌벅적했고 새로 칠한 페인트 냄새가 코를 찔렀다. 다들 선임 장교인 퍼벡 경의 감독 하에 열심히 출항 준비를 하고 있었다. 오랫동안 해군 생활을 해온 로렌스는 라일리의 예상대로 공기의 흐름이 미세하게 바뀌고 있음을 본능적으로 알 수 있었다.

"에밀리의 샤프롱을 찾으시면 그분에게 숙소는 따로 마련해 드리겠습니다. 이번에 브라질로 싣고 가는 게 용 세 마리뿐이고 소속 승무원들도 많지 않아서 이물 쪽에 선실이 많이 빕니다. 해군 소위들이 이유도 모르고 왜 공군 소위한테 선실을 따로 주느냐며 투덜대겠지만 그러다가 말 겁니다."

보통 용 수송선에서 이물 쪽의 선실들은 공군이 사용하는데, 이번에 얼리전스 호에 탑승할 용과 인간의 수가 얼마 안 되서 공간이 여유로웠다.

"덕분에 어려움은 하나 덜었어."

로렌스는 이렇게 말하며 라일리와 악수를 한 후 얼리전스 호 밑에 대놓은 작은 배로 내려가 해변으로 향했다.

기지로 돌아가 보니 에밀리가 그동안 지상 요원이 모자라서 관리를 소홀히 해왔던 테메레르의 안장에 기름칠을 하고 있었다. 아직도 분이 안 풀렸는지 바닥에 주저앉아 잔뜩 힘을 줘가며 작업 중이었다. 에밀리는 로렌스를 보자마자 벌떡 일어섰다. 로렌스는 에밀리의 입에서 나올 말을 예상하고 선수를 쳤다.

"안 돼. 재고의 여지는 없어. 그리고 네가 거절하지 않을 만한 일이 하나 있다. 너도 이제 복무 기간을 거의 채웠으니 슬슬 중위로 진급할 때도 되었지."

그 말에 에밀리는 다소 진정이 되었지만 여전히 포기하지 않고 그를 떠보았다.

"중위가 되면 샤프롱이 따로 필요 없잖아요. 게다가 제 어머니한테 상의도 없이 대리 샤프롱을 들일 생각은 아니시죠?"

그 말은 달갑지 않았을 뿐 아니라 불필요했다. 제인이라면 샤프롱을 들이는 걸 허락할 리 없음을 로렌스도 어느 정도 짐작은 하고 있었다. 본인도 샤프롱 없이 자랐을 테니 에밀리에게 샤프롱을 두는 것 자체를 터무니없는 짓거리로 취급할 게 분명했다. 그러나 근래에 여성성이 드러나기 시작한 에밀리가 남자 장교들과 똑같은 군복을 입고 생활하면서도 원치 않는 관심의 대상이 되고 있으니, 제인도 딸이 그런 취급을 받는 건 더더욱 원치 않을 것이다. 에밀리가 언제까지나 어린애로 있을 수도 없고, 교양으로 무장하지 않는다면 천박한 손길을 막아내기도 힘들 것이다.

"우리가 영국으로 돌아가게 되면 네 어머니가 있으니 너도 더는 다른 이의 보호 감독은 필요 없겠지. 그때까지는 누구든 네 샤프롱 역할을 해줘야 하는데 나 혼자서는 감당하기 어려울 것 같다."

로렌스는 설득에 쐐기를 박기 위해 덧붙였다.

"너도 여자로서 조언을 구할 샤프롱이 곁에 있으면 좋지 않겠어?"

그러나 에밀리가 냉큼 받아쳤다.

"필요한 조언은 어머니가 이미 다 해주셨어요. 저 또한 괜히 멍청한 짓거릴 해서 1년간 군 복무를 정지당할 일은 만들지 않을 거고요. 샤프롱이라면 제가 치마를 안 입는다고 비웃거나 할 답답한 할망구일 텐데, 그런 사람이랑 제가 무슨 얘길 하겠어요?"

더는 설득할 말이 없어서 로렌스는 에밀리에게 소이탄에 쓸 화약을 더 채워야 할지 확인해보라는 지시를 내리는 것으로 말을 맺었다.

3

 시드니의 작고 초라한 건물들이 저만치 멀어지는 것을 보면서도 테메레르는 그다지 아쉽지 않았다. 로렌스와 라일리는 시드니 항구의 입지 조건에 대해서는 긍정적으로 평가했지만 좁고 구저분한 데다 온통 질퍽이는 비포장 길까지 좋게 보지는 않았다. 테메레르 역시 큰바다뱀들이 중국에서 시드니 항구로 들여오는 다양한 상품들의 진가는 높게 평가하면서도 큰바다뱀들이 좋아하는 반쯤 썩은 생선들의 지독한 악취는 질색이어서 그 생선들이 담긴 통들을 뚜껑까지 열어놓은 채 굳이 부둣가에 놓아두는 이유를 이해할 수 없었다. 지금은 항구에서 바다 쪽으로 바람이 불고 있어서 생선 썩은 냄새가 얼리전스 호를 줄곧 따라오고 있었다.

 펨버튼 부인이 용 갑판으로 올라오기 전 계단 밑에서 머뭇거리며 에밀리에게 물었다.

 "저것들이 우릴 잡아먹지 않을까?"

 테메레르가 펨버튼 부인을 내려다보며 대신 대답했다.

"아, 기회만 있으면 잡아먹으려고 들 걸요. 저것들은 유감스럽게도 판단력이라곤 없거든요. 아시다시피 말도 할 줄 모르기 때문에 사람을 잡아먹으면 안 된다고 설명해줄 수도 없어요. 그러니까 바다에서 수영을 하고 싶으면 며칠 기다려야 될 거예요."

펨버튼 부인은 테메레르를 멍하게 올려다보기만 했다. 테메레르는 로렌스가 이런 여자를 무슨 쓸모가 있다고 데려왔는지 알 수가 없었다. 전에 에밀리에게 물어봤더니 에밀리도 몹시 불쾌하다는 듯이 "전혀 필요 없는 사람이야."라고 대답했었다. 지금 에밀리는 약간 비웃는 투로 펨버튼 부인에게 대답했다.

"물론 저것들은 부인을 잡아먹지 않을 거예요."

그러고는 테메레르에게 말했다.

"펨버튼 부인이 말한 건 바로 너희들이야. 큰바다뱀이 아니라 테메레르 너랑 이스키에르카랑 쿠링길레가 우릴 잡아먹지 않겠느냐고 물어보신 거라고."

그날 오후 얼리전스 호가 너른 바다로 나오고 로렌스가 다시 용 갑판으로 올라오자 테메레르가 목소리를 낮춰 말했다.

"그렇게 똑똑한 여자는 아닌 거 같아, 로렌스. 롤랜드에게 보호자 역할을 해줄 이가 필요하면 나도 충분히 해줄 수 있어. 엄밀히 따지면 롤랜드가 내 승무원은 아니지만 멀리 있는 엑시디움을 대신해서 롤랜드를 돌보는 게 엑시디움에 대한 내 도리니까."

실제로는 페리스 군으로 불려야 하지만 편의상 페리스 대위로 불리는 페리스가 펨버튼 부인이 무슨 자격으로 배에 올랐는지를 설명하자 테메레르는 무시당한 것 같아 기분이 좋지 않았다. 게

다가 테메레르는 샤프롱 따위 필요 없다는 에밀리 롤랜드의 의견에 전적으로 동의했다.

로렌스가 담담하게 설명했다.

"네가 롤랜드의 보호자 역할을 잘할 수 있을 거라는 건 나도 알아. 하지만 롤랜드가 앞으로 좋은 평판을 유지하도록 네가 해줄 수 있는 일에는 한계가 있어. 네가 샤프롱으로서 해줄 수 있는 조언도 없고."

로렌스는 한숨을 쉬며 덧붙였다.

"애초에 샤프롱 자리를 수락한 걸 보면 펨버튼 부인은 겁쟁이가 아니라 분별력이 있는 여자일 가능성이 높다. 너희들이 자기한테 위험한 존재가 아니라는 걸 곧 알게 될 거다."

큰바다뱀 몇 마리가 항구에서부터 얼리전스 호를 줄곧 따라오고 있었다.  재미 삼아 따라온 것일 수도 있고 뭐라도 얻어먹을까 싶어서 따라온 것일 수도 있었다. 얼리전스 호의 이물 쪽에서 물거품을 가지고 놀면서 물보라를 마구 튀기는 큰바다뱀들의 옆구리가 빛을 받아 반짝거렸다. 큰바다뱀들이 따라오는 걸 좋아하는 이는 없었다. 선원들은 코를 찌르는 악취는 둘째 치더라도 녀석들이 언제 배를 공격할지 몰라 전전긍긍했다. 물론 저 큰바다뱀들은 살이 통통하게 올랐고 배도 불러서 당분간은 배를 공격할 일이 없었다. 그리고 배가 고파지면 항구로 돌아가 생선을 얻어먹으면 그만이었다. 그래도 선원들은 걱정을 놓지 못하고 용들과 함께 있다는 사실로 위안을 삼으려 했다. 테메레르가 낮잠이라도 자려고 하면 선원들은 돛에 올라가 괴성을 질러댄다든지, 갑판에 포탄을 데굴데굴 굴린다든지, 테메레르의 몸통에 밧줄더미를 떨어뜨리면서 잠을 깨웠다.

그러다 큰바다뱀 한 마리가 무지갯빛 몸통을 드러내고 곡선을 그리며 수면 위로 한 번 뛰어오르자 질겁한 선원들은 우연인 것처럼 들통의 구정물을 테메레르의 목에 쏟아 부어 관심을 끌었다. 견디다 못한 테메레르는 "이러다가 내가 선원들을 가만 안 둘 거 같아."라고 투덜거렸다.

에밀리는 이제 소위가 되었으니 테메레르를 씻기는 일을 직접 하지 않았다. 에밀리 대신 그 일을 맡은 건 시포와 '제리'라는 꼬마였다. 제리의 아버지는 뉴사우스웨일스 군대 소속 장교였다. 제리의 부모는 여덟 살도 안 된 아들 제리만 남겨놓고 열병으로 세상을 떠났고, 제리는 3200킬로미터 내에 가족이라곤 없었다. 매카서 부인이 펨버튼 부인을 에밀리의 샤프롱으로 소개해주면서 제리까지 얹어준 것이었다. 로렌스는 하는 수 없이 제리를 훈련생으로 받아들였다. 로렌스는 '조언을 받은 대가'를 치른 거라고 씁쓸하게 말했지만 테메레르가 보기에 제리는 꽤 쓸모가 있을 듯했다. 비늘 밑으로 찝찝하게 흘러 들어간 구정물을 제리의 작은 손가락이 깨끗하게 닦아내줄 수 있을 테니까.

그런데 용 갑판으로 불려 올라온 제리는 용들을 보더니 겁에 질려 울음을 터뜨렸다. 그러자 에밀리가 멍청하게 굴지 말라며 혼을 냈다.

"지금 너보다 두 살 어린 여섯 살 때도 난 학교에 가는 대신 훈련생이 될 수만 있으면 뭐든 할 기세였어. 그런데 어떻게 넌 젖

먹이처럼 칭얼대고만 있니? 좋은 기회가 왔는데도 제대로 잡지 못하면 사람들이 넌 용을 가질 자격이 없다고 생각할 거야."

제리는 코를 훌쩍이며 대꾸했다.

"용 같은 건 갖고 싶지 않아."

테메레르에겐 듣던 중 반가운 소리였다. 그동안 로렌스와 함께 승무원 교육을 잘 시켜놓고 나면 그 승무원들이 다른 용에게 옮겨가버려서 기분이 좋지 않았는데 제리는 용을 갖고 싶지 않다니 다른 용에게 옮겨가는 일도 없을 것이다.

에밀리가 말했다.

"제리, 너 참 바보구나. 용을 타고 하늘을 날아다니면서 영국을 위해 일할 수 있는데 자기 용을 갖고 싶지 않다고? 게다가 넌 군인의 아들이잖아. 부끄러운 줄 알아."

제리의 아버지는 매카서의 반란에 열성적으로 힘을 보탠 군인이었으니 본국인 영국에 헌신과 충성을 다하는 사람은 아니었을 것이다. 제리는 에밀리의 말에 눈물을 거두고 부루퉁하게 내뱉었다.

"난 바보 아니야."

그러고는 시포를 따라 테메레르의 등으로 올라갔다. 구정물을 다 닦아냈을 때쯤 제리는 테메레르의 옆구리를 타고 갑판으로 미끄러져 내려올 정도로 새로운 환경에 적응했다.

용 갑판 앞쪽에서 똬리를 틀고 증기를 쌕쌕 뿜으며 자고 있는 이스키에르카에게는 어떤 선원도 감히 걸쭉한 구정물을 쏟지 못했다. 테메레르는 탐탁찮은 시선으로 이스키에르카를 쳐다보았다. 쿠링길레는 바다에 나가 사냥이라도 하니 쓸모가 있다지만 이스키에르카는 만고에 쓸모라곤 없었다. 쿠링길레는 물고기를 잡아서 대부분 자기가 다 먹기는 해도 덕분에 저녁 식사 때 남의 것까지 마구 가져다먹는 사태는 면할 수 있었다. 저녁 식사를 할 때 자기 몫을 빨리 먹지 않는 이가 있으면 아쉬워하는 눈으로 쳐다보기는 했지만.

바다에 나갔던 쿠링길레가 입가를 혀로 핥으며 갑판에 착륙하자 이스키에르카가 투덜거렸다.

"착륙할 때 꼭 그렇게 세게 내려앉아서 배가 흔들리게 할 필요는 없잖아."

테메레르가 곧장 반박했다.

"너야말로 게으름 안 떨고 부지런히 바다에 다녀온 용한테 잔소릴 해대면 안 되지."

그러고는 쿠링길레가 가져온 작은 고래의 남은 몸통을 받으며 품위 있게 감사를 표했다.

"수고해줘서 고맙다, 쿠링길레."

고래 몸통의 가장자리가 너덜너덜하고 일부 뜯어먹은 자국이 있기는 해도 테메레르 혼자 먹기에는 양이 많았다. 인정하고 싶진 않지만 테메레르는 쿠링길레만큼 많이 먹을 수가 없었다. 처음에는 몸집이 왜소하고 오그라져 있던 용이 지금은 그보다 훨씬 커졌고 조만간 막시무스의 덩치를 능가하게 될 거라는 사실이 테메레르에게는 부당하게 느껴졌다.

이스키에르카가 말했다.

"난 배 안 고파. 근처에 전리품으로 취할 만한 배들이 있으면 몰라도 먹지도 않을 물고기나 잡으려고 날아다니는 건 멍청한 짓이야. 너도 물고기 사냥을 안 나가기는 마찬가지면서 뭘 그래."

테메레르가 위엄 있게 받아쳤다.

"나는 이 배에 큰바다뱀들이 달려들지 않게 지키고 있잖아."

끝까지 따라붙던 큰바다뱀들이 다음 날 아침나절에 시드니로 돌아갔다. 푸르스름한 물거품에 취한 큰바다뱀들은 얼리전스 호를 홀로 남겨두고 40노트(시속 74킬로미터 정도—옮긴이)에 가까운 속도로 차가운 철회색 바다를 갈랐다. 로렌스는 고물 쪽 창문 앞에 서서 큰바다뱀들을 내다보고 있는 라일리 옆에 섰다. 가시가 돋아난 등줄기들이 수면 위로 둥글게 솟았다가 가라앉으면서 반짝이는 빛을 뿌리고 있었다. 얼리전스 호의 잔물결이 미치지 않는 곳까지 나아간 큰바다뱀들은 바다 깊숙이 잠수하여 모습을 감추었다.

그때부터는 선원들이 제일 좋아하는 단조로운 항해가 이어졌다. 칼바람이 뒤에서 불어주고 차갑게 빛나는 작고 하얀 태양이 하루에 몇 시간씩 수평선에 걸려 있었다. 로렌스는 매일 아침 닭 음돌로 갑판 닦는 소리, 종 울리는 소리에 잠을 깼다. 가끔은 보초 교대를 해야 하는데 왜 아무도 깨우지 않았는지 의아해하면서 진청색 해군 외투를 찾아 비몽사몽간을 헤매기도 했다.

로렌스는 일상이 조금만 더 분주해지길 바랐다. 골짜기에서 살 때는 매일 그날 하지 않으면 안 되는 일들이 많았는데 지금은 맡은 일 없이 승객으로만 있자니 무료한 시간을 때우는 게 오히려 고역이었다. 에밀리 롤랜드를 학생으로 삼아 교사 노릇이나 해볼까 했지만 그마저도 펨버튼 부인에게 빼앗겼다. 펨버튼 부인은 결혼 전에 가정교사 일을 해서 로렌스보다 학생을 가르치는 일에 능숙했다.

그랜비도 옆에 있고 라일리도 함께 있기는 했다. 하지만 라일리와의 관계는 예전에 아프리카로 가는 길에 불편해져버렸고 그 후로 별반 나아지지 않았다. 라일리의 부친은 서인도제도에서 노예를 소유하고 부렸지만 로렌스의 부친 앨런데일 경은 노예제도 폐지에 헌신했다. 아프리카 대륙의 비참하기 그지없는 노예 항구들을 지나는 동안 로렌스와 라일리는 그 문제로 끝없이 부딪쳤고 서로 사과할 기회도 없었다. 이번에 브라질로 향하는 임무와 관련해서 자신의 진심이 어떤지에 대해서도 로렌스는 털어놓지 못했으나 라일리는 아마 짐작하고 있을 것이다. 그들은 예의를 차리면서 서로 부딪치지 않게 조심했고, 대화도 항해라든지 날씨라든지 배에서의 생활 같은 주제를 벗어나지 않았다.

로렌스가 누리는 한 가지 즐거움이 있다면 테메레르와 함께 바다를 날아다니는 것이었다. 남쪽으로 과감하게 방향을 돌려 비행을 하다 보면 차갑고 상쾌한 바람이 얼굴을 스치고 구름 사이에 얼어붙은 눈이 피부에 닿아 따끔거렸다. 발아래로는 은빛 물고기 떼, 큰 고래, 돌고래들이 노닐었다. 가끔 시커먼 그림자를 드리운 상어 떼를 만날 때도 있었다.

비행 중에 테메레르가 목소리를 낮춰 말했다.

"저 물고기들은 맛있는 걸 먹고 사는데 왜 내 입에 넣고 씹으면 맛이 없는지 모르겠어. 그런 낭비가 또 없다니까. 그리고 우리가 왜 당신의 제안대로 하면 안 되는지 그 이유도 모르겠어, 로렌스. 포르투갈인들로서는 츠와나 용들에게 노예들을 내주고 도시들을 온전하게 지키는 게 나을 텐데 말이야."

"츠와나 용들이 브라질 전체를 습격할 것 같지는 않아. 자기네 부족을 산 채로 구해내는 게 그들의 목적이니까."

말은 이렇게 하면서도 로렌스는 다른 쪽으로 희망을 품어보았다. 예전에 츠와나 용들은 츠와나 왕국에서 꽤 멀리 떨어져 있는 다른 노예 항구들에도 분노를 쏟아내며 초토화시켰다. 노예 상인들이 그쪽 항구에서 자기네 부족을 노예선에 실은 적도 없는데 말이다. 그러니 이번에 잘만 하면 츠와나 용들이 자손들을 돌려받는 것 외에 브라질 전체에서 노예들을 해방시킬 수도 있을 듯했다.

그러나 이런 바람은 테메레르 외에 어느 누구에게도 드러낼 수 없었다. 이 얘기를 들으면 해먼드가 어떻게 반응할지 보지 않아도 알 수 있었다. 노예제도 전면 폐지는 포르투갈이 바라는 바도 아니고 츠와나 족도 굳이 그 필요성을 느끼지 못할 테니 상당한 노력을 기울여야만 달성할 수 있는 목표였다.

"그래도 시도는 해봐야지. 우리 입장에서는 달리 대의명분으로 삼을 만한 게 없으니 이걸 대의명분으로 삼으면 될 것 같아."

로렌스의 말에 테메레르가 태평하게 맞장구를 쳤다.

"맞는 말이야. 포르투갈도 굳이 거절할 이유는 없을걸. 거절했다가는 츠와나 용들이 브라질의 도시들을 여럿 파괴해버릴 테니까. 우리가 잘 중재해서 그곳에 평화를 정착시키면 해먼드 씨도 불평할 이유는 없을 거야. 그런 다음 우린 영국으로 돌아가서 나폴레옹을 무찌르면 돼. 그런데 저기 보이는 배 있잖아. 전리품으로 취해도 되는 적선(敵船) 아니야, 로렌스?"

아니었다. 거리는 멀었지만 중립국 소속인 포경선이었다. 크기가 너무 작아서 테메레르의 무게를 감당할 수도 없을 것 같았고 굳이 날아가 그간의 소식을 전해준다고 해도 갑작스러운 용의 출현에 혼비백산할 가능성이 높았다. 테메레르가 대답을 바라는 눈빛으로 쳐다보자 로렌스가 고개를 저었다. 그들은 포경선의 눈에 띌 정도로 고도를 낮추지 않고 그대로 한 바퀴 빙 돌아서 다른 방향으로 나아갔다.

수 주일째 망망대해만이 펼쳐졌다. 섬이 몇 개 있기는 했지만 반쯤 이끼로 뒤덮인 바위투성이 화산섬이라 아무도 살지 않았다. 로렌스는 할 일 없이 고립되어 있는 기분을 골짜기에 있을 때보다 더욱 절절히 느꼈다. 정부의 뜻을 따르지 않고 테메레르와 함께 골짜기에 남았더라도 외롭기는 마찬가지였을 것이다. 로렌스는 씁쓸하고 경이로운 기분으로 얼리전스 호를 내려다보다가 용 갑관에 착륙했다. 얼리전스 호의 질서정연하고 규율이 잡힌 분위기에 해군 시절이 떠올랐다. 당시에 그는 이런 평범하고 간결한 삶을 살았었다.

문득 나폴레옹에게 의문이 생겼다. 어떻게 의무나 명예가 아니라 무자비한 정복욕에 사로잡혀 안정적인 삶을 버릴 수 있을까. 사교 생활도 버리고 오로지 전쟁에 취해 돌아다니는 남자. 그게 바로 나폴레옹이었다.

로렌스는 테메레르에게 말했다.

"나폴레옹을 만족시킬 수 있는 건 아무것도 없어. 어떤 승리나 영광이 그런 남자를 흡족하게 해주겠어? 세상이 어떻게 뒤집어져도 그는 만족을 모를 테고 그저 나이가 들어 지독한 야망이 사그라져야만 주저앉겠지."

테메레르가 암울하게 대꾸했다.

"언젠가 나폴레옹이 정복과 승리에 싫증을 낸다고 해도 리엔은 안 그럴걸. 리엔은 아주 오랜 시간이 지나야만 노쇠해질 텐데 그때까지 우리가 기다릴 순 없어. 나폴레옹을 저지해서 더는 세상에 해를 끼치지 못하게 해야 돼."

"그래. 나폴레옹이 전 유럽 왕실의 왕좌에 오르려고 하면 우린 밑에서 그를 끌어내려야겠지."

로렌스는 농담조로 말하며 테메레르의 등에서 갑판으로 미끄러져 내려왔다. 얼리전스 호는 차가운 대양 한가운데 떠 있는 또 다른 세상이었다. 거대 프랑스의 군주이며 유럽의 절반을 차지한 정복자에 대한 상념은 그쯤에서 접었다.

그날 저녁 식사 자리는 분위기가 다소 묘했다. 로렌스와 그랜비는 디마니가 아직 합당한 계급을 받지는 못했지만 이미 쿠링길레의 비행사이니 그에 걸맞은 대우를 해주기로 했다. 디마니의 대화나 처신이 식탁의 상석 가까운 자리에 앉기에는 부족했지만 군대에서는 순전히 나이로만 위아래를 따질 수 없는 경우가 비일비재했다. 디마니는 그동안 훈련생으로 지내오면서 그리고 시드니에 살면서 다른 장교들에게 무시당해왔다. 꾸지람에도 어지간히 단련되었고 고깝게 쳐다보는 당황스러운 시선에도 적응되었으니 이런 자리에 앉아 있는 것도 견뎌낼 수 있을 것이다.

해먼드는 까다롭지 않은 손님이었다. 네 가지 요리가 차례로 식탁에 올랐다가 내려지는 동안 디마니는 말 한마디 없이 먹기만 했고 옆에서 누가 쿡 찔러야 건배라도 주절거렸지만 해먼드는 전혀 개의치 않았다. 식탁에 둘러앉은 다른 이들도 별로 길게 얘기를 하지 않아서 해먼드가 주로 수다를 떨었다. 지난 4년간 중국 궁전에서 영국을 대표하는 대사로 일하면서 해먼드는 13킬로그램 정도 체중이 늘었고 매사 의욕 넘치는 자신감은 확신으로 바뀌었다. 가장 중요하게 생각하는 주제에 대해 얘기할 때는 난폭하다 싶을 정도로 격정적이었다.

해먼드는 건빵 부스러기를 식탁에 늘어놓아 리오의 해안선을 표시한 뒤 바구미들을 골라내면서 말했다.

"츠와나 용들은 리오의 폐허 안에 진을 쳤을 겁니다."

그랜비가 물었다.

"츠와나 용들이 우리보다 나폴레옹에게 특별히 우호적일 이유는 없을 것 같은데요. 나폴레옹도 노예제도를 금지하지 않는데 츠와나 용들이 정말 나폴레옹의 동맹이 된 겁니까?"

"엄밀하게 따지면 그걸 동맹 관계로 볼 수는 없겠지요. 츠와나가 나폴레옹 측으로부터 보상을 받는 대신 휴전을 해준 것으로 보는 게 맞을 겁니다. 보상이라는 건 츠와나 용들이 브라질의 적들을 공격할 수 있도록 나폴레옹이 용 수송선을 제공한 것일 테고요. 츠와나의 적은 나폴레옹의 적이기도 하니까. 츠와나 족은 지금도 스페인 해안과 포르투갈인들에 대한 공격을 계속하고 있습니다."

해먼드는 이 말을 하며 의미심장한 눈길로 로렌스를 바라보았다. 스페인과 포르투갈이 계속 공격을 당하고 있으니 영국이 그쪽에 파견할 군대는 그만큼 위험에 처하는 셈이었다.

그랜비가 말했다.

"희망봉뿐만 아니라 그들의 본거지와 가까운 곳에서도 츠와나 족은 우리와 충돌했습니다. 아마 그때 우리를 얕잡아본 모양입니다. 그러니 지중해 위쪽까지 겁 없이 밀고 올라왔겠죠. 그나저나 남아프리카에서 지중해까지는 꽤 먼 거리라서 그동안 군수물자를 공급받기가 쉽지 않았을 텐데요."

로렌스가 답했다.

"완전히 낯선 땅에서 결과가 어찌 될지도 모르고 전쟁에 뛰어드는 건 어지간해서는 할 수 없는 일이야. 예전에 우린 아프리카의 츠와나 족과 츠와나 왕국에 대해 무지했어. 지금 우리가 겪고 있는 상황은 그 무지에서 비롯된 것이라고 해도 과언이 아니겠지. 어쨌든 츠와나 족이 어마어마한 힘을 보유한 채로 장거리를 이동할 수 있다는 걸 알게 된 이상, 우리가 다시 아프리카 해안을 따라 이동해야 하는 상황이 생긴다면 전보다 더 신중을 기해야 돼."

머리 위쪽에서 소리가 들려 로렌스는 말을 하면서도 신경을 곤두세웠다. 갑판을 돌아다니는 발소리와 선원들의 목소리가 달라져 의식하지 않을 수 없었다. 그러나 경고의 종소리도 없고 숙소 문을 두드리는 소리도 들리지 않으니 로렌스는 식탁에서 일어설 수가 없었다. 하는 수 없이 궁금증을 억누르고 있다가 시중드는 사람들이 빈 접시를 다 내간 후에야 로렌스는 함께 식사를 한 이들에게 용 갑판에 올라가 커피를 마시자고 제안했다.

로렌스는 사다리를 밟고 올라가 갑판 위로 고개를 내밀고 하늘을 살펴보았다. 무엇 때문에 소란스러웠던 것인지 단박에 알 수 있었다. 그날 저녁 하급장교실에서 저녁식사를 한 라일리가 먼저 선미갑판에 올라와 부하들에게 지시를 내리고 있었다. 선원들은 미친 듯이 서두르지는 않았지만 부지런히 돛의 크기를 줄이는 중이었다.

"폭풍우가 올 것 같은데, 염려할 정도는 아닐 겁니다."

라일리는 옆으로 다가온 로렌스에게 큰 소리로 쾌활하게 말한 후 곧 나지막하게 덧붙였다.

"기압계의 수은주가 바닥까지 내려갈 정도로 심한 태풍이 올 것 같으니 늦기 전에 용들을 갑판에 묶어놔야 합니다."

로렌스는 조용히 고개를 끄덕인 후 테메레르에게 가서 태풍에 대비해 사슬로 몸을 묶고 있어야 한다고 말했다. 태풍용 사슬에 묶여 있는 걸 무척 싫어하는 테메레르가 부루퉁하게 얼굴 주변의 막을 축 늘어뜨리자 로렌스가 미안해하며 달랬다.

"그 전에 네가 원한다면 잠깐 비행을 하고 올 수도 있어."

"우리가 바다로 나오기만 하면 꼭 태풍이 치더라."

테메레르는 침울하게 말했다. 잠시 후 그들은 하늘로 날아올라 주변을 살펴보았다. 자주색과 보라색의 거대한 물결이 멀리서 하늘을 향해 요동치고 있었다. 바다는 먹구름 아래 시커멓게 물들었다.

테메레르는 사슬에 묶이기 위해 마지못해 갑판으로 내려왔다. 그런데 이스키에르카가 사슬을 거부했다.

"음, 난 사슬에 묶일 생각이 전혀 없어. 그냥 배를 꼭 붙잡고 있으면 돼. 태풍이 심해지면 구름 위로 날아오르면 되고."

로렌스는 이스키에르카가 지금껏 사흘간 계속되는 바다 태풍을 겪어본 적이 없다는 사실을 깨달았다. 바다에서 겪는 태풍은 그 지독함이 용을 죽음으로 몰 정도는 아니어도 인내심을 바닥나게 만들 만큼은 되었다.

로렌스가 테메레르의 등에서 미끄러져 내려오는데 그랜비가 "이번 태풍은 꽤 오래갈 것 같은데요."라고 말하며 그를 올려다보았다. 로렌스는 사슬로 몸을 묶어야 한다고 최대한 나지막하게 테메레르에게 설명해주었다. 방수포와 사슬을 들고 그 옆에 선 선원들은 테메레르가 불운을 가져오는 존재라도 되는 것처럼 원망스러운 눈초리로 쳐다보았다. 그랜비도 이스키에르카를 설득하려 했지만 말을 듣지 않았다. 안 그래도 좋지 않은 상황인데 큰일이었다. 그랜비와 이스키에르카는 배가 떠나가도록 목청을 높이며 언쟁을 벌였다.

대체로 미신을 믿지 않는 로렌스이지만 다가오는 태풍이 또 다른 흉조는 아니길 바랐다. 이런 날씨에는 용이 아무리 싫어해도 사슬로 몸을 고정시켜주지 않으면 안 되는데 이스키에르카가 끝까지 거부하면 더 나쁜 결과가 빚어질 수밖에 없었다. 이스키에르카가 그랜비와 한 시간 가까이 언쟁을 하는 동안 먹구름이 더 가까이 몰려왔다. 라일리는 방수포와 사슬을 들고 서 있는 선원들, 그리고 아직 배에 몸을 고정시키지 않은 용들을 걱정스럽게 바라보았다. 결국 다급해진 그랜비가 제안했다.

"이스키에르카, 어서 서둘러야 돼. 이번에 네가 몸을 묶으면 나도 그 외투를 입을게. 그러니까 몸을 사슬로 묶는 동안 가만히 엎드려 있어."

그랜비가 말한 외투는 금실로 짠 천에 준보석을 단 옷으로 기괴할 정도로 화려했다. 18세기 베르사유 궁전에나 어울릴 법한 옷이었다. 이스키에르카는 그랜비의 새 선임장교인 리처스 대위를 통해 인도에서 그 외투를 제작했고, 그 일로 그랜비에게 쓸데없는 짓을 했다며 꽤 혼이 났다. 그랜비가 그 외투를 절대 입을 일이 없다고 단언하는 바람에 이스키에르카는 그 후로 줄곧 부루퉁하게 투덜댔었다.

그랜비의 제안에 이스키에르카가 반색했다.

"내가 입어달라고 할 때마다 입을 거야?"

"자리에 아주 안 어울리는 때를 제외하고 입어줄게."

그랜비가 얼른 조건을 붙였으나 이스키에르카가 말했다.

"어울리고 안 어울리고는 내가 결정할 거야."

그러자 그랜비는 체면도 잊고 잔뜩 풀이 죽은 모습으로 자신의 운명을 받아들였다. 마침내 이스키에르카는 선원들이 사슬 그물로 몸을 덮을 수 있도록 붉은색과 검은색이 섞인 거대한 몸뚱이를 쭉 펴고 갑판에 드러누웠다.

그동안 그랜비는 로렌스의 눈을 피해 이물 쪽으로 가서 섰다. 자괴감이 들 만도 했다. 공군 소속 용으로서 이런 경우 당연히 사슬로 몸을 고정시켜야 하는데 용이 그리 하도록 괴상한 외투를 입어준다는 조건까지 달고 머리를 써야 했으니. 옆에서 온순한 쿠링길레가 하는 말을 들으며 그랜비는 더 우울해했다. 방수포를 덮어야 하니 엎드리라고 디마니가 지시하자 쿠링길레는 이스키에르카와는 달리 "아, 필요하면 그렇게 해. 그런데 이렇게 묶여 있으면 바다로 사냥은 어떻게 나가?"라고 묻는 게 전부였다. 그리고 배가 고프면 언제든 먹을 것을 가져다주겠다고 디마니가 말하자 쿠링길레는 다른 요구 없이 얌전히 말을 들었다.

테메레르는 몸을 길게 뻗으며 침통하게 말했다.

"전혀 편하지가 않아."

우울해서 그냥 비관적으로 내뱉은 말이 아니었다. 태풍이 치는 동안 테메레르와 쿠링길레는 이스키에르카의 양옆에 자리를 잡고 누워 있어야만 했다. 이스키에르카는 몸에 돋은 가시돌기들 때문에 몸을 바닥에 완전히 고정시키기가 어려워서 테메레르와 쿠링길레가 양옆에서 닻 역할을 해주어야 했다. 결과적으로 두 용은 태풍의 공격뿐만 아니라 이스키에르카의 몸에서 쉴 새 없이 뿜어 나오는 수증기까지 견뎌야 했다.

선원들이 사슬로 용들의 몸을 갑판에 고정시키고 추가로 밧줄로 묶는 동안 그랜비가 로렌스 옆으로 돌아와 말했다.

"용들에게 지금 먹이를 주는 게 좋겠습니다."

이스키에르카와의 언쟁으로 시간을 많이 잡아먹어서 사방이 이미 섬뜩할 정도로 고요해졌다. 태풍이 몰아치기 직전이었다. 크고 사나운 물결이 경고하듯 규칙적으로 배의 측면에 부딪쳤다. 평소에는 용과의 접촉을 꺼리던 선원들이 다급히 발톱과 비늘을 오르내리며 용들의 몸을 밧줄로 단단히 묶었다. 용들이 고정되어 있지 않고 이리저리 움직일 경우 배가 전복될 위험이 있기 때문이다.

그랜비가 말했다.

"배가 잔뜩 불러야 태풍 첫날을 잠으로 보낼 수 있을 겁니다. 나중에 태풍이 심해지면 소들을 갑판으로 끌고 올라오는 것도 힘들어져요."

테메레르는 까다롭게 굴지 않기로 마음먹었다. 그도 이스키에르카 못지않게 사슬에 묶이는 게 싫었지만 그랜비의 벌겋게 달아오른 얼굴을 보니 자기 때문에 로렌스가 그런 얼굴이 되게 하지는 말아야겠다는 생각이었다. 그런데 얌전히 사슬에 매이는 대신 뭔가를 요구할 걸 그랬다는 생각이 나중에야 들었다.

"소란도 가지가지다, 이스키에르카. 나 같으면 태풍이 치는 내내 분주하게 일해야 하는 불쌍한 선원들을 비롯해서 모든 이들을 곤란하게 만드는 짓은 안 할 텐데 말이야."

테메레르는 이렇게 투덜거렸지만 잠시 후 자신이 너무 잠자코 지시를 따랐구나 싶어 후회가 밀려들었다. 불에 구운 고기로 제대로 식사를 하고 싶었는데, 가만히 있었더니 전면 화물창에서 살아 있는 소가 끌려 올라오고 있었다. 도살용 통이 갑판에 차려지자마자 빗방울이 그 통 속으로 따닥따닥 떨어지기 시작했다.

도살된 소를 받아먹으며 테메레르가 부루퉁하게 말했다.

"아까 그 문제에 대해 말하자면 로렌스가 그랜비보다 더 화려하게 차려입는 게 맞아. 로렌스는 중국 왕자이자 용 비행사인데 그랜비는 용 비행사로서의 경력도 로렌스보다 짧잖아. 물론 로렌스가 항상 제일 좋은 옷을 입고 다니지 않는 게 탈이기는 하지만. 어쨌든 그랜비가 저런 차림으로 다니면 안 된다고 봐."

로렌스가 제일 좋은 옷으로 차려입지 않는 것은 테메레르도 이해할 수 있었다. 아무 때나 좋은 옷을 입고 다녔다간 망가질 위험이 있으니까.

쿠링길레가 고개를 들고 끼어들었다.

"디마니도 왕자야. 하지만 특별히 좋은 옷을 입진 않아."

디마니와 시포를 테메레르의 훈련생으로 두는 문제를 놓고 해군본부 측이 반대를 하고 나서자 제인 롤랜드 대장이 디마니가 아프리카의 왕자라는 식으로 말을 하여 설득을 하기는 했지만 테메레르가 알기로 디마니는 왕자가 아니었다. 그러나 로렌스는 정식 절차를 통해 중국 황제에게 아들로 입양되었으니 진짜 왕자인 것이다.

"아니야. 공군으로 복무한 햇수로 따지면 그랜비가 로렌스보다 더 높아. 그리고 그랜비도 왕자가 되지 못할 이유 따윈 없으니 조만간 될 거야."

발끈한 이스키에르카는 가시돌기에서 수증기를 뿜어내며 이렇게 말하고는 날개 밑으로 머리를 쏙 집어넣었다.

한 시간쯤 지나자 비가 세차게 퍼붓기 시작했다. 이스키에르카는 테메레르와 쿠링길레 사이에 자리를 잡고 있어서 바람을 직접 맞지 않았다. 이스키에르카는 수증기를 규칙적으로 조금씩 뿜어내면서 이내 잠이 들었으나 그 수증기 때문에 방수포에 물방울이 맺혀 테메레르의 등에 축축하게 들러붙었다. 날것으로 먹은 소가 뱃속에서 거북하게 느껴져서 테메레르는 제리를 꿍쑤에게 보내 차라도 한 그릇 끓여오게 할까 잠시 고민했다. 그런데 쿠링길레가 이스키에르카의 등 너머로 머리를 내밀며 속삭였다.

"테메레르?"

"어?"

테메레르는 비바람 때문에 차 맛을 버릴 것 같다는 우울한 결론을 내리고 있던 참이었다. 남은 차도 얼마 없는데 낭비해서는 안 되었다. 테메레르가 차를 몹시 즐긴다는 걸 알면서도 값이 너무 비싸 로렌스는 다량으로 구매하지 못했다.

쿠링길레가 걱정스러운 투로 물었다.

"디마니가 지금보다 좋은 옷을 입어야 되는 거야?"

"음……."

그 순간 테메레르는 쿠링길레를 속여버릴까 하는 마음이 들었지만 옳지 않은 일이기에 그만두었다. 아직도 디마니를 쿠링길레에게 내준 사실을 받아들이기 힘들어서 기회만 된다면 되찾아오고 싶지만 쿠링길레가 디마니를 제대로 돌봐주려 하는 마당에 일부러 잘못된 길로 인도하는 건 비열한 짓이었다.

"경우에 따라서, 특히 이목이 집중되는 용 비행사는 좋은 옷을 입어야 해. 굳이 한마디 하자면 디마니에게 외투라도 좀 더 괜찮은 걸 입히는 게 좋아. 디마니도 용 비행사니까 로렌스와 그랜비처럼 금 막대기들을 받아서 외투에 달아야 하는데 아직 그게 없으니까 아무도 디마니를 정식 비행사로 보지 않는 거야."

"금 막대기는 어디서 얻을 수 있어?"

테메레르는 관대하게 아량을 베풀며 대답했다.

"글쎄, 나도 잘 몰라. 로렌스에게 물어봐줄게."

그러고는 아쉬움이 담긴 목소리로 덧붙였다.

"우리가 전리품을 포획하면 해당 몫을 받게 돼. 그럼 돈이라는 게 생겨서 원하는 걸 구입할 수가 있어."

그러자 쿠링길레가 미심쩍어하는 투로 물었다.

"이스키에르카는 전리품을 많이 잡아들였는데 우리는 그러질 못해서 돈이 없는 거구나?"

"그건 이스키에르카가 마침 운 좋게 적선이 지나는 길에 있었기 때문이야. 나도 그런 기회가 오면 얼마든지 포획할 수 있어."

그리고 테메레르는 공평하게 덧붙였다.

"전투에 몇 번 나가 보면 너도 잘할 수 있을 거야. 총에 맞지만 않으면 돼."

마침 이물에서 넘어온 차가운 파도가 그들의 몸통으로 쏟아지자 쿠링길레는 고개를 휘저으며 말했다.

"난 총에 맞는 거 싫을 거 같아. 이렇게 물에 젖는 것도 싫어."

"나도."

테메레르가 맞장구를 치면서 어깨를 구부려 물기를 털어냈다. 얼리전스 호가 파도 아래 고랑으로 깊숙이 내려가고 유리벽 같은 파도가 치솟자 테메레르는 갑판에 바짝 웅크렸다.

태풍을 헤치고 갈 배를 고르라면 절대 선택하지 않을 배가 바로 얼리전스 호였다. 몇 해 전 라일리가 얼리전스 호를 두고 "저 배는 상식을 벗어날 정도로 돛이 많이 달리고 이물 쪽이 무거워서 심하게 흔들릴 겁니다. 태풍에 저런 배를 타고 바다로 나가느니 차라리 제 목을 칼로 베고 말죠."라고 했던 말을 로렌스는 아직도 기억하고 있었다. 당시 그들은 정든 릴라이언트 호의 난간에 서서 용 수송선 얼리전스 호가 영국 남부의 포츠머스 항구로 어설프게 입항하는 모습을 바라보고 있었다. 둘 다 지금 이렇게 이 배에 타게 되리라고는 꿈도 꾸지 않았다. 당시 로렌스는 라일리보다 6년 정도 더 배를 탔고 정계에서 힘깨나 쓰는 영향력 있는 가문 출신인 데다 그간의 능력을 인정받고 있었던 터라 제독 자리를 바라보며 승승장구하고 있었다. 임무도 알짜배기로 맡았다. 라일리는 로렌스의 후임이자 중위로서 향후 로렌스의 후광을 등에 업고 5년 내에 함장이 될 희망을 품고 있었다.

로렌스의 덕을 입을 일이 없어진 후 라일리는 얼리전스 호의 함장 직을 기꺼이 받아들였다. 그 후로 라일리의 입에서 얼리전스 호에 대한 험담은 나오지 않았고 라일리가 듣는 데서는 어느 누구도 얼리전스 호에 대해 함부로 지껄이지 못했다. 그러나 얼리전스 호의 장점은 크기가 커서 쉽게 침몰하지 않는다는 것뿐이고 지금 같은 상황에서는 몸집 때문에 다루기가 더 힘들었다. 다들 힘겹게 버티고 있기는 하지만 쉽지 않은 상황이었다. 예전에 연달아 태풍을 만났던 경험이 떠올라 로렌스는 마음이 좋지 않았다. 당시 그가 탄 배는 거대한 파도 위를 끝없이 오르내렸고, 다음 물마루를 넘어갈 수 있을지 없을지 마음 졸이며 사흘 연속으로 일을 해야 했다.

뉴사우스웨일스로 오는 동안 라일리는 얼리전스 호의 풋내기 선원들과 죄수들에게 항해술을 최대한 가르쳤지만 워낙 형편없는 자들이다 보니 성과는 그리 좋지 않았다. 원래 해군들은 용 수송선에 배치되는 걸 그리 달가워하지 않았다. 라일리는 뒷배가 그리 든든한 편이 아니라서 그보다 복무 기간이 긴 다른 함장들에게 걸핏하면 우수한 부하들을 빼앗겼다. 지금 이 배의 선원들이 작업하는 것을 바라보며 로렌스는 마음이 착잡해졌다. 하지만 참견하고 나설 수도 없는 입장이라 용 갑판이나 선실에서 답답한 마음을 억누르고 있을 뿐이었다.

그날 오후 로렌스는 펨버튼 부인에게 말했다.

"저들은 잘해낼 겁니다."

이 말은 자신에게 하는 말이기도 했다. 창문으로 햇빛이 희미하게 스며드는 가운데 로렌스는 내키지 않는 눈으로 차가운 저녁 식사를 내려다보았다. 예전 같으면 배가 이렇게 거센 파도에 오르내릴 때 앞에서 진두지휘를 했었는데 지금은 이렇게 선실에서 식사로 나온 고기를 앞에 두고 앉아 있으니 영 낯설었다.

그러나 태풍은 사흘이 아니라 닷새나 계속되었다. 마치 일부러 얼리전스 호의 항로를 따라오는 것처럼 잠시도 눈 붙일 틈을 주지 않고 쉴 새 없이 몰아붙였다. 곧 끝나겠지 하다가 계속 좌절하게 되자 결국 그런 기대마저 접었다. 하늘의 어둠이 더 짙어지고 나흘째 밤으로 접어들었다. 얼음처럼 차가운 바람이 남쪽에서부터 불어왔다.

라일리는 초췌한 몰골로 눈에 핏발이 잔뜩 선 채 타륜 옆에 서 있었다. 로렌스는 라일리에게 다가가 귀에 대고 소리쳤다.

"톰, 내가 보좌할 테니까 퍼벡을 재워. 퍼벡이 돌아오면 자네도 가서 눈 좀 붙여."

피곤에 전 라일리는 잠시 후 멍하게 고개를 끄덕였다. 로렌스가 교대해주러 가자 퍼벡은 따지지 않고 비틀거리며 곧장 숙소로 들어갔다. 퍼벡의 눈은 이미 반쯤 감겨 있었다. 로렌스는 이 배의 해군들을 잘 알지 못했다. 한 배에 탔다고 해도 공군과 해군은 사이가 떨떠름한 편이라 별로 왕래가 없었다. 그러나 로렌스에게 얼리전스 호는 익숙한 배라서 해군들을 충분히 지휘할 수 있었고 바람이 거세어 목소리가 잘 들리지 않는 지금은 고함보다 손짓이 더 효과적이었다.

빗줄기가 잠시 가늘어진 그 틈에 로렌스가 다가오자 테메레르가 말했다.

"태풍이 곧 끝날 것 같아. 그래서 말인데 태풍의 끝자락이 이 배를 훑기 전에 사슬을 풀어줘. 구름 위로 날아 올라가 있을게."

그러나 피로와 추위 때문에 테메레르는 기력이 떨어져서 목소리에 힘이 없고 절망이 묻어났다. 눈도 겨우 뜨고 있는 상태였다. 로렌스가 "아직 안 돼, 테메레르. 좀 더 참아."라고 말하자 테메레르는 더 이상 조르지 않고 로렌스가 입에 넣어준 양고기를 날것으로 먹었다. 안전을 위해 요리실에 불을 지필 수가 없어서 고기를 구워 먹을 수 없는 형편이었다.

두 용 사이에 끼어 거센 바람에 직접 노출되지 않은 이스키에르카는 아직 기운이 남아돌았다. 사슬에 묶인 기간이 길어지면서 이스키에르카는 점점 약이 올라 자제시키기가 어려웠다. 쿠링길레와 테메레르가 닻 구실을 하며 몸으로 누르고 있지 않았으면 이스키에르카는 일찌감치 사슬을 벗어버리고 배 전체를 혼란에 빠뜨렸을 것이고, 그랜비가 아무리 진정하라고 달래봤자 듣지 않았을 것이다.

"아우! 아직도야? 끝날 생각을 안 하네. 못 견디겠어. 더는 못 참아."

이스키에르카는 성질이 나서 방수포를 몸에서 벗겨내려고 몸을 뒤틀었다.

그러자 쿠링길레가 잠에 취한 목소리로 말했다.

"왜 그렇게 난리를 피워?"

로렌스는 디마니가 쿠링길레의 귀에 대고 무어라 말하는 것을 보았다. 쿠링길레는 하품을 쫙 하더니 고개를 들고는 커다란 앞다리를 이스키에르카의 어깨에 걸쳐 몸을 찍어 누르며 한숨을 푹 쉬었다.

이스키에르카는 머리를 홱 돌리고 쌕쌕대며 쿠링길레의 코를 물었지만 별 효과는 없었다. 쿠링길레는 주둥이에 묻은 염소의 핏물을 무의식중에 혀로 핥으며 이미 곯아떨어져 있었다.

이스키에르카는 화가 나서 "더는 못 참아."라는 말을 또 내뱉었지만 사슬을 풀려고 버둥대는 대신 갑판에 드러누워 먹구름을 노려보았다.

다음 날 아침 끝없이 몰아치는 폭풍우에 이스키에르카도 지쳤는지 말없이 염소고기를 입에 넣고 질겅질겅 씹어댔다. 그러나 통에 담긴 염소고기를 반밖에 먹지 못했다. 테메레르는 아예 아무것도 먹지 않았고 로렌스가 말이라도 건네보려고 다가가자 눈만 살짝 떴을 뿐이었다.

갑판 아래에서 그랜비가 로렌스에게 말했다. 퍼벡은 잠깐 눈을 붙이고 다시 갑판에 올라가 있었다.

"이대로는 용들이 버티기 힘들 겁니다. 사슬을 풀어주고 잠시라도 비행을 하고 오게 하는 게 낫지 않을까요? 설마 태풍이 계속되기야 하겠습니까."

그러나 확신이 없는 목소리였다. 지금 같아서는 태풍이 그칠 것 같지 않았다. 그들은 천벌이라도 받는 것처럼 폭우 속에서 항해를 계속해야 했다.

로렌스가 말했다.

"이런 날씨에는 용들이 함께 날아다니는 것조차 불가능해. 지상도 아니니 다시 만날 장소를 정할 수 있는 것도 아니고. 현재 우리 위치가 어디쯤인지도 파악이 안 되잖아. 하늘에 별이 다시 보일 때까지는 위치 파악이 힘들어."

"그럼 라일리 함장에게 요청해서 불이라도 피워 용들에게 뜨거운 음식을 먹여야 하지 않겠습니까. 불은 조심해서 다루면 됩니다. 저렇게들 고기를 못 먹고 있는 걸 보면 몸 상태가 좋지 않은 모양입니다. 이런 추위를 견뎌내려면 용들은 비행을 하고 있지 않더라도 평소보다 먹이를 더 많이 먹어야 하는데 말입니다."

로렌스는 그랜비의 제안을 어떻게 처리해야 할지 판단이 서지 않았다. 그런데 꿍쑤가 불쑥 끼어들어서 대형 솥들 중 하나에 숯이 깔려 있으니 그걸 이용하면 위험하게 불을 피우지 않고도 뜨거운 수프를 만들 수 있다고 했다. 꿍쑤도 이제 공군이 다 되어서 칸막이 벽 너머에서 들려오는 얘기를 못 들은 척 넘어가지 않았다.

로렌스가 숙소로 찾아가니 라일리는 이미 잠들었고 퍼벡은 아무리 숯을 이용한다고 해도 솥에 수프를 끓이겠다는 제안에는 동의할 수 없다고 했다. 평소 로렌스를 대할 때와는 달리 퍼벡은 예의도 차리지 않고 단칼에 잘랐다.

"차라리 이 배에 불을 지르시죠. 이대로 얼마나 더 버틸 수 있을지 모르겠는데 이참에 끝장을 내시면 되겠군요. 용들의 사슬을 풀어주는 건 꿈도 꾸지 마십시오. 용들이 갑판을 돌아다니기 시작하면 돛을 펼친 방향과 반대 방향으로 배가 움직일 수도 있습니다. 우리와 마찬가지로 용들도 각자의 위치에서 잠자코 대기해야 합니다."

그랜비가 열을 올리며 항의했다.

"이스키에르카가 얌전히 기다려줄 것 같으면 이런 요청은 애초에 하지도 않습니다."

"그 용이 사슬에서 풀려나 우릴 바다 밑으로 가라앉히려 들 경우 함수포로 용의 머리를 쏘게 할 테니 그리 아십시오."

퍼벡은 차갑게 대답했다. 로렌스는 그랜비의 팔을 잡고 물러났다. 나중에 갑판으로 다시 올라온 라일리도 솥에 수프를 끓이는 것은 용납하지 않았다.

"그런 위험을 감수할 수는 없습니다. 아실 만한 분이 그런 요청을 하십니까."

피로가 쌓인 데다 배가 침몰하지 않도록 악전고투를 계속하다 보니 라일리는 평소와 달리 말투가 날카로웠다.

그랜비는 로렌스에게 팔을 잡힌 채 용 갑판으로 끌려가면서 성난 어조로 내뱉었다.

"꿍쑤한테 그냥 솥에다 수프를 끓이라고 말해버릴까요? 저것들 다 엿이나 먹게. 우리 편하자고 부탁하는 줄 아나. 원래 이 배의 용도는 용들을 수송하는 건데 자기네들이 왜 이 배에 타고 있는 줄도 모르는 거 아닙니까? 이스키에르카의 머리를 함수포로 쏘겠다니 어이가 없어서. 그 전에 내가 먼저 그자를 쏴버릴 겁니다."

그런데 그랜비의 목소리가 너무 컸다. 태풍으로 귀가 먹먹해진 나머지 다른 이에게 들리지 않으리라고 잘못 짐작한 것이었다. 귀가 잘 들리지 않아 목청을 높이는 청각장애인처럼. 사납게 울부짖던 폭풍이 잠시 소강상태에 들어간 터라 그랜비의 목소리는 정확하게 라일리와 퍼벡의 귀에 전해졌다. 라일리는 표정이 굳어졌고 퍼벡의 눈빛에는 경멸이 어렸다. 줄기차게 계속되던 태풍도 거북한 상황을 견디기 어려웠는지 돌연 먹구름이 살짝 열리고 닷새 만에 햇빛이 갑판으로 쏟아졌다.

"이쪽으로는 적선들도 다니지 않고 태풍도 지독한데 왜 애초에 이런 항로를 택한 건지 모르겠어."

테메레르는 공중에서 정지 비행을 하면서 '메로'라고도 불리는 이빨고기를 입에 넣고 꿀꺽 삼켰다. 서둘러 얼리전스 호로 돌아갈 이유는 없었다. 앞으로 수 주일 동안 이렇게 덜 눅눅하고 따뜻한 공기를 쏘일 일이 없을 것 같아서였다. 수평선에 낮게 깔린 구름 사이로 조금씩 새어나오는 햇빛은 몸에 달라붙은 습기를 없애주기엔 턱없이 부족했다. 아직도 테메레르는 뼛속까지 물을 잔뜩 머금고 있는 느낌이었다.

이스키에르카는 더 높이 날아올라 신나게 빙글빙글 돌면서 불을 뿜은 후 뜨끈하게 데워진 공기 사이에서 공중제비를 돌며 몸을 바짝 말렸다. 테메레르도 몸을 말리고 싶었지만 품위 없이 이스키에르카에게 그런 부탁을 하고 싶진 않았다. 안 그래도 이스키에르카는 불 뿜는 용이라고 잘난 척을 해대니까.

쿠링길레가 훌쩍 날아 내려와 테메레르의 주변을 돌았다. 그는 테메레르가 먹고 있는 이빨고기를 흥미롭게 바라보며 물었다.

"그런 거 더 있어?"

그날 오후 쿠링길레는 소 한 마리와 바다표범 두 마리를 먹어 치웠고 꿍쑤가 용들을 위해 준비한 쌀죽도 솥째로 입에 들이부었다. 용들에게 나눠주고 남은 쌀죽은 승무원들이 먹기로 했는데도 말이다.

테메레르는 물밑에 보이는 얼마 되지 않는 이빨고기 떼를 가리켰다. 굳이 밑으로 내려가 잡아 올리는 수고를 하기엔 양이 많지 않았다. 그런데 쿠링길레는 더 멀리까지 이빨고기 떼의 위치를 파악하기 위해 고도를 높였다가 급강하하면서 입을 벌리고 물을 훑었다. 쿠링길레가 다시 날아오르자 놀란 물고기 수십 마리가 입 밖으로 뛰쳐나갔지만 그래도 꽤 많이 입 안에 남아 있어서 쿠링길레는 만족스러운 표정으로 입가에 해초를 매단 채 우물거리며 씹어 먹었다.

용들은 사슬에 묶이지 않은 채로 배부르고 기분 좋게 갑판에 누웠다. 갑판 아래 요리실에서 불을 때고 있어서 바닥도 따뜻했다. 여전히 높은 파도가 때때로 난간을 넘어와 차가운 물을 뿌려댔지만 대체로 만족스러웠다. 물이 많이 튈 때면 테메레르는 한쪽 날개를 들어 물을 막았고 앞다리를 구부려 로렌스가 앉아서 책을 읽어줄 공간을 만들었다.

그런데 로렌스가 시 한 편을 읽다 말고 뜸을 너무 오래 들이는 것 같아 테메레르가 말했다.

"그 시가 거기서 끝이 아닐 텐데?"

로렌스는 대답이 없었다. 테메레르가 내려다보니 로렌스는 시집을 무릎에 펼쳐놓은 채 발톱에 머리를 기대고 축 늘어져 잠들어 있었다.

테메레르는 조그맣게 한숨을 쉬며 옆을 돌아보았다. 시포도 방수포 쪼가리를 덮고 쿠링길레의 옆구리에 기대어 몸을 웅크린 채 잠들어 있었다. 그 옆에는 디마니가 잠들었고, 한자를 어지간히 해독해서 책을 읽어줄 수 있는 에밀리도 수학 공부를 하다 말고 꾸벅꾸벅 졸고 있었다.

쿠링길레가 또 한숨을 쉬며 "난 더 자고 싶진 않아."라고 말했다. 이스키에르카가 "나도 자기 싫어."라고 맞장구를 쳤지만 그랜비는 그 말을 못 들었는지 잠에서 깨어나지 못했다. 금실로 만든 화려한 외투 차림의 그랜비는 밧줄더미를 베고서 이스키에르카 앞에 누워 있었다.

이스키에르카가 말했다.

"근처에 잡아들일 만한 적선은 없는 것 같지만 한번 둘러보는 것도 나쁘지 않을 거야."

테메레르가 듣기에도 흠잡을 데 없는 제안이었다. 가끔 이스키에르카도 쓸모 있는 제안을 할 줄 아는구나 싶었다.

테메레르는 "그럼 나중에 다시 만날 위치를 정해야지."라고 말하며 항해장 스마이스가 어디 있는지 찾아보았다. 배의 항로뿐만 아니라 로렌스가 테메레르와 함께 배를 떠나 장거리 비행을 할 때마다 스마이스에게 묻곤 했던 것들을 직접 들어볼 생각이었다. 그런 정보를 이용해 어떻게 배로 되돌아올 수 있는지는 아직 모르지만 스마이스에게 설명을 들으면 될 테니 로렌스를 굳이 깨우지 않아도 될 것 같았다. 혹시 잠에서 깬다고 해도 로렌스가 딱히 반대할 것 같지도 않았다. 로렌스는 달리 할 일이 별로 없을 때도, 우선순위로 따져서 그리 중요한 일이 없을 때도 전리품을 찾으러 다니는 일에는 워낙 관심이 없기는 했지만 말이다.

그런데 아무리 찾아봐도 스마이스는 갑판에 없고 퍼벡 경만 갑판에 나와 있었다. 타륜 옆에 서 있는 조지 대위는 조느라고 목을 옆으로 슬그머니 기울였다가 홱 곧추세우고는 촉촉이 젖은 파란 눈을 수차례 깜박였다.

"난 기다릴 생각 없어. 그런 정보 없이도 얼마든지 이 배를 다시 찾아올 수 있거든. 갔던 길로 되돌아오면 되는 거지 뭐. 이 배가 나아가고 있는 방향도 잘 봐두고. 따로 계산 같은 거 하지 않아도 기억할 수 있어."

이스키에르카의 말에 테메레르가 반박했다.

"네가 잘도 기억하겠다. 바다 위에는 나무나 건물 같은 게 없어서 현재 위치를 짚어둘 수가 없어. 비행을 나갔다가 길을 잃는 건 너무 멍청한 짓이고, 준비 없이 나갔다가는 배를 찾으려고 수시간 날아다니게 될 가능성이 높아."

쿠링길레가 말했다.

"비행을 안 나가는 게 좋을 것 같기도 해. 저 밑에서 우리 주려고 요리를 하나 봐. 냄새가 아주 좋아."

정말 좋은 냄새가 났다. 갑판 아래에서 불에 쇠고기를 굽는 냄새가 올라오고 있었다. 테메레르는 그 냄새를 기분 좋게 들이마셨다. 지금은 배가 별로 고프지 않으니 주어지는 고기 외에 더 달라고 로렌스를 조르지는 않을 생각이었다. 물고기 사냥이 신통치 않을 때를 대비해 쇠고기 배식량이 제한되고 있기는 하지만 구운 쇠고기 같은 특별식을 마다할 이는 없을 것이다. 꿍쑤가 쇠고기를 구워서 스튜로 만들지 않는 이상은 말이다.

이스키에르카는 "머리는 내 차지야!"라고 말하며 목을 길게 빼고 난간 너머 승강구를 들여다보았다. 그러고는 말을 이었다.

"소머리 구이를 못 먹어본 지가 너무 오래됐어. 너희는 육지에 오래 있어서 실컷 먹어봤겠지만."

테메레르가 받아쳤다.

"먹고 싶을 때 실컷 먹어도 될 정도로 식민지에 소가 많지 않았거든. 우리가 바다에 나온 지 수 주일째인데 왜 너 혼자 소머리를 차지해도 될 것처럼 얘길 하는지 모르겠다. 나도 소 뇌랑 내장 좋아해."

옆에서 쿠링길레가 걱정스러운 표정으로 말했다.

"뒷다리는 내가 먹을게. 요리사들이 너무 바짝 굽지만 않으면 좋겠어."

그런데 밑에서 올라오는 연기가 지나치게 짙어지고 있었다.

로렌스가 갑자기 잠에서 깨어나 벌떡 일어섰다. 무릎에 얹어 놓았던 시집이 밑으로 떨어지자 테메레르가 구시렁댔으나 로렌스는 개의치 않았다.

로렌스는 "갑판 아래 무슨 일이 일어난 건가?"라고 말하고 두리번거리더니 입가에 손을 모으고 갑판 전체에 들리도록 고함을 쳤다.

"불이야!"

로렌스는 그랜비의 어깨를 잡고 흔들어 깨운 후 함께 앞쪽의 사다리식 통로를 따라 갑판 아래로 내려갔다. 갑판을 이루는 널빤지 사이로 매캐한 회색 연기가 피어올랐다. 부연 연기 속에서 사람들이 로렌스와 그랜비 옆을 지나 사다리식 통로로 몰려가고 있었다. 화재가 발생해 위험한 데도 그들은 핏발 선 눈에 벌겋게 달아오른 얼굴로 럼주 냄새를 풍기며 낄낄거렸다. 로렌스는 그들이 배의 술창고를 부수고 그 안에 보관 중인 술을 멋대로 꺼내 마셨음을 짐작할 수 있었다. 술창고에는 6개월에 걸친 항해 기간 동안 700명이 매일 마실 수 있도록 물을 섞지 않은 럼주가 보관되어 있었다. 해군 장교들과 유능한 선원들은 종일 일을 하기 때문에 취침 시간이면 피로에 지쳐 곯아떨어지지만 게으르고 쓸모없는 자들은 술에 취해야만 잠을 잤다.

요리실 바닥에는 피가 흥건했다. 술에 취한 자들이 소를 도축한 모양이었다. 소머리 두 개와 꼬챙이에 꿴 소의 각 부위가 불 위에서 시커멓게 타고 있었다. 쇠고기를 굽느라 피워놓은 불은 이미 주변의 탁자들로 옮겨 붙었고 이제 밧줄 더미로 옮겨가고 있었다.

로렌스는 우왕좌왕하는 이들 중 한 명을 붙잡고 소리쳤다.

"펌프질을 해야 하니 위치로 가!"

얼굴을 보니 영국 첼튼엄 출신의 유능한 선원 야로우였다. 평소에는 믿음직한 선원이었는데 술의 유혹에 지고 말았는지 잔뜩 취해 있었다. 야로우의 얼굴에는 검댕이 묻어 있고 눈동자에는 활활 타오르는 불이 담겨 있어서 마치 지옥에 사는 자를 보는 듯했다.

"위치로 가!"

로렌스가 다시 한 번 고함을 쳤지만 야로우는 못 알아들었는지 대답을 하지 않았다. 그저 로렌스에게 잡힌 팔을 비틀어 빼내고는 술과 두려움에 취해 휘청대는 자들 쪽으로 걸어갔다.

그랜비는 비행용 가죽 장갑을 끼고는 소금 친 돼지고깃국이 담긴 커다란 솥을 옆으로 기울여 불 위로 국물을 들이부었다. 펄펄 끓는 물과 기름이 바닥에 퍼져나가자 맨발로 돌아다니던 술 취한 자들이 비명을 질러댔다. 덕분에 쇠고기를 굽느라 피워놓은 불은 꺼졌지만 한 남자가 고통에 찬 비명을 지르면서 불붙은 탁자 위로 쓰러지고 말았다. 그 남자는 다른 사람들 사이로 달려가 몸부림을 쳤고 그의 옷에 붙은 불이 가까이에 서 있는 사람들의 옷으로 옮겨 붙었다.

"함장님! 라일리 함장님……."

라일리의 부하인 어린 소위 다이시가 높고 가느다란 목소리로 외쳤다. 다이시는 흰 잠옷용 셔츠를 입고 노란 머리가 헝클어진 채로 전면 화물창에서 나오는 빛을 받으며 맨다리로 서 있었다. 로렌스는 다이시 뒤로 라일리의 모습을 얼핏 보았다. 라일리는 넥클로스(남성의 장식용 목도리로 폭넓은 스카프 모양의 천조각—옮긴이)도 하지 않고 외투만 겨우 걸치고는 불 사이로 무어라 외치고 있었으나 소음 때문에 로렌스의 귀에는 들리지 않았다. 라일리 뒤에서 장교 몇 명이 사람들을 양옆으로 밀어내고 요리실까지 길을 내려고 안간힘을 쓰고 있었다.

로렌스는 허리춤에 칼을 차고 있었으나 지금은 칼을 쓸 상황이 아니었다. 그랜비는 허리를 굽히고 탁자에서 널빤지들을 비틀어 떼어내 로렌스에게도 하나 건네주었다. 그들은 널빤지를 손에 쥐고 술에 취해 정신을 못 차리는 자들을 때려 길을 냈다. 마침내 라일리와 여섯 명의 장교들은 그 사이로 지나올 수 있었다. 요리사의 조수인 어커트는 소를 도축하는 일에 동원되었는지 피 묻은 칼을 들고 화로 뒤에 웅크리고 앉아 있었다. 술보다 고기에 더 환장한 다섯 명의 남자들은 이 혼란 속에도 요리실 구석에 모여서 다 익지도 않은 커다란 고깃덩어리를 뜯어먹는 중이었다. 옆에 쓰러져 있는 두 명은 멍한 상태이기는 했지만 인사불성이 될 만큼 술에 많이 취하지 않아서 라일리의 지시에 따랐다.

라일리는 부하들을 거느리고 불길을 잡으며 혼란스러운 상황을 바로잡으려 안간힘을 썼다. 성인 남자들은 모래 자루를 끌고 왔고 소년들은 저녁을 먹다 말고 뛰쳐나와 조금이라도 불이 날름거리는 곳에 물을 부었다. 두려움에 움츠리고 있던 어커트는 요리실의 불을 마저 끄더니 슬그머니 사람들 사이로 섞여 들어가 모습을 감추었다. 당분간 눈에 띄지 않고 있으면 죄가 잊힐 줄 아는 모양이었다. 히드라 같은 불길이 갑판을 따라 계속 번져 나갔다. 연기가 코로 들어와 로렌스는 숨쉬기가 어려웠다. 솥에서 나온 수증기가 얼굴을 축축하게 적셔서 그들은 손으로 눈가를 계속 닦아내야 했다.

위에서 깊게 울려 퍼지는 테메레르의 목소리가 널빤지 사이로 들려왔다.

"로렌스! 로렌스!"

그러자 옆에서 그랜비가 목 쉰 소리로 말했다.

"용들이 볼 수 있는 곳으로 올라가는 게 낫겠습니다."

비행사들의 안전을 지나치게 염려하는 용들을 저희들끼리 둘 경우 어떤 사태가 벌어질지는 굳이 말하지 않아도 알 수 있었다.

라일리가 지시했다.

"다아시, 저기 가서 누수방지공 다우튼한테 제 위치로 가라고 전해. 내가 여기서 고함을 쳐도 못 듣는 것 같으니까. 다우튼이 제 자리를 지키지 않으면 네가 직접 북을 찾아서 두드려. 북을 두드려서 선원들이 펌프로 물을 길어 올리게 해. 그게 불가능할 것 같으면 차라리 각자 위치를 지키게 하는 게 우왕좌왕 돌아다니는 것보다 나아. 질서를 잡아야 돼."

다아시는 로렌스보다 앞서서 재빨리 사다리식 통로를 달려 올라갔다. 로렌스와 그랜비가 갑판에 올라가고 얼마 안 되어 북소리가 울려 퍼지기 시작했고 해군 장교들이 "각자 위치로! 위치로!" 하고 고함을 지르며 배 안에 질서를 잡기 시작했다. 그런 노력은 약간 효과가 있기는 했다. 전투나 훈련 시에 연기와 무질서를 많이 경험해본 선원들은 북소리에 맞춰 움직이기 시작했다. 그들은 술에 취해 비틀대면서도 포열갑판의 정해진 위치로 달려 내려갔다. 하지만 훈련도 받지 않았고 분별력도 없는 대부분의 선원들은 상갑판에서 서로를 밀쳐대며 질서를 잡는 데 방해가 되고 있었다.

로렌스는 연기로 가득한 사다리식 통로를 빠져나갔다. 연기가 그의 팔에 구불구불하게 달라붙었다. 선원 둘이 코르크 마개로 잠겨 있지 않은 술병을 놓고 드잡이를 하다가 내용물을 쏟아놓았다. 로렌스는 그 자들을 옆으로 밀어냈다. 그런데 쿠링길레가 용 갑판 난간 너머로 고개를 들이밀더니 그 두 선원을 커다란 발톱이 박힌 앞발로 집어 들었다. 로렌스가 보는 앞에서 쿠링길레는 그 선원들을 배에 매달린 그물에 집어넣었다. 그런 자들을 집어넣으려고 작정했는지 그물이 밑으로 넉넉하게 내려져 있었다.

위쪽 용 갑판에서 에밀리가 소리쳤다.

"이렇게 하는 게 도움이 될 것 같았습니다, 대령님!"

용 세 마리가 제일 심하게 취한 자들을 앞발로 집어서 그물에 넣으며 갑판을 치우기 시작했다.

"잘했다!"

로렌스는 대답을 하자마자 기침을 뱉어냈다. 연기를 들이마신 것이다. 얼른 빗물통에 담긴 물을 퍼서 입 안을 헹군 다음 그랜비를 비롯한 다른 공군들과 함께 제일 심하게 취한 자들을 그물 쪽으로 거세게 몰았다. 그물에 들어간 자들은 팔다리를 휘저으며 몸부림을 쳤다.

테메레르가 소리쳤다.

"조심해!"

그럴 만한 이유가 있었다. 갑판에 포탄과 대포들이 굴러다니기 시작한 것이다. 깜짝 놀란 사람들은 난간 너머 바다로 뛰어들어 물에서 칠빅거리거나 승강구로 달려 내려갔다. 멀쩡한 선원들은 술에 취해 어리석은 짓을 벌이는 자들보다는 유리한 입장이었다. 술 취한 자들은 행동을 예측할 수 없어서 위태롭게 비틀거리며 달리다가 서로 부딪치기도 하고 밧줄에 매달리기도 했으며 물통을 쓰러뜨리고 서로를 밀치면서 악을 썼다. 당번 선원들은 삭구에 재빨리 올라가서 돛에 담겨 있던 기름 낀 구정물을 술 취한 자들에게 쏟아내며 야유를 퍼부었다.

태풍이 한창일 때에 비하면 파도는 그리 높지 않았다. 6미터 정도였는데 남빙양(南氷洋)의 파도치고는 그리 높지 않았다. 그러나 선원들에게 방치된 얼리전스 호는 파도의 움직임에 따라 사납게 흔들렸다.

퍼벡이 타륜 쪽에서 소리쳤다.

"거기 조심해!"

대포가 없힌 포가가 쇠고리에서 풀려난 것이다. 얼리전스 호가 다음 물마루로 장대하게 치솟는 가운데 포가의 바퀴가 갑판 위에서 우르르 굴러갔다. 앞이 둥그런 쇳덩어리가 그들을 향해 무시무시한 속도로 다가오고 있었다.

그랜비는 술 취한 자들을 가까이에 있는 용들 쪽으로 몰아가고 있었다. 목수와 그의 조수 세 명은 기분 좋게 취해 비틀대면서도 오랫동안 배에서 생활한 사람들답게 익숙하게 균형을 잡고 서서는 서로 팔짱을 끼고 딸꾹질을 하며 웃어대고 있었다. 그런데 대포가 그들 쪽으로 미끄러지자 그들은 물통 너머로 고꾸라지고 말았다. 대포에 밀려가면서도 그들은 공포에 떨기보다는 그저 놀란 표정이었다.

목수 일행과 함께 거침없이 밀려가던 그랜비의 팔을 로렌스가 때마침 붙잡았다. 쇠고리가 부서지면서 포가가 풀려난 것인데 그 부서진 쇠고리에 그랜비의 외투가 걸려버렸다. 포가를 따라 갑판을 미끄러져 내려가던 로렌스는 군화 뒤꿈치를 난간에 걸어 간신히 멈추었다. 포가는 오크나무 난간을 부수고 바다로 떨어졌다. 목수와 조수들은 두려움에 찬 비명을 지르며 바다로 풍덩풍덩 빠졌다. 그랜비도 깜짝 놀라 고함을 질렀고 팔이 괴상하게 뒤틀리며 로렌스의 손아귀에서 놓여났다.

그랜비가 걸친 보드라운 비단옷이 굳은살 박인 로렌스의 거친 손가락에 걸려 찌이익 소리를 내며 찢어졌다. 그랜비의 황금색 외투에 햇빛이 쏟아져 로렌스는 눈이 부셨다. 그랜비는 배 가장자리로 계속 미끄러지면서 이를 악물고 버티려 했지만 로렌스는 그를 다시 붙잡지 못했다. 그런데 언제 왔는지 페리스가 그들 옆으로 내려왔다. 페리스는 무릎을 굽히고는 양손에 쥔 칼로 그랜비의 외투 뒷자락을 내리쩍어 갑판에 꽂았다. 외투가 부욱 찢어졌지만 그랜비는 더 이상 미끄러지지 않았다.

로렌스가 그랜비 곁으로 내려왔다. 그랜비는 햇볕에 그을린 얼굴에 핏기가 가신 채 숨을 몰아쉬었다. 로렌스와 페리스의 도움으로 일어선 후에도 그랜비의 한쪽 팔은 힘없이 늘어져 있었다.

"그랜비, 그랜비!"

이스키에르카가 날카롭게 악을 쓰며 용 갑판의 난간 너머로 몸을 기울였다. 그랜비 쪽으로 오려고 큰 돛대로 앞발을 뻗어 균형을 잡고 있었는데 곧 발톱으로 삭구를 찢어놓을 기세였다.

페리스가 대답했다.

"그쪽으로 모시고 갈게, 이스키에르카. 다친 팔이 악화될 수 있으니까 잡아채지 마."

그러자 이스키에르카는 걱정스러운 표정으로 쉭쉭거리면서도 뒤로 물러섰다. 로렌스는 페리스에게 고개를 끄덕이며 그랜비의 한쪽 팔을 자신의 어깨에 걸쳤고, 페리스는 다른 쪽 팔을 받쳐 부축했다. 그렇게 그들 두 사람은 그랜비를 데리고 갑판을 가로질러갔다.

배 주변이 온통 하얀 거품으로 가득해서 바다에 빠진 사람들의 모습은 잘 보이지 않았다. 삭구에서 쏟아지던 야유도 멈추었다. 해군과 해병대가 모두 잠에서 깨어나 갑판에 나와 있었고, 라일리는 고물 쪽에서 지시를 내리고 있었다. 라일리의 하인 카버가 넥클로스를 손에 들고 라일리 뒤에서 서성이고 있었다. 바람에 펄럭이는 넥클로스는 꼭 흰 깃발 같았다. 라일리가 다급히 손짓을 하며 지시를 내리는 동안 카버는 라일리의 목에 넥클로스를 매어주려고 기회를 보고 있었다.

테메레르가 이스키에르카 못지않게 안달 난 목소리로 소리쳤다.

"로렌스, 괜찮아?"

로렌스는 눈으로 흘러내리는 땀과 물기를 손으로 닦아냈다. 갑판 아래에서 연기가 계속 올라오고 있었다. 라일리는 장교 한 명에 멀쩡한 선원 여럿을 한 팀으로 묶어서 들통과 구정물통을 들고 갑판 아래로 내려가 불을 끄게 했다. 일손이 몹시 부족했다.

로렌스가 대답했다.

"난 괜찮아. 그물에 들어 있는 자들을 바닷물에 여섯 번쯤 담갔다가 꺼내. 그런 후에 화재 진압에 동원해도 될 만큼 술기운이 걷혔는지 확인해보자."

이 말을 마치자마자 로렌스의 눈앞에 잔물결이 이는 초록색 파도 벽이 다가왔고 그 너머로 얼리전스 호가 내다보였다. 마치 낡고 복잡한 무늬가 있는 유리창 너머로 얼리전스 호를 보고 있는 듯했다. 일몰의 하늘을 등진 얼리전스 호는 점점 색이 짙어지면서 멀어지고 있었다. 붉은색과 황금색으로 칠해진 얼리전스 호를 어둠이 집어삼키고 있었다. 로렌스는 바람 없는 곳에서 날고 있는 것처럼 묘하게 가볍고 자유로워진 느낌이었다.

다음 순간 그의 머리가 바닷물 속으로 쑥 끌려 들어갔다. 태양이 고통스러울 정도로 맑고 밝았다. 소금물이 입으로 들어와 질식할 지경이었다. 로렌스는 파도에 대고 바닷물을 토해냈다. 디마니가 잡아끄는 곳에 무작정 매달렸다. 갑판에서 떨어져 나와 물에 떠 있던 널빤지였다. 널빤지의 한쪽 모서리에는 아직 연기가 피어오르고 있었고 여전히 뜨거웠다.

아직 해는 저물지 않았다. 얼리전스 호는 포열갑판에서 흘수선에 이르기까지 고물 부분이 완전히 쪼개져서 나무 파편이 떨어지고 불길이 치솟았다. 돛은 전부 불타고 있었다.

"맙소사."

로렌스는 무심코 중얼거렸다. 목이 잔뜩 쉬어 꺽꺽대는 소리가 났다.

디마니가 파도를 따라 오르내리는 널빤지를 단단히 붙잡고서 가쁜 숨을 몰아쉬며 물었다.

"어떻게 된 거예요?"

갑작스러운 굉음과 진동이 또다시 얼리전스 호를 뒤흔들더니 배의 측면에서 눈부시게 밝은 불덩어리가 터져 나왔다. 로렌스는 디마니의 머리를 물밑으로 밀어 넣고 자신도 얼른 고개를 숙였다. 곧 나무 파편과 재가 머리 위로 비처럼 쏟아져 살이 따끔거렸다.

연기가 걷히고 물 위로 올라온 디마니는 "어떻게…… 어떻게……"라고 중얼거리다가 말았다.

로렌스는 고개를 들고 배 쪽을 바라보았다. 얼리전스 호의 내부에서 활활 타고 있던 불이 부서진 널빤지 사이로 밀려든 파도에 의해 사그라지고 있었다. 그러나 선체는 이미 뒤로 기울어져 부채꼴 모양의 거대한 용 갑판이 공중에 치솟았다. 얼리전스 호가 서서히 파도 아래로 침몰하는 동안 용들은 죽어가는 거대한 짐승을 내려다보는 까마귀 떼처럼 그 위를 선회했다.

4

어떻게 된 일인지 테메레르는 단박에 파악이 안 되었다. 수면 가까이에서 날면서 술 취한 선원들의 요란한 항의를 들으며 배 쪽 그물을 바닷물에 담갔다 꺼냈다 하고 있는데, 갑자기 거대한 폭발음과 함께 여기저기서 불이 솟았다. 이스키에르카가 내지르는 것보다 백 배는 요란한 소음이었다. 불붙은 돛 조각들과 나무 파편들이 날아오자 테메레르는 잠시 고도를 높였다. 아래를 내려다보니 얼리전스 호의 갑판에서 불길이 치솟고 있었다.

쿠링길레가 빠르게 날아 내려와서는 잔뜩 흥분한 목소리로 물었다.

"전투가 일어났어? 우리도 전리품을 얻는 거야?"

술 취한 자들이 담겨 있는 쿠링길레의 그물에서 테메레르의 몸 위로 바닷물이 뚝뚝 떨어졌다.

"글쎄, 공격을 받은 것 같기는 한데 주변에 다른 배는 안 보여."

테메레르는 혼란스러워하며 얼리전스 호 주변을 한 바퀴 돌았다. 쪼개진 배에 거대한 구멍이 뚫려 있었다. 횡단면으로 내부의 갑판들이 훤히 들여다보이는 얼리전스 호의 모습이 낯설기만 했다. 서까래에 매달려 흔들거리는 하얀 해먹들은 예전에 테메레르가 본 그림 속의 누에고치들 같았다. 대포들이 갑판을 미끄러져 바다로 텀벙텀벙 떨어지고 사방에 물통과 짐짝이 떠다녔다. 우리에서 도망친 양 떼가 매애 하고 울며 바다를 헤엄쳐 배에서 멀어지고 있었는데 그중 상당수가 털에 불이 붙은 채였다.

쿠링길레가 흥미로워하며 말했다.

"우와."

테메레르가 타일렀다.

"지금 저 양들을 먹으면 안 돼. 아직은 뭘 먹을 때가 아니야. 그나저나 로렌스는 어디 있지?"

테메레르는 갑판 쪽을 살펴보았다. 갑판에는 삭구와 부러진 활대들이 흩어져 있고 사다리식 통로마다 불과 연기가 치솟았으며 피투성이 시체들이 사방에 흩어져 있었다. 로렌스는 물론 테메레르의 승무원들은 어디에도 보이지 않았다. 테메레르가 애타게 불렀지만 아무도 대답하지 않았다. 테메레르는 다시 한 번 소리쳤다.

"로렌스!"

테메레르는 몹시 혼란스러워하며 배 주변을 다시 한 번 돌았다. 물속에 사람들이 있었지만 머리통들이 물통처럼 수면에서 깐닥거리고 있을 뿐, 누가 누구인지 분간하기가 어려웠다. 왜, 어쩌자고 로렌스를 얼리전스 호에 두고 나왔을까? 근처에 적도 없고 해서 아주 잠깐 얼리전스 호를 떠났던 것뿐인데 이 배는 도대체 어쩌다가 이렇게 쪼개지고 만 건지……

환한 빛이 눈으로 들어와 테메레르가 고개를 들었다. 빛이 비치는 쪽을 보니 에밀리가 용 갑판 가장자리에서 손을 휘젓고 있었다. 에밀리는 방수포 하나를 몸에 덮어쓴 채 테메레르의 발톱 씌우개 하나를 들고서 금으로 된 부분에 햇빛을 반사시키고 있었다. 테메레르는 몸을 앞으로 기울여 에밀리를 낚아챘고 이어서 꼬마 제리와 시포도 잡아 올렸다. 애초에 이들을 이곳에 두고 배를 떠나서는 안 되는 것이었다.

테메레르가 물었다.

"로렌스는?"

그런데 갑판에서 미친 듯이 팔을 휘젓는 캐번디시 중위가 보이자 테메레르는 "그래, 알았어. 보여."라고 말한 후 그를 집어 올렸다. 캐번디시는 돌봐줄 사람이 없다는 터무니없는 이유로 로렌스가 거둬들인 열여섯 살의 소년이었다.

에밀리가 테메레르의 안장에 자신의 카라비너를 걸고 제리의 카라비너도 걸면서 말했다.

"대령님의 모습이 보이질 않아."

그러고는 테메레르의 배에 매달린 그물 속에서 아우성치는 선원들에게 "투덜대지 마, 이 주정뱅이들아."라고 말한 후 그들 옆을 지나 테메레르의 등으로 올라가며 "계속 시끄럽게 굴면 테메레르한테 그물을 잘라버리라고 할 거야. 그럼 속이 다 시원하겠다."라고 일갈했다.

테메레르는 그물에 술 취한 선원들이 들어 있다는 사실을 잠시 잊고 있었다.

에밀리가 말했다.

"한 바퀴 천천히 돌아, 테메레르. 우리가 대령님이랑 디마니를 찾아볼게."

쿠링길레도 어느새 배 가까이에서 초조하게 맴을 돌며 디마니를 부르고 있었다.

수색 작업을 도우러 날아온 이스키에르카의 등에는 그랜비가 안전하게 자리를 잡고 있었다. 이스키에르카는 자신의 비행사를 잃어버리지 않았다. 테메레르의 승무원인 페리스까지 챙겨서 제 몸에 얹어놓고 있었다. 이번만큼은 테메레르도 기분 나쁘지 않았다. 그런 사소한 데 연연할 여유가 없었다.

제리가 테메레르의 등에서 가느다란 목소리로 외쳤다.

"저기 보여! 디마니랑 로렌스 대령님이 저쪽에 있어!"

테메레르는 곧장 밑으로 내려가 그 두 사람을 낚아채 올렸다. 그들이 붙잡고 있던 널빤지가 너무 작아서 테메레르는 가슴이 철렁했다.

바로 뒤에 따라온 쿠링길레가 걱정스러운 얼굴로 주변을 맴돌며 말했다.

"디마니 이리 줘! 디마니, 괜찮아?"

로렌스가 나섰다.

"디마니가 지금…… 체온이 많이 내려가서…… 말을 하기가 힘들 거다. 체온을 회복할 때까지…… 기다려, 쿠링길레."

몹시 거칠고 쉬어서 로렌스의 목소리 같지가 않았다. 게다가 더듬기까지 했다.

테메레르가 로렌스와 디마니를 잡은 앞발을 어깨 쪽으로 올리자 에밀리는 그들이 테메레르의 몸에 내려설 수 있도록 도우며 말했다.

"방수포를 드릴 테니까 그걸로 디마니와 함께 몸을 감싸고 계세요, 대령님. 얼리전스 호가 침몰하기 전에, 음, 용 갑판에 두었던 장비들을 일부라도 가져와야겠어요. 장비 대부분이 용 갑판에 묶여 있거든요."

테메레르는 에밀리의 말을 곧장 이해하지 못하고 얼리전스 호를 돌아보았다. 쪼개진 곳으로 물이 흘러들면서 얼리전스 호는 서서히 우아하게 침몰하고 있었다.

"이럴 수가! 얼리전스 호를 구하려면 어떻게 해야 하지?"

테메레르의 물음에 로렌스가 대답했다.

"그건 불가능해, 테메레르. 내가 고함을 칠 수가 없는 상태니까 이스키에르카와 쿠링길레에게 생존자들을 최대한 구하라고 전해. 우린 얼리전스 호에 실린 물품을 최대한 꺼내 와야 한다."

로렌스는 떨리는 손으로 천천히 그러나 정확하게 카라비너를 안장에 채웠다. 서둘러야 해서 마음이 급한데 바다에 빠진 선원들 대부분이 멍청하게도 이스키에르카와 쿠링길레를 피해 헤엄쳐 달아나려고 하니 답답한 노릇이었다. 용 갑판에 실린 장비도 몇 개밖에 가져올 수 없었다. 테메레르의 안장 끈에 매달린 에밀리가 용 갑판 위를 날아가면서 재빨리 낚아채 그물 안에 던져 넣은 하네스 몇 개와 방수포 몇 장이 전부였다.

배 아래에 있던 꿍쑤는 용케 갑판 위로 올라왔다. 장화를 얇은 유포 주머니에 담고 그 끈을 목에 감은 꿍쑤는 술에 취해 비틀대는 오데이를 얼리전스 호의 선수상(船首像)에 세우고 구조를 기다렸다. 이 배의 선수상은 깃털 달린 날개를 펼치고 가운을 휘날리는 여인의 모습이었다. 테메레르는 용 갑판 아래에 있는 그 선수상을 이제껏 볼 기회가 없었다. 배가 기울어진 지금 선수상은 허공을 향해 팔을 뻗은 모습이었다.

테메레르의 옆구리를 타고 올라와 안장에 몸을 고정시킨 꿍쑤는 로렌스가 펠로우스에 대해 묻자 대답했다.

"아뇨, 대령님. 죄송하지만 못 봤습니다. 연기로 가득한 하갑판에는 시체만 잔뜩 있습니다."

옆에서 오데이가 딸꾹질을 하며 말했다.

"뭐, 그럴 만도 하지요. 바다의 심판이 우리를……."

"시끄러워."

로렌스의 말에 오데이는 겸연쩍어하며 입을 다물었고 딸꾹질 소리가 새어나가지 않도록 손으로 입을 틀어막았다.

에밀리가 소리쳐 물었다.

"물통을 몇 개라도 건질까요, 대령님?"

로렌스는 목소리를 크게 낼 수가 없어서 테메레르에게 말했다.

"롤랜드한테 그럴 필요 없다고 전해, 테메레르. 그리고 넌 갑판에 물통이 보이는 대로 들고 그 안의 물을 마셔둬. 이스키에르카와 쿠링길레한테도 그렇게 전해. 저 양들도 지금 먹어두는 게 좋아."

"그물에 있는 사람들도 곧 목이 탈 텐데. 당신도 갈증이 날 거야, 로렌스."

"그럼 롤랜드한테 여행용 물통을 두 개 정도 챙기게 해. 하지만 그물에 들어 있는 술 취한 놈들은 신경 쓰지 마. 넌 최대한 짐을 줄이고 이동해야 돼, 테메레르. 물보다는 내려서 쉴 섬을 찾는 게 더 급해."

잔뜩 쉰 로렌스의 목소리가 더욱 단호하게 들렸다.

배에 실린 물품들을 챙기고 생존자들을 몇 명 더 구하는 데 한 시간이 훌쩍 지났다. 이스키에르카가 옆으로 날아서 지나가는 동안 그랜비가 지친 목소리로 로렌스에게 말했다.

"더는 건질 사람이 없는 것 같습니다. 물이 너무 차가워서 더는 생존자가 없어요. 그만 출발하는 게 좋겠습니다."

그랜비는 다친 어깨와 팔을 붕대로 감아 몸에 바짝 붙여놓은 상태였다.

로렌스가 대답했다.

"북동쪽으로 방향을 잡고 출발해. 용들이 서로 시야에서 벗어나지 않을 정도로 최대한 간격을 벌린 채로 비행을 하도록 하고. 그래야 섬을 찾을 가능성이 높아져. 밤에 서로의 위치를 파악하고 신호를 주고받아야 하니까 이스키에르카랑 쿠링길레의 몸에 랜턴도 실어두고."

얼리전스 호의 잔해를 남겨두고 너른 바다를 지나 뚜렷한 목적지 없이 막연히 비행을 하려니 외롭기도 하고 묘한 기분이었다. 물밑으로 거의 다 잠긴 얼리전스 호는 빠르게 침몰하고 있었고 용 갑판만 하늘을 향해 비쭉 튀어 올라와 있었다. 얼리전스 호에 실려 있던 보트들이 선원들을 가득 싣고 모선에서 서서히 멀어졌다. 테메레르 일행은 그 보트들과 줄곧 함께 갈 수 없었다. 지금도 몇 번 고함을 질러 짧게 얘기를 나눌 수 있을 뿐이었다. 대형 보트는 버로우 대위가 지휘하고 있었고 소형 보트는 열다섯 살의 패리스 대위가 다이시 소위의 보조를 받아 지휘 중이었다.

보트에 탄 이들과 말을 주고받은 후 로렌스는 테메레르에게 나지막하게 물었다.

"라일리 함장은 안 보여?"

잠시 후 테메레르가 대답했다.

"안 보여……."

테메레르가 알에서 부화하고 사흘째 되던 날 라일리는 거대한 붉은 살 다랑어를 먹이로 주었다. 테메레르는 살면서 그때만큼 배가 고팠던 적이 없는데 당시 로렌스는 잠을 자고 있었고 선원들 대부분이 용을 무서워해서 라일리가 직접 다랑어를 들고 선실로 내려왔었다.

"안 보여, 로렌스. 아무리 찾아봐도 보이질 않아."

로렌스는 대답이 없었다. 테메레르가 고개를 돌리고 돌아보니 로렌스는 굳은 표정으로 저 멀리 연기가 피어오르는 얼리전스 호의 잔해를 바라보고 있었다. 로렌스는 고개를 끄덕이고는 옆에 앉은 펨버튼 부인에게 물었다.

"저 보트로 내려가고 싶으십니까? 원하시면 보트로 내려드릴 수 있습니다. 자리가 비좁으면 보트에 탄 선원 한두 명을 테메레르의 그물로 올리면 됩니다."

펨버튼 부인은 해먼드와 함께 얼리전스 호의 이물 쪽 선실에서 구출되었다. 그들은 선실 창문을 깨고 펨버튼 부인의 여벌 속치마를 흔들어서 시선을 끌었고 덕분에 밧줄을 잡고 테메레르의 몸에 오를 수 있었다.

"배려는 고맙습니다만 여기 있을게요."

"아시겠지만 용은 길어야 최대 이틀밖에 비행을 못합니다. 사흘까지 가능할지는……."

"보트를 타고 있어도 이 위도 상에서 육지나 섬에 상륙할 가능성은 거의 없을 것 같아요. 어차피 끝날 거면 빨리 끝나는 게 낫겠죠."

그러자 테메레르가 마지막 양고기 조각을 날 것으로 씹어 삼키며 말했다.

"저런 보트들을 타는 것보다는 당연히 나랑 같이 이동하는 게 나을걸요."

룽션리는 중간에 거의 쉬지 않고 중국에서 오스트레일리아 해안까지 그 먼 거리를 비행해왔다. 로렌스는 회의적이었지만 테메레르는 전투에서 추락하는 것도 아니고 그저 비행하다가 바다에 떨어지는 불명예스러운 짓은 안 하리라는 확신이 있었다. 육지가 보일 때까지는 절대로 고도를 떨어뜨리지 않을 작정이었다.

"난 우리가 이 배를 다시 끌어올려야 된다고 봐."

이스키에르카가 구시렁대며 얼리전스 호의 끄트머리를 한 번 더 돌았다. 이스키에르카가 소유한 사치품들이 얼리전스 호의 화물칸에 실려 있는 데다가 지금 그랜비가 입고 있는 외투도 완전히 망가진 터라 이스키에르카는 몹시 아쉬워했다. 테메레르도 자기 소유는 아니지만 그토록 멋진 물건들이 망가지거나 바다 밑에 가라앉는 것은 원치 않았다. 결국 큰바다뱀들이나 그 물건들을 갖고 즐기게 될 테니까. 한편으로는 이스키에르카가 더는 제 물건들을 내놓고 자랑하진 못할 것이고 로렌스의 제복들은 발톱 씌우개와 함께 유포 자루에 담겨 자신의 몸에 실려 있으니 다행이기도 했다. 에밀리에게 로렌스의 제복과 발톱 씌우개를 맡겨 갑판에 놓아두게 했던 건 생각할수록 잘한 일이었다.

"얼리전스 호에 물이 저만큼 차기 전에 우리가 벌써 시도를 해봤어. 지금 다시 시도를 한다고 해서 잘될 것 같진 않으니까 그냥 출발하자."

테메레르는 이렇게 말하며 태양을 등지고 날아갔다.

등 뒤로 서서히 멀어지는 얼리전스 호를 로렌스는 다시 한 번 돌아보았다. 얼리전스 호의 잔해와 표류물이 궁중 예복의 치맛자락처럼 넓게 퍼져나가고 있었고, 상어들이 그 주변에 부산하게 모여들었다. 수많은 훌륭한 해군과 선원들을 이렇게 잃게 되다니 안타깝고 비통한 일이었다. 최악의 선원들은 살아남아서 테메레르의 그물 안에서 투덜대고 있는데 최고의 선원들은 어리석은 짓거리의 뒷수습을 하다가 영광을 누릴 희망도 없이 고요히 수장되고 있었다. 라일리는 구름 한 점 없는 맑은 날 용 수송선을 침몰시킨 함장으로 기억될 것이다. 그나마 누구든 살아남아 해군본부에 이 사건에 대한 보고서를 올려야 가능한 일이겠지만 말이다.

남극에 가까운 바다라서 태양은 창백하게 오그라들고 빛은 그리 강하지 않아서 소금물에 흠뻑 젖은 피부와 옷에 온기를 전하기에는 역부족이었다. 태양이 이미 수평선 너머로 저물고 있어 로렌스는 초조했다. 그날 아침 내내 용들이 날아다니면서 사냥을 하고 노느라 체력을 상당히 소모했을 텐데 앞으로 얼마나 더 비행할 수 있을지 걱정이 되기도 했다.

용 세 마리는 옆으로 넓게 간격을 벌린 채 날아갔다. 황혼이 질 무렵 테메레르의 양옆에서 비행하는 쿠링길레와 이스키에르카는 바닷새만큼 작아져 점으로만 보였다. 하늘이 어두워지면서 그나마도 점점 흐릿해졌고 승무원들이 켠 랜턴의 자그마한 불빛만 어둠 속에서 빛을 발했다. 선원들은 배에 매달린 그물에서 투덜대는 소리 외에 별다른 소리를 내지 않았고 투덜거림마저 시간이 갈수록 잦아들었다. 얼음처럼 차갑고 날카로운 바람이 유포와 방수포 안쪽으로 파고 들어와 그들의 등에 닿았고 대양은 나지막하고 참을성 있는 목소리로 중얼거리며 파도를 밀어 올렸다.

짧은 밤이 지나고 다시 태양이 떠올랐다. 테메레르는 바람을 향해 입을 벌리고 하품을 하며 말했다.

"양을 몇 마리만이라도 싣고 올 걸 그랬어. 지금쯤 한 마리 먹어도 나쁘지 않을 것 같은데. 배에 매달린 그물에 사람들이 잔뜩 담겨 있어서 바다로 내려가 물고기를 편하게 잡을 수도 없어."

테메레르는 고개를 숙이고 비행을 계속했다. 로렌스는 그물에 잔뜩 담긴 사람들만 없으면 테메레르가 훨씬 가볍게 비행할 수 있으리라는 생각이 들었다. 어쩌면 하루쯤 더 비행이 가능할 수도 있을 것이다. 점점 더 우울해지고 화가 치밀었다.

'저 놈들 때문에 그 많은 이들이 죽다니.'

이 위도의 태평양에는 환상산호도(가운데 해수 호수가 있는 고리 모양의 산호섬—옮긴이) 몇 개가 흩어져 있었다. 그러나 지도나 컴퍼스 없이 그런 섬들을 찾아낼 가능성은 별로 없었다. 찾아낸다고 해도 잠시 쉬었다가 또 다른 환상산호도를 찾아야 하는데 가까운 시일 내에 또 하나를 찾아낼 가능성은 더욱 적었다. 물고기를 잡아 허기를 채우더라도 마실 물이 부족하니 대형 용 세 마리가 장기간 버티기는 어려울 것이었다.

섬보다는 배를 발견할 가능성이 차라리 높았다. 배는 밤에도 조명을 켜놓으니 멀리서도 볼 수 있으니까. 고래 사냥을 나온 포경선이나 남아메리카 최남단의 케이프 혼으로 가는 쾌속 대형범선 등. 그러나 그런 배들은 규모가 작아서 용들에게 휴식처가 될 수 없었다. 용들은 몸에 싣고 있던 사람들을 배에 내려놓은 후 결국 바다에서 익사하고 말 것이다. 얼리전스 호에 재앙을 일으킨 자들, 교수형을 당해야 마땅한 자들은 용들 덕분에 목숨을 부지할 테고 말이다.

비행하는 동안 로렌스는 10분에 한 번씩 방수포를 덮은 외투에 손을 넣어 온기를 회복해가며 보고서를 작성했다. 가다가 배라도 발견하게 되면 영국 해군본부는 로렌스가 작성한 이 경위서를 수령할 것이고 라일리 함장이 바보도 무능력자도 아님을 알게 될 것이다. 보고서를 쓴 후에는 라일리 함장의 부인 캐서린 하코트 대령에게 편지를 썼다.

일부 몰지각한 자들의 어리석음과 술의 사악함이 라일리 함장을 희생시켰습니다. 무섭도록 강렬하고 위험한 태풍이 치는 동안 라일리 함장과 부하들은 닷새 밤낮을 뜬눈으로 새우며 얼리전스 호를 지켜냈지만 태풍이 잦아들고 피곤에 지쳐 잠시 눈을 붙인 동안 사달이 나고 말았습니다. 태풍이 닥쳐온 동안 교대로 일을 하기는 했지만 덜 숙련된 탓에 노동의 양이 적었던 선원들이 감시가 소홀해진 틈을 타서 술을 탐하다가 배에 비극적인 사태를 야기하고 만 것입니다.

가슴 아픈 소식을 전하게 되어 비통하기 짝이 없습니다. 라일리 함장이 너무나 어이없게 목숨을 잃은 것도 억울한데 제가 아는 가장 뛰어난 장교 중 하나인 그의 명성에 금이 가게 생겼으니 안타깝기 그지없습니다. 이 편지가 그곳에 당도한다면 훗날 라일리 함장에 대한 비난의 말이 돌더라도 무시하시고 이 편지로 위안을 삼으시기 바랍니다.

로렌스는 몸에 두르고 있던 유포를 네모나게 잘라 이 편지와 보고서를 넣고 포장한 후 닳은 밧줄 조각으로 묶었다. 이 가슴 아픈 소식을 캐서린에게 직접 전하게 될 가능성은 그리 높지 않았다. 캐서린이 크게 동요할 것 같지는 않으니 그 모습을 직접 보게 되면 마음이 더 아플 것 같았다. 로렌스는 캐서린이 라일리의 죽음을 애도해주길 바랐다. 라일리는 애도받을 자격이 있었다. 그러나 캐서린이 애도할 것 같지가 않았다. 캐서린은 임신한 아이를 위해 라일리와 내키지 않는 결혼을 했고 태어난 아이는 아들이었다. 라일리는 남편으로서 의무를 다하려 했지만 그럴 때마다 캐서린은 몹시 부담스러워했다.

"롤랜드, 이걸 잘 보관하고 있어."

고개를 숙이고 반쯤 잠들어 있던 에밀리가 로렌스의 지시에 눈을 뜨고 꾸러미를 받아 옷 안에 집어넣었다.

"나중에 기회가 닿으면 그 안에 든 편지를 하코트 대령에게 전달하도록."

"알겠습니다, 대령님."

그 편지를 전할 가능성이 있기라도 한 것처럼 에밀리는 차분하게 대답했다. 비행을 시작한 지 이틀째 되는 날 오후였다. 용들은 30시간 가까이 계속 날고 있었다.

제리가 테메레르의 어깨 너머를 내려다보며 말했다.

"돌고래들이 보이는 것 같아. 저기서 뛰어오르고 있어."

그 말에 테메레르는 바다로 급강하했다. 테메레르의 몸에 실려 있던 모든 사람들의 위장이 순식간에 목구멍으로 쏠렸고 그물에서 원성이 터져 나왔다. 테메레르는 돌고래 떼를 향해 발을 뻗어 돌고래 세 마리를 발톱으로 잡아 올렸고 물보라가 그물에 뿌려지자 아우성이 곧 잦아들었다. 테메레르는 허기가 졌는지 날갯짓을 계속하며 효율적으로 돌고래들을 씹어 먹었다. 테메레르의 가슴팍에 돌고래 피가 마구 튀었다.

다 먹고 난 후 테메레르는 발톱을 혀로 깨끗이 핥으며 배에 매달린 그물에 대고 말했다.

"이제 힘이 좀 나네. 그렇게 불평해봤자 소용없어. 처음부터 당신들이 술 먹고 미쳐 날뛰지 않았으면 그렇게 그물 안에 담겨서 이동할 일도 없었잖아."

그러고는 로렌스에게 물었다.

"뭍은 아직 안 보여?"

"안 보여."

나이가 어려서 시력이 좋은 제리가 다음 날 아침 대양에 조그맣게 거품이 낀 지점을 찾아냈다. 수면에서 3, 4미터 정도 아래 잠겨 있는 암초에 불과했지만, 그나마도 없는 것보다는 나았다. 로렌스는 그랜비와 디마니에게 신호를 보냈다. 용들은 밀려드는 파도를 뒷다리에 고스란히 맞으며 암초에 앉아 한 시간 정도 쉬었다. 그동안 그물에 들어 있던 선원들은 물에 젖지 않으려고 용들의 몸 위쪽으로 기어 올라와 매달려 있었다. 그들은 더는 불평을 늘어놓지 않았다.

용들은 암초에서 잠시 졸았다. 그런데 이스키에르카가 눈을 뜨더니 신경질적으로 "차라리 계속 비행하는 게 낫겠어. 여기 앉아 있으니까 더 추워지기만 하잖아."라고 말하고는 날개의 물기를 털어내고 날아올랐다.

"다시 날 준비가 됐어?"

로렌스의 물음에 테메레르는 지친 목소리로 대답했다.

"응, 물론이지."

우두둑 소리가 나도록 목을 길게 뺀 후 테메레르는 힘겹게 몸을 공중으로 들어 올렸다.

하루가 기어가듯 느리게 흘러갔다. 날갯짓 소리에 맞춰 시간을 가늠해야 했다. 테메레르는 눈도 거의 뜨지 않은 채 날고 있어서 로렌스가 한 번씩 부드럽게 목을 만지며 나지막한 목소리로 비행 방향을 바로잡아주어야 했다. 배에 차가운 물이 느껴지고 고함 소리가 들리면 테메레르는 깜짝 놀라 얼른 고도를 높이곤 했다. 수면 가까이 내려올 때마다 부풀어 오른 파도가 테메레르의 얼굴을 치고 배를 따라 흘러내렸다.

테메레르는 잠깐 부주의해서 실수한 것뿐이라고, 기운이 다했을 뿐이지 곧 끝장날 징조는 아니라고, 로렌스를 안심시키고 싶었다. 피곤했지만 이대로 물로 떨어져버릴 만큼은 아니므로 로렌스가 두려워할 필요는 없었다. 그러나 호흡이 버거워지고 있는 것이 사실이었다. 숨을 들이쉴 때 쓰는 힘을 차라리 비행에 쓸 수 있으면 좋으련만. 공기가 너무나 차가웠다.

수면에 바짝 가까이 내려와 날고 있는 건 이스키에르카와 쿠링길레도 마찬가지였다. 이제 그들 셋은 가까이에서 날고 있었다. 이스키에르카의 꼬리 주변에서 잠시 물보라가 일어나는 게 테메레르의 눈에 띄었다. 쿠링길레는 약간 더 높은 곳에서 날고 있었지만 서서히 고도를 떨어뜨리고 있었다. 테메레르는 다시

숨을 들이쉬었다가 고함을 질렀다. 제대로 힘이 들어가지 않아 보잘것없는 고함이었지만 현재의 상황에 대한 저항의 표시였다. 고함의 진동이 수면에 퍼져나가자 이스키에르카가 고개를 치켜들고는 응답하듯 가늘고 초라한 불을 뿜었다. 그들 셋은 결연히 다시 날갯짓을 했다.

세상의 가장자리에서부터 어둠이 밀려들고 있었다. 끊김 없는 그 길고 검푸른 곡선은 한때는 휴식을 의미했었다. 그러나 지금은 땅도 돛도 암초도 보이지 않았다. 테메레르는 밤이 다가오는 것도 알아채지 못했다. 온 세상이 또 한 번의 날갯짓으로, 그다음 번 날갯짓으로 좁혀진 탓이었다. 날개에 공기를 모았다가 뒤로 밀어내기를 되풀이하며 숨 쉴 공간을 만들려고 안간힘을 썼다. 또 한 번 날개를 치기 위해 숨을 들이쉬어야 했다. 파도가 바로 아래에서 부딪치는 소리가 들렸다.

"테메레르. 테메레르."

로렌스의 목소리였다. 이미 몇 번은 부른 것 같은데 이제야 들렸다.

"우현으로 22도 지점을 봐, 테메레르."

테메레르는 방향을 돌려 그리로 날아갔다. 테메레르는 자신의 등에서 승무원들이 움직이고 있는 것을 희미하게 느낄 수 있었다. 승무원들은 랜턴으로 신호를 보내고 있었다. 전방 어딘가에서 빛 신호로 응답이 왔다. 그러자 테메레르의 등에서 휘우웅― 소리와 함께 푸른빛이 솟아올랐다.

눈부시게 밝은 그 빛이 바다를 내리비추자 어둠 속에서 섬 같은 덩어리가 하나 보였다. 배였다. 테메레르는 마지막으로 죽을 힘을 다해 그 배의 갑판에 착륙했다. 사방에서 서둘러 물통과 짐짝을 치우는 움직임이 느껴졌다. 테메레르가 내려앉을 수 있도록 그 배에 타고 있던 인간들이, 온기를 가진 살아 있는 인간들이 서둘러 몸을 피하고 있었다. 곧 이어 이스키에르카도 갑판에 발을 디뎠다. 잠시 후 쿠링길레가 테메레르와 이스키에르카의 몸을 반쯤 깔고 갑판에 내려왔으나 지금 테메레르에겐 몸이 좀 깔린 것쯤은 문제가 되지 않았다.

그물에 들어 있던 선원들은 용들에게 깔려 죽을까 봐 겁이 나는지 고함을 치며 애걸복걸했다. 테메레르는 이스키에르카가 그물을 깔고 드러눕지 않도록 목 아래를 물어 올렸다. 사람들이 몰려와 칼과 손도끼로 그물을 자르기 시작했다. 이윽고 그물 입구가 열리고 그 안에 들어 있던 선원들이 갑판으로 쏟아져 나왔다. 그들이 비틀대며 멀찍감치 몸을 피한 후에야 테메레르는 비로소 마음 놓고 엎드릴 수 있었다. 로렌스가 등에서 내려왔다. 로렌스가 무사하니 되었다는 생각을 하며 잠이 들려는 순간 테메레르의 귀에 로렌스의 목소리가 들려왔다.

"항복합니다."

5

 바로 앞에 뚜껑이 열린 빗물통이 놓여 있었다. 테메레르는 눈을 뜨지 않았지만 알 수 있었다. 빗물 냄새, 물에 반사되는 반짝이는 빛. 이스키에르카의 무거운 몸뚱이를 옆으로 밀어내고 뒷다리를 들고 일어나 빗물통을 잡고서 그 안의 물을 단번에 벌컥벌컥 들이켰다. 그러고 나자 비로소 잠이 깼다. 몹시 배가 고팠고 어깨와 날개 관절이 지독하게 아팠다. 주변을 둘러보니 괴상하게 생긴 용이 경멸적이고 못마땅해하는 시선으로 쳐다보고 있었다.

 테메레르는 얼굴 주변의 막을 바로 펴고 몸을 일으키며 말했다.

 "뭘 그렇게 노려보는 건지 모르겠네. 난 최소한 온몸에 깃털이 나지도 않았고 이상한 것으로 뒤덮이지도 않았는데 말이야."

 그 용의 몸통과 날개는 밝은 색깔의 길쭉한 비늘 같은 것으로 뒤덮여 있었다. 그 큼직한 비늘들은 크기도 일정하지 않았고 테메레르의 비늘처럼 가지런하게 정리된 모양새도 아니었다. 게

다가 테메레르의 몸집이 더 크니 그런 기분 나쁜 시선을 받을 이유 따윈 없었다. 물론 남들 마실 물을 남기지 않고 혼자 다 마신 게 다소 무례한 행동이라는 건 테메레르도 의식하고 있었지만 말이다.

 괴상한 용은 콧방귀를 뀌더니 테메레르가 들어본 적이 없는 생소한 언어로 무어라 대꾸했다. 그러자 누군가 잠에 취한 목소리로 통역해주었다.

 "그가 말하기를, 이 배로 날아와서 싸워보지도 않고 항복한 용은 잘난 척할 이유가 없대."

 통역을 해준 건 갑판 저쪽 끄트머리에 누워 있는 어린 플레르 드 뉘 암컷이었다. 그 용은 옅은 색깔의 커다란 눈을 반쯤 뜨고 날개를 들어 햇빛을 가리며 덧붙였다.

 "난 주느비에브라고 해. 저 용의 이름은 마일라 유팡키이고, 대사 신분이야."

 "글쎄. 내가 알기로 대사는 품위 있고 점잖은 부류인데 저 용은 안 그래 보이네. 그나저나 저 용은 어디 말을 한 거야?"

 테메레르는 마땅찮은 눈빛으로 마일라를 쳐다보며 주느비에브에게 물었다.

 "케추아어. 잉카의 언어야."

 이 배는 프랑스의 툴롱을 출발한 지 얼마 안 되는 프랑스의 용 수송선 트리엉프 호였고, 얼마 전에 케이프 혼을 막 지나왔다고 했다. 잉카 제국을 향해 북쪽으로 가고 있다는데 잉카와 동맹을 맺으려는 듯했다.

나중에 갑판으로 올라온 해먼드는 그 얘기를 듣고 크게 낙심하는 눈치였다. 테메레르는 남들이 알아듣지 못하게 해먼드에게 중국어로 말했다.

"리엔이 장난을 치고 있는 것 같아요. 하지만 리엔이 이 배에 타고 있는 건 아니니까, 나중에 잉카에 도착하면 우리가 잉카인들에게 상황을 설명하면 되겠죠. 설명을 듣고 나면 잉카인들도 리엔이나 나폴레옹과 동맹을 맺는 걸 재고해볼 겁니다. 나폴레옹이 아프리카 용들을 바다 건너 잉카 제국 영토로, 혹은 그 근처로 실어 보내고 있으니 잉카인들도 나폴레옹을 호의적으로 볼 이유는 없을 테니까요. 그런데 로렌스는 어디 있어요?"

해먼드가 밧줄 더미에 앉으며 대답했다.

"프랑스 놈들이 우리가 잉카인들에게 그런 설명을 할 기회나 줄지 모르겠다. 로렌스 대령은 그랜비, 디마니와 함께 하갑판에 있어. 다들 몸 상태는 좋은 편이야. 그들 셋은 너희 용들이 볼 수 있도록 하루에 한 번씩 바람을 쐬러 선미갑판으로 올라올 수 있어. 그것도 다시는 적대 행위를 하지 않겠다는 석방 선서를 준수하고 그 선서를 위반하려는 행동이나 시도를 하지 않을 경우에 한해서 허락해준 거야."

해먼드는 체념한 표정이었다.

옆에서 이스키에르카가 고개를 치켜들고 물었다.

"그랜비가 뭐 어떻다고?"

해먼드는 방금 전에 테메레르에게 한 얘기를 영어로 다시 들려주었다. 그러자 이스키에르카는 성질이 나서 씩씩대며 말했다.

"우리가 왜 석방 선서를 한 상태라는 건지 모르겠어. 내가 항복을 한 것도 아닌데. 우리 셋이 힘을 합치면 이 배를 충분히 빼앗을 수 있다고 생각해. 도대체 왜 내 비행사를 나한테서 떨어뜨려놓는 건데?"

그러자 주느비에브가 열을 올리며 끼어들었다. 대화 내용을 알아들은 것으로 보아 영어를 배운 적이 있는 모양이었다.

"어젯밤에 너희를 이 배에 받아주는 게 아니었어. 우리가 안 받아줬으면 너희도 그렇고 너희의 비행사들도 전부 바다에 빠져 죽었을 텐데. 이 배를 빼앗겠다는 얘기가 나왔으니 말인데 그러고 싶었으면 어젯밤에 했어야지. 지금은 상황 종료거든."

이스키에르카는 연기와 불꽃을 뿜어내며 콧방귀를 뀌었다. 트리엉프 호의 선원들이 깜짝 놀라 다급히 고함을 질렀지만 이스키에르카는 깡그리 무시했다. 그러나 주느비에브의 주장을 반박할 수 없어 이스키에르카는 속을 끓이면서도 아무 말도 못했다.

트리엉프 호에 맥없이 승선하고 있으니 영국 용으로서 참기가 힘들었다. 이 배는 만들어진 지 얼마 되지 않은 프랑스의 용 수송선이므로 그야말로 완벽한 전리품이었다. 그런데도 그들은 빼앗지도 못하고 얌전히 앉아 있어야만 하는 것이다.

주느비에브는 아직 어리고, 대형 용이라고 해봤자 샹송 드 게르 품종의 아르동투즈와 그랑 슈발리에 품종의 우스꽝스러운 이름을 가진 피콜로뿐이었다. 아르동투즈와 피콜로는 손님들에게 갑판을 내주고 배를 따라 천천히 날고 있었다. 피콜로는 배 앞뒤로 왔다 갔다 하면서 눈을 가늘게 뜨고 쿠링길레의 몸집을 가늠해보았지만 테메레르와 이스키에르카가 쿠링길레의 몸에 올라타고 있는 상태라 정확히 크기를 알기는 어려웠다.

이대로 맞붙는다고 해도 3대 3이었다. 잉카 용 마일라를 프랑스 편으로 넣는다면 3대 4가 될 것이다. 테메레르는 기분 나쁜 용 마일라를 차라리 프랑스 편에 두고 싶었다. 어쨌든 그들 네 마리는 불을 뿜는 능력도 없으니 공정하게 싸우면 영국 용들에게 충분히 승산이 있었다. 그러나 한쪽이 사흘을 꼬박 비행해온 상태에서 맞붙는 것은 애초에 공정한 싸움이 아니었다.

마일라는 이스키에르카를 유심히 쳐다보며 주느비에브에게 무어라 말했다. 주느비에브는 날개를 세우며 짧게 대답했고 잠시 대화를 나눈 뒤 고개를 돌려 이스키에르카에게 말을 전했다.

"한 번에 뿜을 수 있는 불이 그게 전부냐고 묻는데?"

이스키에르카는 "당연히 아니지."라고 대답하고는 바람이 불어가는 쪽을 향해 불을 뿜었다. 잔물결처럼 뻗어나간 불의 길이는 트리엉프 호의 길이와 거의 맞먹었고 불 주변의 공기가 일렁거렸다. 이스키에르카는 날개를 가볍게 치며 덧붙였다.

"기분 내키면 더 크게 뿜을 수도 있어."

그러나 선원들은 경악했다. 잠시 후 트리엉프 호의 선장 무슈 티보가 굳은 표정으로 칼자루를 손에 쥐고 용 갑판으로 올라왔다. 이 배에서 대놓고 불을 뿜는 행위가 몹시 못마땅한 듯했다. 테메레르도 처음에는 티보 함장의 입장을 이해했지만 티보 함장은 해먼드에게 도가 지나친 말을 했다.

"내 얘기를 저 짐승에게 최대한 제대로 전달해주기 바랍니다.

용의 잘못에 대한 책임은 비행사가 져야 한다고 말입니다. 유감스럽지만 용이 이처럼 배에 위협이 되는 행동을 한 경우 비행사는 처벌을 면할 수가 없습니다. 다음에 또 이런 일이 발생하면 저 용의 비행사에게 태형을 가하도록 하겠습니다."

분노한 테메레르가 즉각 프랑스어로 받아쳤다.

"그랜비에게 그런 짓을 할 생각은 하지 마세요. 태형을 가하려고 했다가는 이스키에르카가 이 배에 불을 지를 테고 나도 굳이 막을 생각이 없습니다."

쿠링길레의 어깨에 똬리를 틀고 앉아 가시돌기에서 수증기를 뿜어내며 티보 함장을 내려다보던 이스키에르카가 테메레르에게 물었다.

"저 사람이 뭐라고 했어? 아! 왜 다들 내가 못 알아듣는 언어로 말을 하는 거야! 저 사람이 그랜비를 어떻게 하겠다고 했어?"

테메레르는 여전히 분노한 채로 대답했다.

"네가 또 배에서 불을 뿜으면 그랜비를 채찍으로 때리겠대. 난 그럴 생각은 하지도 말라고 말해줬어. 그랜비의 잘못이 아니잖아."

그러고는 티보 함장에게 말했다.

"당신네 손님인 마일라 유팡키가 이스키에르카한테 불을 최대한 뿜어보라고 했습니다. 이스키에르카는 배에 불이 붙지 않게 당연히 조심했고요."

이스키에르카가 이 배에 불을 붙이려던 것도 아니었고, 평소 테메레르는 이스키에르카가 혼이 나면 고소했지만 지금은 적에게 밀리고 싶지 않아 더욱 이스키에르카 편을 들었다.

이스키에르카는 온몸의 가시돌기를 통해 목구멍으로부터 열두 가지 목소리를 내며 씩씩거렸다. 이스키에르카가 분을 못 이기고 방방 뛰자 쿠링길레가 졸린 눈을 살짝 뜨고는 고개를 돌려 어깨에 올라탄 이스키에르카를 올려다보며 물었다.

"먹을 거라도 나왔어?"

60센티미터 두께의 천장을 사이에 두고 갑판에서 들려오는 소음이 점점 커지고 있었다. 편하게 올라가서 관여할 입장도 아니라 속이 탈 뿐이었다.

"이 배를 침몰시키지나 말고 저 말다툼이 끝나면 좋겠습니다."

그랜비는 눈도 뜨지 않고 간이침대에 누워 말했다. 핼쑥해진 얼굴에 깊게 주름이 패어 있었다.

티보 함장은 그들을 관대하게 대해주었다. 그는 의사를 보내 그랜비의 다친 팔을 치료해주었다. 형편없는 음식이라도 허기가 져서 맛있게 먹었을 텐데 하인에게 따로 지시해서 멋진 점심까지 내주게 했다. 그러나 로렌스 등이 배정받은 선실 문 앞에는 늘 건장한 체격의 네 경비병이 무장을 하고 서 있었다. 그 경비병들이 어떤 지시를 받았을지 로렌스는 짐작이 되고도 남았다. 용들의 말다툼 소리가 점점 더 요란해지자 경비병들은 걱정스러운 표정으로 서로를 쳐다보다가 천장을 올려보기를 반복했다.

얼마 후 시끄럽던 소음이 잦아들더니 선실 문을 똑똑 두드리는 소리가 들렸다.

"로렌스 대령님. 우린 참 어색한 상황에서만 만날 운명인가 봅니다."

프랑스인 무슈 드 기네였다. 예전에 프랑스 대사 신분으로 중국에 주재했었고 지금은 파리에서 외교 업무에 종사하는 인물이었다.

"한잔하시겠습니까?"

드 기네는 품질 좋은 마데이라 와인을 잔에 따라주며 말을 이었다.

"이 오랜 전쟁이 끝나면 나를 한 번 찾아오세요. 그때까지 신의 가호로 우리가 목숨을 보전한다면 제대로 대접 한 번 하겠습니다."

"말씀만으로도 고맙습니다. 위로가 되는군요. 테메레르 같은 용을 대접하기는 쉽지 않을 겁니다."

로렌스는 이렇게 말하며 딱히 술이 당겨서라기보다는 예의상 술잔을 받아들었다. 지금 같아선 전쟁이 끝날 때까지 프랑스 감옥에서 세월을 보낼 가능성이 높은데 그리 되지 않기만을 희망할 뿐이었다. 그 희망이 이루어질 것 같지는 않지만.

"나의 주느비에브에 비하면 그다지 어려울 것도 없으리라 봅니다."

드 기네는 미소 띤 얼굴로 이 말을 하며 손목에 착용한 작은 장식물을 자랑스럽게 쓰다듬었다. '날개 군단'임을 나타내는 그 장식물은 용의 알을 받아 길러낸 이에게 나폴레옹이 최근에 수여하기 시작한 훈장이었다. 로렌스는 그 장식물에 대한 설명을 듣고 놀랐다. 나중에 드 기네가 돌아가고 난 후 그랜비는 간이침대에서 기침과 함께 웃음을 터뜨리며 "맙소사, 나폴레옹이 용 기르기를 유행시킬 모양입니다. 자기 밑에서 새로 자리를 잡은 신흥 귀족들이 전부 한 마리씩 맡아 기르기를 바라는 건지."라고 했다.

드 기네는 하던 얘기를 계속했다.

"마담 리엔은 감사하게도 교배에 관해 정말 좋은 조언을 해주었습니다. 그 덕분에 태어난 주느비에브는 5개 국어를 할 줄 아는데 특히 마지막으로 익힌 외국어는 부화한 후에 습득한 겁니다."

로렌스는 리엔이 프랑스의 용 교배를 개선시키고 있을 줄은 꿈에도 생각 못했다. 영국 해군본부로서는 리엔이 용 교배에 관여하는 것보다 나폴레옹을 위해 새끼 몇 마리를 낳아주는 게 낫다고 판단할 것이다. 혈통에 대해 강한 자부심을 갖고 있으며 서양 용들을 무시하는 리엔이니 누가 무어라 설득해도 서양 용과의 교배를 통해 알을 낳을 일은 없겠지만 중국인들은 뛰어난 용 번식 기술을 보유한 것으로 알려져 있었다. 로렌스는 영국과 프랑스에 용 사육사가 있듯이 중국에도 그 분야의 전문가들이 따로 있어서 용의 번식을 관장하리라 생각했었다. 하지만 다시 생각해보니 용의 번식을 가장 잘 아는 이는 바로 용 자신일 것이다. 만약 리엔이 예전에 용 번식에 관한 연구를 한 바 있고 프랑스의 용 사육사들에게 그 지식을 전해준다면 알 몇 개를 낳아주는 것보다 프랑스에 훨씬 이득이 될 게 분명했다.

드 기네가 말했다.

"티보 함장은 여러분들이 한 명씩 번갈아가며 오후 2시에서 4시 사이에 선미갑판에 올라가도 좋다고 허락했습니다. 데려오신 선원들도 갑판에 올라갈 수 있게 허락해주면 좋겠지만 안타깝게도 워낙 숫자가 많으니 계속 이 배의 감옥에 가둬두는 수밖에 없겠습니다. 그래도 최대한 편의를 봐드리도록 노력을……."

"이해합니다. 그 정도로만 해주셔도 충분합니다."

로렌스는 얼른 말을 잘랐다. 티보 함장이 술주정뱅이 선원들을 사슬에 묶어놓고 바구미가 생긴 건빵과 뱃바닥에 괸 물만 준다고 해도 로렌스는 반대할 생각이 없었다. 로렌스가 계속해서 말했다.

"제 휘하의 장교들과 승무원들이 좀 더 편하게 지낼 수 있게만 해주시면 바랄 게 없습니다. 그들이 석방 선서를 준수할 것이라는 점은 제가 보증합니다."

드 기네는 고개를 숙여 동의를 표했다.

조금 전 용 갑판에서 용들의 언쟁을 잠재운 것도 바로 드 기네였다.

"걱정하지 마세요. 티보 함장이 용들의 습성을 잘 몰라서 오해가 빚어진 것뿐입니다. 그 사람은 이번에 용 수송선을 처음 맡았어요. 하지만 이제 다 정리가 되었습니다. 용의 성미를 보니 그쪽이 크게 부럽지는 않군요, 그랜비 대령."

드 기네는 이스키에르카가 까다로운 용이라는 점을 은근히 지적하며 농담조로 덧붙였다. 그랜비는 입을 굳게 다물어버렸.

로렌스가 말했다.

"솔직하게 말씀해주시면 좋겠습니다. 우리 때문에 이 배의 식량이 부족하지는 않겠습니까? 헤비급 용이 세 마리나 더 탑승을 하게 되었으니……."

"약간 불편한 점은 있겠지만 우려하실 정도는 아닙니다. 티보 함장을 비롯해 우리 공군들과 그 문제를 논의해봤는데 불안해할 정도는 아닌 것으로 결론 났습니다. 용들이 번갈아가며 배 옆에서 비행하면 공간도 확보할 수 있고, 식량 배급을 조절하면서 물고기를 잡아 보충하면 용들이 굶을 일은 없을 겁니다. 물론 배불리 먹을 수 있는 정도는 아니겠지만요."

다음 날 오후 테메레르는 선미갑판을 향해 영어로 소리쳤다.

"다 괜찮아. 이스키에르카는 해초 때문에 투덜대고 있지만……."

용들과 비행사들의 대화를 강제로 막으면 용들의 분노를 살 수 있다고 드 기네가 티보 함장에게 조언한 덕분에 테메레르는 로렌스와 그렇게라도 얘기를 나눌 수 있게 되었다.

이스키에르카는 눈을 뜨지도 고개를 들지도 않고 구시렁거렸다.

"해초 따윈 누구나 다 싫어해. 너저분하게 생겨가지고. 중국에선 해초가 별미라는데 말도 안 되는 소리야. 게다가 우린 지금 중국에 있는 것도 아니잖아. 난 해초 말고 소를 먹고 싶어."

테메레르가 반박했다.

"글쎄, 여긴 네가 먹을 소가 없으니 어쩌냐. 손님으로 와 있는 주제에 투덜대는 건 예의 없는 짓이야."

로렌스가 어리둥절해하며 테메레르에게 물었다.

"해초라고?"

"아르동투즈가 그물을 들고 나갔어. 지금 저쪽에서 비행 중이야."

테메레르는 배 옆에서 기다란 밧줄을 밑으로 드리우고 비행 중인 샹송 드 게르 암컷을 코끝으로 가리켰다. 잠시 후 아르동투즈가 끌어올린 촘촘한 그물에 진녹색 해초와 꿈틀대는 은빛 물고기들이 잔뜩 담겨 올라왔다.

이스키에르카가 부루퉁하게 내뱉었다.

"해초랑 범벅해서 주지 말고 물고기만 골라서 주든가 하지. 어차피 우린 항복했어. 손님도 아니고 포로니까 실컷 불평이나 할 거야."

테메레르는 이스키에르카의 말을 들은 체 만 체하면서 으스댔다.

"그래도 하루에 절반 정도만 비행하면 되니까 나쁘지 않아. 나중에 갑판에 내려와서 잠을 자면 되니 다행이기도 하고."

테메레르는 힘겨운 상황을 가볍게 넘기려 명랑하게 말했지만 목소리에는 피곤이 묻어 있었다. 잠시 갑판에 올라와 바람을 쐬던 로렌스가 경비병과 함께 다시 선실로 내려가기도 전에 테메레르는 고개를 숙이고 잠에 빠져들었다.

이스키에르카가 걱정되어서 갑판에 올라갔다 내려온 그랜비는 로렌스와 점심을 먹으며 말했다.

"우리 용들의 체력이 하루의 절반밖에 비행을 못할 정도는 아니었잖습니까. 그런데 아무래도 요즘 식사량도 반으로 줄고 날씨도 춥다 보니까 몸이 힘든 모양입니다. 육지까지는 아직 멀었습니까?"

"이 배가 마타라니 항구로 가고 있다면 4주 정도 더 걸릴 거야."

그간의 경험에 근거한 추측일 뿐이었다. 로렌스도 잉카의 항구에 대해서 자세히는 알지 못했다. 잉카의 항구는 대형 보트보다 큰 선박은 입항이 어려워 선원들 사이에 악명이 높았다. 무역을 하러 그곳에 간 상선은 어쩔 수 없이 뭍에서 수 킬로미터 떨어진 바다에 닻을 내리고 보트에 상품을 실어 보내야 했는데 거래를 마치고 모선으로 돌아오는 보트에는 선원들이 절반 정도밖에 안 남아 있곤 했다. 그런 이유 외에도 미지의 땅이라는 점 때문에 잉카는 두려움의 대상이었다. 모선으로 돌아오는 보트마다 교역의 대가로 금은보화가 상자 가득 실려 있었기 때문에 모험가들은 위험을 무릅쓰고 잉카로 향했으나 잉카는 그리 만만한 곳이 아니었다.

로렌스가 잉카의 해안 지형에 대해 영국의 해안 지형만큼 알고 있다고 해도 이 배에 탄 프랑스인들은 그에게 해도를 보여주지 않을 것이다. 로렌스는 선창 너머로 보이는 별들의 위치를 헤아려보곤 했지만 그 정도로는 이 배의 행선지를 정확히 파악할 수 없었다.

"경도 40도 지점을 지난 것 같으니 나머지 항로는 더 험해질 가능성이 높습니다."

로렌스의 말에 해먼드가 목소리를 낮추며 물었다.

"언제쯤 육지가 보일지 알 수 있겠습니까, 대령님? 그러니까, 비행 거리로 말입니다. 최대한 이 배에 머물다가 뜬다는 가정 하에……."

로렌스는 해먼드가 그런 식으로 은밀하게 말하는 것이 마음에 들지 않았다. 터무니없는 제안을 하려는 거라면 싹을 자르고자 단호하게 대답했다.

"프랑스인들이 우릴 알아서 내보내주지 않는 한, 우린 석방 선서를 준수해야 합니다."

해먼드는 여러 가지로 대단한 사람이고 로렌스는 그의 재능 덕을 보기도 했지만 가끔 그에 대해 확신이 서지 않을 때가 있었다.

"물론 그렇긴 하지요."

해먼드는 이렇게 말하며 바람 빠진 돛처럼 침울한 표정으로 의자에 도로 앉았다. 그러다 잠시 후 다시 입을 열었다.

"프랑스가 브라질로 첩자를 보낸 게 분명합니다. 그렇게밖에는 설명이 안 돼요. 문제는 어떻게 잉카를 설득했느냐인데……."

그는 말끝을 흐리다가 덧붙였다.

"어떻게 잉카를 설득해서 동맹 관계를 맺는 쪽으로 얘기가 되었는지 짐작이 안 되는군요……."

드 기네는 예의상 미소 띤 얼굴로 로렌스 일행을 대하고는 있었지만 자발적으로 정보를 흘릴 사람이 아니었고, 바다에서 우연히 로렌스 일행을 만난 것에 대해 극도의 반감을 갖고 있었다. 드 기네는 로렌스 일행이 배의 사정을 알 수 없도록 최대한 고립시켰다. 특히 잉카 쪽 사람들과 접촉하지 못하게 조치를 취해놓은 듯했다. 여기 타고 있는지는 알 수 없지만 그들은 지금껏 이 배에서 잉카인들을 한 번도 본 적이 없었다. 로렌스도 갑판에 있는 깃털 달린 잉카 용 외에 잉카인을 본 적이 없었다. 반면에 티보 함장은 로렌스 일행을 진심으로 환영하는 눈치였다. 대형 용 세 마리에 공군 장교들, 그밖에 300여 명에 달하는 선원들을 포로로 잡았으니 그 전리품에 대한 자신의 몫을 계산해볼 때 이만한 불편은 감수할 만하다고 여겼을 것이다.

나중에 펨버튼 부인이 로렌스와 해먼드를 찾아와서 말했다.

"아뇨, 해먼드 대사님. 저도 이 배에서 잉카인을 본 적이 없어요. 상당히 환대를 받기는 했지만요. 제가 짐을 못 챙겨왔다는 걸 알고 마담 레카미에가 친절하게도 이 옷을 빌려주셨어요."

해먼드가 의아해하며 물었다.

"마담 레카미에요? 설마 파리 사교계의 그분은 아니겠죠?"

펨버튼 부인이 확인해주었다.

"파리에 사시는 그분이 맞을 거예요. 친구들도 몇 명 같이 동행하고 계시던데요."

"하지만……."

해먼드는 혼란스러워하며 말끝을 흐렸다. 드 기네가 귀족 출신의 프랑스 여인 여섯 명을 데리고 남아메리카의 위험천만하고 고립된 나라로 가고 있다는 사실에 로렌스 역시 당황했다.

"저 용은 왜 저렇게 나한테 쌀쌀맞게 구는지 모르겠어. 내가 일부러 몸집을 이만하게 만든 것도 아닌데."

쿠링길레는 피콜로를 가리키며 말했다. 지금 피콜로는 쿠링길레와 교대하여 갑판으로 내려가 있었다. 피콜로는 머리 위에서 날고 있는 쿠링길레의 모습이 보이지 않도록 날개로 제 머리를 덮고 잠잘 준비를 했다. 배의 균형을 유지하기 위해 피콜로와 쿠링길레는 한 마리씩 교대로 갑판에 머물기로 했는데 결국 피콜로는 쿠링길레가 자기보다 몸집이 크다는 사실을 인정하지 않으면 안 되었다.

테메레르가 대꾸했다.

"그 말이 그 말이지. 네가 의지대로 몸집을 작게 만들 수 있었던 것도 아니잖아."

솔직히 말해 테메레르도 쿠링길레의 몸집이 이 정도로 커져야만 했는지, 왜 아직도 계속 크고 있는지 이해가 안 되었다. 비정상적으로 발달이 저해된 알에서 부화하여 처음에는 몸집이 아주 작았던 쿠링길레인데 말이다. 도대체 앞으로 얼마나 더 클 건지 가늠이 안 되었다.

그래도 쿠링길레는 까탈을 부리며 소란을 떠는 성격은 아니었다. 먹을 것이 충분치 않은 상황임에도 쿠링길레는 각자의 몸집에 비례해 주어지는 먹이 이상을 요구하지 않았고 본인의 음식 외에 남의 음식을 훔치지도 않았다. 반면에 피콜로는 누가 지켜보지 않으면 남의 먹이를 슬쩍 훔쳐 먹었다. 그러다 한 번은 이스키에르카에게 들통이 났는데 피콜로는 도리어 목청을 높였다.

"난 너희와는 달리 전쟁 포로가 아니야. 내 비행사는 항복하지 않았으니까. 그리고 이건 우리 배야."

테메레르가 냉정하게 말했다.

"네가 네 비행사와 이 배를 지킬 능력이 있다면 그런 말을 해도 되겠지. 너도 알다시피 바다 한가운데에서 우리는 싸움을 벌이면 안 돼. 근처에 다른 용 수송선이 있는 것도 아닌데 싸우다 이 배를 잃으면 큰일이니까. 근처에 다른 용 수송선이 있다고 해도 이 배를 망가뜨리면 식량이 부족할 수도 있어."

테메레르는 트리엉프 호를 발견하기 전까지 죽기 살기로 비행해야 했던 기억을 다시는 떠올리고 싶지 않았다. 당시 그는 수면 가까이에서 소금기를 잔뜩 머금은 공기를 가쁘게 들이마셨고 몸이 천근만근 계속 무거워져서 싸움에서 패배한 기분을 느껴야 했다. 아무리 죽을힘을 다했다고 해도 더 이상의 비행은 불가능했을 것이다. 그 점은 이스키에르카와 쿠링길레도 마찬가지였으니 테메레르만의 문제는 아니었다. 그 일을 계기로 테메레르는 아무리 용이라고 해도 체력의 한계로 그 이상 장거리 비행을 할 수는 없음을 인정하게 되었다.

룽션리에게 장거리 비행 기술에 대해 물어볼까 했던 적이 있었다. 특별한 요령이 있을 것 같아서였다. 하지만 룽션리는 '신의 바람'을 쓸 수가 없으니 테메레르는 룽션리만의 재능을 탐내지 않는 것이 도리 같아 따로 묻지 않았었다.

이 배는 모두의 생존을 위해 절대적으로 필요하므로 여기서 싸움을 벌여서는 안 된다는 것을 테메레르는 잘 알고 있었다. 그래도 마일라가 줄곧 거만을 떠는 데다가 이스키에르카의 입장을 곤란하게까지 했으니 누구든 마일라의 코를 납작하게 해주면 좋을 것 같기는 했다.

나중에 테메레르는 로렌스에게 생각에 잠긴 투로 말을 꺼냈다.
"육지에 상륙하면 말이야."

그런데 로렌스의 표정을 살펴보고는 얼른 덧붙였다.

"아니, 물론 석방 선서를 위반하자는 건 아니야. 이 배를 뺏자는 것도 아니고. 다만 저들이 자발적으로 우릴 풀어줄 수도 있으니까 그런 경우에 대비해서……."

그러나 그런 가정을 로렌스가 받아들일 리 없었다.

이스키에르카는 콧방귀를 뀌며 테메레르에게 맞장구를 쳤다.

"웃기고들 있어. 저놈들이 우릴 프랑스의 사육장으로 보내고 그랜비랑 로렌스랑 디마니를 전쟁 내내 감옥에 가둬둘 거라는데? 그럼 우린 전투에도 못 나가고 전리품도 못 챙기게 되는 거잖아. 10분이면 저놈들을 여기서 몰아낼 수 있는데 저들의 지시를 순순히 따라야 한다는 게 말이 되냐고."

테메레르도 전적으로 동의했다. 사육장 생활이라면 이미 물리도록 경험해본 터였다.

이스키에르카가 덧붙였다.

"저놈들도 힘으로는 우리한테 밀린다는 걸 잘 알고 있어."

그 말은 사실이었다. 테메레르는 이틀에 한 번꼴로 아침마다 바다에 대고 신의 바람을 연습하여 큰 파도를 일으켰다. 트리엉프 호의 고물 너머로 신의 바람을 내뿜는 것뿐이지만 용 갑판에서도 보일 정도로 파도가 큼지막하다고 쿠링길레가 확인해주었다. 신의 바람과 함께 고함도 제대로 나오고 있었다. 테메레르는 그런 행동이 지나치다고는 생각지 않았다. 쓸데없이 능력을 뽐내려는 게 아니라 프랑스 용들과 잉카 용에게 현실을 제대로 알고 주제를 파악하라는 뜻으로 하는 행동이었기 때문이다. 이스키에르카가 아무 이유 없이 하루에 세 번씩 불을 뿜어대는 데 반해 테메레르는 하루 걸러 한 번씩만 신의 바람을 쓰고 있었다.

이런 상황이니 프랑스 용들은 싸움을 해봤자 질 거라는 예상을 하지 않을 수 없었을 것이다. 테메레르는 피콜로의 무례함에 대해 얘기하면서 쿠링길레에게 덧붙였다.

"그러니까 저 녀석들 마음도 마냥 편치만은 않을 거야."

아르동투즈와 주느비에브는 거의 처음부터 테메레르에게 존경심을 나타냈다. 하지만 그가 셀레스티얼 품종임을 알고 난 후부터 그러는 것이라 테메레르는 기분이 썩 좋지 않았다. 아르동투즈는 열정적으로 주절거렸다.

"아! 마담 리엔과 같은 품종이구나. 마담 리엔은 몸이 눈처럼 하얗고 가장 화려한 보석들을 갖고 계셔. 요일마다 다른 보석들로 치장하시고……."

아무리 생각해도 지금 상황은 만족스럽지가 않았다.

"우리가 얼리전스 호를 보유하고 있을 때 이 배와 만났으면 좋았을 뻔했어."

테메레르의 말에 쿠링길레는 애석해하며 동의했다.

"그럼 소 떼도 계속 갖고 있었을 텐데."

며칠 후 로렌스가 언행을 조심하라고 나무라자 테메레르가 반박했다.

"우리가 무슨 계획을 세우는 것도 아닌데 뭐. 게다가 난 당신 명예를 떨어뜨릴 만한 짓은 안 해. 약속할 수 있어."

그러나 로렌스를 안전하게 지키기 위한 경우는 예외라고 테메레르는 속으로 고쳐 말했다.

예전에 로렌스가 반역죄로 투옥되었을 당시 테메레르는 교훈을 얻었다. 영국 정부가 로렌스를 골리앗 호의 감옥에 집어넣었는데 테메레르는 로렌스가 안전하리라 믿고 사육장으로 들어갔다. 결국 나폴레옹이 쳐들어와 골리앗 호를 침몰시키고 말았다. 로렌스는 골리앗 호의 해군들을 도와 전투에 참여하고 있었기 때문에 보트를 얻어 타고 목숨을 부지할 수 있었지만 사실상 로렌스의 안전에 신경 써주는 이는 아무도 없다는 걸 테메레르는 그때 깨달았다.

이제 누가 무슨 약속을 하더라도 테메레르는 절대로 로렌스를 남의 손에 맡기지 않을 작정이었다. 프랑스 측에서 로렌스를 강제로 빼앗아가려 할 경우 로렌스를 도로 빼내오기 위한 계략도 몇 가지 생각해두었다. 프랑스인들이 불합리한 짓을 하지 않는 한 그 계략을 행동에 옮길 일은 없을 것이다.

로렌스가 말했다.

"따로 계획을 세워두는 것 같은 인상을 풍겨서 비난받는 것도 안 돼. 절대로. 이스키에르카가 사육장에 갇혀 살 생각이 없다고 매일 큰 소리로 떠들어대는거나, 네가 이 배를 가라앉히려고 순전히 재미로 파도를 불러일으키는 건 사람들의 시선을 피해 은밀히 계획을 세우는 인상을 주진 않겠지만……."

테메레르는 그다지 큰 파도를 만든 것도 아니라고 대꾸하고 싶었지만 그럴 분위기가 아닌 것 같아 가만히 듣고만 있었다.

"그런 행동들을 지켜보면서 프랑스인들은 우리가 문명화된 전쟁 규칙인 석방 선서를 과연 존중하고 따를 것인지에 대해 의심할 수 있어. 우리가 우리 손으로 일으킨 재앙을 피해 이 배로 들어왔을 때 그들이 우릴 관대하게 받아준 건 우리가 그 전쟁 규칙을 준수하리라는 믿음이 있어서야."

테메레르는 얼리전스 호의 침몰을 '우리 손으로 일으킨 재앙'이라고 말할 수는 없다고 생각했다. 그건 테메레르의 잘못도 로렌스의 잘못도 아니었다. 하지만 반박하지 않았다. 그 사건을 언급하는 로렌스의 말투가 너무도 침울해서였다. 그 일로 마음에 깊은 상처를 받은 듯했다. 테메레르도 마찬가지 심정이었다. 얼리전스 호가 라일리까지 데리고 영원히 수장되어버린 건 일어나서는 안 되는 일이었다. 장시간 고통스럽게 비행을 하며 의식이 흐릿해졌던 탓인지 테메레르는 얼리전스 호의 침몰을 이상하게도 현실로 받아들이지 못했다. 언젠가 항구에서 바다 쪽을 보고 있으면 얼리전스 호가 다시 입항할 것만 같았다.

로렌스가 갑판 아래 선실로 내려간 후 바람을 쐬러 갑판으로 올라온 해먼드가 테메레르에게 말했다.

"로렌스 대령에게 석방 선서를 위반하라고 요구하는 건 꿈도 꿀 수 없는 일이긴 하지. 생각해봤는데 네가 저 잉카 용과 얘기를 나눠보는 게 어떨까. 한 번 시도나 해보잔 말이야. 내가 케추아어 전문가는 아니지만 약간 공부를 해뒀으니 너한테 가르쳐주면……."

"마일라와 얘기를 나눌 이유가 뭐가 있다고 그러세요?"

테메레르는 이스키에르카 옆에서 나란히 날고 있는 잉카 용을 올려다보며 얼굴 주변의 막을 펼쳤다. 깃털 달린 비늘을 활짝 펼친 마일라는 태양 아래 싸구려 티가 물씬 풍기는 무지갯빛으로 번쩍이고 있었다.

해먼드가 나지막하게 말했다.

"프랑스와 잉카의 협상에 대해 캐낼 수 있으면 우리한테는 아주 쓸모가 있겠지……."

"결국 우린 감옥에 갇히게 될 텐데 그런 정보가 다 무슨 소용인데요?"

해먼드가 한층 더 목소리를 낮췄다.

"이들은 일단 잉카까지 우릴 이 배에 같이 태우고 갈 수밖에 없어. 영국을 대표해 제안을 할 수 있는 권한을 가진 자들이 함께 온 걸 알면 잉카인들이 프랑스와의 동맹을 결정하기 전에 우리와도 얘기를 나눠보고 싶지 않을까?"

듣고 보니 그럴듯한 생각이었다. 잉카 용들이 전부 마일라처럼 무례하지 않을 수도 있었다.

"그 언어를 배워볼 테니까 가르쳐주세요. 내가 다음에 비행할 차례가 되면 나랑 같이 올라가서 교습을 시작해주세요."

"그래."

해먼드는 이렇게 말하며 침을 꼴깍 삼켰다.

케추아어를 배우는 건 그리 어렵지 않았다. 매우 규칙적인 언어라는 점은 테메레르도 인정했다. 기본 규칙을 익히면 꾸준히 살을 붙이며 실력을 늘려갈 수 있었다.

"식민지 초기의 기록에 따르면 방언이 굉장히 많다고 해. 잉카인들은 그중에서 가장 선호도가 높은 방언 하나를 지정해 공통어로 삼았어."

해먼드가 확성기를 입에 대고 소리쳤다. 비행 중이라고 해서 그렇게 큰 소리로 말할 필요는 없었다. 악 쓰듯 고함을 지르지 않아도 테메레르는 잘 들을 수 있는데 해먼드는 못 믿겠는지 굳이 목청을 높였다.

발음은 다소 까다로웠다. 테메레르는 마일라와 주느비에브가 나누는 대화를 항상 듣고 있을 수는 없는 형편이었지만 어느 정도 듣고 보니 해먼드의 케추아어 발음이 그리 좋은 편은 아니라는 것 정도는 판별할 수 있었다.

"지금 마일라한테 말을 걸어봐."

해먼드가 옆에서 날고 있는 마일라를 쳐다보며 재촉했다. 얼마 전부터 마일라는 테메레르가 비행을 시작하면 저도 같이 이륙해서 가까이에서 날았다. '옆에 붙어 날면서 잘난 척을 하려는 건가?' 하고 테메레르는 생각했다. 마일라가 자신에 비해 딱히 잘나 보일 일은 없을 것 같았다. 세련되고 우아한 검정이 아니라 보라와 초록이 섞인 천박할 정도로 화려한 색깔을 좋아하는 이가 아니라면 마일라가 더 멋지다고 여길 리 없으니까.

테메레르는 바로 거절했다.

"그럴 필요는 없을 것 같은데요. 나중에 다른 잉카 용들을 만나서 대화를 나누는 게 훨씬 나을걸요?"

"너더러 마일라와 이스키에르카 사이에서 통역을 해주라는 것도 아닌데 뭘 그래."

"그게 무슨 상관인지 모르겠지만, 마일라가 이스키에르카와 얘기를 하고 싶어 하든 말든 난 관심 없거든요. 지적인 말이나 할 줄 아는지 모르겠지만요."

그날 오후 늦게 이스키에르카가 갑판에서 조잘거렸다.

"어제는 글쎄, 마일라가 나한테 자기 몫의 다랑어를 주더라니까. 나한테 말을 걸고 싶으면 해도 되는데 말이야. 아주 점잖은 용 같아."

그러고는 마일라에게 고개를 끄덕여 인사를 했는데 테메레르가 보기에 그것은 적과 교유하는 것과 다를 바 없는 부적절한 행동이었다. 기분 나쁘게도 마일라는 거드름을 피우며 마주 고개를 끄덕이더니 천천히 조심스럽게 "매력적인 암컷이십니다."라고 말했다.

그러자 이스키에르카가 말했다.

"어머! 영어를 할 줄 아시네요. 전에는 왜 안 하셨죠?"

"아직 서툴러서요."

테메레르가 해먼드에게 말했다.

"내가 케추아어 수업을 받을 때마다 근처에서 얼쩡대더니만 엿듣고 있었나 봐요. 티도 안 내고 몰래 듣고 있었다니 무례하기 짝이 없어요. 예의라곤 없는 놈 같으니라고."

해먼드는 쓸데없이 목소리를 낮추어 소곤거렸다.

"어쨌든 마일라가 영어를 배우고 있다는 거지?"

공중에서는 확성기까지 써가며 미친 듯이 악을 쓰더니만 갑판에서는 가뜩이나 삭구에 매달린 선원들이 여기저기서 고함을 치고 있어 목소리가 잘 안 들리는데 왜 소곤거리는지 이해할 수 없었다. 테메레르는 약이 올라 얼굴 주변의 막을 빳빳하게 폈다.

해먼드가 계속해서 속삭였다.

"너 같은 셀레스티얼 품종의 용을 제외하고 나이 든 용은 새로운 외국어를 익히는 게 어렵다던데 저 용은 영어를 어렵지 않게 익히는 것 같으니 정말 대단하구나! 나하고도 얘기를 나눌 생각이 있을지 모르겠네……"

테메레르는 그게 뭐가 대단하다는 건지 알 수가 없었다. 게다가 마일라는 해먼드가 접근해도 계속 본체만체했다. 테메레르는 자존심 센 해먼드가 마일라에게 접근하는 걸 곧 포기할 줄 알았는데 해먼드는 그 후로 케추아어 수업을 할 때마다 마일라더러 들으라는 듯이 더 목청을 높였다. 테메레르는 마일라와의 간격을 벌리려고 공중에서 훌쩍 속도를 높였지만 마일라는 부끄러운 줄도 모르고 뻔뻔하게 바짝 다가와 귀를 기울였다.

다음 날 아침 주느비에브와 아침을 먹으러 용 갑판으로 올라온 드 기네가 테메레르에게 말을 걸었다.

"오늘 날씨가 좋을 것 같구나."

테메레르는 만족스러울 정도로 길게 잠을 자지 못한 상태라 눈만 살짝 뜨고 몽롱하게 대답했다.

"그러게요. 점점 더 따뜻해지고 있어요."

그런데 드 기네가 프랑스어가 아니라 케추아어로 말을 걸었다는 걸 인식하고 잠이 확 달아났다. 비열한 속임수여서 테메레르는 기분이 좋지 않았다.

드 기네와 그런 대화를 나눴다는 사실을 전하자 해먼드가 말했다.

"그것 참 유감이구나. 하긴 영원히 숨길 수도 없지. 앞으로 저들이 내가 너와 함께 비행하는 걸 막을 수도 있는데 혼자서 계속 연습할 수 있겠어? 쪽지에 공부할 걸 적어 롤랜드한테 줄 테니까 나대신 롤랜드가 너한테 읽어주면……."

테메레르가 알기로 에밀리는 공부에는 소질이 없었다.

"차라리 시포한테 주는 게 나아요. 프랑스인들이 반대하면 교습은 그만해도 되겠어요. 이만하면 충분히 배운 것 같으니까. 언어 학습에 숙달된 용은 새로운 언어를 익히면서 늘 수업을 받을 필요는 없거든요."

이렇게 말하며 테메레르는 갑판에서 일광욕을 하고 있는 마일라를 냉랭하게 쏘아보았다.

그러나 드 기네는 테메레르의 케추아어 공부를 반대하지 않았다. 해먼드는 한동안 조심하더니 나중에는 아예 용 갑판에 자리를 잡고 테메레르에게 목청껏 케추아어 교습을 해주기 시작했다. 특히 케추아어를 설명하면서 영어로 말할 때 필요 이상으로 느리고 분명하게 발음했다.

그날 저녁 로렌스가 작은 탁자 앞에 앉아 그랜비에게 말했다.

"이 배가 어디로 가고 있는지 가늠을 못하겠어."

밤하늘의 별을 보고 트리엄프 호가 북서쪽으로 가고 있다는 건 알 수 있었지만 행선지는 정확히 파악할 수 없었다. 이대로라면 육지에 다다르기까지 일주일이 더 소요될 것 같은데, 바다에서 바람이 잦아들어 배가 멈추기라도 하면 대형 용 일곱 마리에게 심각한 위험이 닥칠 수도 있었다.

티보 함장의 배려 덕분에 로렌스 일행은 얼마 안 되는 짐이나마 약탈당하지 않을 수 있었다. 그중에는 로렌스의 망원경도 포함되어 있었다. 사흘 후 바람을 쐬러 갑판에 올라온 로렌스는 망원경으로 주변을 둘러보다가 환상산호도를 발견했다.

그랜비가 말했다.

"저 섬 근처에 물고기가 많을 것 같습니다. 먹을 것을 꽤 비축할 수 있을 테니 일주일쯤 더 지체가 되어도 문제는 없겠어요."

그러나 거리가 좁혀질수록 그 섬에서 먹을 것을 구하기가 쉽지 않을 것임을 알 수 있었다. 섬 한가운데 솟은 산봉우리 주변을 푸르른 밀림이 뒤덮고 있어서 섬 안쪽으로 편하게 진입할 수 없는 구조였다. 망원경 렌즈 너머로 보이는 해안은 대부분 검은 바위와 모래이고, 드문드문 야자나무와 관목들이 자라고 있었다. 섬 주변에서 바닷새들이 물고기를 사냥하느라 물속으로 몸을 내리꽂았다. 바다표범이 몇 마리 보였으나 용들이 날아가 사냥을 시작하자 재빨리 자취를 감추었다. 뒤에 남겨진 바다표범이 몇 마리 되지 않아 용들은 굳이 그 섬에 내려설 필요를 못 느끼는 듯했다. 자기네 용들이 식량 부족으로 건강을 잃지 않게 하려면 최대한 빠른 시간 내에 육지에 도달해야 하는데 왜 이렇게 시간을 지체하는지 로렌스는 프랑스인들이 이해되지 않았다.

다음 날 낮에 로렌스가 갑판 난간 앞에 서 있는데 드 기네가 옆으로 다가와 말을 걸었다.

"아, 로렌스 대령. 우연히 발견한 저 섬을 보고 있군요."

드 기네는 뒷짐을 지고 생각에 잠긴 눈으로 그 섬을 바라보았다. 바다를 칼로 베어 상처를 내놓은 듯 보이는 그 섬 주변에서 용들이 사냥을 하느라 허공을 오르내리고 있었다.

"예, 그렇습니다."

로렌스는 예의를 차려 대답했지만 당황스러웠다.

드 기네는 고개를 끄덕였다.

"이 여행이 참 고독하긴 합니다만 아무래도 우리는 여기서 잠시 헤어져 있어야 되겠습니다."

그는 로렌스의 눈을 마주 보며 덧붙였다.

"섬에 민물이 있다고 하니 걱정 마세요. 사무관인 무슈 베르시우가 예전에 한 번 저 섬에 들른 적이 있답니다……."

6

가까이에서 보니 섬의 해안은 여유롭게 야영을 할 만한 상태가 아니었다. 소금기를 머금은 단단한 바위들 위로 모래가 얇게 덮여 있고, 보트를 피해 허둥지둥 달아나는 작은 게들과 새들을 제외하면 동물이라곤 보이지 않았다. 드 기네가 일부러 잔혹하게 이 섬을 고른 것은 아니었다. 배에 실어둔 빗물로는 목적지까지 부족할 수도 있어서 프랑스인 선원들도 빗물통을 보트에 싣고 함께 섬에 상륙했다. 배에 레몬 절임도 있고 소금에 절인 돼지고기와 건빵도 충분히 있으니 앞으로 수개월은 버틸 수 있겠지만 물은 신선할수록 좋은 법이니까.

드 기네가 로렌스에게 말했다.

"이 섬에서 많이 불편하지 않길 바랍니다. 아마 크게 힘든 점은 없을 겁니다. 이만하면 날씨도 견딜 만할 테고요."

미소를 지으며 정중하게 말했지만 드 기네의 목소리에는 강철 같은 단호함이 담겨 있었다. 놀란 해먼드가 더듬거리며 항의했지만 아무 소용 없음을 로렌스는 알 수 있었다.

"우린 볼일을 보고 적절한 시기에 다시 이 섬으로 돌아올 겁니다. 믿으셔도 됩니다."

다시 돌아올 거라는 드 기네의 말은 의심의 여지가 없었다. 잉카에서 일을 마치고 나면 트리엉프 호는 기꺼이 전리품을 수거하기 위해 이 섬으로 돌아와 그동안 수척해지고 사기가 저하된 영국인들과 영국 용들을 다시 트리엉프 호에 싣고 프랑스로 데려갈 것이다. 그동안 이 섬에서 몇 명이나 살아남을 수 있을지는 알 수 없지만.

해안에 서서 트리엉프 호 선원들이 보트를 다시 모선에 싣는 광경을 바라보며, 테메레르는 기대에 부푼 목소리로 로렌스에게 물었다.

"그럼 우린 이제 석방 선서를 지킬 필요가 없는 거네? 더 이상 저들의 포로가 아니잖아? 저들이 우릴 놔줬으니까."

로렌스가 담담하게 대답했다.

"그래, 더는 저들에게 매여 있지는 않지. 그게 앞으로 우리한테 얼마나 도움이 될지 모르겠구나."

수차례 시도 끝에 이 섬에서 하루 비행 거리 안에 있는 또 다른 섬을 발견하고, 그 과정을 되풀이해서 육지까지 가는 것. 이론적으로는 가능할지 모르지만, 현재 용들은 안장을 비롯한 비행 장비를 보유하지 않았고 방수포도 남아 있지 않았다. 대양을 가로지르는 여정을 해볼 마음이 있다고 해도 용들이 발톱 안쪽에 담아 데리고 갈 수 있는 인원은 얼마 되지 않았다.

해먼드는 멀어져가는 트리엉프 호를 바라보며 씁쓸하게 내뱉었다.

"저들은 포로인 우리에 대한 책임을 스스로 포기한 겁니다. 이런 터무니없고…… 품위 없는 일이 있을 수가……."

로렌스는 프랑스인들을 쉽사리 비난할 수 없었다. 프랑스인들로서는 자기네 용들이 지속적으로 영국 용들에게 자극을 받고 있는 상황이니 자기네 용들을 보호하기 위해 어쩔 수 없이 결단을 내렸을 것이다. 좀 더 냉소적으로 따져보자면 드 기네가 로렌스 일행을 잉카로 데려가지 않기로 한 것은 그리 놀라운 일이 아니었다.

트리엉프 호가 돛을 올리고 섬에서 멀어지는 동안 용 갑판에 앉은 마일라 유팡키가 섬에 서 있는 이스키에르카를 아쉬운 표정으로 바라보았다.

프랑스인들은 날이 무딘 손도끼 몇 개를 섬에 남겨두었다. 그걸 이용하면 이 섬의 빈약한 나무들을 베어 간이 숙소 정도는 만들 수 있을 것이다. 소금에 절인 돼지고기를 조금씩 아껴 먹고 물고기를 잡아 끼니를 때워야 했다. 식용 식물이 많을 것 같진 않지만 섬 내륙으로 들어가 보면 다른 먹을거리가 있을 수도 있었다. 로렌스는 내키지 않는 눈으로 선원들을 바라보았다.

선원들은 개울이 잦아 붙어 바닥에 약간의 물기만 남아 있는 곳을 휘저어 흙탕물로 만들어놓고는 해안에서 빈둥대며 물통과 짐짝들을 곁눈질하고 있었다. 용들이 없었으면 선원들은 폭동을 일으키고 온갖 어리석은 짓거리를 하고도 남았을 것이다.

로렌스가 굳은 표정으로 지시했다.

"페리스, 야영지 정리를 지휘해."

워낙 오랫동안 직속 부하로 데리고 있던 사람이라 로렌스는 거의 본능적으로 페리스에게 그런 지시를 내리고 말았다. 되돌리기엔 이미 늦었다. 로렌스의 현 직속 부하인 포싱 대위는 능력 있는 장교였다. 대개 공군들이 뉴사우스웨일스 행을 택하는 것은 영국 내에서 괜찮은 자리를 차지하지 못해서지만 포싱의 경우는 가문의 힘을 기대할 수 없는 고아이다 보니 영국에서는 자기만의 용을 가질 기회가 아예 없어 뉴사우스웨일스로 간 것이었다.

지금 로렌스가 직속 장교인 포싱 대위에게 내려야 할 지시를 페리스에게 내린 것은 페리스가 예전에 테메레르의 승무원이었고 로렌스와도 친분이 있기 때문만은 아니었다. 열여섯 살 때 페리스는 영국 해협에 주둔 중인 헤비급 용에 소속된 소위로 임관한 뒤 세 개의 대륙과 두 개의 대양을 가로지르며 뛰어난 인재임을 증명했다.

그러나 그것이 이 잘못된 지시에 대한 변명이 될 수 없음을 로렌스는 알고 있었다. 포싱은 대단히 뛰어나진 않지만 용기나 분별력이 부족하지도 않았다. 게다가 포싱을 직속 대위로 삼은 사람은 바로 로렌스였다. 그러니 이번 실수는 더더욱 변명의 여지가 없었다. 로렌스는 마음에 들지 않는 장교들을 어쩔 수 없이 밑에 두었던 적이 있었다. 그런 장교들 중 일부는 주어진 소임을 이행하기에 역부족이었지만 포싱은 그렇지 않았다. 로렌스는 부하의 능력에 실망했다고 해서 다른 이에게 임무를 맡겨버림으로써 그 부하의 권위를 깎아내리는 짓은 한 적이 없었다. 군대에서는 그런 식으로 위계를 흐트러뜨리면 상급자의 권위가 서지 않는 법이다.

그 점을 잘 아는 로렌스가 전에 없던 실수를 하고 만 것이다. 로렌스와 마찬가지로 페리스 역시 자신이 늘 해왔던 일이기에 오래 생각하지 않고 "예, 대령님." 하고 대답하고는 지시받은 임무를 곧장 수행하기 시작했다. 페리스는 자신이 굳이 하지 않아도 될 일을 기꺼이 맡았지만 그것은 페리스의 잘못이 아니었다. 그 일이라 함은 해안에서 느긋하게 놀고 있는 술고래 선원들을 불러 모아 주변의 덩굴을 치우게 하고 몇 안 되는 공군 생존자들에게 장교로서 선원들을 감독하게 하는 일, 그리고 나이 어린 장교들을 섬 내륙으로 들여보내 먹을거리를 찾아오게 하는 일 등이었다.

부하들을 규합해서 질서 있게 작업을 진행하는 일은 페리스가 어렸을 때부터 해온 일이었다. 로렌스와 테메레르의 일로 억울하게 군에서 쫓겨나지 않았다면 로렌스의 직속 부하로서 당연히 페리스가 해야 할 일이었을 것이다. 그러나 지금 같은 상황에서 로렌스는 그 일을 페리스에게 맡기면 안 되었다. 그렇다고 이제 와서 지시를 철회한다면 위계가 더 흐트러질 것이다. 하지만 그대로 두면 로렌스가 실제로 직속 부하로 생각하는 이는 페리스이고 포싱은 그다음일 뿐이라는 인상을 모두에게 주고 말 것이다.

하는 수 없이 로렌스는 다른 방법을 쓰기로 했다.

"포싱, 테메레르와 함께 비행을 하면서 이 섬을 탐색하고 와."

"알겠습니다, 대령님."

포싱은 로렌스가 페리스에게 지시를 내릴 때는 당황하다가 섬을 탐색하라는 지시에 안도하면서 한편으로는 놀라는 얼굴이었다. 페리스가 야영지 정리 작업을 시작하기도 전에 포싱은 곧장 테메레르의 옆구리 쪽에 다가가 크게 말했다.

"테메레르, 대령님이 너랑 나 둘이서 이 섬을 탐색하고 오라셨어."

테메레르는 의아해하는 표정으로 말했다.

"응, 들었어. 그런데 로렌스, 당신이 같이 가야 되는 거 아냐?"

섬 탐색은 원래 로렌스가 직접 하려던 일이었다. 공군들은 해안 지대를 측량해본 경험이 없으니, 포싱이 눈에 뻔히 보이는 지형 외에 천연 항구를 알아본다거나 위험한 모래톱 같은 곳을 찾아낼 가능성은 높지 않았다. 그런데도 그 일을 포싱에게 맡긴 이유는 포싱을 직속 부하로서 신뢰하고 있음을 다른 공군들에게 보여주기 위해서였다. 용을 타고 주변을 탐색하는 것이 페리스가 맡은 야영지 정리보다 더 중요한 일로 여겨질 테니까.

로렌스는 포싱이 쓸모 있는 정보를 가져오리라는 기대는 하지 않았다. 그리고 낙담한 술고래 선원들을 데리고 작업을 해봤자 뗏목 이상의 보트를 만들기 어려울 테니, 나뭇가지 창으로 물고기라도 잡게 하는 게 지금으로서는 최선이었다.

로렌스가 말했다.

"포싱하고도 잘할 수 있을 거야, 테메레르. 지금은 내가 여기 남아 있는 게 좋을 것 같아서 그래. 섬 건너편에서 물고기가 많이 잡히면 천천히 먹고 와도 좋아."

테메레르는 그랜비도 있는데 로렌스까지 왜 해변에 남겠다는 건지 이해되지 않았다. 로렌스가 갈 수 없는 상황이면 포싱보다는 페리스나 에밀리가 함께 가는 편이 나았다. 처음 뉴사우스웨일스에 갔을 때 포싱이 로렌스에게 했던 무례한 행동을 테메레르는 아직 잊지 않고 있었다. 로렌스는 포싱을 용서하고 관대하게 대해주는 듯했지만 테메레르는 쉽게 용서되지 않았다. 포싱이 뉴사우스웨일스 식민지에 주둔하는 대부분의 공군들처럼 쓸모없는 작자는 아니지만, 그렇다고 적극적으로 승무원으로 받아들이고 싶은 인재도 아니었다.

테메레르는 차라리 혼자 섬을 탐색하는 게 편하겠다는 생각을 했다. 발톱 안쪽에 포싱을 담아서 데리고 다녀야 하는데, 혹시 떨어뜨리지는 않았는지 계속 확인을 해야 하니 성가시기만 할 것 같아서였다. 로렌스를 대하듯 포싱을 세심하게 신경 쓰진 못할 테니까 말이다.

출발 준비를 하는 동안 테메레르는 다소 미심쩍어하는 투로 포싱에게 말했다.

"적을 거라도 가져가야 되는 거 아닌가. 아, 종이가 없어서 못 적겠구나."

필기를 할 것도 아니면 포싱을 데려가는 게 더더욱 쓸모가 없을 터였다.

포싱은 자신은 별로 없지만 결의에 찬 목소리로 대답했다.

"나중에 돌아와서 젖은 모래에 해안선을 그리면서 보고하면 돼."

그리 크지도 않은 섬을 간단히 한 바퀴 돌고 오는 일일 뿐인데 포싱은 비행 중에 온갖 번거로운 요구를 했다. 몇 번이나 착륙을 요구하면서 로렌스가 머물고 있는 해안에 자라는 것들과 별 차이도 없어 보이는 식물들을 이것저것 수집했다. 한 번은 모래가 깔린 후미진 곳에 내려달라고 하더니 바다거북 알들이 담겨 있는 커다란 둥지에 손을 댔다. 가만히 보니 포싱은 바다거북 알들을 나뭇잎에 하나씩 싸서 셔츠 안에 담고 있었다. 포싱이 그러고 있는 동안 테메레르는 바다에 몸을 4분의 3쯤 담그고 밀려오는 파도를 맞아야 했다. 후미진 곳에 살고 있는 작은 상어들이 몰려와 테메레르의 몸에 붙어 있는 바다표범 고기 찌꺼기들을 뜯어 갔다.

바다거북 알들을 챙기던 포싱은 테메레르의 마땅찮아하는 눈빛을 의식한 듯 미안해하는 투로 말했다.

"이게 꽤 맛이 좋거든."

사실 테메레르가 못마땅한 건 포싱이 바다거북 알을 가져가려 해서가 아니었다. 워낙 낡고 초라했던 포싱의 외투가 이제는 바닷물과 태양 때문에 심하게 너덜너덜해지고 암녹색에서 칙칙한 회색으로 변색되어서 싫었던 것이다. 전에는 외투 안에 입고 있어서 보일 일이 없었는데 바다거북 알을 담느라 벗어놓은 셔츠를 보니 가관이었다. 세탁이 제대로 되지 않아 목 부분과 겨드랑이쪽이 누렇게 얼룩졌고 등 부분은 어울리지도 않는 여러 색깔의 실로 지저분하게 기워져 있었다.

용의 체면을 세워주는 차림이 전혀 아니라는 사실을 테메레르는 뼈저리게 느꼈다. 누구나 그런 옷을 임시로 입을 수는 있지만 포싱은 처음부터 그렇게 초라한 옷을 입었다. 좀 더 질 좋은 외투와 말끔한 셔츠를 입고 있으면 좋으련만. 지저분한 머리카락과 넓은 사각턱에 네다섯 가지 색깔로 텁수룩하게 자라난 수염도 눈에 거슬려서 면도라도 하면 좋을 것 같았다.

곱지 않은 시선으로 쳐다보는 테메레르에게 포싱이 말했다.

"프랑스인들이 돌아오기 전까지 버티려면 먹을 게 더 있어야 돼."

테메레르는 다소 격하게 대꾸했다.

"프랑스인들이 다시 와서 우릴 실어갈 때까지 이 섬에 죽치고 있으면 안 되는 거잖아."

"글쎄…… 여기 계속 있는 것 말고 다른 방법이 없을걸. 여기서 다른 곳으로 비행하려면 우릴 네 몸에 고정시켜야 하는데 몸을 묶을 밧줄도 없어."

"로렌스가 방법을 생각해낼 거야. 이런 문제는 해군 장교 출신한테 맡겨야 돼. 로렌스는 현재 우리 위치를 최대한 정확하게 파악할 거고, 우리가 어떻게 행동해야 하는지도 알려줄 거야. 지금도 우리한테 임무를 주고 일을 척척 진행시키는 거 봐."

테메레르도 아직 좋은 생각이 떠오르지 않았지만 이 섬에 온 지 얼마 되지 않았으니 차차 방법을 생각해보면 될 것이었다.

포싱은 뻔뻔스럽게도 납득이 가지 않는 표정을 지었다.

"아무리 해군 출신이라고 해도 육지에서 1600킬로미터나 떨어진 태평양 한가운데의 무인도에서 우릴 탈출시켜주기는 힘들어. 멀린이라면 우릴 도울 수 있겠지만."

테메레르는 얼굴 주변의 막을 활짝 펼치며 물었다.

"멀린이 누군데? 그자가 아무리 대단해도 로렌스보다 더 쓸모가 있진 않을 거라고 봐."

"농담이야. 멀린은 마법사인데 실존 인물도 아니고 옛날이야기에 나오는 인물일 뿐이야. 고아원에서 살 때 우릴 조용하게 하려고 멀린 이야기를 해주던 사람이 있었어. 그 사람이 아서 왕에 대한 이야기도 해줬어."

"돌아가는 길에 그 이야기들이나 들려줘."

테메레르는 포싱이 그런 재미난 이야기라도 들려준다면 조금은 쓸모가 있겠구나 싶었다. 그런데 포싱은 편치 않은 표정으로 말했다.

"어, 그게, 초창기 때 이야기거든. 당시 사람들은 용들한테 그리 호감을 갖고 있지 않아서……"

들어보니 아서 왕과 그 기사들은 영국 각지의 무고한 용들을 죽인 것 외에는 별다른 일도 하지 않았다. 용들을 죽였다는 것도 순 거짓말이었다. 포싱도 인정했다시피 당시에는 총도 없었는데 총 없이 용들을 죽였다는 건 들을수록 불쾌한 거짓말에 불과했다.

그날 저녁 테메레르는 목소리를 낮추고 물었다.

"이제 우리 어떻게 해야 돼, 로렌스?"

조금 전 포싱은 외워온 섬의 윤곽선을 모래 위에 그려 보였는데, 테메레르가 도와준 덕분에 그리 나쁘지 않은 수준이었다. 이 섬의 폭은 1.6킬로미터를 넘지 않는 듯했다. 프랑스인들이 그들을 상륙시킨 곳은 섬의 서쪽에 해당하며 대부분 잡목림과 덤불에 덮여 있었다. 섬의 동쪽은 밀림에 가까울 정도로 나무들이 우거졌다. 그리고 곳곳에 작은 만과 좁은 물줄기가 많았는데 시간이 부족해서 철저히 조사하지는 못했다고 했다.

"다우림이 우거져 있다니 다행이군."

로렌스는 피곤에 지친 목소리로 말하며 손으로 이마를 문질렀다. 테메레르와 포싱이 섬을 돌아보는 동안 로렌스는 이곳에서 여러 일들을 진행했다. 바위에 지붕을 대충 기대어 임시 창고를 짓고 그 밑에 마른 장작을 쌓아두고 소금에 절인 돼지고기 통을 보관하기 위해 흙도 팠다. 그들은 프랑스인들이 남겨준 하나뿐인 가마솥에 음식을 끓여서 점심을 먹었다. 그런데 포싱이 바다거북 알을 가져오자 점심을 아침으로 치고 바다거북 알로 다시 배를 채웠다. 말도 못하게 허름한 포싱의 셔츠에 눈길을 주는 이는 없었으나 테메레르는 창피해서 어쩔 줄 몰랐다. 혹시라도 이스키에르카의 눈에 띌까 봐 테메레르는 아예 포싱과 이스키에르카 사이를 가로막으며 자리를 잡았다.

"과일 정도는 있겠구나. 여기보다 괜찮은 목재도 구할 수 있을 테고."

로렌스는 하품을 한 후 테메레르의 팔에 기대어 눈을 거의 감고서 말을 이었다.

"나중에 팀을 짜서 밀림으로 보내야겠어. 믿을 만한 인력이 없어서 답답하긴 하지만."

"응, 그래. 그런데 말이야, 어떻게든 육지로 가야 되잖아. 어떻게 하면 좋겠어? 브라질로 갈 방법을 찾아봐야지. 프랑스 놈들이 돌아와서 우릴 배에 싣고 감옥으로 데려갈 때까지 여기 머물 수는 없어."

"육지로 갈 수만 있으면 오죽 좋겠냐."

로렌스는 이렇게 중얼거리며 잠이 들었다. 테메레르는 더 이상 보챌 수가 없었다.

그 많은 인원이 적은 음식으로 버티자니 끝없이 실랑이가 벌어졌다. 소금에 절인 돼지고기를 그나마 먹을 만하게 만들려면 한참을 끓여야 했는데 그렇지 않았으면 식량이 더 빨리 소비되고 말았을 것이다. 3주째에 접어들어 남은 식량을 점검해보니 바구미가 생긴 건빵이 상당수 사라졌다.

"아주 엉망입니다, 로렌스 대령님. 조만간 다들 허기가 져서 배를 쥐어뜯게 생겼어요."

오데이가 침통해하면서도 그럴 줄 알았다는 표정으로 식량 도난에 대해 보고했다. 이 상황에서 부적절한 표현이기는 했지만 실제로 식량 도난 현장은 훨씬 심각했기에 그만하면 나름 많이 축소해서 표현한 것이었다. 식량이 담겨 있던 통들이 박살났고, 통 하나는 아예 사라졌다. 식량 도둑은 너무 상해서 버려두었던 건빵까지도 대부분 쓸어갔다. 단순한 도둑질이 아니었다. 합심해서 살아남을 방법을 찾아야 하는 중대한 상황에서 결코 해서는 안 될 어리석은 짓거리였다.

로렌스는 부서진 통에서 떨어져 나온 판자를 옆으로 던지며 말했다.

"배급량을 반으로 줄이면 어떻게든 버틸 수 있어. 또 이런 일이 일어나지 않게 해야겠지."

옆으로 다가선 그랜비가 말했다.

"돼지고기와 게살만 먹고 어떻게 살겠습니까. 이제 어쩔 수가 없습니다. 우리끼리 보초를 서서라도 남은 식량을 지켜야죠."

그랜비는 다친 팔을 붕대로 옆구리에 단단히 고정시킨 상태였다.

로렌스가 고개를 끄덕였다. 그들이 이 섬에서 살아남으려면 수백 명의 인원을 동원해서 작업을 해야 하는데 그 많은 일을 공군들만 하고 있는 실정이었다. 그랜비와 로렌스의 부하들은 얼리전스 호에 화재가 발생했을 때 갑판 아래에서 불을 끄는 일에 동원되는 바람에 상당수가 목숨을 건지지 못했다.

살아남은 부하는 포싱을 비롯해 얼마 되지 않았다. 우선 그랜비 휘하의 바즐리 중위는 마드라스 공군 기지에서 그랜비의 부대에 합류한 자로 말수가 적고 피부는 햇볕에 잔뜩 그을렸는데, 침몰하는 얼리전스 호의 잔해에서 간신히 살아남았다. 그밖에 살아남은 공군 중위들과 소위들 중에서 제일 나이가 많은 이는 고작 열여섯 살밖에 되지 않은 캐번디시였다. 그랜비의 안장 담당인 폴은 얼리전스 호에 불이 나기 며칠 전에 발목을 접질리는 바람에 용 갑판에 머물렀고 그 덕에 목숨을 건졌다.

"폴을 먼저 보초로 세우고 제가 교대를 하겠습니다. 팔을 다쳐 다른 일은 못해도 그 정도는 할 수 있습니다."

그랜비는 붕대를 맨 어깨를 턱 끝으로 가리키며 이렇게 말했다. 그들에겐 총도 밧줄도 없었다. 채찍을 만들 만한 재료도 여기선 구할 수 없으니 식량 도둑이 한 명인지 십여 명인지는 모르지만 잡아낸다고 해도 처벌이 쉽지 않을 터였다. 지난주에 식량 저장소에서 보초를 선 선원은 한두 명이 아니었다. 그 선원들이 직접 식량을 훔쳤을 수도 있고 다른 선원들이 훔치는 것을 방조했을 수도 있었다.

로렌스가 말했다.

"지금보다 배급을 적게 받는다면 다들 견디기가 힘들 텐데."

식량 도둑을 처벌할 방법이 하나 있기는 했다. 용을 이용하는 방법이었다. 그러나 로렌스는 그런 일에 용을 동원하고 싶지 않았다. 용에게 무장도 하지 않은 선원을 공격하게 한다면 그 선원은 죄인임에도 어린아이처럼 약하디 약한 존재로 보일 것이다. 용들이 기꺼이 그 일을 맡는다고 해도 도둑질을 방지하기보다는 불필요한 공포 분위기를 조성하는 데 그칠 가능성이 높았다. 선원들 사이에는 물고기를 잡아 용들에게 먹이를 제대로 조달하지 못하면 자기네가 먹이로 바쳐질 것이라는 소문이 돌고 있었다. 용들은 선원들이 해변 가까이에서 물고기를 잡을 수 있도록 낮이면 바다에 나가 한참을 날아다니다가 일몰 때야 돌아오는데도 말이다.

테메레르가 우울해하며 중얼거렸다.

"조만간 상어라도 잡아먹어야 될 것 같아."

그러고는 꿍쑤에게 말했다.

"상어가 훌륭한 요리 재료라는 건 알고 있지만 제대로 요리를 할 수 있는 환경이라야 말이지. 게다가 우리 모두 충분히 먹을 수 있을 만큼 조달하기도 힘들 것 같아. 날 것으로 먹으면 지독하게 오돌오돌해서 별로거든. 상어를 잡으려면 바다로 멀리 나가야 하는데, 많이 잡아올 가능성이 없으니 그 정도의 비행을 감수할 가치가 있을까 싶어."

자기들만 살겠다고 식량을 훔쳐내는 자들은 이 대화를 엿들었다고 해도 마음을 놓지 못할 것이다. 제 목숨을 구할 수 있다면 혹은 그로그주 한 컵을 마실 수 있다면 동료들을 용들에게 선뜻 던져주고도 남을 위인들이니까. 그들은 공군들에게 떠밀려 하찮은 일을 억지로 하고 나면 멍하니 앉아 그로그주 생각에 빠져들었다.

이 야영지를 깨끗이 하기 위해 할 일이 많지도 않은데 그나마도 제대로 되지 않고 있었다. 아침마다 해변에는 유목과 해초가 밀려오고, 야자나무 잎이 떨어지고, 갈매기들이 자기네 영역을 침범한 시끌벅적한 인간들에게 울부짖으며 싸지른 똥이 철퍼덕 떨어졌다. 처음에 로렌스는 사나흘에 한 번씩 청소를 하게 했으나 제대로 이루어지지 않았다. 결국 해변을 걸어 다니다가 눈에 띄는 오물이 있으면 옆으로 걷어차는 정도로 만족해야 했고 때로는 오물을 밟고 미끄러지기도 했다.

"일하지 않는 자, 먹지도 마라."

로렌스는 선원들을 이런 말로 위협하며 일을 시켰지만 약발이 오래가지는 않았다. 공군 장교들도 마찬가지였다. 작고 여윈 체격에 어깨마저 구부정한 열여섯 살 소년 캐번디시 중위에게 주먹이 멜론만 하고 부둣가에서 숱한 싸움을 거치며 이빨이 몽땅 부러진 서른네 살의 건장한 선원 리처드 핸즈를 맡기는 것은 애초에 무리였다.

필요에 의해 디마니가 나설 때가 있기는 했다. 로렌스가 생각하기로는, 보이지 않는 곳에서 격한 언쟁을 벌인 끝에 나온 행동 같았다. 그 언쟁 중 몇 번은 에밀리가 관여되어 있었을 것이다. 방치했다간 에밀리가 무슨 봉변을 당할지 알 수 없는 노릇이라 로렌스는 온갖 구실로 에밀리를 야영지에서 멀리 떨어진 곳으로 보냈다가 일몰 후에 돌아오게 했다. 그리고 선원 중에 에밀리의 뒤를 따라가는 자가 없는지 면밀히 감시했다.

로렌스는 선원들 중에 갑판 장교로 삼을 만한 자가 있는지 살펴보았다. 믿을 만한 자가 있는지도 모르겠고 선뜻 다른 선원들을 관리하겠다고 나서는 자도 없었다. 오데이와 쉬플리는 선원 출신도 아니고 로렌스를 따라온 일꾼에 불과했다. 트리엉프 호에 승선해 있는 동안 오데이는 술이 얼마나 끔찍한 결과를 빚어낼 수 있는가에 대해 열변을 토하면서 술에 굴복해 참혹한 사태를 초래한 선원들에게 비난을 퍼부었다. 얼리전스 호 사태와 관련해 자신은 잘못이 없으며 그날 자신은 비번이라 같이 술을 마실 기회도 없었다면서 빠져나갔다.

쉬플리는 점점 야망을 키워가고 있었다. 공군의 인원수가 적기 때문에 조금만 일을 잘하고 적극적으로 나서면 다른 때보다 좋은 자리를 꿰찰 가능성이 높음을 아는 것이다. 쉬플리는 원래 재봉사였는데 불행한 사건으로 유죄 판결을 받고 오스트레일리아로 유배를 왔다. 펠로우스가 없는 지금 쉬플리는 안장 지휘관이 되겠다는 목표를 세운 듯했다. 손볼 안장도 없는데도 이것저것 일을 찾아 했고, 선원들과는 거리를 두면서 고결하게 굴었다. 아무리 생각해도 오데이와 쉬플리는 공군들과 선원들 사이의 간극을 메워주기에는 부족한 자들이었다.

그나마 눈에 들어오는 자는 메이휴였다. 나이 지긋한 메이휴는 몇 안 되는 유능한 선원들 중 하나였고 술 문제로 강등되기 전에는 항해사 계급까지 올라간 적도 있었다. 그러나 얼리전스호에 불이 났을 때 탈출하면서 연기를 많이 들이마신 까닭에 아직도 폐결핵 환자처럼 심한 기침을 쏟아내고 있었다. 무엇보다도 그는 다른 선원들 앞에서 권위 있게 처신하려는 노력을 하지 않았다.

선원들 사이에서는 어커트와 핸즈의 인기가 제일 높은 듯했다. 섬에서 일주일을 보낸 후 어커트와 핸즈는 선원들의 불만을 전하겠다며 대표 자격으로 로렌스를 찾아왔다.

"이렇게 조금 먹고는 살 수가 없습니다, 대령님. 고생을 너무 해서 그런지 힘들어서요. 저희 형편을 헤아려주시면 좋겠는데요……."

어커트는 주눅 든 표정으로 곁눈질을 하며 말했다. 동료들끼리 불평을 해대는 건 몰라도 로렌스에게 직접 그 불평을 전하는 것은 내키지 않는 모양이었다.

로렌스가 분노로 입을 굳게 다물고 듣기만 하자 어커트는 말끝을 흐리며 옆으로 슬금슬금 물러났다. 하지만 분별력이라곤 없는 핸즈가 뻔뻔하고 오만하게 주절거렸다.

"지금 우리가 배에 타고 있는 것도 아니고, 계속 그렇게 잘난 척하면서 거만을 떨어봤자 좋을 게 없습니다. 남은 식량을 공개하고 공정하게 나눠주시죠. 하루에 한 번이 아니라 두 번은 식사를 해야겠습니다. 용들도 바다에 나가 잡은 물고기를 저희들끼리 다 처먹을 게 아니라 여기로 가져와주면 좋겠고 말이죠."

어리석을 뿐 아니라 무례하기 짝이 없는 발언이었다. 무엇보다 모욕적인 것은 핸즈가 불평을 하면서 주먹 쥔 한 손으로 다른 손바닥을 가볍지만 의미심장하게 계속 두드렸다는 것이다. 여차하면 주먹을 날리겠다는 위협적인 태도였다. 그 시각에 테메레르는 바다로 물고기 사냥을 나가고 없었.

로렌스는 캐번디시처럼 덩치가 작지도 어깨가 구부정하지도 않았다. 잔인한 함장 밑에서 장교로 복무하며 짧지만 불행한 나날을 보낸 경험도 있었다. 지금까지 로렌스는 그 함장이 선원들을 다스릴 때 썼던 방법을 굳이 쓸 일이 없었지만 그 방법을 아주 꺼리는 것도 아니었다. 허리를 굽힌 로렌스는 타다 남은 장작을 집어 들고 핸즈의 복부를 강타했다. 핸즈가 배를 잡고 엎드리자 로렌스는 그의 양 어깨를 내리쳐 바닥에 쓰러뜨렸다.

그러고는 핸즈를 내려다보며 사납게 내뱉었다.

"꼼짝 말고 그대로 있어, 핸즈. 멋대로 일어섰다간 어떻게 될지 모르니까 알아서 처신해. 개만도 못한 너희 선원 놈들의 폐로 들어가는 공기도 아까우니 아예 숨통을 끊어놓고 싶은데 참는 거다. 계속 내 앞에서 얼쩡거리면 테메레르에게 말해서 너희를 전부 바다로 몰아넣어 상어 먹이로 만들어버리겠어. 얼리전스 호에서 유명을 달리한 유능한 선원들과 함께 바다에서 목숨이 끊어지게 말이지. 알아들었으면 두 놈 다 썩 꺼져."

그 후 선원들이 그런 식으로 찾아오는 일은 없었다. 선원들은 그동안에도 하는 일이 워낙 없었기 때문에 그 후 더 게을러진 것 같지도 않았다. 그러나 로렌스는 선원들의 불만이 가라앉았다는 착각을 하지는 않았다. '공정하게 나눠달라'는 요구는 완곡한 표현일 뿐이었다. 선원들은 공군들이 술을 따로 숨겨놓았을 거라고 착각하고 있었다. 아니, 그런 상상에 빠져 있었다. 술을 따로 숨겨놓을 뻔하기는 했다. 드 기네가 럼주 약간을 섬에 남겨두고 가겠다고 제안했었으니까. 그러나 로렌스는 망설임 없이 그 배려를 거절했다. 그런 사정이 있었다고 선원들에게 설명했지만 통하지 않았다. 럼주를 주겠다는 제안을 받았지만 거절했다는 말을 공군들끼리만 마시려고 럼주를 따로 숨겨두었다는 말로 받아들였다.

"어커트와 핸즈는 배가 고픈 것도 있지만 술이 고파서 나를 찾아온 거였어."

로렌스는 약탈당한 식량이 어느 정도나 되는지 살펴보며 말했다. 이 섬에서 넉 달 이상을 버텨내려면 일 인당 하루에 건빵 두 개 이하로 배급량을 제한해야 할 판이었다. 넉 달 안에 프랑스인들이 이 섬으로 돌아올 가능성은 별로 없었다.

그랜비가 말했다.

"뭐, 그렇게 침울해하실 거 없습니다. 전염병이 돌거나 열대지방 특유의 열병에 걸려 우리 중 절반은 죽을 테니 이 정도 식량이면 그럭저럭 버틸 수 있을 겁니다. 지나가던 배가 이 섬에 들를 가능성도 있지 않을까요? 트리엉프 호 말고 다른 배 말입니다."

"그럴 것 같진 않아. 이 섬에 들르느니 곧장 육지로 가는 게 낫고, 무엇보다 이 섬에서 얻을 수 있는 자원이 너무 빈약해. 물과 식량이 아무리 다급하다 해도 함장이라면 여기 들러 시간 낭비를 하느니 육지의 항구를 찾아가는 게 낫다는 판단을 내릴 거야. 그러니 배가 이 섬에 들를 거라는 기대는 하지도 마. 차라리 바다에 나간 용들이 배를 발견할 가능성이 높아."

"하지만 용들을 보면 배들은 놀라서 도망치겠죠. 그런데 지금 저들이 뭘 하고 있는 겁니까?"

저들이라 함은 선원들을 말한 것이었다. 선원들이 해변 저쪽에서 웬일로 부지런을 떨며 모닥불을 피워놓고 그 주변에 모여 있었다. 그들은 코코넛 껍질을 그릇 삼아 돌리면서 이쪽까지 들리도록 시끌벅적하게 웃어대고 있었다.

로렌스가 말했다.

"아, 저런 망할 놈들을 봤나. 몰래 술을 빚었나 보군. 통 하나가 없어져서 이상하다 했는데 술을 담그려고 훔쳐간 거였어. 진작 알아차렸어야 했는데."

그랜비가 의아해하며 물었다.

"코코넛으로 술을 빚을 수 있습니까?"

"코코넛을 썼거나 아니면 술을 담글 수 있는 다른 과일을 찾아냈나 보지. 정체 모를 과일에 든 독을 먹고 있는지 어떤지는 내일 아침이 되면 알 수 있을 거야."

페리스가 다가오며 모닥불 쪽을 손으로 가리키자 로렌스가 말했다.

"그래, 페리스. 우리도 알고 있어."

페리스가 말했다.

"선원 중에 한 명이 제리한테 자기네 패거리에 끼라고 말했답니다. 당분간 그러자는 말이겠지만요."

제리는 선원에게 그런 제안을 받았다는 얘기를 포싱이 아닌 페리스에게 보고했던 것이다. 난감해진 로렌스가 고개를 절레절레 흔들었다.

그랜비가 몇 명 되지 않는 공군들을 쳐다보며 로렌스에게 말했다.

"용들이 돌아오기 전까지 우리끼리 저 선원들을 막아내진 못할 것 같습니다."

"용들이 돌아올 무렵엔 상황이 더 꼬일 거야. 술에 잔뜩 취한 선원들을 다루는 게 어디 쉬운가. 아예 인사불성이 되도록 마시게 내버려두는 편이 나아. 취해서 곯아떨어지면 극악무도한 짓거리는 못할 테니까."

"남은 건빵과 고기를 좀 더 깊숙이 숨겨놓아야겠습니다. 페리스, 자네가 그 일을 맡아서 진행해……."

그랜비까지 포싱이 아닌 페리스에게 우선적으로 일을 맡기자 로렌스는 경악했다.

그들은 한낮의 무더위 속에서 몇 시간에 걸쳐 땅을 파고 그 안에 야자나무 껍질과 잎을 깐 후 남은 건빵과 돼지고기를 저장했다. 해변 저쪽에서 들려오는 소음과 환성은 시간이 갈수록 커져갔다. 노랫가락이 모닥불 연기를 따라 허공을 떠다니고 새조개 굽는 냄새가 진동했다. 평소에 게으름을 떨며 늘어져 있던 선원들이 차려놓고 노는 데는 열심이었다.

녹초가 된 공군들은 모래사장에 앉아 꿍쑤가 내오는 초라한 점심을 먹었다. 꿍쑤는 건빵을 빻은 가루에 해초를 섞어 길쭉한 국수를 만들고, 돼지고기와 생선뼈를 우려낸 묽은 국에 그 국수와 돼지고기를 담아냈다. 로렌스 일행은 코코넛 껍질에 요리를 담고, 가느다란 막대기를 젓가락 삼아 건더기를 집어 입에 넣었다.

시포가 요리가 담긴 그릇 하나, 아니 두 개를 옆으로 따로 놓아두는 것을 보고 로렌스가 물었다.

"네 형은 어디 있지?"

그러고는 좀 더 엄격한 목소리로 덧붙였다.

"롤랜드는?"

시포가 웅얼거리며 대답했다.

"형은 사냥을 갔어요. 아시다시피 형이 사냥을 잘하잖아요."

그 말이 사실이기는 했지만 로렌스는 영 마뜩잖았다. 로렌스 일행이 이 섬에 버려질 때 펨버튼 부인은 드 기네의 손님 자격으로 트리엉프 호에 남았다. 펨버튼 부인 같은 숙녀를 무인도에서 지내게 할 수는 없기에 로렌스가 특별히 드 기네에게 부탁한 것이었다. 그러나 샤프롱의 역할이 절실한 지금 펨버튼 부인이 곁에 없으니 아쉬웠다.

디마니와 에밀리는 수 시간째 모습이 보이지 않았다. 선원들이 떠드는 소리가 왁자하게 커져갔고 싸우는 소리도 들렸다. 음식과 술이 충분하지 않은 모양이었다. 선원들 사이에 실랑이가 벌어지고 몇 놈이 순전히 재미로 고약하게 고함을 지르며 싸움을 부추겼다. 몸싸움이 벌어지면서 모래에 피가 뿌려지고 너저분한 웃음이 터져 나왔다. 핸즈가 피 묻은 손을 술통으로 뻗으며 싱글거리는 얼굴로 외쳤다.

"다음 차례는 나다, 이놈들아."

로렌스는 그 꼴을 차마 계속 볼 수가 없어 고개를 돌렸다. 어린 장교들의 교육에도 좋지 않았다.

"다들 한두 시간 정도 섬 안쪽으로 이동했다가……."

로렌스가 지시를 내리는데 페리스가 벌떡 일어서며 말했다.

"대령님, 저기 좀 보십시오."

한 무리 선원들이 이쪽으로 걸어오고 있었다. 선원들 대부분은 모닥불 가에 남아 있고, 일부만 사나운 짐승이 발을 뻗듯이 로렌스 쪽으로 다가오고 있었다. 앞장선 자는 핸즈였다.

로렌스가 자리에서 일어섰다. 그런데 어린 장교들이 로렌스와 그랜비를 보호하겠다며 앞을 막아섰다. 캐번디시가 로렌스 바로 앞에 섰고, 그랜비의 부하이며 열세 살 난 손 소위가 그 옆에 섰다. 바즐리와 포싱, 페리스도 앞에 서며 로렌스와 그랜비를 뒤쪽 가시덤불 쪽으로 보냈다. 장교들이 둘러싼 원 안에는 어린 제리와 시포도 들어가 있었다. 그와 그랜비를 어린애 보호하듯 구는 장교들의 행동에 로렌스는 본능적으로 반발심이 일었다.

가까이 다가온 선원들이 공군들을 반원형으로 느슨하게 에워쌌다. 핏발 선 눈, 땀으로 번들거리는 피부. 직접 담근 술이 몸에 좋지만은 않았는지, 몇 명은 텁수룩하게 자란 턱수염에 토사물이 묻어 있었다. 어느 정도 거리를 두고 서 있는데도 지독한 술 냄새가 로렌스의 코를 찔렀다. 핸즈가 페리스의 어깨 너머로 로렌스를 쳐다보면서 피 묻은 이빨을 드러내고 신나게 웃어댔다.

"자, 괜히 서로 힘 빼지 말자고. 다치게 할 생각 없으니까 용비행사들만 우리한테 넘겨. 그래야 이따가 돌아온 용들이 우리 지시를 고분고분하게 따르지."

핸즈의 말을 그랜비가 받아쳤다.

"용들이 네놈들의 내장을 꺼내서 게들에게 먹이로 던져줄 거다, 천치들아. 저쪽에 있는 나머지 놈들도 똑같은 신세를 면치 못해. 우릴 잡아서 도대체 어디로 끌고 가려고?"

그때 바즐리가 바짝 가까이로 다가오는 선원을 밀어내며 날카롭게 경고했다.

"물러서."

그러나 그 선원은 동료들과 함께 다시 가까이 밀고 들어왔다. 어린 공군들이 선원들을 힘껏 막고 있었지만 점점 뒷걸음치면서 로렌스 역시 뒤쪽 덤불에 몸이 바짝 닿았다. 아무렇게나 밀고 당기는 괴상한 몸싸움이었다. 술에 취한 선원들이 내지르는 주먹은 빗나가기 일쑤였지만 워낙 힘이 좋아서 빗맞아도 상당히 치명적이고 위험했다. 어린 장교들이 만든 인간 장벽 사이로 누구의 것인지 모를 손들이 치고 들어왔다. 그 손들은 로렌스의 팔을 잡고 옷과 허리띠를 당기려 했다. 선원들의 부서진 손톱, 단단히 못 박이고 모래가 잔뜩 묻은 손가락은 누구의 것인지 짐작할 수 없었다. 이런 짓을 하는 자들에게 과연 지각이 있는지도 알 수 없었다. 로렌스는 맹목적이고 다급한 욕구의 대상이 되어 있다. 이 선원들은 삶을 추구하는 것만큼이나 간절히 파괴를 추구했다.

장교들의 어깨와 머리 너머로 선원들의 눈이 보였다. 찡그린 눈꺼풀 안쪽에서 광기로 번뜩이는 잔혹한 눈. 그러나 그 눈에는 두려움도 깃들어 있었다. 이길 가능성이 없지만 하지 않으면 안 되는 작전에 투입된 적군의 눈에서 보았던 것과 동일한 두려움이었다. 남들 가는 대로 어쩔 수 없이 싸움에 따라나서긴 했지만 이게 죽음을 자초하는 부질없는 짓임을 아는 눈빛. 열성으로 나서는 선원은 몇 명뿐이었다. 그중 하나인 핸즈는 사뭇 즐거워하는 눈빛으로 로렌스를 쏘아보며 으르렁거렸다. 나머지 선원들은 두려움으로 주눅이 든 데다 술까지 취해 아무렇게나 달려들고 있었다.

서로 팔을 걸어 인간 장벽을 공고히 한 공군들은 둔하게 달려드는 선원들을 발로 차거나 머리로 들이받았다. 공군으로서의 위신에 걸맞지 않은 수치스러운 방어였지만 해가 저물고 있으니 곧 용들이 돌아올 것이다……

"테메레르!"

꼬마 제리가 소리쳤다. 제리는 선원들의 다리 사이로 빠져나가 모래사장으로 달려가며 손을 흔들었다.

"테메레르!"

수평선에 박힌 점 세 개가 이 섬을 향해 빠르게 날아오고 있었다. 공군들을 공격하던 선원 여섯 명이 겁에 질려 모닥불 쪽으로 달아났다. 모닥불 가에 있던 자들은 안절부절못하며 그 광경을 바라보았다. 선원 두 명이 더 떨어져나가자 공군들이 싸움에서 겨우 수적으로 우세하게 되었다. 당황하던 핸즈가 별안간 캐번디시의 옆통수를 주먹으로 쳐서 밀어내고 로렌스를 손톱으로 할퀴었다. 로렌스의 뺨에 손톱자국이 나고 입가가 찢어졌다. 로렌스는 반격하지 않았지만 로렌스를 붙잡지 못해서인지 핸즈는 피 묻은 손톱을 거둬들였다.

핸즈는 분이 나서 벌겋게 상기된 얼굴로 물러섰고 그자의 동료들도 따라 움직였다. 그 순간 덤불의 가지가 타다닥— 소리를 내자 다들 그쪽을 돌아보았다. 에밀리와 디마니가 덤불을 헤치고 해변으로 나온 것이다. 여기까지 뛰어왔는지 숨을 헐떡이던 두 아이는 선원들을 보더니 당황해서 멈칫했다. 핸즈가 말했다.

"저 꼬마 놈이 크고 노란 용의 비행사다. 저 놈을 잡아. 어서……."

에밀리가 디마니를 덤불 쪽으로 밀면서 소리쳤다.

"달아나! 어서 가, 젠장!"

에밀리가 얼른 허리를 굽혀 양손에 모래를 한줌씩 잡더니 선원들의 눈에 뿌렸다.

시포가 인간 장벽 바깥으로 팔을 빼낸 후 에밀리와 디마니 쪽으로 달려갔다. 페리스도 얼른 시포를 쫓아갔다. 핸즈가 에밀리의 팔을 잡아 바닥에 쓰러뜨리자 디마니가 핸즈에게 달려들었다. 디마니는 핸즈보다 키가 30센티미터나 작고 말랐지만 신사답게 자제하며 싸우는 방법을 알지 못했다. 디마니의 그런 면이 지금 같은 상황에서는 오히려 유리하게 작용하고 있었다. 디마니는 핸즈의 복부를 주먹으로 강타하고 팔꿈치로 목을 가격한 후 다른 손의 손가락을 바짝 세워 눈을 찔렀다. 덩치 큰 핸즈가 숨을 헐떡이면서 고꾸라졌고 얼굴에서 피가 흘러내렸다.

에밀리가 몸을 굴리며 일어나 디마니에게 소리쳤다.

"달아나라니까! 선원들한테 잡히면 안 돼, 멍청아. 용들이 오고 있단 말이야."

그러나 스무 명가량의 선원들이 한꺼번에 달려들었다. 그중 세 명이 디마니를 붙잡아 번쩍 들어 올렸다. 에밀리가 그 선원들의 다리를 공격하여 쓰러뜨렸지만 그중 한 명의 장화 발에 얼굴을 걷어차이면서 코피를 쏟으며 옆으로 나뒹굴었다.

페리스가 디마니를 놈들의 손아귀에서 빼내려고 달려들었다. 시포도 마른 나뭇가지를 주워 들고 디마니의 머리를 움켜잡은 선원을 마구 때렸다.

그랜비가 다른 공군들에게 "어서, 서둘러!"라고 외치고는 로렌스의 팔을 잡으며 "우리는 덤불로 들어가야 합니다."라고 말했다.

로렌스가 의아해서 물었다.

"뭐라고?"

그랜비는 공군들에게 재차 "어서!"라고 소리친 후 안 가려는 로렌스를 잡아끌며 말했다.

"아, 고집 부리지 말고 말 좀 들어요. 공군으로 복무한 지 오래되지 않아서 모르시나 본데 어서 이 자리를 피해야 합니다."

포싱이 모래사장을 가로질러 선원들에게 달려들었다. 그러나 포싱과 페리스는 몸을 피할 곳이 없었고 적은 너무 많았다. 선원 하나가 선원들 밑에 깔려 있던 디마니의 팔을 잡아 끌어냈고, 다른 선원들이 일어나 디마니를 붙잡는 일을 도왔다. 모닥불 주변에 모여 있던 더 많은 선원들이 한꺼번에 이쪽으로 이동해오기 시작했다.

로렌스를 잡아끌던 그랜비는 그 광경을 바라보느라 걸음이 느려지며 중얼거렸다.

"저런 맙소사."

선원들이 발버둥치는 디마니를 모닥불 쪽으로 끌고 가면서 미친 듯이 환호성을 지르고 있었다. 시포가 그 뒤를 쫓아가려고 하자 에밀리가 한 손으로 붙잡으면서 다른 손으로는 코피가 입으로 흘러내리지 않게 코를 눌러 막았다. 모래사장에 쓰러졌던 핸즈가 비틀거리며 일어나서 한 손으로 눈 부위를 탁탁 치더니 동료들을 뒤따라가며 쉰 목소리로 외쳤다.

"이봐, 같이 가! 이제 우리가 용을 조종할 수……."

그러나 핸즈는 말을 맺지 못하고 바닥으로 쓰러지며 두 손을 머리 위로 뻗었다. 전속력으로 바다를 날아오는 쿠링길레의 고함에 놀란 것이다. 거대한 고함에 섬의 나무들이 덜덜 떨리고, 쿠링길레의 그림자가 홍수처럼 밀려와 모닥불을 뒤덮었다.

　상황은 순식간에 정리되었다. 쿠링길레가 발톱 하나로 디마니를 낚아채 들어 올린 것이다.

　"디마니, 괜찮은 거야? 다친 데 없어?"

　쿠링길레는 디마니를 잠시 모래사장에 내려놓고 발톱에 달라붙은 어느 선원의 절단된 팔을 떼어낸 후 다시 디마니를 들어 올렸다. 쿠링길레의 거대한 꼬리가 화풀이로 모닥불을 마구 휘젓고 짓이겼다. 꼬리에 맞아 죽은 선원들의 시체가 모래사장 여기저기 흩어졌다. 미처 숨이 끊어지지 않은 몇몇 선원들은 꿈틀대며 기어 다녔다. 신음 소리가 파도 소리보다 더 요란하게 울려 퍼졌다.

　시신들을 화장하기 위해 모닥불의 불씨를 되살리고 황폐해진 해변 가장자리에서 야자나무들을 가져다가 장작을 쌓았다. 살아남은 선원들 대부분은 공군들 옆에서 말없이 장작을 쌓았고 부상당한 선원들은 임시로 침상이 된 풀밭에 누워 천 쪼가리를 붕대 삼아 몸에 둘렀다. 용 전공이든 인간 전공이든 제대로 된 의사라곤 없었다. 그랜비가 새로 들인 용 의사 맬로는 얼리전스 호가 침몰할 때 함께 세상을 떠났고, 도싯은 뉴사우스웨일스의 공군 기지에 남았다. 이발사로 일한 적이 있는 듀이가 어쩔 수 없이 부상자 치료를 맡았다. 마시다 만 술 찌꺼기 외에는 약으로 쓸 만한 것도 없었다.

그랜비가 로렌스에게 우스갯소리로 말했다.

"인원이 줄었으니 건빵이 부족하진 않겠습니다."

섬뜩한 농담이었다. 그랜비와 로렌스는 유목 더미 위에 편히 앉아 멀리서 진행 중인 작업을 감독 중이었다. 용들은 각자의 비행사를 선원들이 있는 곳으로 보내려 하지 않았고 선원들도 용들이 가까이 오는 것을 원하지 않았다.

테메레르는 승무원 전원을 자기 옆에 잡아두려고 했다. 분노한 쿠링길레가 해변을 온통 뒤집어놓은 것을 생각하면 지나치거나 유난스러운 행동이라는 생각은 들지 않았다.

"하지만 로렌스, 어떤 용이라도 그렇게 했을 거야. 그렇게 뻔뻔한 짓을 하는 놈들은 내 평생 처음 봤어. 용싱 왕자도 내가 뻔히 보는 데서 나를 무시하고 당신을 강제로 끌고 가는 짓은 안 했는데 말이야. 쿠링길레는 전혀 잘못 없어. 그런데 로렌스, 거기 말고 선원들에게 보이지 않는 여기 앉는 게 낫지 않을까?"

테메레르가 전전긍긍하며 마른 모래사장을 발톱 끝으로 우물 파듯 후벼 팠지만 로렌스는 그쪽으로 자리를 옮겨 앉을 생각이 없었다. 선원들이 보이는 지금 이 자리도 로렌스가 최대한 테메레르를 어르고 달래서 합의를 본 곳이었다. 용들의 등쌀에 로렌스와 그랜비는 야영지에서 400미터 떨어진 이곳에 앉아 있어야 했다. 프리깃함만 한 몸집의 용들이 무인도에 버려져 절망에 빠진 누더기 차림의 선원들로부터 비행사들을 지키고 있는 것이다.

쿠링길레는 더 심하게 굴었다. 해변에서 꽤 떨어진 곳에 튀어

나와 있는 바위로 날아가더니 그곳에 홰를 타고 앉아 발톱 안쪽에 디마니를 담고는 꼼짝하지 않았다. 가끔 디마니가 쿠링길레의 발톱 사이에서 내보내달라고 소리치며 해변 쪽으로 다급히 손을 흔들곤 했지만 테메레르는 디마니를 쿠링길레에게서 빼내오는 일은 할 수 없다고 단호히 거부했다.

"그런 무례한 짓은 못해, 로렌스. 지금 그런 짓을 했다가는 쿠링길레의 화를 돋우기만 할 거야. 쿠링길레와 싸워서 이길 자신이 없는 건 아니지만 싸우고 싶지 않아."

테메레르는 로렌스와 그랜비를 앞에 두고 둥글게 몸을 말면서 엎드렸고 이스키에르카는 테메레르의 궁둥이 쪽에 똬리를 틀었다. 용 두 마리가 서로 몸을 겹쳐서 로렌스와 그랜비를 몸 안쪽에 두고 아예 벽을 쌓은 것이다.

보고를 하기 위해 해변을 터벅터벅 걸어오는 페리스에게 그랜비가 말했다.

"어이, 페리스. 그렇게 뚱할 거 없어. 저 빌어먹을 선원들한테는 안 된 일이지만 용의 발톱에 찢겨 죽는 것보다는 녹초가 되도록 일하는 편이 나아. 어차피 저놈들은 전부 폭도들이니 혼이 나도 싸지. 우리가 여기 앉아 지켜보고 있으니 더 나쁜 일이 일어나지는 않을 거야."

공군들이 원래 예의를 철저히 지키는 편은 아니었지만 페리스는 조바심을 치면서 격식을 무시하고 주절거렸다.

"아, 그게 그렇지가 않아요. 남은 건빵을 아주 못 먹게 되었다니까요. 큰 야자나무 두 그루가 개울을 따라 내려왔는데 나무 끄트머리가 새로 파놓은 식량 저장소로 향하는 바람에 지난 네 시간 동안 그리로 물이 흘러 들어가 버렸습니다."

직접 가서 확인해보니 위에서부터 5센티미터 정도가 아예 진창이 되어 있고 상한 돼지고기 냄새가 풍겼다. 땅을 파고 넣어둔 식량 통이 물에 잠기면서 그 안에 담긴 식량이 상해버린 것이다. 페리스는 인원을 몇 명 동원해 식량 통을 열게 하고 물에 젖지 않은 건빵들을 꺼낸 후 야자나무 잎사귀로 대충 만든 새 통으로 옮겼다. 안 그래도 식량이 부족했는데 절반 정도를 먹지 못하게 되고 말았다.

엉망이 된 식량 저장소를 내려다보던 그랜비가 지친 표정으로 모래사장에 주저앉으며 말했다.

"쿠링길레가 인원수를 줄여주지 않았으면 꼼짝없이 굶어죽을 뻔했습니다."

그러더니 꿍쑤에게 물었다.

"그런 일이 없었어도 어차피 다 굶어죽을 수밖에 없는 건가?"

"두 달 동안은 배를 좀 주리실 겁니다."

꿍쑤는 상당히 에둘러서 대답했지만 로렌스의 귀에는 이제 제 비뚫기로 식량을 배급해야 할 판이라는 말로 들렸다.

물론 그들 모두에게 해당되는 얘기는 아니었다. 용 비행사인 로렌스와 그랜비, 디마니는 굶어죽지 않을 것이다. 굶어죽기는커녕 허기가 져서도 안 되었다. 비행사가 배를 주리면 용들이 불안해하기 때문이다. 로렌스는 멀리로 시선을 돌리며 허리띠 안쪽에 손가락을 찔러 넣었다. 허리띠에 달아놓은 고리를 손가락으로 톡 톡 치며 생각에 잠겼다. 그 고리는 원래 안장에 연결시키는 것인데 프랑스인들이 안장을 가져가버렸으니 쓸 일이 없었다.

그랜비가 말했다.

"용들이 고래를 잡아올지도 모르죠. 고래 한 마리면 한 달 정도는 너끈히 버틸 겁니다. 고래 고기만 계속 먹다 보면 곧 물리겠지만 말입니다."

로렌스가 대꾸했다.

"이 근방에서 잡히는 고래라면 긴수염고래 정도인데 워낙 커서 대형 용이라도 여기까지 가져오기 힘들어. 도중에 밑으로 떨어져 멀리 달아나버릴 거야."

그때 제리가 그들 쪽으로 달려오며 말했다.

"로렌스 대령님, 롤랜드 소위가 뵙고 싶답니다. 정신이 들었어요."

가엾은 에밀리 롤랜드는 다른 부상자들이 있는 곳에서 약간 떨어진 임시 침상에 누워 있었다. 경악스러울 정도로 심하게 다친 모습이었지만 로렌스는 놀란 얼굴을 하지 않으려고 마음을 다잡았다. 에밀리의 얼굴은 보라색으로 멍들었고 괴기스러울 정도로 퉁퉁 부어서 원래의 윤곽을 찾기 어려웠다. 코도 심하게 깨지고 비뚤어져 있었다. 선원의 장화에 차이면서 볼과 입가도 찢어졌는데 그 부분에 흉터가 남을까 봐 로렌스는 걱정스러웠지만 일부러 아무렇지 않게 말했다.

"어이, 롤랜드. 많이 아프진 않길 바란다."

"괜찮습니다, 대령님. 그런데 디마니가…… 제리한테 들으니까 디마니가 무사하다던데, 왜 다들 여기 계시는지……."

에밀리는 천천히 힘겹게 말을 했지만 입 안이 부어서 발음이 불분명했다.

그랜비가 옆에서 말했다.

"쿠링길레가 안달을 하면서 디마니를 저쪽 바위로 데려갔어. 디마니는 괜찮을 거니까 걱정 마, 롤랜드. 몸이 좀 나아지면 저쪽으로 가봐. 디마니가 악쓰는 소리를 들을 수 있을 거다."

"제 말은 왜 다들 야영지에 계시느냐는 겁니다. 디마니가 배 이야기를 안 했습니까?"

에밀리의 말에 로렌스가 물었다.

"배라니?"

로렌스는 마음이 들뜨면서도 낭패감을 느꼈다. 에밀리와 디마니가 아침에 목격한 배라면 지금쯤 꽤 멀리 가 있을 것이다. 어느 방향으로 갔는지도 짐작하기 어려울 만큼 멀리.

로렌스는 자신과 테메레르, 그랜비와 이스키에르카가 당장이라도 나선다면 각각 어느 방향으로 비행을 해야 그 배를 다시 찾을 수 있을지 머릿속으로 계산하며 물었다.

"여기서 얼마나 떨어진 곳이었는데?"

"섬 반대편이오. 깊게 들어간 만이었어요."

공중 탐사를 하고 돌아온 포싱이 보고를 하면서 구불구불한 좁은 물줄기를 모래사장에 그렸는데 아마 그곳을 말하는 듯했다. 섬 안쪽으로 깊숙이 들어간 물줄기라서 용들이 함께 걸어 들어가기는 힘든 지형이었다.

그랜비가 말했다.

"뭐, 그래도 배를 봤으니 다행이죠, 로렌스 대령님. 닻을 내린 배를 본 거냐, 롤랜드?"

"아뇨, 그게 아니라 난파선이에요."

로렌스는 하루라도 더 쉬게 해주고 싶었지만 에밀리가 괜찮다며 직접 길을 안내하겠다고 고집을 부렸다. 하는 수 없이 다음 날 아침 에밀리를 데리고 난파선이 있는 곳으로 출발하기로 했다. 에밀리가 "빠르면 빠를수록 좋습니다, 대령님."이라고 말하기도 했고, 공군들도 죽음의 폐허와 다름없는 해변 야영지를 어서 벗어나고 싶어 했다. 해풍이 불면서 시신을 태운 재와 연기가 끝없이 야영지로 흘러오고 있었다.

남은 식량을 옮기는 게 현실적으로 버거운 일이기는 하지만 부상자들만 많지 않았어도 어떻게든 들어 옮기고 바로 출발했을 것이다. 지난 밤 세 명이 추가로 세상을 떠났고 나머지 부상자들은 몸에 열이 나기 시작했다. 다들 배가 고팠고 몹시 목이 말랐다. 용들이 마실 수 있도록 자그마한 웅덩이를 파놓긴 했는데 개울마저 말라붙으려는지 물은 찔끔찔끔 흘러들 뿐이었다.

쿠링길레는 디마니가 시포한테서 물통을 받아올 수 있도록 하루에 한 번, 밤에만 해변으로 내려왔다. 체중이 26톤이나 나가는 대형 용이지만 나름대로 은밀하게 움직이려 애썼다.

"제 말은 들으려고도 안 해요."

디마니는 쿠링길레의 거대한 그림자 속에 서서 급하게 물을 들이켰다. 쿠링길레는 어깨의 가시돌기들을 바짝 세운 채 꼬리를 세차게 휘저으며 몸을 앞뒤로 흔들고 있었다. 갈증을 푼 디마니가 말을 이었다.

"제가 목이 너무 타서 기침을 해대니까 겨우 여기로 데려온 거예요. 한시도 저한테서 눈을 안 떼니까 바다로 들어가 이쪽 해안으로 헤엄쳐 올 수도 없어요. 그나저나 대령님, 저희가 배를 발견했는데요……."

그랜비가 말을 막았다.

"에밀리한테 얘기 들었어. 그러니까 쿠링길레를 자극해서 너를 더 멀리 데려가게 만들지 마. 지금도 상황이 좋지 않아. 에밀리가 너한테 숲으로 달아나라고 했을 때 왜 말을 안 들었지? 너도 그렇고 로렌스 대령님도 괜한 고집을 부려가지고."

그랜비는 화가 치미는 목소리로 덧붙였다.

"그런 상황에서 달아나지 않으면 어떤 일이 닥치는지 이번에 직접 겪어봤으니 확실히 알겠네."

"에밀리는……."

디마니의 물음에 로렌스가 담담하게 대답했다.

"에밀리는 이번에 중위로 진급했어. 큰 탈은 없어. 앞으로 상황이 나아지면 너희가 멋대로 야영지를 이탈한 문제에 대해 다시 논의할 거다."

디마니는 잠시 죄송해하는 표정을 지었다.

그랜비가 쿠링길레에게 말했다.

"이제 됐어, 쿠링길레. 디마니는 물을 다 마셨어. 다음에 디마니가 목이 마르다고 하면 경비병을 그쪽으로 보내줄 테니까 우리한테 소리쳐서 알리도록 해."

쿠링길레는 디마니를 재빨리 낚아채는 것으로 대답을 대신했으나, 그래도 한결 편해진 표정으로 바위에 내려앉았다. 한 시간 쯤 지나자 디마니를 발톱 안쪽에 붙잡아두는 대신 위로 올려 등에 앉을 수 있게 해주었다. 그러나 디마니의 표정은 썩 좋아지지 않았다. 차가운 파도가 쿠링길레의 궁둥이 쪽을 치면서 규칙적으로 올라오고 있어서 그 물거품 때문에 어깨를 움츠리고 있어야 했기 때문이다.

테메레르가 말했다.

"쿠링길레더러 여길 지켜보라고 하고 난파선을 보러 가는 건 도저히 안 되겠어. 마음이 안 놓여. 쿠링길레는 디마니한테만 몰입해 있잖아. 비난하는 건 아니지만 내 승무원들까지 신경 써서 지켜봐줄 것 같지 않아."

"더 이상은 내가 위험한 상황에 처할 것 같지 않으니까 너도 마음 편하게 가져."

로렌스는 이렇게 말하며 테메레르를 달랬다. 쿠링길레의 화풀이에서 살아남은 선원들은 기가 있는 대로 죽어 있었다.

"전에도 당신이 위험한 상황에 놓인 건 아닐 거라고 생각했던 적이 있었어. 그런데 나중에 알고 보니까 완전히 착각이었어. 내 생각과는 완전히 달랐어. 쿠링길레한테 죽임을 당한 선원이 서른 명 정도밖에 안 되잖아. 살아남은 선원들이 또 술을 빚어 마시면 어떻게 해. 저들이 난동을 부린 걸 당신은 순전히 술 때문이라고 여기고 싶겠지만 내 생각은 달라. 전에도 선원들이 술에 잔뜩 취한 걸 본 적이 있는데 그 선원들은 배에 불을 지르거나 당신을 납치하려 들지 않았어. 우리가 데리고 있는 저 선원들은 뭔가 달라."

로렌스의 생각도 같았다. 하지만 로렌스는 선원들이 이렇게 된 데는 자신의 탓도 있다고 여겼다. 그는 그 선원들에게 아무런 기대도 하지 않았고, 그들을 이해하려는 마음도 전혀 없었다. 그래서 선원들이 저 지경까지 간 게 아닌가 싶었다.

로렌스가 말했다.

"그래도 너희 셋 중에 하나는 먹이를 사냥해 와야 돼. 너랑 이스키에르카, 쿠링길레 모두 요즘 잘 먹지 못했잖아. 뭐라도 먹어야 이틀간 난파선까지 왕복할 수 있을 거 아니냐. 쿠링길레는 지금 디마니한테만 신경을 곤두세우느라 사냥을 나갈 것 같지 않으니 일단은 빼고 생각하자."

"그럼 이스키에르카가 사냥을 나갔다 오면 되겠네."

테메레르의 말에 이스키에르카가 고개를 꼿꼿이 세우며 받아쳤다.

"싫거든."

잠시 옥신각신하던 끝에 제비뽑기로 결정하기로 했다. 그랜비가 모래사장에 선을 긋고 테메레르가 그 위에 조약돌 한 줌을 뿌렸다. 테메레르에게는 조약돌이지만 사실은 바다 밑에서 건져 올린 바윗덩어리들로 사람 머리통만 한 크기였다. 숫자를 헤아려보니 이스키에르카 쪽으로 넘어간 돌의 수가 테메레르 쪽으로 넘어간 것보다 두 개 더 많았다.

사냥을 나갈 수밖에 없게 된 테메레르가 투덜거렸다.

"한 번 더 던지면 결과가 다르게 나올 수도 있는데."

그러자 이스키에르카가 냉큼 말했다.

"아무도 로렌스를 해치지 못하게 잘 지킬게. 달려들려고 하면 불을 확 뿜어버릴 거니까 걱정 말고 갔다 오셔. 알다시피 선원들은 너보다 나를 더 무서워하잖아."

사냥을 나서기 전에 테메레르는 우울해하며 로렌스에게 말했다.

"선원들이 왜 이스키에르카를 더 무서워하는지 모르겠어. 왜들 그러지. 내가 어떻게 해야 돼?"

"기분 나빠할 거 없어. 네가 간과한 게 있는데……."

로렌스는 멈칫했다. 그랜비가 들으면 사실이라서 더 상처를 받을 수 있는 말이었기 때문이다. 로렌스는 생각이 있는 사람이라면 끔찍한 해악을 끼칠 힘을 가진 데다가 성미까지 통제 불능인 이스키에르카를 더 두려워할 수밖에 없다는 말을 하려고 했었다. 그는 잠시 생각한 끝에 다시 입을 열었다.

"넌 그 말을 칭찬으로 들어야 돼. 두려움의 대상이 되기보다 진정한 존경의 대상이 되기가 더 어려운 법이거든. 잔인하게 굴면 누구든 두려워하겠지. 하지만 존경을 받으려면 위대한 업적을 쌓아야만 해."

테메레르는 결국 납득하고 사냥을 나갔다. 로렌스는 두려움보다 진정한 존경이 우위라는 말은 자신에게도 적용된다는 사실을 인정하지 않을 수 없었다. 사실 그는 그동안 선원들에게 존경받을 만한 상관이 아니었다. 술을 마시고 미쳐 날뛰는 건 선원들 사이에 흔한 일이니 특별히 죄라고도 할 수 없지만 그와 그랜비, 디마니를 인질로 잡으려 한 행위는 반란죄에 해당되었다. 그리고 평소 로렌스는 선원들의 반란은 장교들의 무능이 그 원인이라고 생각해왔다.

그러나 그랜비는 그렇게 생각하지 않는 듯했다.

"지금으로서는 선원들에게 별도로 조치를 취할 필요는 없겠습니다, 로렌스 대령님. 여기서 이러고 빈둥대는 것 말고 우리가 달리 할 수 있는 일도 없고 말이죠. 그건 그렇고, 선원들이 일을 많이 하고 있으니 우리보다는 음식과 물이 더 필요하겠습니다."

"그렇기는 하지. 돌이켜 생각해보면, 아무리 힘들어도 진작에 선원들의 해이한 기강을 바로잡았어야 했어. 그리고 심하게 게으른 데다 두려움으로 반광란 상태인 자들이 최악의 사태를 일으킬 수 있다는 것도 알았어야 했지. 저들 대부분은 자진해서 폭도가 된 게 아니라 그저 부화뇌동한 것뿐이야."

로렌스가 보기에 제대로 반란에 가담한 폭도는 열다섯 명뿐이었다. 그 열다섯 명은 아직 죽지 않고 살아 있었다. 핸즈는 얼리전스 호와 함께 바다에 수장되었어야 마땅한 자인데 멀쩡하게 살아남았다. 그러나 책임까지 면할 수는 없을 것이다. 로렌스는 핸즈를 비롯해 반란에 앞장섰던 자들을 용서하지 않을 생각이었다. 하지만 나머지 선원들에 대해서는 관대한 처분을 내릴 생각이었다. 핸즈를 비롯한 몇몇 선원들이 공군들을 공격했을 때 계속 모닥불 가에 남아 있다가 마지못해 일어선 자들은 폭도로 간주하지 않을 것이다.

로렌스는 포싱을 따로 불러 조용히 지시했다.

"포싱, 선원들 중에 견실하고 나이 많은 자들, 반란에 적극 가담하지 않은 자들을 열 명만 뽑아. 난파선을 보러 섬 안쪽에 들어갈 때 일꾼으로 데려갈 거다."

"하지만 대령님."

포싱은 내키지 않아 했지만 로렌스는 논쟁하고 싶은 기분이 아니었다. 포싱은 로렌스의 표정을 보고는 곧장 선원들 쪽으로 걸어갔다.

로렌스는 페리스를 야영지에 남겨두기로 과감하게 결단을 내린 후 믿을 만한 공군 세 명과 포싱이 선발한 일꾼들을 데리고 섬 안쪽으로 출발했다.

공군 세 명은 에밀리와 시포, 바즐리였다. 에밀리는 걸음을 뗄 때마다 고통스러워했지만 길을 안내해야 하니 데려가야 했고, 열한 살이 채 안 된 시포는 무슨 일이 생기면 야영지로 구조 요청을 보내기 위해 데려가기로 했다. 바즐리는 그랜비가 "페리스를 저와 함께 여기 두실 거면 도움이 될 만한 장교를 데려가셔야 합니다."라고 신신당부해서 끼워 넣었다.

포싱이 선발한 일꾼들 중에는 메이휴가 있었다. 메이휴는 다른 선원들이 왁자하게 노는 데 끼지 않았다. 그는 이 섬에서 빚은 그로그주가 담긴 코코넛 껍질을 받아들고는 다른 몇몇 선원들과 함께 야자나무 그늘에 앉아 있었다. 그렇게 모닥불 가의 패거리와 거리를 둔 덕분에 메이휴는 폭동죄를 면했고 쿠링길레의 분노에서도 살아남을 수 있었다. 로렌스는 메이휴를 크게 신뢰

하지는 않았지만 어느 정도는 쓸모가 있어 보였다.

포싱은 자질이 뛰어난 자가 아니라 나이가 많거나 얌전하고 멍청한 자들 위주로 일꾼들을 뽑았는데 꼬마 선원 배기도 그중 하나였다. 그 아이가 '배기'라고 불리는 이유는 여섯 살 때 타고 있던 배가 적도제(赤道祭)를 치르는 중에 저지른 일 때문이었다. 적도제의 가면극에서 넵튠의 부하인 뱃저백이 선체의 측면으로 기어 올라오자 배기는 진짜 뱃저백인 줄 알고 삭구에서 뱃저백을 향해 뛰어내렸다. 뱃저백 역할을 맡은 요리사가 난데없이 봉변을 당하자 나머지 선원들은 재미있어하면서 뱃저백의 이름을 따서 그에게 '배기'라는 이름을 붙여주었다. 지금 배기는 열네 살이었다. 포동포동하고 민첩한 아이였는데 지난 7주간 고난을 겪으며 막대기처럼 수척하게 여위어서 이제는 제 발에 걸려 넘어질 정도로 기운이 없었다. 배기는 붕대로 얼굴 절반을 가린 에밀리 롤랜드를 슬쩍슬쩍 볼 때마다 얼굴이 발그레해졌고, 에밀리의 얼굴을 제대로 쳐다보지도 못했다. 그러다 우연히 로렌스의 매서운 눈길과 마주치면 또 얼굴이 달아오르곤 했다.

해먼드가 주저하며 말했다.

"내가 도움이 될 수도 있으니……."

5년 전 길고 암울한 밤에 중국의 누각에서 포위 공격을 당했던 일이 떠올라 로렌스는 해먼드도 섬 안쪽으로 데려가기로 했다.

에밀리와 디마니가 말한 작은 만은 공중에서 접근하기 힘든 위치에 있었다. 용이 착륙할 수 있으려면 어느 정도의 공터가 필요한데 공터를 만들려면 주변의 덤불을 제거해야 했다. 아무렇게나 착륙했다간 난파선 잔해가 바다로 떠내려갈 수도 있었다. 하는 수 없이 그들은 전날 에밀리와 디마니가 갔던 길을 되짚어 가면서 덤불을 베어내며 육로로 이동하기로 했다. 그들은 정확한 목적지도 알지 못한 채 길이라 부를 수도 없는 구불구불한 덤불 사이를 계속 걸어갔다.

"저희는 밧줄을 만들 만한 재료를 찾으려고 같이 다닌 것뿐이에요."

에밀리가 부어오른 눈을 찡그려 뜨고 로렌스를 흘끗 쳐다보면서 말했다. 이 말이 어떻게 받아들여질지 확인하고 싶어 하는 눈치였다.

로렌스가 엄하게 말했다.

"네가 처신을 함부로 하고 다니면서 스스로 체면을 구겼으니, 이제 내가 나서서 디마니에게 신사로서의 의무를 다하라고 할 수밖에 없게 됐어. 그걸 노린 거면 계속 그러고 다니든가, 롤랜드 군. 아니, 롤랜드 양."

"무슨 의무요?"

어리둥절해하던 에밀리는 로렌스가 청혼의 의무라고 설명하자 다급히 말했다.

"디마니한테 그런 요구를 하실 필요는 없습니다. 디마니가 벌써 청혼했거든요. 열 번도 넘게. 하지만 소용없게 되었어요. 이유는 짐작하실 거예요. 전에는……."

끝이 심하게 뾰족한 가시덤불 앞에 이르자 에밀리는 얘기를 중단했다. 어제 에밀리와 디마니가 밑으로 지나갔던 바로 그 덤불이었다. 선원들이 가시덤불을 베어 치우는 동안 에밀리는 나무에 기대어 서서 우울한 목소리로 힘없이 말을 이었다.

"지금은 디마니도 자기 용이 생겼으니까 제 부하 장교로 둘 수도 없게 되었어요. 어머니가 은퇴하시면 제가 엑시디움의 비행사가 될 텐데, 엑시디움더러 오랜 세월 함께 해온 칸데오리스를 빼고 쿠링길레를 편대에 넣자는 말은 못 할 것 같아요. 해군본부가 그 자리에 쿠링길레를 꽂고 싶어 해도 엑시디움이 허락하지 않을 거고요."

리갈 코퍼 품종인 칸데오리스는 롱윙 품종인 엑시디움이 이끄는 편대의 일원으로 뒷줄 중앙의 방어를 담당하고 있었다.

"저희는 대령님과 어머니 사이 같진 않습니다."

에밀리의 이 말은 안 그래도 편치 않은 로렌스의 양심에 불붙은 석탄을 끼얹었다.

"어머니한테 제일 중요한 건 군 복무고 그다음이 엑시디움이라서 그 외에는 별로 신경을 안 쓰세요. 더는 남편 같은 걸 원하지도 않으시고요."

에밀리가 자세히 말하지는 않았지만 그 정도만으로도 짐작이 되어 로렌스는 마음이 편치 않았다.

"저는 일 년에 일주일도 보기 힘든 상황이면 아무리 좋아하는 사람이라도 결혼까지 하고 싶진 않아요. 결혼을 하면 얼굴도 자주 못 보면서 아내로서 질투할 권리나 얻는 건데 그게 무슨 소용이 있겠어요?"

로렌스는 무어라 대답해야 좋을지 난감했다. 해군 장교들과 그 가족들도 따로 살다시피 하는 게 일반적이지만 공군 장교들의 처지와는 비할 바가 못 되었다. 해군의 경우 부부 중 한 명만 해외로 나가고 나머지 한 명은 일정한 주거지에 머물면서 그곳을 집으로 삼을 수 있었다. 편지도 그럭저럭 원활하게 주고받을 수 있었다. 한 번에 수년씩 배를 타고 나가더라도 장기 휴가를 받으면 육지로 들어올 수 있으니 아내는 남편과 육지에서 일정 기간 같이 지낼 희망이라도 품을 수 있었다.

그러나 공군은 용을 건선거(큰 배를 만들거나 수리할 때 해안에 배가 출입할 수 있을 정도로 땅을 파서 만든 구조물―옮긴이)에 넣을 수도 없으니 장기 휴가는 꿈도 꿀 수 없었다. 에밀리의 말이 옳았다. 로렌스가 판단하기에도 쿠링길레는 단순히 편대장을 방어하는 역할에 머물 것 같지 않았다. 쿠링길레는 체중이 엄청나다는 장점 외에도 파르나소스 조상에게 물려받은 무시무시한 발톱, 체커드 네틀 조상에게 물려받은 가시돋이 박힌 꼬리까지 갖고 있었다. 어쨌든 영국 해군 당국은 디마니를 쿠링길레의 비행사로 받아들였다. 쿠링길레는 일개 편대원이 아닌 자신만의 편대를 이끌게 될 것이고 쿠링길레의 편대가 엑시디움과 함께 영국 해협에 배치될 가능성은 별로 없었다.

에밀리가 의기소침하게 말했다.

"소용없죠. 상부에선 쿠링길레를 지브롤터에 배치하고 싶어 할 거예요. 폐결핵을 앓은 후로 라에티피캇의 체중이 원래대로 돌아오지 않는다고 들었는데 아무래도 조만간 사육장으로 가게 되겠죠. 라에티피캇은 사육사들이 체중 20톤 이상의 또 다른 리

갈 코퍼를 길러낼 때까지만 지브롤터에서 버틸 겁니다."

드디어 덤불 사이로 길이 났다. 나무에 기대어 있던 에밀리는 힘겹게 몸을 바로 세웠다. 커튼처럼 늘어진 덤불들을 헤치고 통증 때문에 어깨를 움츠린 채 길을 안내하기 위해 앞으로 나섰다.

공터로 발을 내딛자마자 그들의 눈에 뒤쥐처럼 생긴 토실토실한 설치류가 들어왔다. 그 설치류는 밧줄로 만든 덫에 거꾸로 매달려 있었다. 어제 디마니가 놓은 덫인데 난파선을 발견하고 마음이 다급해진 디마니가 급히 야영지로 돌아오느라 잊어버린 듯했다. 지금 그들은 이런 설치류라도 마다할 처지가 아니었으므로 덫을 내리고 그 짐승을 챙겨 넣었다. 빽빽한 밀림에 가려 들리지 않던 파도 소리가 앞으로 걸어갈수록 점점 크게 들리기 시작했다. 숨 막히게 무성한 덩굴을 뒤로하고 해변으로 발을 디뎠다. 그리 상태가 좋아 보이지 않는 바위투성이 해변이었다. 두 아이가 어떻게 잔뜩 우거진 덩굴을 헤치고 이곳까지 탐색할 생각을 했는지 로렌스는 이해되지 않았다.

"저기입니다."

에밀리가 손으로 가리켰다. 좁은 모래사장에 놓인 하얀 뼈가 햇빛에 희미하게 빛나고 있었다. 바위 지대를 힘겹게 이동하자 넝마를 걸친 뼈들이 여기저기 흩어져 있었다. 새들이 뼈를 흩어놓은 것 같은데 손가락뼈와 발가락뼈는 거의 사라지고 없었다. 해골과 대퇴골 앞의 바위에는 "선량한 선원 배시와 조지가 이곳에 잠들었으니 신이시여 자비를 베푸소서."라는 글귀가 얕게 새겨져 있었다.

포싱이 선발한 일꾼 중 하나인 저긴스가 중얼거렸다.
"여기랑 아주 잘 어울리는 글이구먼."
다른 선원들도 저긴스처럼 나지막하게 투덜댔으나 무덤 옆을 지나 덤불을 들어 올리자 더는 구시렁대지 않았다. 덤불 너머에는 선체에 삐죽삐죽한 구멍이 뚫린 채 다 썩어가는 난파선이 그들을 기다리고 있었다.
해적선이었다. 일꾼들이 잡다한 물건들을 치우고 화물칸 안으로 빛이 들어가게 하자 로렌스는 발목 깊이의 물에 발을 담그고 그 안으로 들어갔다. 다양한 약탈물들이 흩어져 있고, 오래된 통들 주변에는 고래 기름이 떠다녔다. 뚜껑이 열린 선원용 사물함에 비단이 들어 있었는데 아마도 어느 운 없는 동인도 무역선을 턴 모양이었다. 로렌스는 그 물건들을 슬금슬금 찌르고 만져보는 일꾼들을 뒤로하고 화물칸 깊숙이 들어갔다. 다른 이들도 조심스럽게 발을 옮기며 로렌스를 따랐다.
포싱이 초록색 인광을 내는 썩은 기둥들을 쳐다보며 말했다.
"대령님, 바깥에서 기다리시는 편이……."
그러나 로렌스는 대답 대신 더 깊숙이 들어갔다. 이렇게 비좁은 선체에서 이동하려면 몸을 웅크리지 않으면 안 된다는 걸 그는 경험으로 알고 있었다. 화물칸 안쪽에 놓여 있을 물건들을 확인해야 했다. 그는 무언가를 덮고 있는 유포의 끄트머리를 잡아당겼다.
"아."
풀어서 다시 꼬아 만든, 성인 남자의 손목 굵기만 한 굵은 밧줄 더미가 건조하고 깨끗한 상태로 유포 뒤에 놓여 있었다.

물건들을 화물칸 밖으로 내가기가 쉽지 않았다. 승강 장치와 도르래가 있기는 한데 썩은 기둥에 설치되어 있어서 쓸 수 없었다. 파도가 끝없이 밀려왔다 쓸려나가면서 다리를 잡아당겨 한곳에 서 있기도 힘들었다. 넘어졌다가 나무 파편에 찔리는 사람이 한둘이 아니었다. 짐 하나에 네 명씩 들러붙어 화물칸 밖으로 내오는데 피 냄새를 맡은 상어 수십 마리가 깊은 물에서 선회하며 선체 안쪽을 흘끔거렸다.

"음, 상어들이 여기까지 왔네."

테메레르가 이렇게 말하며 상어를 한 번에 두 마리씩 잡아 머리를 위로 치켜들고 꿀꺽 삼켰다. 상어들은 회색 지느러미를 허우적대며 테메레르의 목구멍으로 들어갔다.

로렌스는 난파선을 발견하자마자 시포를 야영지로 보내 테메레르를 불러오게 했다. 처음부터 테메레르를 데려올 수가 없어서 일단 야영지에 대기시켰다. 난파선을 잘못 건드리면 부술 수도 있었기 때문이다. 시포에게 불려온 테메레르는 비좁은 해변에 착륙할 수가 없었다. 하는 수 없이 모래톱을 붙잡고 서서 사람들이 새로 발견한 보물을 다 꺼내오도록 기다려야 했다. 밧줄과 범포, 완전히 녹슬지 않은 칼 몇 개가 전부였지만 그들에게는 보물이었다.

해가 저물 때쯤 그들은 테메레르의 몸에 짐을 다 실었다. 밧줄 더미 하나를 풀어서 적당한 길이로 잘라 그물을 만든 후 나머지 물건들을 담고 테메레르의 몸에 걸었다. 시간이 오래 걸리고 고된 작업이었다. 다른 이들이 번갈아 칼을 잡고 그 일을 하는 동안 로렌스는 덩굴 사이를 내다보았다. 잘리고 남은 돛들이 보일 듯 말 듯했고, 그 아래 유리처럼 매끈한 바다 표면에는 저녁노을이 비치고 있었다.

배 여기저기에 덩굴이 자라고 있었지만 열두 살 때부터 삭구를 오르내린 로렌스에겐 문제가 되지 않았다. 그는 카펫처럼 넓게 깔린 이끼를 조심스럽게 밟고 갑판을 걸어갔다. 삐걱거리긴 했지만 무너져 내리진 않았다. 그는 타륜 뒤의 작은 선실로 향했다. 고물 쪽 창문 너머로 새 소리와 함께 천연 정원이 펼쳐져 있고 구불구불한 덩굴들이 유리가 떨어져나간 창문으로 들어와 있었다. 그 풍경을 보고 있자니 기분이 묘했다.

이 배는 얼마나 지독한 폭풍을 맞았기에 닻을 잃고 여기까지 밀려올라온 것일까. 이 배의 선장은 본인의 물건들을 화물칸 안으로 가져다놓을 시간도 없었던 듯했다. 썩고 남은 해먹이 바닥에 떨어져 있고, 구석에 서 있는 책상 위에는 《패니 힐》이라는 선정적인 소설이 놓여 있었다. 로렌스도 중위 시절 선실에서 그 책을 읽었던 터라 잔뜩 변색된 표지를 보고도 제목을 알 수 있었다. 그 옆 유포 더미를 풀어보니 구식 필체로 무어라 써놓은 해도 묶음이 들어 있었다. 글자들은 얼룩으로 변해 알아볼 수 없었으나 기형적인 환상산호도들의 위치는 온전히 남아 있었다. 그 환상산호도들은 아마도 해적들의 은신처였을 것이다. 식물들이 무성하게 자란 정원 길에 놓인 포장용 돌처럼 환상산호도들의 위치가 바다에 드문드문 표시되어 있었다. 이 섬에서 제일 먼 곳에 표시된 환상산호도는 육지의 해안에서 160킬로미터도 채 안 되는 곳에 있었다. 바로 잉카 제국의 해안이었다.

7

 이른 아침 로렌스는 테메레르의 등에서 뒤척이다 잠을 깼다. 변화가 생겼음을 어렴풋이 짐작할 수 있었다. 고개를 들어보니 저 앞 수평선에 들쭉날쭉한 윤곽이 보였다. 햇빛을 등지고 서 있는 거대한 안데스 산맥의 봉우리들이었다.

 로렌스 일행은 섬에서 섬으로 이동해가며 수백 킬로미터에 달하는 대양을 가로질러 여기까지 왔다. 로렌스와 해먼드는 테메레르의 흉갑 사슬에 밧줄로 몸을 고정한 후 등에 자리를 잡았고 밧줄과 방수포로 만든 그물에 선원들을 담아 테메레르의 배에 매달았다. 테메레르는 선원들을 몸에 싣는 걸 무척 꺼렸지만 어쩔 수 없었다. 쿠링길레는 디마니 외에는 아무도 몸에 태우려 하지 않았고, 이스키에르카는 신체 구조상 사람들을 많이 실을 수 없어서 공군들만 싣기로 했기 때문이다.

 테메레르가 날갯짓을 하면서 고개를 돌려 물었다.

 "깼어, 로렌스? 저 산맥까지는 아직 한참 가야 하는데 어디쯤 착륙하는 게 좋겠어? 저기 가면 물고기 말고 먹을 게 좀 있을까?"

로렌스가 망원경으로 보니 해안선에 거친 갈색 절벽이 늘어서 있고, 절벽 위는 북쪽을 향해 초록색으로 길게 뻗은 부분을 제외하면 사막처럼 척박한 평지였다.

로렌스는 테메레르에게 방향을 가리키며 말했다.

"저 초록색 부분이 아마 산에서 내려오는 강일 거야. 적어도 깨끗한 민물은 마실 수 있겠구나."

가까이 갈수록 좀 더 자세히 보였다. 강과 바다가 만나면서 절벽을 침식해 들어가는 구조였다. 바다로 접근하기가 제일 편한 강 하구에는 큰 어촌이 번창하고 있었다.

높고 가파른 초가지붕을 얹은 큰 집들이 여러 채, 매끈한 석판으로 지은 좀 더 큰 규모의 건물이 한 채 보였다. 동틀 녘인데도 포석이 깔린 넓은 길에는 오가는 이가 없었고, 크림색과 갈색의 점들로 보이는 양 떼가 이리저리 돌아다니며 풀을 뜯고 있었다.

테메레르는 당장이라도 한 입 먹고 싶은 눈빛으로 양 떼를 바라보며 해안을 향해 부지런히 날개를 움직였다.

"잉카 사람들이 우리를 인심 좋게 대해주면 좋을 텐데."

그러자 해먼드가 초조한 목소리로 말했다.

"명심해야 할 점이 있습니다, 로렌스 대령님. 테메레르, 너도 잘 들어. 내가 알기로 피사로와 그 부하들이 상륙한 곳이 바로 저 해안, 저 어촌입니다. 피사로 일행은 마을 사람들에게 자신들은 스페인 대사 자격으로 왔다고 했고 후한 대접을 받았습니다. 이곳에 온 백인이 우리가 처음이 아닌 만큼, 마을 사람들이 우리의 상륙 의도를 의심스럽게 볼 수도 있으니 신중에 신중을 기해야만 합니다……."

피사로가 이끈 스페인 정복자들의 역사에 대해서는 로렌스도 대강 알고 있었다. 어렸을 때 가정교사에게 배웠던 내용이 어렴풋이 기억났다. 가정교사는 로렌스와 그 형제들을 집중시키기 위해 피사로의 끔찍한 죽음을 즐겨 들려주었다. 로렌스의 부친이 도덕적인 교훈을 준다면서 그 이야기를 들려주어도 좋다고 허락하자 가정교사는 거리낌 없이 로렌스 형제들에게 그 이야기를 해주곤 했다.

로렌스가 덤덤하게 말했다.

"지금 우리 몰골이 말이 아니긴 합니다만, 강탈과 약탈을 위해 여기 오진 않았다는 걸 마을 사람들에게 증명해보일 수 있을 겁니다. 잉카의 족장을 만나더라도 그를 납치해서 살해할 생각이 없음을 보여줘야겠죠."

해먼드가 줄곧 초조해하며 대꾸했다.

"농담이면 그만하시지요. 현재 잉카가 외교 대사 교환을 비롯해 외지인과의 협상에 응할 준비가 되어 있다면, 그러니까 외지인의 말에 설득당할 수도 있는 상황이라면 프랑스인들이 이미 잉카 제국 안으로 진입했을 거라고 봅니다만……."

그에 대해 해먼드는 자세히 설명할 필요가 없었다. 엄청난 제국을 발견했음을 깨달은 피사로는 이곳의 잘 닦인 도로들, 풍부한 금과 은, 저장고마다 가득한 곡물들에 대해 정확하고 자세한 보고서를 작성해 본국으로 보냈다. 자신이 발견한 땅의 가치를 명확히 인식한 것이었다. 다만 잉카 용들이 제국 곳곳에 살고 있기는 하지만 총도 쓸 수 없으니 별 볼일 없는 야생 동물에 불과하다고 여긴 것이 피사로의 유일한 실수였다. 피사로가 인질을 살해하자 인질 때문에 나서지 못하던 잉카 용들이 신속하고 광포한 공격으로 피사로를 응징했다.

피사로의 실패 이후 200년간 잉카 제국은 군대와 국가의 힘을 기르며 더욱 강건해졌다. 이런 시기에 프랑스가 잉카와 동맹을 맺는다면 유럽에서 진행 중인 전쟁의 형세가 바뀔 것이다.

해먼드가 말했다.

"우리 임무가 처음 일정보다 늦어지기는 했지만 오히려 그 덕분에 프랑스와 잉카의 협상에 개입할 기회를 얻었으니 천우신조가 아닐 수 없습니다. 일정이 이렇게 지연되지 않았으면 이런 정보를 얻지 못했을 것이고 대처도 못했겠지요. 대단한 행운입니다."

로렌스는 얼리전스 호를 잃고 프랑스의 포로가 되어 무인도에 고립되었던 일을 대단한 행운이라 부르고 싶지 않았다. 하지만 어차피 이렇게 된 바에야 영국이 프랑스를 제치고 잉카와 우호적인 관계를 맺을 수 있게 노력해야 한다는 점에는 동의했다. 그러나 마을 사람들이 알아채지 못하게 은밀히 접근하자는 제안만은 받아들일 수 없었다.

"아무리 저들의 의심을 사지 않기 위해서라고 해도 몰래 해안을 지나 허락도 없이 저들의 물을 마시고 고기를 취하는 짓은 할 수 없습니다. 물과 고기를 당장 섭취하지 않으면 안 되는 상황이기는 하지만 주인에게 먼저 요청을 하고 손님으로 대접을 받는 편이 낫습니다."

그러자 해먼드가 침울한 표정으로 반박했다.

"아무리 점잖게 요청한다고 해도 용 세 마리를 끌고 마을로 들이닥친 우리를 저들이 과연 환대해줄까요?"

그러나 다른 대안은 없었다. 해적들의 해도에 표시된 점들이 로렌스 일행을 엉뚱한 곳으로 이끌지는 않았지만 그 점들은 실제로 상륙해보니 섬이라고 부를 수도 없을 만큼 작았고 안전하지도 않았다. 코코넛과 돼지고기 몇 자루로 연명하며 이 섬에서 저 섬으로 2주간 이동해 여기까지 오다 보니 손님 대접을 받지 않으면 안 되는 상황이지만 이곳 주민들 앞에 당당히 손님으로 나설 만한 몰골은 아니었다. 면도를 못해 수염이 얼굴을 지저분하게 뒤덮은 데다 볼은 움푹 파였고 옷은 누더기에 장화는 죄다 갈라졌다. 허기와 갈증으로 죽기 직전인 거지 떼와 다름없는 꼬락서니였다.

테메레르가 말했다.

"난 아무것도 안 훔칠 거야. 쿠링길레와 이스키에르카한테도 도둑질하지 말라고 미리 말해둘게. 그런데 저 양들, 토실토실하고 정말 맛있게 생겼어. 한두 마리쯤, 아니 세 마리쯤은 우리한테 먹으라고 내주겠지. 마을 사람들이 대가를 바라면 저기 바다로 무너져 내린 벽을 다시 세워주면 될 거야. 아니면 우리가 먼저 벽 공사를 해주면 고맙다면서 음식을 대접해줄지도 몰라."

로렌스는 공중에서 망원경으로 그 건물의 상태를 살폈다. 방파벽에 둘러싸인 거대한 석조 건물은 폭넓은 계단식의 야트막한 피라미드였다. 방파벽의 일부가 무너져서 밀려오는 파도를 줄기차게 맞고 있었다.

해먼드도 망원경을 들여다보며 "어딘데요? 아, 음, 저긴가…… 아닌데, 저건 집이고…….''라고 중얼거렸다. 그는 못 찾겠는지 포기하고는 로렌스에게 망원경을 도로 건넸다.

"우릴 편하게 받아들이도록 주민들을 잘 달래는 것 말고는 방법이 없겠습니다."

용 세 마리가 한꺼번에 마을로 들이닥치면 거부감을 줄 수 있으므로 그들은 이스키에르카와 쿠링길레에게 신호를 보내 마을 남쪽에 착륙하게 했다.

해안으로 접근하면서 로렌스가 테메레르에게 물었다.

"보트들을 건드리지 않고 저 해안에 착륙할 수 있겠어?"

작은 배 몇 척이 모래사장 위쪽에 정박되어 있었다. 이 정도 규모의 마을이라면 배가 훨씬 많을 텐데 대부분 출항을 나갔는지 몇 척 남아 있지 않았다.

테메레르가 대답했다.

"배가 별로 없는 걸 보면 마을에 사람이 별로 없을 것 같아. 우리가 적이 아니라고, 예전에 여기 왔던 정복자들과는 다르다고 설득하기도 좀 더 수월하겠어. 운이 좋은 건가? 아주 조심해서 착륙할게."

테메레르는 대형 뗏목에 약간의 손상을 입힌 것 외에는 별 문제 없이 착륙했다. 그 뗏목은 테메레르의 날갯짓에 훌쩍 떠올랐다가 바닷물에 툭 떨어졌는데, 테메레르는 얼른 한쪽 발톱으로 그 뗏목을 잡아서 모래사장 위로 끌어다놓았다. 그 와중에 뗏목 일부가 살짝 파였지만 크게 망가지진 않았다.

그러나 마을 사람들 중에 모래사장으로 내려와 보는 이는 아무도 없었다. 로렌스 일행을 환영하는 이도, 놀라 비명을 지르는 이도 없었다. 그물에 들어 있는 선원들이 어서 풀어달라며 아우성치는 소리만 들릴 뿐이었다.

로렌스가 말했다.

"마을이 왜 이렇게 조용하지? 주인에게 손님으로서 인사도 하기 전에 늑대들을 풀어놓게 생겼군. 마을에 인사를 하러 갈 건데 두렵지 않은 자들만 따라오고, 나머지는 여기서 기다리도록."

로렌스는 테메레르의 흉갑에 묶어놓았던 밧줄을 풀어 옆구리 너머로 던졌다. 그는 한 손으로 밧줄을, 다른 손으로 해먼드의 팔꿈치를 잡고 테메레르의 옆구리를 따라 지상으로 내려왔다.

배기가 반쯤 갈라진 목소리를 바르르 떨며 소리쳤다.

"저도 가겠습니다."

로렌스는 배기 외에 메이휴도 데려가기로 했다. 메이휴는 마땅찮은 듯 투덜댔지만 목청을 높인 것도 아니고 그저 구시렁대는 수준이어서 로렌스는 못 들은 체했다. 로렌스는 메이휴가 원하든 원하지 않든 조만간 다른 선원들보다 한 계급 높여줄 생각이었다. 호기심 때문인지, 걸으면서 스트레칭이나 할 생각인지 몰라도 선원 몇 명이 더 지원했다.

테메레르는 우울한 표정이었다.

"당신이 마을을 돌아다니는 동안 나더러 여기 있으라는 건 말도 안 돼. 해먼드 씨는 예외로 하더라도 나보다 케추아어를 더 잘하는 사람도 없잖아. 해먼드 씨의 기분을 상하게 하려고 하는 말은 아니지만 솔직히 내 억양이 해먼드 씨의 억양보다 더 정확한 게 사실이고 말이야."

언덕 위의 의례용 건물을 빼면 마을의 주택들은 테메레르보다 작았다. 길도 그리 넓지 않아서 테메레르를 데리고 돌아다니기는 무리였다.

"마을 사람들이 너를 못 봤을 리 없어. 네가 여기 있더라도 함부로 우리한테 덤벼들진 못할 거야. 별로 위험할 것도 없어."

마을 안쪽으로 걸어가며 해먼드가 나직하게 물었다.

"내 케추아어 억양이 이상합니까?"

아무래도 이 마을은 사람이 사는 곳 같지 않았다. 테메레르가 해안에서 지켜보는 가운데 로렌스 일행은 야트막한 모래 언덕을 넘어 마을로 들어갔다. 제일 처음 눈에 들어온 집으로 다가갔으나 아무 반응이 없었다.

"계십니까."

로렌스가 소리쳤지만 대답이 돌아오지 않았다. 그런데 애완견과 쥐의 교배종처럼 생긴 토실토실한 짐승이 갑자기 문밖으로 코를 내밀었다. 그 짐승은 낯을 가리지 않고 뒤뚱거리며 로렌스 일행에게 다가왔다.

"기니피그로군요."

해먼드가 그 짐승을 잡아 올리며 말했다. 기니피그는 저항 없이 호기심을 보이며 코를 킁킁거렸다.

배기는 "맛있게 생겼어요."라고 말하면서 테메레르가 양을 바라볼 때처럼 군침이 흐르는 눈빛으로 기니피그를 바라보았다. 그러다 얼른 덧붙였다.

"아니, 뭐, 제 말은 그러니까, 마을 사람들이 먹으라고 준다면 굳이 거절하지는 않겠다는 뜻이에요."

해먼드가 로렌스에게 물었다.

"우리 눈에 띌 새도 없이 마을 주민들이 전부 도망을 쳤다고 보십니까? 멀리서 우리가 오고 있는 걸…… 랜턴 빛을 보고 알아차린 걸까요?"

"아뇨. 마을을 비운 지 좀 된 것 같습니다."

요리를 하려고 불을 피웠다가 급하게 끈 흔적도 없고, 거리에는 잡초도 꽤 자라 있었다.

"사람들이 이렇게 번창한 마을을 버리고 떠났다는 게 믿기지 않는군요. 양 떼도 남아 있고 해안에 보트들도 있던데……"

로렌스는 기니피그가 머리를 내밀었던 집 문간으로 걸어가 집 안을 들여다보았다. 바닥에 깔린 요 몇 장에 담요가 덮여 있고 사람은 없었다. 그 외에 요리용 흙 항아리 몇 개, 병 하나가 놓여 있었다. 허리를 굽히고 병에 코를 가까이 대자 진한 술 냄새가 풍겼다. 얼마 전까지도 사람이 살다가 잠시 비워놓은 듯, 약간 어수선한 분위기였다. 집 바깥의 나무 선반에는 알이 단단히 박힌 옥수수들이 얇은 겉껍질에 싸인 채 햇볕에 자연 건조되고 있었다. 새들이 일부 쪼아 먹기는 했지만 알을 완전히 훑어가지는 않았다. 해먼드는 그 옥수수의 품종이 '메이즈'라고 했다.

로렌스 일행은 길 위쪽의 계단식 피라미드로 향했다. 피라미드 주변의 길 양옆은 흙이 온통 파헤쳐져 있었다. 정돈되지 않은 채 아무렇게나 쌓인 흙무더기에는 잡초 몇 가닥이 자라고 있었다. 로렌스는 시커멓게 입을 벌린 피라미드 입구에서 잠시 멈춰 섰다가 안으로 들어갔다. 피라미드 내부에는 햇빛이 전혀 닿지 않아서 잠시 후에야 눈이 어둠에 적응했다.

내부를 확인한 로렌스는 망토로 입을 막고 서둘러 뒷걸음치며 말했다.

"모두 해안으로 돌아가. 그 기니피그를 내려놔요, 해먼드 대사님. 당장 테메레르가 있는 곳으로 돌아가야 합니다. 모두들 길에서 벗어나거나 주변의 집으로 들어가지 마."

선원들이 해안으로 발걸음을 돌리자 해먼드가 물었다.

"뭐죠? 뭡니까, 대령님?"

"전염병입니다, 전염병. 마을 사람들은 모두 죽었어요."

테메레르는 마을 사람들의 죽음이 안타까웠으나 눈치 볼 필요 없이 양을 마음껏 먹을 수 있게 된 점은 좋았다. 엄밀히 따지면 양이 아니라 몸집이 좀 더 크고 목이 길며 사슴고기 비슷한 맛이 나는 짐승으로 해먼드는 그걸 '야마'라고 불렀다. 테메레르는 거리낌 없이 야마들을 먹어치웠다. 생선도 양적으로 질적으로 좋았지만, 여기까지 오는 동안 줄곧 먹다 보니 신물이 나 있었다. 요리법을 다양하게 할 수가 없으니 더욱 먹을 맛이 나지 않았고, 이곳 해안에 상륙하기 전, 끝에서 두 번째 섬에서 바다사

자들을 실컷 먹었더니 바다에서 나는 것이라면 당분간 입에 대고 싶지 않았다.

테메레르가 야마 뼈를 깨끗이 뜯어먹으며 꿍쑤에게 말했다.

"몇 마리는 내일 스튜로 만들어줘. 그 메이즈 옥수수도 좀 먹고 싶은데, 옥수수 이름이 메이즈 맞죠, 해먼드 씨? 냄새가 정말 좋네요."

사람들이 기니피그 십여 마리와 함께 옥수수들을 잔뜩 불에 굽고 있어서 맛있는 냄새가 풍겨왔다.

그들은 마을 변두리에 있는 큰 창고에서 감자도 꺼내왔는데 감자는 특이하게도 진한 보라색이었다. 창고에는 먹을 것 말고도 여러 물건들이 보관되어 있었다. 손으로 짠 담요, 샌들, 용도를 알 수 없는 청동기들. 끝에 칼날이 달린 기다란 나무 손잡이도 있었는데 무기 같지는 않았다. 그랜비가 그것을 손에 쥐고 이리저리 살펴보다가 말했다.

"농기구 같은데."

창고의 대부분을 채우고 있는 것은 생선이었다. 말린 생선, 소금에 절인 생선, 그밖에 여러 방식으로 저장된 생선, 생선, 생선. 세산해보면 지금 용들이 먹고 남은 야마로는 얼마 버틸 수 없을 듯했다.

식사를 마친 이스키에르카가 남아 있는 야마들을 둘러보며 말했다.

"다른 마을로 가보는 게 좋겠어. 이걸로는 오래 못 버텨. 생선은 생각만 해도 지긋지긋해."

다들 달리 머물 곳을 찾을 수만 있다면 당장이라도 옮겨가고 싶은 심정이었다.

그랜비가 용들에게 말했다.

"너희 셋이 주변을 살펴보고 와. 전염병이 휩쓸고 간 이 마을로 누가 들어올 리도 없고, 마을에 사람이 남아 있어서 우리가 자기네 음식에 손을 댄 걸 항의한다고 해도 몇 명 안 될 테니 우리끼리 해결할 수 있어. 돌아다니다가 이 지역에 사는 용들을 만날 수도 있으니까 너희끼리 나가서 보고 오는 게 나아."

쿠링길레가 내키지 않아하며 말했다.

"디마니를 선원들과 같이 여기 두고서는 아무 데도 안 가."

그러자 디마니가 받아쳤다.

"난 여기 안 있어. 사냥 갈 거야. 넌 주변에 우리가 머물 만한 다른 마을이 있는지나 보고 와. 내가 어린애도 아니고 항상 보살핌을 받을 필요는 없어."

그러고는 성큼성큼 사냥을 가버렸다. 풀 죽은 쿠링길레의 모습에 테메레르는 디마니가 좀 심하지 않았나 싶었지만, 그랜비의 말도 일리가 있었다. 테메레르는 생각 끝에 쿠링길레를 달랬다.

"여기 사는 낯선 용들과 처음 맞닥뜨릴 수도 있는데 그런 자리에 디마니를 데리고 가는 건 안전하지 않아."

이 말은 자신을 달래기 위한 것이기도 했다. 테메레르도 아프리카에서 있었던 일이 자꾸만 떠올라 로렌스를 데리고 가고 싶은 심정이었다. 아프리카에서 테메레르는 로렌스가 안전하리라 믿고 하루 꼬박 비행해서 케이프타운에 다녀왔는데 돌아와 보니 로렌스는 츠와나 족에게 납치되어 사라지고 없었다.

"우린 그리 멀리 가지 않을 거야, 쿠링길레."

테메레르의 이 말은 사실이었다. 실제로 마을을 나서보니 광범위하게 탐색을 다닐 필요도 없었다. 강을 가운데 두고 양옆은 좁게 펼쳐진 푸른 벌판이고 그 너머는 흙먼지가 풀풀 나는 황야였다. 강줄기를 따라가면서 그 주변을 살피기만 하면 되었다. 마침내 길처럼 보이는 곳이 테메레르의 눈에 띄었다. 용들이 다니라고 만든 길이 아니라 좁은 오솔길에 불과해서 곧바로 알아차리진 못했는데, 길 양옆에 인공적으로 줄을 맞춰 심어놓은 나무들을 보고 그게 길임을 알 수 있었다. 강을 가로질러 남북으로 뻗어 있는 그 길을 놓고 논쟁이 벌어졌다. 이스키에르카는 강에서 멀어지더라도 길을 따라 이동하자고 주장했다.

"사람들이 닦아놓은 길이니까 사람들이 다니겠지. 사람들을 찾으면 야마도 더 찾을 수 있고 야마 말고 다른 짐승을 찾을 수도 있을 거야."

테메레르는 그렇게 생각하지 않았다.

"이곳 주민이 아니라 여행자들이면 어떡하고? 먹을 수 있는 짐승이 아니라 타고 다닐 수 있는 말 같은 거나 데리고 다닐걸. 멀리 갈 것도 아닌데 강을 벗어나 황야로 가는 건 좋은 생각이 아니야. 강줄기를 따라 이동하면서 강 주변에 거주하는 사람들을 찾는 게 나아."

"강 주변에 사는 사람들이면 물고기나 먹고 살 거 아냐."

이스키에르카가 투덜대며 말을 맺었다.

상류를 향해 날아갈수록 강 주변의 푸른 들판이 점점 넓어졌다. 쿠링길레는 날개의 그림자 길이로 일몰이 얼마나 가까워졌는지를 줄기차게 가늠하면서 그만 마을로 돌아가고 싶어 했다. 안달복달하는 게 가여워서 테메레르가 먼저 돌아가라고 하자 쿠링길레는 나지막하게 말했다.

　"안 돼. 나 혼자 먼저 돌아가면 디마니는 자기를 챙기러 온 줄 알아챌 거야. 디마니가 원하는 일이 아니야."

　"우리 흩어져서 주변을 살펴보자. 그럼 좀 더 넓은 지역을 빠른 시간 내에 볼 수 있을 거야. 뭐든 발견하면 그때 같이 돌아가기로 하자."

　쿠링길레의 표정이 밝아졌다. 이스키에르카도 짜증스러운 말을 내뱉지 않았다. 그들은 한 시간 안에 다시 만나기로 하고 흩어졌다.

　한 시간이 거의 다 되었을 무렵까지도 별다른 것을 발견하지 못한 테메레르는 그만 포기하고 다른 용들과 합류하기 위해 강 쪽으로 방향을 돌렸다. 그러다 우연히 인공적인 구조물을 보았다. 강물을 북쪽으로 끌어가기 위해 만든 수로였다. 정확히 무슨 용도인지는 알 수 없지만 계획적으로 건설된 것이 분명했다. 테메레르는 그 수로를 따라가 보기로 했다. 몇 분 정도 날아가자 넓은 밭이 나왔다. 초록색과 노란색 깃털을 가진 작은 용이 이상한 장치를 밭에 박고 잡아끌면서 힘겹게 일을 하고 있었.

　마을에서 보았던 괴상한 청동기 여섯 개를 하나로 연결한 장치였다. 작은 용은 그 장치에 묶인 밧줄을 어깨에 메고 끌고 있었다. 그 장치에 붙은 칼날들이 흙을 부수면 몇몇 남녀가 그 뒤를 따라가면서 흙을 뒤집었다.

테메레르는 밭 주변의 나무들 위에서 맴돌았다. 모두 흙을 뒤집는 데 집중해서 하늘을 올려다볼 생각도 하지 않자 테메레르는 직접 내려가 인사하기로 했다. 테메레르가 지상으로 내려오자 그제야 고개를 든 작은 용이 공포에 찬 비명을 내지르며 테메레르의 머리를 향해 청동 쟁기를 던졌다.

"앗!"

테메레르가 움찔하며 뒤로 물러섰으나 쟁기가 가슴과 머리를 때렸다.

"내 몸집의 8분의 1도 안 되는 놈이 도대체 어쩌자고 이런 짓을……."

그러나 작은 용은 테메레르가 말을 끝낼 때까지 기다리지 않았다. 용은 함께 밭을 갈던 사람들을 발톱으로 와락 움켜잡고 곧장 날아올랐다.

"어우!"

테메레르는 화가 나서 고함을 지르며 그 용을 쫓아갔다. 더욱 속도를 높이던 낯선 용은 햇빛을 받아 황금색으로 빛나는 쿠링길레가 나무들 위쪽으로 날아오자 공중에서 날갯짓을 멈추었다.

"수페이 아니면 수페이의 수하인 줄 알았습니다."

작은 용이 쿠링길레에게 시선을 고정한 채 넋이 나간 듯 주절거렸다. 작은 용의 이름은 '팔타'라고 했다. 하지만 수페이가 누구인지 테메레르는 알 수가 없었다. 지하에 사는 괴생물을 지칭하는 명칭 같기도 했다.

테메레르가 말했다.

"어째서 그렇게 생각했는지 모르겠네. 나를 용이 아니라 버닙 같은 걸로 잘못 봤다는 거잖아. 터무니없는 소릴 하고 있어."

작은 용은 몸집이 두 배로 보이도록 깃털을 흔들어 폈다.

"무례하게 굴려는 건 아니고, 다만 그쪽의 몸통이 불에 탄 것처럼 온통 새까맣고 깃털도 없이 쪼글쪼글한 것 같아서요. 그래서 잘못 본 거니까 영 터무니없는 소리는 아닙니다."

무례한 말이었다. 테메레르가 한마디 하려는데 이스키에르카가 지상으로 내려오며 물었다.

"여기서 왜 빈둥대고 있어? 다른 마을이라도 찾은 거야?"

이스키에르카가 팔타를 보더니 물었다.

"이 근처에 먹을 게 있어?"

당연히 팔타는 이스키에르카의 말을 알아듣지 못했다. 수증기에 에워싸인 이스키에르카가 머리를 불쑥 내밀고 묻자 팔타는 깜짝 놀라 뒷걸음쳤다. 테메레르가 이스키에르카의 질문을 케추아어로 바꿔 물었고, 팔타는 떨리는 목소리로 대답했다.

"제 어부들이 생선을 꽤 많이 잡았는데요……."

테메레르를 통해 그 뜻을 전해 들은 이스키에르카가 조급하게 말했다.

"생선이라는데 더 들을 게 뭐 있어? 마을로 그만 돌아가자. 차라리 이 사람한테 들을 게 더 많을 거야."

"이 사람이라니?"

그제야 테메레르는 이스키에르카가 사람을 한 명 데려왔음을 알아챘다. 이스키에르카가 돌아다니다가 잡아온 게 분명한, 백발이 성성한 노인이었다. 깊게 주름지고 햇볕에 갈색으로 그을린 피부, 온통 얽은 얼굴. 같이 가겠냐고 묻지도 않고 잡아온 것이리라.

테메레르가 나무랐으나 이스키에르카는 당당했다.

"내가 이쪽 말을 모르는데 어떻게 물어봐? 내가 뭐 이 사람한테 해를 끼치려고 한 것도 아니고. 어디 가면 좀 더 괜찮은 먹을거릴 찾을 수 있는지 물어본 다음에 발견했던 장소에 도로 데려다놓으면 돼. 저 뒤쪽 어딘가에서 발견했거든."

테메레르가 생각하기로는, 노인에게 함께 가겠냐고 물어보는 게 순서였고 가급적 데려오지 않는 편이 나았다.

"발견한 장소가 어딘지 기억도 못하면서."

테메레르가 이렇게 중얼거리고는 팔타에게 물었다.

"혹시 네가 아는 사람이야?"

"아뇨. 제 사람은 아닙니다. 미리 말해두지만 여러분에게 제 사람을 한 명도 내줄 수가 없습니다. 억지로 잡아가려고 하면……."

팔타는 테메레르 일행과 눈을 휘둥그레 뜬 몇몇 사람들 사이를 막아섰다.

테메레르가 말했다.

"아, 그만해. 우리가 그 사람들을 데려다가 뭐하게? 우린 너희를 포로로 잡으려는 게 아니야. 이곳이 어디인지, 어디로 가야

브라질로 갈 수 있는지만 알면 돼. 우린 도둑이 아니야."

이 말을 하면서 테메레르는 멈칫했다. 이스키에르카가 무단으로 노인을 잡아왔으니 도둑이 아니라는 말은 이미 설득력이 없었다.

"물론 여기 있는 이스키에르카의 행동은 예외로 봐야 돼. 몇 가지 질문만 하고 이 사람을 원래 있던 곳으로 데려다줄 거라고 하니까."

테메레르는 거북하게 말을 맺었다.

팔타는 납득이 안 되는 표정이었으나 한 가지 조건 하에 테메레르 일행과 함께 해안 마을로 같이 가주기로 했다. 그 조건이란, 자신이 데리고 있는 사람들을 먼저 집으로 돌려보내 달라는 것이었고, 테메레르는 기꺼이 받아들였다. 팔타는 테메레르 일행에게 그 자리에서 꼼짝 말고 기다리라고 한 후 자기 사람들을 숲으로 들어가게 했다. 그렇게 하면 그 사람들이 어느 방향으로 가는지 테메레르가 못 볼 거라고 여기는 듯했다. 사람들의 발소리가 완전히 들리지 않게 된 후에도 팔타는 테메레르 일행을 조금 더 그 자리에서 기다리게 한 후 출발했다. 팔타는 누구 하나 앞서 나가지 말고 넷이서 나란히 비행해야 한다고 주장했다. 하지만 쿠링길레의 속도가 그들보다 느린 편이라 불편했고 테메레르가 조금씩 앞으로 나설 때도 있었다.

선원들이 창고에서 꺼내온 물건들로 만든 임시 야영지가 저 앞에 보였다. 마을에서 약간 떨어진 강 상류 쪽이었다. 나무에 기대어 세워놓은 지붕과 천막들, 요리를 위해 피워놓은 모닥불이 보이자 테메레르는 기분이 좋아졌다. 용들은 선원들이 〈스페인 아가씨들〉이라는 노래를 한창 부르는 와중에 지상으로 내려갔다.

야영지를 둘러보던 팔타가 감탄하며 쿠링길레에게 물었다.

"아, 아. 엄청 많네요! 이 사람들 전부 당신 건가요?"

그러나 말을 알아듣지 못하는 쿠링길레는 대답할 수 없었다. 테메레르가 콧방귀를 뀌며 대신 대답했다.

"우리 거야. 저 선원들은 빼고. 물에 빠뜨려 죽일 수 없어서 하는 수 없이 데려왔어. 저놈들은 그 점에 감사해야 마땅한데 고마운 줄도 몰라."

그러고는 고개를 돌려 로렌스에게 말했다.

"로렌스, 이 용의 이름은 팔타야. 저 노인의 이름은 타루카인데 이스키에르카가 데려왔어. 함께 가겠냐고 물어보지도 않고 잡아왔대."

선원들은 마을에서 약간 떨어진 강 상류 쪽에 야영지를 만들었다. 언덕 위의 사원이 야영지로 길게 그림자를 드리우고 있었다. 선원들은 목소리를 낮추고 두런두런 얘기를 나누며 야영지 안을 돌아다닐 뿐, 물건을 훔치러 몰래 마을로 돌아가려 하지는 않았다. 로렌스는 피라미드 안의 광경에 대해 자세히 말하지 않았다. 심지어 그랜비에게도 말하지 않았다. 납골당과 다름없는 피라미드는 내벽이 온통 금박으로 장식되어 있었고 시체들을 떠받든 채 고요히 썩어가는 요 위에는 은그릇들이 놓여 있었다.

피라미드 대신 마을 창고가 비교적 온건한 탐욕의 배출구가 되었다. 로렌스는 창고 안에 보관된 맥주들을 병째로 꺼내 선원들에게 나눠주라고 포싱에게 지시했다. 마을 여기저기를 쑤시고 다니게 하느니 술에 취해 나른하게 뻗어 있게 하는 편이 나았다. 로렌스는 선원들이 엄청난 보물을 앞에 두고 자제력을 발휘하리라는 착각 따위 하지 않았다.

다행히 용들도 오래 나가 있지 않고 돌아왔다. 경악스럽게도 타루카라는 노인을 데려오기는 했지만. 이스키에르카는 잘못된 행동을 했음에도 뉘우치지 않았고 그 노인을 어디서 잡아왔는지도 정확히 기억하지 못했다.

"혼자 있었단 말이야. 오래된 빈 집 근처에서 햇빛을 받으면서 앉아 있더라고. 내가 착륙해서 집어 드는데도 도망치려고 하지 않았어."

이스키에르카의 변명에 그랜비는 절망했다.

"아, 맙소사. 당연히 그랬겠지, 이 정신 나간 녀석아. 저 노인은 앞을 전혀 못 보잖아."

타루카의 얼굴은 얽은 자국투성이였는데 대부분의 상처가 눈 주변에 몰려 있었다. 납치당한 일에 대해서도 놀랐다기보다는 체념한 듯 보였다. 타루카는 기꺼이 사과를 받아주었고 로렌스 일행과 점심을 함께 먹었으며 창고에서 훔쳐낸 맥주도 한잔했다. 이 마을에 저장해둔 물품들을 꺼내 대접하고 있음을 알 텐데도 타루카는 별다른 말 없이 점잖게 맥주를 받아 마시며 말했다.

"고맙습니다. 시원하군요. 그런데 파도 소리가 들리네요. 혹시 여기 키탈렌 마을입니까? 여기 있으면 안 됩니다. 족장님들이 건강에 해로운 공기가 남아 있는 장소에는 사람들의 출입을 금하고 있습니다."

해먼드가 타루카의 말을 통역해서 전한 후 덧붙여 말했다.

"내가 제대로 들은 거라면 전염병이 이곳을 휩쓴 지 3개월이 채 되지 않았답니다. 전염병이 돌고 한 달이 지나서 다시 열병이 돌았는데 그게 더 심각했다는군요."

페리스가 말했다.

"열병이라는 게 홍역을 말하는 걸까요?"

그랜비가 거들었다.

"홍역이라면 어지간한 전염병 못지않죠. 지금도 이곳 공기는 오염되어 있을 겁니다. 이 노인이 홍역과 전염병에 대한 얘기를 누구한테 들었는지는 몰라도 두 가지 병이 연달아 마을을 공격했군요. 노인의 얼굴을 보아하니 천연두까지 돈 것 같습니다. 집이 어디인지 물어봐주십시오, 해먼드 대사님."

해먼드의 케추아어가 불완전하다 보니 의사소통이 쉽지 않았다. 해먼드의 질문에 타루카는 당황스러워하는 표정이었다. 옆에서 귀 기울여 듣고 있던 팔타가 테메레르를 슬쩍 곁눈질로 올려다보더니 제안했다.

"이 사람을 가지실 생각이 아니면 제가 데리고 있고 싶은데요. 죽은 이들을 기리는 일을 돕는다든가 하는 힘들지 않은 일을 맡기면 되거든요. 저희가 상냥하게 잘 대해줄게요."

그 말을 테메레르가 통역해주자 로렌스가 말했다.

"우리가 낯선 용에게 하인으로 주려고 이 사람을 데려온 게 아니야."

그러고는 해먼드에게 말했다.

"해먼드 대사님, 가족을 찾을 수 있게 최대한 돕겠다고 노인에게 말을 전해주세요. 대략 어디쯤에서 데려왔는지 이스키에르카가 방향이라도 알려줄 수 있을 테니까. 만약 찾지 못하면……."

로렌스는 곧장 말을 잇지 못했다. 이 노인을 어찌하면 좋을지 대책이 서지 않았다. 알아서 살라고 버려두고 갈 수는 없는 노릇이었다. 그렇다고 집과 이웃 사람들로부터 노인을 떼어내 데려가는 것은 노인에게 너무 잔인한 짓이었다.

로렌스는 자신 없는 목소리로 말을 맺었다.

"우리가 어떻게 해주길 바라는지 물어봐주십시오."

이 말을 전해 들은 타루카가 미심쩍어하며 물었다.

"혹시…… 고향으로, 내 아이들이 있는 곳으로 데려다줄 수 있습니까? 아이들이 사는 곳은 티티카카에 있는 쿠리퀴요르의 아이유입니다. 나를 그리로 돌려보내줄 수 있습니까?"

해먼드는 이 말을 통역해서 로렌스에게 전하며 덧붙였다.

"아이유라는 게 무엇을 지칭하는 단어인지 모르겠군요. 가족 집단을 뜻하는 단어 같기는 한데, 지금 상황으로 봐서는 정확히 그 뜻은 아닌 것 같기도 하고."

"어쨌든 기꺼이 그렇게 해드리겠다고 말해주세요. 방향을 알려주면 그리로 데려다주겠다고요. 위치가 어디쯤이랍니까?"

옆에서 팔타가 끼어들었다.

"티티카카 호수라면 쿠스코 근처의 고지대에 있어요. 날씨가 좋지 않을 경우 날아서 2주일 정도 걸려요. 그러지 말고 필요 없으면 차라리 나한테 넘겨요."

테메레르가 이 말을 통역해주자 그랜비가 깜짝 놀라며 말했다.

"날아서 2주일이나 걸린다고?"

그러고는 이스키에르카에게 말했다.

"제일 가까운 친척이 이 나라 건너편에 살고 있는 사람을 잡아오다니, 이젠 아주 예상을 뛰어넘는구나. 그런데 이 노인은 대체 이 근처에서 뭘 하고 있었던 거지?"

무자비할 정도로 목적 달성에 몰입하는 해먼드가 즉각 반대하고 나섰다.

"나라를 가로지르는 먼 거리인데 허락도 받지 않고 멋대로 비행해서 갈 수는 없습니다. 멋대로 비행할 경우 침입과 다름없으니 적대적인 대우를 받아도 할 말이 없고……. 그렇게 되면 이 불쌍한 노인에게 제대로 도움을 주지 못할 게 뻔하니……."

로렌스가 말했다.

"나를 설득하려고 애쓸 필요는 없습니다, 해먼드 대사님. 이곳을 지배하는 이를 찾아가 인사부터 해야 한다는 데는 나도 동의하니까요. 그 일은 나중에 생각하기로 하고, 우선은……."

"이 근처 마을 사람 중에 티티카카 쪽으로 가는 여행자를 찾아서 이 노인을 부탁해야지요."

티티카카까지의 어마어마한 거리를 감안하면 당장 그리로 가는 여행자를 찾을 수 있을지 알 수 없는데도 해먼드는 낙관적이었다. 그쪽으로 가는 여행자를 찾지 못할 경우 해먼드는 영국 정부로부터 부여받은 임무가 우선이라고 주장할 게 뻔했다. 노인을 돕기 위해 임무를 젖혀두고 옆길로 샌다면 시간을 엄청나게 손해 보니 결국 로렌스도 해먼드의 주장이 타당함을 인정할 수밖에 없을 것이다.

테메레르는 팔타에게 몇 가지 질문을 더 한 후 로렌스와 해먼드 쪽으로 고개를 돌리며 말했다.

"이 문제를 어떻게 하면 좋을지 족장을 찾아가서 물어보면 될 거야. 팔타가 그러는데 족장의 이름은 우알파 우투룽쿠이고 탈카우아노라는 도시에 살고 있대."

8

테메레르가 고충을 털어놓자 우알파 용 행정관이 말했다.

"거리가 멀다는 게 문제가 아니라 도둑질을 했다는 게 문제인 거요."

로렌스 일행은 탈카우아노 시의 의례용 건물에 들어가 그 도시의 용 행정관인 우알파를 알현하고 있었다. 그 건물은 해안 마을의 피라미드와 같은 양식으로 지어졌지만 몇 배는 더 크고 인상적이었다. 거대한 돌덩어리들을 일정하게 잘라 만든 거대한 계단들로 이루어진 피라미드 형태의 건물인데 자세히 들여다보지 않으면 돌과 돌 사이의 틈마저 보이지 않을 정도로 완벽하게 두 면이 맞닿아 있었다. 그리고 내부는 더 굉장했다! 정교한 무늬가 새겨진 얇은 금박으로 덮인 벽면에 수많은 램프의 빛, 그리고 지붕의 창문으로 들어온 빛이 비추었다. 태양이 정점에 이르자 강렬한 빛줄기들이 실내로 흘러들었다.

선원 하나가 슬쩍 벽으로 다가서서 금박을 손으로 문지르자 포싱이 날카롭게 제자리로 불러들였다. 테메레르는 그 선원이 동료들에게 목소리를 낮춰 "진짜 금이야."라고 속삭이는 소리를 들었다. 청동이라고 해도 놀라울 지경인데 금이 확실한 모양이었다. 테메레르도 누가 자신의 누각 내벽에 청동 판을 대자고 제안해도 반대하지 않을 것이다.

건물 내부가 화려하니 자신들의 너저분하고 초라한 행색이 두드러지는 것 같아 테메레르는 곤혹스러웠다. 이 도시로 들어와 우알파에게 인사하기 전, 로렌스는 하루 시간을 내서 모두에게 강에서 옷을 빨게 하고 최대한 수선해서 입게 했다. 하지만 찬물과 구부러진 바늘 몇 개로 누더기를 면하기는 어려웠다. 테메레르는 중국에서 지은 예복을 입고 우알파를 만나라고 로렌스를 졸랐다. 에밀리가 예복을 잘 간수해놓았으니 이런 상황에 입으면 될 것 같은데 로렌스는 말을 듣지 않았다. 로렌스 외에는 여벌의 옷을 가진 이가 없었다.

다른 이들과 똑같이 궁핍한 차림으로 있으려는 로렌스의 뜻을 이해는 했지만 이 건물의 거대한 상인방 아래 고개를 숙이고 실내로 들어가 장엄한 내부를 둘러본 순간 테메레르는 좀 더 강하게 고집을 부려볼걸 그랬다는 후회가 밀려들었다. 그들을 맞이하러 나온 우알파 용 행정관을 보자 후회는 더했다. 우알파는 테메레르만큼 몸이 길지는 않았지만 특별히 짧지도 않았다. 그런데 우알파가 목과 어깨에 난 깃털 모양의 비늘을 흔들어 펴자 테메레르보다 몸집이 더 커 보이기도 했다.

몸에 두른 장신구는 어찌나 화려한지 몸집이 더 작은 용이었다고 해도 대단한 위엄을 풍겼을 듯했다. 우알파는 목 위쪽에 황금 띠를 두르고, 밝은 초록색 술 장식이 달린 양모 칼라를 그 띠에 고정시켰는데 비늘이 진보라색이라서 한층 더 눈에 띄었다. 귀에 박아 넣은 크고 둥근 금장식은 턱 아래쪽까지 늘어지고, 날개 아래쪽 가장자리에는 금 고리들이 끼워져 있었다. 테메레르는 날개를 그렇게 장식한 것을 처음 보았는데 대단히 멋져 보였다.

우알파가 말했다.

"외부에서 온 손님은 이곳 관습을 잘 모른다는 점을 고려해야겠지만 이런 일은 들어본 적도 없소. 그대들의 행동을 내가 이해할 수 있으리라 보시오?"

우알파가 바닥에 앉아 우아하게 날개를 아래로 내렸다가 등에 붙이자 금 고리들이 돌바닥에 닿아 짤그랑거렸다. 몸에 붙인 에메랄드 장식이 실내로 파고든 햇빛을 받아 일순간 타오르듯 초록색으로 빛났다.

우알파는 비판조로 덧붙였다.

"바다에서 온 사람들은 거짓말을 일삼고 도둑질을 한다고 들었소. 아이유에 속해 있지 않아서라고 하던데 여러분은 함께 나니는 것을 보니 그렇지는 않은 것 같기도 하고. 본인들이 저지른 죄를 덮어 가리려 하지 않고 이곳에 당당히 발을 디디다니 참으로 뻔뻔스럽군."

테메레르가 항의했다.

"다 죽고 마을엔 아무도 없었습니다. 야마들이 아무렇게나 돌아다니고 있어서……."

"야마는 괜찮소. 지키는 이도 없고 여러분은 배가 고팠으니 야마는 얼마든지 먹어도 괜찮소. 문제는 사람을 훔친 것이오."

테메레르가 우알파와 나눈 대화를 통역해서 들려주자 해먼드는 걱정스러워하며 로렌스에게 소곤거렸다.

"이 나라에서 노예제도가 시행되고 있는 줄 몰랐습니다. 이게 이들의 관습이고 법이라면……."

해먼드의 입장에서는 충분히 우려할 만한 일이었다. 로렌스는 굳은 표정으로 생각에 잠겼다. 타루카 노인을 계속 노예로 살도록 저들에게 넘겨주는 것만은 하고 싶지 않았다. 타루카의 주인이 사람이든 용이든 마찬가지였다. 타루카가 본인의 의지에 반해 납치당하기 전 가족과 함께 살고 있던 집과 현재 거주지가 어마어마하게 멀다는 것, 이스키에르카에게 잡혀올 때도 저항 없이 체념하고 있었던 것이 이제야 이해되었다. 타루카는 이미 납치당해 노예 생활을 해왔으니 단순히 주인이 바뀔 뿐인 상황에 무심할 만했고, 새 주인이 정직하고 자비로운 행동을 보인다고 해서 별다르게 볼 이유도 없었을 것이다.

로렌스는 계속 중얼대는 해먼드의 말을 끊고 요청했다.

"어쩌다가 고향을 떠나게 되었는지, 범죄라도 저질렀는지 타루카 노인에게 물어보세요."

"이런 문제를 우리 잣대로 함부로 판단하면 안 된다고 봅니다만……."

해먼드는 로렌스의 표정을 살피며 머뭇거리다가 타루카에게 질문을 전했다. 그 질문을 받은 타루카의 얼굴에 분노가 차오르는 것을 보니 로렌스는 그가 어떤 심정인지 굳이 통역으로 전해 듣지 않아도 짐작할 수 있었다.

"제가 아이유의 보호 영역을 벗어나 너무 멀리까지 걸어갔던 탓입니다. 그러니 붙잡혀 갔어도 할 말이 없었죠. 그리고 제가 범죄자나 도둑이었다면 누가 저를 잡아가려고 했겠습니까?"

타루카는 잠시 망설이다가 기를 펴고 당당하게 덧붙였다.

"다른 이유를 더 듣고 싶으시다면 말씀드리죠. 저는 키푸 문자의 해석 전문가인 키푸카마욕입니다. 세 아들과 일곱 딸을 두었고, 그 아이들은 제가 마지막으로 보았을 당시 살아 있었습니다. 그리고 굳이 말 안 해도 아시겠지만 얼굴에 그 자국이 남아 있습니다."

말을 마친 타루카는 어깨를 축 늘어뜨리며 혼잣말로 체념한 듯 중얼거렸다.

"이렇게 말해봤자 저를 고향으로 돌려보낼 리는 없겠지만요."

로렌스는 현실적으로 쉽지 않은 상황이지만 어떻게든 노인을 안심시켜주고 싶었다.

줄곧 듣고 있던 우알파가 머리를 숙이더니 빨간 눈을 가늘게 뜨고 타루카를 살피며 물었다.

"얼굴에 자국이 있다고?"

그러고는 머리를 들고 절레절레 흔들었다. 몸에 달린 장신구들이 짤랑거렸다. 우알파가 테메레르에게 물었다.

"이 자는 천연두에 걸렸다가 살아남은 것인가? 일이 더 꼬이는군. 여러분은 바다에서 왔으니, 이 자에게 키푸 문자 해석을 맡길 일은 없을 것이오. 이렇게 나이 많은 인간에게 맡길 만한 일은 더더욱 없을 것이고. 데려다가 무슨 일을 시키려는 거요? 내가 듣기로는 이 인간을 데려가면서 제대로 결투도 치르지 않았다던데."

"결투를 하고 싶어도 할 수가 없었어요. 설명드렸다시피, 이스키에르카는 이 노인이 맹인인 줄 몰랐고, 노인을 데려온 장소가 어디인지도 정확하게 알지 못합니다. 저희가 이 노인을 데리고 있으려는 이유는 일을 시키기 위해서가 아니라 자식들에게 데려다주기 위해섭니다. 자식들과 강제로 헤어졌으니 너무 안 되었다 싶어서죠. 우리가 노인을 주인에게서 빼앗아온 게 잘못이라고 하신다면, 처음부터 이 노인을 가족들에게서 빼앗아온 게 더 나쁜 짓이라고 생각……."

테메레르가 이 말을 다시 영어로 바꿔서 전해주기 전부터 로렌스는 그 뜻을 짐작하고 있었다. 해먼드가 못마땅한 얼굴로 손짓을 하며 테메레르의 말을 끊으려고 했기 때문이다. 로렌스는 테메레르의 옆구리에 손을 얹어 말을 중단시키고 우알파에게 정확히 무슨 말을 했는지 전해 들었다.

해먼드는 "네가 영국을 대표하는 대사도 아니면서 그렇게 말하면 안 되지!"라며 테메레르를 나무라고는 고개를 들어 우알파용 행정관에게 소리쳤다.

"행정관님! 방금 들으신 이 용의 말은 이번 사안에 대한 대영제국의 입장이라고 말할 수 없으며……."

지금까지 테메레르와 함께 온 인간들에게는 별 관심이 없었던 우알파는 그제야 머리를 숙여 커다란 빨간 눈으로 해먼드를 쳐다보았다. 해먼드가 그 눈을 마주 보며 말을 얼버무리자 우알파가 물었다.

"그대는 왜 나에게 소리를 지르시오? 이 도시의 인간 행정관이 그대들을 상대하려 하지 않는 것은 그대들 땅에서 온 인간들이 믿을 수 없는 자들로 판명되었기 때문이오. 그대들 또한 인간 행정관을 인질로 잡고 금을 요구할지 모른다고 여긴 것이지. 방금 그대가 한 말은 여기 있는 이 용이 그대들을 대표하는 위치가 아니라는 뜻이오?"

해먼드는 어안이 벙벙해져서 곧장 대답을 하지 못했으나 자신이 아닌 테메레르가 그들을 대표하도록 내버려둘 생각은 없었다. 그러나 로렌스의 생각에는, 타루카를 자유로이 풀어주도록 우알파 용 행정관을 설득하고 이 문제가 심각한 싸움으로 번지지 않도록 하려면 같은 용인 테메레르가 대표로 나서서 의사소통을 하는 편이 나았다. 로렌스는 해먼드의 팔을 잡으며 말했다.

"일전에 프랑스가 잉카와 어떻게 협상을 시작하게 되었는지 방법을 모르겠다고 하셨죠. 잉카가 사람이 아니라 용을 외교 대사로 받아들이는 것이 바로 그 해답인 듯합니다. 잉카와 어떻게든 관계를 맺고 싶다면 테메레르가 우리를 대표하는 용이라는 점을 부인하지 말아야 합니다."

"그야 물론 그렇지만."

해먼드는 내켜하지 않았지만 결국 동의했고 우알파에게도 그런 취지로 말을 했다. 다만 해먼드는 로렌스에게 한 가지 약속을 받아냈다. 테메레르가 잉카 측에 멋대로 말을 하지 않고 자신이 허락한 내용만을 말해야 한다는 것이었다.

해먼드가 우알파에게 말을 하는 동안 로렌스가 테메레르에게 속삭였다.

"이 문제에 대해 내가 어떤 감정인지 넌 잘 알겠지. 이 나라에 노예제도가 관습화되어 있다니 정말이지 마음이 안 좋고 씁쓸해. 하지만 해먼드 대사의 말도 일리가 있어. 바다 건너에서 온 우리가 잉카 사회에 변화를 일으키려 한다면 반감만 사게 될 거야. 영국도 노예제도라는 야만적인 관습을 갖고 있는데 영국 출신인 우리가 그 제도를 비판하는 것도 보기 우습고."

"글쎄, 뭐, 내가 점잖게 말은 할 건데, 그래도 우릴 도둑으로 모는 건 너무하잖아. 우리가 노예들을 부리고 쇠사슬로 묶어놓고 가족들에게서 떼어내 멀리 팔아치우는 짓을 한 것도 아닌데 말이야. 우리가 처음에 이들을 노예 주인으로 보지 않았다는 건 모욕이 아니라 칭찬이라고 생각하는데……."

테메레르가 이 얘기를 케추아어로 바꿔 우알파에게 하고 있는데 뒤에서 누군가 소리쳤다.

"모욕이 아니라니!"

테메레르가 고개를 돌려 어깨 너머로 뒤를 바라보았다. 처음 보는 용이 현관으로 걸어 들어오고 있었다. 팔타보다 몸집이 약간 더 크고 온몸의 깃털이 초록색인 수컷 용이었다.

"내가 타루카를 야마처럼 대했다고 말해놓고는 모욕이 아니라니! 쇠사슬로 묶었다니! 멀리 팔아치웠다니! 맙소사!"

그 용의 이름은 '쿠알라'라고 했다. 쿠알라는 우알파에게 머리 숙여 인사를 한 후 자신이 바로 타루카를 도둑맞은 주인이라고 했다.

"불에 시커멓게 탄 이 용이 타루카를 데려가게 두시면 안 됩니다. 타루카를 쇠사슬로 묶어놓을 게 분명합니다."

쿠알라의 말에 테메레르가 반박했다.

"난 어느 누구도 쇠사슬로 묶지 않습니다! 그리고 타루카를 데려온 건 내가 아니라 이스키에르카라고요."

금박이 씌워진 벽을 넋 놓고 바라보던 이스키에르카가 자기 이름이 언급되자 테메레르에게 물었다.

"지금 내 얘기 하는 거지?"

이스키에르카는 케추아어로 주고받는 대화에 흥미를 잃고 로비 안을 서성이면서 벽면의 금 패널을 구경하고 있던 참이었다. 선원 몇 명이 이스키에르카 뒤에 숨어서 벽의 금박을 조금씩 뜯어내려 하고 있어서 페리스가 몇 분마다 한 번씩 벽 쪽으로 가서 그 선원들을 제자리로 불러오고 있었다.

테메레르가 이스키에르가에 대답했다.

"난 사실을 얘기하고 있을 뿐이니까 네가 알아서 해. 타루카를 데려온 것도 너잖아. 네가 한 짓 때문에 이 용이 지금 널 성토하면서 우리 모두를 곤란하게 하고 있어."

이스키에르카는 쿠알라를 위아래로 훑어보다가 거만스레 콧방귀를 뀌며 말했다.

"조그만 게 종일 나를 성토하든지 말든지. 지가 뭘 어쩔 건데?"
해먼드가 나섰다.
"이런 세상에. 테메레르, 지금 한 말은 통역하지 말고……."
테메레르가 얼굴 주변의 막을 휙 젖히며 말했다.
"당연히 통역 안 하죠."
이스키에르카가 막말을 하기는 했지만 틀린 말도 아니었다. 테메레르는 그 말을 그대로 통역해 전할 만큼 바보는 아니었으나 쿠알라는 이스키에르카의 콧방귀만으로도 대강의 의미를 알아챈 듯했다. 쿠알라는 온몸의 비늘을 바짝 세워 몸집이 두 배는 커 보이게 했다. 그래 봤자 이스키에르카에 비하면 4분의 1 정도밖에 안 되었지만.
쿠알라는 성질을 내며 말했다.
"못 참습니다! 못 참아요! 저 암컷 용이 제게 타루카를 돌려주고 사과를 하고 사람을 한 명 더 추가로 내주지 않으면 결투를 신청하겠습니다. 저렇게 사람을 많이 데리고 있으니 욕심만 더 사나워지는 거겠죠."
그러고는 눈을 가늘게 뜨고 씩씩대며 이스키에르카를 노려보았다.
테메레르는 어이가 없었다. 쿠알라는 분별력 있는 용이 아닌 게 분명했다. 이스키에르카가 쿠알라의 말을 통역해달라고 하자 테메레르가 말을 옮겨주며 덧붙였다.
"너랑 싸우겠대. 잘못 들은 거 아니야. 다른 용이 아니라 바로 너랑 싸우겠다고 한 거 맞아. 너도 케추아어는 못 알아듣지만 지금 저 용이 너를 노려보는 거는 보이잖아."

해먼드가 초조해하며 말했다.

"아무래도, 음, 우리가 다시 생각을 해봐야 될 것 같습니다, 로렌스 대령님. 내가 보기엔, 저 용이 노인에게 꽤 애착을 갖고 있는 것 같고 그동안 노인을 학대한 것 같지도 않으니……."

이 말을 들은 이스키에르카가 격분하여 고개를 휙 돌렸다.

"난 저 용한테 안 져요."

그러자 해먼드가 이스키에르카에게 말했다.

"네가 원주민 용을 불구로 만들거나 죽이기라도 하면 우리의 임무 수행에 보탬이 안 돼. 저 용한테서 도둑질까지 한 마당에……."

해먼드가 '노예'라는 단어 대신 좀 더 완곡한 표현을 찾느라 머뭇거리는 동안 로렌스가 정리를 했다.

"그 정도면 충분합니다."

그랜비는 다급히 이스키에르카를 달랬고 이스키에르카는 수증기를 약간 뿜어내기는 했지만 마음을 가라앉혔다.

로렌스가 테메레르에게 말했다.

"테메레르, 이분들에게 내 말을 전해. 현재로서는 타루카 본인이 원치 않으니 넘겨드릴 수 없지만 그렇다고 싸움을 할 필요는 없을 것 같다고. 용 행정관님도 쿠알라가 이스키에르카에게 이길 가능성이 있다고는 보지 않으실 테니 불공정한 싸움을 하게 하지는 말아달라고."

테메레르가 이 말을 전하자 우알파는 고개를 저었다. 우알파의 몸에 붙은 금 고리들이 서로 부딪치며 종소리를 냈다.

"물론 쿠알라가 직접 저 암컷 용과 싸우지는 않을 거요. 피해를 입은 용이 직접 나서야만 한다면 법이 무슨 필요가 있겠소? 문명 없이 야만 상태로 살고 말지. 그대들이 타루카를 돌려주고 만족할 만한 보상을 하지 않는다면……."

워낙 얼토당토않은 소리여서 테메레르는 해먼드와 의논할 필요도 없이 우알파의 말을 잘랐다.

"우리가 실수를 하긴 했지만 그렇다고 우리 쪽 사람을 추가로 내줄 수는 없습니다. 터무니없는 요구예요."

"……저 암컷 용은 피해를 입은 용이 아니라 우리 쪽에서 대표로 내보내는 용과 결투를 해야 하오."

"아."

그러자 이스키에르카가 냉큼 말했다.

"상관없어. 누가 나오든 싸워줄게. 본때를 보여주지 뭐."

이스키에르카가 언제든 격한 싸움에 응할 용의가 있다는 건 누구나 아는 바였지만, 로렌스는 해먼드 못지않게 이 싸움이 달갑지 않았다. 졌을 때 닥쳐올 위험도 문제지만 이기더라도 이곳 주민들의 분노와 적대감을 불러일으킬 테니 위험하긴 마찬가지였다.

로렌스는 테메레르를 불러 통역을 부탁하고 타루카에게 말했다.

"제 말 기분 나쁘게 듣지 않으시길 바랍니다. 이스키에르카가 노인장의 자유를 위해 목숨을 걸고 싸우게 되었는데, 이 결투에 응하는 것 말고 다른 방법은 없겠는지요."

테메레르의 통역을 듣고 타루카가 답했다.

"다른 방법이 있을 리가 없잖습니까? 불쌍한 쿠알라의 잘못도 아닌데요. 저를 은신처에서 억지로 잡아 끌어낸 게 쿠알라도 아니고요. 쿠알라는 제가 머물렀던 마지막 아이유에 젊은 남자를 내주고 저를 얻었습니다. 저는 그 아이유에 친척도 없이 혼자였고, 그 젊은이는 그 아이유에 속한 아가씨와 결혼하고 싶어 해서 제가 쿠알라와 함께 가겠다고 나섰습니다. 그러니 쿠알라는 이번 결투를 신청할 권리가 있는 겁니다."

로렌스는 당황스러웠다.

"테메레르, 지금 이 얘기는, 노인이 자진해서 쿠알라에게 간 거라는 거야? 억지로 납치되어 끌려갔다고 하지 않았어?"

통역으로 말을 전해 들은 타루카가 대답했다.

"억지로 납치를 당한 건 그 아이유가 아니라 아주 한참 전에 머물렀던 아이유에서였습니다. 그동안 수많은 아이유를 거쳤거든요."

타루카는 자유를 얻을 자신의 권리와 만족스러운 보상을 받을 쿠알라의 권리 사이에 모순이 있다고 생각하지 않았다. 그는 로렌스가 그런 질문을 한 것 자체를 이해하지 못했다.

"그리고 여러분은 제 아이유가 아니니, 이곳 챔피언을 대신 결투에 내보내달라고 요구할 입장이 못 됩니다."

"노인장이 직접 저 행정관에게 힘든 처지를 호소할 수는 없는 겁니까?"

로렌스의 물음에 타루카가 더욱 혼란스러워하며 대답했다.

"저분은 용이십니다."

"그럼 용 행정관 말고 인간 행정관에게 호소를 한다면요?"

로렌스는 혹시나 해서 물었는데 타루카는 좌절하여 두 손을 들어 올렸다가 내렸다.

"제가 인간 행정관에게 무어라 호소하겠습니까? 전 쿠알라에게 불만이 없습니다. 근처의 다른 아이유로 옮겨가고 싶은 것도 아니고요. 눈도 멀고 늙었으니 아이유에 소속되지 않고서는 살아갈 수도 없죠. 제가 원래 살던 곳은 여기서 아주 멀리 떨어진 '쿠야수유'라는 행정구입니다. 제가 젊은 나이라면 혼자서 한참 길을 걷기만 해도 다른 용에게 납치당할 수 있으니 걱정입니다만 이젠 그렇지도 않으니 자유의 몸이 되기만 하면 어떻게든 고향으로 갈 수 있습니다. 도대체 왜 나를 잡아왔습니까? 결투에 응하지도 않을 거면서 저를 고향으로 보내주겠단 약속은 왜 하신 겁니까? 늙은이가 괜한 기대만 품게 만드시고 말이죠. 쿠알라에게 나를 그냥 보내줄 수 없겠냐고 청한 적이 있는데 쿠알라는 거부했습니다. 이해합니다. 쿠알라처럼 작은 아이유를 보유한 작은 용이 사람 한 명을 포기하기란 쉽지 않은 일이니까요. 여러분에게 잡혀왔을 때 저는 이런 생각이 들었습니다. 여긴 힘센 용이 세 마리나 되고 아이유의 규모도 크고 젊은 사람들도 많으니 저를 어쩌다가 잡아왔더라도 후하게 인심을 써서 풀어줄 수도 있겠구나 하고요. 그런데 이제 보니 이곳 법을 알지도 못하고 저를 제 아이유에서 괜히 빼앗아온 것뿐이로군요."

로렌스는 아무 말도 할 수가 없었다. 타루카의 말이 옳았다. 애초에 타루카를 하인으로 쓰려고 데려온 게 아니라고 해도 무작정 그를 데려온 것은 변명의 여지가 없는 잘못이었다. 게다가 이스키에르카는 길 안내를 받겠다는 이기적인 목적으로 타루카를 잡아왔다. 타루카가 쿠알라의 곁이 아닌 고향으로 돌아가고 싶다는 바람을 강경하게 피력했으니, 만일 이대로 쿠알라에게 돌아갈 경우 어떤 식으로든 앙갚음을 당할 가능성도 없지 않았다.

마침내 로렌스가 입을 열었다.

"테메레르, 악의는 없었는데 일이 이렇게 돼서 죄송하다고 용 행정관에게 전해. 타루카를 고향으로 돌아가게 해주겠다고 약속했으니 그 약속을 지키는 것이 우리의 명예를 지키는 일이라고도 전하고. 이번 결투로 양국 관계가 더 이상 금 가는 일 없이 타루카의 자유를 보장해줄 수 있다면 이스키에르카의 의향에 따라 결투에 응할 수도 있다고 전해라."

우알파는 이스키에르카에게 경기장 입장에 앞서 제대로 된 복장을 갖추게 했다. 우알파의 지시에 따라 마마코나(특별한 건물 안에 거주하면서 태양 신전의 제례나 잉카 귀족들을 위한 의복, 장식품, 주류 등을 제조하는 처녀들—옮긴이)라고 불리는 젊은 여자 열두 명이 로비에 딸린 창고에서 금으로 된 목 칼라를 들고 나왔다. 우알파가 목에 두른 것과 비슷한 장신구인데 검은 양모로 짠 멋진 술 장식이 달려 있었다. 화려한 목 칼라를 보자 테메레르는 이스키에르카의 책임을 강하게 부르짖었던 일이 후회되어 우알파에게 말했다.

"아무래도 제가 나가서 싸우는 편이 낫겠습니다. 어차피 우린 한 팀이니까요."

"죄를 지은 것은 저 암컷 용이니 직접 시련을 감당해야 하오. 자, 마당으로 나가서 암컷 용 쪽에 가서 앉으시오."

테메레르는 한숨을 쉬었다.

"예, 그러죠."

마마코나들이 목에 화려한 칼라를 걸어주는 동안 이스키에르카는 지독하게 탐욕스러운 눈빛으로 그 칼라를 바라보았다. 자신이 얼마나 곤궁한지를 아주 대놓고 광고하는 격이었다.

테메레르가 로렌스에게 말했다.

"로렌스, 우리 모두 마당으로 나가서 자리 잡고 앉으래."

하늘을 향해 탁 트여 있고 양쪽 끝에 분수가 하나씩 설치된 바깥마당은 실내보다 더 웅장했다. 이스키에르카와 결투할 수컷 용은 마당 저 끝의 딱딱한 돌바닥에 앉아 볕을 쬐고 있었다. 날렵한 체구였다. 전체적으로 은색인 긴 비늘은 끄트머리만 초록색이고, 아래턱에는 길고 검은 송곳니가 큼직하게 돌출되어 있었다.

테메레르의 등에서 그랜비가 물었다.

"저건 무슨 용이죠?"

그랜비는 로렌스와 함께 테메레르의 등에 올라타고 바깥 관중석으로 이동해왔다. 등의 그 자리는 원래 그랜비의 자리인데 그랜비가 이스키에르카의 비행사로 가면서 지금은 포싱이 차지했다. 테메레르는 예전이 그리웠다. 포싱이 그 자리에 앉는 건 생각하기도 싫을 만큼 괴로웠고 세상의 밑바닥까지 추락한 기분이었다.

"저 은색 용의 이름은 만카 코파카티래."

테메레르는 우알파에게 물어보고 이렇게 대답한 후 마당 끄트머리가 내려다보이는 계단형 사원의 벽에 자리를 잡고 앉았다.

그랜비가 말했다.

"코파카티라고? 독을 뱉는 능력이 있나 보네?"

마당 저 끝에서 만카 코파카티는 입이 찢어지게 하품을 하고는 늙은 선원이 가래침을 뱉듯이 고개를 흔들어 침을 찍 뱉었다. 녹색을 띤 묽은 액체가 바닥에 떨어져 햇빛 속에서 옅은 증기를 조금씩 피워냈다.

통로를 지나 마당 맞은편에 나온 이스키에르카는 테메레르가 보기에 그저 으스대는 것으로만 보였다. 이스키에르카는 어깨 너머로 테메레르를 비롯한 일행을 올려다보며 소리쳤다.

"아! 진짜 싸움이야. 그랜비, 나 잘 보여? 가리지 않고 잘 보이는 거 맞지? 테메레르, 내가 이기는 모습을 그랜비가 좀 더 잘 볼 수 있게 옆으로 몸을 약간 돌려서 앉아."

그랜비가 말했다.

"녀석 건방 떨기는. 그런데 여기 의사가 있기는 한 건가?"

쓸데없는 싸움도 아니고 로렌스가 인정할 만한 명분이 있는 싸움이니 고집을 부려서라도 자신이 나갈 걸 그랬다는 후회가 들어 테메레르는 조그맣게 구시렁댔다.

"나도 나가서 싸우면 이길 수 있다구."

옆에서 쿠링길레가 초조해하며 디마니에게 말했다.

"나도 이길 수 있어. 내가 저 용보다 덩치도 훨씬 크잖아."

우알파가 "꾸이?"라고 말하며 손짓을 하자 젊은 남자들이 뜨끈한 열기와 함께 맛있는 냄새를 풍기는 수레를 끌고 나왔다. 껍질을 벗기고 풍미 좋은 콩을 채워서 구워낸 기니피그 요리였다. 메이즈 옥수수 껍질로 만든 바구니에 요리를 각각 담아내서 하나씩 통째로 집어 먹을 수 있게 했다. 테메레르는 마음을 진정시키기 위해 다섯 개를 집어 먹었다.

그랜비는 탁한 맥주를 여러 잔 들이켰다. 긴장되는 상황이니만큼 로렌스는 그런 그랜비를 나무랄 수도 없었다. 끝없는 기다림의 시간이었다. 구경꾼들이 재미난 쇼라도 보러 오는 것처럼 모여드는 동안 마당 저 끝에서는 만카가 자기 쪽에 앉아 있는 지인에게 예전에 승리를 거두었던 싸움에 대해 신나게 큰 소리로 지껄이고 있었다. 이스키에르카가 만카의 얘기를 통역해달라고 해서 테메레르는 어쩔 수 없이 해주었다. 열 배는 부풀린 얘기라고 해도 상대를 불구로 만들고 목숨을 빼앗은 무용담이 듣기 편하지는 않았다.

그랜비가 힘들어하는 모습을 보더니 우알파가 테메레르에게 한마디 했다. 그 말에 테메레르는 얼굴 주변의 막을 빳빳이 세우며 분개했다.

"내가 그렇게 둘 줄 알고."

그러자 그랜비가 힘 빠진 목소리로 물었다.

"뭐라고 했는데 그래?"

테메레르의 목에 등을 대고 구부정하게 앉은 그랜비는 정점을 향해 떠오르는 태양의 강렬한 빛을 피하려고 성한 팔을 이마에 붙여 얼굴에 그림자를 드리웠다.

"만카가 훌륭한 아이유를 보유하고 있으니까 만약 이스키에르카가 죽으면 당신을 그 아이유에 넣어주겠대. 그러니 당신은 걱정할 거 없대. 초조해하지 마. 우알파 행정관한테 당신은 내 팀으로 남을 거라고 말해뒀어. 저 은색 용이 당신을 빼앗으려고 들면 내가 나가서 싸울 거야."

그 순간 포싱이 "대령님, 정오입니다."라고 말했고 동시에 우알파가 허리를 펴고 고개를 흔들었다. 그 동작을 신호로 만카는 대화를 중단하고 마당 건너편의 이스키에르카를 마주 보았다. 깃털 달린 날개를 활짝 펼치고 날개 끝으로 바닥을 쓸었다.

이스키에르카도 그 동작을 따라하면서 똬리를 틀고 있던 몸을 펴고 날개를 펼쳤다. 강렬한 태양 빛에 날개의 막이 반투명하게 보였다. 잉카 용의 길게 빛나는 은색 비늘과 비교하면 이스키에르카의 가죽 색깔은 다소 밋밋해 보였다.

해먼드가 상황에 걸맞지 않게 흥미로운 목소리로 포싱에게 물었다.

"저 깃털이 은색 용의 기량에 어떤 영향을 미칠 거라고 보나?"

"글쎄요……. 깃털이 비늘 모양이어서 아무래도 싸우는 동안 이스키에르카가 몸통을 붙잡기가 쉽지 않을 것 같기도 하고……."

그때 페리스가 예의도 잊고 끼어들었다.

"이스키에르카는 분별력 있는 용이니 상대의 날개를 노리지는 않을 겁니다. 저 잉카 용은 어깨 끝에서 130도까지 목이 돌아가니 사방으로 시야가 확보되어 있습니다. 이스키에르카가 가까이 접근하면 목을 돌려 바로 가슴뼈 아래에 송곳니를 꽂아 넣겠죠. 롱윙이 아니어도 송곳니가 저 정도니 가능할 겁니다."

그러자 포싱이 말했다.

"그래도 이스키에르카가 저 용 가까이로 지나면서 발톱으로 공격을 한다면……."

듣다 못한 로렌스가 "제군들!" 하고 부르자 포싱과 페리스 둘다 입을 다물었다. 그랜비의 표정이 좋지 않았다.

용 40여 마리가 피라미드로 내려와 계단에 줄지어 착석했다. 그중 몸집이 제일 큰 편에 속하는 네 마리는 같은 층에 나란히 앉았는데, 헤비급 용이라 계급도 높은지 공작부인 저리 가랄 정도로 금과 은으로 몸을 화려하게 치장했다. 그러나 그 네 마리도 보유한 인간의 수는 비교적 적은 편이었다. 그나마도 잃어버릴 세라 빈틈없이 몸으로 둘러막은 모습들이었다. 그 용들의 시선이 향한 곳은 테메레르와 쿠링길레가 아니라 로렌스와 그랜비를 비롯한 인간들이었다. 그 용들은 그렇게 많은 인원을 보유하고 있는 것을 무척 부러워하는 표정이었다.

로렌스가 목소리를 낮추고 테메레르에게 말했다.

"이 도시에만 별나게 용이 많은 거냐고 우알파 행정관에게 물어봐."

테메레르를 통해 질문을 전해 들은 우알파가 답했다.

"그렇다고 할 수 있소. 여기는 치리수유 행정구에서 세 번째로 규모가 크고, 푸산틴수유를 통틀어 열한 번째로 큰 도시니까."

추가로 들은 설명에 따르면 푸산틴수유는 잉카 제국을 일컫는 케추아어 명칭으로 여덟 개로 나누어진 제국이라는 뜻이라고 했다. 사파 잉카(잉카 제국의 군주로 케추아어로 '유일한 왕'이라는 뜻—옮긴이)가 잉카 제국을 여덟 개의 행정구역으로 나누어 다스리기 때문에 그리 불렸다. 탈카우아노 시가 속해 있는 치리수유 행정구는 잉카 제국의 최남단에 위치해 있으며 여덟 개의 행정구 중에서 인구(人口)와 용구(龍口)가 두 번째로 많았다. 선대 사파 잉카의 통치 기간 동안 잉카 제국의 영토는 마젤란 해협 언저리까지 확장되었다고 했다.

해먼드가 말했다.

"이 행정구에 사는 용들의 절반이 여기 모였다고 해도 엄청난 숫자군요. 나머지 일곱 행정구까지 합치면 몇 마리나 될지. 야생으로 사는 용들의 숫자까지 더하지 않아도 굉장히 많은……."

용들이 일제히 함성을 내지르는 바람에 해먼드는 계산을 마저 끝내지 못했다. 쿠렁길레와 테메레르도 뒤늦게 자세를 비로 하고 함성에 합류했다. 그 소리가 잦아들기 전 만카는 하늘로 날아올랐고 이스키에르카도 뒤따라 이륙했다.

처음에는 야단스러운 동작뿐이었다. 만카는 상대를 가까이 끌어들이기 위해 빠르게 돌진했다가 물러났다. 상대의 공격을 유도하고자 미끼를 던진 것이다. 이스키에르카가 빠르게 달려들어 물어뜯으려 했지만 허공에 이를 딱딱 부딪치는 소리만 냈을 뿐,

다가가지는 못했다. 두 용의 그림자가 마당에 선명하게 드리워졌다. 테메레르가 보아하니, 용의 그림자가 마당의 경계선을 벗어나버리면 상대에게 항복하는 것으로 간주되는 듯했다. 로렌스는 이스키에르카가 공격에 나서기 전에 빠르게 마당을 내려다보며 위치를 잡는 것을 보았다.

이스키에르카는 공중제비를 돌며 태양을 향해 날아올라 발톱을 쭉 뻗었고 만카는 뒤로 돌아 머뭇거렸다.

그랜비가 이스키에르카를 향해 소리쳤다.

"젠장, 저건 속임수 동작이야! 그러니까……"

이미 늦었다. 이스키에르카가 만카의 등을 향해 강하하는 순간 만카는 몸을 절반쯤 빠르게 뒤틀어 번들거리는 송곳니로 이스키에르카를 맞이할 준비를 갖췄다. 관중석에서 낮게 쑥쑥거리는 환호가 터져 나왔다. 기대에 찬 용들이 앉은 채로 몸을 일으켰다.

직선으로 내려오던 이스키에르카가 돌연 방향을 바꾸었다. 이미 방향을 바꿀 준비를 하고 있었는데 태양을 등에 지고 내려오면서 만카의 눈을 속인 것이다. 이스키에르카는 몸을 둥글게 말아 올리며 허공에서 움직임을 멈추었고 재빨리 옆으로 방향을 틀어 만카의 공격 범위에서 벗어났다. 로렌스가 망원경으로 올려다보며 판단하기로는, 수십 미터가 아닌 수 미터 차이로 아슬아슬하게 벗어난 것이지만 그만 하면 괜찮았다. 이스키에르카는 마당 저 끝에서 다시 맴을 돌며 공격 태세를 갖추었다.

어느 누구의 편도 특별히 들지 않는다는 것을 보여주려는 듯 구경 나온 용들은 이스키에르카에게도 쑥쑥거리며 한층 더 크게 응원의 함성을 보내주었다. 우알파가 테메레르에게 무어라 말했다. 해먼드가 그걸 듣고 로렌스에게 통역해주었다.

"우알파 행정관이 말하기를, 방금 전 이스키에르카의 동작은 신들도 칭찬할 만큼 대단히 뛰어났다고 합니다. 아무래도 결국……."

해먼드가 어색하게 머뭇거리다가 말을 이었다.

"한쪽이 죽는 것으로 끝날 수도 있겠다고. 하지만 죽음까지 가는 건 흔치 않은 일일 겁니다, 그랜비 대령."

테메레르도 마지못해 인정했다.

"방금 이스키에르카의 움직임이 대단하기는 했어. 저 만카라는 용도 잘하고 있기는 한데, 굉장히 위험한 용으로 분류할 수는 없지. 당신도 봤잖아, 로렌스. 만카가 이스키에르카에게 독을 뱉으려는 시도조차 안 한 거. 독을 뿜어내는 데 어떤 한계가 있는 것 같기도 해. 상대를 물어야만 독을 뿜을 수 있다든가 하는 식으로 말이야."

만카는 곧장 고도를 높이며 몸을 흔들어 이스키에르카에게 배를 내보였다. 상대의 공격을 유발하려는 행동이었다. 이스키에르카는 입을 크게 벌리고 쏜살같이 날아왔다. 로렌스는 이스키에르카가 불을 뿜을 것으로 예상했으나 이스키에르카는 급격히 방향을 틀어 살짝 비스듬히 날았다. 그러고는 뒷다리와 꼬리에 솟아 있는 뻣뻣한 가시돌기들로 만카의 아랫배를 순식간에 훑고 지나갔다.

살짝 스친 것뿐이라 통증은 별로 없었을 텐데 만카는 분개하여 악을 써댔다. 지켜보던 용들은 발톱을 돌계단에 딱딱 두드렸다. 테메레르가 그 뜻을 설명해주었다.

"이스키에르카가 먼저 상대를 쳐서 점수를 땄어."

선원 중 한 명이 "만세!" 하고 외치자 나머지 선원들도 따라했다. 몇 명은 아예 셔츠를 벗어 깃발 삼아 흔들어댔다.

"이제 시작인데 저게 뭐 대단하다고."

테메레르가 뚱하게 말했으나 선원들은 신경도 쓰지 않고 더 크게 이스키에르카를 격려했다. 거칠고 굵은 목소리의 선원이 고래고래 소리쳤다.

"가서 해치워, 용 아가씨! 뜨거운 맛을 보여줘!"

흡족해하며 아래를 슬쩍 내려다본 이스키에르카는 결투를 하다 말고 내려와 기다란 몸뚱이를 당당하게 펴고는 한쪽 날개 끝을 땅에 닿을 듯 끌면서 관중석 위로 낮게 날았다. 날개가 지나간 곳을 따라 먼지와 작은 돌멩이들이 치솟았다 후두둑 떨어졌다. 테메레르는 콧김을 내뿜으며 한쪽 날개를 들어 올려 먼지와 돌을 막았다. 먼지를 뒤집어썼지만 선원들의 응원 열기는 가라앉지 않았다.

"싸움 상대한테나 신경 써, 이 젠장 맞을 허영심 덩어리야!"

그랜비가 이스키에르카에게 고함쳤지만 주변의 환호성에 묻혀버렸다. 이스키에르카가 딴전을 피우는 사이 만카는 고도를 높여 상공에서 빙글빙글 돌면서 마당을 장악했고 이스키에르카는 공격에 취약한 아래쪽에 위치하게 되었다. 마당에 비친 만카의 그림자는 얇게 퍼진 작은 얼룩 같고, 이스키에르카의 그림자는 원래의 크기만 했다.

우알파가 못마땅한지 목구멍 깊숙한 곳에서 크욱 소리를 냈다. 이스키에르카의 자세가 약간 어색했다. 둥글게 맴을 돌며 고도를 높이고는 머리를 약간 한쪽으로 기울이면서 만카의 움직임을 주시했다. 그 괴상한 자세를 오래 유지할 수 있을 것 같지는 않았다. 결국 더는 못 참겠는지 이스키에르카는 머리를 앞뒤로 세차게 흔들더니 곧장 높이 날아올랐다.

그 순간 만카가 발톱을 쭉 뻗으며 이스키에르카를 향해 강하했다. 숨을 내쉬며 고도를 낮추는 만카의 깃털 모양 비늘이 햇빛에 반짝거렸다. 온몸의 무게를 실어 무시무시한 속도로 내리꽂는 중이었다. 쿠링길레가 초조하게 "어, 어"라고 중얼거렸고 테메레르도 얼굴 주변의 막을 펼치고 허리를 폈다. 밧줄로 만든 임시 안장을 꼭 쥔 그랜비의 두 손은 핏기 하나 없이 창백했다.

그대로 충돌할 경우 이스키에르카는 돌바닥으로 떨어져 정신을 잃을 것이다. 그렇게 패배하지 않으려면 옆으로 몸을 날려 피해야 하는데 그럴 경우 마당 밖으로 몸이 밀려나게 되어 있었다. 만카가 강하하는 동안 이스키에르카는 온몸의 가시돌기에서 수증기를 잔뜩 뿜어낸 후 정면충돌을 피해 바닥까지 고도를 낮추었다.

만카의 속도가 훨씬 빨랐다. 만카는 곧 이스키에르카의 옆에서 나란히 강하하며 쉭쉭 소리를 냈으나 이스키에르카는 머리를 옆으로 홱 돌리고 발톱을 휘저어 만카를 물리쳤다. 두 용은 서로에게서 떨어져 옆으로 물러났다가 바닥에 몸이 닿지 않게 빠르게 날개를 치며 다시 날아올랐다.

그들은 이스키에르카가 뿜어놓은 수증기 구름을 지나 하늘로 치솟았다. 한껏 달아오른 아지랑이가 햇빛에 반짝거렸다. 하얀 수증기를 매달고 양옆으로 갈라진 두 용은 각자의 위치에서 맴을 돌며 숨을 골랐다. 유리한 위치를 점하기 위해 상대를 이리저리 가늠했다.

만카는 이스키에르카의 빈틈을 파악했는지 천천히 맴을 돌며 시간을 끌었다. 꼬리를 느긋하게 흔들며 자신은 언제까지라도 그렇게 있을 수 있을 듯이 굴었다. 만카는 이스키에르카를 주시하며 입을 벌렸지만 가까이 다가가지는 않았다. 그랜비의 입에서 "아, 저놈이!"라는 말이 튀어나왔다.

이번에는 이스키에르카를 유인하려고 배를 내보일 필요도 없었다. 여섯 바퀴 정도 맴을 돈 이스키에르카는 서로 눈치나 보고 있는 상태에 진력나서 성급하게 콧김을 뿜어댔다. 결국 이스키에르카가 먼저 접근을 시도하면서 만카에게 덤벼들기 시작했다. 만카는 제자리에서 한 바퀴 돌고 나서 한 바퀴 더 돌려는 것 같았다. 한 바퀴를 더 돌아오면 이스키에르카와 맞닥뜨리게 되는 것이었다. 이스키에르카가 가까이 다가오자 만카는 갑자기 날개를 두 번 치면서 입을 쩌억 벌리더니 놀라운 속도로 덤벼들었다.

공격에 나선 코브라처럼 만카는 순식간에 턱을 목에 붙이고 독을 뿜어냈다. 이스키에르카도 입을 벌리고 불을 길게 뿜어내어 둘 사이의 공기를 태웠다.

가늘고 길게 뻗어 나온 독에 불이 붙어 지독한 탄내가 지상까지 전해져왔다. 구경하던 용들은 매캐한 검은 연기를 피해 양쪽으로 갈라졌다. 만카가 고통스러운 비명을 짧게 내지르며 허우적 허우적 물러났다. 얼굴과 몸통 위쪽이 시커멓게 그슬리고 그 부분의 은색 비늘이 바짝 타버렸다. 빙글 돌아서 되돌아온 이스키에르카는 틈을 주지 않고 그대로 강하게 밀어붙였다. 이스키에르카가 한 번 더 불길을 뿜어내자 만카는 움찔하여 비스듬히 피했으나 한 번 더 불길이 뻗어나갔다. 구경하던 용들이 일제히 함성을 올렸다. 만카의 그림자가 마당 바깥으로 밀려나 근처의 개울로 떨어진 것이다.

9

"굉장한 싸움이었소."

목 칼라를 만지며 매무새를 가다듬고 있는 이스키에르카에게 우알파는 머리를 살짝 끄덕이며 거듭 칭찬했다. 만카 코파카티는 마당 저 끝에 부루퉁하게 웅크리고 앉아 있고, 하인들이 분수에서 길어온 물로 만카의 상처를 씻어내고 연고를 발라주었다.

"하지만 만카는 이스키에르카가 불을 뿜는 능력이 있는 걸 몰랐으니, 이스키에르카는 결국…… 얄팍한 속임수로 이긴 것밖에 안 돼. 만카가 상대의 능력에 대해 미리 알고 싸운 것도 아니니까 이 싸움은 그렇게 인상적일 것도 없고……."

테메레르는 이렇게 말하고 싶었다. 하지만 할 수가 없었다. 로렌스 앞에서 그런 속 좁은 말이나 하는 용으로 보이고 싶지 않았다. 결국 마지못해 이스키에르카에게 축하의 말을 건넸다.

"멋진 싸움이었어."

하지만 속으로는 앞으로 싸울 일이 생기면 내가 나서서 실력 발휘를 해보이리라 결심했다.

이스키에르카가 우쭐해하며 대꾸했다.

"그래. 이제 저 용들은 감히 나한테 도전할 생각도 못할 거야. 행정관한테 우리가 이제 타루카 노인을 고향에 데려다주려고 하는데 가는 길을 알려달라고 말해."

그때 구이 요리가 나와서 테메레르는 곧바로 우알파에게 말을 전하지 못했다. 젊은 남자들이 나무꼬챙이에 통째로 꿰어 구운 야마들을 내오고 있었는데, 무게가 상당한지 걸어오면서 다리를 휘청거렸다. 야마 고기에서 기름이 지글지글 끓어 땅으로 뚝뚝 떨어졌다. 젊은이들이 특별히 크고 맛있는 야마 두 마리를 이스키에르카 앞에 내려놓자 이스키에르카는 곧장 먹기 시작했다.

"음, 그러니까 여러분은 타루카를 정말로 멀리 데리고 가겠다는 것이오? 타루카를 데리고 있으려고 핑계를 대는 줄 알았소만."

우알파는 고기를 다 먹은 후 나무꼬챙이를 질겅질겅 씹으며 생각에 잠긴 목소리로 물었다. 특별한 향이 나는 나무로 만든 꼬챙이라서 고기를 다 먹은 후 씹으면 기분이 좋아졌다.

테메레르가 대답했다.

"뭐하러 저희가 그런 핑계를 대겠습니까? 이스키에르카뿐만 아니라 저희들은 싸움을 꺼려하지 않습니다. 핑계를 대기보다는 결투에 응하는 편이죠."

우알파는 거대한 어깨를 한 번 으쓱했다.

"유럽에서 온 이들은 늘 이런저런 거짓말을 하니까."

테메레르는 유럽에서 온 이들이라고 싸잡아 비난하는 건 타당하지 못하다는 생각이었다. 게다가 그는 유럽 용이 아니라 중국 용이었다.

우알파가 계속해서 말했다.

"타루카를 데리고 있고 싶지 않으면 여기 두어도 좋소. 기꺼이 내 아이유의 일원으로 받아들일 테니. 제국의 반이나 가로질러 가는 여정은 노인에게 무리일 거요."

이 대화를 주워들은 해먼드가 열을 올리며 로렌스에게 말했다.

"용 행정관의 말이 일리가 있다는 걸 인정하셔야 합니다, 로렌스 대령님. 게다가 이곳의 노예제도는 서방 국가들의 노예제도와는 달라 보여요. 노예를 잔인하게 학대하지도 않고……."

로렌스가 그의 말을 잘랐다.

"대사님, 여기 머물고 싶은지 아니면 처음에 얘기한 대로 고향으로 가고 싶은지 노인에게 물어봐주시겠습니까?"

해먼드는 한숨을 쉬며 타루카에게 질문을 전했다. 타루카는 망설임 없이 고향으로 돌아가고 싶다고 대답했는데, 소망이 이루어질 가능성이 있다는 믿음이 생겨서인지 목소리에도 한층 힘이 들어가 있었다.

테메레르가 타루카를 고향으로 데려가기로 했다고 전하자 우알파도 한숨을 푹 쉬며 말했다.

"흠, 여러분이 애초에 그 조건을 걸고 결투에 응했으니 그를 데려가는 것은 법에 어긋남이 없소. 티티카카까지 갈 수 있는 통행증을 내드리겠소. 그리고 티티카카 근처에 쿠스코가 있으니 그곳에도 가보시오. 사파 잉카께서 여러분을 만나주실 수도 있으니. 듣기로는 몇몇 유럽인들이 그곳에서 손님으로 접대를 받고 있다고 하니, 여러분도 알현이 가능할 거요."

테메레르가 물었다.

"쿠스코가 그럼 잉카 제국의 수도인가요? 티티카카에서 멀진 않습니까?"

"티티카카에서 비행으로 이틀 정도 걸릴 거요."

그 얘기를 들은 해먼드는 "아" 하고 중얼대더니, 티티카카행을 반대하던 것을 중단하고 바로 찬성 쪽으로 돌아섰다.

"자기를 위해 결투까지 해줬으면 우리 얘기를 좀 믿어줬어야 하는 거 아닙니까. 지금이라도 좀 믿어줘야죠."

그랜비가 분개하며 내뱉었다. 그랜비는 이스키에르카의 머리에 혹시 독이 한 방울이라도 떨어졌을까 봐 일일이 손으로 쓸어가며 두루 확인했다. 나중에라도 콧구멍이나 눈, 입으로 굴러 들어가면 큰일이었기 때문이다.

이 말을 전해 들은 타루카는 얽은 얼굴에 손을 가져다대며 말했다.

"무어라 감사의 말씀을 올려야 할지. 제가 지금까지 열네 번이나 납치를 당하다 보니 쉽게 믿지를 못했습니다. 이제 인티(태양을 뜻하는 케추아어로 여기서는 태양신을 의미—옮긴이)의 뜻으로 여러분의 도움을 받아 고향에 돌아가게 되었으니 무척 기쁩니다."

그동안 타루카가 그들을 온전히 믿지 못한 데는 현실적으로 그럴 만한 이유가 있었다. 밧줄과 범포를 얼기설기 엮어 만든 임시 삭구로는 티티카카까지 그 먼 거리를 비행할 수가 없었다. 쉬플리를 비롯해 바느질을 할 줄 아는 선원들이 전부 동원되어 그물과 안장을 손보고 있지만 대강 기워놓는 수준밖에 되지 않았다. 이곳 용들이라면 티티카카까지 2주면 되겠지만 테메레르 일행에게는 낯선 고지대이니만큼 최대 3주를 잡아야 했다. 그 기간 동안 험준한 안데스 산맥을 지나면서 그물이나 안장이 망가지기라도 하면 곧장 죽음으로 이어질 것이다. 그렇다고 이동에 필요한 장비를 달리 구할 방법도 없었다. 우알파가 마을 외곽에서 편하게 사냥을 하라고 인심을 써준 덕분에 용들은 관리하는 이 없이 방목으로 자라는 야마들을 실컷 먹을 수 있었지만 안장을 만드는 데 필요한 가죽을 얻을 수는 없었다. 지상 요원들 중에 가죽 손질을 할 수 있는 가죽 세공인이 한 명도 없었다. 어렸을 적에 무두장이 밑에서 몇 달 견습생으로 일했다는 배불뚝이 노선원이 그나마 가죽 세공에 대해 어렴풋한 기억을 갖고 있을 뿐이었다.

꿍쑤는 소금 없이 고기를 최대한 오래 보관하기 위한 작업에 착수했다. 테메레르는 꿍쑤가 고기를 훈제할 수 있도록 속이 빈 큰 나무 한 그루를 쓰러뜨려주었다. 꿍쑤는 마을 사람들이 고기를 건조하는 것을 관찰하고 손짓 발짓으로 방법을 물어가며 이 지역 특유의 고기 저장 방법을 익혔다. 고기를 일부 내주고 말린 메이즈 옥수수를 대신 받아두기도 했다.

로렌스 일행은 탈카우아노 시 변두리에 작고 초라한 천막들을 세워 야영지를 만들었다. 꿍쑤는 선원들 몇 명을 불러 옥수수 자루들을 야영지로 나르게 한 후 로렌스에게 말했다.

"맛이 괜찮으리라는 보장은 못하겠지만, 옥수수라도 있으면 굶어죽지는 않을 겁니다."

야마 고기를 먹고 가죽을 벗겨 잔뜩 쌓아두었는데 아무리 가공을 해봐도 거친 가죽은 자꾸만 썩어 들어갔다. 괴상한 냄새까지 나서 그 가죽으로 안장을 만들었다간 아무리 얌전히 비행을 한다고 해도 안전을 보장할 수 없을 듯했다.

그러던 어느 날 포싱이 로렌스를 따로 찾아와 말했다.

"여길 빨리 뜨지 않으면 선원들을 통제하기 어려울 것 같습니다, 대령님. 기회를 봐서 피라미드로 들어갈 게 뻔합니다. 이번 주에만 열 명 남짓이 피라미드로 들어가려고 해서 끌고 내려왔습니다. 배터시는 잡으러 가서 보니까 벌써 피라미드로 들어가 주머니칼로 벽의 금박을 미친 듯이 뜯어내고 있었습니다."

선원들의 말썽은 그 정도에서 그치지 않았다. 이 도시에 머물며 출발 준비를 한 지 3주째 접어들던 날 포싱은 선원 두 명이 사라졌다고 보고했다. 나흘 후에는 핸즈마저 종적을 감췄다.

포싱이 말했다.

"핸즈 혼자 없어진 거면 도망친 거라고 생각하겠는데, 그릭스랑 야들리도 없어졌습니다. 그릭스는 핸즈처럼 교수형을 받을 일이 없고, 야들리는 게을러터진 놈이라 황금이 저 앞에 있다고 해도 누가 억지로 끌고 가지 않으면 안 갈 놈입니다. 그래서 혹시 여기에도 버닙 같은 괴물들이 있는 게 아닐까 하고······."

오스트레일리아의 사막을 지날 때 그곳에 서식하는 버닙들이 선원들을 잡아간 적이 있어 하는 말일 터였다.

"여기는 문명국가야. 근처에 그런 괴물이 존재한다면 우알파 행정관이 우리한테 미리 경고해줬겠지. 이곳 주민들도 밖에서 아무렇지 않게 걸어 다니고 있잖아. 아무래도 이곳에 사는 용들이 그 선원들을 꾀어간 것 같아."

로렌스가 씁쓸하게 말을 맺자 옆에서 그랜비가 거들었다.

"만약 그런 거면 그 녀석들을 되돌려 받을 수나 있을지 모르겠군요."

분개한 테메레르가 실종된 선원들에 대해 마을 여기저기에 묻고 다녔으나 별 성과는 없었다.

며칠 후 페리스가 곤혹스러운 표정을 한 그릭스를 데리고 야영지로 돌아왔다. 그 뒤로 선원 여섯 명이 바구니를 들고 따라오고 있었다. 로렌스 앞에 이르자 페리스는 선원들에게 바구니를 내려놓으라고 지시했다. 로렌스가 뚜껑을 들춰보니 바구니 안에 잘 손질된 두툼하고 질 좋은 가죽들이 가득 들어 있었다. 페리스가 말했다.

"대령님, 제가 잘한 건지 잘 모르겠습니다……. 아무래도……."

로렌스는 바구니 뚜껑을 도로 덮고 물었다.

"다 어디서 난 건가, 페리스?"

"핸즈와 야들리의 몸값으로 받은 겁니다. 음, 몸값 비슷한 거겠죠. 저 숲 너머의 땅을 소유한 용이 스페인어와 영어를 좀 할 줄 아는 사람을 데리고 있습니다. 몇 년 전에 이곳으로 온 선교사에게 길 안내를 해주면서 말을 배웠다고 하는데, 그 사람이 밤에 몰래 이쪽으로 건너와서 핸즈와 야들리, 그릭스를 설득해 데려갔답니다."

로렌스는 믿기지가 않아서 목소리가 높아졌다.

"설득해서 데려갔다고?"

페리스는 선원들을 제대로 관리하지 못했다는 자괴감에 얼굴을 붉히며 대답했다.

"예, 대령님. 숲 너머로 갔더니 그릭스가 모퉁이 너머에서 고개를 내밀고 제 눈치를 보고 있었습니다. 야들리도 같이 있었는데, 핸즈는 끝까지 모습을 안 드러냈습니다. 그릭스는 생각을 고쳐먹고 우리에게 다시 돌아오기로 했지만 핸즈와 야들리는 돌아오는 걸 거부했습니다."

로렌스가 쳐다보자 그릭스는 면목 없어하며 초조하게 중얼거렸다.

"그 용이 저희한테 일을 안 시킬 거라고 약속했거든요. 금도 많이 주고 여자들도 주겠다고. 하지만 저는 늙으신 어머니가 눈에 밟혀서 돌아왔습니다. 저 없이 어떻게 사실지 걱정이 되기도 하고……."

로렌스가 엄격하게 말했다.

"그래, 그릭스. 우리가 이곳을 떠나기 전에 돌아왔으니 널 탈주자로 여기지는 않겠다. 하지만 우리가 여기 머무는 동안 야영지에서 한 발짝도 나갈 생각 마라. 페리스, 계속 설명해봐."

"예, 선교사의 길잡이를 했다는 그 사람과 얘기를 나눴습니다. 나머지 두 선원도 데려오고 원하는 게 뭔지도 알아보기 위해서요. 그 사람에게 우리 용들이 이 일을 어떻게 받아들일지도 전했습니다. 그런데 그 사람은 핸즈와 야들리가 우리 쪽으로 돌아가고 싶어 하지 않는데 억지로 끌고 가는 건 가혹하지 않느냐고 하더군요. 차라리 그 두 사람을 자기네 쪽에 남게 하고 대신 선물을 받아가는 게 어떻겠냐고 하면서 이 가죽을 내주었습니다. 생각을 해봤는데……."

페리스는 어쩔 수 없다는 듯 어깨를 한 번 으쓱하고는 말을 이었다.

"굳이 그 두 녀석을 데리고 돌아올 필요가 있을까 싶었습니다. 차라리……."

"가죽을 받고 그들을 팔아넘기자고?"

로렌스의 말에 페리스가 입을 다물었다.

그랜비가 다른 바구니 하나를 열고 두 손으로 가죽을 만져보며 말했다.

"로렌스 대령님, 선원들을 관리하는 문제로 언쟁을 하고 싶진 않지만, 핸즈를 데려오는 것보다는 이런 가죽 바구니 여섯 개를 받는 게 훨씬 낫지 않겠습니까. 이만한 값을 치르고 그놈을 데려가주는 이가 있어서 다행이다 싶기도 하고요. 핸즈는 넘겨주고 야들리는 데려오는 게 어떨까요?"

흡족한 표정으로 바구니 냄새를 맡고 있던 테메레르가 끼어들었다.

"핸즈를 넘겨주는 것에는 찬성이야. 어차피 다음에 군법회의를 열면 핸즈를 교수형에 처할 생각 아니었어? 로렌스, 당신 입장은 물론 이해해. 낯선 용들이 우리 사람들을 꾀어가게 내버려 두면 안 되는 거고, 우리가 아무런 저지도 하지 않을 거라고 생각하게 두면 안 되는 거니까. 그럼 조만간 내 승무원들까지 노리겠지. 핸즈와 야들리를 데려간 용한테 가서 얘기해볼게. 결투를 하고 싶다면 기꺼이 싸워주고."

로렌스는 손으로 머리카락을 쓸어 올렸다. 낮에 출발 준비를 하느라 가뜩이나 정신이 없었는데 선원들까지 한술 더 보태고 있었다. 고개를 푹 숙이고 있는 그릭스를 바라보며 그는 생각에 잠겼다. 아무리 호사를 누리게 해주겠다는 유혹을 한다고 해도 자발적으로 가서 노예가 되는 것은 이해가 되지 않았다. 제대로 싸워보지도 않고 나폴레옹에게 굴복하여 나라를 갖다 바치는 것과 다를 바 없었다.

어리석게도 탐욕에 빠져 스스로를 노예로 팔아넘긴 핸즈를 비난하고 싶지는 않았다. 그 자는 노예가 됨으로써 교수형을 면하고 자신의 목숨을 지킨 것이다. 로렌스도 교수형을 그리 즐기는 사람이 아니다 보니 굳이 핸즈를 잡아다가 악착같이 교수형에 처하게 만들고 싶지는 않았다. 그놈이 교수형도 모자랄 만큼 극악한 죄를 저지르기는 했지만…….

그랜비가 말했다.

"유죄 선고를 받은 죄수를 도망치게 방관하자는 게 아닙니다. 하지만 핸즈가 반란죄에 대해서는 아직 재판을 받은 것도 아니고, 엄밀히 따지면 우리가 그의 상관도 아니잖습니까. 군법회의가 열리면 태형 정도 당하겠죠. 공군에서도 그러니까요. 해군도

종종 태형으로 잘못을 다스린다고 들었고. 비교하는 것처럼 말씀드려서 죄송합니다."

그러자 로렌스가 말했다.

"해군은 폭동을 일으킨 자를 어떤 상황에서도 관대하게 처벌하지 않아. 그리고 선원을 현지에 남겨서 그곳 주민들에게 쓸모 있는 사람으로 살아가게 하는 것과 그를 팔아넘겨 몸값을 받아챙기는 것은 엄연히 달라."

그랜비는 입술 주변을 씰룩이며 자신 없는 투로 제안했다.

"몸값이 아니라 지참금 정도로 생각하면 되지 않을까요."

"퍽이나 위로가 되는군. 고맙네, 그랜비."

로렌스는 테메레르와 함께 숲 너머 사유지로 향했다. 밭 끄트머리에 돌로 지은 대형 창고가 여럿 있는 크고 번창한 농장이었다. 너른 마당 가장자리에는 초가지붕을 얹은 오두막들이 자리하고 있었다. 체중이 10톤 내지 11톤 정도 돼 보이는 중형의 암컷 용이 마침 목재 한 무더기를 십여 명의 일꾼들에게 전해주던 참이었다. 창고를 더 지으려고 준비하는 듯했다. 테메레르가 착륙하자 암컷 용은 들고 있던 목재를 내려놓고 폴짝폴짝 뛰어서 일꾼들과 테메레르 사이를 가로막았다.

'마가야'라는 이름의 그 암컷 용이 벌컥 화를 내며 말했다.

"핸즈 말로는 당신들이 그를 죽이려고 한다면서요. 중요한 제물로 쓴다든가 하는 특별한 이유도 없이 그냥 죽이려고 한다던데. 게다가 요즘은 사람을 제물로 쓰는 사악하고 쓸데없는 짓은 아무도 안 해요. 우알파 행정관님이 아직 모르시는 것 같은데 아시면 절대 허락 안 하실 거예요. 핸즈를 돌려드릴 생각 없으니까 그렇게 아세요!"

그러고는 도전적으로 머리를 치켜들며 폼을 잡았다. 테메레르가 얼굴 주변의 막에 주름을 잡으며 목구멍 안쪽에서 나지막하게 으르렁대는 소리를 내자 마가야는 허둥지둥 뒤로 물러섰다.

테메레르가 말했다.

"이 나라의 용들은 하나같이 이상하게들 구네. 아주 가지가지야. 팔타가 나를 버닙 같은 괴물로 취급하고 우알파 행정관이 우릴 도둑으로 착각한 것까진 그렇다고 쳐도, 너는 아예 우리 쪽 사람들을 훔쳐가서……"

"훔친 거 아니거든요! 그들이 나한테 온 거예요! 훔친 거랑은 완전히 다르……"

"훔친 거 맞거든. 게다가 체중이 나만큼 되지도 않으면서 뻔뻔하게 덤벼들기까지 하다니. 너 대신 너희 부족의 전사 용을 대신 전투에 내보내면 된다고 생각하는 모양인데, 네 행동이 옳았으면 몰라도 넌 옳지 않았어. 물론 너 대신 전사 용이 나온다고 해도 내가 싸워서 이기겠지만."

"테메레르."

로렌스가 테메레르의 목에 손을 얹으며 자제시켰다. 테메레르가 방금 나눈 대화를 통역해 전해주자 로렌스가 말했다.

"엄밀히 따져도 도둑질은 아니야. 선원들은 영국 국왕 폐하의 국민이지 소유물이나 재산이 아니니까. 국민은 국왕께 충성을 맹세하고 법을 준수해야 하지만 원하는 곳에서 살 수 있는 권리도 갖고 있어."

"그야 뭐, 그렇긴 하지만."

로렌스는 테메레르가 승무원들에 관한 한, 자신의 소유물이라는 생각을 갖기 시작했음을 알아차렸다. 이 지역 용들의 생각에 물이 든 모양이었다.

"하지만, 로렌스, 저 용이 도둑질한 건 맞아. 훔칠 의도를 갖고 선원들한테 접근했잖아. 그 선원들이 내 사람들이라는 걸 몰랐다고 해서, 실제로 선원들이 내 소유물이 아니라고 해서 저 용이 도둑이 아닌 게 되지는 않지."

마가야도 지지 않고 자기변호를 늘어놓았다.

"난 잘못한 거 없어요. 댁들이 그들을 제대로 돌봐주지 못한 탓이에요. 내가 만약 내 사람들을 나무에 목매달고 때리고 항상 중노동을 시킨다면 그 사람들은 행정관님한테 가서 나에 대한 불만을 털어놓을 것이고 자기네를 더 잘 돌봐주는 다른 용을 찾아갈 겁니다. 법으로도 허용되어 있어요."

"나도 잘 돌보고 있……."

"아니잖아요. 옷만 봐도 댁의 사람들은 전부 누더기 차림이고 단 한 명도 괜찮은 물건으로 치장하고 있지 않아요."

테메레르는 얼굴 주변의 막을 펼치며 인상을 찌푸렸다. 잠시 진정하고 로렌스에게 통역을 해준 다음 마가야의 말에 반박했다.

"그건 이곳까지 오는 동안 고생을 많이 해서 그래. 그리고 여기 있는 로렌스의 좋은 물건들은 따로 챙겨서 넣어놨어. 내 사람들에 대해 그런 말을 하는 걸 보니 우리 야영지를 몰래 지켜보면서 한 명씩 꾀어낸 게 분명하구나."

당황한 마가야는 목과 어깨의 깃털들을 부풀려 세우고 그 안으로 머리를 쏙 집어넣었다. 움츠린 병아리 같았다.

테메레르는 기가 살아서 계속 쏘아붙였다.

"내 사람들이 자발적으로 너한테 도망쳤다는 헛소리는 집어치워. 핸즈라면 그랬을 수도 있지. 극악한 짓을 저질러서 벌을 받아야 하는데 그 벌을 받기 싫을 테니까. 하지만 그릭스와 야들리는 네가 내 등 뒤에서 감언이설로 꾀어낸 게 분명해. 더는 못 참아. 너희 법도 그런 도둑질을 허용하진 않을걸."

"도둑질 같은 건 안 했어요. 나한테 온 사람들이 댁들에게 불만을 품지 않았다면 내가 무슨 말로 꾀었어도 듣지 않았겠죠. 어쨌든 이렇게 속상해하는 걸 보니 지금 나한테 와 있는 두 선원을 무척 아꼈나 보군요. 그렇다면 선물을 조금 더 드리면 어떨까요?"

마가야는 점잔을 빼며 말하다가 서둘러 선물 쪽으로 얘기를 끌어갔다.

"두 사람을 여기 두고 가는 건 있을 수 없는 일이야. 특히 야들리는 안 돼. 그들은 영국 국왕 폐하의 국민이면서 내 팀원이기도 하고……."

"아, 좋아요. 그럼 핸즈만 나한테 주시는 걸로 하죠. 댁이 계속 그를 보살필 것도 아니고 어차피 처형할 거라면서요. 핸즈를 받는 대신 옷을 내드릴게요. 그럼 댁의 다른 팀원들도 누더기를 입지 않아도 되고……."

"음."

로렌스는 테메레르에게 대화 내용을 전해 듣지 않아도 대충 파악할 수 있었다. 테메레르는 지금 핸즈를 놓고 값을 흥정하고 있었다.

마침내 테메레르는 거래 조건에 만족한 듯 궁둥이를 바닥에 대고 앉았고 마가야도 기뻐하며 깃털들을 가지런히 내렸다. 마가야가 어깨 너머로 지시를 내리자 근처에서 지켜보고 있던 일꾼들 몇 명이 창고로 향했다. 창고에서 나오는 일꾼들의 손에 바구니 여러 개가 들려 있었다. 바구니마다 이 지역 사람들이 착용하는 옷과 가죽 신발, 말린 메이즈 옥수수가 담겨 있었고 소금이 가득 들어 있는 작은 바구니도 하나 있었다.

마가야의 마을 오두막에서 불려 나온 야들리는 부루퉁하면서도 죄스러워하는 표정으로 슬금슬금 로렌스 앞으로 걸어와 말했다.

"제가 몸이 아파서 말입니다, 대령님. 이 지역 사람들을 죽게 한 그 전염병에 걸린 것 같아서 차라리 여기 머물다가 죽자 싶었습니다요. 제가 여기 남으면 이들이 제 동료들에게 필요한 물건이라도 내줄 것 같아서……."

구차한 변명을 더 듣고 싶지 않아 로렌스가 말을 가로막았다.

"그만 됐어, 야들리. 페리스가 널 찾아내준 걸 다행으로 생각해. 우리가 여길 떠나면 저 용은 굳이 네 비위를 맞춰줄 필요가 없어지는데 그때도 네가 여기서 계속 게으름을 떨면서 살 수 있을까? 한눈에 봐도 이 농장에서 일 안 하고 노는 사람은 한 명도 없는데 말이지."

야들리는 발끈했다.

"제가 일하는 걸 싫어하는 성격은 아닙니다요. 이렇게 귀엽고 상냥한 이는 처음이라서 여기 남으려고 했던 거죠."

로렌스는 체중이 11톤이나 나가고 이빨도 무시무시한 톱니 모양인 마가야를 바라보며 잠시 어안이 벙벙했다. 그러다가 방금 야들리가 나온 오두막 문간에 나와 서있는 젊은 여자를 보니 그제야 그 말이 이해되었다. 야들리가 말한 귀엽고 상냥한 이는 바로 그 여자였다. 여자는 몸에 담요 한 장만 달랑 걸치고 한쪽 어깨를 드러낸 채 발랄하게 손을 흔들며 야들리에게 작별 인사를 하고 있었다.

로렌스는 고개를 절레절레 흔들며 말했다.

"테메레르, 야들리가 저 아가씨와 미래를 약속했는지…… 그래서 저 아가씨가 야들리와 결혼을 생각하고 있는지…… 마가야한테 물어봐."

그 말을 전해 들은 마가야가 수상쩍어했다.

"무슨 뜻이죠, 그게? 저 여자를 데려가는 건 안 됩니다! 혹시 야들리를 여기 남겨두고 가겠다는 뜻인가요?"

"아니, 그건 아니고."

테메레르가 고개를 돌려 로렌스에게 물었다.

"로렌스, 무슨 뜻으로 한 말이야?"

로렌스가 말했다.

"저 아가씨가 임신이라도 했으면 아이를 생각하지 않으면 안 되니까."

그러자 마가야가 말했다.

"아이는 우리가 돌봅니다. 아이 어머니가 우리 아이유 소속이니까 아이도 우리 소속이에요."

로렌스의 생각은 달랐다.

"그건 그렇지만, 그 아가씨가 야들리와의 일로 앞으로 다른 사람과 결혼하기 힘들어질 수도 있으니……."

마가야가 물었다.

"힘들어지다니 왜요?"

테메레르도 의아해하며 로렌스에게 물었다.

"왜 힘들어지는지 나도 이해가 안 되는데 이유가 뭐야?"

로렌스가 힘겹게 이유를 설명했다.

"그 아가씨가 처녀성을 잃었으니까. 용들은 그런 거 상관 안 하는지 몰라도 인간 남자들은 신경을 써. 그러니까 야들리와 결혼할 생각을 하고 있는지 저 아가씨에게 물어보라는 거야."

"알았어. 그런 걸 신경 쓰는 게 바보 같긴 하지만 물어볼게."

테메레르가 로렌스의 질문을 전하자 젊은 여자는 눈을 깜박이며 마가야와 마찬가지로 이해가 안 된다는 표정을 지었다. 로렌스는 고개를 저으며 더는 그 문제를 거론하지 않기로 했다. 이 여자는 이곳에 친구가 없는 것도 아니었고, 야들리와의 이별을 심하게 아쉬워하는 것 같지도 않았다. 덕분에 로렌스는 야들리를 데려감으로써 그 여자에게 몹쓸 짓을 하게 되었다는 기분을 느끼지 않아도 되었다.

그곳에 머무는 내내 로렌스는 핸즈를 보지 못했다. 창고 뒤에 드리워진 그림자만 보았을 뿐이다. 끝이 바닥까지 내려온 지붕과 창고 벽 사이의 공간에 웅크리고 숨어 있는 그림자. 로렌스는 망설였다. 끝까지 고지식하게 굴면서 핸즈를 끌고 나오고 싶지는 않았다. 이곳에서 필요한 물자를 공급받아야 할 절실한 필요가 있기도 하고, 핸즈를 이곳에 두어 목숨을 살려주고 싶기도 했다. 그러나 실용적인 목적은 차치하고라도 명백히 원칙에 위배되는 행위라 영 내키지가 않았다.

테메레르가 말했다.

"크게 잘못된 점은 없다고 봐. 처신하는 걸 보면 마가야도 괜찮은 용인 것 같고, 핸즈를 잘 돌봐줄 거란 확신이 들어. 그놈에게 그런 대우는 가당치도 않지만. 어쨌든 로렌스, 영국 국왕의 백성은 국민으로서의 의무를 저버리지 않는 한, 원하는 대로 살 권리가 있다면서. 핸즈가 여기 남고 싶어 하니 원하는 대로 해주자. 핸즈가 원치 않더라도, 국민으로서 의무를 다하려면 여기 남으라고 해야 할 판이잖아. 그가 여기 남으면 우리는 필요한 여러 물자들을 공급받을 수 있으니까."

"아무리 후하게 값을 쳐준다고 해도 외국에서 노예로 살게 생겼는데 그게 어떻게 자유민으로서의 의무라고 할 수 있겠어."

"정확하게 말하면 노예라고 할 수는 없지. 당신이 내 것이긴 하지만 내 노예는 아니잖아."

테메레르를 명령에 복종하게 만들기까지 어느 정도 시간이 걸리기는 했다. 그렇지 않았다면 로렌스는 이 모순되는 상황을 쉽게 이해하지 못했을 것이다. 비행사와 용의 관계를 합리적으로 따져보자면 비행사가 용을 소유한다기보다 용이 비행사를 소유한다는 사실을 로렌스는 혼란 속에서 깨달았다.

그날 저녁 야영지에서는 쉬플리가 선원들을 지휘해 새로운 안장을 만드느라 부산을 떨었다. 쉬플리는 바쁜 와중에도 감독으로서 으스대는 것을 잊지 않았다.

로렌스가 불현듯 깨달은 용과 비행사의 관계에 대해 털어놓자 그랜비가 말했다.

"그 주제에 대해서라면 이스키에르카는 대령님의 생각에 전적으로 동의하고도 남을 겁니다. 그러니까 이스키에르카 앞에서 그 얘기를 큰 소리로 하진 말아주십시오. 이 빌어먹을 나라는 우리 용들에게 나쁜 영향을 주고 있어요. 나중에 테메레르가 영국으로 돌아가서 용은 투표권뿐 아니라 인간에 대한 소유권도 가져야 한다는 주장이나 안 하면 다행일 겁니다."

10

아침 무렵, 테메레르 일행은 날카롭게 치솟은 안데스 산맥의 거대한 봉우리들을 앞에 두고 기슭을 따라 비행했다. 고향인 영국이 너무도 멀게 느껴졌다. 안데스 산맥의 비탈을 길게 뒤덮은 하얀 눈 위로 톱니 모양의 날카로운 푸른 그림자가 드리워졌다. 비행 고도를 높여 산을 오르면서 내려다보니 100여 갈래의 지류로 나뉜 강물이 산비탈을 따라 흘러내렸다. 저녁 즈음에 용들은 고지대의 초원에 착륙하여 숨을 골랐다. 그날의 이동 경로를 지도에 선으로 그어서 재본다면 16킬로미터도 채 안 되었을 것이다. 산을 넘어가려면 160킬로미터는 더 이동해야 했다.

테메레르의 등에서 내려온 로렌스는 발을 헛디디며 휘청거렸다. 산의 공기에 스며든 독한 기운 때문인지 다들 숨이 가쁘고 속이 메슥거렸다. 몇 명은 풀무처럼 가슴을 들썩이다가 아예 바닥에 드러누웠다.

초원 끝으로 걸어간 로렌스는 절벽 앞에서 그나마 깨끗한 공기를 폐 속 깊이 들이마셨다. 절벽 아래에는 계단식 농장이 펼쳐져 있었다. 땅을 묵히는 중인지 메이즈 옥수수들이 잡초와 자리다툼을 하고 있고 풀이 길게 자라 있었다. 버려진 농기구들이 풀 사이에 반쯤 파묻혀 있었다.

줄곧 그런 풍경이 이어졌기 때문에 낯선 이의 빈 집에 발을 들여놓는 기분이었다. 손님을 반겨 줄 주인도, 하인도 없는 집. 가끔 용 몇 마리가 보이기는 했다. 밭일을 하는 용도 있고 목재를 옮기는 용도 있었다. 산을 넘어가면서 처음 며칠간은 사람을 딱 한 번 보았다. 두 팔로 무릎을 감싸고 밭에 앉아 있는 어린 소녀 두 명. 소녀들은 가파른 골짜기에서 풀을 뜯는 여러 마리의 야마들을 지켜보고 있었다.

낯선 용들이 날아오자 소녀들은 깜짝 놀라 하늘을 올려다본 후 근처의 동굴로 달려 들어가 몸을 피했다. 동굴이라고는 해도 바위의 갈라진 틈새 정도에 불과해서 용이 따라 들어갈 수 없었다. 소녀들은 종을 울려 사방에 위험을 알렸다. 해먼드가 로렌스의 귀에 대고 걱정스럽게 외쳤다.

"여기서 내리지 말고 빨리 지나가도록 하죠! 괜히 주민들을 자극했다가 좋을 게 없을 테니까……"

그들은 인적 없는 곳으로 이동하여 창고가 서 있는 또 다른 밭에 착륙했다. 그날 저녁 늦게 이스키에르카는 "아까 거기서 착륙했으면 야마들을 바로 잡아먹을 수 있었을 텐데."라고 투덜대면서 말린 메이즈 옥수수로 쑨 죽을 먹었다. 꿍쑤는 훈제 처리해서 따로 저장해두었던 야마 고기를 죽에 곁들여 내왔다.

해먼드가 밭 한쪽에 서 있는 창고를 살펴보며 말했다.

"지나는 길마다 창고가 있어 물품을 공급받을 수 있으니 정말 좋군요. 오늘만 해도 이런 창고를 여섯 개는 본 것 같은데, 맞죠?"

꿍쑤는 창고를 지어 올린 방법에 흥미를 보였다. 특히 설계 방식에 관심을 가진 듯했다. 로렌스가 자신을 눈여겨보자 꿍쑤가 말했다.

"빗물의 배수 처리가 아주 훌륭하네요. 곡물을 최근에 넣어둔 게 아닌데도 거의 상하지 않은 것을 보면 배수 처리가 잘 되어 있는 것 같습니다."

지나오면서 보니 창고마다 곡물이 잔뜩 쌓여 있었다. 그 곡물을 소비할 사람들이 많지 않아서일 것이다. 먹을 이도 없는 곡물을 재배하고 있으니, 잘 일궈진 밭을 가꾸는 용들의 모습이 낯설면서도 슬프게 느껴졌다. 테메레르가 몇몇 용에게 다가가 말을 걸자 용들은 테메레르의 몸에 타고 있는 200여 명의 사람들을 부러움과 분노가 섞인 눈으로 쳐다보면서 테메레르에게 사람들을 좀 넘기라며 온갖 제안을 했다.

로렌스가 예전에는 어땠느냐고 묻자 타루카가 대답했다.

"전에는 사람들이 많았습니다. 지금보다 훨씬 많았어요. 할아버지께 들은 얘기로는, 전에는 사람들이 너무 많아서 용을 쿠라카로 삼은 아이유가 절반밖에 안 되었다고 합니다……. 용을 설득해 아이유에 합류시키는 것은 대단히 명예로운 일이라서 위대한 전사나 숙련된 길쌈꾼이 시합에서 이기면 씨족을 위해 용을 모셔올 수 있었다더군요."

'아이유'는 씨족 공동체를, '쿠라카'는 각 씨족을 다스리는 족장을 뜻하는 듯했다. 그리고 쿠라카들은 중앙에서 파견된 행정관의 지휘를 받았다.

듣고 있던 해먼드가 로렌스에게 말했다.

"그것 보세요, 대령님. 내 말이 틀리지 않잖아요. 여기서는 용 밑에서 일하는 게 그 용의 노예가 된다는 뜻이 아니라니까요."

그러자 타루카가 말했다.

"전에는 그랬죠. 전에는 용이 사람의 생활 방식을 놓고 이래라 저래라 할 이유가 없었으니까요. 아이유의 명예가 곧 용의 명예였고, 아이유의 힘이 용의 힘이었습니다. 그래서 용들은 굳이 사람들을 지배하려 들지 않았습니다. 그러다 전염병이 퍼지고 사람들이 대규모로 죽어나가면서 각 아이유의 쿠라카 자리를 용들이 거의 전부 차지하게 된 겁니다. 쿠라카가 된 용들은 전전긍긍하면서 자기 아이유의 사람들이 마음대로 나다니지 못하게 합니다. 다른 아이유의 용들이 와서 사람들을 훔쳐가니 어쩔 수 없이 그리 된 겁니다."

비행을 하면서 보니 아예 사람들의 씨가 마른 것은 아니었다. 북쪽으로 갈수록 마을의 주민이 점점 늘어났고, 야마에 짐을 싣고 돌아다니는 사람들도 보였다. 푸른색 술 장식을 걸친 용들이 길을 따라 날아다니면서 순찰을 했다. 순찰을 돌던 용 한 마리가 테메레르 일행의 앞을 가로막았다. 작은 암컷 용이었다. 그 용은 사람들이 없는 골짜기에 테메레르 일행을 착륙하게 하고는 행정관에게서 받은 통행증을 보여달라고 했다. 테메레르가 그 용의 말을 로렌스에게 통역해서 전했다.

"도둑질을 막으려고 길에서 순찰을 돌고 있대."

체중이 2톤도 안 되어 보이는 작은 용이 길을 가로막자 테메레르와 두 용은 기분이 좋지 않았다. 로렌스가 보기에 그 용은 우편배달을 하는 소형 용인 볼리보다도 작은 것 같았지만 자신이 테메레르, 이스키에르카, 쿠링길레에 비하면 난쟁이와 다름없다는 사실을 별로 개의치 않는 듯했다. 테메레르의 몸에 탑승한 사람들 대부분이 이곳 주민들과 같은 복장인 것을 보고, 그 용은 사람들을 전부 바닥으로 내려오게 해서 한 명씩 자기 앞을 걸어가게 하라고 요구했다. 마가야가 선물로 준 옷을 입고 있는 것뿐인데 전부 유럽인이 맞는지 직접 확인해보겠다는 것이었다. 문제는 그들 모두가 유럽인이 아니라는 점이었다. 특히 말레이인과 중국인 선원들이 가장 큰 의심을 샀고 영국인 선원 중에도 햇볕에 시커멓게 그을린 자들은 원래의 피부색을 보여주기 위해 옷을 벗어야 했다. 디마니와 시포 그리고 흑인 선원 세 명도 너무 검어서 의심을 받았다.

암컷 용이 너무 오래 사람들을 쳐다보자 초조해진 쿠링길레가 말했다.

"디마니는 내 거야."

깃털을 세운 암컷 용은 대답 대신 쿠링길레를 한 번 쳐다본 후 디마니에게 다시 시선을 돌렸다. 인내심이 한계에 다다른 쿠링길레는 앉은 채로 몸을 일으키고 날개를 활짝 편 후 가슴을 내밀었다. 원래 침착한 성격인 데다 힘을 과시한 적도 별로 없는 쿠링길레인데 예전과는 확실히 달라졌다. 궁핍한 여정 중에도 성장을 계속하여 체중이 30톤에 육박하는 탓에 산사태만큼이나 위협적인 외모도 갖추었다. 쿠링길레를 올려다본 암컷 용은 깜짝 놀라 옆으로 물러났다. 쿠링길레가 머리를 치켜들고 고함을 지르기 시작했다.

평소 쿠링길레의 목소리는 가늘고 높은 편인데 고함 소리는 사뭇 달랐다. 테메레르가 쓰는 신의 바람처럼 괴상하고 특이한 공명은 없지만 거대한 두 개의 폐에서 뿜어내는 소리라 충격이 대단했다. 암컷 용 바로 앞에서 질러대니 효과는 더욱 컸다. 로렌스를 비롯한 사람들은 대부분 손으로 귀를 틀어막았다. 쿠링길레가 몸을 앞으로 숙이자 암컷 용은 조심스럽게 뒷걸음질을 치더니 확인이 끝났다며 부랴부랴 공중으로 날아올랐다.

테메레르는 얼굴 주변의 막을 뒤로 늘어뜨리며 쿠링길레에게 구시렁댔다.

"그렇게까지 할 필요는 없었잖아. 그 용이 예의 바르지는 않았지만 몸집이 작은데 뭐 그렇게 위협이 된다고 난리를 피우냐."

"그 용이 작기는 해도 디마니보다는 커."

이는 반박할 수 없는 사실이었다. 쿠링길레는 웅웅거리며 덧붙였다.

"그리고 저렇게 작은 용은 빠르단 말이야. 디마니를 낚아채서 달아나면 내가 쫓아가서 잡을 수 있을 것 같아? 비행사를 빼앗기는 모욕은 그만 당하고 싶어."

그날 저녁 쿠링길레는 무리에서 약간 떨어진 곳에 앉아 도살한 야마 세 마리를 씹으며 수심에 잠겨 있었다. 야영 준비를 마친 로렌스가 걱정스러워하며 테메레르에게 말했다.

"쿠링길레가 싸우고 싶어서 안달이 난 게 아니면 좋겠구나. 전에는 그렇게 행동한 적이 없는데……."

"선원들한테 디마니를 빼앗겼던 충격에서 아직 못 벗어난 것 같아. 솔직히 말하면 나도 선원들 때문에 아직 마음이 편치 않아. 그러니 쿠링길레는 선원들이 디마니한테 손을 댔을 때 얼마나 놀라고 겁이 났겠어. 그런 걸 생각하면 디마니가 쿠링길레한테 좀 더 상냥하게 대해주면 좋을 텐데."

로렌스는 쿠링길레에게 좀 더 잘해주라는 얘기를 에밀리를 통해 디마니에게 전해볼까 했으나 분위기가 좋지 않았다. 예전에는 늘 함께 앉아 있던 두 아이가 요즘은 데면데면했다. 에밀리는 제리를 불러 수학 공부를 하고 있었고 그 옆에 배기도 붙어 앉아 있었다. 로렌스는 에밀리가 그나마 자기 의지로 그렇게 공부하는 모습을 처음 보았다. 찢어진 상처는 그럭저럭 치료되어 뺨에 옅은 자국으로 남았지만 코는 눈에 띄게 비뚤어졌다. 그러나 에밀리는 상처를 감추는 것을 오히려 부끄럽게 여기며 머리카락을 뒤로 바짝 당겨 땋았다.

디마니는 상대의 영역을 침범하지 않겠다는 듯이 에밀리와 거리를 두고 앉아서 생각에 잠긴 눈으로 에밀리를 바라보았다. 선원들에게 의심의 눈길을 보낼 때를 제외하고 디마니의 시선은 줄곧 에밀리를 향해 있었고, 특히 배기를 냉랭한 표정으로 쏘아보곤 했다. 에밀리는 디마니와 눈을 마주치지 않았다. 이런 상황이니 에밀리에게 디마니와 얘기를 해보라고 말할 수가 없었다. 지난번에 로렌스는 에밀리에게 디마니와의 결혼을 언급하며 충고했었다. 만일 에밀리가 그 조언을 마음 깊이 새겨 디마니와 거리를 두기로 한 거라면 로렌스로서는 이런 불편을 감수하는 것이 마땅했다.

에밀리의 소리 없는 비난이 계속되고 있는 까닭에 디마니도 화를 가라앉히지 못하고 있었다. 로렌스가 힘들어하는 쿠링길레에 대해 얘기하며 신경을 써주라고 하자 디마니는 에밀리에게서 시선을 떼지 않고 대답했다.

"쿠링길레의 품속에서 언제까지 감시 아닌 감시를 당하며 살라는 말씀이세요. 싸움이 나면 옆에서 그랜비 대령님이 아무리 물러나라고 해도 로렌스 대령님은 앞으로 나서시잖아요."

정곡을 찌르는 말이었다. 로렌스는 비행사로서 필요 이상으로 스스로를 위험에 처하게 한다는 책망을 자주 듣는 편이었고 용을 흥분시키지 않기 위해 안전한 곳에 물러나 있어야 하는 공군의 관습을 아직 몸에 익히지 못했다. 해군 장교가 싸움을 피해 물러나면 계급에 걸맞지 않은 짓을 하는 겁쟁이로 낙인 찍히지만 공군 장교는 사정이 달랐다.

"의무를 다른 방법으로 이행하는 것과 의무를 등한시하는 것은 엄연히 달라. 네가 별다른 명분도 없이 용과 독립된 존재라는 걸 과시하려 들면 용을 불행하게 만들 뿐이다. 그건 비행사의 의무를 등한시하는 거지."

저쪽에 누워 있던 쿠링길레가 이 대화를 주워들었는지 갑자기 머리를 들고 왈칵 성을 냈다.

"디마니한테 이래라저래라 하지 마세요, 대령님. 디마니도 비행사고 제가 테메레르보다 몸집이 더 큰데 상급자처럼 굴지 마시라고요."

이 말에 테메레르가 분개했다.

"뭐가 어째! 내가 널 업고 오스트레일리아 대륙을 절반이나 횡단하지 않았다면, 네가 비행을 못해서 먹이도 잡지 못할 때 내가 캥거루를 나눠주지 않았다면 넌 이만큼 자라지 못했어. 그리고 로렌스랑 디마니는 둘 다 비행사지만 로렌스가 더 상급자야."

"아니거든. 디마니가 나한테 안장을 채울 당시에 네 비행사는 대령이 아니었어. 공군에서 쫓겨난 상태였으니까."

"그건 중간에 잠시 쉰 거지. 굳이 언급할 만큼 중요하지 않아."

"중요해. 시드니에서 시저한테 들었는데, 비행사들 이름이 전부 목록에 기재되어 있댔어. 상급자부터 순서대로 이름이 적혀 있는데, 디마니의 이름이 로렌스보다 위에 있다고 했어."

이스키에르카가 잘난 체하며 끼어들었다.

"그랜비의 이름이 디마니나 로렌스보다 위쪽에 있다는 것만 알아둬."

불난 데 부채질을 한 격이었다. 테메레르는 화가 나서 얼굴 주변의 막을 바깥쪽으로 바짝 세웠다. 용 세 마리가 당장이라도 맞붙어 싸울 듯한 분위기였다.

분위기가 험악해지자 모닥불 가에 앉아 있던 해먼드가 소리쳤다.

"로렌스 대령은 디마니와 그랜비의 상급자로 복귀했으니까 그리들 알아!"

용들이 쳐다보자 해먼드가 다급히 덧붙였다.

"내가 잘못 안 게 아니라면 해군에서 대령으로 진급한 날을 기준으로 대령 복무 기간을 계산하게 되니까 로렌스 대령이 더 상급자인 거다."

테메레르가 만족스러워하며 말했다.

"거봐. 로렌스가 제일 상급자잖아. 그것도 아주 큰 차이로."

쿠링길레는 고집을 쉽게 꺾지 않고 부루퉁하게 굴었다. 별것도 아닌 일로 분위기만 나빠졌다. 그동안 로렌스는 해군 본부의 계급 목록에 자신의 이름이 어디쯤 기재되어 있는지 굳이 알아보지 않았다. 대령 복귀도 형식적인 절차에 불과할 텐데 목록까지 확인할 필요가 없을 것 같아서였다.

로렌스가 말했다.

"어쨌든 디마니 대령, 내 사과를 받아주기 바란다. 동료 비행사에게 해서는 안 될 말을 한 건 사실이니까. 공군에서는 아무리 정당한 이유가 있더라도 동료 비행사의 일에 지나치게 간섭하면 안 되는데. 부디 용서해다오."

디마니는 바람 빠진 돛처럼 맥이 빠져서 멍하니 대답했다.

"아, 저는…… 예, 대령님. 물론입니다."

머뭇거리며 말을 맺은 디마니는 에밀리를 바라보았으나 에밀리는 얼른 시선을 피해버렸다. 꿍쑤가 다들 식사하러 오라고 불러서 대화는 그것으로 끝이 났다. 식사를 마친 디마니는 단호하면서도 태연하게 쿠링길레 옆으로 걸어가 앉았다. 디마니는 예전에는 밤에도 사냥을 나간다며 새총을 들고 야영지 밖으로 나가기 일쑤였는데 오늘은 쿠링길레의 앞다리 사이에 누워 잠이 들었다.

길이 점점 고르고 깔끔해졌다. 주변에 보이는 건물들도 번듯해지고 있어서 로렌스는 티티카카 호숫가에 잘 정돈된 마을이 있으리라 예상했다. 그러나 그의 예상은 보기 좋게 빗나갔다. 호수에서 피어오르는 푸른 물안개 사이로 거대한 도시가 모습을 드러낸 것이다. 호숫가에서 약간 떨어진 곳에 위치한 도시였다. 도시 중앙의 약간 높은 지대에 광장이 있고 거대한 조각상들이 점점이 세워져 있었다. 광장 주변에는 깊게 팬 고랑으로 물이 가득 흘러드는 특이한 구조의 밭들이 보였다.

도시로 접근해가며 로렌스가 타루카에게 말했다.

"노인장의 고향이 여기가 맞습니까? 붉은 벽돌로 지어진 도시인데……."

타루카가 고개를 저었다.

"아뇨, 붉은 벽돌 도시라면 티와나쿠 시입니다. 지금은 아무도 살고 있지 않아요."

공중에서 내려다보니 넓은 길에 오가는 사람이 전혀 없었다. 거대한 사원은 비어 있는 듯했고, 밭도 쟁기질이 안 된 상태로 건조하게 말라붙어 있었다.

그들은 티티카카 호수를 향해 계속 날아갔다. 로렌스가 보기에는 호수라기보다 내륙해라고 불러도 될 정도로 어마어마한 규모였다. 산으로 둘러싸인 호수는 부자연스러울 정도로 선명한 파란색이었다. 호수 안에 점점이 떠 있는 섬들에 마을이 조성되어 있는데, 제일 큰 섬에는 비교적 큰 규모의 촌락이 있고 그 주변에 계단식 밭이 있었다.

타루카는 가장 큰 섬의 남단으로 가달라고 했다. 넓은 언덕 중턱에 계단식 농지가 자리하고 있고 그 아래에 창고들이 세워져 있었다. 언덕 꼭대기의 큰 마당에는 몸집이 어마어마한 암컷 용 한 마리가 잠들어 있었다. 깃털 모양의 비늘 때문에 정확히는 알 수 없지만 몸길이가 쿠링길레보다 길어 보였고 체중은 거의 비슷할 것 같았다. 짙은 오렌지색과 보라색이 섞인 몸통, 비늘 끝부분으로 가면서 거의 회색에 가깝게 색이 옅어졌다. 테메레르 일행이 앞에 착륙하자 그 용은 비로소 눈을 떴다. 눈동자 색깔이 노화로 인해 흐릿했다.

호수 주변 여기저기에서 다른 용 네 마리가 곧장 이륙하여 테메레르 일행이 착륙한 곳으로 날아왔다. 잠시 후 용들 사이에서 오가는 얘기를 전해 들으며 로렌스는 그 네 마리가 모두 이 암컷 용의 새끼들임을 알게 되었다. 그 용들의 공격적인 태도에 짜증이 난 테메레르가 말했다.

"우린 사람이든 뭐든 훔치러 여기 온 게 아니야. 오히려 너희 쪽 사람을 돌려주러 왔다니까. 여기 있는 타루카라는 노인이 부탁을 해서 데려온 것뿐이야."

그러자 늙은 암컷 용이 말했다.

"타루카를 도둑맞은 게 11년하고도 3개월 전의 일이다. 그동안 내 자식들도 타루카를 찾아내지 못했는데 너희가 데리고 왔단 말이냐?"

그 용의 목소리를 들은 타루카가 테메레르의 등에서 손을 흔들며 소리쳤다.

"저 여기 있습니다, 쿠라카 님! 여기 있어요!"

쿠라카라고 불린 늙은 암컷 용이 커다란 머리를 돌려 타루카에게 향했다. 그 용이 바로 이 아이유를 다스리는 쿠라카인 쿠리퀴요르였다.

힘겹게 상체를 일으켜 앞으로 몸을 숙인 쿠리퀴요르는 타루카의 체취를 맡으며 말했다.

"타루카가 맞구나."

그러더니 테메레르에게 날카롭게 을렀다.

"네놈들이 감히 타루카를 훔쳐가? 돌려주지 않으면 당장 너희를 법에 따라 처벌하겠다."

"돌려드리러 왔다니까요! 우리가 여기 온 이유가 바로 그거라고 아까 말씀드렸잖아요."

테메레르 일행이 이곳에 온 이유가 정말 타루카를 되돌려주기 위해서고 보상을 바라지도 않는다는 점을 쿠리퀴요르가 이해하고 믿어주기까지 약간 시간이 걸렸다. 테메레르는 대화를 통해 쿠리퀴요르의 불신을 일소하려 애썼다. 부축을 받아 테메레르의 등에서 내려온 타루카를 완전히 인계받은 후에야 쿠리퀴요르는 마음을 풀었다. 쿠리퀴요르는 타루카가 정말 맞는지 확인하기 위해 몸에 코를 대고 구석구석 냄새를 맡기까지 했다.

마침내 쿠리퀴요르는 지친 몸을 다시 돌바닥에 천천히 뉘이며 말했다.

"음, 자네 나라에 대해 워낙 좋지 않은 얘기가 있다 보니 내가 오해를 했어. 늙은 용이 실수한 것이니 부디 용서해주시게. 평생 살면서 자네들처럼 자비로운 행동을 하는 이는 본 적이 없어 놀라울 따름이야. 타루카를 찾는 걸 어쩔 수 없이 포기했는데, 오랜 세월이 지나 이렇게 우리 품으로 돌아오다니! 축하를 하고 자네들에게 경의를 표해야겠어. 다 같이 잔치를 벌이고 인티께 특별히 감사를 드리세."

테메레르가 이 말을 통역해주자 이스키에르카가 "좋았어!"라고 신나게 외쳤다. 지난 사흘간 여기로 오는 길에 주인 없는 짐승들이 눈에 띄지 않아서 테메레르 일행은 건조시킨 고기를 조금씩 먹으며 허기를 달래온 참이었다.

급하게 준비했을 텐데 그들 앞에 차려진 만찬은 훌륭했다. 사냥한 짐승 고기 같은 맛이 나지만 살짝 구워내 부드럽고 식감이 좋은 야마, 다섯 종류의 생선, 기름을 발라 불에 굽고 소금을 뿌린 대량의 감자와 옥수수. 그리고 용 한 마리가 수프가 담긴 커다란 가마솥을 들고 왔다. 수프에 잔뜩 떠 있는 덩어리들은 개구리였는데 무척 맛이 좋았다. 그밖에도 통째로 튀긴 기니피그가 곁들여져서 테메레르를 비롯한 용들의 기분을 한껏 돋우었다.

조금 전에 이곳으로 날아온 용 네 마리 외에 세 마리가 각각 상당한 규모의 사람들을 데리고 날아왔다. 그 후 어려 보이는 용 두 마리가 더 날아왔는데 이 어린 용들에게는 사람들이 딸려 있지 않았다.

쿠리퀴요르는 고개를 돌려 흐릿한 시야로 자손들이 거느린 무리를 바라보며 자부심이 묻어나는 투로 말했다.

"그래, 한때 우린 꽤 번창했었지. 자식들이 각자의 아이유를 책임질 수 있을 만큼 현명해졌다는 판단이 서면 두 가족씩 내주었어. 아이유를 특별히 잘 건사하는 자식에게는 조금 더 주기도 했어."

쿠리퀴요르는 한숨을 푹 쉬고 좀 더 편하게 고쳐 앉았다. 쿠리퀴요르의 몸에 붙은 비늘이 돌바닥을 긁는 소리가 희미하게 들렸다.

"조만간 다시 더 나눠줄 생각이야. 나는 무조건 움켜쥐는 욕심 사나운 용이 아니니까. 저세상에 가서 그 많은 사람들을 돌볼 수도 없고."

말은 이렇게 해도 머뭇거리는 투라서 로렌스는 쿠리퀴요르의 주장에 믿음이 가지 않았다. 쿠리퀴요르의 앞발이 타루카 주변을 빈틈없이 감싸고 있어서 더 그랬다. 그래도 타루카는 저항하는 기색 없이, 더없이 행복한 표정으로 증손자를 무릎에 얹고 앉아 있었다. 타루카의 증손자는 너무 어려서 말을 못하고 얌전히 딸랑이만 빨았다. 금으로 만든 딸랑이는 비록 아기의 이빨 자국이 나 있기는 하지만 아무리 낮게 가격을 매겨도 1000파운드는 족히 나갈 듯했다.

타루카는 로렌스와 해먼드에게 말할 기회가 생기자 쿠리퀴요르의 앞발 너머로 말을 전했다.

"어떻게 감사해야 할지 모르겠습니다, 대령님. 아이들의 목소리를 듣기 전까지는 완전히 믿지 못했는데 정말로 저를 고향으로 데려오셨군요. 이쪽은 제 딸 초퀘 오크요라고 합니다."

타루카는 팔을 뻗어 옆에 앉아 있는 중년 부인의 손을 더듬더듬 잡고 말을 이었다.

"사파 잉카를 알현하고 싶어 하신다는 얘기를 제 딸에게 전했습니다."

초퀘 오크요는 차분하게 고개를 숙여 그들에게 인사한 후 입을 열었다.

"여러분이 그분을 알현하지 못할 이유는 없습니다. 아타우알파 황제(잉카 제국의 제13대 황제로 스페인의 정복자 프란시스코 피사로가 잉카 제국에 들어왔을 당시 잉카를 다스렸다—옮긴이)께서 변을 당하신 것은 이미 오래전의 일이고 당시 우리 제국에 들어온 유럽인들은 무법자들이었으니까요. 하지만 여러분의 왕은 여러분 같은 훌륭한 아이유를 우리에게 보내주셨고, 여러분은 과거 이곳에 왔던 유럽인들과는 다르다는 것을 증명해보였습니다. 그러니 사파 잉카께서도 분명히 만나주실 겁니다. 여러분 사이에 여인들이 없다는 것이 안타깝기는 하네요. 저 소녀는 아직 아이를 낳아본 적이 없을 테고."

그 말에 해먼드는 의아한 표정으로 로렌스를 쳐다보다가 초퀘 오크요에게 고개를 숙이며 말했다.

"부인, 이곳까지 오는 길이 멀고 바다 여행이 험해서 특별한 사유가 아니면 여인을 데리고 다니기가 어렵습니다. 저희 일행에 여인들이 없는 이유가 여러분을 믿지 못해서가 아니니 기분 나쁘게 받아들이지 않으셨으면 합니다."

"기분 나쁘게요? 아뇨, 그렇지는 않아요. 사파 잉카를 알현하는 것과 관련해서는 문제가 있을 수도 있지만 소개장을 써드리면 될 거예요. 제 아들 론파가 이미 키푸 문자로 소개장을 쓰고 있답니다. 아버지께서도 여러분에 대한 증언을 소개장에 추가하실 겁니다. 사파 잉카를 직접 알현하는 것은 상부에서 허락하지 않더라도 이곳 쿠야수유 행정구의 행정관 정도는 뵐 수 있을 거예요. 행정관님은 사파 잉카를 모시는 의회에 소속되어 있고 지위도 높으십니다."

소개장은 노끈에 특이한 매듭을 연달아 지어놓은 것이었다. 타루카는 그 매듭지은 노끈을 '키푸 문자'라고 불렀다. 키푸 문자는 다양한 색깔의 긴 가닥들로 만든 결승문자였다. '론파'라는 이름의 젊은이가 실 뭉치에서 노끈을 뽑아낸 후 불규칙적인 간격으로 매듭을 묶었다. 젊은이가 매듭을 다 묶은 후 타루카에게 건네자 타루카가 손가락으로 노끈을 더듬으며 각 가닥의 색깔을 한두 번 물어보고는 그 옆에 연속해서 빠르게 매듭을 지었다.

타루카는 로렌스의 손을 잡아 노끈 위에 얹으며 말했다.

"이렇게 하면 각 단어를 손으로 느낄 수가 있습니다. 요즘 젊은 사람들은 키푸 문자 대신 유럽인들처럼 종이에 글씨를 쓰기도 합니다. 종이에 쓰는 게 물론 더 빠르긴 하지만 중요한 정보를 전달할 땐 이런 옛 방식이 최고예요. 종이는 물에 젖거나 찢어지거나 곤충이 물어뜯을 수도 있지 않습니까? 중요한 정보를 종이로 전달할 수는 없죠."

제자리로 돌아와 앉은 해먼드는 매듭지은 노끈 더미를 손으로 이리저리 만져보며 로렌스에게 나지막하게 말했다.

"타루카 노인의 딸이 황실에 소개장을 보낼 만한 위치가 되는지, 저들의 기분이 나쁘지 않게 물어볼 방법이 있으면 좋겠습니다. 그저 평범한 부인인지 귀족 계급에 속하는 부인인지……."

해먼드가 말을 얼버무리며 어깨를 으쓱하자 로렌스가 말했다.

"어느 쪽이든 소개장을 받았으니 도움이 되겠죠. 주변을 둘러보세요. 여긴 평범한 가정집이 아니라 대규모 영지입니다. 이곳의 인구가 얼마나 되는지 물어봐주십시오."

해먼드가 초쾌 오크요에게 그 질문을 전하자 그녀가 미처 대답을 하기도 전에 용들이 일제히 머리를 들고 대답했다. 그런데 입에서 나오는 숫자들이 조금씩 달랐고 용들은 저마다 자신이 옳다며 언쟁을 하기 시작했다. 용들이 그러는 동안 초쾌 오크요가 대답했다.

"저분들 중에 일부는 아기가 스스로 걸을 만큼 자라기 전까지는 인구수에 포함시키지 않으시죠. 아기가 제대로 자라지 못하고 죽으면 너무 괴로우니까요. 쿠리쿠요르 님의 자손들이 다스리는 아이유의 인구를 다 합하면 대략 4000명이 조금 넘어요. 그래서 가끔 다른 지역에 사는 용들이 와서 사람들을 훔쳐가곤 하죠. 여러분도 납치당하는 사람이 없도록 단속을 잘하셔야 할 거예요."

로렌스가 초쾌 오크요와 나누는 대화를 듣고 테메레르가 쿠리쿼요르에게 물었다.

"다른 지역의 용들이 납치하러 자주 옵니까?"

승무원과 선원들을 바라보던 테메레르는 좀 더 체계적으로 보초를 세워서 납치를 방지해야겠다 싶었고, 정확히 어떤 위험이 있는지도 알아야겠다는 생각이었다.

쿠리퀴요르는 안타까워하며 대답했다.

"순찰대를 구성한 후로 전보다는 나아졌지만 내가 어렸을 때 같지는 않아. 그때는 남의 아이유에서 사람을 훔치는 일은 있지도 않았어. 만약에 다른 아이유의 남자가 내 아이유의 여자와 결혼하고 싶어 하면 남자가 내 아이유로 오고 내가 대신 그쪽 아이유에 선물을 보내지. 용이 특별히 어떤 사람을 마음에 들어 하면 그 사람을 설득해 자기 아이유에서 살라고 하면 되고. 예전에 산에서 목소리가 아주 좋은 소녀를 발견했는데 그 소녀의 아이유는 사람들뿐이고 용이 없었어. 그래서 난 소녀가 속해 있는 아이유를 전부 받아들였고 다들 기쁜 마음으로 내게로 왔어. 그 소녀가 반점열(진드기가 옮기는, 홍반을 수반하는 열병의 총칭—옮긴이)로 사망한 지가 벌써 100년이 다 되어가는구먼."

지난 200년간 이 땅을 휩쓴 끔찍한 떼죽음은 많은 것을 바꿔놓았다. 아이유의 사람들이 전원 사망한 경우 용은 다른 데서 사람들을 훔쳐서라도 빈자리를 채우려 했다.

쿠리퀴요르가 타루카의 몸에 코를 대고 다정하게 냄새를 맡으며 말했다.

"특히 나의 타루카 같은 사람들이 주요 납치 대상이라네. 얼굴에 얽은 자국을 보고 이미 천연두를 앓았으니 적어도 천연두로 죽지는 않을 거라고 생각하는 것이지. 요즘은 납치를 금지하는 법이 시행되고 있는데도 일부 용들은 먼 이곳까지 와서 슬그머니 사람 도둑질을 하고 있어. 멀리서 사람을 훔쳐야 쉽게 추적당해 잡히지 않을 테니까. 도둑맞은 사람을 찾지 못하니 결투로 돌려받을 수도 없는 거야."

그러자 쿠리퀴요르의 자식인 암컷 용 추르키가 약간 분노가 섞인 투로 말했다.

"가끔 사파 잉카께서 친히 한 아이유의 사람들을 다른 아이유로 이전시킬 때도 있는데, 한 용이 많은 사람들을 데리고 있고 또 다른 용은 사람들을 전부 잃은 경우가 바로 그렇습니다. 거절은 있을 수도 없어요. 그렇게 사람들을 일부 보내지 않았다면 지금쯤 우리는 훨씬 더 많은 사람들을 데리고 있을 텐데 말입니다."

쿠리퀴요르는 똬리를 틀고 있던 몸을 펴고 말했다.

"자신이 보유한 아이유의 사람들이 전부 죽어버리면 그 아이유의 용은 살아갈 수가 없다네. 황무지의 미개한 짐승도 아니고. 상부에서 조치를 취해주지 않으면 돌아다니면서 다른 아이유의 사람들을 납치할 수밖에 없는 거지."

호화로운 만찬이 끝나고 자리를 정돈한 후, 로렌스는 테메레르를 재촉해 수도인 쿠스코로 가는 길을 쿠리퀴요르에게 물어보게 했다. 쿠리퀴요르는 안마당에 멋진 지도를 펼쳐놓고 길을 알려주었다. 금과 준보석으로 만든 그 지도에는 주변의 전원지대까지 잘 나타나 있었다.

"통행증을 하나 더 줄 테니까 자네 가슴에 붙이고 다니게. 자네 외모가 좀 그렇지만 통행증이 있으면 쿠스코 시로 접근할 때 보초들을 안심시킬 수 있을 게야."

테메레르는 얼굴 주변의 막을 펼쳤다. 자신의 외모에는 아무 문제가 없는데 왜 그런 말을 하는지 알 수가 없었다.

쿠리퀴요르가 사려 깊게 덧붙였다.

"쿠스코에서 볼일을 다 마친 후에는 이곳에 와서 살아도 좋아. 아예 쿠스코로 가지 않는 편이 좋겠지만. 유럽에서 벌어지고 있는 전쟁은 내가 듣기엔 한심하기 짝이 없는 짓거리니 말일세. 싸움으로 흥분하기는 쉽지만 마구잡이로 싸우는 건 성숙한 태도가 아니야. 자신의 아이유를 지키거나 아이유의 번영을 위해 영토를 확장해야 할 때는 물론 기꺼이 나서서 싸워야겠지만 그저 전쟁을 위한 전쟁이라면 나서지 않는 편이 낫다네. 자네는 200명이나 되는 사람들을 거느리고 있어. 무리 중에 여인들이 없어서 어린아이는 둘뿐이지만, 나머지는 자손을 볼 수 있는 나이란 말이지."

"아."

테메레르는 확신이 서지 않았다. 훌륭한 조언이어서 마음이 편치 않았다. 테메레르는 대양을 가로질러 영국에 자리를 잡았지만 출신은 중국이었다. 그런데 이 늙고 현명한 용이 전쟁에 관해 펼쳐놓은 견해가 그의 모친인 룽티엔치엔의 견해와 같았다. 몇 번이나 같은 얘길 되풀이해 듣고 나서야 테메레르 일행의 진심을 믿어주기는 했지만 말이다. 전쟁과 관련된 중국의 관행이 서방 국가에 비해 열등한 것은 아닌가 하는 생각이 테메레르의 머릿속에서 거의 굳어져가고 있었는데, 대양 건너 이 낯선 땅에서 헛된 전쟁의 어리석음에 관해 다시 듣고 보니 그간 생각을 잘못한 것 같기도 했다.

"저희는 무리에 여자들을 데리고 있을 필요를 못 느꼈습니다. 여자들이라고 하면 아마 아내들을 말씀하시나 보군요. 에밀리 롤랜드 같은 여자들이라면 얼마든지 더 데리고 있겠지만 뭐, 저는 로렌스의 결혼에 대해서는 생각해본 적이 없습니다."

테메레르는 결혼 따월 해야 할 이유를 알 수가 없었다.

쿠리퀴요르가 약간 격앙된 투로 설명했다.

"여인들이 없이 어떻게 아이들을 얻겠나? 자네가 한 사람에게만 마음을 다 주지 않길 바라네. 자네가 그의 관심을 독차지한 덕분에 그가 자손을 남기지 않고 죽으면 어찌할 텐가? 자네는 세상에 홀로 남겨지게 되겠지. 미리 대비해두지 않으면 그런 꼴이 나고 마는 게야."

로렌스의 죽음을 생각해본 적은 없지만 주변에서 죽어나가는 사람들을 수시로 보았기에 테메레르는 마음이 편치 않았다. 라일리의 죽음을 떠올리며 테메레르는 입을 다물었다.

쿠리퀴요르가 한숨을 쉬며 말했다.

"하긴, 자네는 아직 어리니까. 자네처럼 어린 용들이 벌써 아이유를 보유하고 있다니, 자네 나라가 도대체 어떻게 돌아가는 건지 알 수가 없구먼. 자네는 전투에 나갈 나이니까 군대에 소속되어 전투에만 집중해야지 사람들까지 거느리면 안 될 텐데. 자네 나라 사람들이 괴상한 행동을 하고 다닌다는 얘기가 들려오는 것도 그래서인가 보네."

몸을 일으킨 쿠리퀴요르는 조용히 호숫가로 걸어 내려갔다. 테메레르도 따라가 그 옆에 섰다. 쿠리퀴요르는 호수 건너편을 향해 고갯짓을 했다. 그곳에는 깨끗하고 멋진 호숫가가 하얗게 펼쳐져 있었다.

"사람들이 아이들을 좀 더 낳으면 추르키더러 저곳에 아이유를 꾸려가게 할 생각이네. 그때쯤이면 우리가 호수 이쪽을 제대로 장악해서 뻔뻔스러운 도둑놈들이 감히 우리 아이유의 사람들을 훔쳐가지 못하게 할 테니까. 하지만 자네들이 도와준다면 우린 더 이상 기다릴 필요가 없어. 자네들이 벌이고 있는 그 전쟁을 그만둘 생각은 없나? 자네와 자네 친구들이 여기서 우리와 함께 살겠다고만 하면 내가 젊은 여인들을 충분히 자네들 쪽으로 보내주겠네. 그렇게 해서 우리 쪽 여인들과 자네들 쪽 남자들이 가정을 꾸리고 아기를 낳으면 서로 새로운 혈통을 들이게 되는 것이니 모두에게 좋은 일 아니겠나."

"여기 용들은 우리보다 무리를 더 잘 꾸려가는 것 같아."
쿠링길레가 아쉬워하는 목소리로 말했다. 테메레르와 쿠링길레, 이스키에르카는 호숫가에 앉아 마을을 구경하고 있었다. 어린 용 한 마리가 열두 명의 젊은 남녀를 데리고 언덕 중턱에 계단식 밭을 일구고 있었다. 용이 자갈과 흙무더기를 옮겨주면 남자와 여자들이 그것을 겹겹이 고루 퍼뜨렸다. 용이 마지막 한 겹을 더 얹어놓고 옆으로 물러나 앉자 밭 언저리에 앉아 있던 젊은 여자 둘이 아침 내내 문질러 윤기를 내놓았던 커다란 은고리들

을 바구니에 담아 들고 그 용의 등으로 올라가 날개 끄트머리에 도로 달아주었다.

그 모습을 보고 이스키에르카가 말했다.

"아무리 보석에 윤을 잘 내는 사람들이라고 해도 그런 사람들 열두 명보다 그랜비 한 명이 나아. 그런데 여기 용들은 보물을 엄청 많이 갖고 있는 것 같더라. 그랜비가 여기서 자식을 낳는다고 하면 반대할 생각은 없어."

테메레르는 대꾸하지 않았지만 로렌스가 자식을 낳아 기르는 건 반대였다. 로렌스의 관심이 자식들에게 쏠리면 무척 싫을 것 같았다.

이스키에르카가 계속해서 말했다.

"물론 우리가 여기 눌러앉아 사는 건 말도 안 되기는 해. 유럽에서 전쟁이 진행 중인데 어서 돌아가야지. 그래도 선원들을 쿠리퀴요르에게 주고 여자들을 받는 식으로 거래를 하면 좋을 것 같아. 좋은 정도가 아니라 아주 합리적이지. 애초에 우리가 왜 부대에 여자들을 더 많이 데리고 있지 않았는지 모르겠어."

테메레르가 받아쳤다.

"글쎄, 내 생각은 달라. 롤랜드는 영리해서 보석을 맡겨봐도 안심이지만 다른 여자들도 과연 그럴까? 그리고 우리 밑에서 전쟁 수행을 돕는 게 선원들의 의무야. 그들이 우리 소유물도 아닌데 누구한테 파는 건 말이 안 돼."

"안 되긴 왜 안 돼. 선원들이 여기서 살겠다고 하면 그렇게 하게 내버려둬야지. 그랜비가 로렌스 대령한테 하는 얘기를 들었는데, 선원 절반이 여기 여자들의 유혹적인 눈빛이랑 만찬에 올라오는 은컵에 정신이 팔려서 탈영하기 직전이라고 감시를 잘하라고 하더라."

"선원들이랑 여기 여자들이 결합하게 둔다고 해도 그 여자들을 우리 쪽으로 데려오기는 쉽지 않아. 쿠리퀴요르가 순순히 그렇게 둘 리 없어. 쿠리퀴요르가 우리한테 여기 여자들을 내주는 건 우리가 여기 눌러산다는 조건 하에서나 가능한 얘기야. 우리가 여자들을 데리고 가게 허락할 리가 없다고."

그 말에 이스키에르카는 선원 일부와 여자들을 교환하자는 계획을 바로 포기했다.

"그럼 안 되겠네. 고향인 영국으로 돌아가서 시도해봐야지. 젊은 여자들을 내 승무원들한테 붙여주고 그랜비한테도 여자를 붙여서 자식들을 낳게 해야겠어."

그날 저녁 테메레르는 로렌스에게 물었다.

"당신은 자식들을 낳을 생각 같은 건 없는 거지, 로렌스?"

"뭐라고?"

테메레르가 이스키에르카의 계획에 대해 설명하자 로렌스는 자녀를 갖고 싶은 생각이 없다고 곧장 대답해 테메레르를 안심시켰다. 그리고 로렌스는 이렇게 덧붙였다.

"이스키에르카가 그랜비의 생각을 먼저 물어보고 그런 계획을 실행하든지 해야 할 텐데. 그랜비가 자식을 갖게 하겠다는 희망을 품어도 되는 건지도 모르겠고."

다음 날 아침, 테메레르 일행은 쿠스코로 출발할 준비를 했다.

테메레르는 작별 인사를 하기 위해 야영지에서 날아올라 쿠리퀴요르를 찾아갔다. 쿠리퀴요르는 자기 집 안마당에서 졸고 있었고, 그 주변에서 한 무리의 여자들이 부지런히 옷감을 짜고 있었다. 밝은 빨강과 노랑으로 물든 아름다운 옷감을 테메레르는 감탄하며 바라보았다. 비단은 아닌데 비단 못지않게 고왔다.

테메레르가 이곳을 떠난다고 말하자 쿠리퀴요르가 아쉬워했다.
"자네는 아직 어리니 대단한 사리분별력이 있으리라고는 기대하지 않았어. 그래도 미개한 나라에서 온 어린 용치고는 사려 깊었고 처신을 잘해주었어. 내 딸 추르키에게 자네들과 함께 황궁으로 가서 자네들을 소개하라고 말해두겠네. 초퀘 오크요가 키푸로 소개장을 써주기는 했지만 그것만으로 사파 잉카를 알현할 수 있으리라고는 보장 못해. 인간 남녀는 세상사를 곧 잊어버리지만, 우리 용들은 아타우알파 황제께서 유럽에서 온 피사로 일당에게 끔찍하게 시해당한 일을 아직 잊지 않았어. 당시 내 어머니께서 그 일을 목격하셨지. 아타우알파 님의 몸값으로 방 세 개를 가득 채울 만큼의 금은보화를 모아주었건만, 사악한 피사로 무리는 아타우알파 님을 카하마르카 시의 너른 마당으로 끌어내 목에 밧줄을 묶고 교살했지. 무슨 일인지 우리 쪽에서 미처 파악하기도 전에 그리 된 게야. 그 과정을 지켜보신 파우악께서는 피사로 일당을 모조리 죽이신 후 날개를 접고 산 아래로 몸을 던져 스스로 목숨을 끊으셨어. 그 일을 막지 못했다는 자책감 때문에."

테메레르는 소름이 끼쳐 어깨를 움츠렸다. 테메레르는 예전에 영국 해협에서 배신자 슈아죌이 캐서린 하코트 대령을 인질로 잡고 나폴레옹에게 영국군의 기밀을 넘긴 죄목으로 교수형당하는 광경을 본 적이 있었다. 그것도 슈아죌의 용인 프래쿠르소리스 바로 앞에서 집행되었다. 적어도 슈아죌은 교수형당할 만한 죄를 저질렀고 아타우알파 황제처럼 몸값으로 보물을 잔뜩 바치고도 적에게 목 졸려 죽지는 않았다.

테메레르가 말했다.

"파우악이라는 그 용도 아타우알파 황제에게 그런 일이 생길 줄은 몰랐을 거예요. 아무도 예상 못한 일이었겠죠. 피사로 일당은 완전히 미친놈들이니까. 로렌스라면 절대 하지 않을 짓을 저지른 놈들이에요."

"그래. 하지만 사파 잉카의 안전을 책임져야 하는 용이라면 그런 일도 예상했어야 했어. 피사로 일당이 제정신이 아니라는 걸 알아내 바로 막았어야 했는데 파우악께서는 그러질 못했지. 파우악 님은 두려우셨던 거야. 최초로 역병이 돈 지 얼마 되지 않아서 수많은 사람들이 죽었기 때문에 피사로 일당을 처단하는 대신 금은보화를 내주고 아타우알파 황제를 보호하려 했던 거야. 다행히 피사로 일당은 용과 함께 오지 않았어. 자네들이 사는 그 유럽에도 그런 천한 소작농에 도둑에 살인자인 자들을 자기 아이유에 넣으려는 용은 없었을 테니까."

"음, 유럽에서는 사람들이 용의 관리를 받지 않아요. 거기 사람들은 우리 용들을 무서워하거든요. 인구는 너무 많은데 용구는 얼마 안 되기도 하고요. 로렌스한테 듣기로 영국 인구는 1000

만 명이라더군요. 그것도 아주 오래전에 한 인구 조사 결과라고 하더라고요."

그때까지 눈을 게슴츠레하게 반만 뜨고 편안하게 누워 있던 쿠리퀴요르는 잠이 확 달아난 얼굴로 고개를 들고 몸을 일으켰다. 옆에서 옷감을 짜고 있던 여자들도 자기네끼리 얘기를 중단하고 그들을 바라보았다.

쿠리퀴요르가 되물었다.

"1000만 명. 1000만 명이라고? 영국이 그렇게 큰 나라인가?"

테메레르가 잉카 제국에 비해 영국 땅이 어느 정도인지 설명하자 쿠리퀴요르는 바닥에 다시 궁둥이를 대고 앉으며 말했다.

"그렇게 좁은 나라에 1000만 명이나 살고 있다니. 요즘 우리 푸산틴수유의 인구는 300만 명이 겨우 될까 말까인데."

쿠리퀴요르는 고개를 숙이고 씁쓸하게 입을 다물었다가 잠시 후 깃털을 목에 납작하게 붙이며 테메레르에게 말했다.

"쿠스코에 가면 지금 이 얘기도 전하게. 그럼 분명히 사파 잉카를 알현할 수 있을 게야. 1000만 명이라니! 우리도 인구가 그만큼 되면 얼마나 좋을까!"

쿠리퀴요르에게 대단한 환대를 받았지만 로렌스는 그곳을 떠나는 게 그리 서운하지는 않았다. 쿠리퀴요르가 테메레르를 비롯한 용들에게 이곳의 사고방식을 받아들이게 유도하고 있기도 했고, 그 용이 영국 용들에게 미치는 영향을 무조건 긍정적으로 볼 수 없었기 때문이다. 게다가 여기 더 머물다가는 선원들의 수가 현저하게 감소할 가능성이 높았다. 어젯밤 선원 세 명이 몰래 도망치려다 발각되었고, 오늘 아침에도 이곳을 떠나기 위해 용들에게 짐을 싣는 와중에 선원 두 명이 탈주했다. 탈주자가 생기지 않도록 포싱이 최선을 다했는데도 그리 되고 만 것이다. 달아난 자들을 찾겠다고 시간을 지체했다간 그 사이에 또 탈주자가 생길 테니 그대로 출발하기로 했다.

티티카카 호수를 출발해 몇 시간 비행을 하다가 물을 마시러 착륙했을 때 테메레르가 인상을 찌푸리며 말했다.

"로렌스, 뭔가 이상해. 선원 두 명이 없어."

테메레르가 200명 가까이 되는 선원들 중에 두 명이 없어진 것을 알아챈 것이다. 전에는 몸에 싣고 다니는 사람들에 대해 이렇게 민감하게 군 적이 없었다. 승무원들 중에 특별히 더 마음에 들어 하는 이들이 있기는 했지만, 술고래 선원들에 대해서는 최근까지도 소중하게 생각하기보다는 멸시하는 편이었다.

로렌스는 지금 티티카카 호수로 되돌아가 탈주자들을 찾아다닐 수는 없다는 말로 테메레르를 단념시켰다.

"뭐, 크게 신경이 쓰인다는 건 아니야. 그들이 내 승무 원도 아니고. 어차피 영국으로 돌아가면 보내줘야 하는 거니까?"

테메레르는 마지막 문장 끝을 질문처럼 올리며 로렌스를 바라보았다. 로렌스가 영국에 가면 선원들을 보내줘야 한다고 확인해주자 테메레르는 한숨을 쉬었다.

"영국에서는 승무원들을 빠짐없이 채울 수 있겠지? 승무원들이 정기적으로 내 몸을 문질러 씻어줬으면 좋겠고, 안장도 잘 손질하고 관리해줬으면 좋겠어."

테메레르는 도망친 선원들 때문에 허해진 마음을 쿠리퀴요르에게 받은 풍부한 물품들로 달랬다. 날개 끝에 구멍을 뚫고 쿠리퀴요르에게 받은 은고리 한 쌍을 달고 싶어 하는 테메레르를 로렌스가 가까스로 말렸다.

"그런 고리를 달면 전투에 나갔을 때 적에게 붙잡히기 쉬워."

"적에게 안 붙잡힐 자신 있어. 하지만 겨우 한 쌍만 달아서는 별로 멋있을 것 같지가 않아. 나중에 전리품을 얻으면 이런 은고리를 열두 개 정도는 달아야겠어. 그럼 꽤 멋져 보일걸."

로렌스는 한숨을 쉬며 그랜비에게 말했다.

"런던의 코번트가든 극장에서 춤추는 무용수 같겠지."

그러자 그랜비가 그 심정을 이해한다는 투로 말했다.

"그러니 저는 오죽하겠습니까."

그들은 가끔씩 착륙하여 시원하고 맛좋은 샘물을 마시며, 완만하게 경사진 초원을 해가 저물기 전까지 지나갔다. 초원에는 야생 야마의 일종인 비쿠냐 떼들이 보였고 마을도 몇 개 눈에 들어왔다. 추르키가 앞장서서 날고 있기 때문인지 순찰 도는 용들은 테메레르 일행을 가로막지 않았다. 추르키의 몸통은 모친인 쿠리퀴요르처럼 짙은 오렌지색과 보라색이 섞여 있었다. 몸집이 모친만큼 크진 않지만 어지간한 리갈 코퍼보다는 컸다. 추르키는 자기 나이가 스무 살 정도라고 해먼드에게 말했다. 그러고는 꿍꿍이가 있는 눈빛으로 해먼드를 빤히 쳐다보면서 덧붙였다.

"작년까지는 군대에 있었습니다. 포상도 꽤 많이 받았어요. 어머니께서 저세상으로 가시기 전에 아이유를 관리하는 법을 배우려고 고향에 돌아온 겁니다. 이제 저는 나름의 아이유를 꾸릴 준비가 되었고 조만간 관리를 시작하려고 합니다."

잠시 망설이던 추르키가 해먼드에게 물었다.

"테메레르의 아이유에 소속되어 있지 않다고 들었는데, 맞죠? 이스키에르카나 쿠링길레의 아이유 소속도 아니고요?"

해먼드는 로렌스를 돌아보며 말했다.

"저 용이 나를 좋게 봐주니 고맙기는 한데, 내가 저 제안을 받아들이지 않는다고 해서 영국에 대한 의무를 다하지 않는 것으로 해석되지 않길 바랄 뿐입니다. 내가 제안을 수락한다고 해도 저 용이 나와 함께 영국으로 갈 것 같지도 않고 말이지요."

그러자 테메레르가 말했다.

"추르키한테 말을 잘해볼게요. 영국에 인구가 많다니까 쿠리퀴요르가 굉장히 깊은 인상을 받던데, 어쩌면 추르키가 우리랑 영국으로 갈 수도 있을 거예요."

"아, 음."

해먼드는 기겁했다. 그날 하루 비행한 것만으로도 해먼드는 얼굴이 잔뜩 핼쑥해졌는데 특정한 용에게 소속되어 앞으로도 줄기차게 비행을 하고 싶을 리 없었다.

다음 날 아침 추르키는 해먼드에게 자기 몸에 타라고 했다. 해먼드가 힘없이 난색을 표하자 추르키는 초록색 잎사귀가 길쭉하게 달린 관목에 코를 대고 냄새를 맡더니 말했다.

"당신이 갖고 다니는 그 괴상한 마른 잎 말고 이 새 잎을 끓여 먹으면 몸이 나아질 거예요. 한 줌 따서 입에 넣고 씹어도 되고요."
"설마 독이 들어 있는 잎은 아닐 거라고 믿고 싶긴 한데."
해먼드는 미심쩍은 표정으로 이렇게 중얼거리고는 그 잎을 꿍쑤에게 주고 의견을 물었다. 꿍수는 잎을 조금 뜯어서 씹어보더니 바닥에 뱉은 후 어깨를 으쓱했다.
"어떤 잎이든 끓여 먹으면 안전하기는 합니다."
그 잎을 물에 넣고 끓이자 특이하지만 나쁘지 않은 향을 풍겼다. 그날 해가 저물 때까지 해먼드는 그 잎으로 끓인 차를 일곱 잔이나 마셨는데, 만약 그 잎에 독성분이 약하게라도 들어 있었다면 해먼드는 무사하지 못했을 것이다.
그날 밤 해먼드가 로렌스에게 말했다.
"놀랍습니다. 지금까지는 늘 속이 울렁거렸거든요. 배를 타지 않으면 용을 타고 매일 이동하다 보니까 뉴사우스웨일스를 떠난 후로 늘 속이 편찮았는데 오늘 처음으로 편안합니다. 머리도 놀라울 정도로 맑아요. 어지간한 차보다 맛도 좋고 건강에도 무척 좋은 것 같습니다."

다음 날 그들은 어느 깊은 하곡(河谷)을 내려다보며 날아갔다. 추르키는 그곳을 우루밤바 계곡이라고 불렀다. 그들은 깊은 협곡 사이로 흐르는 우루밤바 강을 따라 상류로 날아갔다. 안데스 산맥의 가장 높은 봉우리들을 뒤로하고 이제 산을 내려가는 중이었다. 고도가 낮아지면서 길도 더 많이 뻗어 있고 여기저기 흩어져 있는 마을들도 보였다. 협곡 안쪽의 좁은 산길 위를 날아가는데 한 봉우리에서 또 다른 봉우리를 잇는 거대한 밧줄 다리가 보였다.

그 다리에는 무게가 잔뜩 실려 있었다. 말들을 끌고 다리를 건너가는 세 명의 마부들, 그 뒤를 따라가는 십여 마리의 야마들, 밧줄 다리의 난간에 매달리다시피 한 채 조심스레 걸음을 옮기는 사람들. 그런데 다리가 흔들리는 모양새가 심상치 않았다. 지나는 이들 때문에 흔들리는 정도가 아니라 곧 끊어질 기세였다. 굵은 밧줄들이 워낙 닳아 있어서 테메레르 일행이 그쪽으로 날아가는 동안 바닥의 일부가 분리되어 그 아래 강으로 조각조각 떨어졌다.

말들은 눈가리개를 하고 있으니 차분하게 강을 건너갈 법도 한데 위험을 감지하고 불안해하기 시작했다. 바람결에 날아온 용 냄새를 맡은 것이다. 위험할 정도로 동요한 말들은 급기야 공포로 미쳐 날뛰며 뒷다리로 서서 마부의 손길을 거부하고 마구 버둥거렸다. 다리가 끊어지기 전에 건너편으로 갈 수 있으리라는 기대는 사그라지고 위험천만한 상황을 앞에 두고 있었다.

테메레르는 단숨에 다리를 향해 강하했다. 다리 위에 서 있던 사람들이 손으로 가리키며 비명과 고함을 질러댔으나 테메레르는 아랑곳하지 않고 다리 밑으로 내려가 가운데를 등으로 떠받쳤다. 로렌스가 안장에 몸을 고정시켰던 하네스 끈을 풀면서 지시했다.

"왼쪽으로 조금 더 이동해, 테메레르. 뒤로 약간만 더 가면 뒷다리와 궁둥이에 무게를 실을 수 있을 거다. 롤랜드, 여분의 하네스를 내려. 저 말들이 날뛰다가 강으로 떨어지기 전에 발을 묶어야 돼."

로렌스가 제일 먼저 다리로 올라가 섰고 포싱과 페리스가 바로 뒤따라왔다. 그들 셋은 가까스로 선두의 말을 진정시켰다. 발을 묶어 꼼짝 못하게 한 후 다리 건너편으로 끌고 간 것이니 진정시켰다고 표현해도 될지는 알 수 없지만. 겁에 질려 콧김을 뿜어내던 말의 몸에서 뱃대끈(마소의 안장이나 길마를 얹을 때 배에 걸쳐서 졸라매는 줄―옮긴이)이 끊어지면서 안장, 담요, 마구(馬具)가 테메레르의 엉덩이를 치고 협곡으로 굴러떨어졌다. 등자끼리 부딪쳐 쩔그렁 소리를 내면서 이내 저 아래 폭포로 사라졌다.

테메레르가 다리를 길게 떠받치고 있었지만 아무래도 곧 끊어질 듯했다. 발판이 오래된 떡갈나무 소재이고 팔이 닿는 거리에 밧줄 세 개를 꼬아서 만든 굵은 밧줄이 있기는 해도, 바람이 몹시 부는 날 돛대 꼭대기에서 흔들리는 망대처럼 다리는 위태로웠다. 로렌스는 버둥대는 말을 겨우 잡아끌었다. 하도 힘들게 해서 살펴보니 종마였다. 감당하기 어려울 정도로 힘이 센 것도 당연했다. 페리스는 종마의 궁둥이를 채찍으로 마구 쳐서 다리 건너편까지 로렌스의 손에 끌려가게 했고, 포싱이 그 말을 이어받아 근처의 나무에 단단히 묶었다.

로렌스는 다시 출렁이는 다리로 조심스럽게 돌아갔다. 그는 얼굴에 핏기 하나 없이 하얗게 질린 채 다리 바닥에 납작 엎드려 발판을 잡고 있는 남자에게 손을 내밀었다. 무너지기 일보 직전인 다리를 왜 붙잡고 매달려 있는지 이해가 안 되었다. 로렌스는

"어서 저쪽으로 건너가요."라고 말하며 남자를 다리 건너편으로 밀어낸 후 두 번째 말과 마주했다. 그러나 이 불쌍한 짐승은 이미 제정신이 아니었다. 광적으로 발길질을 하다가 다리의 발판을 뚫는 바람에 발판의 판자에 살이 깊게 찢어졌다. 얼핏 봐도 가망이 없었다. 상처 부위에서 피가 철철 흐르고, 거모(말발굽 뒤쪽에 난 텁수룩한 털―옮긴이)부터 무릎 관절까지 뼈가 드러났다.

말의 굴레를 잡은 마부도 그 상처를 보았는지 허리춤에서 권총을 빼들고는 침울한 눈으로 로렌스를 쳐다보았다. 로렌스가 고개를 끄덕이자 마부는 말 머리에 총을 쏘아 고통을 끝내주었다. 로렌스가 지시했다.

"테메레르, 죽은 말을 다리에서 끌어내."

다리 밑에서 테메레르가 머리를 돌려 로렌스를 바라보며 대답했다.

"그게, 자세 때문에 쉽지가 않을 것 같아. 그리고 오늘 아침에 야마를 먹었더니 아직 별로 배가 안 고프네. 쿠링길레, 네가 좀 할래?"

쿠링길레와 이스키에르카는 협곡 건너편으로 물러나 맨 바위에 앉아 있던 참이었다.

그런데 마부가 "아레테, 아레테(멈춰요, 멈춰)!"라고 소리치며 죽은 말의 배를 가리켰다. 새끼를 배서 팽창되어 있었다. 그들이 쳐다보는 동안 죽은 어미의 뱃속에서 작은 발굽이 항의하듯 발길질을 했다.

"저 사람 우리더러 뭘 어쩌라는 거죠? 다리가 무너지기 직전인데 여기서 배를 갈라 새끼를 꺼내라는 겁니까?"

로렌스의 옆으로 돌아온 페리스가 말했다. 바람에 나부끼는 커튼처럼 다리가 마구 일렁이고 있었다.

협곡 벽의 바위에 앉아 있던 쿠링길레가 날아 내려와 거대한 발톱으로 죽은 말을 잡아채서 다리 건너편에 내려놓았다. 쿠링길레의 어깨에서 미끄러져 내려온 디마니가 죽은 말의 옆구리로 다가가 칼을 꺼내들었다. 마부는 디마니가 대책 없이 칼을 꺼내든 것이 아님을 알아보고는 곧장 나머지 말들에게 관심을 돌렸다. 그들이 나머지 말들을 다리 건너편으로 힘겹게 끌고 가는 동안, 야마 떼와 야마를 돌보는 이들은 협곡 맞은편으로 물러났다.

어미의 배 밖으로 나온 작은 망아지가 앙상한 다리로 비틀거리며 섰다. 마부가 망아지의 몸을 부드럽게 닦아주었다. 마부가 일어나 세 번째 말을 끌고 오자 디마니가 미간을 찌푸리며 "망아지한테 뭘 먹이려고 저러지?"라고 중얼거렸다. 배를 보니 그 세 번째 말도 새끼를 밴 지 꽤 된 듯했다. 새끼를 낳기도 전인데 마부가 남의 새끼를 가까이 들이대자 암말은 당황했으나 별다른 저항은 하지 않았다. 망아지는 열심히 젖을 빨아 살아남을 수 있으리라는 희망을 모두에게 보여주었다.

망아지에게서 시선을 돌린 마부가 로렌스의 손을 잡고 힘차게 악수를 하며 말했다.

"밀 푸아 메르시(정말 감사합니다)."

"드 리앙(천만에요)."

점잖게 고개를 숙여 인사를 받던 로렌스는 방금 프랑스어로 대화를 나눴음을 깨달았다. 게다가 마부와 악수를 한 손은 온통 피가 묻어 있었다. 망아지의 몸에 묻어 있던 피였다. 마부도 그제야 어색한 상황을 알아채고는 머뭇거리며 악수를 멈췄다.

그날 밤, 테메레르 일행은 그들이 구해준 사람들과 약간 떨어진 곳에서 야영을 하기로 했다. 그랜비가 이스키에르카의 몸에서 내려오며 로렌스에게 물었다.

"그럼 우리가 목숨을 걸고 프랑스 짐꾼들을 구한 겁니까?"

"그래. 드 기네를 따라 쿠스코 시를 향해 육로로 이동하던 자들이었어. 드 기네 대사와 그 부하들은 쿠스코 시에 이미 들어가 있겠지."

그러자 해먼드가 못마땅해 하며 말했다.

"저 짐꾼들이 나르던 짐은 아마 사파 잉카에게 바칠 선물일 겁니다. 저 말들도 사육용으로 쓰라고 잉카에게 내줄 테고요. 우린 선물도 없이 거지와 다름없는 꼴로 쿠스코로 가고 있는데 말이지요."

프랑스인들과 그들의 짐을 위기에서 구해낸 로렌스를 원망하는 투였다.

로렌스가 말했다.

"우린 바칠 만한 물건이 없으니, 이 강력한 나라의 황제께서 자질구레한 장신구와 선물 따위에는 마음이 쉽게 흔들리는 분이 아니길 바라야겠죠."

"그러게요. 선물도 없으니 마음을 얻는 건 고사하고 부디 알현이라도 허락받기를 바랄 수 밖에요."

11

쿠스코 시는 안데스 고원의 분지에 위치하고 있었다. 분지는 짤막하게 삐죽삐죽 올라온, 푸른 이끼로 뒤덮인 봉우리들에 둘러싸여 있었다. 분지에 엷은 구름이 드리워졌다. 공중에서 내려다본 쿠스코 시는 흥미롭게도 특정한 형태로 만들어진 듯했다. 옆에서 보면 사자 형상이었다. 돌을 조각해서 언덕 위에 지어 올린 거대한 요새가 사자의 머리에 해당하고, 강둑을 따라 멋지게 건축된 수많은 대저택들이 들어선 도시는 사자의 몸통이었다. 저택은 대부분 지붕이 하늘을 찌를 듯이 가파르게 솟구쳐 있었는데 지붕의 소재는 주로 두꺼운 짚이었다. 건물들에 둘러싸인 안마당들이 여럿 보였다. 어떤 안마당에는 용이 누워 있고 어떤 안마당에는 용이 눈을 부릅뜨고 앉아 있었다. 전부 화려한 깃털에 금과 은으로 치장을 하고 있어서 공중에서도 희미하게 딸그랑거리는 소리가 들리는 듯했다.

도시의 성벽 안쪽에는 오두막집은커녕 작은 집도 없고 시장도 없었다. 실용적인 시설들은 성벽 주변의 짤막하고 왕래가 많은 길들을 따라 옹기종기 형성된 마을들에 몰려 있는 것 같았다.

테메레르 일행이 도시 성벽에 도착하기도 전에 순찰대 표시를 단 용들이 날개를 퍼덕이며 날아왔다. 순찰 용들은 주위를 맴돌면서 테메레르의 가슴에 붙어 있는 통행증을 응시하다가 추르키와 시끌벅적하게 얘기를 나누었다. 마침내 테메레르 일행은 순찰 용들의 안내를 받아 다른 곳보다 약간 높게 지어진 거대한 광장으로 안내받았다. 강의 북쪽에 위치한 그 광장은 의례에 사용되는 듯했고, 용들로 구성된 소부대를 수용할 수 있을 정도로 넓었다.

"우린 저쪽 칼란카에서 머물게 될 거예요."

추르키가 광장 옆의 큰 숙소를 가리키며 해먼드에게 알려주었다. '칼란카'는 별다른 시설 없이 벽을 세우고 지붕으로 덮어놓은 구조물이었다. 추르키가 계속해서 말했다.

"얘길 들으니까, 다른 외국 손님들은 맞은편 칼란카에서 지내고 있다고……."

해먼드가 말허리를 끊으며 물었다.

"다른 외국 손님들이라고요? 드 기네가 여기 와 있는 겁니까?"

착륙 후에 로렌스는 광장 맞은편의 또 다른 칼란카 아래에 잠들어 있는 주느비에브를 볼 수 있었다. 플레르 드 뉘 품종인 주느비에브는 램프처럼 커다란 눈을 가늘게 뜨고 졸고 있었다.

순찰 용들도 같이 내려와 테메레르 일행 주변에 늘어섰다. 그들은 그대로 떠날 생각이 없어 보였다. 추르키는 순찰 용들과 잠시 얘기를 나누고는 고개를 돌려 해먼드에게 무어라 속삭였다. 해먼드는 흠칫 놀라며 로렌스에게 말했다.

"그게, 대령님, 아무래도 선원들을 배에 매달린 그물에서 풀어놓아야 될 것 같습니다. 추르키의 생각엔, 우리가 선원들을 풀어주어야 저들이 우리가 평화로운 목적으로 왔다는 걸 믿을 거라는군요……."

거북해하는 해먼드의 표정을 보고 로렌스는 해먼드가 추르키의 말을 정확히 통역한 것인지 의심스러웠지만 확인할 길이 없었다. 케추아어를 아는 테메레르는 남동쪽에 서 있는 거대한 사원의 바깥 장식을 놓고 이스키에르카와 나지막하게 논쟁 중이었다. 잠시 후 테메레르가 고개를 돌리고 로렌스에게 물었다.

"로렌스, 저 건물 바깥에 번쩍이는 게 진짜 금이라고 생각해? 저렇게 두면 빗물을 맞고 먼지에 더러워질 게 분명한데 진짜 금일 리가 없잖아."

그 부분은 로렌스도 알 수 없었다.

"확실한 대답을 듣고 싶으면 추르키한테 물어봐. 기껏해야 금박이겠지."

건물 바깥에 붙어 있는 띠 모양의 장식은 금으로 보이기도 했지만 설마 금일까 싶었다.

"페리…… 아니, 포싱, 선원들을 밑으로 내려."

200명 가까이 되는 선원들을 내려놓자 효과가 있었다. 그물을 내리자 선원들이 신나게 쏟아져 나오더니 웅크리고 있던 다리를 펴면서 맥주를 달라고 아우성쳤다. 순찰 용들은 목을 길게 빼고 흥미진진하게 그들을 내려다보며 나지막하게 감탄의 말을 중얼거렸다. 로렌스가 듣기에는 부러워하는 말투였다. 순찰 용들은 그때부터 덜 의심스러운 눈으로 테메레르와 이스키에르카, 쿠링길레를 바라보았다.

추르키가 말했다.

"이제야 저들이 내 말을 믿어주는군요. 내 어머니가 도둑맞은 사람을 여러분이 도로 데려왔다고 설명했을 땐 착오일 거라며 안 믿더니만. 이제 저들도 꽤 깊은 인상을 받은 것 같습니다. 프랑스인들이 말 여러 필과 보석들을 가져왔다고 걱정할 필요 없어요. 여러분이 가져온 게 훨씬 더 값지니까."

테메레르는 이 말을 로렌스에게 통역해준 뒤 덧붙였다.

"무슨 뜻인지 모르겠어. 우리 꼴을 보면 궁핍한 신세인 걸 알 텐데 더 값진 걸 가져왔다니."

그러고는 추르키에게 무슨 뜻이냐고 물었다.

추르키가 날개를 펴서 흔들자 장신구끼리 부딪쳐 딸그랑 소리가 났다.

"여러분이 데려온 이 사람들을 말하는 거지 뭐겠어요."

산 공기가 서늘해서 칼란카 바닥에 요를 깔고 엉성하나마 천막도 더 쳐야 했다. 승무원들이 선원들을 데리고 그 일을 하는 동안 로렌스가 포싱에게 지시했다.

"포싱, 믿을 만한 자들을 골라서 보초를 세워. 장교 한 명이 꼭 보초들을 감독하게 하고."

전방위적인 단속이 필요할 것 같았다. 해먼드는 프랑스인들보다 먼저 잉카와 외교 관계를 맺을 수만 있다면 200명의 선원을 주저 없이 잉카에 넘기고도 남을 위인이었다.

키푸로 작성한 소개장이 상부에 전해졌다. 추르키는 테메레르 일행에 대해 자신이 확신하고 있는 바를 보다 높은 관리에게 직접 전하겠다며 칼란카를 떠났다. 그런데 해가 저물어가도록 어찌 되어가는지 대답이 오지 않았다. 광장 맞은편에 그랑 슈발리에 품종의 프랑스 대형 용 피콜로가 잉카 용들과 함께 착륙하는 모습이 보였다. 잉카 용들은 도살한 야마들을 발톱에 잔뜩 들고 내려와 주느비에브에게도 나눠주며 저희들끼리 식사를 했다.

그 광경을 유심히 바라보며 쿠링길레가 말했다.

"나도 야마 고기 싫지 않은데. 우리도 사냥 가면 안 돼? 날이 점점 어두워지고 있어."

그러나 해먼드는 상부에서 어떤 얘기가 있기 전까지 자리를 이탈하면 안 된다고 했다. 테메레르나 이스키에르카, 쿠링길레가 혼자 돌아다니다가 잉카 제국의 심장부인 이곳에서 잉카 용을 자극해 싸움이라도 나면 영국 대표 자격으로 온 그들의 입지가 위태로워질 것을 우려해서였다. 마침내 추르키가 돌아와 테메레르 일행의 이야기를 위에 잘 전달했으며, 곧 궁전에서 사람이 나와 그들을 맞이해줄 것이라고 전한 후에도 해먼드는 요지부동이었다.

"할 수 있는 한, 최선을 다해 황실에 잘 보여야 돼."

해먼드는 이렇게 말하며 테메레르와 나머지 두 용에게 나란히

줄을 서서 앉으라고 했다. 그리고 그 주변에 사람들을 계급별로 정렬시켰는데 사람들 사이의 간격을 평소보다 크게 벌려 실제보다 머릿수가 많아 보이게 했다.

해먼드의 열의에 고무된 테메레르는 "중국에서 지은 예복을 지금 꺼내 입는 게 좋을 것 같아, 로렌스."라고 말했다. 로렌스는 간신히 테메레르의 관심을 외모를 꾸미는 쪽으로 돌렸다. 테메레르는 발톱 씌우개들을 내오게 하고 흉갑에 광을 내게 했다. 에밀리의 감독을 받으며 한 무리의 선원이 안뜰 중앙의 커다란 분수에서 물을 퍼내 옆에서 옆으로 전달한 다음 용들의 등에 부어 몸을 씻어주었다.

이런 일에 동원된 것에 대해 몇몇 선원들이 정신을 못 차리고 투덜대자 테메레르가 살짝 고함을 지르며 말했다.

"최선을 다해 좋은 모습을 보여야 한다고 해먼드 대사가 말했잖아. 난 그 말에 동의해. 유감스럽게도 우리 일행의 인상을 좌우하는 게 쿠링길레와 이스키에르카 그리고 나니까 어쩔 수 없지. 쿠리퀴요르 님이 친절하게도 우리 쪽 사람들이 입을 옷을 해결해 주시긴 했지만, 우릴 다 같이 놓고 보면 심하게 괴상한 몰골이란 말이야. 로렌스 낭신도 잉카 귀족이 우릴 역겹게 쳐다보는 건 원치 않을 테니, 그런 의미에서 중국 예복을 입는 게 어떨지······."

테메레르가 또다시 중국 예복 타령을 하며 로렌스를 압박하려는데, 다행히 추르키가 다가와 소식을 알렸다.

"저쪽에서 오고 계십니다. 사파 잉카의 아이유도 관리하시는 분이죠. 어때요, 해먼드. 고위급 인사를 데려오겠다고 내가 약속했었죠."

테메레르는 얼른 허리를 꼿꼿이 펴고 날개를 등에 가지런히 붙였다. 사람이 나올 줄 알고 일행과 함께 텅 빈 안뜰만 멍하니 쳐다보다가 하늘을 올려다보며 내뱉었다.

"아, 또 저 녀석이야?"

테메레르는 날개를 축 늘어뜨렸고 마일라 유팡키가 그들 앞의 광장으로 내려섰다.

"네가 왜 그렇게 계속 무뚝뚝하게 구는지 이유를 모르겠구나."

이스키에르카는 테메레르에게 이렇게 말하며 마일라에게 고개를 까딱거렸다. 마일라는 해먼드가 목청 높여 묻는 질문에 대답을 하면서도 연신 이스키에르카를 쳐다보며 히죽거렸다. 테메레르가 보기엔 우습기만 했다.

"원한다면 고위 관리와의 만남을 주선해드릴 수는 있습니다. 안티수유를 맡고 있는 관리 정도가 될 겁니다. 밀림을 지나 브라질까지 여행할 생각이 있으시다죠?"

마일라의 말에 해먼드가 로렌스를 조심스럽게 쳐다보며 대답했다.

"아, 예. 물론 그렇습니다만, 저는 영국 정부를 대표하는 대사로서 합당한 의무를 수행해야만 합니다. 사파 잉카를 뵙고 인사를 올리지 않는 것은 있을 수도 없는 일입니다. 사파 잉카께 영국 국왕의 애정 어린 인사를 전해올리고, 답인사를 받아 영국 국왕께 다시 전하는 것이 제가 해야 할 일입니다. 아울러 유럽에서 벌어지고 있는 전쟁에 대해서도……."

그러나 마일라는 무시하듯 말을 잘랐다.

"글쎄요, 댁은 인간이라서. 사파 잉카 님을 뵐 수 있을지는 확답을 못 드리겠군요. 다만……."

마일라는 이스키에르카에게 고개를 돌리며 말을 이었다.

"이스키에르카 당신이라면 궁전으로 들어가 사파 잉카께 인사를 올릴 수 있습니다. 사파 잉카께서는 당신이 탈카우아노 시에서 거둔 승리에 대해 듣고 싶어 하십니다. 직접 만나 보고 싶다고도 하셨고요. 위대한 만카 코파카티는 지난 23년간 싸움에서 진 적이 없는데 그런 용을 상대로 어떻게 승리했는지 다들 궁금해 합니다."

테메레르는 화가 나서 얼굴 주변의 막을 펼쳤다. 이스키에르카가 아닌 테메레르가 나가 싸웠으면 만카 코파카티를 이기지 못했을 것처럼, 이 무리의 상급 용이 테메레르가 아닌 것처럼 마일라는 말하고 있었다…….

이스키에르카는 우스꽝스럽게도 자기만족에 빠져 우쭐댔다.

"물론 가야죠. 궁전에 가서 사파 잉카를 만날게요. 내가 어떻게 이겼는지 자세히 설명해드리고 싶네요. 실은 아주 굉장한 결투였거든요. 상대는 대단히 위험한 용이었지만 나한테는 상대가 안 되었어요. 지금 바로 궁전으로 갈까요?"

해먼드가 "하지만…… 그건……" 하고 나섰으나 마일라가 곧장 대답했다.

"나중으로 미룰 이유가 없죠. 사파 잉카께서 지금 궁전에서 알현을 받고 계시니, 찾아뵈면 기뻐하실 겁니다."

테메레르가 해먼드를 닦달했다.

"뭐하고 있어요? 해먼드 대사님, 이스키에르카가 영국을 대표해서 발언하게 내버려두면 안 되는 거……."

이스키에르카가 말을 잘랐다.

"안 되긴 뭐가! 사파 잉카가 테메레르 널 만나고 싶어 하지 않는 건 네가 늘 무역이니 정치니 하는 지루하고 칙칙한 얘기만 하려고 해서잖아. 프랑스 측이 궁전을 드나드는 꼴만 멍하니 쳐다보면서 여기 죽치고 앉아 있을 생각이 아니라면, 나라도 궁전에 들어가 봐야지."

어처구니없게도 이 말이 해먼드의 마음을 움직인 것 같았다. 해먼드가 이스키에르카에게 말했다.

"나와 세세한 표현까지 미리 의논하도록 하고, 내 허락 없이 네 멋대로 영국 정부를 대표해 발언하는 일은 없어야 돼. 그리고 영국을 대표하는 외교 대사인 나를 만나시라고 사파 잉카를 설득하도록 하고……."

이스키에르카는 꼬리를 가볍게 튕기며 "알았다고요, 알았어."라고 하더니 마일라에게 "어서 앞장서요."라고 재촉했다. 마일라는 머리를 살짝 숙인 다음 곧장 날아올랐고 이스키에르카는 그 뒤를 따랐다. 세상의 질서가 이렇게 뒤집힐 수 있다는 것을 실감한 테메레르는 경악과 배신감 속에서 그 둘의 뒷모습을 바라보았다.

분노한 테메레르가 해먼드에게 말을 쏟아냈다.

"이스키에르카가 사파 잉카를 설득해서 대사님을 만나게 해줄리 없어요. 그런 시도조차 하지 않을 걸요. 궁전에 들어갔다 나와서는 자기는 거기 가봤는데 우린 못 갔다면서 큰소리나 뻥뻥 쳐대겠죠. 두고 보세요. 아오! 걔를 외교 사절로 궁전에 들여보내다니……. 누가 보면 대사님이 이스키에르카와 10분도 같이 지내보지 않은 줄 알겠어요. 궁전에 가서 멋대로 성질이나 부리다가 우릴 새로운 전쟁에 휘말리게 하지나 않으면 다행이게요."

해먼드도 약간 열을 올리며 대꾸했다.

"내가 일부러 그런 것처럼 말하는구나. 이스키에르카처럼 제멋대로인 데다 남의 칭찬에나 휘둘리는 용이 아니라 다른 중재인을 통해 사파 잉카와의 대화 통로를 열 수만 있다면 말도 못하게 기쁠 거다. 그런 중재인을 내세울 수 있었으면 기꺼이 그리 했겠지. 헛말이 아니라 진심이야."

그랜비도 테메레르 못지않게 마음을 진정시키지 못했다.

"로렌스 대령님, 제 미친 용이 변덕이 나서 사파 잉카를 모욕하고 궁전에 불이라도 지르면……."

로렌스는 상투적인 위로가 아니라 진심 어린 말로 그랜비를 안심시키고 싶었지만, 그들의 임무가 이스키에르카에게 달려 있다는 점 때문에 초조하기는 마찬가지였다. 그래도 말은 이렇게 했다.

"마음 편히 가져, 그랜비. 명망 높은 챔피언 용을 결투로 무찔렀으니 궁전에서도 이스키에르카를 함부로 대하지는 못할 거야."

"복수를 위해서든 야망을 위해서든 다른 용이 이스키에르카에게 도전이나 하지 않으면 다행이겠죠. 사람을 보내 좀 보고 오게 할까요? 불안해서 이스키에르카가 돌아올 때까지 마음을 못 놓겠습니다. 누구든 우리 쪽으로 가까이 오면 알려주십시오. 이스키에르카가 전쟁을 시작하지 않았다는 걸 알게 될 때까지 어디 숨어 있어야겠습니다."

태평한 건 쿠링길레뿐이었다. 이 근방의 가축들을 얼마든지 잡아먹어도 된다는 마일라의 허락이 떨어지자 디마니는 쿠링길레와 함께 사냥을 나가 야마 아홉 마리를 잡아왔다. 사람들은 꿍쑤의 감독을 받으며 그 아홉 마리를 꼬챙이에 꿰어 불에 구웠다. 칼란카 뒤에 잔뜩 놓여 있는 구이용 꼬챙이들을 사용했는데, 이곳에서 지내는 이들이 편하게 쓸 수 있게 잉카인들이 일부러 그곳에 놓아둔 듯했다. 잉카인들은 불을 피울 때 쓰라며 야마 배설물도 충분히 주었다. 마음껏 야마를 잡아먹으라고 해놓고는 나중에 비난이나 하지 않기를 로렌스는 바랄 뿐이었다. 그런데 쉬플리가 말했다.

"대령님, 저기 저 사람들 말입니다. 우리 쪽으로 오는 것 같은데요."

그 말대로 몇몇 사람들이 광장을 가로질러 테메레르 일행이 머무는 숙소 쪽으로 오고 있었다. 워낙 이것저것 걱정할 일들이 많다 보니 로렌스는 그 사람들에게 크게 두려움을 느끼지는 않았다.

거리가 좁혀지면서 프랑스 대사 드 기네가 선두에 서 있는 것이 보였다. 그자의 팔을 잡고 걸어오는 여자는 펨버튼 부인이었다. 평소처럼 흠잡을 데 없이 예의 바른 태도이기는 하지만 펨버튼 부인을 이쪽으로 데려오는 드 기네의 표정은 점잖으면서도 어딘지 모르게 억지로 꾸며낸 듯 보였다.

드 기네가 고개 숙여 인사했다.

"이렇게 무사한 모습을 보니 기쁘기 한량없습니다. 놀라지 않은 척은 못 하겠군요. 대령의 뛰어난 기지가 감탄스러울 뿐입니다. 나중에 시간 날 때 어떻게 그 섬에서 여기까지 올 수 있었는지 들려주세요. 우리 사이에 남아 있는 분노 때문에 이곳에 머무시면서 불편함을 느끼시지는 않았으면 좋겠군요."

해먼드는 아무 대꾸도 하지 않았지만 얼굴 표정만으로도 분노가 남아 있음을 짐작할 수 있었다. 로렌스는 일행이 동요하지 않도록 한층 정중하게 대답했다.

"그동안 펨버튼 부인을 보호해주셔서 감사드립니다."

그러고는 펨버튼 부인에게 말했다.

"부인을 대신해서 드 기네 대사님에게 말씀드리겠습니다. 아직 우리 사정이 여의치 않으니 대사님이 조금 더 부인을 보호해주시면 어떠실지……."

"물론 좋습……."

"대령님, 우선 내 얘기를 듣고……."

펨버튼 부인이 로렌스의 질문과 드 기네의 대답, 해먼드의 참견을 전부 자르며 단호하게 말했다.

"아뇨, 됐어요. 그동안 샤프롱으로서의 의무를 제대로 이행하지 못해서 무척 신경이 쓰였거든요. 오랫동안 혼자 둔 것을 에밀리 롤랜드 양이 부디 너그럽게 용서해주길 바랄 뿐이에요……."

그러나 에밀리 롤랜드 양의 표정을 보면 그간 펨버튼 부인이 샤프롱으로서의 의무를 이행하지 못한 것을 용서하고도 남을 뿐 아니라 그녀가 다시 샤프롱으로 돌아오는 것을 딱히 원하지도 않는 듯했다.

펨버튼 부인이 계속해서 말했다.

"……앞으로는 이런 일이 없을 겁니다. 그간의 후한 대접에 감사드립니다, 무슈 드 기네. 친절하게 대해주시고 드레스까지 선물해주신 마담 레카미에게도 다시 한 번 감사 인사를 전해주세요."

펨버튼 부인은 드 기네에게 손을 내밀어 작별 인사를 한 후 남루한 영국 군인들에 둘러싸인 채 당당하게 걸어서 로렌스 곁으로 왔다. 영국 궁정에서 거니는 듯한 권위 있는 태도여서 실제보다 서른 살은 나이가 많아 보였다.

펨버튼 부인이 공식적으로 로렌스 쪽으로 복귀한 데다가 에밀리 롤랜드까지 사나운 눈초리로 노려보자 드 기네는 그대로 물러갈 수밖에 없었다. 드 기네 일행은 점잖게 몇 마디 더 얘기를 나누다가 마침내 광장 맞은편의 자기네 숙소로 돌아갔다. 로렌스 곁에 선 펨버튼 부인의 깔끔한 가운과 장갑, 차분한 표정은 이쪽 영국인들의 몰골과 어울리지 않았다. 로렌스는 접어놓은 그물 더미에 이 지역의 어깨망토 여러 장을 얹은 후 펨버튼 부인에게 앉으라고 권했다.

그 자리에 앉은 펨버튼 부인은 드 기네 일행과 함께 쿠스코로 오게 된 경위를 들려주고는 이렇게 덧붙였다.

"지금쯤 드 기네 씨는 무척 후회하고 있을 거예요. 내가 다시 이쪽에 합류하는 걸 허락하고 싶지 않은 눈치였어요. 대령님 일행이 여기 도착한 모습을 제 눈으로 직접 보지 않았다면, 드 기네 씨는 그 사실을 끝까지 숨겼을 거예요."

그동안 편안하게 지낼 수 있게 돌봐준 사람을 비난하니 로렌스는 다소 놀랐다.

"무슈 드 기네가 신사답지 못한 행동을 했다니 유감입니다."

"아, 드 기네 씨를 욕하려는 게 아니에요, 대령님. 결국 저를 보내주었으니까요. 지금 같은 상황에서 드 기네 씨의 행동을 마냥 비난할 수는 없는 노릇이죠. 어차피 그분도 제가 여기 와서 자기네 정보를 발설하지 않으리란 생각은 안 하실 테죠."

그러자 해먼드가 들뜬 목소리로 말했다.

"발설하셔야지요. 당연히 그러셔야 합니다. 영국 국왕의 국민이 프랑스 측의 비밀을 지켜주리라는 기대는 드 기네 씨가 애초에 하면 안 되는 것이지요. 특히 조국인 영국의 안위와 관련된 내용이라면 더더욱 우리에게 알려주시는 게 맞습니다. 펨버튼 부인, 어서 말씀해보세요. 프랑스인들이 사파 잉카를 직접 뵈었습니까? 아니면 프랑스의 용들만 알현한 겁니까?"

"그들 전부는 아니지만 일부는 알현을 했어요. 매일 궁전을 드나들면서……."

해먼드가 경악하여 소리쳤다.

"매일이라니! 맙소사. 어서 우리도 저들을 설득해 궁전으로 들어갈 방도를 찾아야 합니다. 그랜비 대령, 이스키에르카에게 최대한 얘기를 잘해서…… 우리가 궁전에 초대받을 수 있도록……."
펨버튼 부인이 말했다.
"대사님, 실은 제가 내일 궁전에 다시 오라는 초대를 받았어요. 그러니 기꺼이 제가 나서서……."
"뭐라고요? 황제를 뵈었단 말입니까? 어떻게 그리 한 것인지……."
"그냥 황제가 아니고 여황(女皇)이세요, 해먼드 대사님."
"지금 뭐라고 하셨습니까?"
"지금의 사파 잉카께서는 남자가 아니라 여자라고요."
현 여황은 바로 전 황제의 미망인이자 그 전전 황제의 딸이라고 했다.
"남편이자 이전 황제께서는 천연두로 서거했다더군요. 여황께서도 천연두에 걸리셨지만 살아남으셨고요. 황제께서 병상에 누워 있는 동안 이분이 대신 국정을 수행하면서 대변인 역할을 하셨는데, 그런 상태가 꽤 오래 지속되다가 황제가 돌아가셨다고 들었어요. 이곳에는 시신을 매장하지 않고 가까이 두는 풍습이 있는데, 황제의 시신은 사람들 앞에 내보일 상태가 아니라서 따로 안치소에 두었다고 해요."
그러자 그랜비가 말했다.
"섬뜩한 풍습이네요. 남편의 시신을 방 한쪽에 더 오래 세워놓을 수가 없어서 본인이 직접 황위에 오른 겁니까?"

"그 무렵 이분이 궁전 내에서 최고위직에 있는 용들을 설득하신 것 같아요. 남자보다는 여자가 황제 역할을 하기에 더 적합하다고. 남자는 전쟁이 나면 직접 나가서 군대를 이끌어야 하지만 여자는 궁전에 머물면서 용들의 보호를 받을 수 있으니 더 낫지 않냐고. 그런 주장이 용들에게 꽤 설득력 있게 받아들여진 모양이에요."

로렌스가 물었다.

"근거 있는 정보입니까?"

"확실한 정보예요. 여황 본인과 그분을 모시는 시녀들한테서 들은 얘기거든요. 여황은 이미 프랑스어를 할 줄 아시고, 저에게 영어를 가르쳐달라고 청하셨어요."

이제 보니, 그들이 트리엉프 호에서 본 프랑스 여인들은 궁전을 자유로이 드나들 수 없는 드 기네를 대신해 잉카와 협상을 진행하기 위해 이곳에 온 것이었다.

펨버튼 부인이 말했다.

"이번에 같이 온 프랑스 여자들이 여황을 설득해서 드 기네를 만나게 하려고 했지만 아직까지는 성공하지 못했어요. 세가 그들 무리에 자연스럽게 끼면서 궁전에도 함께 정기적으로 드나들기는 했는데, 사파 잉카인 여황과 나누는 대화에는 끼워주지 않더라고요. 영악한 여자들이라 자기네 의도를 직접 여황께 얘기하지 않고 은근히 소문으로 흘리더군요. 그들이 어떤 조건을 제시하려고 하는지는 여러분이 더 잘 아실 거예요."

해먼드가 생각에 잠긴 표정으로 말했다.

"교환을 하자는 조건이겠지요. 이곳 용들을 프랑스로 데려가는 대신 프랑스 사람들을 이곳으로 보내는 조건이 될 가능성이 높아요. 나폴레옹이라면 프랑스 감옥에 수감 중인 죄수들을 내주고 그 값으로 이곳 용들을 여러 마리 프랑스에 들이고 싶어 할 겁니다. 그리고 잉카와는 일종의 휴전 협정이라고 할 수 있는 애매한 우호관계를 맺으려고 하겠지요. 츠와나 용들을 수송선에 실어 이곳으로 보내는 걸 보면 이 대륙과 동맹까지 맺을 생각은 없는 것 같습니다. 우리 영국이 잉카와 동맹을 맺지 못하게 하는 것이 드 기네의 목적일 수도 있겠다는 생각이 듭니다만."

해먼드는 무심코 엄지를 이로 씹으며 잠시 생각에 잠겼다가 말을 이었다.

"과연 그렇게 별로 중요하지도 않은 임무 때문에 드 기네가 여기까지 왔을까요? 주느비에브라는 용의 비행사가 되면서까지? 아닐 겁니다! 젠장."

해먼드는 이런 식으로 몇 분 동안 혼자 중얼거리다가 펨버튼 부인에게서 주전자로 시선을 돌렸다. 코카나무 잎으로 끓인 차를 더 마시려는 것이었다. 해먼드가 진정하기를 기다리던 펨버튼 부인이 그제야 차분하게 말했다.

"본격적으로 제가 할 수 있는 일을 찾아보려고요, 대사님. 허락해주시면 우선 내일 아침에 롤랜드 양을 여황께 인사시키고 싶어요."

해먼드는 김이 모락모락 나는 컵을 손에 든 것도 잠시 잊고 미심쩍은 눈으로 펨버튼 부인과 에밀리 롤랜드를 차례로 돌아보았다. 에밀리 역시 확신 없는 눈빛으로 해먼드를 마주 보았다.

펨버튼 부인이 거듭 말했다.

"사파 잉카가 계신 곳에 우리 쪽 사람을 한 명 더 두면 그만큼 보고 듣는 게 많아지니 우리로선 불리할 게 없다고 봐요. 대사님이 여황께 제시하고 싶은 바가 있으시면 롤랜드 양과 제가 잘 전달하도록 할게요. 대사님의 뜻대로 이루어지도록 저희가 기쁜 마음으로 최선을 다 하겠습니다."

며칠 후, 여황을 직접 만나 보려는 시도가 모두 실패로 돌아가자 해먼드는 머리를 쥐어뜯으며 로렌스에게 말했다.

"중개인들을 통하지 않고 내가 자유롭게 협상을 진행할 수 있어야 하는데, 그래야 하는데, 외교 쪽으로 훈련도 받지 않은 초짜들을 통해야 하다니! 그것도 툭하면 싸우려고 드는 성질 사나운 용과 가정교사, 열다섯 살 난 여자애가 중개인이라니! 그들에게 영국을 대표해 발언할 자격을 주지 않을 수 없습니다만, 영국에서 누구든 이 상황에 대해 듣지 못하기를 바랄 뿐입니다."

"이런 상황에 대해 프랑스 측도 우리보다 조금 더 나은 수준으로 준비해왔을 뿐이잖습니까. 마음 편히 가지세요."

"과연 그럴까요? 적어도 프랑스 측은 이쪽 상황이 어떻다는 건 알고 왔을 겁니다. 지난 2년 동안 브라질을 통해 이곳에 첩자들을 들여보냈을 테니까요. 마담 레카미에도 프랑스를 도우러 여기 와 있고 말이지요. 나는 그 여자가 나폴레옹을 혐오하는 줄 알았는데, 이 정도 협상을 직접 진행할 기회가 생기니까 나폴레

용에 대한 혐오도 접어두고 뛰어든 모양이에요. 게다가 우리 쪽 용과는 달리 드 기네의 용 주느비에브는 잉카에서 가장 영향력 있는 용인 마일라 유팡키를 싫어하지도 않고요."

마지막 말에 뼈가 있었으나 로렌스는 무어라 반박할 수 없었다. 테메레르와 마일라 유팡키는 앙숙이 되어 물고 뜯고 싸우기 직전이었으니까. 다행히 마일라는 테메레르 외에 나머지 용들과 사람들에게는 나쁜 감정이 없고, 특히 이스키에르카를 마음에 들어 하여 영어를 더 배우겠다는 구실로 정기적으로 찾아와 따로 얘기를 나누기도 했다. 그러지 않았으면 로렌스 등은 이곳에서 외교 임무를 진행할 엄두도 내지 못했을 것이다.

"이스키에르카가 웬일로 온갖 짜증 나는 일들을 잘 참고 있는지 모르겠어."

테메레르의 말에 해먼드가 대꾸했다.

"그게 우리가 가진 유일한 이점이야. 너야말로 우리 임무에 방해가 되지 않게 해라."

그러자 테메레르는 울컥했고 잠시 후 이스키에르카가 바로 앞에 착륙하여 떠벌리는 바람에 더욱 기분이 상했다.

"마일라와 비행하고 오는 길이야. 땅에서 바로 금을 캐내는 광산을 구경시켜줬는데 수레마다 금을 잔뜩 실어내더라. 얼마든지 더 캐낼 수도 있지만 일손이 모자라서 못하고 있대. 금을 캐는 일을 제대로 할 수 있는 건 인간들뿐이래."

테메레르가 웃기는 소리 말라며 비웃자 이스키에르카가 화를 냈다. 잠시 툭탁거리던 두 용은 결국 숙소 양끝으로 가서 서로를 외면

하고 앉았다. 테메레르는 목소리를 낮추고 로렌스에게 물었다.

"로렌스, 영국에도 그런 광산이 있지 않아? 아니면 우리가 살던 뉴사우스웨일스의 골짜기에는?"

"없을걸. 금광은 흔하지 않아. 오스트레일리아 대륙을 횡단하면서 보니까 오팔 광산 같은 건 있겠더라."

"아! 당신의 중국식 예복에 꿰매 붙인 그 보석들 말이지? 아주 호화롭던데. 금을 잔뜩 가지는 것보다 오팔을 갖는 게 더 낫지. 로렌스, 지금 그 예복을 꺼내 입고 저들 눈에 띄게 광장을 왔다 갔다 거닐어보는 건 어때?"

로렌스는 광장을 거니는 게 예복까지 갖춰 입고 해야 할 만큼 중요한 일은 아니라며 테메레르를 간신히 달랬다. 그런데 그날 오후, 궁전에서 돌아온 이스키에르카가 숙소에 내려앉으며 의기양양하게 말했다.

"흠, 여러분이 바라는 대로 완벽하게 일을 진행시키고 왔답니다. 그리고 여황께서 당신을 만나시겠대, 그랜비! 아, 테메레르 너랑 로렌스 대령님도 원한다면 같이 가보든가."

성의 없는 초대에 분노하던 테메레르가 별안간 밝은 표정으로 로렌스에게 말했다.

"당신은 중국식 예복을 입고 궁전에 들어가는 게 좋겠어. 그럼 여황께서도 당신이 우리 원정대의 상급 장교라는 걸 단박에 알아보실 거야."

해먼드가 초조해하며 조언했다.

"가까이 오라는 확실한 허락 없이 멋대로 잉카께 다가가면 안 됩니다. 너무 멀리 있는 게 오히려 실례가 되겠단 생각이 들면 몰라도……. 지나치게 가까이 가는 건 최대한 피하도록 하고……."

그랜비가 말을 끊었다.

"대사님이 저 대신 가시면 좋겠는데 왜 안 되는지 모르겠습니다. 저는 외교에 대해선 알지도 못합니다. 이들이 200년 전에 스페인 놈들과 싸운 일을 잊지 않고 있다면 저 같은 장교보다는 외교 대사를 궁전에 들이는 편이 나을 텐데 말입니다."

그러나 이스키에르카는 그랜비의 말을 단박에 잘랐다.

"당연히 그랜비 당신이 가야지. 당신은 내 비행사니까. 여황께서도 당신을 만나고 싶어 하셔."

해먼드가 말했다.

"확실히는 몰라도, 이곳에선 군인들을 선호하는 분위기일 수도 있습니다. 우두머리들이 거의 장군이나 군인인 걸 보면. 그래도 위험을 초래하지 않도록 조심하세요. 이런 초대가 누구에게나 오는 기회는 아닌 것 같습니다. 펨버튼 부인 얘기로, 드 기네 대사는 한 번도 궁전에 초대받지 못했다고 하니 꽤나 애를 태우고 있을 겁니다. 로렌스 대령님, 반드시 명심하셔야 합니다. 여황이 먼저 손짓해서 부르지 않으면 가까이 가지 말고……."

"알겠습니다. 명심하죠."

로렌스는 마음을 단단히 먹으며 예복의 소매 끝을 접어 올렸다. 알현은 궁전이 아닌 다른 건물에서 이루어졌다. 그 건물은 꾸지파타 광장이라 불리는 또 다른 너른 광장을 마주보고 있었다.

이스키에르카는 자랑스럽게 일행을 이끌고 날아가 기다란 안뜰 맨 끄트머리에 착륙했다. 해먼드의 충고 따윈 가볍게 무시하고 여황에게 깊은 인상을 주기 위해 그린 것이었다. 지붕 아래 멋진 연단이 있고 연단의 계단을 오르면 야트막한 의자에 앉을 수 있었다. 내벽은 물론 천장도 커다란 금 접시들로 화려하게 장식되어 있었다.

마일라 유팡키와 다른 잉카 용 세 마리가 연단 주변에 똬리를 틀고 자리했다. 그들 용 네 마리의 몸통 사이로 햇빛을 받아 반짝거리는 금속 벽장식이 슬쩍슬쩍 보였다. 그 용들은 초조하게 몸을 뒤척이면서 머리를 살살 흔들었다. 그 용들은 로렌스와 그랜비를 냉랭하고 불안한 시선으로 지켜보면서도 이스키에르카와 테메레르에게는 그런 관심의 절반도 주지 않았다. 로렌스는 어이가 없었으나 우습게 볼 일은 아니었다. 팽팽한 긴장이 흐르고 있어 언제든 폭력 사태가 발생할 수 있었다.

연단 양옆에 두 줄로 늘어선 경비병들은 장검과 머스킷 총으로 무장한 모습이었다. 로렌스가 보기에는 스페인이나 포르투갈에서 제작된 총인 듯했는데 해변에서 거래를 했거나 브라질에서 들여온 것일 터였다. 경비병들의 갑옷은 두꺼운 모직 소재여서 얼핏 보면 황실의 위엄을 보여주는 듯했으나 사실은 형식상 차려입은 것이 아니라 전투에 대비해 무장한 것이었다. 몹시 사나운 눈빛을 하고 있는 것을 보면 로렌스 일행을 이곳에 초대받은 손님이 아니라 암살자로 여기는 듯도 했다.

여황은 연단 위의 의자에 앉아 있었다. 키가 크고 날씬했으나 어깨가 별나게 넓었다. 머리에 쓴 진홍색의 터번형 모자에는 깃털들이 꽂혀 있고 금으로 머리에 고정되어 있었다. 길게 땋아 내린 검은 머리카락에는 금과 에메랄드 장신구를 꽂았다. 아주 고운 모직으로 된 옷을 입었는데, 밝은 색깔의 자잘한 사각 무늬를 넣고 보석으로 장식해서 무척 화려했다. 로렌스는 여황 가까이 걸어가면서 그녀의 한쪽 뺨에 드문드문 천연두 자국이 있음을 알아챘다. 뺨에 얇게 발라놓은 금가루가 천장에서 쏟아져 내려오는 햇빛에 반짝거렸다.

"로렌스, 저 분수 좀 봐."

테메레르가 속삭였다. 대단히 멋진 분수였다. 온통 금으로 만들어진 분수의 수조로 햇빛이 흘러들어서 솟구치는 물줄기마다 불이라도 붙은 듯했다. 화려한 조각이 새겨진 분수에는 보석까지 박혀 있었다. 분수를 사이에 두고 양옆의 벽도 온통 금으로 뒤덮여 있었다.

테메레르와 이스키에르카는 사자처럼 허리를 꼿꼿이 펴고 앉았고, 마일라를 비롯한 잉카 용 네 마리는 바닥에 엉덩이를 붙인 채 꼼짝하지 않았다. 그러나 그들 여섯 마리의 앞발 뒷발에는 잔뜩 기합이 들어가 있어서 언제든 박차고 일어설 준비가 되어 있었다.

테메레르가 목소리를 낮추고 로렌스에게 말했다. 남들 귀에 안 들리게 하려는 의도였으나 뜻대로 되지는 않았다.

"저들이 무례하게 굴어도 뭐라고 하면 안 되겠어. 신경이 잔뜩 곤두서 있는 게 한눈에 다 보여. 그래도 걱정하지 마, 로렌스. 저들이 공격을 개시하더라도 당신을 털끝 하나 건드리지 못하게 할 테니까. 그럴 위험이 조금이라도 있을 것 같았으면 당신하고 여기까지 오지도 않았어."

로렌스는 한숨이 나왔다. 공군 소속으로 의무를 수행하다 보면 불가피하게 위험에 처할 수도 있는데, 위험한 상황을 미리 감지하고 일부러 피하면 안 되었기 때문이다. 테메레르의 마지막 말에서 그리고 말리라는 고집이 묻어나오는 듯하여 로렌스는 걱정이었다. 로렌스는 걸음을 멈추고 사파 잉카인 여황에게 머리 숙여 인사했다. 여황은 생각에 잠긴 표정으로 그들을 바라보았다. 외모가 특별히 뛰어난 여인은 아니었고 얼굴도 천연두로 살짝 얽어 있었으나 별나게 새까만 눈동자에서 기민한 판단력이 묻어나왔다.

"아나우알케 잉카라고 합니다. 푸산틴수유에 오신 걸 환영하는 바입니다."

여황은 억양이 약하게 들어간 영어로 인사를 건넨 후 놀라울 정도로 유창한 프랑스어로 편히 앉으라고 말했다. 그 말이 떨어지자마자 시종들이 속을 잔뜩 채워 넣은 푹신한 방석들을 연단 아래 바닥에 깔아놓았다.

"접근은 여기까지라고 선을 긋는 것 같군요."

그랜비가 조심스럽게 방석에 앉으며 로렌스에게 중얼거렸다. 그 순간 여황이 황좌에서 일어나 바닥으로 내려오자 그랜비는 흠칫 놀랐다. 여황 주변의 전사들과 용들도 불안하게 들썩이기 시작했다. 그랜비와 다섯 걸음 정도 떨어진 방석에 앉은 여황은 호기심 어린 눈빛으로 그랜비를 바라보며 물었다.

"편안한가요? 앉아서 대화를 나누는 게 그쪽 풍습이라고 하던데?"

"아, 그게, 그렇습니다. 감사합니다. 아주 편안하고……."

"여기까지 오는 길은 어땠나요? 도로마다 보수가 잘 되어 있고 창고마다 먹을 것이 가득하던가요?"

그랜비는 로렌스에게 도와달라는 눈빛을 보냈으나 여황의 질문을 받은 이는 자신인지라 직접 대답하지 않을 수 없었다.

"예, 그렇습니다, 마님…… 아니, 폐하."

그랜비가 그쯤에서 입을 다물어버리자 이스키에르카가 머리를 숙이고 그랜비를 툭 치며 속삭였다.

"무슨 말이든 더 해, 그랜비. 왜 이렇게 멍청하게 굴어? 여황님이 당신을 똑똑하지 않은 줄 알 거 아니야."

"내가 원래 대화에는 재주가 없어. 프랑스어로 하는 대화인데 오죽하겠냐!"

그랜비는 열을 올리며 이렇게 받아치고는 여황에게 이 말 저 말 주워섬겼다.

"창고들은 아주 훌륭했습니다, 폐하. 덕분에 여기까지 오는 동안 돌아다니며 사냥할 필요가 별로 없었고…… 아, 젠장."

그랜비는 프랑스어로 말하다 말고 영어로 로렌스에게 소곤거렸다.

"이렇게 말하면 우리가 허락도 없이 창고에서 식량을 꺼내 먹은 걸 인정하는 거 아닙니까?"

그러나 아나우알케는 전혀 나무라지 않았다.

"어려움이 없었다니 기쁩니다. 남쪽의 작황이 좋았다고 들었습니다. 자네가 그렇게 말했었지, 니난?"

그녀는 근처에 서 있는 전사에게 케추아어로 물었다. 질문을 받은 자는 키가 크고 눈빛이 사나운 젊은 남자였다. 그는 허리띠 안쪽에 찔러 넣은 권총 손잡이에 손을 얹고 있다가 흠칫하더니 질문에 대답했다. 여황은 다시 프랑스어로 숙소는 만족스러운지 그랜비에게 물었고, 이어서 날씨와 다가올 계절에 대해 얘기를 나누었다. 여황은 대화 중간 중간에 수행하는 자들을 대화에 엮어 넣곤 했다.

로렌스는 어머니가 정계 인사들을 집으로 불러 모아 만찬을 벌이던 모습을 어렸을 때부터 보았다. 만찬에 낄 수 있을 만큼 나이가 들지 않았을 때라 난간 너머로 훔쳐보는 정도였지만 그런 광경을 자주 보았던 터라 지금의 이 따분한 대화가 아무렇게나 이어지는 것이 아니라 능수능란하게 계획된 것임을 눈치챌 수 있었다. 여황이 모국어가 아닌 외국어로 말하느라 대화의 주제를 자유로이 고를 수 없어 그런 것이라면 말을 더듬거나 유창하게 이어가지 못하고 중간에 끊기거나 해야 하는데 전혀 그렇지 않았다.

대화가 이어질수록 불쌍한 그랜비는 힘든 상황에 처했다. 로렌스가 좀 더 신경 써서 둘러본 결과, 황좌 주변에 서 있는 전사들은 단순한 경비병이 아닌 듯했다. 나이가 꽤 많은 자들도 있고 전투에서 단련된 자들도 있었다. 다들 커다란 금 원반을 귓불에 끼웠고 장식 술이 달린 터번형 모자를 썼다. 귀족 신분이나 군인 신분을 나타내는 표시 같기도 했다. 전사들은 그랜비와 로렌스에게만 의심 가득한 눈빛을 보내는 게 아니라 서로에게도 그런 날 선 눈빛을 보내고 있었다.

여황 앞에서 물러나와 숙소인 칼란카로 돌아온 후 로렌스가 그랜비에게 말했다.

"여황께서는 페넬로페이아 게임을 하고 있는 것 같아. 새 남편을 맞으라는 압력을 받고 있는데, 새로 남편이 되는 자는 국정에 영향을 미치려 들 테니까, 구혼자들을 서로 경쟁시켜서 하나씩 나가떨어지게 하는 게 아닐까 싶어."

"그럼 우린 잠시 분위기를 바꿔주는 서커스단 같은 역할이겠군요. 하긴 그게 아니면 우릴 불러 얘기를 나눌 이유는 없겠죠. 영국의 날씨가 어떠냐, 뭐 이런 것만 계속 물어보시던데, 지금 영국이 여름인지 겨울인지도 저는 잘 모르겠더라고요. 우리가 초대에 응하겠다는 눈치를 주면 여황은 계속 우릴 그 건물로 불러서 거기 서 있던 다른 남자들과 함께 끝없이 이런 춤을 추게 할 겁니다."

"그래."

로렌스는 그들을 맞이하는 해먼드에게 상황을 설명했다.

"현재로서 말씀드릴 수 있는 건, 여황이 프랑스와 진지하게 동맹 관계를 맺을 생각은 없어 보인다는 겁니다. 프랑스뿐만 아니라 잉카의 주 병력인 용들에 눈독을 들이는 나라와는 동맹을 맺지 않을 듯합니다. 그리고 남편감으로 특별히 한 명을 염두에 두

거나 할 것 같지는 않고, 본인이 황제로서의 역할을 모두 맡든지, 아니면 한 명을 최고 전사로 키운 후 그에게 의탁할 것 같습니다."

그러자 해먼드가 숙소 안쪽을 가리키며 씁쓸하게 말했다.

"나름의 세력 균형을 염두에 두고 있지 않다면 그렇겠지요."

로렌스는 "그게 무슨 뜻입니까?"라고 해먼드에게 묻다가 마침 그들 쪽으로 걸어오는 에밀리에게 다시 물었다. "달리 들은 얘기라도 있나?"

에밀리는 다른 여인들과 함께 궁전에 들어갔다 오느라 아직 가운 차림이었다. 펨버튼 부인이 고집을 부려서 에밀리는 어쩔 수 없이 가운을 입었다. 그렇지 않았다면 당장 가운을 벗고 군복으로 갈아입었을 것이다. 펨버튼 부인은 방구석에 작은 석탄 난로를 끼고 앉아 두 손을 비비고 있었는데 한 번씩 두 손을 꼭 잡으며 그녀답지 않게 초조해했다.

에밀리가 대답했다.

"예, 대령님. 오늘 오후에 여황님이 대령님들을 만나신다고 다른 건물로 가서서 저희는 궁전에서 잉카 여인들이 천을 짜는 걸 구경했어요. 그러다 마담 레카미에라고 하는 프랑스 여자 분이 다른 숙녀들에게 슬쩍 흘리는 말을 들었습니다. '그렇다니까, 조세핀이 가엾긴 하지. 하지만 그를 보내주는 대신 파리 남동쪽의 퐁텐블로 시를 받았으니 그렇게 가여운 것만도 아니야.' 그녀가 이렇게 말하더라고요."

그랜비가 물었다.

"뭐? 그게 도대체 무슨 소리냐?"

펨버튼 부인이 대신 설명해주었다.

"그건요, 그랜비 대령님. 나폴레옹이 결국 조세핀과 이혼했다는 거예요. 이젠 누구와도 결혼할 수 있는 몸이 되었다는 거라고요."

12

 테메레르가 이스키에르카에게 말했다. "나폴레옹이 잉카 제국의 황제까지 겸하겠다는 발상은 말도 안 돼. 프랑스를 지배하고 있는 데다가 이탈리아, 프로이센, 스페인은 말할 것도 없고 그 외에 다른 나라들까지 마구잡이로 정복한 것도 모자라나 본데. 터무니없어. 마일라가 프랑스 측을 부추겼다는 생각밖에 안 들어. 안 그랬으면 프랑스 놈들이 마일라와 함께 트리엉프 호를 타고 여기까지 올 일도 없었겠지. 그러니까 너도 마일라를 너무 좋게 보지는 마."

 그러나 이스키에르카는 상황의 심각성을 인지하기보다는 테메레르의 말을 단박에 일축했다.

 "여황님이 나폴레옹과 결혼할 리 없어. 우리가 조만간 나폴레옹을 무찌를 건데, 그분이 왜 나폴레옹과 결혼하려고 하겠어? 쓸데없는 걱정하지 마. 너야 협상을 한답시고 분위기를 엉망진창으로 만들어버리지만 난 안 그래. 내가 여기 같이 오길 잘했지. 내가 없었으면 여황님은 우리 중 누구와도 말을 섞지 않으셨을 거야."

나중에 테메레르가 로렌스에게 말했다.

"저것이 말도 안 되게 제멋대로야. 자기가 싸움도 잘하고 불도 뿜을 줄 안다고 마일라가 대단하게 생각해주니까 그러나 봐. 웃기는 소리지. 잉카에도 불 뿜는 용들이 있던데."

"그런 용들은 우리도 봐서 알지만 몸집이 작잖아. 불을 뿜어내는 능력도 대단하지 않고."

로렌스의 말에 테메레르는 콧방귀를 뀌었다. 불을 뿜는 건 마찬가지인데 무슨 차이가 있다는 건지 이해되지 않았다.

해먼드가 나섰다.

"여황이 나폴레옹과 결혼하지 않을 것이라는 정보를 이스키에르카가 갖고 있는 거 아닐까요……. 마일라가 넌지시 말해줬을 수도 있고요……."

해먼드는 로렌스의 눈치를 슬쩍 보고는 얼른 덧붙였다.

"마일라와 둘이서 나눈 얘기를 누설해달라는 건 아닙니다. 그런 정보를 갖고 있으면 암시라도 해주길 바라는 것이지……."

테메레르는 "걔가 그런 정보를 갖고 있을 리 없어요."라고 말하고는 안마당으로 걸어 나갔다. 그리고 그 길로 날아올라 점심으로 먹을 비쿠냐 두 마리를 잡아왔는데 숙소로 돌아와 보니 꿍쑤가 이미 다른 재료로 요리를 하고 있었다. 마일라가 돼지 두 마리를 선물로 보내준 것이었다. 주변의 식민지들과 거래를 통해 들어온 진짜 돼지였다. 이스키에르카는 득의양양하게 안마당에 앉아 꿍쑤가 돼지들을 꼬챙이에 꿰어 굽고 있는 광경을 바라보고 있었다.

한 조각 먹어보라고 권하자 테메레르가 냉정하게 거절했다.

"아니, 고맙지만 사양할게."

그러자 쿠링길레가 냉큼 끼어들었다.

"그럼 내가 먹을게."

"그러든지. 난 내가 가져온 고기가 준비될 때까지 기다릴 거야. 꿍쑤, 고기를 부탁해. 내가 보기엔 그 돼지고기 별로 신선해 보이지도 않아."

쿠링길레는 돼지의 갈비 부분을 와작와작 씹으며 말했다.

"맛이 끝내줘."

테메레르는 돼지고기 굽는 냄새가 날아오지 않도록 바람이 불어오지 않는 쪽에 앉아 이스키에르카의 잔치를 애써 외면했다.

해먼드가 말했다.

"이 안에서 싸움이 일어나지 않도록 우리가 잘 지켜봐야겠습니다. 이유가 어떻든 싸움이 나면 우리한테 굉장히 불리할 겁니다. 추르키도 그리디군요. 여기서 테메레르가 잉카 용과 결투를 해서 이긴다고 해도, 물론 그런 상황까지 가게 되면 우리야 당연히 테메레르의 승리를 바라야겠지만, 수치스러운 패배를 당하는 것보다 못한 결과가 나올 수도 있다고 했습니다. 마일라는 잉카 사회에서 존경받는 용일 뿐 아니라 잉카 황실의 수호자로 여겨지기 때문이지요. 우리가 마일라의 자존심에 상처라도 냈다간, 잉카인들과 잉카 용들에게 두루 분노를 사게 될 겁니다."

로렌스는 침착하게 안마당을 내다보았다. 마일라가 다시 찾아와 안마당 저 끝에서 이스키에르카와 얘기를 나누고 있었다. 두 용이 모두 목소리를 잔뜩 낮추어서 무슨 얘기가 오가는지 들리지 않았지만, 머리를 맞대고 속닥거리는 걸 보면 꿍꿍이수작을 부리는 게 분명했다. 테메레르는 숙소 근처에서 고개를 도도하게 세우고 앉아 시포가 낭독해주는 시를 듣고 있었다. 아니, 듣는 척을 하고 있었다. 이스키에르카와 마일라의 대화가 최대한 잘 들리는 방향으로 고개를 살짝 기울인 채로 있다가 시포의 질문도 못 듣고 몇 분 뒤에야 고개를 숙이며 대답을 했으니 말이다.

로렌스가 말했다.

"쉽게 대답할 수 있는 문제가 아닌 듯합니다, 해먼드 대사님. 이스키에르카의 저런 행동에 상처를 입을 정도로 테메레르가 이스키에르카에게 깊은 애정을 갖고 있는 것 같지도 않고요. 테메레르가 지금 저러는 것도 이스키에르카에게 딱히 마음이 있어서라기보다는 자존심에 금이 가서일 가능성이 높아요."

"원인은 별로 중요하지 않습니다. 원인이 무엇이든 마일라와의 싸움으로 이어질 수 있기 때문에 신경 쓰이는 것이지요. 문제는 대령님이 테메레르를 자제시킬 수 있느냐는 겁니다. 지금이야말로 자제심이 필요한 시기입니다."

로렌스는 테메레르를 자제시킬 수 있을지 확신이 서지 않는 이 상황이 싫었고, 이 문제를 해먼드와 더 이상 논의하고 싶지도 않았다. 이만 실례하겠다며 숙소 바깥으로 나간 로렌스는 최근에 그랜비가 자주 가는 곳으로 갔다. 숙소의 지붕 위였다. 그랜비는 도시가 훤히 내다보이는 숙소 지붕에 태연하게 앉아 오가는 용들의 모습을 스케치하고 각각의 특징을 기록하고 있었다. 알아보기 힘들 정도로 악필이었지만 스케치는 정확하고 깔끔했다. 아직 통증이 있을 텐데 왼팔에 감고 있던 붕대를 풀어버리고 스케치북 위에 왼팔을 얹어 종이가 움직이지 않게 고정시켰다.

"오늘까지 겨우 두 장 그렸습니다."

그랜비는 이렇게 말하며 로렌스에게 그림들을 보여주었다. 노란색 몸통에 초록색 눈을 가진 미들급 용 한 마리, 날개 길이가 몸통 길이의 두 배나 되고 반짝이는 눈을 가진 소형 암컷 용 한 마리의 그림이었다. 소형 용 그림 옆에 알아보기 힘든 글씨체로 "플루트를 불 줄 안다."라고 적힌 것 같아 로렌스가 정확히 뭐라고 적었느냐고 물었다.

"예? 아, 그거요. '후진 비행을 할 줄 안다.'고 적은 겁니다. 그런 능력을 가진 용은 여기서 처음 봤습니다. 비행을 하다 말고 공중에서 멈추더니만 윙크하는 것처럼 쉽게 뒤로 가더라고요. 이 암컷 용까지 해서 이 땅에 26가지 품종의 용들이 살고 있는 걸 확인했고요. 그 후에 또 새로운 품종의 용 여섯 마리가 돌아다니는 걸 목격했습니다."

그들은 안마당을 돌아보았다. 이스키에르카와 마일라가 마주 앉아 속닥거리고, 테메레르는 뚱하게 앉아 있었다.

로렌스가 그랜비에게 물었다.

"이스키에르카가 마일라와 얼마나 진지하게 사귀고 있는지 자네도 잘 모르지?"

"예. 궁금하긴 합니다. 다른 때 같으면 조금만 건수가 있어도 온종일 자랑을 해대는 녀석인데 요즘 조용하거든요. 필요하시면 알아봐드리겠습니다. 그리고 테메레르랑 마일라가 싸울까 봐 해먼드 대사님이 안달하면서 대령님을 들볶던데, 그럴 필요 없다고 하세요. 이스키에르카는 수컷 용들이 자기를 놓고 싸워주길 바라겠지만 싸움 날 일은 없으니까요. 이스키에르카는 일 년 동안 테메레르를 쫓아다니면서 1만 6000킬로미터나 되는 거리를 이동했지만 성과가 없었어요. 그래서 지금 마일라를 이용해 테메레르의 질투를 유발하면서 살살 약을 올리는 겁니다. 테메레르를 좀 더 설득해보시는 게 어떨까요. 테메레르와 이스키에르카가 교미해서 알을 낳아주면 우리 영국 공군으로선 큰 수확이지 않습니까."

로렌스는 별로 내키지 않았다. 두 용이 교미하면 영국에 이익이 되기는 하지만 교미 문제까지 참견하는 것은 선을 넘는 짓이라는 생각이었다. 처음에 영국 사육자들이 다른 용과의 교미를 줄기차게 제안했을 때 테메레르는 분노하기보다는 자신을 대단한 수컷으로 여겨준다는 생각에 우쭐해했지만 나중에는 교미 문제까지 간섭하는 것에 넌더리를 냈다.

로렌스가 말했다.

"지금 이 상황에서 테메레르가 이스키에르카에게 교미를 제안했다가 거절당하면 오히려 분위기가 악화될 수 있어. 이스키에르카가 마일라를 염두에 두고 거절하든, 아니면 테메레르를 더 자극하려고 전략적으로 거절하든 마찬가지야. 테메레르로서는 마일라에 대한 반감만 더욱 커지겠지."

"글쎄요, 테메레르가 이스키에르카에게 조금만 용기를 북돋워준다면 이스키에르카도 제안을 거절할 것 같진 않은데 말입니다. 이스키에르카와 한 번 얘기를 나눠보겠습니다. 뭘 어쩌려는 수작인지 알아볼 겸 해서요."

그랜비는 체념한 투로 덧붙였다.

"이스키에르카가 테메레르를 더 자극해서 소동을 일으킬 작정이라면 제가 아무리 설득해도 소용없겠지만, 그래도 테메레르에게 슬쩍 말해주세요. 이스키에르카가 질투 작전을 쓰고 있는 거라고. 그럼 테메레르도 기분을 가라앉힐 겁니다."

말을 마친 그랜비가 일어서서 부르려는데 이스키에르카가 마일라와 함께 또다시 날아올랐다. 시 낭독에 귀를 기울이며 관심 없는 척하던 테메레르는 그 순간 얼굴 주변의 막을 무섭게 활짝 펼치며 그 두 용의 뒷모습을 눈으로 쫓았다.

로렌스가 테메레르의 기분을 달래줄 겸 해서 특별 요리를 준비하라고 하자 꿍쑤가 말했다.

"열기를 식혀주는 음료를 준비하는 게 어떨까 싶습니다, 대령님. 이 지역에서 나는 후추가 맛이 훌륭하긴 합니다만 지금 상황에는 적절치 않으니 다른 재료를 써보려고요. 제 생각에는, 이스키에르카가 양(陽)의 기운이 너무 강해서 가끔 테메레르와 조화를 이루지 못하는 것 같습니다."

꿍쑤도 그 동안 그 두 용을 섬세하게 관찰해온 모양이었다.

"테메레르의 속이 빤히 들여다보이긴 하지."

"허락해주시면 테메레르의 마음이 좀 더 차분해지는 쪽으로 한 번 해보겠습니다."

꿍쑤는 테메레르에게 도시가 내려다보이는 산봉우리에서 커다란 얼음 조각을 하나 떼어오게 하고 쇠막대를 준비했다. 테메레르와 쿠링길레가 쇠막대를 얼음 덩어리 위에 얹고 표면을 살살 갈자 부드러운 얼음가루가 옆에 대놓은 통으로 떨어졌다. 그동안 꿍쑤는 커다란 가마솥에 각종 재료를 넣고 시럽을 끓였다. 얼음가루의 양이 충분하다고 판단되자 꿍쑤는 가마솥에 끓여서 식힌 괴상한 초록색 시럽을 수북한 얼음가루 위에 붓도록 용들에게 부탁했다.

완성된 빙수를 맛본 테메레르는 주둥이를 치켜들며 외쳤다.

"우아! 정말 엄청나구나, 꿍쑤. 평생 먹고 싶은 맛이야."

쿠링길레는 감탄의 말을 할 여유도 없이 황홀한 맛에 취해 빙수를 먹어치우더니, 궁둥이를 바닥에 대고 앉아 조용히 기쁨의 한숨을 내뱉었다.

그날 오후, 나들이를 다녀온 이스키에르카에게 테메레르가 뻐기며 말했다.

"정말 맛있었는데 안타깝게도 다 먹었어. 알다시피 얼음은 녹아버리잖아. 그 맛있는 걸 못 먹게 되었으니 안됐구나."

그러나 이스키에르카는 대수롭지 않게 넘겼다.

"나중에 먹지 뭐."

그랜비가 로렌스에게 말했다.

"이스키에르카를 데리고 산에 가서 얼음을 좀 가져와야겠습니다. 그냥 두었다간 빙수를 더 만들라며 꿍쑤를 낚아채 산봉우리로 날아가고도 남을 것 같아서요. 순전히 재미로 그럴 수도 있지만 오늘은 테메레르를 약 올리려고 일부러 더 정신 나간 짓을 할 수도 있을 겁니다."

그랜비가 같이 산에 가서 얼음을 가져오겠냐고 묻자 이스키에르카가 대답했다.

"단 거 별로야. 그리고 난 지금 훨씬 더 중요한 일이 있어."

그러고는 테메레르를 곁눈질로 슬쩍 보면서 덧붙였다.

"다른 용들도 그래야 할 텐데 말이야. 나 같은 경우 우리 원정대의 임무를 태만히 하지 않고 열심히 노력하고 있는데, 누구는 말로는 초조하다면서 실컷 놀거나 이기적으로 혼자 음식을 다 먹거나 하고 있네."

테메레르가 발끈했다.

"참나! 마일라 옆에 붙어 아양이나 떨어댔으면서 무슨 대단한 협상이라도 하고 온 것처럼 굴어……."

"난 임무 수행 중이라니까! 그리고 여황님이 그랜비를 만나신 건 나를 워낙 좋게 보셨기 때문이야. 내가 아니고 네가 이 일을 맡았으면 여황님은 더 볼 것도 없이 나폴레옹과 결혼하려 하셨겠지. 마일라한테 들으니까 여황님은 나폴레옹과의 결혼을 생각하신 적이 있대. 프랑스가 워낙 대단한 조건을 내걸었나 보더라."

해먼드가 끼어들었다.

"뭐? 그런 얘길 어째서 지금까지 한 마디도 안 한 거냐……."

프랑스가 어떤 제안을 했는지는 들었어? 잉카 여황과의 결혼으로 나폴레옹이 잉카의 군사력, 특히 공군력을 이용할 수 있게 되는 건가? 그 결혼을 받아들이면 여황은 프랑스에 머물거나 하다못해 관리라도 프랑스로 보내야 될 테고……."

"아니, 그게 아니라요! 만약에 나폴레옹과 혼담이 오갔다면 대사님한테 내가 얘기를 했겠죠. 그러니 그만 좀 안달복달하세요. 여황님은 나폴레옹과 결혼 안 하신다고요."

이스키에르카는 우쭐해하며 수증기를 몇 줄기 뿜아내고 말을 이었다.

"그랜비랑 결혼하실 거예요."

해먼드가 물었다.

"뭐?"

그랜비도 물었다.

"뭐라고?"

이 상황에 흡족해하는 이는 이스키에르카와 해먼드뿐이었다. 처음에는 충격을 받은 듯하던 해먼드는 곧 정신을 차리더니 성급하게 굴 것 없다며 일행을 다독였다.

"우리도 잉카 측에 제시할 조건을 생각해둬야 합니다. 사파 잉카가 정말 그랜비 대령과의 결혼을 염두에 두고 있다면……."

그랜비가 해먼드의 말을 잘랐다.

"젠장, 해먼드 대사님. 이스키에르카가 여황에게 온갖 거짓말을 해대서 일을 이 지경으로 만들어놓은 거 모르시겠습니까? 잉카의 여황이 일개 장교와 결혼할 리도 없거니와 그분의 측근들이 그리 두지도 않을 겁니다. 지금 이스키에르카가 꾸미는 일은 대사님이 중국에서 로렌스 대령님을 중국 황제의 아들로 만들어 놓은 것과는 성격이 다릅니다. 그때는 서류에 잉크가 마르자마자 그 일을 다들 잊었지만 이 일은 다르단 말입니다."

해먼드는 그랜비의 팔에 진지하게 손을 얹으며 달랬다.

"여황이 우리한테 어떤 제안을 할지, 그에 따라 우리가 어떤 의무를 지게 될지에 대해서는 아직 모르는 상황이에요. 그러니 신중하게 알아보는 게 우선이고 그 와중에 저들의 비위를 거스르지 않도록 해야 합니다. 내가 그동안 봐온 그랜비 대령의 성격이라면, 국가를 위해 한 몸 바치는 것을 꺼려할 리 없지요. 그것도 본인이 충분히 해낼 수 있는 임무이니만큼 말입니다……."

해먼드가 이만 실례하겠다며 그 자리를 떠나자 그랜비는 두려움으로 굳은 얼굴로 말했다.

"로렌스 대령님, 저 빌어먹을 외교관과 그보다 세 배는 더 미친 제 용이 어떻게든 저를 여황에게 장가보내려고 작정한 모양입니다. 둘 다 완전히 미쳤어요."

로렌스는 무슨 말을 해야 할지 알 수 없었다. 이스키에르카는 여황과 그랜비의 결혼을 확신하고 있었지만 로렌스의 생각엔 그런 결합이 가능할 것 같지 않았다. 잠시 후 안마당에 착륙한 테메레르가 분노하며 말했다.

"추르키랑 얘길 하고 왔어. 추르키가 여황을 보필하는 조신들과 얘기를 해봤다는데 이스키에르카의 말은 전혀 사실이 아니래. 여황은 그랜비랑 결혼하겠단 약속을 한 적이 없대."

그랜비는 안도했다.

"아, 천만다행이다."

"여황이 그 결혼을 고려하고 있기는 하지만……."

"고려는 무슨! 이스키에르카가 잉카 쪽에 나에 대해서 또 뭐라고 말했대? 여황도 내가 영국 뉴캐슬에 사는 석탄소매업자의 삼남이라는 거 알고 있대? 도대체 무슨 생각으로……."

"아! 여황은 그런 조건 같은 건 전혀 안 보나 봐, 그랜비. 당신하고 결혼하면 이스키에르카가 잉카를 위해 알을 낳아준다고 하니까, 여황은 차기 사파 잉카에게 불을 뿜는 위대한 용을 갖게 해줄 생각을 하나 보더라고. 이스키에르카가 여황에게 그런 약속을 했나 봐."

테메레르의 얘기를 들은 그랜비는 당황했다. 여황과의 결혼이 이루어질 가능성이 더 높아진 것이다. 영국은 거금을 들여 이스키에르카가 담긴 알을 사들였다. 공군력에 의존하는 나라일수록 주변국들의 침입에 맞서 주권을 지키고자 이스키에르카 정도 되는, 불 뿜는 용을 보유하려는 경향이 있었다. 이곳 잉카에도 불 뿜는 용들이 있기는 하지만 몸집이 작고 불길도 고르지가 않았다. 낮고 짧게 끊어져 나오는 불길이라서 잠깐 빨갛게 타올랐다가 곧장 꺼지는 식이었다. 백병전에서 상대의 주의를 끄는 정도라면 몰라도 외국 용들과의 싸움에는 부적합했고 국내의 소소한 전투에나 쓸 만한 능력이었다.

어떻게 된 일이냐고 여럿이 따지고 들자 이스키에르카가 테메레르에게 말했다.

"너 갖기는 싫고 남 주기는 아깝다, 이건가 본데. 난 전에 분명히 말했어. 너와 알을 낳고 싶다고. 앞으로도 그럴 생각이 없는 건 아니지만, 우선은 마일라와 알을 하나 낳으려고 해. 그동안 넌 나랑 교미를 제대로 해내지 못할까 봐 두려워서 움츠러들어 있었잖아. 지금 와서 새삼스럽게 질투할 자격도 없어."

"질투하는 거 아니거든. 움츠러든 적도 없어. 너와 알을 만들어낼 생각이 없는 것뿐이야. 전혀."

"말이 되는 소릴 해. 싫을 이유가 없잖아? 그랜비도 곧 황제가 될 텐데."

이스키에르카가 씩씩대며 수증기를 잔뜩 내뿜었다. 벽의 금 패널에 반사된 햇빛이 수증기에 스며들면서 어이없게도 엷은 후광이 이스키에르카의 몸을 감싼 것 같았다.

나중에 이 얘기를 전해 들은 해먼드는 생각에 잠긴 표정으로 말했다.

"이 일이 작금의 복잡한 상황을 크게 변화시킬 겁니다. 지금까지 나는 여황이 우리에게 어떤 의무를 요구하고 어떤 약속을 하게 할지를 놓고 고민해왔는데, 여황이 직접 나서서 결혼까지 염두에 두고 있다면······."

그랜비가 날카롭게 말을 던졌다.

"그것도 바로 나랑 하겠다잖습니까."

"그래요, 바로 그겁니다."

해먼드는 그랜비의 고민 따위 안중에도 없는 표정이었다.

이스키에르카에게 몇 가지를 더 물어보고 대답을 들어보니, 영 근거 없는 헛소리는 아니었다. 영국 정부가 1만 명 정도 되는 사람들을 이곳에 보내 잉카 용들이 거느린 여러 아이유의 인구수를 늘리는 데 도움을 줄 거라고, 이스키에르카가 마일라에게 장담했다고 했다. 안마당을 매일 보란 듯이 돌아다니는 선원들부터 우선 황궁의 용들에게 넘겨줄 수도 있다고 은근히 암시했다는 것이다. 그러면서도 해먼드가 크게 반대할 만한 제안은 하지 않았다. 로렌스가 보기에 해먼드는 언제든 선원들을 경매대 위에 올리고 최고 입찰자에게 팔아치울 준비가 되어 있었다.

해먼드가 말했다.

"물론 선원들의 감정도 고려해야겠지요. 만약 선원들이 호사스러운 이곳에서 살기를 바란다면, 그리고 그런 식으로 영국에 봉사하려는 생각을 갖고 있다면 굳이 반대할 이유는 없다고 봅니다."

그러고는 서둘러 덧붙였다.

"그건 그렇고, 이스키에르카의 제안은 그보다 더 대단한 이점을 가져올 겁니다. 로렌스 대령님의 생각이 옳았어요. 아무리 시기를 늦추더라도 여황은 남편을 새로 맞이할 수밖에 없는 상황인데, 나폴레옹과 결혼하면 혁명과 전쟁으로 혼란스러운 프랑스로 건너가야 될 겁니다. 아마 그 점이 궁전의 용들에게 큰 부담으로 작용하게 되겠지요."

그랜비가 말했다.

"그럼 저하고 결혼하면 여황은 아무 데도 갈 필요가 없겠군요. 저는 평생 궁전에 갇혀 살다시피 해야 되는 거고요. 이런 일에 제 의사를 물어는 보셔야죠, 해먼드 대사님. 물어보는 척이라도 해보세요."

"그랜비 대령, 가능성이 별로 없는 일이라도 미리 생각해두자는 차원이니까 열 낼 거 없어요. 그럼 난 이만. 이스키에르카와 할 얘기가 있어서……."

해먼드는 조금씩 옆걸음질로 숙소 출입구 쪽으로 발을 옮기며 이렇게 말하고는 숙소를 나가버렸다.

로렌스는 분노로 얼굴이 벌겋게 달아오른 그랜비에게 담담하게 말했다.

"행복하게 잘살라고 조만간 우리가 자네한테 축하 인사를 하게 생겼어. 자넬 결혼시키려고 뚜쟁이들이 저렇게 열심히 뛰고 있으니 말이야."

모닥불 가에 앉아 럼주를 홀짝이던 오데이가 그들의 얘기를 주워듣고는 위로랍시고 끼어들었다.

"거 있잖습니까, 그랜비 대령님. 결혼 자체는 해로울 게 없어요. 결국 눈물 계곡으로 끝나고 말기는 하지만, 이 슬픈 세속의 삶에서 뭘 더 바라겠습니까. 다 그러고 사는 거지."

그랜비가 받아쳤다.

"건방지게 나서지 마, 오데이. 뭘 안다고 떠들어?"

"이래 뵈도 마누라를 넷이나 앞서 보냈습니다."

오데이는 술잔을 들어 올리며 말을 이었다.

"캐서린, 펠리디아, 윌리스, 케이트. 이 세상을 아름답게 만든 최고로 사랑스러운 여자들이었어요. 저 같은 늙은이를 불쌍히 여기고 같이 살아준 여자들인데. 하느님께서 성인들과 함께 천당에서 보살펴주시길 기도하고 있습니다요. 구원을 받았는지 어떤지는 확실히 알 수 없지만요."

술잔에 남은 술을 마저 들이켠 오데이는 모닥불 가에 앉은 다른 선원들에게 말했다.

"이 녀석들아, 남는 술 있으면 한 잔 더 줘봐라. 남자가 오래전에 떠나보낸 사랑을 추억할 때는 술이 있어야 되는 거다."

그러자 그랜비는 "지금까지 마셔댄 술을 다 더하면 로마의 잔해를 애도하고도 남겠군그래."라고 비꼬며 다른 곳으로 걸어가 버렸다.

그날 밤, 그랜비는 로렌스의 방을 찾아와 조용히 노크를 한 후 잠깐 같이 나가자고 했다. 그들은 안마당을 지나 산비탈에 조성된 계단식 밭으로 조용히 올라갔다. 꼭대기에 다다른 그들의 눈에 푸른 가스등에 둘러싸인 너른 광장 그리고 칼란카의 창문에서 흘러나오는 노란 모닥불이 내려다보였다.

"저는 왜 이렇게 멍청한 걸까요. 여황과의 혼사가 실제로 이루어질 가능성이 있다고는 생각도 못했는데……. 해먼드 대사가 그 일을 실행에 옮길 줄도 몰랐고요. 그런데 지금……."

그랜비는 말을 잇지 못했다.

로렌스도 마음이 편치 않았다.

"자네한테 어떤 조언을 해줘야 할지 모르겠군."

예전에 중국에서 협상을 진행할 때 로렌스는 내키지 않았지만 어쩔 수 없이 해먼드의 부하 노릇을 했었고, 결과적으로 로렌스에게도 이로운 방향으로 협상이 끝났다. 그러나 지금 그랜비는 자칫 잘못하면 인생이 송두리째 뒤흔들릴 상황에 놓여 있었다.

"사실 좀 더 심각한 문제가 있습니다, 대령님. 그래서 여황과 결혼할 수가 없습니다. 진작에 말씀드렸어야 했는데 여태까지 입을 다물고 있었던 건 복무에 영향을 끼치지 않는 사안이었기 때문입니다. 이스키에르카의 일로 오랫동안 정신없이 지내다 보니 말할 새가 없기도 했고요. 해먼드 대사님에게는 전에도 그렇고 앞으로도 말씀드리지 않을 생각입니다. 그분에게는 믿음이 가지 않아서요. 하지만 이 얘기를 하지 않고 여황과의 혼인을 피할 수 있을지…… 모르겠습니다……."

그랜비는 평소의 그답지 않게 말까지 더듬었다. 손으로 턱을 쓸어내리다가 턱 끝을 당기며 안절부절못했다.

로렌스는 그를 가만히 바라보다가 혹시나 해서 물어보았다.

"자네 혹시 이미 결혼한 몸인가?"

"아! 그럼 얼마나 좋겠습니까. 전에 누이가 자기 친구를 저랑 엮어주려고 했는데 그때 차라리 엮일 걸 그랬어요. 그랬으면 해먼드 대시도 저를 중혼자로 만들면서까지 여황과 혼인하라는 요구는 못할 테니까요. 사실 말입니다, 로렌스 대령님. 저는…… 저는 동성애자입니다."

"뭐?"

로렌스는 당황했다. 해군 출신인 그는 동성애에 관해 아는 바가 별로 없었다. 몇몇 멀쩡한 장교들이 동성애에 빠져 있다는 얘기가 돌긴 했지만, 워낙 상식 밖의 일이라 어느 누구도 소리 내어 거론하지 않았다. 평소에 로렌스는 동성애의 원인이 여자들과 자연스럽게 접할 기회가 부족한 탓이라 여겨왔기 때문에 술집 출입이 잦아 여자들과 접할 기회가 많은 공군 중에 동성애자가 있을 줄은 예상치 못했다.

"그게, 저도 원인이 무엇인지는 모릅니다만, 여자를 만날 기회가 많고 적고는 관계가 없습니다. 적어도 저는 그렇습니다."

그랜비는 짧게 설명하고 입을 다물었다. 그들 사이에 침묵이 흘렀다.

로렌스는 무슨 말을 해야 할지 몰랐다. 평소 그랜비는 여자들과 음란하게 놀지 않는 편이었는데 지금 생각해보면 이런 이유 때문이었던 듯했다. 잠시 후 로렌스가 말했다.

"유감이군. 정말 유감이야."

뜻밖의 고백에 대한 대답으로는 적절하지 않다는 걸 알지만 달리 할 말이 없었다.

그랜비는 한쪽 어깨를 으쓱하며 말했다.

"음…… 아시겠지만, 일반적인 복무에서 제 성 취향은 별로 상관이 없습니다. 용을 보고 놀라지 않는 여자를 만나는 것도 어렵지만, 여자에게 마음을 주고 매달려봤자 복무에는 하등 도움이 안 되니까요. 결혼을 한다고 해도 일 년에 열한 달은 아내를 집에 혼자 남겨두고 기지에서 용이랑 지내야 하는데 그것도 못할 짓이죠. 그리고 여자 얘기가 나왔으니 말인데, 동료들처럼 기지 주변의 싸구려 사창굴을 헤매고 다니느니 다른 장교와 조용히 친목을 다지는 편이 낫다고 생각합니다."

그러고는 말도 안 된다는 듯 한 손을 휘저으며 덧붙였다.

"그런 저에게…… 이런 결혼을 하라는 건 정말이지 미친 짓이죠……."

무례한 질문이라 차마 묻기가 어려웠지만 로렌스는 마음을 다잡으며 입을 열었다.

"정말 불가능하겠어?"

해군 시절 로렌스가 아는 동성애자는 패러웨이 대령 정도였는데, 패러웨이 대령은 결혼을 해서 자식을 열한 명이나 두었다. 집으로 휴가를 갈 때마다 한 명씩 만든 셈이었다. 무늬만 아내인 패러웨이 부인이지만 그렇다고 남편이 휴가를 오는 시기에 딱딱 맞춰 바람을 피워서 임신했을 리도 없으니, 아마도 그 아이들은 모두 패러웨이 대령의 자식일 것이다. 그러니 동성애자라고 해서 여성과의 결혼 생활이 전혀 불가능할 것 같진 않았다…….

그랜비가 말했다.

"피할 수 없는 상황이면 어떻게든 해보게 되겠죠. 이대로라면 조만간 이스키에르카의 등쌀에 못 이겨 이 몸을 종마로 바쳐야 할 테니까요. 하지만 여자와 한두 번 관계를 갖는 것과 결혼은 다르잖습니까. 그녀는 결국 분노하게 될 겁니다. 여황 말입니다. 화가 치밀어서 '저자의 머리를 자르라'고 하면 어쩝니까?"

"자네의 성 취향을 여황이 모르게 한다면……? 일부러 속이라는 건 아니지만, 어쨌든 여성과 관계를 맺는 게 전혀 불가능하지 않다면 생각해볼……."

그랜비가 퉁명스럽게 말허리를 잘랐다.

"끝까지 모르게 할 수는 없을 겁니다. 여기서 결혼을 하면 제 본모습을 숨기고 사는 게 전보다 더 힘들어지겠죠. 그렇다고 제가 뭐 평생 수도승처럼 살겠다는 건 아닙니다. 만일 결혼을 하게 될 경우 신중하게 처신하겠지만, 제 취향을 언젠가는 누구든 알게 될 테고 여황에게 고할 겁니다. 그분과 결혼을 하게 되면 저는 대단찮은 일개 비행사가 아니라 자기네 나라 여왕의 남편이 되는 것이니 다들 눈여겨볼 테니까요."

로렌스가 천천히 입을 열었다.

"하지만 여황이 결혼 생활에서 기대하는 건 남편의 평범한 애정이 아니야. 지금은 모르더라도 조만간 여황은 나폴레옹이 자기 때문에 부인과 이혼했다는 걸 알게 되겠지. 그것도 열정적으로 사랑했던 부인인데 말이야. 그리고 여황은 얼마 전에 미망인이 됐어. 이런 상황에서 여황의 결혼은 개인적인 일이라기보다는 국가적인 사안이라고 봐야 돼. 여황은 평범한 여자와는 다른 방식으로 자네와의 결혼을 해석할 테니, 딱히 본인이 손해라고 여기진 않을 거라고 보네."

그랜비는 원망스러운 표정으로 외쳤다.

"대령님! 이 문제를 해결할 방법을 저 혼자 생각해낼 수 있었다면 제 몸에 불이 붙어 야생마들에게 끌려가는 한이 있더라도 저에 대해 대령님께 솔직하게 털어놓지 않았을 겁니다. 그런데도 결론은 이 결혼을 해야 한다는 말씀이군요."

로렌스는 유감스러울 따름이었다.

"자네한테 어떤 조언을 해줘야 될지 모르겠다고 하는 게 정확하겠지."

이 결혼이 성사되면 영국이 얻을 이익이 얼마나 대단할지, 반대로 이 결혼이 이루어지지 않고 여황이 나폴레옹과 결혼하면 얼마나 치명적인 결과가 빚어질지를 로렌스는 의식하지 않을 수 없었다. 그랜비의 고백을 듣고 난 후에도 로렌스는 그런 이해득실을 따질 수밖에 없는 입장이라 마음이 편치 않았다. 여황과의 결혼을 받아들이는 것이 그랜비의 의무는 아니라고 생각하고 싶지만 그럴 수 없는 현실이다 보니 이런 상황에 놓인 그랜비만 가여울 뿐이었다.

"이 결혼에는 자네의 성 취향보다도 다른 장애물들이 더 많아. 서로의 신분 차도 그렇고, 이곳 정치 상황의 불확실성도 문제고, 공군으로서의 경력이 무너지는 것도……."

로렌스는 말을 맺지 못했다. 테메레르의 비행사가 되는 것이 자신의 의무라 여기고 그 의무를 이행하기 위해 해군으로서의 경력을 망친 장본인이 바로 그였기 때문이다. 자신의 선택이 어떤 결과를 가져올지 실감했는지 그랜비가 옆으로 눈길을 돌렸다.

"물론 이 결혼이, 자네의 의무는 아니야."

그랜비와 로렌스가 숙소로 돌아오자 그들을 기다리며 문가에 누워 있던 해먼드가 일어나 말했다.

"이 결혼이 그랜비 대령의 의무인지 아닌지 잘 생각해서 판단해주세요. 물론 본인의 의사에 반해서 결혼을 밀어붙일 수는 없는 일이지만……."

해먼드는 한 발 물러섰지만 이스키에르카는 아니었다. 그랜비가 로렌스 외에는 듣는 이가 없는 곳으로 이스키에르카를 따로 불러서 이 결혼은 도저히 못하겠다고 간절히 얘기했는데도 이스키에르카는 깡그리 무시했다.

"나도 당신이 여자들을 그런 쪽으로 좋아하지 않는다는 건 알고 있었어. 난 바보가 아니야. 당신하고 리틀 대령이 전에……."

"아, 맙소사, 그 입 다물지 못해?"

그랜비는 얼굴이 벌겋게 달아올라 소리쳤다. 그러고는 어쩔 줄 몰라 곁눈질로 로렌스의 눈치를 살폈다.

이스키에르카가 따박따박 따졌다.

"그러게, 누가 먼저 그런 얘길 꺼내래? 내가 먼저 떠들고 다닌 건 아니고 임모르탈리스가 나한테 그 얘길 하면서 동성애는 금지된 거라고 했어. 왜 금지시킨 건지 난 이유를 모르겠더라. 어쨌든 누가 그것 때문에 당신을 체포하려 들면 내가 가만 두지 않을 테니까 걱정 마. 그리고 이 결혼에서 그런 건 중요하지 않아. 아나우알케는 당신이 자기를 사랑해주길 바라는 게 아니야. 결혼을 통해 자식을 낳고 자신의 남편이자 황제가 되라는 거지. 필요하면 마일라한테 그 부분과 관련해서 어려움이 없게 해달라고 얘기해둘게. 어려움 따윈 있을 리도 없지만."

그랜비는 전혀 그럴 의향이 없다고 거듭 말했지만, 이스키에르카의 결심은 흔들리지 않았고 해먼드는 끝없이 그를 구슬렸다. 그랜비가 그 둘에게 처량하게 끌려 다니는 모습은 마치 굶주린 이리 떼에게 괴롭힘당하는 수사슴 같았다. 결국 설득당한 그랜비는 마일라와 이스키에르카가 함께 궁리 중인 구혼식에서 여황에게 구혼하기로 했다.

해먼드가 말했다.

"만약에 말입니다, 그랜비 대령. 구혼이 잘 안 되더라도 마일라가 그 기회를 빌려 잉카 쪽 인사들을 설득해서 나를 여황에게 알현시켜줄 겁니다. 그렇게 되면 내가 능력을 발휘해 우리한테 유리한 쪽으로 협상을 이끌면 됩니다……."

그랜비는 저항보다는 체념한 듯이 어두운 표정으로 로렌스에게 말했다.

"나한테는 불리한 쪽이겠죠. 누구 깨끗한 넥클로스 가진 분 없습니까? 적어도 철 지난 허수아비 꼴로 여황 앞에 나서고 싶진 않아서요."

테메레르의 생각에는 로렌스가 이 상황을 제대로 파악하지 못한 것 같았다. 여황이 나폴레옹 같은 작자와 결혼하는 걸 환영할 사람은 물론 이쪽에 없겠지만 나폴레옹과의 결혼을 막겠다는 구실로 그랜비를 억지로 여황과 결혼시키는 건 아무래도 합당하지 않았다. 누가 봐도 판단력이 결여된 한심한 짓거리이긴 하지만 여황이 오로지 이스키에르카에게서 불 뿜는 용의 알을 얻어내는 게 목적이라면 굳이 그랜비가 아니어도 아무나 데려다 여황의 짝으로 밀어붙이면 될 것이다. 어차피 아무도 이스키에르카를 원하지 않을 테니, 이스키에르카가 마일라와 함께 여기 살든지 말든지 알 바 없고, 그랜비는 다시 테메레르의 승무원으로 복귀하면 될 것이었다.

이스키에르카가 들으면 비이성적으로 날뛸 수도 있겠다 싶어 그랜비에게만 슬쩍 운을 띄워보았다. 기분 나쁘게 하거나 그랜비를 훔치려는 마음이 있는 것처럼 행동하고 싶진 않았다. 애초에 이스키에르카가 그랜비를 데려가도록 허락하는 게 아니었다. 그랜비를 비참하게 만들고 이 먼 나라에서 여생을 보내게 할 수는 없었다. 여기서는 아무리 엄청난 금을 사방에 깔아놓고 산다 해도 행복하지 않을 것이다.

예상대로 그랜비는 금에는 별로 관심이 없는 듯 우울하게 말했다.

"용알을 얻어 비행사가 될 수 있을까 하는 것 외에는 다른 걱정이 없던 대위 시절로 돌아갈 수만 있으면 얼마나 좋을까. 어머니가 여기 일을 들으시면 뭐라고 말씀하실지 생각하기도 싫어."

테메레르는 그랜비 대신 다른 이를 이곳에 남겨두는 방안을 실행에 옮겨보기로 했다. 우선 포싱에게 시험 삼아 물어보았다.

"여기 살면서 여황이랑 결혼해 황제가 되고 싶지 않아?"

그러나 포싱은 콧방귀를 뀌며 거부했다.

"절대로 싫어."

테메레르는 한숨지었다. 포싱을 여기 두고 떠날 수 있으면 좋으련만. 그러나 포싱의 조건을 따지면 잉카 측이 그를 그랜비 대신 받아들일 이유가 없음을 테메레르는 누구보다도 잘 알고 있었다. 이번 주에도 포싱은 두 번이나 테메레르의 눈살을 찌푸리게 했다. 터무니도 없고 쓸모도 없는 구혼식 따윌 준비한다면서 높은 데 올라갔다가 떨어질 뻔하기도 했다.

테메레르가 구시렁댔다.

"지금까지 여황님은 그랜비의 옷차림을 부정적으로 생각한 적이 없으셔. 그러니 입던 옷 그대로 그냥 구혼해. 장화가 낡았으면 저 샌들로 갈아 신으면 되잖아. 장화를 새로 만든답시고 긴 가죽을 가져다가 아깝게 낭비하지 말란 말이야."

그러고는 페리스에게로 화살을 돌렸다.

"그건 왜 또 사왔어? 그런 천을 사들일 돈은 어디서 난 거야? 우린 지금 땡전 한 푼 없는 걸로 아는데."

페리스는 도시 외곽의 시장에 갔다가 막 돌아오는 길이었다. 페리스가 데려온 알파카 두 마리의 등에 아름다운 녹색 천이 실려 있는 걸 보니, 구혼식에 참석하기로 한 공군 전원에게 새 외투를 만들어 입힐 작정인 듯했다.

페리스는 대충 얼버무렸다.

"그…… 그게…… 마일라가 이스키에르카한테 준 보석들을 일부 처분했어."

"설마 그런 평범한 천을 사겠다고 이스키에르카가 선원들을 팔아치운 건 아니겠지."

의심이 치솟은 테메레르는 고개를 홱 돌리고는 선원들의 머릿수를 헤아려보았다. 선원들은 안마당 여기저기서 꾸벅꾸벅 졸고 있었다. 아무리 포싱이나 페리스라고 해도 자금을 마련하기 위해 선원 중 일부를 다른 용에게 보내는 건 용납할 수 없었다. 있을 수도 없는 일이었다. 로렌스도 허락할 리 없었다. 형편없는 선원들이라 자신의 팀으로 받아들이진 않았지만, 그래도 테메레르는 그 선원들을 자신이 책임져야 한다고 생각하고 있었다.

이곳에 와서 보니 한 사람에게만 모든 관심을 쏟는 건 못난 용이나 하는 짓이었다. 물론 로렌스가 나머지 승무원들을 다 합친 것보다 더 소중한 사람이긴 하지만. 나중에 팀에 장교들을 더 들이고 지상 요원을 들이게 되더라도, 승무원들의 수가 아무리 많아지더라도, 그들과 로렌스를 맞바꿀 수 없을 만큼 로렌스는 테메레르에게 큰 의미가 있었다. 쿠리퀴요르와 그 자손들이 각자의 아이유에 속한 사람들을 돌보는 것을 보면 테메레르도 한 번에 몸에 싣고 다닐 수 있는 인원보다 많은 이들을 팀원으로 들여 보살피는 일을 못할 이유는 없었다. 테메레르의 삼촌도 중국 황제의 용으로서 중국 전체를 책임지고 있으니 말이다.

로렌스는 선원들의 규율을 다잡으려 애썼다. 핸즈가 팀에서 이탈한 후로 나머지 선원들의 태도는 전보다 나아졌다. 여전히 투덜거리면서도 할 일들은 했다. 페리스가 새로 들여온 천으로 옷을 만들라고 지시하자 선원들은 한 벌 남은 너덜너덜한 외투를 분해해 옷본을 뜬 후 입을 만한 외투를 만들어내기도 했다. 이렇게 쓸모 있는 선원들을 잉카 용들에게 팔아넘기게 둘 수는 없기에 테메레르는 선원들 중 이탈하는 자가 없도록 세세하게 살폈다.

다음 날 아침 테메레르가 분노에 차서 말했다.

"선원 한 명이 없어졌어. 크릭턴이라는 자인데, 어디로 갔는지 당장 알아봐."

알고 보니 크릭턴은 동쪽 지역 행정관의 관리 구역에 거주하는 어느 하녀에게 반해 그곳에 가 있었다.

테메레르가 어떻게 된 일이냐고 따져 묻자 상황을 알아본 페리스가 로렌스에게 서둘러 보고했다.

"우리 진영을 완전히 떠난 게 아니라 잠깐 그 여자를 만나러 갔던 거랍니다. 큰 문제는 없을 것 같습니다."

"그래?"

로렌스는 표정이 굳어졌다.

"그게, 마을에 작부들이 따로 없기 때문에 선원들도 견디기 쉽지 않은 상황입니다. 이곳 여자들도 자기네 아이유 밖에서 남자를 구해 결혼하려면 복잡한 협상을 거쳐야 하니 힘들긴 마찬가지고요……."

크릭턴은 이미 수차례 그 여자를 만나러 밤에 몰래 빠져나갔다. 그 여자는 자신이 사는 큰 건물의 문간에서 크릭턴에게 몇 번 미소 지어준 게 전부였는데 크릭턴은 그것도 신호랍시고 그 여자에게 접근했고 그러다 페리스의 눈에 띈 것이었다.

"몰래 숙소를 이탈하는 건 잘못된 행동이라고 크릭턴에게 설명은 해뒀습니다. 크릭턴 얘기로는 그 여자를 만나러 한 번 갔다 온 게 전부라더군요. 그 구역의 집사가 우리에게 그에 대한 감사의 뜻을 표하고 싶다고……."

"크릭턴이 종마 노릇을 해준 것에 감사를 표하겠다는 건가?"

로렌스가 잘라 말하자 페리스는 겸연쩍어하다가 이내 어깨를 으쓱했다.

"저희라고 그러고 싶지 않겠습니까. 용이 있으니 함부로 행동을 못할 뿐이죠."

마음이 뒤숭숭해진 로렌스가 나중에 테메레르에게 말했다.

"테메레르, 나더러 여기서 자식을 보라는 말은 안 했으면 좋겠다. 정식으로 결혼하지 않고는 아이를 낳을 생각이 없으니까……."

로렌스의 고민이 곧장 이해된 테메레르가 바로 그를 안심시켰다.

"그런 고민은 할 필요도 없어, 로렌스. 당신이 황제가 되고 싶다는 이유로 내키지 않는 곳에서 억지로 결혼하는 건 나도 싫어. 그렇게 해서 당신이 자식을 두게 하기보다는 차라리 제대로 훈련받은 승무원을 더 들이는 편이 나아. 나중에 제인 롤랜드 대장이 당신 자식을 낳아줄 수도 있는 거잖아. 에밀리는 어차피 엑시디움한테 보내줘야 하니까. 에밀리가 훈련을 잘 받아서 이제 장교로 제구실을 하겠다 싶은데 엑시디움한테 보내야 하니 참 불공평하긴 하지만 할 수 없지."

이런 대화는 로렌스의 마음을 별로 달래주지 못했다. 크릭턴은 애인의 집에서 살다시피 하는 것을 어물쩍 허락받았으나 테메레르는 받은 천을 돌려주고 크릭턴을 도로 데려오고 싶었다. 집사라는 자가 반대하고 나서면 선원에 대한 자신의 권리를 내세우면서 뜻을 굽히지 않을 작정이었다. 로렌스 역시 선원을 팔아 물건을 챙기는 일에는 반대지만 이미 외투를 만들기 위해 천을 잘라 재단을 시작한 만큼 사태를 되돌릴 수는 없었다.

포싱 역시 천을 돌려주는 것에는 반대였다. 구혼식 따위에나 입을 옷을 만드는 천인데 왜 반대하는지 테메레르는 이해되지 않았다. 쉬플리는 공군 장교들에게 잘 보이려고 선원들을 닦달해 자투리 천으로 옷을 몇 벌 더 만들게 하고 있으니 당연히 천을 돌려주는 것은 안 된다고 할 것이다. 무엇보다 포싱은 테메레르에게 케추아어를 꾸준히 배워둔 덕분에 시장에서 질 좋은 붉은색 모직 천을 넉넉하게 구할 수 있었다. 그 천은 그랜비의 외투를 만드는 데 사용되었다. 테메레르는 포싱의 케추아어 공부를 봐준 것을 뼈저리게 후회했지만 이미 늦은 일이었다. 어처구니없게도 포싱은 로렌스의 예복에 달린 오팔들을 일부 떼어내 그랜비의 외투를 장식하면 어떻겠냐는 제안까지 했다.

"장식을 좀 해주면 확실히 더 괜찮을 것 같긴 하군."

해먼드는 포싱을 거들어 한마디 했다가 테메레르의 차가운 눈빛에 입을 다물었다. 테메레르는 로렌스의 예복을 손상하는 것은 절대 허락할 수 없었다.

그랜비가 초조해하며 말했다.

"그만 됐어, 포싱. 나를 이만큼 웃음거리로 만들었으면 충분해. 자네도 지독하기가 이스키에르카 못지않구먼."

이스키에르카는 흡족한 표정으로 활보하면서 수시로 마일라에게 눈웃음을 쳐대고 있었다.

테메레르는 이스키에르카가 아무리 금에 환장했어도 그랜비를 결혼까지 몰고 가는 짓을 할 줄은 몰랐다. 하물며 그랜비는 사파 잉카와의 결혼을 원하지도 않았다.

"날씨가 좀 더 좋아지길 기다렸다가 구혼식인지 뭔지를 하는 게 좋지 않을까?"

테메레르가 궁리 끝에 제안했으나 다른 이들은 물론 그랜비

역시 동의하지 않았다.

"차라리 빨리 만나버리는 게 나을 수도 있어. 그분이 나와 결혼을 하지 않는 쪽으로 판단을 내려주시길 신께 빌어야지."

이틀 후 아침, 그들은 꾸지파타 광장에 집합했다. 스무 명의 공군 장교들이 새로 지은 녹색 외투를 차려입고 도열했다. 외투 안에 입은 흰 바지는 세탁 후 레몬으로 표백하고 수선까지 마친 상태였다. 해먼드는 오랜 여정에도 불구하고 얼룩 하나 없이 깨끗하고 멋진 갈색 외투를 걸치고 외교 대사 신분을 나타내는 장식 띠를 그 위에 둘렀다. 펨버튼 부인은 검은 드레스를, 그랜비는 대단히 훌륭한 붉은색 외투를 입었다. 로렌스도 멋지게 차려입었지만 테메레르의 성에는 차지 않았다. 로렌스가 중국 예복을 상자에 넣어두고 새 외투만 달랑 받아서 입었기 때문이다. 장화도 새것이 아니라 해진 곳만 겨우 기운 것이었다.

"이런 행사에서 그랜비보다 내가 더 돋보이면 안 되는 거야."

로렌스의 설명에 테메레르는 수긍했다. 아나우알케가 그랜비 대신 로렌스를 남편으로 삼겠다는 마음이라도 먹으면 큰일이니까. 물론 로렌스가 황제 자리에 앉으면 굉장히 멋져 보이긴 하겠지만 테메레르는 이스키에르카와는 달리 신분을 높이기 위해 로렌스를 결혼이라는 형태로 여황에게 팔아치우는 짓은 할 생각이 없었다.

이스키에르카가 여황을 모신 연회장을 탐욕스럽게 둘러보며 나지막하게 말했다.

"굉장한 부를 손에 넣게 될 거야. 그랜비가 이곳을 모두 소유하게 될 테니까."

잉카인들은 구혼식이 치러지는 연회장의 내벽에 광을 내고 은으로 된 부분을 반짝거리게 닦아놓았다. 뿐만 아니라 대낮인데도 대형 랜턴마다 불을 켜서 내부의 금속과 보석들이 더욱 환히 빛나게 했다.

여황은 몹시 호화로운 가운을 걸쳤는데 테메레르가 보기엔 로렌스의 중국식 예복과 비교해도 우아함과 화려함 면에서 결코 뒤지지 않았다. 노란 실과 빨간 실, 심지어 금실로 바느질한 가운이 햇빛에 반짝거렸다. 머리에는 금과 은 소재의 왕관을 썼는데, 왕관 꼭대기에는 아름다운 깃털 장식이 꽂혀 있었다.

이스키에르카가 바로 옆에서 소곤거려서 테메레르는 내키지 않지만 들어야 했다.

"저 왕관 말인데, 사실 내 아이디어야. 여긴 원래 왕관이라는 게 없대. 내가 마일라한테 유럽의 군주들은 전부 왕관을 쓴다고 말했더니, 마일라가 굉장히 좋은 생각이라면서 여황을 위해 왕관을 만들게 했어. 여황과 결혼하면 그랜비도 저런 왕관을 쓰게 될 거야. 그리고 왕좌도 만들어야지. 왕관을 만드는 것보다 시간은 좀 더 걸리겠지만."

"아직 결혼한 것도 아니고, 아무것도 정해지지 않았어."

테메레르가 차갑게 받아쳤지만 변변찮은 응수일 뿐이라 이스키에르카는 간단히 무시했다. 조신들이 불만 가득한 표정으로 그랜비를 쳐다보는 가운데 여황은 탐내는 눈빛으로 그랜비를 바라보았다. 그리고 마일라는 이스키에르카를 향해 히죽거리며 어깨의 깃털을 잔뜩 세웠는데, 창피한 줄도 모르는 모양이었다.

해먼드는 일행과 함께 여황 쪽으로 걸어가며 나지막하게 말했다.

"대령이 제국 통치에 관심이 없고 정사에 관여할 생각도 없다는 걸 여황께 미리 말씀드리려고 하는데, 어떻습니까, 그랜비 대령?"

그랜비가 지친 목소리로 대답했다.

"그러시든지요. 애완견 노릇을 잘해드릴 테니까 뭐든 하고 싶은 대로 하시라고 전해주세요. 전 그 옆에 앉아서 여황이 옆구리를 쿡 찌르면 가만히 고개나 끄덕일 테니까요. 지금도 아는 케추아어라곤 단어 열 개밖에 안 되고, 앞으로 일 년이 더 지나도 문장 하나 온전히 말할 수 없을 것 같습니다."

여황 앞에 선 해먼드가 말했다.

"그랜비 대령이 폐하께 용서를 구하고 싶답니다. 케추아어 실력이 부족하여 폐하께서 이런 초대를 통해 베풀어주신 영예에 무어라 감사를 표해야 할지 모르겠다는군요. 제가 폐하께 바라는 것은……."

해먼드가 술술 늘어놓는 거짓말에 아나우알케는 흡족해하는 듯 보였다. 테메레르는 거대한 계단들과 도시의 높은 지붕들 사이를 오가는 수많은 잉카 용들에게로 시선을 돌렸다. 이곳이 지대가 높아서 도시가 훤히 내려다보였다. 도시 풍경이 궁전보다는 덜 화려하지만 이 궁전에서 진행 중인 참담한 구혼식을 쳐다보는 것보다는 나았다. 가만히 보니 남쪽에서 용 세 마리가 거대한 깃발 두 개를 우아하게 휘날리며 날아오고 있었다.

테메레르는 곧장 앞다리를 세우고 일어나 앉았다. 깃발이 프랑스의 국기인 삼색기이고 가운데 용의 몸통 색이 흰색이었다. 테메레르는 해먼드의 말을 자르며 소리쳤다.

"로렌스! 로렌스! 리엔이 오고 있어. 그 옆에 같이 오는 용들은 플람 드 글로아 품종이야."

13

 엄밀히 말해 자기 탓은 아니었지만, 테메레르는 자신이 크게 소리치는 바람에 구혼식 분위기가 수습이 안 될 만큼 소란스러워졌음을 인정했다. 해먼드가 연설을 계속 이어가려 했지만 잉카 궁전에 모인 용들의 관심은 이리로 날아오는 프랑스 용들에게 쏠려 있었다. 용들은 고개를 바짝 들고 경계심 가득한 눈초리로 하늘을 주시했다. 특히 마일라는 뒷다리를 세우고 왕좌가 놓인 연단에 앞발을 슬쩍 얹어놓았다. 언제든 여황을 데리고 이곳을 날아오르기 위해서였다.

 프랑스인들의 칼란카에서 주느비에브 피콜로와 아르동투즈를 대동하고 하늘로 날아올라 리엔 일행과 합류했다. 프랑스 용 여섯 마리는 상공에서 맴돌다가 차례로 궁전 안마당에 착륙했다. 피콜로는 리엔이 내려앉을 자리를 마련하기 위해 쿠링길레의 어깨를 밀치기까지 했다.

 테메레르는 리엔이 대단히 화려하다는 사실을 인정하지 않을 수 없었다.

리엔의 가슴에 드리워진 거대한 다이아몬드가 램프 빛에 찬란하게 빛났다. 두 앞발에 낀, 긴 장갑 끝에는 붉은 루비로 장식한 발톱 씌우개를 착용했다. 레이스처럼 곱게 뜬 은사슬은 손목에 찬 넓은 팔찌와 팔꿈치 위쪽에 찬 또 다른 넓은 팔찌에 연결되었다. 손목에 찬 팔찌에는 다이아몬드가, 팔꿈치 위쪽에 찬 팔찌에는 파란 사파이어가 박혀 있었다. 하얀 몸통을 붉은 루비와 파란 사파이어로 장식했으니 그 자체로 프랑스의 삼색기 색깔을 고스란히 드러낸 것이었다. 안장은 차고 있지 않았고 몸에 탑승한 사람은 단 한 명 나폴레옹뿐이었다…….

프랑스 용들이 모두 고개를 조아렸고 그 용들에 탑승한 프랑스인들도 전부 모자를 벗었다. 주느비에브의 등에서 미끄러져 내려온 드 기네도 바닥에 무릎을 꿇었다. 리엔의 등에 타고 있던 나폴레옹이 리엔의 앞발로 사뿐히 옮겨가자 리엔이 그를 바닥에 내려놓았다.

나폴레옹은 드 기네의 어깨를 잡아 일으켜 세운 후 양 볼에 입을 맞추고 프랑스어로 말했다.

"자네는 최고의 외교 사절이야! 장성들도 내가 직접 전장으로 나오는 건 내켜하질 않아. 자네도 그들처럼 내가 직접 온 것을 기분 나빠하지 않길 바라네. 내가 직접 승리를 이끌어야 하는 전투도 있는 거니까. 저분이 여황이신가?"

드 기네가 그렇다고 하자 나폴레옹이 말했다.

"그럼 내가 왔다고 어서 전해! 여황께서 내 나라로 와서 나와 더불어 우리의 왕좌를 명예롭게 빛내준다면 나는 물론이고 우리 프랑스가 얼마나 영광되게 생각할지를 보여주기 위해 내가 위험을 무릅쓰고 직접 왔다고 말일세."

프랑스 측이 구혼식 도중에 갑자기 끼어든 것에 대해, 나폴레옹이 절차를 깡그리 무시한 것에 대해 잉카 용들은 처음에는 분노했으나 나폴레옹의 두둑한 배짱이 그들의 마음을 움직인 듯했다. 드 기네가 상황을 설명하고 나폴레옹이 드 기네를 통해 자신의 신분을 밝히며 여기 온 이유를 대담하게 말하자 잉카 용들은 점차 분노를 가라앉혔다. 잉카의 주권 지역에 타국의 황제가 몸소 날아든 것은 대단히 용기 있는 행동이기는 했다. 두 마리의 플람 드 글로아를 타고 있는 소총병들의 수가 일반적인 경우보다 많고, 하나같이 주위를 경계하며 언제든 소총을 쏠 준비를 하고 있다는 점이 로렌스의 눈에 띄기는 했지만 말이다.

잉카 용들은 두런두런 이야기를 주고받았다. 마일라도 어찌해야 할지 확신이 서지 않는 표정이었다. 그런데 아나우알케가 갑자기 한 손을 들어 올리자 다들 입을 다물었다. 아나우알케가 말했다.

"프랑스 황제께 우리 궁전에 오신 것을 환영한다고 전해다오. 먼 거리를 오셨으니 피곤하시겠구나. 가서 쉬게 해드려라. 양국의 우정이 시작된 것을 축하하며 오늘 저녁에 다 같이 모여 만찬을 즐기도록 하자."

해먼드가 심히 낙관적인 여황의 말을 통역하여 로렌스에게 전하는 동안 여황은 고개를 돌려 마일라의 주둥이에 한 손을 얹고 나지막하게 얘기를 주고받았다. 그러고는 마일라가 내민 앞발로 내려섰다. 마일라는 이스키에르카를 한 번 돌아본 후 여황을 모시고 안마당에서 날아올랐다. 다른 잉카 용들도 여황의 수행원들을 한 명씩 앞발에 담아 들고 그곳을 떠났다. 안마당에는 외국에서 온 손님들만 남게 되었다.

나폴레옹은 곧장 그 자리를 떠나지 않고 주변을 챙겼다. 드 기네를 보좌하고 있는 프랑스 여인들에게 미소를 지어 보이며 그들의 손에 입을 맞추더니, 거기에 만족하지 않고 로렌스 일행에게 다가오며 외쳤다.

"로렌스 대령! 건강은 잘 좀 챙기고 있는 건가."

나폴레옹은 드 기네의 소개를 받아 해먼드와 그랜비에게도 따뜻하게 인사를 건넸다. 그동안 나폴레옹의 야욕 때문에 분노가 있는 대로 치솟은 영국인들의 마음 따윈 아랑곳하지 않는 태도였다. 영국이 넬슨 제독과 전함 열네 척, 그리고 2만여 명의 군인들을 희생시킨 끝에 프랑스군을 영국 땅에서 몰아낸 게 불과 2년밖에 되지 않았다.

로렌스는 최대한 인내심을 발휘하며 나폴레옹의 물음에 대답했다. 나폴레옹은 로렌스가 인내심을 발휘하든 말든 상관하지 않고 벌나다 싶을 정도로 로렌스의 대답에 귀를 바짝 기울였다. 나폴레옹이 본격적으로 캐묻기 전에 로렌스는 자신이 쓸데없이 주절거리고 있음을 깨달았다. 오스트레일리아 내륙의 특이한 점들, 큰바다뱀들을 이용한 중국과의 무역 등이 바로 그것이었다. 로렌스가 중국과의 무역에 대해 이야기를 늘어놓자 리엔은 못마땅해하면서 얼굴 주변의 막을 바짝 젖혀 목에 붙였다.

나중에 숙소로 돌아온 테메레르가 말했다.

"리엔은 중국이 외국과 무역을 하면 안 된다고 생각하나 봐. 셀레스티얼 품종의 용은 전투에 나서면 안 된다는 생각을 하니 그럴 만도 하지."

해먼드는 무례하지 않을 정도로 적당히 평계를 대고 로렌스 일행을 나폴레옹에게서 떼어내 숙소로 데려왔다. 숙소 현관에서 해먼드는 초조하게 서성대다가 찻주전자에 코카 잎을 쑤셔 넣으며 중얼거렸다.

"우리 모두 옷차림을 흐트러뜨리지 말아야 합니다."

그러다 고개를 들고 덧붙였다.

"언제 만찬 장소로 불려갈지 모르니까 준비하고 있어야 돼요. 프랑스인들은 계획을 세워두고 있을 텐데……. 어떤 제안을 할지도 생각해뒀을 테고……. 아! 하필 이런 때 나폴레옹이 오다니. 마일라가 이스키에르카를 만나러 왔습니까, 그랜비 대령?"

"저희가 숙소로 돌아온 지 5분도 안 됐습니다, 대사님. 당연히 그동안 마일라는 여기 오지 않았고요."

그랜비는 아름다운 붉은 망토가 구겨지든 말든 바닥에 털썩 주저앉아 안도의 한숨을 쉬더니 로렌스에게 말했다.

"제가 나폴레옹을 응원하면서 그가 우리보다 나은 모습으로 여황에게 보이길 바라다니 참 유감입니다. 그래도 나폴레옹이 안마당에 착륙하는 걸 보니 제 인생에 다시없을 정도로 기분이 좋더라고요."

테메레르는 나폴레옹을 만나게 된 것은 물론이고 리엔과 재회하게 된 것도 불쾌했지만, 그들 덕분에 구혼식이 엎어진 것에는 유감이 없었다. 당황하는 이스키에르카를 보면서 꼴좋다 싶기도 했다. 마일라가 이스키에르카를 만나기 위해 숙소 앞 안마당에 내려서자 테메레르가 얼굴 주변의 막을 뒤로 바짝 젖히고는 경멸 어린 눈으로 이스키에르카를 쳐다보며 목청을 높였다.

"자존심 있는 용이라면 일이 뜻대로 안 풀려서 실망스럽더라도 타국의 외교 대사인 용에게 애걸복걸 매달리면서 저자세로 나가진 말아야지."

"아! 난 아무한테도 애걸복걸 안 해."

그 후 이스키에르카의 태도는 테메레르를 실망시키지 않았다. 이스키에르카는 우선 마일라를 꽤 쌀쌀맞게 대했다. 마일라가 나폴레옹의 극적인 등장에 대해, 그로 인해 그들의 계획에 차질이 빚어진 것에 대해, 그날 오후 플람 드 글로아가 불 뿜는 능력을 과시한 일에 대해 쭈뼛대며 주절거리자 이스키에르카의 태도는 더욱 냉랭해졌다. 마일라가 리엔이 대단히 진귀한 용으로, 다른 용들과는 달리 신들의 축복을 받아 온몸이 새하얗다고 말하자 테메레르는 더 이상 그들의 대화를 못 들은 체할 수가 없어서 끼어들었다.

"그럼 리엔이랑 잘해보시든가요. 혹시 압니까, 댁의 알이라도 좀 낳아줄지. 나라면 기대도 안 하겠지만요."

마일라는 목 주변의 깃털을 곤두세우며 말했다.

"리엔은 자신의 혈통과 심히 거리가 먼 용과는 알을 낳을 수 없다고 이미 말하셨습니다. 셀레스티얼 용은 다른 품종의 용과는 교배할 수 없다고 하시더군요. 지지부진하게 우리의 시간을 낭비시키고 싶지 않다고 하시니 더 존경스러웠습니다. 그분이 자신의 의장대에 소속된 불 뿜는 용 두 마리를 데려오신 것도 그래서라고 합니다. 우리가 원하면 그 용들을 여기 남겨두어 양국의 관계를 더욱 돈독히 하고 싶다고 하셨습니다."

테메레르가 놀라서 아무 대꾸도 못하자 이스키에르카가 코웃음을 치며 마일라에게 말했다.

"너저분한 프랑스 용 두 마리가 불을 좀 뿜을 줄 안다고 해서 나랑 비교될 수 있다고 생각한다면 프랑스 쪽에 가서 붙으세요. 그렇게 보는 눈이 없는 댁 같은 용하고 계속 교유를 하느니 그 시간에 다른 걸 하는 게 낫겠어요."

"아뇨! 그 용들이 당신과 같은 능력이 있다고는 생각하지 않습니다. 여기 찾아온 것도 그래섭니다. 경고를 해주려고 온 거예요. 당신이 아나우알케 님을 직접 찾아가 설명하고 설득해야 합니다. 그랜비 대령과 결혼하고 프랑스 황제를 멀리하라고, 그자와 결혼해서 바다 건너 그의 나라로 가버리면 안 된다고 말입니다."

테메레르는 꼬리를 격하게 휘저었다. 마일라가 다녀간 후로 테메레르는 심하게 동요하고 있었으나 로렌스는 아직 테메레르와 제대로 대화를 나누지 못해 그 원인을 정확히 파악하지 못하고 있었다.

"마일라는 너나 네 알에는 전혀 관심이 없어. 여황을 이 산에 안전하게 모셔두고 옴짝달싹 못하게 하는 것에만 관심이 있지. 그랜비에게도 분명히 똑같이 굴 거다."

테메레르의 말에 이스키에르카가 발끈했다.

"마일라는 내 알에 관심 많거든."

그 와중에 해먼드는 서둘러 여황을 뵈어야 한다며 일행을 닦달했다. 마일라가 주선해준 덕분에 그들은 여황을 따로 알현하고 말씀을 올릴 기회를 잡았다.

"단 1분도 낭비하면 안 됩니다. 오늘 저녁 만찬에서 모든 게 결정될 거예요. 어쩌면 드 기녜가 벌써 다른 경로로 여황에게 이런저런 제안을 올렸을 수도 있습니다. 서둘러야 됩니다. 빨리빨리."

해먼드는 이렇게 말하며 그랜비를 당장이라도 숙소 밖으로 끌고 나갈 기세였다. 그는 그랜비가 슬쩍슬쩍 밀어내는데도 아랑곳하지 않고 그랜비의 망토 주름을 펴주느라 여념이 없었다.

그런데 막상 여황을 알현하고 보니 입을 여는 쪽은 그랜비이고 여황은 대꾸조차 없었다. 먼저 나서서 입장을 설명하던 그랜비는 얼마 후 안도한 표정으로 물러났다. 그러자 해먼드가 부리나케 끼어들어 성심을 다해 부연 설명에 나섰다. 해먼드가 이리저리 방향을 바꿔가며 설득했지만 아나우알케는 무표정하게 듣고 있을 뿐이었다. 해먼드는 대양을 건너는 여정이 얼마나 위험한지를 에둘러 언급한 후 프랑스에서 일어난 혁명, 그리고 프랑스 왕과 여왕이 처형당한 일을 늘어놓았다. 나폴레옹의 정복욕을 저지하기 위해 힘을 모은 나라들을 열거하면서도 그중 스페인은 이미 무너졌고 프로이센도 패배했으며 오스트리아는 휴전 조건을 받아들였고 러시아는 멀리서 관망만 하고 있다는 사실은 일부러 빼놓았다…….

마침내 해먼드가 입을 닫은 후에도 아나우알케는 여전히 침묵하면서 사려 깊은 검은 눈동자로 그들을 바라보기만 했다. 로렌스가 보기에 그녀는 일부러 침묵하는 듯했다. 해먼드의 입에서 최대한 많은 말이 나오게 하여 무심코 내뱉는 중요한 정보를 건지려는 의도 같았다.

자리에서 일어난 로렌스가 차분하게 말했다.

"폐하, 저희로서는 무엇이 폐하의 결정을 좌우할지 알 수 없기 때문에 이만 물러나 폐하께 생각할 시간을 드리고자 합니다. 굳이 한마디 하자면 프랑스 황제 나폴레옹은 대단히 재능 있는 사람……."

그 말에 해먼드가 초조하게 소매를 잡아당겼지만 로렌스는 계속해서 말을 이었다.

"……대단히 재능 있는 사람이긴 하지만, 그 재능을 사악한 야망을 이루는 데 쓰고 있습니다. 타국을 정복하고 지배하려는 그의 욕심은 끝이 없으니, 폐하께서 그에게 어떤 식으로 도움을 주시든 종국에는 나폴레옹의 야욕이 세상에 미치는 고통과 궁핍을 더욱 깊어지게만 하실 겁니다."

로렌스는 여황에게 고개 숙여 인사한 후 테메레르에게 돌아섰다. 테메레르는 그를 앞발에 올리고 이스키에르카와 함께 숙소로 돌아오며 말했다.

"얘기 잘했어, 로렌스. 여황이 우리에게 유리하게 결정을 내릴 것 같아. 나폴레옹이 계속 전쟁을 이어가도록 도와주고 싶은 사람은 없을 테니까. 물론 전쟁이 흥미롭기는 하지만 나폴레옹은 너무 심해."

로렌스는 고개를 저었다. 그가 진실을 말하기는 했지만 여황이 순순히 받아들일지는 알 수 없었다. 그는 함께 이동 중인 펨버튼 부인을 돌아보았다. 잠시 후 펨버튼 부인이 입을 열었다.

"여황님이 왕권에 집착하지 않는 분이라면 저도 좀 더 낙관적으로 이 상황을 바라볼 수 있을 거예요. 하지만 제 생각에 그분은 자신의 권력을 다른 이와 나누고 싶어 하지 않는 것 같아요."

만찬의 분위기는 심히 괴상했다. 프랑스와 영국 군인들은 마주 보고 앉았지만 대화를 할 수도 없고, 하려는 의지도 없이 서로를 노려보기만 했다. 잉카의 장군들은 사각형의 만찬장 위쪽과 아래쪽에 두루 자리했다. 사람들 뒤에 앉은 용들은 야마 구이를 먹으면서 서로 두런두런 얘기를 나누었다. 해먼드와 드 기녜도 팽팽한 긴장과 침묵 속에서 이러지도 저러지도 못하고 있었다. 태평한 사람은 나폴레옹뿐이었다.

나폴레옹은 케추아어를 약간 공부했는지, 몇 개의 단어로 대화를 해보려고 애쓰고 있었다. 억양도 엉망이고 문법도 틀렸다며 테메레르가 로렌스에게 수군거렸다. 나폴레옹은 자리 몇 개를 사이에 두고 여황의 비위를 열심히 맞추었다. 여황 옆에 앉은 잉카 전사가 다소 무례한 질문을 던지자 나폴레옹은 오히려 잘되었다는 듯이 식탁에 놓인 식기들을 치우게 하고 그곳에 토마토 조각들로 각 부대의 위치를 표시해가며 아우스터리츠 전투에서 거둔 승리를 풀어놓았다. 어찌나 흥미롭게 얘기하는지 로렌스조차 몸을 앞으로 숙이고 귀를 기울일 정도였다.

영국인들로서는 분노할 수밖에 없는 전투이고 그 전투로 인한 인명 손실과 유럽 전역의 피해가 어마어마했지만 군인이라면 빠져들지 않을 수 없는 무용담이었다.

아나우알케는 거의 말이 없었다. 나폴레옹이 계속 얘기를 이어가도록 잠깐씩 미소만 지을 뿐이었다. 그러나 나폴레옹이 아우스터리츠 전투에서 싸운 군인들에 대해 얘기하자 아나우알케의 시선이 나폴레옹에게 집중되는 것을 로렌스는 알아챘다. 아나우알케가 차갑고 단호하게 손익 계산을 하고 있음이 표정에 얼핏 드러나 로렌스는 깜짝 놀랐다. 그녀는 나폴레옹의 얘기를 들으며 마일라 유팡키를 내려다보았다. 마일라는 아나우알케 옆에 똬리를 틀고 머리를 가까이한 채 생각에 잠겨 있었다. 아나우알케가 손을 뻗어 마일라의 주둥이에 살짝 얹고는 허리를 굽혀서 무어라 중얼거렸다. 식탁 주변에 둘러앉은 외국 사내들에 대해서는 걱정할 것이 없다며 마일라를 안심시키는 듯했다. 마일라의 목 주변에 곤두섰던 깃털들이 잠시 후 다시 목 가까이에 내려와 붙었다.

그랜비는 만찬이 끝나고 식탁에서 물러나면서 운명론자처럼 주절거렸다.

"음, 적어도 이건 확실하겠네요. 여황은 자기를 성가시게 하지 않을 사람이라는 전제하에 저랑 결혼하려 한다는 것, 그리고 몇 년 잘 버티면 여황의 손아귀에서 벗어나 여길 떠날 수도 있다는 것 말입니다."

숙소로 걸어가면서 해먼드가 말했다.

"그전에 그랜비 대령이 여황에게 자식을 한 명, 아니 두세 명 정도는 낳게 해줘야 될 겁니다. 대령의 집안은 다산하는 편입니까?"

잔뜩 침울해 있던 해먼드는 자신의 말 때문에 다른 사람들이 얼마나 얼굴을 찌푸렸는지 알아채지 못했다.

그랜비가 대답했다.

"이번 일에 대해 제가 과민하게 군다고 생각하는 사람은 별로 없을 겁니다. 그리고 만약 여황과의 사이에서 자식을 한 명만 본다고 해도 체중이 10톤이나 나가는 용들 십여 마리가 아이를 애지중지하면서 보모 노릇을 해줄 테니 걱정할 것도 없겠죠. 다만 해먼드 대사께서 제가 무슨 종마라도 되는 것처럼 이야기하시니 듣기가 불편합니다."

로렌스가 듣기에 그랜비의 이 말은 현 상황을 상당히 축소해서 표현한 것이었다.

"셀레스티얼은 다른 품종의 용과 교미해봤지 알을 낳을 수 없다는 리엔의 말은 그냥 핑계일 뿐이지 사실일 리 없어. 난 절대 안 믿어."

테메레르의 말에 쿠링길레가 심드렁하게 대꾸했다.

"못 낳는다고 해도 할 수 없지. 그게 뭐 대단한 문제라고."

이 부분에 있어서 테메레르는 쿠링길레와 생각이 달랐다. 쿠링길레는 아직 어려서 용알에 큰 가치를 두지 않았다. 그러나 테메레르가 들어 있던 알만 해도 굉장히 귀중한 전리품이라서 그 알을 포획한 군함의 함장이었던 로렌스는 테메레르에게 백금과 사파이어로 만든 멋진 흉갑을 사주기 위해 포상금의 8분의 2에 해당하는 값을 치러야 했다. 그것이 바로 테메레르가 늘 차고 다니는 흉갑이었다. 그리고 이스키에르카가 들어 있던 알은 영국이 오스만튀르크 제국에 금화 10만 파운드를 주고 사들인 것이었다. 그 당시만 해도 영국인들은 이스키에르카의 성격이 이 모양일 줄은 생각도 못하고 그 알을 과대평가하여 비싼 값을 치렀다. 다만 테메레르에 대해서는 셀레스티얼 품종이 아니라 임페리얼 품종이라고 과소평가하긴 했지만 말이다. 어쨌든 이 정도만 이야기해도 영국에서 용알이 얼마나 귀중하게 여겨지는지 알 수 있었다. 요즘 같아서는 영국도 이스키에르카 같은 용을 사들이려고 10만 파운드나 되는 금화를 내놓을 리 없었다. 지금은 특수한 상황이니 해먼드 대사 같은 사람이 나서서 그 값을 치르겠다고 할지도 모르지만.

테메레르가 편치 않은 표정으로 말했다.

"지금까지 내가 내 피를 이어받은 알을 만들지 못한 건 기회가 제대로 닿지 않아서……."

넓은 안마당 저편에서 플람 드 글로아 품종의 용과 얘기 중이던 마일라를 가재미눈으로 흘끔거리던 이스키에르카가 어깨 너머로 코웃음을 치며 말을 잘랐다.

"사육장에서 그 많은 용들과 의무적으로 교미를 했다고 그렇게 떠들어대더니 아직 알 하나 제대로 못 만들었니? 그게 벌써 몇 년 전인데. 만약 네가 자손을 봤으면 그 소식이 지금쯤 확 퍼졌겠지."

"리엔의 말이 사실이라면 난 아직 나한테 맞는 품종의 용을 만나지 못해 알을 못 만든 걸 수도 있어. 사육사들이 내게 붙여준 용들은 전장에 나가 공을 세운 적도 없는, 평범한 미들급 용들이어서……."

그러자 이스키에르카가 수증기를 뿜으며 받아쳤다.

"빙빙 돌려서 말할 거 없어. 내가 너와의 교미에 전혀 관심이 없다면 네가 그렇게 말하든 말든 나도 상관하지 않겠지만, 이참에 너만 좋다면 너와 교미를 해보려고 하거든. 마일라는 더 기다려도 될 거 같아."

그러고는 표독스럽게 말을 이었다.

"지금도 저렇게 프랑스 숙소 앞에 앉아서 개구리 같은 프랑스 년이랑 눈이나 맞추고 있으니까."

"빙빙 돌려 말하는 게 아니라……."

테메레르는 얼굴 주변의 막을 흔들어가며 고개를 젓다가 이스키에르카가 분노하며 잡아먹을 듯이 노려보자 얼른 덧붙였다.

"아니, 됐어. 네 말대로 할게."

테메레르도 신의 바람을 쓸 줄 알고 불도 뿜을 줄 아는 자손을 낳을 수 있다면 대단할 거라는 생각은 하고 있었다. 테메레르는 고개를 숙이고 가슴의 흉갑을 슬쩍 문질러 광을 냈다. 구혼식 때 발톱 씌우개를 꼭 쓰겠다고 고집을 부릴 걸 싶기도 했다. 울적한 행사에 한껏 몸치장을 하고 싶은 기분이 아니라서 대충 형식만 갖추었는데, 이렇게 될 줄 알았으면 좀 더 치장할 걸 그랬다는 생각이 들었다.

이스키에르카가 말했다.

"좋아, 우선 간식을 좀 먹어야겠어. 어제 남쪽 평원에서 야마 몇 마리가 돌아다니는 걸 봤는데 아마 지금도 그 부근에 있을 거야. 그 평원에서 산비탈로 올라가다 보면 분위기 괜찮은 작은 계곡이 있으니까 그리로 가자."

"맛 괜찮네."

이스키에르카가 입가에 묻은 야마 고기를 혀로 핥으며 말했다. 야마 사냥을 마치고 테메레르는 이스키에르카를 구슬려 바위 몇 개를 불로 달구게 했다. 구덩이에 야마들을 넣고 향 좋은 관목 한 줌과 식염천에서 길어 올린 물을 뿌린 후 가열한 바위로 덮었다. 교미를 마치고 나서 바위들을 걷어내 보니 야마들이 먹기 좋게 익어 있었다.

이스키에르카가 계속해서 말했다.

"우리 둘이 용알을 만들어낼 수 있을지 어떨지는 이제 두고 보면 알겠네. 내 생각에 큰 어려움은 없을 것 같아. 내 쪽에서는 모든 게 순조롭게 이루어졌으니까. 알을 낳을 나이도 딱 되었고. 네가 그동안 줄곧 까다롭게 굴어서 문제였지 뭐."

"네가 지금 누구더러 까다롭게 군다는 거야."

테메레르는 받아쳤지만 전처럼 열을 올리지는 않았다. 야마 고기 맛이 좋아서일 수도 있었다. 처음 해본 요리인데 이만하면 성공이었다. 그리고 이스키에르카가 멋진 용이라는 건 누구도 부정할 수 없는 사실이었다. 교미를 하면서 이스키에르카의 몸에 솟은 가시돌기들 때문에 나름 기발한 자세를 취할 수밖에 없었지만, 그 돌기들이 예전만큼 괴상하게 느껴지지는 않았다.

거의 아침이 되었다. 그들이 도시를 향해 돌아가는 동안 산 너머 하늘이 흐릿하게 밝아왔다. 테메레르는 잘 익은 야마 두 마리를 들고서 날아갔다. 이만큼 요리를 잘해냈다는 걸 꿍쑤에게 보여주고 싶어서였다. 도시 가까이 접근했을 무렵 이스키에르카가 말했다.

"저기 무슨 일이 있나 본데?"

요새와 다름없는 거대 도시의 성벽 너머에 수많은 잉카 용들이 집결해 있고, 모직 갑옷을 입은 잉카 군인들이 그 옆에 칼과 소총을 들고 도열해 있었다.

"잠깐, 더 이상 가지 말고 이쪽으로 와. 우리가 자기네를 봤다는 걸 저들이 알게 하면 안 돼."

테메레르는 이스키에르카의 날개를 잡아 세운 뒤 산굽이를 돌아 함께 몸을 숨겼다. 테메레르는 쥐고 있던 야마 고기를 내려놓고 말했다.

"여기서 기다려. 그만 좀 씩씩거리고. 수증기나 불을 뿜어냈다간 우리 위치가 단박에 탄로 날 거야."

"아무래도 상관없어. 그런데 저들은 저기 모여서 뭐하는 거지? 매복해 있다가 기습할 작정인가 봐. 우리 영국군을 치려는 건가, 프랑스군을 치려는 건가?"

이스키에르카가 초조하게 중얼거리며 목을 길게 빼고 성벽 너머를 흘끔거렸다.

조심스럽게 날아오른 테메레르는 점차 하늘이 밝아오는 것을 느끼며 지상을 살펴보았다. 집합한 용들과 군인들을 기준으로 영국 측 숙소는 동쪽에, 프랑스 측 숙소는 서쪽에 위치해 있고 양쪽 다 쉽게 공격당할 수 있는 거리였다. 잉카 군인들은 은을 멋지게 입힌 방패를 손에 들었는데, 그 방패 중 하나가 떠오르는 햇빛을 받아 계단식 건물 쪽에서 잠깐 눈부시게 빛나는 것이 테메레르의 시야에 들어왔다.

지상으로 내려온 테메레르는 나중에 비상식량으로 필요할 것 같다는 생각에 야마 고기를 다시 움켜쥐고 이스키에르카에게 말했다.

"우리 쪽이야. 저들은 우리 영국을 공격하려는 거야. 당장 가서 알려야 돼."

제3부

14

 폭은 넓지 않지만 높이가 대단한 폭포였다. 길고 험한 절벽을 따라 요란하게 떨어지는 물줄기가 잠시 눈을 붙이고 있는 용들의 고통스러운 숨소리를 묻어주었다. 밀림의 나무들은 높다란 덮개가 되어 테메레르 일행의 위치가 드러나지 않게 덮어주었다. 상공에서 눈에 띄지 않도록 그들은 쿠링길레의 황금색 비늘에 진흙을 발랐는데, 테메레르와 이스키에르카의 상태도 별반 다르지 않았다. 등에 둘러맨 안장 끈 사이사이에 나뭇가지들을 꽂아 넣고 그 위에 덩굴 식물들을 아무렇게나 얹어 놓는 등 무자비한 추격자들을 피하기 위해 위장을 해야 했다.
 테메레르 일행이 직선이 아니라 지그재그로 복잡하게 도망치고 있음에도 번개처럼 빠른 잉카의 소형 용들은 하루 낮과 밤, 그리고 또 한 번의 낮 동안 장장 480킬로미터에 걸쳐 그들을 맹추격했다. 테메레르 일행이 잠시 날갯짓을 멈추고 반격하러 들면 소형 용들은 곧장 달아나 근처에서 힘을 비축하며 대기 중인 덩치 큰 용들에게 그들의 위치를 알렸다.

이미 잉카의 공군 부대와 몇 번 접전할 뻔했다. 헤비급 용 여섯 마리와 미들급 용 열세 마리가 테메레르 일행을 교묘하게 포위하고 지상으로 끌어내리려 했는데 쿠링길레가 거대한 몸집으로 탈출로를 뚫었다. 머리를 숙이고 잉카 용들 사이를 힘으로 밀어붙인 것이다. 잉카 용들도 한 마리당 체중이 20톤은 족히 나갔지만 그 힘에는 당해내지 못했다. 쿠링길레의 뒤를 따라 곧장 포위망을 벗어난 테메레르와 이스키에르카는 보다 수준 높은 비행술로 방향을 바꾼 다음 적들을 발톱으로 베고 내리찍어 쿠링길레가 구름 속으로 달아날 수 있게 시간을 벌어주었다. 그리고 곧바로 쿠링길레의 뒤를 따라갔다.

잉카 용들은 위험을 피해가며 신중하게 추격해왔다. 이곳 지형에 익숙하니 시간이 흐를수록 잉카 용들에게 유리했다. 비행을 계속하면서 테메레르와 이스키에르카, 쿠링길레는 점점 지치고 기력이 쇠해갔다.

숙소를 탈출할 때 물과 식량은 물론 장비를 제대로 챙길 여유가 없었다. 사람들이 하네스를 착용할 새도 없이 허겁지겁 배 쪽 그물로 뛰어들어 가는 동안 테메레르가 가져온 야마 구이는 쿠링길레의 입으로 들어갔다. 로렌스가 알기로 선원 네 명이 밤에 몰래 놀러 나갔다가 아직 돌아오지 않았는데 워낙 급박한 상황이라 그들까지 챙길 여유가 없었다. 그 선원들이 이곳에서 가혹하게 살 것 같지는 않으니 그나마 다행이었다. 어느 잉카 용이든 그 선원들을 반가이 맞아들여 자신의 아이유에 소속시킬 테니까. 잉카와 영국이 정치적으로 대립하게 되었지만 잉카 용들은 그 선원들을 감옥에 가두는 짓은 하지 않을 것이다.

잉카 용들이 밤새, 그리고 일출 무렵까지 테메레르 일행을 따라오고 있는 이유는 영국 용들을 잡아서 번식용으로 쓰기 위한 목적도 있지만, 이 소식이 유럽에 전해지는 시간을 늦추기 위해서일 가능성이 높았다. 테메레르와 이스키에르카가 숙소로 돌아와 잉카가 공격할 준비를 하고 있음을 알린 지 채 몇 분도 되지 않아 결투를 청하는 잉카 용들의 함성이 들려왔다. 테메레르 일행은 허겁지겁 날아올라 옅은 안개로 뒤덮인 협곡으로 달아났고, 지금도 요새와 다름없는 안데스 산맥 동쪽으로 절박하게 날갯짓을 하고 있었다.

낮이 차츰 저물어가고 하늘이 어두워졌으나 마음을 놓을 수 없었다. 반듯한 반달이 얼음으로 뒤덮인 산비탈을 환히 비추는 탓도 있었고, 추격해오는 잉카 용들 중에는 밤눈이 좋은 용들도 있기 때문이었다. 앞장서서 날아가던 테메레르는 안데스 산맥의 동쪽 비탈을 향해 방향을 돌려 끝없는 밀림으로 내려갔다. 푸른 나무들이 어찌나 무성한지 땅바닥이 보이지 않았다.

테메레르 일행은 몸을 숨기고 호흡을 고르면서 잠시 눈을 붙였다. 사람들은 부드러운 나무껍질을 타고 흘러내리는 가느다란 물줄기를 손으로 받아 마셨다. 그들이 밀림에 몸을 숨기고 있는 반나절 동안 옅은 안개비가 두 번 내렸다. 문제는 대형 용 세 마리가 언제까지나 밀림에 숨어 있을 수는 없다는 것이었다. 로렌스는 얼룩덜룩한 나뭇잎 사이로 느릿하게 저물어가는 태양을 바라보며 이 은신처가 밤까지는 발각되지 않기를 바랐다.

엄청난 비행 속도와 불안정한 위치 때문에 얼굴이 푸르스름할 정도로 창백해진 해먼드는 부들부들 떨리는 손으로 코카 잎 몇 개를 접어 입에 넣고 씹었다. 숙소에서 도망치면서 주머니에 코카 잎을 대충 쑤셔 넣었는데 차로 끓여 마실 수 없는 형편이니 급한 대로 입에 넣고 우물거리는 것이었다.

"있을 수 없는 일이에요. 외교 대사의 존엄함을 무시하고, 보편적인 외교 원칙을 뒤엎는 이런 잔인무도한 짓거리라니······."

숙소에서 도망친 후 해먼드는 일부 표현만 바꿔가며 줄기차게 이 말을 되풀이했다.

로렌스는 치솟는 불안감을 억누르며 말했다.

"스페인이 자기네한테 한 짓을 보고 유럽의 외교 원칙이 어떤 식인지 잉카가 파악한 거라면 지금 우리에게 이런 짓을 하는 것도 그리 놀라운 일은 아니겠죠."

로렌스도 차를 한잔 마시고 싶었다. 진한 블랙커피라면 더 좋을 것 같았다. 차나 커피가 없으니 대신 나무를 타고 조금씩 흘러내리는 물을, 나뭇가지에 덩굴처럼 늘어진 커다란 나뭇잎으로 받아 마셨다. 잎사귀가 어찌나 큰지 정찬용 접시만 했다.

"탈출 경로와 방향을 정하도록 하죠."

로렌스가 이렇게 말하며 허리를 굽히고 흙바닥에 이 대륙의 지도를 대강 그려냈다. 해먼드는 도착지를 정하는 것 외에는 다른 문제가 없다는 듯 말했다.

"리오로 가자는 거지요? 그렇다면 더 이상 지체할 이유가 없습니다. 당장 최대 속력으로 날아가야 합니다."

그랜비가 나섰다.

"그게, 말처럼 쉽지 않습니다. 물을 어디서 어떻게 구할지 대책도 안 선 상태에서 무작정 밀림을 헤매봤자 재앙을 불러들일 뿐이죠. 로렌스 대령님, 지금 우리 입장에선 선택의 여지가 별로 없습니다. 나무껍질을 타고 흐르는 물을 받아 모으면 우리 목은 축일 수 있겠지만 용들에겐 어림도 없습니다. 나뭇잎 아래로 흐르는 물줄기가 100개는 있다고 해도 빽빽한 밀림에 가려 상공에서는 보이질 않으니 비행 중에 찾아 내려올 수도 없고요. 그나마 산을 따라 이동하면 작은 지류라도 매일 볼 수 있지 않겠습니까?"

"대신 잉카 용들에게 발각될 위험이 높아지겠지. 자네 말뜻은 충분히 알아들었어. 일단 낮에는 이렇게 나무가 우거진 곳에 몸을 숨기고 있다가 밤에 북쪽으로 비행해서 베네수엘라로 가는 게……"

해먼드가 소리쳤다.

"아뇨, 안 됩니다! 리오로 가야 합니다. 우리의 임무 달성에 중대한 차질이 빚어질 수도 있는 상황임을 잊지 마세요. 사파 잉카가 나폴레옹과 함께하기로 결정했으니 이제 브라질은 사방이 포위당한 상태입니다. 포르투갈의 섭정 왕자뿐만 아니라 포르투갈 왕실 전체가 브라질에 피신해계시니 어서 가서 경고해드려야 합니다. 경고에 그칠 게 아니라 구출해드려야지요. 그분들은 본인들이 처한 위험에 대해 아직 모르고 계십니다. 이번만큼은 외교 대사로서의 지휘권을 발동하겠습니다. 지나치다고 여기지 말아주세요."

그랜비가 로렌스에게 속삭였다.

"우릴 여황에게 팔아치우려 하더니 이젠 리오로 보내 죽일 작정인가 보네요. 우선 베네수엘라로 갔다가 해안선을 따라 빙 돌아서 리오로 가는 게 어떻겠습니까?"

"그러면 9600킬로미터나 낭비하게 돼. 목적지로 가는 동안 물과 식량을 구할 수 있을지도 알 수 없고."

그들은 다시 고개를 숙이고 바닥에 그려진 지도를 내려다보았다. 밀림을 직선에 가까운 경로로 가로지를 방법을 궁리해보았으나 뾰족한 수가 없었다. 현재 위치를 정확히 알 수 없으니 시작부터 어려움이 있었고, 하루 반나절은 물을 찾는 데 할당해야 한다고 그랜비가 고집을 부려 더욱 난감했다.

"쉽지 않다는 건 압니다만, 하루 안에 마실 물이 있는 곳으로 되돌아올 수 있는 만큼만 비행해야 합니다."

마침내 로렌스는 그랜비의 말에 동의했다.

"그래, 그래야겠지."

두 사람은 밤이 되기 전에 좀 더 편히 쉬기 위해 땅바닥에 축축한 나뭇잎과 나뭇가지를 깔았다. 그러나 땅거미가 내릴 무렵 디마니가 다가와 로렌스를 흔들어 깨우며 나지막하게 말했다.

"원숭이들이 조용해졌어요."

로렌스가 일어나 앉아 귀를 기울였다. 잉카 용들이 이리로 날아오고 있다고 해도 폭포 소리에 묻혀 날갯짓 소리는 들리지 않을 것이었다. 그들은 잠시 그 자리에서 눈을 가늘게 뜨고 하늘을 살폈다. 별안간 나뭇가지들이 버스럭거리더니 오렌지색 깃털이

나 있는 커다란 용의 머리가 불쑥 그들을 내려다보며 케추아어로 소곤거렸다.

"해먼드? 거기 있어요?"

깜짝 놀란 해먼드가 "뭐지?"라고 중얼대며 그 용을 올려다보았다. 그들 사이로 내려선 추르키는 깃털 사이에 엉겨 붙은 나뭇잎과 잔가지들을 털어내며 말했다.

"당장 여기서 떠나야 돼요. 투미(잉카의 제물용 칼―옮긴이) 순찰대가 여러분을 잡으려고 이 근처를 샅샅이 뒤지고 있어요. 순찰대원 한 명한테 뇌물을 먹이고 여러분을 구하러 오긴 했는데, 아무래도 그 대원이 오래 막아주진 못할 것 같아요."

로렌스 일행은 반역 행위까지 해가며 그들을 구하러 온 이유를 추르키에게 묻지 않을 수 없었다. 추르키가 어이없어하며 대답했다.

"어떻게 이게 반역이에요? 내 의무지. 내가 해먼드에게 내 아이유로 들어오라고 했을 땐 사파 잉카께서 영국과 적대 관계에 있는 자와 결혼을 결심하실 줄 몰랐거든요. 상황이 이렇게 거북하게 되었다고 해서 내가 해먼드를 구하는 데 최선을 다하지 않을 수는 없잖아요?"

추르키가 해먼드를 보호하겠다는 말은 그를 어머니인 쿠리퀴요르가 다스리는 땅으로 데려가겠다는 의미였다. 추르키는 해먼드를 설득하며 덧붙였다.

"그 부분에 있어서는 사파 잉카께서도 반대하지 않으실 거라고 보장해요. 그리고 어머니께서 내 아이유에 사람들을 더 주시기로 하셨으니, 해먼드 당신만 원한다면 아내를 세 명 둘 수도 있어요."

해먼드가 곤혹스러워하자 그랜비는 무척 고소해하며 로렌스에게 말했다.

"이제 해먼드 대사도 제 심정이 어땠는지 알겠군요."

그들은 이곳을 뜨기 위해 다급히 선원들에게 탑승을 지시했다. 포싱과 페리스가 굼뜬 자들을 배 쪽 그물로 밀어 넣는 동안 나머지 선원들과 승무원들은 허겁지겁 안장에 몸을 고정시켰다.

해먼드는 혹시 모를 사태에 대비해 테메레르 곁에 바짝 붙어서 추르키를 단념시키려 했다. 인상을 찌푸리며 매섭게 눈을 빛내는 것이, 추르키는 제 뜻대로 되지 않으면 해먼드의 의사와 관계없이 그를 낚아채 날아오를 것 같았다. 절박해진 해먼드가 덧붙여 말했다.

"그게, 나도 가족이 있는데 그들을 버리고 혼자 여기서 살 수는 없습니다. 내가 형제자매만 해도 여덟이고 조카들까지 합하면 서른 명이나 되는데……."

"어머나! 그런 얘길 왜 여태 안 했어요? 돌봐줄 용도 없는 미개한 나라에 가족이 수십 명이나 있다니. 당연히 당신 가족을 보러 같이 가야죠."

추르키는 깃털을 활짝 펼치며 말을 이었다.

"나도 투미 순찰대를 방해하고 싶진 않아요. 이 일이 알려지면 어머니도 입장이 곤란해지실 게 분명하고요. 하지만 어머니께 이 얘기를 전하면 이해해주실 거예요."

추르키가 경고해주고 20분이 지나서야 그들은 다시 이륙할 수 있었다. 완전한 어둠이 내렸는데도 이륙하고 얼마 지나지 않아 그들은 순찰대의 공격을 받았다. 그들을 습격한 이들은 창처럼 뾰족한 머리와 짧은 암녹색 깃털을 가진 잉카 용 다섯 마리였다. 기껏해야 미들급 정도의 용들로 몸집도 테메레르와 비교하면 4분의 1밖에 안 되었지만 수적으로 우세인 데다 야간 시력이 밝았다. 몸통이 암녹색인 그 용들은 어둠 속에서 잘 보이지 않으니 상대의 공격을 막아내기에 유리한 데다 밤눈이 좋아서 구름 사이로 비쳐드는 흐릿한 달빛만으로도 사방을 충분히 볼 수 있었다.

그 용들이 퓌르륵 소리로 나지막하게 신호를 보내자 위쪽 어딘가에서 또 다른 잉카 용 한 마리가 날아 내려와 테메레르의 옆구리를 발톱으로 할퀸 후 다른 다섯 마리와 합류했.

로렌스가 다급히 외쳤다.

"고함지르지 마, 테메레르! 알았어? 밀림에 잉카 용들이 우글우글해. 섣불리 고함을 질렀다간 우리 쪽으로 구름처럼 몰려들 거다. 일단은 저들보다 앞질러서 달아나야 돼."

테메레르는 알아들었다는 뜻으로 얼굴 주변의 막을 흔들었다. 테메레르는 홀로 비행해가며 싸우고 있었다. 로렌스는 자신과 승무원들이 테메레르에게 아무런 도움을 주지 못하고 있다는 사실이 견딜 수 없었다. 총이나 방화 장치, 섬광분이라도 있으면 잉카 용들을 물리치는 데 도움이 될 텐데 장비가 전혀 없으니 그들은 그저 테메레르의 몸에 바짝 매달려 움직임에 방해가 되지 않기를 바랄 뿐이었다.

로렌스가 아래로 몸을 숙여 지시했다.

"페리스, 그물이 있나? 밧줄하고 범포로 만든 그물 말이야. 그 아래 남은 게 있으면 갖고 올라와……."

"예, 대령님."

잠시 후 페리스가 허리에 줄을 매달고 테메레르의 옆구리를 기어올라 왔다. 허리에 매단 줄에는 묵직한 그물 더미가 달려 있었다. 포싱과 에밀리, 해먼드까지 힘을 보태 그물 더미를 끌어올렸다. 바닷물에 절은 범포에서는 고약한 냄새가 났고 밧줄도 반쯤 썩어 있었다. 로렌스가 그물 더미를 묶은 끈을 끊어내자 에밀리가 그물 일부를 잘라냈다. 어렸을 때부터 공군에 몸담아온 에밀리, 페리스, 포싱이지만 공중에서 균형을 잡고 서서 그물을 자르는 것이 만만찮은 듯했다. 암녹색 깃털의 잉카 용 한 마리가 테메레르의 뒷다리 쪽으로 방향을 돌린 순간 그들은 그물을 펼쳐 그 용의 머리로 던졌다.

잉카 용의 놀란 비명 소리가 범포 그물 속에서 잦아들듯이 들렸다. 뜻밖의 공격에 당황한 그 용은 무작정 발톱을 휘저은 끝에 그물을 벗겨냈다. 그물은 또 다른 용의 시야를 가리며 잠시 비행을 방해했으나 이 용은 곧장 몸을 뒤틀어 누더기 그물을 떼어내더니 저 아래 밀림으로 던졌다. 허공에서 잠시 허옇게 날리던 그물은 곧 그 아래 나무들 사이로 사라졌다.

그물을 이용한 공격은 테메레르에게 아주 잠깐 숨 돌릴 시간을 주었을 뿐이지만 그나마 없는 것보다는 나았다. 로렌스는 무뎌진 칼날로 열심히 밧줄을 잘라 두 번째, 세 번째 공격을 시도

했으나 잉카 용들은 이미 그 수법을 간파했다. 그 무렵 잉카 용 세 마리가 싸움에 추가로 합류했다. 로렌스는 하늘에 희뿌옇게 얼룩진 달무리를 바라보았다. 잉카 용들은 테메레르 일행을 서쪽으로 몰아가고 있었다. 잉카 용들이 날카롭게 내지르는 소리가 점점 활기로 차올랐다.

그때까지 이스키에르카는 불을 뿜지 않고 있었다. 불을 뿜었다간 숫제 봉홧불로 신호한 꼴이 되어 적들이 이리로 몰려들 판이었기 때문이다. 지금 붙어 싸우고 있는 잉카 용들도 그 점을 알기에 더욱 과감하게 공격해왔다. 잉카 용들은 한 마리씩 번갈아가며 달려들었는데 불을 쓸 수 없는 형편이라 이스키에르카는 그저 이리저리 피할 뿐이었다. 잉카 용들의 발톱에 찢긴 십여 군데의 작은 상처에서 피가 흘렀다. 잉카 용들이 또 한 차례 스치고  지나가며 어깨를 할퀴자 이스키에르카가 분노로 씩씩대다가 그중 제일 작은 용에게 불을 뿜었다. 그러나 그 용은 얼른 몸을 피했고, 불길이 비스듬히 스치면서 깃털만 약간 흐트러졌다. 그 순간 이스키에르카의 허점이 잉카 용들의 눈에 포착되고 말았다.

잉카 용 두 마리가 이스키에르카의 머리를 향해 좌우에서 달려들더니 날개를 마구 퍼덕여 시야를 가렸다. 무리 중에서 제일 몸집이 큰 또 다른 잉카 용이 이스키에르카의 옆구리로 돌진했다. 그 큰 잉카 용은 이스키에르카가 반격하려 하자 크게 호를 그리며 몸을 피했다가 다시 돌아왔고, 평소에 입던 쇠사슬 갑옷을 입지 않은 이스키에르카를 이빨과 발톱으로 흉포하게 공격하여 기어이 살을 찢어놓았다.

고통스러운 고함을 내지른 이스키에르카가 고개를 돌려 그 용에게 강렬한 불을 뿜었으나 그 용은 이미 고도를 높여 멀어진 후였다. 이스키에르카는 머리를 앞뒤로 흔들며 몸부림쳤다. 이스키에르카의 몸에서 수증기와 함께 피가 길게 흩뿌려지는 광경이 로렌스의 시야에 들어왔다. 그랜비가 소리쳤다.

"상처를 불로 지져서 지혈해! 이러다 추락하면 아무 소용없어, 이스키에르카. 당장 지혈하지 않으면 내가 여기서 뛰어내릴 테니까 그렇게 알아! 어서 불로 지지라니까……."

그랜비는 안장에 몸을 연결한 하네스 끈을 거의 다 풀어놓고 끈 하나만 손에 쥔 채 이스키에르카의 등을 밟고 서 있었다. 이스키에르카가 성난 울음을 토해내며 고개를 꺾어 옆구리의 상처 부위에 불을 뿜었다. 불길이 번쩍이며 옆구리의 가죽을 길게 덮었다. 깃발처럼 길게 너울대는 주황색 불길을 배경으로 그랜비와 바즐리의 검은 윤곽이 잠시 드러났다가 이내 칠흑처럼 어두워졌다. 불이 번쩍였다가 사라져서 그런지 더 어둡게 느껴졌고 로렌스는 이스키에르카 쪽이 어떻게 되었는지 짐작도 할 수 없었다.

로렌스는 눈을 깜박여 빛의 잔상을 걷어냈다. 쿠링길레가 이스키에르카의 다친 옆구리 쪽으로 이동하여 몸으로 방어해주었고 테메레르도 그 맞은편으로 빠르게 다가갔다. 그러나 그들 뒤쪽에서 적들이 또 한 차례 이스키에르카를 공격하기 위해 전열을 가다듬고 있었다. 이번에는 이스키에르카를 확실히 추락시킬 작정인 듯했다. 잉카 용들은 맑고 경쾌하면서도 기괴하고 꺼림칙한 고함을 내지르며 화살 모양으로 공중에 도열한 후 돌진하기 시작했다.

로렌스는 테메레르가 찬찬히 힘을 모으고 있음을 느꼈다. 테메레르는 한 번, 또 한 번 크게 숨을 들이쉬면서 폐를 팽창시켜 나갔다. 그런데 예전과는 약간 달랐다. 로렌스는 장갑을 벗고 테메레르의 가죽에 맨손을 얹었다. 북을 치듯 둥둥거리는 소리와 함께 가죽이 팽팽해지고 있었다. 신속하게 날아오는 적들을 향해 테메레르는 고개를 돌리고 고함을 질렀다. 전처럼 단번에 쏟아내는 것이 아니라 나지막하게 한 번 고함을 뱉은 후 두 번, 세 번에 걸쳐 다시 내질렀다. 그리고 마지막으로 고막을 찢는 듯한 충격적인 소리를 쏟아냈다. 바로 신의 바람이었다.

주변 공기가 진동하며 그들에게서 저만치 밀려나가 울부짖었다. 구름 덩어리 속으로 안개비가 끓어올랐다. 편대 앞쪽에 있던 잉카 용들은 돌진을 멈추려 했으나 신의 바람을 정통으로 맞아 코와 귀에서 피를 쏟아냈다.

편대 맨 앞에 있던 잉카 용 세 마리가 그 자리에서 죽어 곧장 아래로 소리 없이 추락했다. 그들의 시신이 나뭇가지 사이로 떨어져 내리는 소리가 로렌스의 귀에 들려왔다. 다른 잉카 용들도 피를 토하며 공중에서 몸부림을 치다가 숨이 막혀 지상으로 떨어지고 있었다. 맨 뒤에 있던 용들만 동료들이 몸으로 막아준 덕분에 겨우 살아남아 허우적거리며 물러났다. 그 용들은 이내 공포에 찌든 날카로운 비명을 내지르며 밤의 어둠 속으로 허둥지둥 달아났다.

15

 추격자들이 더 이상 따라붙지 않았다. 그날 밤 테메레르 일행은 양치식물들과 바닥에 쓰러져 썩어가는 고목들로 뒤덮인 어둑하고 황량한 지대로 들어가 나무 사이에 지친 몸을 뉘였다. 그들은 원숭이들의 성난 고함 소리와 형형색색의 깃털을 가진 새들의 놀란 지저귐을 견디며 잠을 청했다. 로렌스는 자연 속에서는 물론이고 인공 염색으로도 그토록 화려한 색깔을 가진 새들은 처음 보았다.

 다음 날 아침 그들은 그곳에 바즐리 중위의 시신을 묻었다. 테메레르가 발톱으로 최대한 깊게 판 구덩이가 바즐리의 무덤이었다. 밀림의 습하고 무더운 공기와 무성한 초목으로 인해 시신의 부패 속도가 빨라서 그곳에 매장할 수밖에 없었다. 펨버튼 부인과 에밀리의 속치마를 수의 삼아 밤새 시신을 덮어놨는데 동틀 무렵에 보니 메뚜기만 한 개미들이 시신에 잔뜩 모여들어 여기저기 살점을 마구 뜯어놓았다. 시신의 상태가 참혹해진 터라 그들은 매장

전에 수의를 들추고 얼굴을 들여다볼 엄두도 내지 못했다.

이스키에르카는 곧장 불로 지진 덕분에 상처가 괴사하지는 않았지만 다음 날 저녁부터 이상하게 열이 나기 시작했다. 평소 가시돋기에서 푹푹 쏟아지던 수증기가 물기만 겨우 남아있을 정도로 잦아 붙었고 멍해진 눈이 시커멓게 핏발이 섰다. 체온이 크게 올라 가까이 가기도 힘들 정도였다.

상처 부위에 코를 대고 냄새를 맡아본 추르키가 단호하게 말했다.

"물을 마시게 해야 합니다. 빨리요."

로렌스는 테메레르와 같은 편대였던 메소리아를 비롯해 엑시디움에 이르기까지 추르키보다 나이 많은 용들을 여럿 상대해봤다. 다들 영국식으로 자라난 용들인지라 인간에게 지시를 내리기보다는 지시에 복종하는 쪽이었는데, 추르키는 지시하는 데 익숙한 듯 보였다. 물론 지금 여기 있는 용들 사이에서는 추르키가 제일 연장자이니 지시를 내릴 만도 하지만 말이다. 추르키가 해먼드에게 물었다.

"가족이 살고 있는 곳이 어디라고 했죠, 해먼드? 최대한 그곳으로 빨리 갈 수 있는 길을 찾아야 돼요."

해먼드는 우선 리오로 간 다음 그곳에서 영국행 배를 타야 한다고 대답했는데, 리오로 먼저 가야 한다고 한 부분은 추르키를 약간은 기만한 것이었다. 추르키는 로렌스가 바닥에 그려놓은 경로를 대강 훑어보고는 깃털을 휘날리며 고개를 저었다.

"그 길로 가는 건 별로예요. 물이 있을 만한 곳을 찾아다니면서 이동하겠다니 합리적이지도 않고요. 차라리 우카얄리 강으로 가서 그 강의 흐름을 따라 바다로 가는 편이 나아요."

이제 그들은 이동 경로를 굳이 숨기려고 하지도 않았으나 쫓는 이들은 없었다. 추르키의 안내를 받으며 사흘을 더 비행한 끝에 그들은 마침내 우카얄리 강을 보게 되었다. 안데스 산맥의 얼음이 녹아내려 갈색으로 느릿하게 흐르는 거대한 강이었다.

"이게 아마존 강이 아니라면 곧 바다가 보이겠군."

로렌스는 한 손을 눈 위에 갖다 대고 길게 뻗어나간 강을 내려다보며 말했다. 그 사이에 이스키에르카는 강으로 내려가 차가운 물에 몸을 담갔다. 기다란 주둥이를 가진 악어들이 자리를 뺏긴 데 분노하면서도 어쩔 수 없이 멀찍이 물러났다. 강기슭에 머리를 기댄 채 눈을 감은 이스키에르카의 등에서 수증기가 피어올랐고 강물이 이스키에르카의 비늘에 찰싹찰싹 부딪쳤다.

그들은 강을 따라 북쪽으로 나아갔다. 강폭이 점차 넓어지면서 다른 지류들과 합류하더니 마침내 산맥을 뒤로하고 동쪽으로 방향을 바꾸었다. 해안을 향해 길고 느릿한 여정이 이어졌다. 이곳에도 사람이 살고 있었다. 가끔 원주민 부족들이 그들을 쳐다보았는데 대개 강 건너편에서 구경하다가 로렌스가 소리쳐 부르거나 테메레르가 케추아어로 몇 마디 말이라도 걸면 재빨리 모습을 감추곤 했다. 몸집이 작은 토착 용들도 몇 마리 보기는 했지만 순전히 우연이었다. 이스키에르카가 비행보다는 강물에 몸을 담그고 첨벙거리며 이동하는 쪽을 선호해서 그런 이스키에르카를 강에 두고 테메레르와 쿠링길레는 먹을 것을 찾으러 근처를 돌아다니고 있었다. 그런데 강물을 따라 굽이진 곳 너머로 돌아가던 이스키에르카가 작은 토착 용 세 마리와 마주쳤다. 윈체스터 품종의 용과 몸집이 비슷한 그 용들은 마침 긴 주둥이를 가진 돼지 비슷한 짐승 한 마리를 나눠 먹으려던 참이었다.

이스키에르카가 강물 밖으로 머리만 내놓고 있어 그때까지만 해도 그 용들은 호기심 어린 눈으로 그저 쳐다보기만 했다. 이스키에르카는 엉거주춤하게 뒷다리를 세우고 강기슭으로 올라가며 물었다.

"그거 어디서 찾았어, 맛 좋아?"

몸통의 4분의 3 이상을 여전히 강물에 담근 상태였지만 물 위로 드러난 부분만 해도 그 세 마리를 합친 것보다 더 컸기 때문에 토착 용들은 마치 이쪽에서 대포라도 쏜 것처럼 기겁을 하여 먹이도 버려두고 곧장 날아올랐다. 그들이 토착 용들과 바로 앞에서 대면한 것은 그때뿐이었다. 그 후로는 멀리서 날아가는 모습만 잠깐씩 보았다. 다른 용들이 자기를 보고 도망치는 일에 이미 이력이 난 이스키에르카는 "참나, 원" 하고 중얼대며 그 용들이 남기고 간 먹이를 강물과 함께 후루룩 한입에 털어 넣었다.

사냥에서 돌아온 쿠링길레가 이스키에르카에게 물었다.

"뭐 먹어?"

쿠링길레는 테메레르와 함께 먹을 것을 찾아 돌아다녔지만 자그마한 붉은 사슴 한 마리를 잡아온 게 고작이었다. 부상에서 회복 중인 용을 비롯한 굶주린 용 세 마리의 허기를 달래기엔 역부족이었다. 꿍쑤가 다른 재료를 섞어 최대한 양을 늘렸지만 어림도 없었다.

"뭔지는 나도 몰라. 그 용들이 애길 안 해주고 가버렸어."

이스키에르카는 잠에 취해 나른하게 대답하며 강가에 늘어져 누웠다. 더 이동해야 했지만 이스키에르카가 오늘은 더 이상 못 가겠다며 뻗어버렸다.

한밤중에 로렌스는 이스키에르카의 끙끙대는 신음 소리와 매캐한 악취에 잠이 깼다. 이스키에르카가 강물에 잔뜩 구토를 해놓더니 강가로 돌아와 힘없이 늘어져 눕고 있었다. 결국 그날 그들은 그 자리에서 한 발도 나아가지 못했다. 테메레르가 사슴 두 마리를 더 잡아오자 꿍쑤는 그걸로 씹는 맛이 거의 없을 정도로 물컹한 죽을 끓여냈다. 아픈 이스키에르카에게 먹이려면 그렇게 죽을 끓여야 한다니 어쩔 수 없었지만 용들은 물론이고 선원들의 입맛에도 맞지 않았다. 그 무렵 워낙 배를 곯고 있으니 뭐든 입에 넣을 수만 있어도 다행이었지만 그 죽은 먹기가 싫을 정도로 맛이 없었다.

밀림의 불쾌한 공기가 그들 모두를 무겁게 짓눌렀다. 해먼드는 몸에 이상하게 열이 오르면서 성질을 부려댔고, 페리스를 비롯한 여러 명도 열병 증세를 보였다. 열대 지방의 열병이 그들 사이에 퍼져나가는 것이 아닌가 싶어 로렌스는 겁이 났다. 로렌스도 몸에서 계속 식은땀이 흐르고 있었다. 높고 험한 안데스 산맥의 기후에 맞게 차려입은 모직 옷이 감옥처럼 답답하게 느껴졌지만 집요하게 들러붙는 커다란 곤충들의 등쌀 때문에 아무리 무감각한 자라도 감히 맨살을 드러낼 수 없었다.

며칠 후 오데이가 모두의 감정을 대변하듯 내뱉었다.

"아이고, 여긴 참말로 빌어먹을 곳이구먼요, 대령님."

그날 밤 테메레르가 끈질기게 들러붙는 박쥐 세 마리를 떨쳐내면서 짜증 섞인 고함을 지르는 바람에 다들 잠을 설치고 말았다.

테메레르가 말했다.

"박쥐들이 내 몸을 물어뜯었어."

박쥐가 물어봤자 얼마나 물었겠냐 싶었지만 찬찬히 살펴보니 테메레르의 옆구리 쪽에 핏자국이 있었다. 박쥐들이 피를 빤 자국이었다. 다른 용들의 몸에도 비슷한 자국이 있었다. 피에 굶주려 줄기차게 달려드는 끈질긴 박쥐들에게 피를 빨리는 것도 진저리나는 일이었지만 모기들의 등쌀도 그에 못지않았다. 이스키에르카의 등에서 잠을 청한 그랜비도 밤새 성한 한쪽 팔을 휘저어가며 모기를 쫓느라 몇 차례나 잠을 깼다. 모기에 물린 곳은 그다음 날부터 딱딱하게 부풀어 오르고 건드리면 열이 나서 박쥐에게 물린 것이나 다름없었다.

그랜비는 얼리전스 호가 침몰할 때 다친 팔이 얼추 나아가고 있었으나 잉카 용들과의 싸움 중에 이스키에르카가 제 몸의 상처를 불로 지지게 하려고 하네스 끈을 잔뜩 잡아당기며 위협히는 바람에 팔의 상태가 많이 악화되고 말았다. 로렌스는 낮에 그랜비의 팔을 들여다보았다. 팔꿈치 부분이 지독하게 부어오르고 검보라색으로 멍이 들었으며 손은 힘없이 덜렁거리고 있었다. 그들 중에는 제대로 된 의사도 없었다. 뉴사우스웨일스의 부둣가에서 술을 진탕 마시고 흥청대다가 엉겁결에 얼리전스 호에 올라탄 전직 이발사 듀이가 어설프게 의사 역할을 하고 있을 뿐이었다.

듀이가 말했다.

"그게 말입니다요, 여기 계신 꼬마 숙녀께서 칼을 빌려주시면 팔을 잘라볼 수도 있겠습니다요. 제가 손이 자꾸 떨려서 그러니 술 한잔만 주시면 좋겠구요."

에밀리는 꼬마 숙녀라고 불리자 성질이 나서 듀이를 노려보았다.

그랜비가 얼른 나섰다.

"몇 주 지나면 나을 수도 있으니 일단 팔을 단단히 싸매주십시오, 로렌스 대령님. 많이 아프지는 않습니다……."

그러나 그랜비는 이미 통증이 심해 얼굴이 창백해지고 식은땀을 흘리고 있었다. 로렌스가 보기에는 단순히 팔을 절단한다고 해서 통증이 덜해질 것 같지는 않았다. 정작 심하게 다친 곳은 어깨인데 어깨를 잘라낼 수는 없는 노릇이었다.

나흘 후 그랜비의 상태는 한층 더 악화되었다. 팔꿈치에서 손가락까지의 피부 아래가 검푸르게 변했고 손을 오므릴 수조차 없었다. 만져보니 팔 윗부분에 온기가 도는 것이, 어깨 쪽은 약간 나아진 것도 같았다. 그런데 아침이 되자 팔꿈치 위쪽에서 열이 나기 시작하면서 혈관에 울혈이 잡혔다.

그랜비가 로렌스의 표정을 살피며 물었다.

"절단하는 게 낫겠습니까?"

"그래야 되겠어."

로렌스가 굳은 표정으로 대답했다.

듀이가 팔을 살펴보고 그랜비의 어깨를 툭 치며 말했다.

"걱정 마십쇼, 대령님. 대령님보다 덩치가 두 배는 큰 친구의 팔을 3분 안에 자른 적도 있습니다요. 그때 제 톱을 쓴 것도 아니었는데 말이죠."

에밀리가 듀이에게 말없이 칼을 내밀었다. 에밀리는 꼬마 숙녀라고 불린 것이 짜증났지만 그랜비를 걱정하는 마음이 앞섰다. 칼을 받은 듀이는 칼날을 돌에 문질러 갈기 위해 강가로 내려갔다.

테메레르가 분위기를 살피다 입을 열었다.

"로렌스, 뭘 하려고 그래? 설마 그랜비의 팔을 완전히 자르려고 하는 건 아니지? 이스키에르카가 자고 있잖아. 그랜비 문제라면 이스키에르카랑 반드시 상의해야 돼."

그러자 그랜비가 목소리를 낮추고 말했다.

"자는 게 차라리 잘됐어. 계속 자게 둬. 로렌스 대령님, 뭐든 입에 물고 있을 걸 좀 주세요."

고개를 끄덕이고 일어선 로렌스는 포싱과 메이휴를 불러 그랜비를 잡아 누르는 일을 돕게 했다. 그 순간 강가 쪽에서 비명 소리가 들려왔다. 고개를 돌려보니 듀이가 거대한 악어의 입에 머리를 물린 채 강으로 끌려 들어가고 있었다. 다들 공포에 질려 대책도 없이 바라보았다. 악어 세 마리가 물 밖으로 나오더니 버둥거리는 듀이의 팔다리를 물고 무시무시한 힘으로 몸을 찍어 눌렀다. 테메레르가 어찌해볼 틈도 없이 강물은 피로 붉게 물들었다. 물에 잠겼다 나온 듀이의 시신은 머리가 없었고, 다리도 하나뿐이었다. 다리 한 짝은 다른 악어의 입에 물려 있었다.

"어우! 저것들이 지금 뭐하는 거지, 듀이를 잡아먹고 있잖아!"

분노한 테메레르는 거품이 계속 올라오는 강물 한가운데 사납게 머리를 집어넣고 휘저었다. 잠시 후 몸부림치는 악어 세 마리를 단번에 물어 올렸는데 한 마리가 1톤 정도 되어보였다. 테메레르의 입안에서 악어들의 몸이 으깨지는 소리가 들렸다. 그 소리는 듀이가 죽어가며 뱉어내던 비명 소리만큼이나 끔찍했다.

테메레르는 그 악어들을 패대기친 후 다시 물속에 머리를 넣고 다른 악어들을 잡아 올렸다. 그런 식으로 십여 마리를 죽이자 나머지 악어들은 슬그머니 물밑으로 모습을 감추고 미끄러지듯 멀찌감치 달아났다.

테메레르는 숨을 헐떡이며 말했다.

"이만큼 본을 보였으니 다음엔 함부로 덤비지 않겠지."

로렌스는 악어의 지능을 그리 높게 보지 않았으나 그 문제를 놓고 테메레르와 왈가왈부할 마음도, 기분도 아니었다. 오히려 앞으로는 사람들이 조심성 없이 강가로 나가는 일을 삼가게 될 것이었다.

테메레르가 날뛰는 바람에 이스키에르카가 잠에서 깨어났다. 이스키에르카는 일어나 앉아 하품을 하며 물었다.

"왜 그런 거야? 악어는 별로 맛도 없는데. 그래도 뭐, 먹을 게 없으면 악어라도 두 마리 먹어야겠다."

그 말에 사람들은 근처의 나무들 사이로 기어가 요란하게 구역질을 해댔다.

결국 그들은 죽은 악어들을 먹지 않았다. 하지만 사체를 먹는 동물들이 거하게 차려진 잔칫상으로 몰려드는 바람에 그들은 서둘러 그곳을 떠날 수밖에 없었다. 원숭이들은 용을 두려워하지 않았고 딱정벌레들도 마찬가지였다.

"어차피 이렇게 됐으니 최대한 버텨봐야죠."

그랜비는 초조하게 말하고는 다친 팔을 붕대로 감아 허리에 고정시킨 후 한 손으로 이스키에르카의 등에 탑승했다.

로렌스는 용들의 어마어마한 비행 속도에 이미 적응되어 있었다. 용들은 마음만 먹으면 한결같은 속도를 유지하면서 시속 24킬로미터로 비행할 수 있기 때문에 하루에 320킬로미터 정도를 이동할 수 있었다. 육로가 아니라서 장애물을 넘거나 길을 치울 필요가 없으니 비행 중에 굳이 바람에 의지하지 않더라도 어느 정도 속도를 낼 수 있었다. 그러나 밀림을 통과하는 이 여정은 마치 예인되는 배를 타고 적도무풍대를 이동하는 것처럼 몹시 느렸다. 이스키에르카가 장시간 비행할 수 없었기 때문이었다. 이스키에르카는 쿠링길레와 테메레르에게 힘겹게 몸을 기댄 채 이동하고 있었다. 쿠링길레와 테메레르기 번갈아 이스키에르카를 부축하고 있었지만 워낙 체중이 많이 나가서 장시간 몸을 받칠 수는 없었다. 그랜비는 이스키에르카의 등에 늘어져 누웠고 이스키에르카는 비행 중에 힘이 빠져 종종 강물에 몸을 맡기곤 했다. 마치 수증기를 뿜는 거대한 뱀이 강물을 따라 이동하는 듯한 모습이었다.

열기가 어마어마했다. 비행 고도를 낮추거나 강물에 몸을 담

그고 흘러가는 이스키에르카의 뒤를 따라 이동할 때면 밀림의 축축한 공기가 그들의 숨통을 조였다. 속도를 내자고 재촉하는 해먼드의 모습은 차라리 애처로울 지경이었다. 해먼드는 거의 1분마다 떨리는 손으로 이마의 땀을 닦았다. 그는 열 때문에 깊은 잠을 자지 못하고 자다 깨다를 반복했다. 그 무렵 다른 사람들은 대부분 열병에서 회복되었으나 해먼드는 나아질 기미를 보이지 않았다. 그보다 체력이 좋은 사람들도 힘에 부칠 만큼 고된 여정이었기 때문이다. 당장으로선 해먼드가 원하는 대로 속도를 내는 것은 불가능했다. 그들 모두 에너지가 고갈된 상태였다.

검은색 드레스를 입은 펨버튼 부인만이 날이 갈수록 남루해지는 이들 사이에서 유일하게 문명인다운 모습을 지키고 있었다. 그녀는 조용히 그러나 단호하게 일꾼을 몇 명 엄선해달라고 부탁하더니, 저녁마다 자신과 에밀리를 위해 잠자리와 모닥불을 조그맣게 따로 마련하고 씻을 물까지 뜨겁게 데워 대령하게 했다. 로렌스는 엉덩이를 들고 일어나는 것을 거부할 만큼 지쳐 있지도 않고, 쓸데없는 충돌이나 언쟁을 원하지도 않는 사람들을 뽑아서 그 일을 하게 했다.

무거운 몸을 이끌고 천천히 밀림을 지나던 어느 날 밤, 로렌스는 꿈속에서 갈매기 울음소리를 들었다. 잠에서 깨어보니 실제로 갈매기 울음소리가 들려왔다. 테메레르가 고도를 높이자 저 멀리 거대한 하구에서 한 무리의 갈매기 떼가 선회하는 모습이 눈에 들어왔다. 하구는 끝없이 펼쳐진 푸른 바다와 맞닿아 있었다. 드디어 대서양 연안에 도착한 것이다.

이스키에르카는 조수 웅덩이에 들어가 눈을 감았다. 그들은 그랜비를 이스키에르카의 등에서 내려 야자나무 그늘로 옮겼다. 테메레르와 쿠링길레는 바다로 나가 그날 밤이 다 가도록 돌아오지 않았다. 동틀 무렵, 걱정이 된 로렌스가 눈두덩에 손을 얹고 바다를 바라보니 이쪽으로 날아오는 괴상한 무언가가 보였다. 두 쌍의 날개가 달리고 팔다리가 없는 거대한 기형 동물 같았다.

거리가 가까워지자 그것이 고래를 잡아오는 테메레르와 쿠링길레의 모습임을 알아볼 수 있었다. 로렌스는 "해변에서 물러나!"라고 선원들에게 지시를 내렸고 잠시 후 두 용은 사냥해온 고래를 해변에 내려놓았다. 심해의 괴물, 흰긴수염고래였다. 다 자라지 않은 고래인데도 테메레르와 쿠링길레를 합친 것보다 몸집이 더 컸다.

예전에 포경선을 탔던 선원이 조그맣게 말했다.

"9톤은 너끈히 나오겠는데요."

여럿이 날카로운 창을 몸통에 찔러 넣어보니 지방층의 두께만 30센티미터에 달했다. 다들 고래 고기를 한 조각씩 먹었고 이스키에르카는 2톤 가까이 먹었다. 테메레르와 쿠링길레는 오는 길에 먹었다고 했다.

로렌스가 주둥이를 쓰다듬어주자 피곤에 절은 테메레르는 나른한 목소리로 말했다.

"숨 쉬러 올라온 걸 보고 내가 고함을 질러서 죽였어. 쿠링길레하고 번갈아 고래를 먹어가며 들고 왔어. 그 편이 가져오기가 쉽겠더라고. 그런데 로렌스, 솔직히 말하면 너무 큰 놈을 잡은 건 아닌가 하고 걱정도 됐어. 아! 너무 피곤하다."

그날 아침 고래 고기와 기름을 또 한 차례 먹어치운 이스키에르카는 드디어 무기력한 상태에서 벗어나 짜증스러운 목소리로 물었다.

"그랜비는 어디 있어? 왜 내 곁에 있질 않는 거지?"

그랜비가 대답하지 않자 혼란스러워하던 이스키에르카는 급기야 사태를 파악하고는 사납게 소리쳤다.

"다들 여기 죽치고 있을 거면 나 혼자서라도 그랜비를 데려갈게! 당장 의사한테 보여야 돼. 의사가 필요하단 말이야. 어서 그랜비를 내 등에 얹어줘."

그랜비 말고도 일곱 명이 몸에서 열이 나고 작은 상처들이 썩어 들어가면서 고통스러워하고 있었다. 어쩌다가 긁힌 상처들이라 처음엔 별로 신경 쓰지 않았는데 빠르게 썩어 들어간 것이다. 그로 인해 이미 두 명을 땅에 묻었다. 그러나 의사를 찾아갔다가 더 지독한 일을 당할 수도 있기에 로렌스는 무리해서 길을 재촉하고 싶지 않았다. 의사한테 목숨을 맡겼다가 죽어나간 이들을 한두 명 본 것이 아니라서 아무리 솜씨 좋은 의사가 근처에 있다 해도 그랜비를 그 손에 넘기는 것이 오히려 더 위험할 수도 있었다.

그러나 이스키에르카는 지금보다 더 위험한 상황이 어디 있겠냐며 암울한 현실을 지적했다. 결국 그들은 나뭇가지와 덩굴로 만든 들것에 그랜비를 싣고 그 위에 나뭇잎을 엮어 천막을 얹었다. 에밀리는 "제가 같이 탑승해서 들것을 잡고 있겠습니다, 대령님." 하고 말하고는 이스키에르카에게 탑승했다. 자신의 승무원인 에밀리가 그랜비의 곁에서 햇빛을 가려주고 들것에 몸을 고정시키는 일을 돕기 위해 이스키에르카의 등으로 올라갔지만 워낙 급박한 상황이라 테메레르도 말리지 않았다.

남쪽으로 방향을 돌린 그들은 하루 만에 브라질의 벨렘 시에 도착했다. 성벽 뒤에 웅크리고 있는 듯한 형상의 작은 도시였다. 용들이 날아오는 것을 보았는지 도시에서 요란한 종소리가 울려 퍼졌다.

"정지!"

로렌스가 소리쳤지만 이미 늦었다. 제복도 입지 않은 사람들을 몸에 태우고 깃발도 없이 날아오는 거대한 용 네 마리를 본 도시 사람들은 이미 공격 태세에 들어가 있었다. 그들이 쉽게 알아볼 만한 유럽 용들도 아니라서 상황은 더 심각했다. 테메레르는 중국 용, 이스키에르카는 오스만튀르크 용, 추르키는 잉카 용인 데다가 쿠링길레는 새로 교배시킨 종이라서 생소한 외양을 하고 있었다.

"테메레르, 멈춰. 이스키에르카한테도 멈추라고 해. 곧 도시에서 포탄이 날아올 거다."

로렌스가 거듭 명령을 내렸지만 머릿속에 온통 그랜비 생각뿐인 이스키에르카는 말을 듣지 않고 곧장 도시의 광장을 향해 고도를 낮췄다. 하는 수 없이 테메레르가 급히 고도를 낮추고 이스키에르카의 몸을 밑에서 떠받쳐 지상에서 쏘아올린 후추탄의 사정거리 밖으로 밀어냈다. 성벽 위로 옅은 검은 연기가 먹구름처럼 퍼져나갔다. 이어서 길고 좁은 포신에서 삐죽삐죽한 돌기가 돋은 포탄들이 포효하며 그들을 향해 날아왔다.

이 도시는 무장이 잘된 편이었다. 한 차례 포격이 끝나고 10분 쯤 후에 포격이 재개되었다. 테메레르 일행이 사정거리 밖으로 물러난 후에도 포탄이 연신 날아왔다. 두 번째 포격이 끝난 후 로렌스는 테메레르의 몸에 손을 얹으며 광장으로 내려가라고 지시했다. 도시 광장에 한 개 연대가 집결해 있었는데 병력의 절반쯤은 이미 도망친 후였다.

성난 테메레르가 프랑스어로 말했다.

"포격을 중단하세요. 우린 여러분을 공격하러 온 게 아닙니다. 우린 츠와나 용이 아니라 영국 용이고 여러분을 도우러 왔습니다."

로렌스는 팔을 절단한 그랜비에게 상처가 잘 아물고 있다고 말했다. 그랜비는 담담하게 대답했다.

"저번에 절단하려다가 못했는데 이제라도 했으니 잘되었죠. 죽어서 땅 속에 들어가 누운 것도 아니고 불만 없습니다. 그냥 뒀으면 오히려 성가셨을 겁니다."

테메레르가 이 도시를 공격하러 온 것이 아니라 친구로서 왔다고 알린 후에야 이 도시 사람들은 그들을 너그럽게 맞아들였다. 해먼드가 이곳 총독에게 적의 침공에 대비해 도움을 주러 왔다고 말한 덕분이기도 했다. 로렌스가 보기에 해먼드는 잉카 제국의 달라진 상황에 대해서는 총독에게 말하지 않은 것 같았다. 총독은 뛰어난 의사를 그랜비에게 보내주었다. 의사가 치료차

준 독한 술을 마신 그랜비는 몸에 열이 올랐을 때보다 더 정신이 없는 듯했고 수사와 수녀들이 밤낮으로 그를 간호했다.

그랜비가 계속해서 말했다.

"팔 하나 없는 사람들도 용의 몸을 잘 오르내리더라고요. 절단 부위에 갈고리를 달면 되니까 너무 신경 쓰지 마세요. 어쨌든 이제 슬슬 리오로 가야 하지 않겠습니까? 지브롤터 기지에 주둔할 때 스페인어를 꽤 했었는데 이곳 사람들이 하는 말은 다 못 알아듣겠네요. 섭정 왕자를 뵐 거였으면 어제 리오로 갔어야 하는 게 아닌가 싶습니다만."

"며칠은 꼼짝 안 할 생각이야. 테메레르가 이동 경로를 짜려고 이 지역 사제와 상인들한테 주변 지리를 물어보고 있어. 강의 위치를 미리 파악해두고 움직이면 물을 찾으러 돌아다니지 않아도 되니 이동 시간을 반으로 줄일 수 있어."

로렌스가 나지막하게 말했다. 그랜비는 여전히 낯빛이 창백하고 열이 가라앉지 않은 상태였다.

"알겠습니다. 이스키에르카에게 얌전히 굴라고 전해주세요. 오늘밤에 저는 다시 발코니로 기어나가서 바람이라도 쐬겠습니다."

잠이 오는지 그랜비는 눈을 감으며 베개에 스르르 몸을 기대었다. 로렌스는 그랜비의 성한 어깨를 한 번 잡아주고 밖으로 나갔다. 문 밖에서 이스키에르카가 걱정스러운 얼굴로 안절부절못하면서 그랜비의 상태를 물었다.

로렌스는 이스키에르카에게 그랜비의 상태를 전한 후, 의사를 만나러 갔다.
이스키에르카가 테메레르에게 말했다.
"네가 그 많은 잉카 용들을 죽여서 기쁘기는 해. 내가 직접 죽였으면 좋았을 텐데. 당장이라도 되돌아가서 더 죽이고 싶어. 그랜비가 잘 회복되지 않는다면 꼭 되돌아가서 죽이고 말 거야."
"분별없는 짓 말아. 우린 캄캄한 어둠 속에서 전투를 치렀어. 그랜비의 팔을 그렇게 만드는 데 일조한 용이 누구인지 어떻게 알아봐. 그 용들이 전부 비슷한 전투력으로 우리한테 달려든 것도 아니었어. 잉카 용들 중에는 우리에 대해 전혀 듣지 못한 이들도 많을 텐데 무턱대고 공격하는 건 안 되지. 누굴 탓하고 싶으면 차라리 여황을 탓해. 나폴레옹을 탓하든지. 여황이 나폴레옹을 위해 잉카 용들을 풀어 우릴 공격했을 테니까. 어쨌든 넌 지금 몸도 다 낫지 않았잖아. 여기 있는 소나 더 먹어."
이스키에르카는 부루퉁한 얼굴로 소를 입에 넣고 씹었다. 테메레르는 시포가 그려놓은 지도를 들여다보았다. 시포는 테메레르의 지시에 따라 땅바닥에 지도를 그렸는데, 마지못해 테메레르 앞으로 불려온 여러 상인들의 얘기를 토대로 한 지도였다.
이스키에르카가 소의 엉덩잇살을 꿀꺽 씹어 삼키며 말했다.
"그 고래 말이야."
"그게 뭐?"
테메레르가 멍하니 물었다.
"남은 거 나 주면 안 돼?"
이스키에르카는 이렇게 말하고는 쿠링길레를 쿡 찌르며 물었다.

"네가 먹다 남은 것도 반만 나 줘."

졸고 있던 쿠링길레가 한쪽 눈을 뜨며 물었다.

"그럼 하나 남은 쇠머리는 나 줄 거야?"

"그래, 너 먹어."

이스키에르카는 소 스튜가 담긴 가마솥을 쿠링길레 앞으로 밀어주었다.

테메레르가 물었다.

"갖고 싶으면 가져. 그런데 뭐하려고? 보존 처리도 하지 않고 반나절이나 비행해서 여기까지 가져 오는 바람에 고기가 이미 상했을 텐데."

"고기는 필요 없고, 지방만 있으면 돼."

고기가 썩어서 지방에도 썩은 내가 배어들었을 거라는데도 이스키에르카는 상관없으니 달라고 고집을 부렸다. 테메레르는 이해가 되지 않았다. 다음 날 저녁 이스키에르카는 몸에 검댕을 묻힌 채 악취를 풍기며 의기양양하게 돌아오더니, 마을에서 매일 제공해주는 먹이를 게걸스럽게 먹어치웠다.

"오늘 그랜비가 두 번이나 너를 찾았어."

테메레르는 이스키에르카를 나무라고는 악취를 피해 얼굴 주변의 막을 뒤로 펼치며 덧붙였다.

"냄새 나니까 바람 부는 방향으로 가서 앉아. 어디 가서 뭘 하다가 온 거야?"

이스키에르카가 양고기를 찢어 먹으며 대답했다.

"고래 지방을 떼서 상인들한테 팔았어. 선원 중 한 명이 고래

고기에서 지방을 분리하는 방법을 가르쳐줬거든. 난 이제 부자야. 그랜비한테 황금 갈고리를 사줘야지."

테메레르는 기가 막혀 로렌스에게 호소했다.

"저게 나한테 사기를 쳤어. 그랜비가 갈고리를 갖게 된 것이 못마땅하지는 않아. 그래도 그건 내 고래였잖아. 나랑 쿠링길레가 잡은 건데. 그걸로 금을 살 수 있는 줄 알았으면 우리한테도 얘길 해주는 게 도리지."

며칠 후 이스키에르카가 사온 물건을 보게 되자 테메레르는 더욱 화를 가라앉힐 수가 없었다. 이스키에르카는 쉬플리를 대리인으로 내세워서 갈고리를 제작했고, 그 덕에 멋진 검은 양복까지 얻어 입은 쉬플리는 얼굴에서 웃음이 떠나지 않았다. 쉬플리는 병상에서 일어선 그랜비에게 다가가 허리를 굽히고 상자를 내밀었다. 멋진 황금 갈고리가 검은 벨벳 위에서 반짝이고 있었다.

어안이 벙벙해진 그랜비가 정신을 추스르고 입을 열었다.

"소재가 금이라서 팔에 끼워 사용하기엔 너무 물러. 특별할 때 낄 테니까, 일단은 넣어두는 게 좋겠다."

이스키에르카가 고집을 부렸다.

"무슨 소리야. 나도 그럴 줄 알고 소재는 강철로 하고 겉만 도금을 했어. 남은 돈으로는 다이아몬드를 사서 갈고리 아래쪽을 장식했으니까 잘 봐."

"그래, 보인다."

그랜비는 갈고리 아래쪽을 빙 둘러서 동일한 간격으로 박혀 있는 반짝이는 보석들을 물끄러미 바라보았다.

흥분한 이스키에르카가 쉭쉭 수증기를 뿜으며 재촉했다.

"끼워봐, 어서."

그러나 그랜비는 상자의 뚜껑을 덮었다.

"싫어."

부루퉁하게 앉아 있던 테메레르가 고개를 들고 눈을 껌벅이며 그랜비의 말에 귀를 기울였다.

"싫어. 이런 짓은 신물이 나, 이스키에르카. 내 말 알아듣겠어? 네 고집에 이리저리 끌려 다니는 것도 지겹고, 최신 유행하는 옷이라면서 미친놈이나 입을 것 같은 괴상하고 화려한 옷을 입는 것도 넌더리 나. 원치 않는 상대와의 결혼도……."

이스키에르카가 그랜비에게 대들었다.

"하지만 결혼은 결국 파투가 났으니까……."

"그래, 결과적으로 결혼을 안 하게 되었으니 네 잘못은 아니라고 치자."

테메레르의 생각에도 결혼이 물 건너갔으니 이스키에르카의 잘못은 없다고 봐야 할 것 같았다. 그랜비가 계속해서 말했다.

"이대로 둔다면 넌 또 어느 공주나 공작부인에게 날 멋대로 찍어다 붙이려 들겠지. 나에 대해 과장되게 거짓말을 해가면서……."

이 말에 이스키에르카가 움찔했다. 테메레르가 보기엔 죄책감 때문인 듯했다. 그랜비의 말이 이어졌다.

"……더는 못 참겠어. 방금 알에서 깨어난 아기 용도 아닌데 좀 더 분별 있게 굴어야지. 불만이 있다면 날 떠나도 좋아. 네 비뚤어진 짓거리를 다 받아주는 사람을 새 비행사로 받아들이고 너 하고 싶은 대로 하고 살든지……."

"안 돼, 절대 안 돼! 아! 어쩜 그렇게 잔인할 수가 있어. 내가 당신 생각만 하는 거 잘 알면서."

이스키에르카가 발끈해서 소리쳤으나 그랜비는 무뚝뚝하게 받아쳤다.

"말은 바로 하자. 나를 잘 치장해서 이용해먹을 생각만 하는 거겠지. 그게 어떻게 내 생각만 하는 거냐."

이스키에르카가 초조해하며 똬리를 틀었다. 사실 테메레르도 찔리는 구석이 없지는 않았지만 자신이 한 일은 이스키에르카가 한 짓과는 다르다고 속으로 중얼거렸다. 로렌스에게 중국식 예복을 입으라고 여러 번 권하기는 했지만, 그건 순전히 로렌스의 장점들을 알리고 싶어서 그랬을 뿐이다. 적절하다고 판단되는 때에, 그것도 제안만 했을 뿐이지 강요한 적은 없었다. 로렌스가 워낙 겸손한 성품이라, 자기라도 나서서 그렇게 말하지 않으면 생전 예복을 챙겨 입지 않을 것이었다.

이스키에르카가 자기변호에 나섰다.

"내가 당신 생각만 하는 거는 진짜거든. 그리고 당신도 멋진 물건들을 좋아하잖아. 그렇게 치장하고 있으면 다들 당신이 얼마나 중요한 사람인지도 알아주고……."

"내가 가진 것 중에 가장 멋진 건 바로 카지리크 품종의 사랑스러운 용이야. 그리고 난 영국 공군 소속의 비행사로 불리면 그거로 족해. 네가 나를 왕이나 황제, 영주 같은 걸로 만들고 싶어 할 때마다 난 어쩔 줄을 모르겠어."

이스키에르카는 목구멍 깊은 곳에서 투덜대는 소리를 내다가 마지못해 한 발 물러섰다.

"알았어. 왕자가 되는 게 그렇게 싫다니까 포기할게. 하지만 이 황금 갈고리만은……."

그랜비는 확고했다.

"보석 따윌 박은 갈고리는 전투 시에 칼날에 걸려 성가시기만 하니까 도로 가져다 팔아. 난 강철로 만든 튼튼한 갈고리면 충분해. 이건 우리 모두를 위해 잡아온 고래로 구입한 거니까, 강철 갈고리로 바꿔 오고 남은 돈으로는 모두에게 필요한 물품을 사도록 해."

이스키에르카의 이기적인 행동으로 속이 상했던 테메레르는 그제야 얼굴이 밝아졌다.

그랜비가 계속해서 말했다.

"그리고 앞으로 포획물을 얻게 되면 펀드에 넣을 거다."

"펀드가 뭔데?"

이스키에르카의 물음에 그랜비는 애매하게 얼버무렸다.

"어, 그건 증권 같은 긴데, 투자라고도 할 수 있어. 나중에 영국으로 돌아가면 괜찮은 사업가를 찾아서 펀드 관리를 맡길 거야. 그냥 묵혀두느니 5퍼센트씩이라도 수익을 내는 게 훨씬 낫지."

이틀 후 그들은 장비를 제대로 갖추고 그곳을 출발할 수 있었다. 공군들은 바지뿐만 아니라 장화도 챙겨 신을 수 있었고 셔츠도 한 장씩 지급받았다. 몸에 딱 맞지는 않았지만 그나마 제복과 비슷한 복장을 갖출 수 있었다. 테메레르는 에밀리가 한바탕 홍정 끝에 득의양양하게 소총 네 자루를 구입하자 몹시 기분이 좋았다. 제대로 된 소총병들을 갖추게 돼서 더 기쁘기도 했다. 로렌스는 배기에게 소총 한 자루를 주고 소총병으로 삼으며 소위 계급을 달아주었다. 페리스에게도 소총 한 자루를 주었다. 페리스는 로렌스의 지시에 따라 여분의 화약을 한데 모아 소형 뿔화약통에 채워 넣었다. 필요할 때 발연제로 쓰기 위해서였다.

안장도 수리했다. 안장을 몸에 착용한 테메레르는 선원들이 지상요원들처럼 일사불란하게 몸에 탑승하자 흡족해하며 깊게 숨을 들이쉬었다.

로렌스가 목 뒤에 자리를 잡자 테메레르가 어깨 너머로 그를 흘끗 쳐다보며 말했다.

"안장이 잘 채워졌어. 장비를 제대로 갖추니까 기분이 정말 좋아, 로렌스."

로렌스도 기분 좋게 대답했다.

"그래. 다음에 또 전투를 치르게 되면 쓸모없이 네게 짐만 되고 있다는 생각은 안 해도 될 것 같아 다행이구나."

로렌스를 비롯해 승무원 전원이 안장에 카라비너를 잘 채웠음을 확인한 테메레르는 기분이 좋았다. 카라비너까지 채웠으니 전보다 훨씬 안정적으로 비행할 수 있을 것이었다.

추르키는 해먼드에게 자기 등에 혼자 탑승해달라고 거듭 졸랐다. 추르키는 안장 없이 가벼운 목 끈만 두른 상태여서 해먼드가 추르키에게 탑승할 경우 그 목 끈에 몸을 고정시켜야 할 판이었다. 해먼드는 게걸음으로 추르키 옆을 지나 테메레르 쪽으로 다가가며 말했다.

"나는 테메레르에게 탑승해야 합니다. 공중에서 츠와나 족을 만날 수도 있으니 그때 내가 바로 나서기 위해서라도……."

추르키가 말허리를 잘랐다.

"어차피 우린 같이 다닐 거고 테메레르는 전투를 하는 용이에요. 하지만 당신은 군인이 아니니, 상황에 따라 전투에 나서야 하는 용에게 탑승하면 안 되죠. 외교 대사로서 당신한테 안전한 자리는 바로 내 등이에요."

해먼드는 체면도 못 세우고 추르키의 말에 따랐다. 코카 잎 한 줌으로 마음을 달랠 뿐이었다. 해먼드는 새로 코카 잎을 찾아 음용 중이었는데, 그 덕에 기력을 꽤 회복했다. 해먼드는 테메레르에게 미리 일러두었다.

"나중에 츠와나 족을 만나게 되면 내가 먼저 그들과 얘기를 나눌 수 있게 기다려야 해. 낯선 땅에서 더 이상 고립된 상태로 지낼 수는 없으니까."

리오를 향해 이륙한 후 테메레르가 로렌스에게 말했다.

"푸산틴수유에서 협상이 우리 뜻대로 안 된 게 내 탓도 아닌데 이렇게 고립된 게 내 탓인 것처럼 말하다니 불공평해. 내가 그랜비를 여황과 결혼시키려고 한 것도 아니고 말이야."

펨버튼 부인은 해먼드와 함께 추르키에 탑승했다. 로렌스는 그녀에게 이곳에 머물다가 영국행 배를 타라고 했지만 펨버튼 부인은 거절했다.

"아뇨, 대령님. 말씀은 고맙지만 샤프롱으로서의 책임을 다하지 못한다면 제가 참 한심한 인간이란 생각이 들 것 같아요. 이제 겨우 처음 계획했던 목적지에 다 왔는데 여기서 저 혼자 빠질 수는 없어요."

그들은 넓은 밀림을 가로질러 북쪽 방향에서 곧장 리오로 접근했다. 리오 근처에 다다르자 점차 깔끔하게 정돈된 넓은 사유지가 내려다보였다. 평화롭게 풀을 뜯는 소떼가 푸른 초원에 가득했다. 리오까지 얼마 남지 않은 상태에서 그들은 식사를 하고 원기를 되찾기 위해 잠시 착륙했다. 테메레르는 맛 좋은 소를 한입 뜯어 먹으며 말했다.

"이곳이 파괴되었다는 소문이 있었는데 사실이 아니었나 봐. 모든 게 멀쩡해 보이는걸. 그리고 다시 바다에 가까워진 것 같아."

"소떼를 돌보는 사람이 한 명도 없어."

로렌스는 나지막하게 말한 후 테메레르에게 남쪽으로 빙 돌아가자고 지시했다. 남쪽으로 접근하면 코르코바도 언덕이 있으니 들키지 않을 것 같았다. 다음 날 오후, 마침내 아름다운 리오 항구가 시야에 들어왔다. 로렌스가 자주 얘기하던 바로 그 항구가 저 아래 펼쳐져 있었다.

"맙소사."

해먼드의 입에서 이 말이 나온 후로 다들 침묵했다. 항구에는 침몰한 얼리전스 호보다 큰 용수송선이 한 척 정박해 있고 그 주변에 작은 배들이 모여 있었다. 대포를 가득 실은 경형 프리깃함 여섯 척도 거기 포함되어 있었다. 돛대마다 프랑스의 삼색기가 힘차게 펄럭였다.

곳곳이 시커멓게 그슬린 리오는 온통 폐허가 되어 있었다. 집들은 부서졌고 거리에는 인적이 없었다. 10여 마리의 용들이 마치 까마귀 떼처럼 돌무더기를 둥지 삼아 앉아 있거나 폐허에 홰를 타고 앉아 있었다. 일부는 소를 먹고 있었고 일부는 야영지를 몸으로 둘러싼 채 주변을 경계하고 있었다. 그들은 부두 근처를 일부 치우고 천막과 임시 창고를 세워서 야영지를 만들어 놓았다.

테메레르는 저들의 이목을 끌지 않기 위해 목소리를 낮추고 말했다.

"전부 다 헤비급 용은 아닌 것 같아."

테메레르의 생각에는 저쪽의 머릿수가 워낙 많아서 추르키가 힘을 보탠다고 해도 넷이서 상대하기에는 아무래도 버거울 것 같았다. 게다가 적들 중에는 헤비급 용이 최소한 다섯 마리는 되는데 이스키에르카는 아직 몸이 온전치가 않았다. 테메레르가 말을 이었다.

"저기 있는 저 적갈색 용은 나와 체중이 비슷할 것 같은데……."

그러자 로렌스가 말했다.

"케펜체. 저 용은 케펜체야."

16

"다시 만나 반가워요, 로렌스 대령님."

에라스무스 부인이 말했다. 아니, 이제부터는 리타보라 불러야 했다. 그녀는 납치당해 노예가 되기 전, 어린 시절의 이름으로 돌아가기로 한 것이다. 케이프타운으로 가는 여정에서 처음 만났을 때의 우울하고 조용하던 모습은 보이지 않았다. 무늬가 들어간, 츠와나 족의 전통 원피스를 멋지게 차려입고 금과 보석으로 치장한 그녀는 검은 피부색 덕분에 더욱 두드러져 보였다. 달라진 것은 차림뿐이 아니었다. 꼿꼿이 세운 목, 이마의 상처를 거리낌 없이 내보이며 바짝 당겨 묶은 머리카락, 대담한 표정을 바탕으로 인상 자체가 바뀌었다.

리타보는 직설적으로 말했다.

"그쪽이 우리와 적이 된 것이 아니길 바랄게요."

리타보는 이곳 노예들 중에서 츠와나 족을 더 찾아내기 위해 케펜체와 함께 돌아왔다고 했다. 츠와나 군이 아프리카의 노예 항구들을 공격해서 노예

무역을 중단시키기 전까지 거의 모든 노예 상인들이 츠와나 족을 잡아다가 이곳 브라질에 팔았다. 리타보도 어린 시절 집에서 납치당해 이곳에 팔려 왔는데, 다른 이들과는 달리 엄청난 행운이 따라준 덕분에 노예 신분에서 벗어나 자유를 얻고 고향인 아프리카로 돌아갈 수 있었다. 그러나 리타보처럼 살아남은 생존자는 많지 않았다.

노예선 화물 창고의 비위생적인 환경 속에서 대양을 건너다가 수많은 이들이 목숨을 잃었고, 살아서 브라질에 도착한 이들도 대부분 밀림 벌목이나 사탕수수 재배 같은 강도 높은 노동에 시달리다 사망했다.

로렌스가 리타보에게 말했다.

"지금 나폴레옹에게 이용당하고 있다는 건 아실 겁니다. 그자의 목적은 오로지 세상을 자기 발밑에 두는 것뿐입니다. 프랑스 지배령에서도 그자는 노예제도를 폐지시키기는커녕 부활시키고 있어요. 이곳을 공격해 무고한 목숨들을 희생시킨 것 같은데, 그래서 츠와나 족 생존자들을 많이 찾기는 했습니까?"

"잘못 알고 계시네요. 우린 이곳 식민지 주민들을 학살하지도 않았고 이 도시를 불태우지도 않았어요. 산 위에 머물면서 우리 부족민들을 돌려달라고 요구했을 뿐인데, 포르투갈인들이 공포에 질려서는 도시에 불을 지르고 달아난 거예요. 우린 그들이 달아난 후에 이 도시로 내려왔어요. 그리고 우리가 생존자들을 얼마나 찾아냈는지 알고 싶으시면 직접 확인해보시든지요."

리타보는 케펜체에게 무어라 말을 한 후 로렌스, 그랜비, 해먼드를 자기네 야영지로 데려갔다. 갑갑하고 비좁은 골목을 굽이굽이 지나 야영지로 들어가 보니, 놀랍게도 수천 명에 달하는 남녀와 아이들이 모여 있었다. 그들은 이 도시가 파괴되고 노예 신분에서 해방된 것이 믿기지 않는지 어리둥절한 모습들이었다.

리타보가 말했다.

"일부는 도둑맞은 우리 츠와나 족의 후손들이에요. 여기서 태어나서 아프리카의 고향에 대한 기억은 없지만요."

그랜비가 목소리를 낮추고 로렌스에게 중얼댔다.

"일부는 츠와나 족과는 거리가 멀어 보이는데요. 츠와나 용들은 까다로운 확인 절차 없이 누구든 움켜쥐고 제 후손으로 삼으면 되나 봅니다."

리타보가 그 말을 듣고 쳐다보자 그랜비는 죄라도 지은 듯이 움찔했다.

그들은 그 길로 부둣가의 집으로 되돌아갔다. 그 집은 이 도시에 온전하게 남아 있는 몇 안 되는 건물 중 하나로서 지금은 리타보가 본부로 쓰고 있었다. 츠와나 족은 폐허가 된 도시에서 건진 음식물과 옷가지들을 이 집에 모아두었다. 리타보와 로렌스, 그랜비는 소금에 절인 쇠고기가 담긴 나무통들 사이에 앉았다.

로렌스가 리타보에게 말했다.

"그랜비 대령의 말도 일리가 있습니다. 츠와나 족이 노예 항구들을 파괴하기 전에 노예로 잡혀간 이들의 후손이 저렇게 많다는 것도 믿기지가 않고, 부인께서도 저에게 말씀하셨다시피 노예로 잡혀온 이들 중 지금까지 생존한 사람은 열 명 중 한 명도 될까 말까 아닙니까. 여러분이 해방시킨 저 사람들 중에 상당수는 츠와나 족이 아닐 거라고 봅니다만."

"그렇긴 하지만 저 사람들이 자기네 입으로 츠와나 족이라고 말하고 있고 어렴풋이 고향에 대한 기억도 있다고 해서 받아들였어요. 우릴 보호해주는 용들이 실은 우리 조상들의 환생이라는 츠와나 족의 믿음보다는 그래도 사실에 가깝지 않나요?"

로렌스는 대꾸할 말을 찾기 어려웠다. 선교사의 아내였고 독실한 기독교인이었던 리타보가 츠와나 족의 미신을 신봉할 리 없었다. 혼란스러워하는 로렌스의 표정을 보고 리타보가 고개를 저었다.

"그런 믿음을 거짓으로 치부하진 않아요. 진실로 믿으면 그게 곧 사실이 되니까요. 신께서도 형식보다는 그 안에 담긴 뜻을 더 사랑하실 거예요. 잠시 실례할게요."

마침 생존자 네 명이 찾아오는 바람에 리타보가 자리에서 일어섰다. 작은 아들을 팔에 안고 큰 아들의 손을 잡은 여자, 그리고 남자였다. 그들은 자기네를 이 집 문 앞에 내려놓은 미들급 용을 어깨 너머로 흘끔 쳐다보았는데 그들의 눈에는 두려움이 담겨 있었다. 그러나 그들 네 사람을 구부정하게 내려다보며 집 밖에 서 있는 그 용의 눈빛은 기대에 차 있었다.

리타보가 그들에게 포르투갈어로 말을 걸었다. 로렌스는 그 대화를 알아듣지 못했지만 표정을 보아하니 네 사람의 두려움은 점차 가라앉는 듯했다. 그러다가 확신이 서지 않는 듯 미심쩍은 표정으로 문 밖의 용을 돌아보는 모습이었다. 리타보는 창문 앞의 탁자로 가서 커다란 명부를 펼치고 두 줄로 적힌 이름들을 훑어보다가 '보이투멜로'라는 이름이 적힌 왼쪽 칸을 가리키며 그들 네 사람에게 큰 소리로 읽어주었다.

천천히 그 이름을 따라 한 남자는 어떻게 하는 것이 좋겠냐고 묻는 듯한 표정으로 여자를 바라보았다. 여자는 아이들을 쳐다본 후 곧 그 이름을 따라 말했다. 리타보는 고개를 끄덕이고 오른쪽 칸에 무어라 적은 다음 그들 네 사람을 밖으로 데리고 나가, 문 밖에서 기다리던 미들급 용에게 츠와나어로 말했다. 로렌스는 문간으로 가서 그들의 대화를 들어보았다. 리타보는 그 용에게 이 남자는 보이투멜로의 손자인 듯하며 나머지 세 사람은 이 남자의 가족이라고 알려주었다. 그 용은 떨 듯이 기뻐하면서 그럴 줄 알았다고 말했다. 그러고는 여자의 손을 잡은 큰 아이가 보이투멜로와 판박이로 닮았다면서 고개를 숙이고 그 아이에게 코를 가져다댔다. 큰 아이는 잠시 후 조심스럽게 손을 내밀어 그 용의 코를 쓰다듬었다.

15분쯤 후에 리타보는 다시 집 안으로 들어왔다. 조금 전의 네 사람은 리타보를 돕는 어떤 여인의 안내를 받아 숙소로 향했다. 리타보는 명부를 내려다보는 로렌스에게 한쪽 눈썹을 치뜨며 물었다.

"내 일에 대해 따져 묻고 싶은 거라도 있나요?"

리타보가 명부를 닫자 로렌스가 조용히 말했다.

"아뇨, 없습니다. 저 많은 사람들을 어떻게 고향으로 데려가실 생각인지 궁금할 뿐입니다."

"프랑스가 아프리카로 가는 배를 제공하기로 했어요. 우린 아프리카로 돌아갔다가 다시 여기로 돌아와서 더 많은 이들을 데려갈 거예요. 이번에 우리가 아프리카에서 타고 온 건 작은 배들이었지만 여기 정박되어 있는 큰 용수송선을 이용하면 1000명 가까이 태울 수가 있어요. 다들 노예 신분이 아니라 자유인으로 아프리카를 향해 가는 것이니 여행길도 한결 편안하겠죠."

리타보는 로렌스의 표정을 보더니 고개를 끄덕이며 말을 이었다.

"아프리카에서 돌아올 때 더 많은 용들을 태우고 올 거예요. 프랑스가 우릴 이용하는 거 맞아요. 우린 그들을 이용하고 있고요. 이걸 진정한 동맹이랄 수는 없겠죠. 우리 츠와나의 왕께서도 나폴레옹이 믿을 만한 자가 아니라는 걸 잘 알고 계시지만, 이 일을 진행하면서 동맹을 맺을 나라가 프랑스 밖에 없었어요."

로렌스는 대놓고 물어보았다.

"조건만 맞으면 다른 나라하고도 동맹을 맺을 수 있다는 겁니까?"

그랜비가 놀라서 쳐다보고 해먼드가 대놓고 꺼리는 표정을 지었지만 로렌스는 질문을 거둬들이지 않았다.

리타보가 대답했다.

"아마도요. 이 도시를 파괴한 건 우리기 아니지만, 소만간 이런 참상을 또 목격하지 않으려면 다른 나라와도 동맹을 맺어야 한다고 생각해요."

그 집을 나와 도시 외곽으로 돌아가는 길에 해먼드가 물었다. 도시 외곽에서는 테메레르가 그들을 언덕의 야영지로 데려가기 위해 기다리고 있었다.

"로렌스 대령님, 우리가 이곳 포르투갈 식민지의 입장을 대변해 직접 행동에 나서는 건 있을 수 없는 일이지만……."

로렌스는 그랜비와 시선을 주고받았다. 표정을 보아하니 그랜비는 이 사태를 영국 용 세 마리와 츠와나 용 스물서너 마리가 싸움을 벌여야 하는 상황으로 인식하고 있었다. 해먼드의 말이 이어졌다.

"……그래도 포르투갈은 우리 영국의 동맹국이고 대단히 중요한 나라입니다. 지금 이 시각에도 영국 군인들이 포르투갈 땅에 상륙 중일 수도 있으니까 말이지요. 그러니 우리나라와 포르투갈의 관계에 해가 되는 일을 도모하는 건 동의할 수 없습니다."

"그런 일이 없기를 바라야겠죠."

"로렌스 대령님, 이런 말씀을 드리기는 그렇습니다만, 법률적으로 따지면 현재 이 골목 사이사이로 모여드는 남녀들은 주인에게서 탈출한 노예입니다. 포르투갈 왕실의 백성인 노예 소유주들의 합법적인 자산이란 말입니다. 그런데 지금껏 대령님은 노예 소유주들의 권리를 지켜주고 그들을 지지하는 모습을 보여준 적이 없고……."

로렌스는 걸음을 멈추고 해먼드의 팔을 잡더니 자신을 마주 보도록 돌려세웠다. 길 한가운데서 아이들은 부서진 벽돌로 장난감 요새를 만들고 있고 여자들은 모여 앉아 설거지를 하고 있었다. 이곳이 폐허로 변한 도시라는 점만 빼면 여느 마을에서나 볼 수 있는 풍경이었다.

"해먼드 대사님, 노예 주인들 혹은 노예를 소유한 특정 국가의 속된 이익을 지키기 위해 여기 오신 거라면, 사람을 잘못 데려오셨습니다. 나더러 이 일을 도와달라고 말하셨을 때부터 내가 어떤 사람인지 잘 알고 계셨을 텐데요."

해먼드는 불편해하며 잡힌 팔을 빼내려 했지만 원하는 대로 되지 않았다.

"아, 대령님. 지금 나는 주권에 대해 말하는 겁니다. 균형의 필요성에 대해서요. 우린 포르투갈 왕실의 비위를 거스르면서까지 이 노예 남녀들의 자유를 보장해줄 형편이 못 됩니다. 포르투갈 섭정 왕자의 뜻이 어떤지도 모르면서 대령님은 조금 전 리타보 씨와 대화 중에 츠와나와 협상을 시도하는 발언을 했으니 섭정 왕자의 권위를 침해한 셈……."

"츠와나와의 협상 없이 포르투갈 왕실이 이 난관을 해결할 방법이 있다면 어디 말씀해보시죠. 어딜 봐서 츠와나가 포르투갈의 뜻대로 노예 주인들의 권리를 지켜주는 데 동의할 것 같습니까? 조금 전에 리타보 씨의 설명을 직접 들으셨으니 아시겠지만, 리타보 씨가 근거도 없이 허세를 떨었다고 생각하시는 게 아니라면 이렇게 나를 붙잡고 지체할 시간이 없을 텐데요."

리타보의 설명에 따르면, 리오 시가 불타고 포르투갈 식민지 주민들이 노예들을 데리고 리오 시를 빠져나간 후 츠와나 족은 노예 주인들에게 노예를 풀어줄 것을 요구했지만 아무런 대답을 듣지 못했다고 했다. 결국 츠와나 족은 리오 시외의 사유지로 들어가 눈에 보이는 노예들을 붙잡아 리오 시로 데려오기에 이르렀다. 소문이 퍼져나가면서 많은 노예들이 주인에게서 도망쳐

해방의 꿈을 안고 리오 시로 오기 시작했다.

직접적인 충돌도 없고 대규모 교전도 없었다. 츠와나 족은 자칫 잘못해 노예들이 다치기라도 할까 봐 전전긍긍했고, 지역 민병대와 몇 번 대치하기는 했지만 초장에 민병대의 대포들을 제압해 파괴해버렸기에 전투로 이어지지 않았다. 처음에 츠와나 족은 아무런 제약 없이 사유지를 드나들면서 노예들을 구출해냈으나, 아직 닥쳐오지도 않은 재산상의 손실과 본격적인 공격을 두려워한 식민지 주민들 일부가 끔찍한 방법으로 예방에 나섰다. 노예들을 인질로 삼아 자기네 헛간이나 비좁은 건물에 가두고는 츠와나 용들이 접근하면 불을 지르겠다고 위협하는 것이다.

이 전략은 단기적으로 교착 상태를 만드는 데는 성공했다. 현재 츠와나 족은 눈에 보이는 노예들만 도시로 데려오고 있었다. 그러나 자손들을 보호해야 한다는 생각이 워낙 간절하다보니 잔뜩 안달이 나 있어서 지금 같은 교착 상태가 오래가기는 어려울 듯했다.

야영지를 향해 비행하면서 테메레르가 말했다.

"어, 케펜체랑 얘길 해봤는데 이대로라면 공격을 해야 한다는 생각이 확고하더라고. 벌써 두 달째 답보 상태라는데, 노예들이 인질로 잡혀 있는 사유지들을 제외하고 움직이다 보니까 사냥거리도 점점 부족해지고 있대. 하지만 츠와나 용 모두가 케펜체와 같은 생각은 아니야. 디켈레디라고, 뿔이 달린, 분홍색의 미들급 용이 있는데. 당신도 비행하는 모습을 본 적이 있을 거야. 디켈레디는 아직 자기 자손을 찾아내지도 못했는데, 섣불리 공격에 나섰다가 괜히 그들을 위험에 빠뜨릴 수는 없다면서 공격에 반대하고 있어."

대다수의 츠와나 용들과는 달리 디켈레디는 대충 아무나 자신의 자손으로 받아들이지 않았다. 자기 마을에서 자손들을 잃은 것이 노예 상인들의 마지막 습격 이후 몇 년 안 되었기 때문에 얼굴을 보면 확실히 알아볼 수 있다면서, 혈통을 이어가기 위해 아무나 자손으로 받아들이지는 않겠다고 고집을 부렸다. 디켈레디는 몸집이 크지는 않지만 비행술과 기동성이 뛰어나 츠와나 족 사이에서 대단한 영향력을 행사하고 있었고, 유명한 여무당의 환생으로 여겨졌다.

그러나 테메레르는 츠와나 용들 대부분의 생각이 디켈레디와 다르다고 말했다. 노예들이 인질로 잡혀 있는 상황에 점점 분노하는 한편, 노예들에게 닥칠지도 모를 끔찍한 사태를 곱씹어 생각하며 두려워하고 있다고 했다. 츠와나 족이 농장 주인을 굴복시키기 위해 보급로를 차단했었는데 그 농장 주인이 데리고 있던 노예들을 차례로 굶겨 죽이는 바람에 작전이 끔찍한 실패로 돌아가서 더 그런 듯했다.

로렌스가 말했다.

"우리가 나서서 막지 않으면 전부 피를 보고 말 겁니다. 해먼드 대사님, 지금은 동맹국 포르투갈의 감정이 상했을까 봐 전전긍긍할 때가 아니라, 신속하게 휴전을 진행시켜 포르투갈인들의 목숨을 지켜줄 때입니다."

섭정 왕자를 비롯한 포르투갈 왕실은 파라치 시의 요새에 틀어박혀 있었다. 용의 비행 속도로 하루 정도 거리였다. 테메레르는 리타보가 리오 시의 폐허에서 꺼내준 낡아빠진 영국 국기를 달고 파라치 시로 날아갔다. 영국 국기까지 달았음에도 테메레르 일행이 나타나자 파라치 시 사람들은 고함을 지르고 요란하게 경고의 종소리를 울리며 부대를 집결시켰다. 테메레르가 대포 사정거리 밖에서 비행을 멈추고 제자리를 맴도는 동안 제리는 여러 색깔의 깃발들을 꺼내들고 도시를 향해 포르투갈 식의 비행 신호를 보냈다. 여러 공군들이 기억하고 있는 포르투갈 신호를 짜깁기한 것으로, 공군들 중에 신호 담당으로 오랫동안 복무한 이가 없어서 신호의 정확성을 확신할 수는 없었다.

지상에서는 15분가량 논의한 끝에 미심쩍어하는 답변을 보내며 테메레르 일행의 착륙을 허락했다. 그러나 경계 태세는 풀지 않았다. 대포의 화문들은 여전히 테메레르 일행을 향해 있었고, 포병들은 화문 옆에서 시커멓게 타들어가는 성냥을 손에 쥔 채 땀을 흘리고 있었다.

로렌스는 불안해하는 포르투갈 포병들의 손을 주시하며 테메레르에게 말했다.

"우릴 내려주고 나서 같이 착륙하지 말고 다시 이륙해, 테메레르. 저들이 어떤 판단을 내릴지 확신할 수 없으니까, 저들이 우리 국적을 확실히 알아보기 전까지는 대포의 사정거리 밖에 있도록 해."

테메레르는 불안해했다.

"알았어. 사정거리 밖에 있을게. 하지만 무슨 일이 생기면 곧장 측면에서 날아와 각도를 맞춰서 고함을 지를 거야. 저런 대포쯤은 단번에 밀어버릴 수 있어."

로렌스는 속으로 절레절레 고개를 저었다. 테메레르는 리엔을 보고 신의 바람을 증폭시키는 법을 익혔는데, 여기서 포르투갈인들을 상대로 써먹었다가 얼마나 엄청난 사태가 벌어질지 짐작조차 되지 않았다. 리엔은 중국의 전통에 따라 참전을 꺼리다가 나폴레옹에게 직접적인 위협이 가해지자 머뭇거리던 태도를 버리고 앞으로 나섰다. 나폴레옹은 신의 바람이라는 놀라운 무기를 자신에게 유리하게 쓰기 위해 온갖 농간을 부려가며 리엔을 설득할 것이 분명했다. 신의 바람은 바다뿐만 아니라 육상에서도 엄청난 파괴력을 보일 테니, 리엔은 전보다 더 두렵고 위험한 존재로 인식될 것이다.

테메레르의 등에서 미끄러져 안뜰로 내려선 로렌스는 해먼드가 내려오도록 부축해주었다. 테메레르가 대포의 사정거리 밖으로 물러나자 로렌스는 고개를 돌려 보병대 대위 차림으로 땀을 흘리고 있는 포르투갈 장교를 마주 보았다. 미심쩍어하는 눈빛이던 장교는 로렌스의 녹색 외투와 황금 견장을 보더니 표정이 밝아졌다. 장교는 반가운 얼굴로 고개를 끄덕이면서 서툰 프랑스어로 말했다.

"아, 저희를 도우러 오셨군요! 무척 기쁩니다. 잠시만……."

그는 손을 휘저어 대포들을 뒤로 물렸다. 발포 준비를 하고 있던 포병들은 그제야 안심하면서 지친 모습으로 안뜰에서 물러났다.

전령이 소식을 전하기 위해 요새의 주 건물로 달려 들어갔다. 건물을 최근에 수리하면서 벽돌을 새로 쌓아올리고 페인트칠도 다시 했는지 비바람에 손상된 흔적이 보이지 않았다. 로렌스는 안뜰에서 기다리며 그 건물의 벽을 자세히 살펴보았다. 츠와나족의 공격을 견뎌내기엔 역부족이어서 미들급 용의 공격에도 무너질 듯했다.

건물 밖으로 한 무리의 남자들이 걸어 나오자 해먼드는 로렌스의 팔꿈치를 툭 치며 고갯짓을 했다. 해먼드는 그중 제복을 차려입고 가슴팍에 훈장을 단, 비만한 남자에게 영어로 인사를 하고 곧이어 프랑스어로 말했다.

"어쩔 수 없는 사정으로 이렇게 늦었습니다. 부디 용서해주십시오, 왕자 전하. 이쪽은 영국 공군 소속 윌리엄 로렌스 대령입니다."

그러고는 쓸데없이 다급한 어조로 로렌스에게 속삭였다.

"어서 인사 올리세요, 대령님. 이분은 포르투갈의 후앙 섭정 왕자십니다."

후앙 왕자가 말했다.

"병력이 모이는 대로 리오를 수복할 작정이오. 멕시코에서 이미 용 10여 마리를 들여왔는데, 창밖으로 비행하는 모습이 보일 거요."

그는 사무실 창문을 손으로 가리켰다. 창문 아래 펼쳐진 골짜기에 야생 용처럼 보이는 작은 용 몇 마리가 날아다니고 있었다.

창밖을 내다본 페리스가 목소리를 낮추고 로렌스에게 말했다.
"야생에서 벗어난 지 기껏해야 한 세대밖에 지나지 않은 것 같은데요, 대령님."

그레일링보다 별로 커 보이지 않는 그 용들은 츠와나 용 한 마리도 감당하지 못할 것 같았다. 츠와나의 용 교배술은 서양의 용 교배술과 거의 비슷한 수준인 데다 츠와나 용들은 코끼리를 주식으로 하기 때문에 몸집이 큰 편이었다.

"조만간 더 많은 용들이 우릴 지원하러 올 것이오. 나폴레옹만 용수송선을 보유하고 있는 건 아니니까. 그대들이 데려온 용들도 큰 도움이 될 것이고. 그러니 휴전 따윈 할 생각이 없소! 우린 결코 항복하지 않을……."

"그런데 왕자님, 저희의 보고를 제대로 듣지 않으신 듯합니다."

로렌스가 불쑥 섭정 왕자의 말을 자르자 해먼드의 얼굴에서 핏기가 가셨다. 로렌스는 아랑곳하지 않고 말을 이었다.

"나폴레옹은 잉카와 단순히 동맹 관계를 맺는 데 그치지 않고 직접적인 충성을 받아내려 하고 있습니다. 잉카 제국의 영토는 포르투갈의 식민지와 바로 인접해 있기 때문에 언제든 경계선을 넘어서 침범할 가능성이 있고요. 얼마 안 있어 나폴레옹은 이곳 가까이까지 침공해 들어올 겁니다. 해외에서 들여온 용 몇 마리가 아니라 잉카의 조직화된 거대 공군 부대를 거느리고 말입니다."

해먼드가 다급하게 끼어들었다.

"로렌스 대령님, 어찌 본분도 잊고 그런 말을……. 왕자 전하, 방금 들으신 얘기는 신경 쓰지 마시고……."

로렌스가 가로막고 나섰다.

"해먼드 대사님, 나는 내 본분을 잊지 않았습니다. 다만, 잘못된 충고로 이곳 식민지를 그나마 보존할 수도 없게 될까 봐 말씀드리는 겁니다."

로렌스는 고개를 돌리고 섭정 왕자에게 하던 얘기를 계속했다.

"왕자 전하, 잠깐의 승리가 목표가 아니시라면 한 가지 길밖에 없습니다. 츠와나 족과 화해하십시오. 그리고 그들을 아프리카로 돌려보내지 말고 여기서 식민지 주민들과 더불어 평화롭게 정착하도록 설득하셔야 합니다."

로렌스는 불쑥 내놓은 이 제안으로 경악스러운 침묵이 흐를 것을 예상했다. 리오의 항구에 이미 들어와 있는 프랑스의 용수송선들과 리오 시에 피신해 있는 1만여 명의 노예들을 떠올릴 때는 어느 정도 괜찮은 제안이다 싶었는데 막상 입 밖에 내고 보니 미친 소리처럼 들렸다. 츠와나 족과 저 많은 노예들이 아프리카의 고향으로 돌아가려면 장시간에 걸쳐 장거리 항해를 감내해야 하지만 만일 돌아가지 않고 여기 정착한다면 굳이 그런 고생을 할 필요가 없게 된다. 그리고 포르투갈인들이 보유하고 있는 노예들을 포기하고 놓아줄 경우, 주인에게서 벗어나 이곳의 츠와나 족과 합류하는 노예들의 숫자는 지금보다 훨씬 늘어날 것이다. 대양 횡단은 가뜩이나 위험한 데다 용수송선의 탑승 인원까지 늘어나면 츠와나 족은 이리로 올 때처럼 쉽게 고향으로 돌아갈 수 없게 된다. 나폴레옹이 이 점을 노렸을 수도 있었다. 츠와나 족이 브라질을 장기간 에워싸는 것.

로렌스는 자신을 멀거니 쳐다보는 이들을 둘러보며 말했다.
"전하, 잉카와 싸워서 이곳 식민지를 지켜낼 가능성이 없다는 걸 인식하셔야 합니다. 시간이 지나도 마찬가집니다. 바다 건너에서 용 몇 마리를 지원군으로 받는다고 해도 유럽의 전쟁에서 잠시 용들을 빼내오는 것에 불과합니다. 여기서 한 번 이기는 것이 전부가 아니에요. 그 용들은 원래 위치로 돌아가야 합니다. 하지만 츠와나 족은 공중전에 능한 용 부대를 이미 거느리고 있을 뿐 아니라 전하의 백성들이 거느려온 노예들과도 자연스러운 유대관계가 형성되어 있으니 여기서 계속 살면서 새끼들을 낳아 전투에 내보낼 수가 있습니다."

창가로 걸어간 로렌스가 창문을 열어젖히고 소리쳤다.

"테메레르! 거기 그 용들 옆으로 가봐!"

"어, 그러지 뭐. 훈련에 방해가 될까 봐 좀 그렇긴 하지만."

테메레르는 고개를 들고 창문 안쪽을 들여다보았다. 세로로 길게 찢어진 초롱초롱하고 거대한 파란 눈이 창문 바로 앞으로 다가오자 방 안에 있던 사람들 가운데 절반은 기겁해서 의자에서 일어나더니 주춤대며 뒤로 물러섰다.

졸고 있던 테메레르가 안뜰에서 훌쩍 날아오르자 방 안의 커튼 고리가 요란하게 덜커덕거렸다. 테메레르는 순식간에 그 작은 용들 사이로 다가갔다. 작은 용들이 훈련을 중단하고 테메레르 주변으로 모여들면서 시끌벅적하게 떠드는 소리가 들려왔다. 그렇게 나란히 놓고 보니 몸집 차이가 확연히 드러나서, 마치 사자나 곰 같은 거대 짐승 주변을 맴도는 참새 떼를 보는 듯했다.

저 작은 용들이 떼를 지어 큰 용에게 덤빈다고 해도 별로 위협이 될 것 같지 않았다. 로렌스는 창문을 뒤로하고 돌아서서 섭정 왕자를 바라보았다.

"전하, 보시다시피 바다 건너에서 데려오신 저 용들은 헤비급 용에게 상대도 안 됩니다. 아무리 숙련된 교배 기술로 품종 개량을 한다고 해도 성과를 내려면 수십 년이 걸리는데, 교배를 통해 대단한 용을 만들어낸 다음 츠와나 족을 이 식민지에서 몰아내기까지, 그 오랜 세월을 나폴레옹이 잠자코 기다려줄까요? 당장 서쪽에서 이곳으로 쳐들어와도 이상하지 않은 상황인데 말입니다."

평범한 현역 장교인 로렌스가 식민지를 다스리는 군주에게 감히 일장 연설을 토하는 동안 그 옆에서 해먼드는 가엾게도 내키지 않는 부속품 노릇을 하고 있었다. 로렌스의 말이 계속되는 동안 해먼드는 고민 정도가 아니라 숫제 공포에 사로잡혀 어쩔 줄 몰라 했다.

로렌스가 덧붙였다.

"제가 잘못 알고 있는 부분이 있거나 근거 없는 주장을 했다면 부디 지적하고 납득시켜주십시오. 이렇게 반대하고 싶지는 않습니다만, 저는 물론이고 테메레르와 나머지 저희 일행은 지금 같은 상황에서 츠와나 족을 공격하는 일에 힘을 보태고 싶지 않습니다. 공격의 성패와 관계없이 엄청난 재앙이 닥쳐올 테니까요."

로렌스가 최후통첩을 하듯이 단호하게 입장을 표명한 후로 그 방에서는 별다른 논의가 진행되지 않았다. 섭정 왕자는 돌연 그에게 그만 나가보라고 했다. 로렌스는 허리를 굽혀 절을 하고 물러 나왔으나 해먼드는 섭정 왕자의 명에 따라 그 방에 남았다. 로렌스는 더 이상 그들을 설득하려 하지 않았다. 방 안에서 어떤 얘기가 오갈지는 짐작이 되고도 남았다. 섭정 왕자는 로렌스가 다른 공군들에게 갖고 있는 영향력과 테메레르가 다른 용들에게 갖고 있는 영향력이 어느 정도인지 해먼드에게 물어볼 것이다. 로렌스는 해먼드가 그 부분에 대해 숨기기보다 솔직하게 답하기를 바랐다.

야영지로 돌아온 로렌스가 그랜비에게 말했다.

"자네한테 양심에 반하는 행동을 강요할 생각은 없어. 우선 나부터도 양심에 걸리는 행동은 할 생각이 없으니까."

디마니는 그 말에 고개를 들었다. 로렌스의 표정만으로 무슨 얘기가 오갔는지 읽어낸 듯했다. 디마니는 에밀리가 종이에 그림을 그려가며 대략적으로 알려주는 헤비급 용의 비행술에 귀를 기울이던 참이었다. 요즘 디마니는 부적 비행사 공부에 열을 올리면서 시간이 날 때마다 상급 장교들을 따라다니며 자투리 지식이라도 얻어들으려 했다.

"나는 노예 주인들을 돕기 위해 츠와나 족을 공격하는 짓은 안 할 거야."

디마니의 단호한 말에 로렌스는 디마니의 부족 사람들도 케이프타운에서 네덜란드 정착민들에게 납치까지는 아니지만 비슷한 일을 당했음을 기억해냈다.

에밀리가 못 들은 체하며 대꾸를 하지 않자 디마니는 성질이 나서 더 떠들어댔다.

"차라리 츠와나 족과 한편이 돼서 싸우고 말지. 우리가 그렇게 하지 못할 이유도 없잖아? 쿠링길레랑 내가 테메레르나 이스키에르카를 상대로 싸우진 않겠지만, 포르투갈이 먼저 싸움을 걸어오면 공격할 거야."

옆에서 듣고 있던 테메레르가 나섰다.

"아! 나도 같은 생각이야. 포르투갈이 나폴레옹과의 전쟁에서 우리 영국을 도와주고 있으니까 포르투갈이 지면 꽤 곤란해지기는 하겠지. 그래도 츠와나 족이 우릴 도와서 나폴레옹을 치는 데 동의한다면 난 케펜체와 한편이 돼서 싸울 거야."

테메레르는 로렌스를 쳐다보며 덧붙였다.

"예전에 아프리카에서 케펜체가 당신을 잡아갔었잖아. 그 일에 대해서는 자기가 잘못 알고 그랬다면서 깔끔하게 사과했어. 츠와나 족이 심하게 굴었던 걸 비난만 할 수도 없는 게 그들로서는 그럴 만한 이유가 있었던 거니까."

그랜비가 말했다.

"이스키에르카에게 물어봐야겠지만, 대답을 들으나 마나 이스키에르카는 상대가 누구든 싸우는 거라면 일단 나서고 볼 겁니다. 포르투갈인들이 정신 차리는 데 도움이 된다면 이 말도 전해주십시오. 저 역시 이대로라면 포르투갈에 협력하지 않고 뒤로 물러나 있을 생각이라고요. 그런데 우리 뜻대로 될지 모르겠습니다. 해먼드 대사한테 들으니 영국 해협에서 이쪽으로 추가 병력이 파견되었다던데요. 굳이 지금 여기로 와봤자 상황을 호전시키기 어려운데 정말로 다른 영국 용들이 와줄지는 모르겠습니다만, 일이 꼬인다면 조만간 도착할 수도 있겠죠. 저 포르투갈인들을 설득해서 대령님의 계획에 따르게 하기 전에 영국 용들이 여기 도착한다면, 그리고 그 용들이 전투에 투입된다면 얘기가 달라질 겁니다. 우리 용들이 츠와나 용들과 맞붙어 싸우는 데 제가 어떻게 여기서 두 손 놓고 구경만 하겠습니까. 이젠 두 손이 아니라 한 손이지만요."

그랜비는 비통하게 마지막 말을 덧붙였다.

로렌스는 말없이 고개를 끄덕였다. 그런 상황에 처하면 자신도 방관할 수 있을까. 아마 어려울 것이다. 그 역시 어떻게든 테메레르를 설득해서 참전하려고 할 테니까.

그날 오후 늦게 돌아온 해먼드는 작정을 했는지 그랜비와 따로 얘기를 나누려 했다. 그랜비는 요리조리 빠져나갔으나 결국 저녁 식사 시간 직전에 붙들려서 해먼드의 얘기를 들어야 했다. 그러나 대화가 만족스럽지 않았는지 해먼드는 불편하고 초조한 표정으로 안뜰로 나가더니 작은 멕시코 용을 타고 파라치 시로 되돌아갔다.

"어휴, 결국 제가 설득에 넘어가서 약속을 하고 말았습니다."

그랜비는 한숨을 푹 쉬며 이 말을 하고는, 통나무로 만든 기다란 의자에 한쪽 다리를 휙 걸치더니 예의 따위는 차리지도 않고 털썩 주저앉았다. 그들은 천막 없이 야외에서 식사를 했다. 몇 개 안 되는 방수포는 태양을 피해 쉴 수 있는 숙소를 만드는 데 전부 써버려서 그 외의 장소에는 고스란히 뜨거운 햇볕이 쏟아졌다. 로렌스 일행은 해안에서 약간 떨어진 언덕들 사이에 야영지를 세웠다. 그곳은 프랑스 선원들의 눈과 대포를 피하는 데는 좋았으나 바다에서 불어오는 바람까지 막아버려서 갑갑했고, 오래전에 도시를 세우느라 나무들을 죄다 벌목한 탓에 열대의 태양빛이 고스란히 쏟아졌다.

"그래도 절 공군에서 내쫓지는 말아주세요, 로렌스 대령님."

그랜비는 탁자 너머로 손을 내밀며 무심코 이렇게 말하다가 페리스를 떠올리고는 움찔했다. 불쌍한 페리스는 주춤하게 앉은 채로 평평한 나무 쟁반만 내려다보았다.

로렌스는 페리스를 가만히 바라보았다. 그간 페리스를 공군에 복귀시킬 기회를 어떻게든 만들었어야 했는데 그러지 못했다. 아무래도 이번 임무를 성공적으로 마치고 영국에 돌아갈 수는 없을 듯했다. 기껏해야 이곳 식민지의 함락을 막아내는 정도에 그칠 가능성이 높았다. 해먼드가 따로 힘을 써줄 테니 자신의 뜻대로 하자고 했지만 로렌스는 받아들이지 않았다. 이대로라면 영국의 귀족들은 로렌스와 테메레르를 구제불능으로 여길 테고, 로렌스의 전직 부관인 페리스의 공군 복귀에도 좋지 않은 영향을 미칠 것이다.

그날 저녁 로렌스와 함께 어둠을 틈타 코르코바도 산 정상에 오른 그랜비가 말했다.

"저들이 지금 어디로 쳐들어갈 계획을 세우고 있다고 해도 그 뒤를 따라가는 게 쉽지는 않겠는데요."

그들은 야간 회의 중인 츠와나 족을 염탐하고 있었다. 츠와나 용들은 작은 모닥불을 가운데 두고 전사들과 높은 지위의 부족민들을 둘러싼 채 모여 앉아 있었다. 그들의 그림자가 수레바퀴 살처럼 길게 뻗어나갔다. 항구 바깥으로는 프랑스 배들의 랜턴이 바다에 잘못 놓인 별자리처럼 여기저기서 빛을 내면서 대포를 비추고 있었다.

그랜비가 덧붙였다.

"저들이 노예 주인들의 농장을 치러 가면 우리가 어떻게 해야 할지도 모르겠고요. 그나저나 섭정 왕자께서 대령님의 말대로 하실 가능성이 있을까요?"

거리가 너무 멀어 츠와나 족의 대화는 들리지 않았다. 그 순간 디켈레디가 머리를 뒤로 젖히더니 로렌스와 그랜비가 숨어 있는 방향을 향해 큰 소리로 불길하게 쉭쉭거렸다.

로렌스는 지친 목소리로 대답했다.

"그럴 가능성은 별로 없어. 잉카가 얼마나 위협이 될지를 생각해본 후에 휴전 협정이나 맺으려 하겠지. 츠와나 족의 조건에 합의해주기는 힘들어. 이곳 노예 소유주의 숫자는 1000명이나 되는 데다 하나같이 노예를 풀어줄 수 없다고 아우성칠 게 뻔하니까. 아마 섭정 왕자는 나를 미친놈 정도로 여길 거야."

"뭐, 해먼드 대사가 대령님에 대해 좋은 쪽으로든 나쁜 쪽으로든 얘기를 잘 해놓겠죠."

그랜비는 쌍안경을 밑으로 내리며 말을 이었다.

"어쨌든, 우리 없이는 츠와나 족과 잠깐이라도 맞서볼 엄두도 못 낼 겁니다."

그때 저 아래서 이스키에르카가 산비탈을 발톱으로 파헤치면서 쉭쉭거리고 올라탔다.

"그랜비! 당장 돌아가야 돼. 남쪽에서 다섯 마리가 넘는 용들이 우리 쪽으로 날아오고 있어."

그랜비가 로렌스에게 말했다.

"제가 괜히 입방정을 떨었나 봅니다."

로렌스는 갈고리를 감싼 두툼한 천 위로 그랜비의 팔꿈치를 한 번 잡아준 다음, 이스키에르카가 내민 앞발을 밟고 등으로 올라갔다. 이스키에르카는 곧장 힘차게 날아올랐다. 이스키에르카의 몸 안에서 맷돌을 가는 것처럼 끝없이 우르르 울리는 진동이 로렌스의 다리 아래로 느껴졌다. 불을 뿜어내려고 준비하는 것이었다.

그랜비가 이스키에르카의 어깨를 주먹으로 두드리며 말했다.

"그만 됐어. 그 용들은 아마 우리 편일 거야. 우리 편한테 불을 뿜었다간 일만 복잡해져. 같은 편한테 불을 뿜으면 그 용의 비행사가 우릴 퍽이나 좋아 하겠다."

그러고는 어깨 너머로 로렌스에게 물었다.

"테메레르에게 저 용들과 얘기를 해보라고 하는 게 좋지 않겠습니까?"

"벌써 그러려는 모양인데."

야영지로 내려가면서 보니 테메레르가 이미 궁둥이를 들고 그 용들에게 반갑게 소리치고 있었다. 날아오는 그 용들의 윤곽만

봐도 확실했다. 길고 넓은 날개를 가진 용은 릴리이고, 거대한 몸통으로 짙고 광대한 그림자를 드리운 용은 막시무스였다.

17

쿠링길레에 대한 막시무스의 태도가 터무니없음을 테메레르는 인정해야 했다. 막시무스를 이해하지 못하는 것은 아니었지만 쿠링길레도 자기가 원해서 몸집이 그렇게 커진 것은 아니니, 그것에 대해 짜증을 내는 것은 분별없는 짓이었다.

"처음 알에서 부화했을 땐 뼈가 앙상할 정도로 마르고 작았던 놈이 저렇게까지 커질 줄 누가 알았겠어. 그걸 바로 옆에서 지켜본 나도 있으니까 그만 구시렁대."

테메레르의 말에 막시무스는 뱃속 깊은 곳에서 구르릉대며 투덜거렸다.

"아, 그래, 이제 쟤는 네 친구라 이거지."

옆에서 쿠링길레가 머뭇거리며 물었다.

"혹시 쇠고기 좀 먹을래? 꿍쑤가 방금 전에 몇 마리를 스튜로 끓였어……."

이 제안에 막시무스의 마음은 한결 풀어졌다.

막시무스는 소 한 마리를 통째로 꿀

꺽 삼키며 테메레르에게 말했다.

"비열한 녀석은 아닌 것 같아. 비열하기까지 했으면 못 참았을 거야."

그리고는 명랑하게 덧붙였다.

"그리고 날개 길이는 쟤보다 내가 더 길어. 보니까 확실히 그런 것 같더라고."

테메레르의 생각은 달랐으나 막시무스를 배려해서 굳이 반박하지 않았다. 모든 과정이 순조롭게 진행되었고 별다른 다툼 없이 다들 야영지에 자리를 잡았다. 그래서인지 버클리 대령이 툴툴대는 게 이해되지 않았다.

버클리는 자리에 앉으며 로렌스에게 투덜거렸다.

"파라치 요새에 있는 그 빌어먹을 녀석들은 여기 체중이 30톤이나 나가는 용이 버티고 있단 얘길 어째서 안 한 건지."

불그레한 얼굴로 그로그주를 받아 마신 버클리는 여전히 호흡이 거칠었다. 버클리의 말이 이어졌다.

"그저 '로렌스 대령과 테메레르가 또 말을 안 들으니, 가서 정신 차리게 타이르라'고 합디다. 이번엔 또 무슨 짓을 한 겁니까? 그 둘을 설득하는 건 미친 짓이라 못하겠다고 했더니, 파라치 시에 머무는 그 젊은 대사 녀석은 아주 뒤로 나자빠져 뇌일혈이라도 일으킬 것 같더군요. 댁도 그렇고 테메레르도 그렇고, 공군에서 한 번 쫓겨난 걸로는 충분하지 않았나 보네요, 하하."

릴리가 테메레르에게 말했다.

"네가 공군에 복귀했단 얘기를 대장님한테 들었어. 그런데 왜 전투를 안 하고 있어? 우릴 이리로 보낸 것도 가서 전투를 하라는 거 아니었어?"

테메레르는 릴리와 막시무스에게 설명했다.

"우선 배를 채우고 잠 좀 자고 나서 다 얘기해줄게. 며칠은 사냥하러 나가기 힘들 수도 있으니까, 이따 나가서 고래라도 한 마리 잡아와야 되겠어."

소의 머리를 입에 넣고 와그작와그작 씹고 있던 막시무스가 반발했다.

"싫어, 고래는 질렸어! 앞으로 한 달은 물고기 냄새도 맡기 싫어. 한 달이 뭐야, 더 길 수도 있지. 배에 고기라곤 없어서 못 먹었어. 신선한 고기 말이야. 전부 말리거나 다른 재료랑 섞은 고기들뿐이었는데, 그것마저 죽으로 나오니까 먹을 수가 있어야지. 네가 요리사들한테 재료를 죽으로 만들어서 양을 늘리는 법을 전수해주는 바람에. 어쨌든 다른 걸 먹고 싶으면 직접 사냥해서 구워 먹는 수밖에 없었어."

옆에서 차분하게 자기 몫의 먹이를 먹고 있던 메소리아가 한마디 했다.

"저 말 믿지 마, 테메레르. 막시무스한테 배당된 소만 여섯 마리였는데 그걸 얼마 되지도 않아 죄다 먹어치우고는 배를 타고 오는 석 달 내내 투덜대더라."

그러자 감정이 상한 막시무스가 받아쳤다.

"안 먹고 뒤봤자 살만 빠지고 질겨지니까 빨리 먹은 거라고요."

테메레르가 말했다.

"내일 소를 몇 마리 더 찾아 먹기로 하자. 오늘 밤은 내 몫의 소를 줄 테니까 먹어. 모두들 다시 만나서 너무 반갑다!"

막시무스와 릴리를 비롯해 메소리아, 임모르탈리스, 둘시아, 니티두스까지 예전 편대원들과 다시 함께 있게 되니 한결 마음이 편안해졌다. 모닥불 주변에 여럿의 목소리가 어우러지며 화기애애한 분위기가 감돌았고, 이대로라면 어느 누구와도 맞서 싸울 수 있을 것 같았다. 물론 츠와나 용들의 머릿수가 더 많기도 하고 어쨌든 테메레르는 그들과 싸우고 싶지 않았지만, 싸울 수밖에 없는 상황이 되거나 혹은 그쪽에서 도저히 용납할 수 없는 모욕을 가해올 경우 지금 상태에선 어느 정도 대적할 만하다는 사실에 마음이 놓이기는 했다.

릴리는 머리를 뒤로 우아하게 젖히고 소의 궁둥이 부분을 마저 삼키며 테메레르에게 말했다.

"영국에 계속 그러고 있는 것보다는 여기 오길 잘한 거 같아. 거기서는 밤낮으로 해협을 지켜보는 일 말고는 할 게 없었어. 싸움도 한 번 못해봤다니까. 프랑스 용들은 거의 다 스페인이나 동쪽 지역으로 이동해버리고, 안장도 착용히지 않은 허접한 용 몇 마리만 가끔 프랑스 쪽 해안을 따라 순찰을 다니더라고. 해협을 건너서 우리 쪽으로 올 생각은 아예 하지도 않고. 우리가 너무 지겨워서 차라리 페르사이티아의 누각 공사나 도우려고 하니까 다들 멍청하게 짜증을 내더라."

버클리가 로렌스에게 말했다.

"괜히 짜증을 냈겠습니까. 용들이 하트퍼드서 최고의 채석장을 절반이나 파헤쳐놓고 영국 중부 지방의 떡갈나무를 40여 그루나 뽑아놔서 그렇지."

릴리는 아랑곳하지 않고 하던 얘기를 계속했다.

"그래서 우릴 여기로 보낸 거야. 우리도 뭐 이쪽으로 오는 게 싫진 않았어. 그나저나 이제 식사도 다 마쳤으니까 우리가 여기서 뭘 하면 되는지 알려줄래? 너희는 왜 저쪽 용들과 싸우는 걸 꺼리는 거지? 적이라면서?"

테메레르가 대답했다.

"꺼리는 거 아니거든. 누가 그런 소릴 해? 난 저 용들이 우리의 적이 아니라고 생각해. 저들은 우리가 아프리카에서 봤던 용들인데, 자기네 승무원들을 되찾으려고 여기 온 거야. 그쪽 용들은 자기네 사람들을 승무원이 아니라 자손이라고 부르는데, 그 자손들이 이쪽에 노예로 잡혀와 있어."

"그때 캐서린을 잡아갔던 그 용들 말이구나?"

릴리가 노란 눈을 차갑게 번뜩이며 묻자 테메레르가 얼른 제안했다.

"내일 케펜체를 직접 만나봐. 그때 일에 대해 너한테 사과할 거야. 나한테도 사과했거든. 우리의 진짜 적은 잉카야. 우리가 츠와나 족을 설득해서 여기 머물며 이 식민지를 지키게 하지 못하면 잉카가 쳐들어와 여길 점령해버릴 거야. 로렌스는 그렇게 확신하고 있어."

캐서린 하코트 대령이 당황한 표정으로 로렌스에게 물었다.

"그게 사실인가요? 해먼드 대사한테 듣기로는 대령님이 츠와나 족을 설득하자고 말했다던데. 우리가 이 상태로는 자신의 뜻을 따르지 않으리라는 걸 나중에는 이해하더군요. 하지만 애초에 일을 이렇게 엉망으로 만든 게 해먼드 대사라는 생각이 들어요. 머릿수로 따져봐도 3 대 1 정도로 우리가 열세인데 서둘러 나가 싸울 이유는 없죠. 그런데 잉카가 어쩌다가 우리와 등을 지게 되었죠?"

로렌스는 프랑스가 잉카 제국과 성공적으로 동맹을 맺은 과정에 대해 간단히 설명했고, 테메레르가 그 뒤에 덧붙였다.

"우리가 막아보려고 했거든요. 나폴레옹을 멀리하라고 우리가 그렇게 경고해줬는데, 여황은 결국 나폴레옹과 결혼하기로 했어요."

그러자 버클리가 말했다.

"놀라운 일도 아니구먼. 테메레르 네가 잉카 용들한테 쫓겨 다니질 않고 여기 이렇게 얌전히 있는 게 더 놀라워."

"전에 한참 쫓겨 다녔어요……. 전혀 즐거운 경험이 아니었는데 왜 그렇게 웃는 건지 모르겠네요."

테메레르가 뿌루퉁하게 덧붙이자 버클리는 채신머리없이 콧방귀를 뀌어대며 받아쳤다.

"너라면 그러고도 남을 것 같아서 그러지, 이 미친 녀석아."

캐서린을 비롯한 편대원들은 승무원들을 전부 거느리고 영국에서 곧장 날아왔다. 그동안 야영지는 잘 정돈된 분위기였으나 그들의 도착과 함께 공군 특유의 무계획적인 분위기가 퍼져나갔다. 그래도 그들 덕분에 대포, 화약, 여분의 사슬 그물 같은 보급품들이 채워져서 다행이었고, 무엇보다도 그들이 가져온 다크 럼주 몇 통에 선원들은 무척 기뻐했다. 서둘러 술을 나눠 마신 선원들은 새로 합류한 공군들을 위해 신선한 고기와 과일을 내왔다. 비행사들이 모닥불을 피워놓고 그 주변에 편안히 둘러앉자 용들이 통나무를 쪼개 그 옆에 땔감으로 쌓아놓았다.

 야영 준비가 착착 진행되는 동안 로렌스와 그랜비는 잉카와 프랑스의 유감스러운 협상이 어느 방향으로 나아갈지에 대해 보다 자세히 이야기를 나누었다. 로렌스는 자리에 앉으며 말했다.

 "확신할 수는 없지만 여황이 나폴레옹과 결혼할 결심이 서지 않았다면 우릴 공격하라는 명령을 내렸을 리 없어. 아직 그 둘이 결혼식을 올리지는 않았다고 해도 조만간 하게 될 거야."

 그때 리틀 대령이 그랜비 옆에 앉아 그로그주를 건네며 말했다.

 "우리가 곧바로 출항해도 케이프 혼의 이쪽 지역에서 프랑스군을 맞닥뜨릴 가능성은 별로 없지 않겠습니까? 나폴레옹이 결혼식을 서두르지 않고 미적거리는 거라면 당장은 프랑스군이 이쪽으로 지나갈 일은 없을 테니까요."

 그랜비와 리틀의 관계를 알고 있는 로렌스는 이 얘기를 들으며 그랜비의 얼굴을 쳐다보지 않으려고 애썼다. 이스키에르카가 경망스럽게 까발리지 않았다면 그가 그들의 관계를 알게 될 일도 없었을 테니, 리틀 앞에서 티를 내지 않는 편이 좋을 듯했다.

 그랜비가 말했다.

 "우리가 바다 한가운데서 프랑스군을 만나더라도 어쩔 도리가 없을 겁니다. 다른 배는 제외하더라도 용수송선만 최하 두 척일 것이고 잉카 용들이 잔뜩 타고 있을 테니 말입니다."

그러자 서튼이 말했다.

"그래도 아직까지는 우리가 크게 밀리지 않는다고 보는데요. 블레이스 함장이 포튼테이트 호를 연안에 대기시켜뒀고 이 근처에 얼리전스 호도 있을 테니까요."

그 말에 그랜비는 멈칫하며 로렌스를 쳐다보았다. 로렌스도 놀라서 주춤하고 있었다. 로렌스가 해군본부에 올린 보고서는 아직 그의 필갑 안에 들어 있고, 캐서린 하코트 대령에게 보낸 편지도 드 기네가 예의상 발송해준다고는 했으나 아직 트리엉프 호의 우편 행낭에 실려 있을 것이다. 지금쯤 그 편지가 프랑스의 우편배달 용이나 프리깃함으로 옮겨졌다고 해도 캐서린은 수개월간 배를 타고 이곳으로 왔으니 그 편지를 받았을 리가 만무했다. 그러니 얼리전스 호의 참담한 소식을 사전 예고도 없이 캐서린에게 지금 전해야 할 판이었다.

"여러분, 잠시 실례하겠습니다. 하코트 대령, 따로 얘기 좀 합시다."

로렌스는 캐서린의 사생활을 보호해주려고 했지만 캐서린은 일어서서 그를 똑바로 쳐다보며 물었다.

"로렌스 대령님, 설마 톰이 죽은 건 아니겠죠?"

로렌스는 속절없이 캐서린을 바라보았다. 누구에게 도움을 받을 수도 줄 수도 없는 처지였다.

"미안합니다. 편지가 미처 전해지지 못했다는 걸 생각 못했습니다. 얼리전스 호는 닷새간 폭풍우에 휘말린 끝에 경도 40도 지점에서 침몰했습니다."

"그래서 그 사람은 빠져나오지 못한 건가요?"

"그가 고의로 자멸을 초래한 것은 절대로 아닙니다. 톰 라일리 함장은 마지막까지 얼리전스 호를 재앙에서 구하려고 최선을 다했습니다. 아무리 신중한 사람이라도 절망적이라고 여겼을 상황인데도 그는 끝까지 포기하지 않았어요."

캐서린은 말없이 고개를 끄덕이고는 창백하게 굳어진 얼굴로 그 자리에 가만히 서 있었다. 호된 복무와 출산으로 인해 그녀의 길쭉한 얼굴은 젊음의 생기를 잃었고, 머리카락은 뒤로 바짝 묶어 땋아 내린 모습이었다.

"잠깐 실례할게요, 여러분."

캐서린은 이렇게 말하고는 모닥불 불빛을 뒤로하고 홀로 저쪽으로 걸어갔다.

캐서린의 호리호리한 윤곽이 야영장 가장자리에 한참 동안 까맣게 머물렀고, 그 옆에서 릴리가 고개를 숙이고 위로했다. 다른 비행사들이 각자의 천막으로 물러간 후에도 로렌스는 모닥불 가에서 자세를 바로 하고 기다렸다. 침몰 당시에 대해 캐서린이 이것저것 물어볼 수도 있었기 때문이다. 그 부분에 대해 만족스럽지는 않더라도 대답해줄 수 있는 사람은 로렌스뿐이었다. 그러나 한참 후 핏발 선 눈과 눈물로 얼룩진 얼굴로 돌아온 캐서린은 모닥불 주변에 앉아 술잔을 집어 들고, 아무것도 묻지 않았다. 그저 탄식할 뿐이었다.

"그동안 헛짓거리만 한 셈이네요. 아! 왜 내가 대령님 설득에 넘어가서 그 사람과 결혼이란 걸 했을까요? 그 사람 형도 돌아가셨으니 이제 그 고약한 여자가 내 아들 톰을 자기가 키우겠다고 밤낮으로 절 괴롭히게 생겼어요."

고약한 여자는 라일리의 형수를 말하는 것임을 로렌스는 짐작으로 알 수 있었다. 그 여자는 조카인 꼬마 톰의 교육 문제만이 아니라 자기 딸들의 미래도 걸려 있어 더 안달복달할 것이다. 아들 없이 딸만 셋이니 재산은 물려받지 못할 것이고, 꼬마 톰이 상속받지 않으면 그 집 재산은 모두 먼 친척에게 넘어갈 판이었다. 그 친척이 그 집 사람들의 미래라든가, 과부로 남겨진 그 여자의 안위 따위에 관심이 있을 리 없었다.

"내 아들은 내가 잘 돌볼 거예요. 꼬마 톰이 벌써 배 쪽 그물에서 비행사 자리까지 혼자 힘으로 기어 올라가는 거 아세요? 이젠 아예 같이 비행을 다녀요. 릴리를 설득해서 후임 비행사로 꼬마 톰을 받아들이게는 못하더라도 톰 혼자 힘으로 용 비행사가 될 수 있을 거예요. 괜히 다른 사람을 성가시게 할 필요는 없죠."

캐서린은 자랑스럽게 말했지만 로렌스는 세 살짜리 아이의 재능이 쉽사리 믿기지 않았다.

릴리 편대가 이곳에 도착한 후로, 교착 상태였던 협상이 진행되기 시작했다. 해먼드는 릴리 편대의 다른 비행사들을 통해 로렌스를 설득하려 했으나 뜻대로 되지 않았다. 섭정 왕자는 왕실의 위엄을 지키겠다며 츠와나 족을 직접 대면하지 않았다. 대신

돔 소아르스 다 카마라라는 사람을 필두로 한, 귀족 몇 명을 대리로 내세워 협상하게 했다. 카마라는 자신도 1000명의 노예를 거느리고 있다고 자랑스럽게 떠벌리는 자였다. 츠와나 족의 협상 대표는 대부대를 이끄는 모고치 장군이었다. 그는 용들이 드나들지 못할 만큼 비좁은 파라치의 주 요새로 들어서면서 경멸 어린 표정을 숨기지 않았다.

로렌스는 모고치 장군이 옆에 선 리타보와 나누는 대화를 몇 마디밖에 알아듣지 못했으나 아는 단어를 조합해서 대충 뜻을 짐작할 수 있었다. 모고치 장군은 용으로 환생할 만큼 뛰어난 조상을 한 명도 갖지 못한 포르투갈인들을 비웃었다. 그리고 케펜체에서 멀찌감치 물러나 있는 멕시코의 야생 용들을 향해 무시하듯 손을 휘저으며 무어라 말을 했는데 그 뜻은 굳이 통역을 통하지 않아도 알 수 있었다. 그 후의 협상 분위기는 전쟁과 다름없을 만큼 적대적이었다. 노예 소유주이기도 한 포르투갈 협상 대표들이 일부러 그런 분위기를 부추기기도 했다.

잠깐 한숨을 돌리러 나온 해먼드는 좁은 대기실을 서성대며 심란하게 말했다.

"사실상 저 포르투갈인들로서는 전쟁만이 재산을 지킬 방법일 겁니다. 전쟁이 벌어지면 어떻게든 승리할 가능성이라도 생기니까요. 모고치 장군은 참을성이 참 대단하더군요. 군인으로서 저 정도로 참기가 쉽지 않을 텐데……."

리타보의 통역을 비롯해서 츠와나 단어들을 일부 주워들은 로렌스는 모고치 장군이 해먼드가 감탄할 정도로 대단한 인내심을 발휘할 필요조차 없음을 알고 있었다. 모고치는 오히려 포르투갈 측에 별다른 반박을 하지 않음으로써 포르투갈 귀족들이 이 협상을 걷어치우지 못하게 하고 있었다.

포르투갈 측 수석 협상자인 카마라는 코웃음을 치면서 로렌스를 줄기차게 노려보았다. 다급해진 해먼드가 카마라에게 세 번이나 다가가서 귓속말을 했다. 로렌스의 도움으로 사태를 안정시키려던 해먼드의 시도는 릴리의 편대가 이곳에 도착하면서 물거품이 되었다. 사탕발림, 위협, 모욕, 간청 등 온갖 방법을 동원했지만 성공하지 못했고 결국 해먼드는 로렌스를 끌어들이는 대신 섭정 왕자를 설득해서 일시적인 평화라도 얻어내고자 했다.

포르투갈 협상자들은 일시적인 평화 따위는 내켜하지 않았다. 그런데 그날 밤, 포르투갈 측 소형 용 한 마리가 안마당에 급하게 착륙했다. 그 용의 비행사는 지상으로 내려서자마자 숨을 헐떡이며 곧장 건물로 달려 들어가 보고를 올렸다. 츠와나 용 아홉 마리를 태운 프랑스 용수송선 한 척이 또 항구로 들어왔고, 그 용들이 용 갑판에서 날아올라 해안의 다른 동료들과 합류했다는 내용이었다.

그 소식을 전해 듣고 어둠이 걷히기도 전에 잠에서 깨어난 포르투갈 협상자들은 잔뜩 웅크린 채 모여 서서 굳은 표정으로 웅성웅성 얘기를 나누었다. 새벽 무렵 케펜체가 다시 불려왔고 양측 간에 논의가 재개되었다. 포르투갈은 일단 노예들을 해방시키되, 해방된 노예들이 현 주인의 땅에 계속 머무는 쪽으로 협상을 끌고 가려고 했다. 로렌스가 보기에는 나중에 전세가 역전되면 애초에 노예 해방 따윈 있지도 않았던 것처럼 무효화하기 위한 수작이었다.

포르투갈인들의 얘기를 귀 기울여 들은 리타보는 모고치 장군과 논의한 후 입을 열었다.

"당신들은 우리 부족의 친족들을 함부로 갈라놓았습니다. 이는 있을 수 없는 일입니다. 고향으로 돌아갈 마음이 없다고 하는 이들의 경우에도 지금 살고 있는 이 땅에서 조상들과 함께 살도록 해야 합니다."

만족스러운 표정을 짓고 있는 포르투갈 협상자들이 과연 츠와나 족이 말하는 '조상'이 '용'을 의미하는 것임을 알고는 있는지 로렌스는 의심스러웠다. 하지만 잠시 후 휴식 시간에 카마라가 동료들에게 자랑스럽게 떠벌리는 걸 듣고는 그냥 입을 다물기로 마음먹었다.

카마라가 말했다.

"우리가 조금 양보한 건데도 넙죽 받아먹는 꼴들 좀 보세요. 이럴 줄 알았으면 진즉에 협상할 걸 그랬습니다. 저 야만인들은 사태 파악도 못하고 교양도 없기 때문에, 원시적인 욕구만 충족해주면 쉽게 다룰 수가 있습니다. 저들은 '노예'라는 개념을 부정적으로 알고 있으니 저들이 요구하는 대로 노예가 아닌 자유인으로 불러줍시다. 대부분의 노예들은 본능적으로 위험을 피해 여기 눌러 사는 쪽을 택할 테고, 여기서 먹고살려면 어차피 지금까지 해오던 농장 일을 계속해야 될 겁니다. 그러니 아무려면 어떻습니까? 몇 천 명 정도가 바다 건너 아프리카로 돌아간다고 해도 우리로선 크게 손해날 게 없다 이겁니다. 용들이 득실거리는 아프리카로 도망쳐봤자 좋을 게 없으니, 여기 남는 노예들의 수가 훨씬 많을 겁니다."

해먼드는 불안한 눈빛으로 로렌스를 바라보았다. 카마라의 얘기를 로렌스가 얼마나 알아들었는지, 카마라의 생각에 반대할 의도가 있는지 확인해보고 싶은 듯했다. 그러나 로렌스는 아무 말도 하지 않고, 그저 회의실 맞은편에 서 있는 리타보를 흘끗 쳐다보았다. 리타보는 고개를 돌리고 로렌스를 향해 보일 듯 말 듯한 미소를 지어 보였다.

"정착해 살 수 있는 괜찮은 부지도 마련해줬으니 아프리카로 돌아가기보다는 여기서 사는 쪽으로 결정을 내려줬으면 좋겠어요. 사람들을 포튼테이트 호에 실어 아프리카로 돌려보낸다고 하면, 우린 여기 죽치고 앉아서 일 년, 아니 3년은 기다려야 될 거예요. 한 번 왕복하는 거로는 저들 중 절반도 실어 보낼 수가 없을 테니까요."

캐서린이 산 정상에 앉아 리오 시를 내려다보며 말했다. 헤비급 츠와나 용 다섯 마리가 더 들어와 리오 시 한가운데 자리를 잡으면서 도시가 전보다 더 비좁아졌다. 도시 가장자리로 밀려난 미들급 용들은 여기저기 흩어져 자리다툼을 벌였다.

워렌 대령이 말했다.

"저들도 이곳으로 잡혀올 때처럼 화물 창고에서 비좁게 잠을 자며 아프리카로 돌아가려고 하진 않을 겁니다. 아무렴요. 용들도 함께 타고 간다면 식량도 어마어마하게 실어야겠죠. 식량을 실으면 한 번에 500명 이상의 승객을 태우진 못합니다. 엇, 저기 좀 봐요!"

츠와나의 덩치 큰 암컷 용 한 마리가 곧장 이리로 날아오고 있었다. 도시의 폐허에 편하게 자리를 잡으려던 그 용은 마땅한 자리가 없자 도로 이륙하여 이 산을 향해 날아오고 있었다. 산 정상에 앉아 있는 영국 공군들을 보지 못한 것인지, 아니면 보고도 신경 쓰지 않는 것인지 그 용은 절벽 면을 발톱으로 움켜쥐고 시험 삼아 긁기 시작했다. 절벽의 재질을 확인하려는 듯했다.

재질이 만족스러운지 그 용은 산 아래쪽을 향해 고개를 돌리고 고함을 질러 동료들을 불렀다. 도시 안에 자리를 잡으려고 버둥대던 용 몇 마리가 산으로 날아와 함께 절벽을 긁어댔다. 작은 용 한 마리가 무언가 생각을 하더니 쯔륵쯔륵 소리를 내면서 어딘가로 날아가 대포를 하나 들고 왔다. 츠와나 용들은 대포에서 바퀴를 떼어버린 후 나무로 된 포대를 앞발로 움켜잡고서 포신을 절벽에다 찍었다. 작은 용들이 포신의 방향을 잡아주면 몸집 큰 용들이 포대를 번갈아 잡고서 포신으로 절벽을 망치질하는 식이었다. 절벽이 어느 정도 패이자 작은 용들이 비비적대며 부서진 바위들을 긁어내기 시작했다. 소규모 산사태라도 난 것처럼 바위들이 우르르 떨어져 내렸다. 예전에 로렌스가 츠와나의 수도 모시 오아 툰야에서 보았던 광경과 비슷했다. 그곳에서도 츠와나 용들은 폭포 주변의 절벽에 동굴을 뚫어 보금자리로 삼았다.

다음 날 아침이 되자 절벽의 구멍은 훨씬 커져서 작은 용 한 마리가 그 안에 들어가 바위 부스러기를 훑어낼 정도가 되었고, 밤이 되자 그 자리에 큰 용 두 마리가 들어가 잠을 청했다. 그 과정을 지켜보던 서튼 대령이 말했다.

"음, 저들 중 일부는 확실히 여기 자리를 잡을 생각인 것 같군요."

협상이 다시 재개되자 로렌스는 리타보에게 이 일을 얘기했으나 리타보는 고개를 가로저었다.

"케펜체는 여기 머물 거고 나와 내 딸들도 여기서 살기로 했어요. 우리야, 아프리카의 고향에 다른 가족이 남아 있지 않으니까 그래도 되지만, 다른 용들은 거의 그렇지가 않아요."

다행히 리타보는 친족들이 몰살당한 용들에게 좀 더 관대했고, 그 용들은 후손인지가 미심쩍은 이들을 기꺼이 받아들이는 쪽으로 마음을 돌렸다. 그리고 그 용들은 위험을 무릅쓰고 대양을 건너기보다 여기 머무는 쪽을 택했다. 그러나 10여 마리의 츠와나 용들은 아프리카에 마을과 친족들이 기다리고 있으니 이곳에서 구해낸 2000명에 달하는 해방 노예들을 데리고 당장이라도 귀향하겠다고 고집을 부렸다. 소규모 부대에 버금가는 규모여서 그만한 인원이 항해 중에 먹을 식량을 구하는 것도 쉽지 않은 일이었다.

리타보가 협상장을 나서면서 로렌스에게 말했다.

"포르투갈인들이 저 서류에 멋진 표현들을 골라 쓴다고 해도 용들에게는 별로 와 닿지 않을 거예요. 대령님도 알고 나도 아는 바죠. 나중에라도 만족스럽지 못한 점이 불거지면 어떤 합의도

유지될 수가 없어요. 우리가 요구하는 바는 이거예요. 이곳의 모든 노예들을 해방시켜서 조상들과 함께 살게 해줄 것, 그리고 귀향하고 싶어 하는 이들을 용수송선에 실어 보내줄 것. 이 요구가 받아들여지지 않으면 다시 프랑스와 거래할 거예요. 그래도 포르투갈인들이 노예들을 풀어주지 않을 경우······."

리타보는 뻔한 결과가 닥치지 않겠느냐는 뜻으로 두 손을 펼쳐 보였고 로렌스는 고개를 끄덕였다. 그런데 옆에서 워렌이 제안했다.

"용수송선 말고 작은 보트에 사람들을 실으면 어떨까요? 프리깃함이라든지 큼직한 상선 같은 보트 말입니다."

워렌이 프리깃함을 보트라고 칭하자 로렌스는 어이가 없어서 움찔했다. 리타보는 그 제안을 단박에 거절했다. 츠와나 용들이 자손들과 다시 떨어지고 싶어 하지 않을 거라는 이유에서였다.

그랜비는 돛대 꼭대기에 삼색기를 경쾌하게 휘날리며 항구로 들어서는 프랑스 용수송선 두 척을 내려다보며 말했다.

"음, 이제 달리 선택의 여지가 없을 것 같은데, 어쩌면 좋겠습니까?"

18

"우리가 마음만 먹으면 윙크하는 것만큼이나 쉽게 침몰시킬 수 있을 겁니다."

워렌 대령이 항구 쪽을 바라보며 말했다. 해변에서 바위를 하나씩 들어다가 높은 데서 떨어뜨리면 시간은 좀 걸리겠지만 프랑스의 용수송선들을 물밑으로 가라앉힐 수 있을 것이다. 그러면 츠와나 족도 그 배들을 이용할 수가 없으니 곤란해지겠지만 말이다.

거대한 용수송선들을 손상시키지 않고 온전히 탈취하기란 꽤 어려운 일이었다. 특히 프랑스가 자기네와 동맹을 맺고 있는 츠와나 족이 언제든 등을 돌릴 수 있음을 알고 있기 때문에 더 그랬다. 용수송선 자체도 중무장이 되어 있는 데다 용 갑판 위의 활대 양쪽 끝에 매달아놓은 자루에는 마름쇠들이 잔뜩 들어 있었다. 여차하면 날카로운 쇠 이빨이 붙은 마름쇠들을 용 갑판에 뿌려서 적군의 용들이 착륙하지 못하게 막을 준비를 해놓은 것이다. 마름쇠를 뿌리면 자기네 선원들도 돌아다니기가 불편하겠지만 용들의 착륙을 막는 데는 꽤 효과적이었다.

반면에 프랑스의 용수송선들을 호위하고 있는 프리깃함들은 니티두스나 둘시아도 착륙하기 어려울 만큼 규모가 작았다. 대신 빠르고 기동성이 있는 데다 끝이 넓적한 연속 포격 장치들이 곳곳에 배치되어 있어서 용수송선에 착륙하려는 적군의 용을 곧장 포격할 수 있었다. 또한 용수송선 가까이에 정박해 있기 때문에 직접적인 공격도 가능했다. 갑판을 돌아다니는 선원들 사이로 작은 포함 네 척이 로렌스의 시야에 들어왔다. 프리깃함에 실려 있는 그 포함들마다 길고 좁은 포신들이 설치되어 있어서 여차하면 짧고 날카로운 이빨이 돋아 있는 포탄들을 발사할 수 있었다.

로렌스는 망원경으로 그 배들을 살피며 말했다.

"저들은 경보음이 울리고 5분 내에 포함들을 수면으로 내릴 겁니다. 선원들이 일을 잘하면 5분이고, 못하면 10분이겠죠. 포함들은 곧장 포격을 시작할 것이고 연속 포격 장치도 작동할 겁니다. 그럼 우린 용들을 저 용수송선의 갑판에 착륙시킬 수 없게 됩니다."

서튼이 옆에서 거들었다.

"우리가 어떻게든 갑판을 차지한다고 해도 프랑스 측이 자기네 배에 대포를 쏴서 망가뜨려버리면 소용이 없어요. 용수송선 없이는 우리도 3년간 이 항구에서 꼼짝도 못할 겁니다. 아무리 수리를 해도 심하게 망가졌던 배로는 장기간 항해가 불가능해지니 말입니다."

캐서린은 지저분한 양피지 한 장을 펼친 후 불에 탄 목재에서 얻은 숯 덩어리로 그 위에 항구의 윤곽을 그리며 맞장구를 쳤다.

"맞아요. 그러니까 우선 저 포함들부터 처리해야 되겠죠. 먼저 주변의 다른 배들을 제압한 다음, 갑판에 마름쇠들을 뿌릴 틈을 주지 말고 최대한 빨리 용수송선을 빼앗으면 돼요. 프리깃함들을 차지하고 우리의 승리를 기정사실화하면 저들도 자기네 용수송선을 망가뜨리는 짓은 하지 못할 거예요. 자기네 선원들을 같이 바다에 수장시킬 작정이 아니라면요."

워렌이 쾌활한 목소리로 문제점을 지적했다.

"그런데 한 가지 문제가 있습니다. 프랑스의 용수송선들을 빼앗는다고 해도 누가 선장 노릇을 합니까? 우린 못할 테고, 포튼 테이트 호에서 선원들을 데려온다고 해도 용수송선 두 척을 바다 건너 아프리카까지 끌고 가기에는 인원이 턱없이 부족합니다. 지금 로렌스 대령이 데리고 있는 선원들이 어느 정도는 역할을 해주겠지만……."

그러자 로렌스가 말했다.

"그 선원들이 전보다는 상태가 좋아졌지만, 나라면 아주 잔잔한 바나를 단 16킬로미터만 항해하는 조건이라고 해도 숙련된 해군 장교들 없이는 그놈들에게 종돛이 달린 소형 보트조차 맡기지 않을 겁니다."

캐서린이 말했다.

"한 번에 하나씩만 걱정합시다! 일단 프랑스의 용수송선들을 빼앗고 나서 다른 문제들을 해결해보자고요."

발아래로 흐르는 검푸른 바다를 뒤로하고 날면서 테메레르가 어깨 너머로 말했다.

"어떻게 그런 식으로 우리 위치를 파악하는 건지 아직 잘 모르겠어, 로렌스."

공기가 맑은 데다 너무 덥지도 않아서 비행하기에는 더없이 좋은 날씨였다. 테메레르는 공중에서 나선을 그리며 비행해보았다. 프랑스의 용수송선들을 빼앗는 일이 어렵기는 하지만 어떻게든 해낼 테니 온종일 그 문제로 머리를 싸매며 고민할 필요는 없었다.

테메레르가 바다를 내려다보며 덧붙였다.

"우리가 선박 항로에서 안 벗어난 거 맞지?"

로렌스가 나침반과 별자리를 보며 정교하게 계산하지 않고도 어떻게 이 대양에서 위치를 파악할 수 있는지 테메레르는 알 수가 없었다. 그들이 뭍을 떠나 바다를 비행한 지 두 시간 가까이 되어가고 있었다.

"안 벗어났어. 우현으로 22도 방향에 포경선이 한 척 있어. 우리 영국 배나 미국 배이길 바라야지. 미국 배라도 선원들을 한 10여 명만 빼내올 수 있으면 좋은데. 그쪽에서 화를 내든 말든 우리 사정이 더 급하니까."

로렌스만 괜찮다고 하면 그런 행동도 충분히 정당화될 수 있기에 테메레르는 기쁜 마음으로 속도를 높여 날아갔다. 그런데 거리가 좁혀지고 보니 그 배에는 네덜란드의 삼색기가 달려 있었다. 로렌스가 배의 삭구로 밧줄을 내리고 갑판으로 내려가 그 배의 선장을 만나는 동안 테메레르는 그 위에서 정지 비행을 하며 기다렸다.

잠시 후 로렌스는 선원을 한 명도 데려오지 못한 채 혼자서 테메레르의 몸으로 올라왔다. 딱히 어떤 작전이 있어서 혼자 올라오는 것도 아닌 듯했다. 테메레르가 한숨을 쉬자 로렌스는 그의 등으로 기어 올라와 카라비너를 다시 채운 후 말했다.

"빨리 남남서 방향으로 가자, 테메레르. 지체할 시간이 없어. 방금 전에 호루흐 선장한테 들은 얘기로는 오늘 아침에 대플 호를 봤대. 영국 소속의 48문짜리 멋진 프리깃함이야. 그 배가 우리 비행 범위를 넘어서버리기 전에 잡으면 우리 쪽에 선원들을 추가로 채울 수가 있어."

로렌스는 망원경으로 바다를 훑어보았다. 몇 안 되는 승무원들을 전부 동원해 사방을 살펴보게 했다. 배의 창문에서 새어나오는 불빛이든, 랜턴에서 나오는 빛이든 눈에 띄기를 바랄 뿐이었다. 비행 범위가 한계에 이르렀을 무렵 로렌스가 그만 포기하려는데 배기가 소리쳤다.

"대령님! 저기쯤에 배가 있는 것 같습니다. 불빛을 본 듯합니다."

테메레르가 가까이 접근하자 대플 호에서 파란 조명탄을 쏘아올렸다. 배에서 내건 깃발을 보니 아무런 의심 없이 그들을 환영하는 눈치였다. 대플 호의 함장은 이런 식으로 선원들을 약탈당할 줄은 전혀 예상하지 못했을 것이다. 슈베리니스 재앙 이후로 해군은 암울한 분위기 속에서 대대적인 개편을 단행했기에, 로렌스는 현재 대플 호의 함장이 누구인지 알지 못했다. 로렌스는 이 배에서 장교들을 몇 명이나 데려갈 수 있을지 계산하며 갑판으로 내려갔다. 갑판에 발을 딛고 해군 시절의 익숙한 분위기에 잠시 취했으나 관등 성명을 요구받는 순간 로렌스는 자신의 거북한 위치를 불현듯 깨달았다. 대부분의 영국 장교들 사이에서 로렌스는 여전히 유죄판결을 받은 죄인이며 반역자로 통하고 있었고, 그가 공군에 복귀한 사실은 아직 공식적으로 발표되지 않았다.

"테메레르의 비행사 윌리엄 로렌스 대령입니다."

로렌스가 입을 연 순간 젊은 장교들이 동요하면서 웅성대는 소리가 퍼져나갔다. 테메레르와 로렌스의 이름을 듣고도 그들이 누구인지 곧장 알아보지 못한 자들도 곧 그들의 정체를 들어 알게 되었다. 다들 밤하늘을 올려다보았다. 테메레르의 가죽이 검은색이라 하늘에 그림자가 떠 있는 것 같았다.

선원들을 지휘해 용이 내려올 폰툰 갑판을 설치하던, 스무 살도 채 안 되어 보이는 제3사관이 그들의 이름을 듣고는 "작업 중단해, 라이틀리 군." 이라고 말하면서 함장의 눈치를 보았다.

로렌스와 같은 연배인 함장이 악수도 청하지 않고 천천히 자기소개를 했다.

"어데어 갤러웨이 함장이라고 합니다. 어찌된 일인지 설명이 필요할 것 같군요."

"그래야죠. 길게는 못할 것 같습니다. 갑자기 찾아와 이런 요구를 하게 돼서 유감입니다만 여분의 선원들을 최대한 내주셨으면 합니다. 미리 말씀드리겠지만 그 선원들은 지금보다 훨씬 힘든 일에 투입될 겁니다."

이 말이 퍼져나가자 대플 호에는 조금 전 로렌스가 이름을 말했을 때보다 더 경악스러워하는 분위기가 조성되었고, 갤러웨이 함장도 한층 더 당혹스러워했다. 로렌스는 갤러웨이 함장의 이름과 명성을 약간은 알고 있었다. 꽤 까다로운 성격이라는 소문이었는데, 대플 호를 보니 소문대로였다. 대서양을 가로지른 지 얼마 되지 않고 아프리카의 뿔을 막 지나왔을 텐데도 대플 호는 페인트를 금방 칠한 것처럼 광택이 돌았고, 놋쇠로 된 부분들도 랜턴 아래 따뜻하게 빛났다. 장교들은 당장 만찬에 초대받아도 될 정도로 모두 제복을 깔끔하게 갖춰 입었고, 큰소리치는 일 없이도 배 전체에 질서가 잡혀 있었다.

로렌스도 예전에 이렇게 배를 운영하는 것을 좋아했었다. 지금 자신은 너저분한 바지, 검정이 벗겨진 칙칙한 장화, 누렇게 변색된 리넨 셔츠 차림이라 서글프게 느껴졌다. 꼴은 이래도 어떻게 보면 지금은 자신이 더 유리한 입장이었다. 로렌스는 갤러웨이보다 4년 더 상급자였다.

"어디 안에 들어가서 얘기를 했으면 합니다. 그리고 테메레르가 잠시라도 쉴 수 있게 폰툰 갑판을 내리라고 지시해주십시오. 얘기를 마치는 즉시 다시 이륙해야 하니까 서둘러주세요."

로렌스의 말에 갤러웨이는 군말 없이 지시를 내린 후, 로렌스를 고물 쪽 선실로 데리고 들어가 문을 닫았다. 호기심 많은 선원들이 선실 문에 귀를 바짝 대고 있을 테니, 로렌스와 갤러웨이의 대화는 삽시간에 배 전체에 퍼져나갈 것이었다.

로렌스가 입을 열었다.

"함장님, 나에 대해 주저하시는 것 같으니 단도직입적으로 말씀드리겠습니다. 나는 작년 11월 11일부로 공군에 복귀했습니다. 내 개인적인 상황은 그리 중요하지 않으니 이 정도로 해두고, 더 중요한 얘기를 하겠습니다. 우리는 리오에 입항해 있는 프랑스 용수송선 두 척을 탈취할 계획입니다. 우리 측에 용이 열 마리 있기는 합니다만, 내포선 회항원으로 쓸 선원이 200명뿐이고 그들을 지휘할 장교는 한 명도 없습니다."

폰툰 갑판이 설치될 때까지 테메레르는 초조하게 정지 비행을 했다. 폰툰 갑판이 그리 크지 않은 편이라서 테메레르는 배를 가라앉히지 않기 위해 공기를 잔뜩 들이마시고 조심스럽게 갑판으로 내려갔다. 그러고는 배의 난간 쪽으로 고개를 돌리며 말했다.

"뭐, 이 정도면 괜찮네요."

늘어서서 쳐다보던 선원들은 부리나케 뒷걸음쳤고, 젊은 장교 한 명만 창백한 얼굴로 자기 자리를 지키고 있었다.

"고맙습니다. 그런데 세 번째 밧줄을 좀 더 단단히 매는 게 좋겠군요. 매듭이 흉하게 지어진 데다 금방이라도 풀릴 것 같거든요. 이 배를 바다 밑에 가라앉히고 싶지도 않고, 다시 끌어올리느라 힘을 쓰고 싶지도 않아요. 그런데 몇 명이나 우리랑 같이 갈 것 같아요?"

결국 테메레르는 궁금증을 참지 못하고 이렇게 묻고 말았다.

장교는 더듬거리며 몇 마디 할 뿐, 제대로 대답하지 못했다. 잠시 후 로렌스가 함장과 함께 선실을 나섰다. 함장은 상당히 언짢은 표정이었으나 선원 40명과 장교 네 명에게 테메레르의 몸에 탑승하라는 지시를 내렸다. 로렌스는 장교들이 등에 올라탈 수 있도록 제리에게 카라비너와 여분의 하네스를 던져주라고 명령했다. 테메레르는 장교들을 한 명씩 앞발로 잡아 등에 올렸는데, 맨 처음 탑승시킨 장교는 크리드 제3사관이고 마지막으로 태운 장교는 열다섯 살의 렌 소위였다. 선원들은 갑판에 펼쳐놓은 임시 자루 속으로 마지못해 들어갔고 테메레르는 그 자루를 들어 올려 배 쪽 그물에 집어넣었다. 선원들이 자루에서 그물로 안전하게 옮겨갈 수 있도록 하기 위해서였다.

40명이나 더 얻다니! 테메레르는 의기양양하게 다시 날아올랐다. 새로 보충한 이 사람들은 그들이 나포할 용수송선으로 곧 옮겨갈 것이다. 잠시 보유하고 있는 것뿐이지만 40명이나 되다 보니 테메레르는 가슴이 벅차올랐다. 프랑스 용수송선을 탈취하지 못할 경우, 이 선원들을 기존 선원들에 합류시켜 승무원으로 데리고 있어도 될 것이다.

테메레르는 무척 만족스러워하며 야영지로 돌아와 새로 합류한 이들을 바닥에 내려주었다. 테메레르는 잘 익은 달콤한 바나나로 속을 채운 쇠고기 구이로 거나하게 식사를 마치고 잠이 들었는데, 몇 시간이 지났을 무렵 누군가 예의 없이 몸을 세게 미는 바람에 잠을 깼다. 테메레르는 한쪽 눈을 뜨며 물었다.

"어우, 뭐야. 왜 깨워?"

이스키에르카였다.

"한가하게 잠이나 잘 때가 아니야. 말도 안 되는 일을 막아야 하니까 당장 일어나. 우릴 쏙 빼놓고 프랑스 배를 탈취할 궁리들을 하고 있단 말이야."

테메레르가 하품을 하며 허리를 펴고 일어나 앉았다.

"네가 잘못 알았겠지. 릴리랑 막시무스가 가만히 있지 않을 텐데……."

이스키에르카가 초조하게 소리쳤다.

"그 두 용도 빼놓고, 그랜비랑 로렌스 둘이 한다잖아!"

보트의 이물에 앉은 렌 소위가 조그맣게 시간을 말했다. 하도 작은 소리라 로렌스가 앉아 있는 보트 고물까지는 전해지지 않았다. 바닷물에 소리 없이 잠겼던 노가 부드럽게 올라와 재빨리 호를 그리는 동안 물방울이 파도 위로 떨어졌다. 또 다른 보트의 좌측 고물에 앉은 크리드의 야위고 파리한 얼굴에 흥분이 감돌았다. 이 작전이 성공하면 크리드는 스무 살의 나이에 용수송선의 함장이 될 것이다. 해군이라면 누구나 꿈꾸는 절호의 기회가 아닐 수 없었다.

아니면, 그들이 보트에 오를 때 오데이가 "다들 심해에 사는 괴물 뱀의 먹이가 될지도 모릅니다요, 대령님."이라고 암울하게 말했던 것처럼 실패로 끝날 수도 있었다.

로렌스는 우현을 흘끗 돌아보았다. 그랜비를 태운 통처럼 생긴 작은 보트가 떠 있었다. 해안의 어느 어부에게 조달받은 그 보트에는 사슬 그물이 잔뜩 실려 있었다. 그 너머로 캐서린이 탄 보트가 보였다. 출발 전, 로렌스는 이 일에 끼지 않는 게 좋겠다고 캐서린을 조심스럽게 말렸으나 캐서린은 코웃음을 칠 뿐이었다. 이름도 모르는 선원들을 비롯해 꼬마 시포까지 신호탄을 손에 단단히 쥐고 보트에 올라탄 마당이니 그럴 만도 했다. 에밀리라도 말려보려고 그쪽으로 고개를 돌렸으나 에밀리의 부릅뜬 눈을 마주 본 순간 로렌스는 말도 꺼낼 수 없었다. 로렌스는 어쩔 수 없이 에밀리에게 사슬 그물을 실은 두 번째 보트를 맡겼다. 적어도 그 일을 맡기면 작전이 끝날 때까지 에밀리가 프랑스 배에 오를 일은 없을 것 같아서였다.

로렌스를 필두로 한 보트 소함대는 소리 없이 항구 앞을 가로질렀다. 목표는 탑처럼 높이 솟아 있는 프랑스 용수송선 폴로네즈 호와 마르샬 호였다. 조명이라고는 하늘의 달빛, 그리고 그들이 등지고 있는 도시에서 츠와나 족이 언제나처럼 야간 회의를 위해 피워놓은 모닥불이 전부였다. 바다 위로 퍼져나가는 츠와나 족의 목소리가 로렌스 일행을 태운 보트의 소음보다 훨씬 컸다. 모닥불 빛이 프랑스 용수송선 망꾼들의 시선을 사로잡아 보트의 접근이 발각되지 않기를 로렌스는 간절히 바랐다.

목표물에 가까워지자 크리드가 로렌스에게 눈짓을 하고는 고개를 끄덕였다. 크리드를 태운 보트가 먼저 무리에서 떨어져 마르샬 호로 향했고 보트 여섯 척이 그 뒤를 따라갔다. 로렌스의 보트는 폴로네즈 호 옆으로 다가갔다. 로렌스는 망원경을 꺼내

들고 폴로네즈 호를 살펴보았다. 당직 사관이 고물 근처의 타륜 옆에 서 있고, 뒷갑판의 대포 사이사이에 선원들이 웅크린 채 잠들어 있었다. 망대에 앉은 망꾼이 팔에 입을 대고 하품을 했다. 항구에 정박해 있는 배의 평화로운 풍경이었다.

로렌스는 이물 쪽에서 대기 중인 율 수병에게 고개를 끄덕였다. 둔하기는 해도 건장한 편인 그 젊은이는 끝에 갈고리가 달린 밧줄을 폴로네즈 호로 던져 올렸다. 갈고리가 난간에 단단히 걸리는 소리가 들렸다. 그들은 숨을 죽인 채 가만히 기다렸다.

폴로네즈 호에서 아무도 알아채지 못했는지 경보음은 들려오지 않았다. 허리에 밧줄 다섯 개를 묶은 율은, 난간에 고정시킨 밧줄을 잡고 폴로네즈 호로 올라갔다. 밧줄에는 미리 매듭을 지어놓아 잡고 올라가기 편하게 해놓았다. 갑판으로 올라간 율은 밧줄 다섯 개를 허리에서 풀어 난간에 고정시킨 후 그 끝을 재빨리 다른 보트들을 향해 던졌다. 로렌스가 갑판에 올라가 보니 다른 보트에 타고 있던 스무 명의 영국인들이 텅 빈 용 갑판으로 올라와 짐짝과 통 옆에 웅크리고 있었다. 그들은 갑판에서 잠든 프랑스인 일곱 명의 입에 누더기를 쑤셔 넣어 소리를 지르지 못하게 한 후 고기를 굽듯 밧줄로 단단히 팔다리를 묶었다. 율과 렌은 마름쇠가 담긴 자루들을 끌어내리기 위해 삭구를 타고 앞돛대로 올라갔고, 리틀 대령과 체너리 대령이 그들 뒤를 따라갔다. 리틀과 체너리는 비록 해군은 아니지만 오랜 기간 공중에서 용의 몸을 타고 오르내린 이들이라 삭구를 타고 오르는 데 어려움이 없었다.

로렌스는 난간 너머로 바다 쪽을 살펴보았다. 보트에서 그랜비가 손을 흔들었다. 그 보트는 여섯 명을 폴로네즈 호로 올려 보낸 후, 폴로네즈 호가 마르샬 호와 마주하고 있는 건너편으로 이동하여 중요한 작업을 진행하기 시작했다. 미리 갑판에 올라가 있는 이들에게 밧줄을 던져 올려 사슬 그물을 끌어올리게 하는 일이었다. 사슬 그물은 원래 용들이 쓰는 장비인데 그것으로 이 배의 현문을 덮어버리려는 것이었다. 로렌스는 돌아서서 사람들을 이끌고 용 갑판을 가로지르다가 주갑판으로 이어지는 계단 근처에서 멈춰 섰다. 한 남자가 그곳에 드러누워 입을 벌린 채 코를 탁하게 골며 자고 있었다.

메이휴가 로렌스를 쳐다보았다. 로렌스가 고개를 끄덕이자 메이휴와 토드는 맨발로 조용히 주갑판으로 내려갔다가 계단 뒤로 돌아갔다. 메이휴는 코 고는 남자의 입을 틀어막고 손으로 목을 눌러 제압했다. 로렌스는 계단 사이로 그 프랑스인의 휘둥그레진 눈을 볼 수 있었다. 남자는 흰자를 희번덕거리며 메이휴의 커다란 손에서 벗어나려고 몸부림쳤다. 토드가 곧장 달려들어 그자의 팔을 몸에 붙여 밧줄로 묶었고 양쪽 발목과 무릎도 한데 묶어서 옴짝달싹 못하게 했다. 메이휴와 토드는 그 남자를 기둥 뒤로 끌어다놓고 길을 냈다.

로렌스는 발끝으로 살금살금 주갑판으로 내려갔다. 장화 바닥이 잔뜩 낡아 얇아진 덕분에 발소리가 나지 않았다. 로렌스는 전방에 보이는 이물의 사다리식 통로 쪽으로 여덟 명을 보냈다. 그 통로는 지키는 이 없이 방치되어 있었다. 그 여덟 명은 힘을 합해 커다란 물통을 사다리식 통로 위에 얹어놓은 후, 각자 챙겨온 권총, 칼, 단검을 꺼내 들고 그 주변에서 대기했다.

저 앞까지 갑판은 텅 비어 있었다. 잠시 후 당직 사관이 키잡이와 산만한 잡담을 나누다가 바람 불어가는 방향을 따라 이물 쪽으로 걸어왔다. 로렌스는 그 불운한 젊은 대위와의 간격이 좁혀지기를 기다리고 또 기다렸다. 그랜비의 보트에 탄 이들과 삭구에 올라가 있는 이들에게 최대한 시간을 벌어주고 싶어서였다. 단 30초라도 더 벌어주어야 했다. 당직 사관은 주갑판 중간에서 걸음을 멈추더니 허리를 굽히고 난간 너머를 내려다보았다. 선체를 살펴보는 듯했다. 조금 전 로렌스도 이 배로 올라오면서 선체에 따개비들이 잔뜩 붙어 있는 걸 보았는데, 따개비들은 선체가 심하게 긁히지 않도록 막아주는 역할을 했다.

당직 사관은 다시 허리를 펴고 걸어오기 시작했다. 무어라 흥얼거리다가 가끔 휘파람을 불기도 했다. 그러다 다시 멈춰 서서 눈을 가늘게 뜨고 바다를 내다보았는데, 그자의 시선은 이 배와 해안 사이에 정박해 있는 마르샬 호를 향해 있었다. 그 순간 허리를 굽히고 마르샬 호 갑판을 지나가는 영국인들의 그림자가 츠와나 족의 모닥불 빛에 길게 드리워졌을 것이다.

로렌스는 힘껏 고함쳤다.

"영국 만세!"

젊은 프랑스 장교는 품위 없게 펄쩍 뛰며 고개를 돌리고 칼을 뽑아 들었으나 영국 선원 세 명에게 제압당해 갑판에 쓰러졌다. 로렌스는 그 광경을 더 지켜볼 여유가 없었다. 그는 다른 선원 여덟 명을 데리고 고물의 사다리식 통로로 달려갔다. 통로 아래에서 프랑스 인들이 바깥을 내다보는 순간 로렌스 일행이 큼직한 물통으로 통로 입구를 막았다.

"경보! 경보!"

망대의 망꾼 소년이 악을 쓰자 갑판 여기저기서 자고 있던 프랑스 선원들이 깜짝 놀라 벌떡 일어나더니 장검과 단검을 찾아 들었다. 그런데 그중 한 명은 키가 2미터에 가까운 거구였고 팔도 곰처럼 굵었다. 그 남자는 얼리전스 호 선원이 휘두르는 선원용 단검을 간단히 어깨로 밀어내더니, 탄약 상자에서 포탄 하나를 집어 들고는 그 영국 선원의 머리를 내리찍었다. 피와 뇌수로 얼룩진 포탄이 바닥을 굴러갔다. 죽은 영국 선원이 쥐고 있던 단검을 빼앗아 든 그 거구는 옆에 놓인 대포의 포신 너머로 몸을 날려 영국인을 또 한 명 베어 쓰러뜨렸다.

물통을 등 뒤에 두고 선 로렌스는 사다리식 통로 아래 갇힌 프랑스인들이 문을 열고 올라오기 위해 물통을 쳐대는 바람에 그 진동을 온몸으로 받고 있었다. 저 앞에서 프랑스 선원들이 갑판을 가로실러 달려왔다. 로렌스가 양손의 권총을 발사했으나 한 명은 얼른 엎드려 총알을 피했고 다른 한 명은 팔에 약간 상처를 입었을 뿐이었다. 그들은 칼을 들고 바짝 다가와 로렌스와 싸우기 시작했다. 로렌스는 장화 뒤꿈치로 한 명의 배를 걷어차 쓰러뜨렸다. 다른 한 명이 칼을 쥔 팔을 잡고 늘어지자 로렌스는 얼른 팔을 빼낸 뒤 칼로 그를 베었다. 그자의 뺨에서 튄 뜨거운 피가 로렌스의 외투 소매로 떨어졌다. 로렌스는 칼자루를 단단히 쥔 손으로 그자의 얼굴에 주먹을 꽂았다.

그자는 갑판으로 쓰러지면서도 칼을 쥔 로렌스의 팔을 다시 붙잡고 늘어졌다. 그 순간 거구의 프랑스 남자가 로렌스에게 달려들었다. 간신히 팔을 빼낸 로렌스는 곧바로 거구가 휘두르는 단검을 마주해야 했다. 군데군데 시커멓게 녹슨 칼날이 어두운 그림자가 되어 로렌스를 내리 덮쳤다. 로렌스가 머리를 보호하려고 팔을 들어 올리는데 그 남자가 갑자기 앞으로 고꾸라졌다.

그 남자의 시체를 옆으로 밀어낸 로렌스는 놀란 눈으로 그 너머를 바라보았다. 꿍쑤가 그 남자의 옆구리에서 기다란 칼을 빼내고 있었다. 대단히 예리한 그 칼에는 피가 거의 묻지도 않았다. 칼날에서 반사된, 서늘한 푸른빛이 꿍쑤의 얼굴을 기묘한 회색으로 물들였다. 잠시 후 머리 위에서 쉬이익 소리가 들렸다. 마르샬 호 쪽에서 영국인들이 쏘아올린 신호탄이었다.

영국인들이 마르샬 호에서 싸우고 있다는 뜻이었다. 이제 남은 시간은 10분. 그 짧은 시간에 이 작전의 성패가 결정 날 것이다. 그 시간 안에 폴로네즈 호와 마르샬 호의 갑판을 완전히 장악해야 했다. 어쩌면 주변의 프리깃함들이 이미 잠에서 깨어나 이쪽으로 보트를 보냈을지도 모른다······.

그때 테메레르의 고함 소리가 들려왔다. 세상이 무너지는 듯한 그 엄청난 고함은 분명 테메레르의 것이었다. 바다가 들썩이면서 거대한 폴로네즈 호도 흔들거렸다. 주변의 다른 프랑스 배에서 경보의 비명이 울려 퍼졌다. 우박이라도 쏟아지는 것처럼 쿵쾅대는 소리도 들려왔다. 그 우박은 아마도 사람의 머리통만

한, 단단한 바위들일 것이다. 영국 용들이 프랑스 프리깃함들 위로 바위를 줄줄이 떨어뜨리고 있었다. 버팀대에 묶어둔 포함들을 망가뜨리기 위해서였다.

어둠 속에서 바위들이 목표물에 명중했는지 로렌스는 지켜볼 여유가 없었다. 사다리식 통로의 입구를 내리누르고 있던 물통의 무게가 갑자기 줄어들고 있었다. 입구 아래에서 프랑스인들이 물통 틈새를 벌려 물을 비우고 갑판으로 올라오려 하고 있었다. 로렌스는 선원을 불러 "이 물통을 찍어 눌러, 웨스킷!"이라고 지시를 내린 후, 다가오는 프랑스인들이 웨스킷을 공격하지 못하게 엄호했다.

테메레르가 갑판에 내려서자 폴로네즈 호가 또다시 크게 흔들렸다. 테메레르는 돛대에 걸린 프랑스 국기를 잡아 뜯고 고함을 내질렀다. 그 소리에 영국 선원들까지 갑판에 납작 엎드렸다. 곧바로 배 중앙으로 날아든 둘시아가 왼쪽 뱃전에 아슬아슬하게 앉아서는 프랑스인들을 한 명씩 집어 올려 난간 너머 바다로 내던지기 시작했다.

"로렌스!"

애타게 부르던 테메레르는 배의 고물 쪽에 있는 사다리식 통로 근처에서 프랑스인들에게 둘러싸인 그를 발견했다. 무슨 이유에서인지 프랑스인들 대부분은 갑판에 엎드려 있었다. 공격을 당하지 않으려고 혹은 싸움이 망설여져 그러는 듯해서 테메레르는 그자들을 흘겨보며 콧방귀를 뀌었다.

테메레르가 둘시아를 불렀다.

"둘시아! 로렌스를 살펴봐줘요! 난 프리깃함 네 척을 손봐주러 가야 해요."

"알았어. 그런데 체너리는 그쪽에 있니?"

갑판을 가로지른 둘시아는 로렌스에게 비틀대며 접근하는 프랑스인 두 명을 입으로 잡아 올려 바다로 던졌다.

테메레르가 재빨리 주변을 살펴보고 대답했다.

"여기, 삭구에 매달려 있어요. 지금 그쪽으로 데려다줄까요?"

그러자 체너리가 고개를 들고 이마의 땀을 닦으며 테메레르에게 소리쳤다.

"됐어. 내가 알아서 갑판을 지나갈 테니까 내버려둬! 넌 여기 있는 마름쇠 자루나 바다에 던져 넣어."

"아, 써먹을 방법이 있어요."

테메레르는 체너리와 리틀이 임시로 만든 자루를 받아 가장자리를 그러쥐었다. 그 안에는 마름쇠 조각들이 잔뜩 들어 있었다. 테메레르는 가장 가까이에 있는 프리깃함으로 그 자루를 들고 날아갔다. 그 프리깃함은 폴로네즈 호를 향해 대포를 조준하고 있었다.

"이스키에르카!"

테메레르가 불렀으나 이스키에르카는 그 프리깃함 주변을 선회하며 고개도 돌리지 않았다.

"나 바빠!"

이스키에르카는 삭구 너머 바람 불어가는 쪽으로 불을 뿜으면서 그 배의 선원들에게 항복하라고 소리치느라 정신이 없었다.
테메레르가 말했다.
"바쁘긴. 겁을 줘서 항복을 받아낸 뒤에 그 배를 전리품으로 챙기려는 거잖아. 용수송선들을 빼앗는 게 우선이야. 용수송선들한테서 항복을 받아낼 때까지 프리깃함들을 꼼짝 못하게 묶어놓으면 되는 거라고. 지금부터 이걸 떨어뜨릴 테니까 여기다 불이나 붙여."
"아, 알았어. 대신 나중에 이 배 선원들한테 프랑스어로 항복하라고 이야기해줘. 내가 영어로 하니까 못 알아듣나 봐."
이스키에르카는 곧장 테메레르 쪽으로 날아왔다. 테메레르가 자루를 흔들어 그 안에 든 마름쇠들을 떨어뜨리자 이스키에르카가 그 마름쇠들 쪽으로 불을 뿜었다. 쇠로 된 마름쇠들이 반쯤 녹아내리면서 프리깃함의 갑판으로, 프리깃함에 실린 포함들로 우수수 떨어져 나무로 된 부분에 박혔다. 테메레르는 공중에서 정지 비행을 하며 그 광경을 흡족하게 바라보았다. 프랑스 선원들은 연기를 뿜으며 떨어지는 뜨거운 마름쇠들을 피하느라 포함의 대포들을 쏠 수가 없었다.

마르샬 호 너머에서 갑자기 포효하는 소리가 들려 테메레르가 얼른 고개를 들었다. 이번에는 용의 고함이 아니라 대포 소리였다. 곧이어 막시무스의 고통스러운 비명이 들려왔다.
테메레르는 얼른 날아올랐다. 바위에 맞아 아주 망가진 줄 알았던 프리깃함 한 척이 마르샬 호의 용 갑판을 향해 현측을 돌리고 있다가 막시무스가 마름쇠 자루를 벗기려고 마르샬 호에 내

려선 순간 영악하게도 대포를 쏜 것이었다. 불쌍한 막시무스는 일제 사격에 완전히 노출되고 말았다. 포탄에 맞아 한쪽 날개의 막이 찢기면서 잘린 돛처럼 축 늘어졌고, 어깨와 엉덩이와 옆구리에서도 시커멓게 피가 흘러나왔다. 마르샬 호의 앞 돛대도 심하게 부서지면서 그 파편이 머리와 목에 박혀 막시무스는 마치 호저와 같은 모양새가 되고 말았다. 막시무스가 눈을 질끈 감고 머리를 앞뒤로 흔들며 고통스러운 비명을 토해내는 동안 그 프리깃함은 포탄을 재장전하고 있었다.

테메레르가 프리깃함을 향해 곧장 날아갔으나 이미 릴리가 그곳에 가 있었다. 릴리는 그 프리깃함의 갑판을 따라 길게 산을 뱉어냈다. 독한 산이 포열갑판으로 녹아내리면서 대포를 맡고 있는 프랑스인들에게 후두둑 떨어지는 순간, 치이익 소리와 함께 수증기가 치솟고 비명이 터져 나왔다. 바로 뒤따라온 테메레르가 고함을 질러 대양에 파도를 일으켰다. 6미터에 달하는 사나운 너울이 치면서 프리깃함이 비틀대는 바람에 두 번째로 발사된 포탄들이 마르샬 호의 용골에서 9미터쯤 떨어진 바다로 죄다 가라앉고 말았다.

"좋았어!"

득의양양하게 외치던 테메레르가 별안간 비명을 내지르고 몸서리를 치면서 수면 바로 위까지 고도를 떨어뜨렸다. 날갯죽지 바로 아래쪽에서 불에 타는 듯한 통증이 느껴졌다. 날갯짓을 할 때마다 아파서 공중에 계속 떠 있기가 힘들었다. 숨을 몰아쉬는 테메레르 곁으로 쿠링길레가 다가왔다. 쿠링길레는 테메레르의 체중을 떠받치면서 마르샬 호의 갑판에 그를 내려놓았다. 마르샬 호의 갑판에서는 이미 막시무스가 치료를 받고 있었다.

테메레르가 숨을 혹 들이마시며 말했다.

"하지만 로렌스가…… 로렌스가……."

막시무스의 용 의사 게이터스가 테메레르의 상태를 확인한 뒤, 다급히 막시무스 쪽으로 돌아가며 말했다.

"포탄이 박히진 않았으니까 거기 가만히 있어. 이따가 다시 자세히 봐줄게. 맙소사."

게이터스의 두 팔은 어깨까지 이미 누군가의 피로 얼룩져 있었다. 게이터스는 임시로 조수 노릇을 하는 어린 소위에게 막시무스의 상처를 지혈하라고 소리쳤다.

"거기 범포를 더 세게, 한참 누르고 있어."

테메레르는 "다들 싸우고 있는데 어떻게 갑판에 가만히 앉아 있으라는 거예요."라고 말하면서 고개를 슬쩍 돌려 상처 부위를 살펴보았다. 그다지 심하지 않을 줄 알았는데 고개를 돌리는 순간 절로 비명이 터져 나왔다.

"아악!"

더는 고개를 돌릴 수가 없었다. 고개를 약간 돌린 것만으로도 기분 나쁜 통증이 느껴졌다. 포탄 표면에 돋은 뾰족한 가시가 스치면서 살이 찢어진 모양이었다.

"막시무스, 많이 다쳤어?"

테메레르의 물음에 막시무스가 끙끙 앓는 소리를 내며 대답했다.

"찢어진 데를 꿰매면 멀쩡해질 거야. 아까 거기서 고함을 지르는 게 아니었는데. 고함을 지르는 바람에 포탄에 맞고 말았어."

그러자 게이터스가 화를 냈다.

"지금 지혈을 못하면 넌 한 시간 안에 죽어. 그러니까 눈 감고 입 다물어, 젠장. 불 뿜는 녀석은 어디 있는 거지? 필요할 땐 꼭 없어요. 포탄을 꺼내자마자 상처를 지져야 하는데……."

막시무스의 찢어진 옆구리로 머리를 거의 집어넣은 게이터스가 힘겹게 씩씩대면서 두 손으로 커다란 쇠 포탄을 끄집어내자 막시무스가 신음을 흘렸다.

"으윽."

막시무스가 친구라서가 아니라 객관적으로 봐도 괜한 엄살은 아니었다.

아직 뜨거운지 게이터스는 얼른 포탄을 갑판에 떨어뜨렸고 포탄은 그의 발 옆을 지나 저만치 굴러갔다.

그제야 이스키에르카가 신호를 보고 마르샬 호로 내려왔다. 게이터스가 부젓가락으로 쇠막대를 잡고 내밀자 이스키에르카가 불을 뿜어 뜨겁게 달궜다. 게이터스는 장선(腸線)으로 꿰맨 상처 부위를 쇠막대로 지졌다. 막시무스가 머리를 치켜들고 비명을 질렀다. 테메레르가 아무리 친구로서 막시무스를 감싸려 해도 그것이 비명 소리임은 부정할 수 없었다.

막시무스의 상처를 지지는 동안 발밑에서 또다시 요란하게 포탄이 발사되는 소리가 나더니 마르샬 호가 그 진동으로 흔들거렸다. 테메레르는 걱정스러운 눈으로 폴로네즈 호 쪽을 바라보았다. 로렌스는 아직 폴로네즈 호에서 싸우고 있었다.

크리드가 지휘하는 한 무리의 선원들이 지금껏 일부 프랑스인들을 마르샬 호의 갑판 아래 잘 잡아두고 있었지만 이미 갑판 위로 올라온 프랑스인이 600명이나 되었다. 포열갑판으로 내려간 프랑스인들은 폴로네즈 호마저 빼앗기느니 침몰시켜버리려고 폴로네즈 호에 대포를 조준하고 있었다.

그러나 그랜비의 부하들과 에밀리의 부하들이 이미 배의 현측을 사슬 그물로 덮어놓았다. 발사된 포탄들이 날아가지 못하고 전부 바다에 빠지게 해놓은 것이다. 겨우 포탄 두 개가 폴로네즈 호로 날아가 용 갑판을 일부 쪼개놓았다.

막시무스의 머리에 앉아 있던 버클리가 벌떡 일어나 갑판으로 미끄러져 내려왔다. 그는 긴 장갑을 낀 커다란 주먹으로 이물의 사다리식 통로 옆을 내리치면서 갑판 아래의 프랑스인들에게 말했다.

"너희 함장이 그 아래에 있지? 우리가 이 배의 갑판을 접수했고 너희 동료들은 전부 우리 발밑에 있다. 당장 항복하지 않으면, 용들을 시켜서 너희를 전부 갑판 위로 잡아 올린 다음 볼링 핀처럼 바다로 던져버리겠다. 이젠 어떤 식으로든 결판을 내야지."

19

"대령님의 성취감에 흠집을 내자는 건 절대 아닙니다."

곶에 오른 해먼드는 항구에 정박한 용수송선 두 척을 내려다보며 로렌스에게 말했다. 프랑스로부터 빼앗은 두 용수송선에는 영국 국기가 걸리고 각각 츠와나 용 세 마리와 네 마리가 갑판에 자리를 잡았다. 나머지 츠와나 용들은 되찾은 자손들을 용수송선으로 실어 가는 보트들을 보호하거나, 곡물과 말린 쇠고기가 담긴 자루들을 용수송선으로 옮기고 있었다. 곡물과 쇠고기는 그들이 아프리카 해안까지 6주 동안 이동하면서 배에서 먹을 식량이었다. 그들은 대부분의 자손이 노예로 잡혀가는 바람에 지금은 폐허가 되어 버린 룬다 항구에 상륙할 예정이라고 했다.

해먼드는 침울한 목소리로 되풀이해 말했다.

"절대로 그런 의도는 아니에요."

아직 꽤 거리가 멀기는 하지만 항구로 오고 있는 포튼테이트 호의 모습이 보였다. 로렌스가 추측하기로는 일몰 전에 닻을 내릴 수 있을 듯했다. 그리고 그들은 포츠머스로 돌아가는 포튼테이트 호에 식량을 실을 것이다. 해먼드는 포츠머스로 가는 여정을 전혀 달가워하지 않았다.

포르투갈 대사가 해먼드에 관해 작성한 보고서에는 그리 좋은 내용이 담겨 있지 않을 것이다. 기껏해야 능력 부족에 변변찮은 자로 묘사되거나, 지시에 따르지 않는 로렌스의 행동을 고의로 묵인한 자로 적어 넣었을 텐데, 아무래도 후자일 가능성이 높았다. 해먼드가 인정받을 수 있는 부분은, 프랑스 측의 용수송선들을 획득한 후 협상 과정에서 영국의 입장이 최대한 반영되도록 포르투갈 왕실의 지지를 얻어내기 위해 애썼다는 점뿐이었다.

용수송선을 탈취했다고 해서 외교관으로서의 잘못이 덮어지지는 않을 것을 해먼드는 잘 알고 있었다. 해군 본부는 용수송선 탈취에 무게를 두고 굳이 그의 잘못을 들춰내지 않을 수도 있지만 외무부에서는 엄청난 힘을 가진 잉카라는 나라가 나폴레옹과 한편이 되면서 영국이 이곳에서 고립된 처지가 되었다는 충격적인 소식을 들으면 용수송선 탈취쯤은 성과로도 여기지 않을 것이다.

"그나저나 추르키를 어떻게 해야 될지 모르겠습니다. 지금은 당연히 내 용이 아니지만, 굳이 나를 따르겠다고 고집을 부리면 결국 내 용이 되는 거 아닙니까. 이런 내 처지를 불쌍하게 여기고 추르키를 쫓아줄 용도 없는 것 같고요."

해먼드는 분노에 찬 목소리로 마지막 말을 덧붙였다.

추르키는 해먼드에게 집착에 가까운 애정을 보이고 있었다. 해먼드가 추르키를 원래 살던 곳으로 돌려보내려고 할 때마다 추르키는 고집불통인 자식을 감싸 안는 부모처럼 그를 즐거이 달래곤 했다.

"아무리 그래도 대사님을 따라 바다를 건너지는 않겠죠."

체너리의 위로에 해먼드는 씁쓸하게 말했다.

"과연 그럴까요? 추르키가 테메레르와 얘기하는 걸 엿들었는데, 용수송선을 얻어 타는 대신 거세한 소들을 잔뜩 제공하겠다고 하더군요. 추르키가 용수송선에 자리를 얻어내면 하선시킬 방법이 없잖습니까?"

해먼드의 간청에 못 이겨 로렌스는 테메레르에게 그 일을 물어보았다.

"하지만 로렌스, 추르키가 우리랑 같이 영국으로 가지 못할 이유는 없어. 해군본부도 전투 능력이 있는 새로운 품종의 용을 들여오고 싶어 한다고, 당신 입으로 여러 번 얘기했잖아. 당신도 알다시피 추르키는 잉카 군대에서 장교로 복무했으니까 군대 생활에 대해서는 누구보다 잘 알 거야. 자기 승무원을 따로 받게 되면 충실히 복무할 거라고 나한테 약속도 했어."

"테메레르, 추르키는 잉카 제국의 백성인데 지금 잉카는 우리 영국과 적대 관계에 놓여 있어. 이런 상황에서 우릴 도우면 추르키는 잉카의 반역자가 되는 것이고 돕지 않으면 우리의 적이 되고 말아."

테메레르가 반박했다.

"글쎄, 반역자가 될 것 같진 않은데. 추르키는 자기 친구들인 잉카 용들과 맞서 싸우겠다는 게 아니라 프랑스를 물리치는 일을 돕겠다는 거니까. 그리고 사파 잉카가 나폴레옹이랑 결혼한다고 해도 나폴레옹을 잉카의 황제로 만들어주지는 않을 거래. 어쨌든 지금 추르키한테 꺼지라고 하는 건 너무 무례한 짓이야. 몸집이 커서 용수송선에 자리를 많이 차지하는 것도 아니고, 메소리아를 제외하면 우리 중에서 나이도 제일 많아."

나중에 로렌스는 해변에서 자신의 사물함에 물건을 챙겨 넣는 일을 감독하면서 해먼드를 다시 만났다. 제리가 로렌스의 물건들을 사물함에 넣고 있었는데 정리하는 솜씨가 어설퍼서 로렌스가 직접 옷가지들을 전부 다시 개서 조잡한 나무 상자에 집어넣어야 했다.

로렌스가 해먼드에게 말했다.

"그 용한테서 벗어날 방법을 알려드리지 못해 유감입니다. 다른 사람한테 추르키를 감언이설로 꾀어서 데려가라고 하는 것 말고는 방법이 없겠어요. 우리 쪽 공군 장교들 중에도 대사님 대신 추르키의 애정을 받고 싶어 하는 이들이 쫙 있는 걸로 압니다만."

"그렇게만 되면 얼마나 좋겠습니까마는 추르키가 넘어가지 않을 거라는 게 문제지요. 불쑥 변덕이 나서 여기서 계속 살겠다고 할까 봐, 그것도 겁이 납니다. 자기한테 알랑대는 자들을 다 받아들이고 나까지 붙잡아놓으려고 할 테니까요. 그게 잉카식이잖습니까. 내 뒤를 따라다니면서 런던의 스트랜드 거리를 엉망으로 만드는 대신 공군 기지 안에만 머물러 있으라고 설득할 수만 있어도 다행이겠죠. 설득을 하면 또 냉큼 알았다고 할 겁니다."

그때 천막 안으로 꿍쑤가 들어오자 해먼드가 씁쓸하게 덧붙였다.

"꿍쑤 자네가 그 용에게 독이라도 먹여주면 좋을 텐데."

로렌스가 꿍쑤에게 물었다.

"식량 싣는 일을 물어보려고?"

"아뇨, 대령님. 그리고 해먼드 대사님, 독을 쓰는 일은 해드릴 수가 없지만 제가 생각해둔 대안이 하나 있습니다. 차라리 추르키를 데리고 중국으로 가시면 골치 아플 일도 없을 겁니다."

해먼드가 말했다.

"하, 내가 중국에 외교 대사로 다시 갈 수 있을 것 같지가 않아. 나중에 때가 되면 그때 부르겠다는 식으로 애매한 약속만 늘어놓고 날 시골구석에 처박아두겠지. 그나마도 카마라가 포르투갈 귀족들을 설득해서 내 잘못을 들춰내지 않아야 가능한 일이지만, 앞으로 어떻게 될지……"

"글쎄요."

꿍쑤는 시무룩하게 구시렁대는 해먼드의 말을 부드럽게 잘랐다. 당장 결론을 낼 수도 없는 상황이라 해먼드는 나지막하게 말끝을 흐렸다. 꿍쑤가 말을 이었다.

"곧장 영국으로 돌아가실 필요는 없을 것 같아서요. 저 배를 타고 중국으로 가시면 되지 않을까요."

해먼드가 멍하게 꿍쑤를 쳐다보며 물었다.

"뭐라고?"

꿍쑤는 허리를 굽혀 절을 하며 로렌스에게 말했다.

"그리고 대령님과 룽티엔샹 님도 함께 중국으로 가시는 게 좋겠습니다. 그저 미천한 제안일 뿐입니다."

포튼테이트 호를 멋대로 쓰라는 뻔뻔스러운 제안에 로렌스는 어이가 없었다. 평소에 자기 의견을 내세운 적도 없는 사람의 입에서 그런 말이 나오니 더했다. 꿍쑤가 로렌스와 함께 중국을 떠나온 지 5년이 다 되어가니 고향으로 돌아가고 싶은 마음이 간절한 것도 이해가 되지 않는 바는 아니었다.

로렌스가 말했다.

"마데이라에 도착하면 광둥 쪽으로 가는 상선이 있는지 알아봐 줌세. 필요하면 언제든 배편을 구해줄 테니……."

그러나 꿍쑤는 고개를 저었다.

"저 같은 건 아무래도 좋습니다. 저는 그저 제 주인님의 뜻을 전할 뿐입니다. 온갖 사건들이 벌어지고 있는 상황이니 만큼, 그분께서는 대령님을 직접 만나 의견을 나누고 싶어 하십니다. 그분은 대령님의 영예로운 형이시고, 셀레스티얼 황좌의 주인인 고귀하신 황제 폐하의 뒤를 이을 분이신데, 얼마 전 저에게 상황이 무르익으면 대령님을 중국으로 초대하라는 영광을 베푸셨죠. 워낙 선견지명과 지혜가 대단하신 분이라 이런 일이 생길 줄 미리 아셨던 듯합니다."

말을 마친 꿍쑤는 유포로 싼 꾸러미를 가져와 펼쳤다. 그 안에 좁게 접은 편지가 들어 있었다. 리오로 출발하기 전, 룽션리가 오스트레일리아로 가져왔던 편지였다. 당시 로렌스는 꿍쑤의 가족이 보낸 편지라고 생각했었다. 편지를 싼 포장지에 붉은 봉인이 화려하게 찍혀 있고 편지에 적힌 중국 글자들이 살짝 비쳤다. 꿍쑤가 그 편지를 두 손에 받쳐 들고 로렌스에게 가져왔다.

당황한 로렌스가 물었다.

"내 형이라고? 미엔닝 황태자를 말하는 건가? 자네 주인? 이건 무슨……."

로렌스는 품위 없게 지껄이는 모습을 보이고 싶지 않아 그쯤에서 입을 다물었다. 지금까지 그의 밑에서 요리사로 일해왔던 자가 부끄러운 줄도 모르고 철면피 같은 언행을 하자 로렌스는 분노했다.

해먼드가 다급히 로렌스를 천막 구석으로 끌고 가서 말했다.

"꿍쑤는 첩자가 아닙니다. 그런 거 아니니까 그런 쪽으로 생각하지 마세요. 꿍쑤는……."

해먼드는 로렌스에게 양해받을 만한 표현을 찾으려고 더듬거리다가 덧붙였다.

"꿍쑤는 대령님 밑에서 일하게끔 파견을 나온 겁니다."

로렌스는 해먼드를 노려보았다.

"파견을 나왔다고요? 해먼드 대사님. 지금 뭐라고 얘길 하시든, 내 생각은 변함없습니다. 나에 대해 자기네 나라에 낱낱이 보고를 올리는 사람이 첩자가 아니고 뭡니까. 저자는 내 아버지의 집에도 손님으로 초대받아 왔었어요! 외국 장교에게 파견 나온 자들이 바로 첩자……."

"명목상이지만 형제간이니 미엔닝 황태자께서는 대령님에게 관심을 가질 권리가 있는 겁니다."

해먼드는 꿍쑤 못지않게 뻔뻔스럽게 말했으나 그런 식으로는 로렌스를 설득할 수 없음을 깨닫고 얼른 방향을 돌렸다.

"에…… 그러니까 중국은 꿍쑤의 나라인 만큼 그 나라에 충성하는 것이 우선이고…… 어쨌든 미엔닝 황태자가 공식적으로 우릴 중국으로 초대한 일이 얼마나 대단한지를 아셔야 합니……."

"미엔닝 황태자가 초대한 것이 아니라 이쪽에서 그렇게 추측하는 것뿐입니다. 어쩌자고 이자의 말에 좌지우지되는 건지……."

해먼드는 로렌스의 말을 자르며 목청을 높였다.

"꿍쑤는 중국 황실의 종입니다. 그만큼 믿을 만하고 정직하며 판단력도 갖춘 자라 이겁니다. 우릴 중국으로 초대하는 것이 무엇 때문이겠습니까. 우리 영국과의 동맹을 논의하자는 것이겠지요."

"그쪽에서 확실한 행동을 보여준 것도 아니고 어떻게 근거도 없이 그런 결론을 내리는……."

"지난 5년간 이런 기회를 만들어보려고 노력했는데 성과가 없었어요. 지금까지 중국은 우리에게 항구를 개방하지 않았는데 이런 식으로 나오는 걸 보면 확실히 자세가 부드러워진……."

"우리와 동맹을 맺을 정도로 부드러워졌다고요?"

그러자 꿍쑤가 미안해하는 목소리로 끼어들었다.

"죄송합니다만."

로렌스와 해먼드는 천막 구석에서 얘기하고 있었지만 목청이 높아져서 이제 둘만의 대화라고는 할 수 없는 지경이었다.

그동안 꿍쑤를 경계하지 않고 이런 식으로 사람들과 얘기를 나누었는데, 일부를 제외하고 대부분의 대화가 꿍쑤의 귀에 흘러들어 이해관계에 이용되었을 수도 있다고 생각하니 로렌스는 도저히 용서가 안 되었다. 미엔닝 황태자가 명목상 형제가 된 로렌스의 생활이 궁금해서 사람을 심어둔 것이라고는 볼 수 없었다.

꿍쑤가 말을 이었다.

"제 주인께서 어떤 동기를 갖고 계신지, 어떤 목적으로 여러분을 초대하신 건지 저로선 짐작이 안 됩니다! 다만 근래에 일어난 여러 일들로 인해 세상의 균형과 질서가 어지럽혀졌으니 누구라도 걱정할 만하다고 봅니다. 그러니 로렌스 대령님께서 미엔닝 황태자 전하의 초대에 지체 없이 응하시는 것이 황제 폐하의 양자로서 마땅한 도리라고 생각합니다."

테메레르가 신나서 소리쳤다.

"우아! 로렌스, 정말 잘됐다! 당연히 중국으로 가야지. 안 그래도 막시무스랑 릴리를 비롯해서 우리 편대원들 모두에게 중국을 보여주고 싶었는데 잘됐어. 꿍쑤가 이렇게 기회를 만들어줄 거라고는 상상도 못했어."

"그래."

로렌스는 또다시 치밀어 오르는 화를 억지로 가라앉혔다. 그는 처음에는 배신감에 치를 떨었으나 오래 버티지 못하고 해먼드의 설득에 넘어갔다. 꿍쑤는 그동안 미엔닝 황태자의 명을 받았음을 밝히지 못한 것은 로렌스 밑에서 겸손하게 위치를 지키기 위해서였다고 솔직하게 말했다. 꿍쑤를 거짓말쟁이라든가 믿을 수 없는 자로 여길 만도 하건만 로렌스는 그럴 수가 없었다.

꿍쑤는 고향과 가족을 뒤로하고 로렌스 밑에서 요리를 해가며 다섯 개 대륙의 온갖 전장에서 고된 시간을 보냈다. 그런 사람이 알고 보니 자기 나라의 황실에 충성을 다하고 있었다고 해서 비난할 수는 없는 노릇이었다.

테메레르는 걱정스러운 얼굴로 로렌스를 내려다보며 조심스럽게 입을 열었다.

"영국으로 곧장 돌아가지 않아도 되겠지? 릴리한테 들으니까 그곳은 지금 교착 상태래. 나폴레옹이 유럽으로 돌아가려면 한참 더 있어야 될 테고. 포튼테이트 호의 블레이스 함장한테 얘길 해보면, 지금 우리가 중국으로 가는 게 영국에 얼마나 중요한 일인지 알아줄 거야."

로렌스의 생각은 달랐다.

"우린 황제가 아니라 황태자의 초대를 받은 것뿐이야. 중국에 가더라도 동맹을 성공적으로 맺을 수 있으리라는 보장이 없어."

잠시 후 로렌스는 차분하게 덧붙였다.

"그래도 시도는 해봐야겠지. 중국과 동맹을 맺을 수만 있으면 나폴레옹하고도 오랫동안 맞설 수가 있을 테니까. 중국으로 가려면 베링 해협에서 북쪽으로 한참 육로 이동을 해야 돼. 블레이스 함장이 우리 요구대로 포튼테이트 호를 쓰게 해줄지도 모르겠고. 그는 라일리가 아니니까."

로렌스는 멈칫하다가 다시 조그맣게 덧붙였다.

"그래, 라일리가 아니지."

애통함이 밀려왔으나 그대로 삼켰다. 로렌스는 친구를 잃었을 뿐 아니라 무엇과도 바꿀 수 없는 보물, 즉 믿고 의지할 수 있는 사람을 잃은 것이다.
"맞아."
테메레르는 이렇게 말하며 로렌스의 등에 가만히 코를 대고 위로했다.

지은이의 말

멋진 피드백을 해주시고 여러 가지로 작품에 도움을 주신 베타 독자 조지나 패터슨, 바네사 렌, 레이철 배런블레트, N. K. 제미슨 씨께 감사의 뜻을 전합니다(제미슨 씨의 《십만 개의 왕국 The Hundred Thousand Kingdoms》을 아직 안 읽어보신 분이라면 얼른 서점에 가서 한 권 집으시길).

저와 테메레르를 환상적인 편집자 벳시 미첼과 연결시켜준 뛰어난 에이전트 신시아 맨슨에게도 감사드립니다. 용의 알을 포획한 릴라이언트 호 갑판의 장면을 처음 머릿속에 떠올린 후 별다른 진전이 없었는데 벳시 미첼의 열정과 격려 덕분에 이 시리즈를 발전시킬 수 있었고, 로렌스와 테메레르의 모험 대장정을 계속 펼쳐나갈 수 있었습니다.

또한 제 작품의 첫 번째 독자이자 최고의 독자이며 제일 까다로운 독자이기도 한 남편 찰스에게, 그리고 이 작품을 집필하는 동안 엄마 뱃속에서 줄기차게 방해를 하다가 얼마 전 태어난 딸 에비던스에게 사랑과 무한한 감사를 보내는 바입니다.

나오미 노빅

옮긴이의 말

이번 권에서 테메레르와 로렌스를 부르는 새로운 모험의 땅은 바로 남미 대륙이다. 특히 7권부터는 실제 역사에서 크게 벗어나 작가의 상상이 더욱 자유롭게 펼쳐진다.

실제 역사에서는 1533년에 잉카의 아타우알파 황제가 스페인의 피사로 일당에게 처형당한 후, 소수의 잉카 황족들이 살아남아 빌카밤바 주에 작은 독립국을 세웠다. 1571년까지 황제의 지위를 이어갔으며 잉카 제국의 마지막 왕위 계승자는 투팍 아마루로 알려져 있다.

그런데 나오미 노빅은 16세기에 멸망한 잉카 제국을 이 작품에서 되살려 19세기 나폴레옹 전쟁의 판세에 중요한 영향을 미치도록 구성했다. 역사상 황금을 가장 많이 보유하고 있던 나라로 알려진 잉카 제국은 이 작품에서도 대단히 화려하고 신비로운 나라로 묘사되어 있는데, 유럽과 아시아, 아프리카와는 또 다른 용과 인간의 관계를 보여준다.

케추아 어로 '잉카'는 제국의 왕을 칭하는 직위이며 정확한 국명은 '타완틴수유'이다. 타완틴수유는 4개의 지역이란 뜻으로 '타완틴'은 숫자 4를, '수유'는 지역을 뜻한다. 쿠스코를 중심으로 동쪽은 안티수유, 서쪽은 콘티수유, 북쪽은 친차수유, 남쪽은 코야수유다.

그런데 이 작품에서는 잉카 제국의 케추아 어 국명이 타완틴수유가 아니라 '푸산틴수유'로 나온다. 여기서는 잉카가 4개가 아닌 8개의 지역으로 나뉘어 있고 '푸산틴'이 숫자 8을 의미하므로 푸산틴수유인 것이다. 나오미 노빅이 이 작품 속의 잉카 제국을 실제 역사에서보다 규모가 큰 제국으로 묘사하다보니 8개의 지역으로 이루어진 제국 '푸산틴수유'로 명칭을 바꾼 게 아닐까 싶다.

중반 이후 테메레르 일행이 찾아가는 잉카의 수도 쿠스코는 케추아 어로 세계의 배꼽이라는 뜻으로 현재의 페루 지역에 해당한다. 잉카가 멸망하지 않고 지금까지 존재한다면 얼마나 찬란한 문화를 꽃피우고 있을지 생각만으로도 흐뭇하다. 테메레르 7권을 읽고 페루를 여행하며 당시의 문화를 상상해보는 것도 좋은 선택일 듯하다. 앞으로 출간될 8, 9권을 기다리며 테메레르 1권부터 7권까지 다시 한 번 정주행해보자.

공보경

테메레르 7 황금의 도시

초판 1쇄 발행 2013년 1월 25일
초판 18쇄 발행 2024년 1월 2일

지은이 나오미 노빅
옮긴이 공보경

발행인 이재진 단행본사업본부장 신동해 편집장 김경림
표지디자인 석윤디자인 본문디자인 최미영 교정교열 윤혜숙
마케팅 최혜진 이은미 홍보 반여진 허지호 정지연 송임선 국제업무 김은정 김지민 제작 정석훈

브랜드 노블마인 주소 경기도 파주시 회동길 20 ㈜웅진씽크빅 단행본사업본부
문의전화 031-956-7213(편집) 02-3670-1123(마케팅)
홈페이지 www.wjbooks.co.kr
인스타그램 www.instagram.com/woongjin_readers
페이스북 www.facebook.com/woongjinreaders
블로그 blog.naver.com/wj_booking

발행처 ㈜웅진씽크빅
출판신고 1980년 3월 29일 제406-2007-000046호

한국어판 출판권 ⓒ웅진씽크빅, 2013
ISBN 978-89-01-15060-4 (04800)
   978-89-01-10688-5 (세트)

노블마인은 ㈜웅진씽크빅 단행본사업본부의 브랜드입니다.
이 책의 한국어판 저작권은 Imprima Korea Agency를 통해 Del Rey, an imprint of Random House,
a division of Penguin Random House, LLC.와의 독점 계약으로 ㈜웅진씽크빅에 있습니다.
저작권법에 의해 한국 내에서 보호를 받는 저작물이므로 무단 전재와 무단 복제를 금합니다.
이 책 내용의 전부 또는 일부를 이용하려면 반드시 저작권자와 ㈜웅진씽크빅의 서면 동의를 받아야 합니다.

※ 잘못 만들어진 책은 구입하신 곳에서 바꾸어드립니다.
※ 책값은 뒤표지에 있습니다.